上官文坤·编著

清代福建散文叙录

文化艺术出版社
Culture and Art Publishing House

图书在版编目（CIP）数据

清代福建散文叙录 / 上官文坤编著. —北京：文化艺术出版社，2022.10
ISBN 978-7-5039-7291-1

Ⅰ.①清… Ⅱ.①上… Ⅲ.①古典散文—古典文学研究—中国—清代 Ⅳ.①I207.62

中国版本图书馆CIP数据核字（2022）第163486号

清代福建散文叙录

编　　著	上官文坤
责任编辑	丰雪飞
责任校对	董　斌
封面设计	顾　紫
出版发行	文化藝術出版社
地　　址	北京市东城区东四八条52号（100700）
网　　址	www.caaph.com
电子邮箱	s@caaph.com
电　　话	（010）84057666（总编室）　84057667（办公室） 　　　　84057696—84057699（发行部）
传　　真	（010）84057660（总编室）　84057670（办公室） 　　　　84057690（发行部）
经　　销	新华书店
印　　刷	国英印务有限公司
版　　次	2023年7月第1版
印　　次	2023年7月第1次印刷
开　　本	710毫米×1000毫米　1/16
印　　张	32.75
字　　数	460千字
书　　号	ISBN 978-7-5039-7291-1
定　　价	118.00元

版权所有，侵权必究。如有印装错误，随时调换。

目录

绪　论

第一章·顺治朝

陈　轼《道山堂集》| 34

丁　炜《问山文集》| 39

黄晋良《和敬堂全集》| 47

黎士弘《托素斋文集》| 53

李世熊《寒支集》| 61

林古度《林茂之文草》| 70

林云铭《挹奎楼选稿》| 74

毛鸣岐《菜根堂集》| 81

王命岳《耻躬堂文集》| 86

陈常夏《江园集》| 92

高　兆《春霭亭杂录文稿》| 96

林涵春《塔江楼文钞》| 100

林向哲《瓯离子集》| 104

刘　坊《天潮阁集》| 108

王凤九《霞庵文集》| 112

第二章 · 康熙朝

蔡世远《二希堂文集》| 118

蔡衍鎤《操斋集》| 125

陈梦雷《松鹤山房文集》| 132

陈万策《近道斋文集》| 139

李光地《榕村全集》| 143

林　佶《朴学斋文稿》| 150

邱嘉穗《东山草堂文集》| 153

吴士焴《瀹斋文集》| 160

萧正模《后知堂文集》| 164

庄亨阳《秋水堂遗集》| 169

彭圣坛《水镜新书》| 174

郑亦邹《白麓文钞》| 176

第三章 · 雍正、乾隆朝

蓝鼎元《鹿洲初集》| 180

郭起元《介石堂文集》| 186

雷　铉《经笥堂文钞》| 192

李清植《渊嗳存愚》| 197

蔡　新《缉斋文集》| 201

龚景瀚《澹静斋文钞》| 206

朱仕琇《梅崖居士文集》| 213

官　崇《志斋居士文钞》| 221

林　芳《竹佃闲话录》| 225

林雨化《古文初集》| 227

阴承方《阴静夫先生遗文》| 232

郑光策《西霞文钞》| 236

林兆鲲《林太史集》| 239

第四章·嘉庆朝

陈寿祺《左海文集》| 244

郭尚先《增默庵文集》| 251

梁章钜《退庵文存》| 256

林春溥《竹柏山房文集》| 261

林则徐《云左山房文钞》| 265

徐　经《雅歌堂全集》| 269

陈池养《慎余书屋诗文集》| 276

高蓝珍《桐枝集》| 280

高澍然《抑快轩文钞》| 283

蒋　蘅《云寥山人文钞》| 291

李彦章《榕园文钞》| 296

林轩开《拾穗山房集》| 301

苏廷玉《亦佳室文钞》| 304

张　绅《怡亭文集》| 308

赵在田《琴鹤堂文集》| 314

朱锡谷《怡山馆文稿》| 318

第五章·道光朝

陈乔枞《礼堂遗集》| 324

陈庆镛《籀经堂类稿》| 328

郭柏苍《葭柎草堂集》| 333

郭柏荫《天开图画楼文稿》| 338

何秋涛《一镫精舍甲部稿》| 345

林昌彝《小石渠阁文集》| 349

刘存仁《屺云楼文钞》| 355

沈葆桢《夜识斋剩稿》| 362

王景贤《伊园文钞》| 366

王庆云《石延寿馆文集》| 369

魏秀仁《陔南山馆遗文》| 373

温　训《登云山房文稿》| 376

张际亮《张亨甫文集》| 381

陈金城《怡怡堂文集》| 387

何则贤《蓝水书塾文草》| 391

黄宗汉《晋江黄尚书公全集》| 396

李彦彬《榕亭文钞》《心太平室诗文钞》| 399

李枝青《西云诗文钞》| 403

第六章·咸丰、同治朝

严　复《严几道全集》| 410

杨　浚《冠悔堂骈体文钞》| 415

赵　新《还砚斋杂著》| 422

陈宝琛《沧趣楼文存》| 428

谢章铤《赌棋山庄文集》| 432

薛绍徽《黛韵楼遗集》| 440

林贺峒《味雪堂遗草》| 443

刘三才《随庵遗稿》| 445

第七章·光绪朝

林　纾《畏庐文集》| 450

王仁堪《王苏州遗书》| 458

张亨嘉《张文厚公文集》| 462

陈成侯《绳武斋遗稿》| 467

陈　衍《石遗室文集》| 471

陈　翼《待隐堂遗稿》| 475

郭篯龄《吉雨山房遗集》| 479

江春霖《梅阳山人集》| 483

林鉴中《浊泉二编》| 487

刘尚文《刘澹斋诗文集》| 490

萧道管《道安室杂文》| 492

王福善《受谦诗文集》| 496

结　语

参考文献 | 505

后　记 | 514

绪论

一、研究现状回顾

为了解清代福建散文的发展脉络，必须先对清代福建散文的研究现状做个梳理和回顾。一般意义上来说，文学史上往往以1840年鸦片战争为分割线，之前的就是清代文学史，之后便是所谓的近代文学史。而本书的"清代"指的是始于清军入关迁都北京，止于辛亥革命（1911）。因此，本书的"清代福建散文"的研究范围是指此时间段内的散文创作情况。

（一）顺治至乾隆朝

陈庆元《福建文学发展史》[①]下限止于鸦片战争爆发的1840年，其中关于清代福建散文的论述仅限于朱仕琇及其再传弟子张绅和高澍然，以及陈寿祺。虽然从这四位古文家的创作也能管窥清代福建散文的创作情况，不过，很显然地，不管是散文家的数量，还是散文作品的数量，都远远不止于此。何绵山《闽台文学论》[②]设了两个小节论述清代及近代福建作家及文学的发展，罗列了一系列闽籍作家及其作品，其中有部分涉及散文，但描述有些浮

[①] 陈庆元：《福建文学发展史》，福建教育出版社1996年版。
[②] 何绵山：《闽台文学论》，海洋出版社2012年版。

光掠影。不过，其中的作家名录为我们后来的研究者提供了进一步开掘清代闽台散文研究的思路和方向。从清代福建文学发展的实际情况而言，诗词等韵文文学的发展实为大观，散文次之，很多作家以诗词名世，散文是附带留存于世的，即多数学人本身不是以散文家自居的。就学界的研究情况来看，主要还是集中于清代福建诗词的研究，而对清代福建散文的研究，从现已有的学术成果来看是远远不及诗词研究来得充分和深入的。因此，对清代福建散文作一次全面和系统的梳理，不仅非常必要，而且具有重要的学术意义和价值。

清代福建并未出现极为著名的散文家，但有一些知名度较高的学人或知识分子，如著名政治家李光地，著名学者陈梦雷，著名诗人陈寿祺，著名画家黄慎等，在文学方面也取得了一定的成就。李光地是理学家，其古文多阐述理学，以哲学古文为多。陈寿祺的诗学成就远在其古文之上，其古文多论述经学学术。这一时期以创作文学性散文而较为著名的作家有朱仕琇、张绅、高澍然、李世熊、陈寿祺等。

令人遗憾的是，翻遍郭预衡著的《中国散文史》(第七编：清代)，陈惠琴、莎日娜、李小龙著的《中国散文通史》(清代卷)，漆绪邦主编的《中国散文通史》(第八编：清代散文)，我们发现清代散文家竟无一人的籍贯是福建。说句题外话，这些被写入清代散文史的作家几乎由江苏、浙江、安徽三省所包揽(三省占75%)，以漆版为例(漆版之56人全部包含了郭版之33人)：江苏籍23人、浙江籍12人、安徽籍7人、江西籍4人、湖南籍4人、河南籍3人、湖北籍1人、山东籍1人、广东籍1人。反观之，就散文创作的成绩来看，清代福建的散文创作可以说是相当沉寂和荒芜的，就其艺术方面的造诣而言，尚不够单独列为中国散文史的一部分。由此我们可以说，清代福建散文只是属于福建地域文学的一个组成部分，清代福建散文家的影响力也仅限于福建地区。尽管如此，作为地域文学，它仍有一定的研究价值。

（1）对李世熊的研究回顾

李茜茜《李世熊散文研究》[①]主要通过对李世熊的祖籍、家世、明亡前后

---

① 李茜茜：《李世熊散文研究》，硕士学位论文，福建师范大学，2010年。

交游情况进行梳理，同时结合具体的历史语境，深入考察造成李世熊文风的三次重大转变的原因及各个阶段文风的具体特点。作者认为，尽管李世熊之文经历三次重大转变，但实际上纵横曲折之文风代表了李世熊一生的主要文风，渗透了浓厚的指刺时局的愤激之情。总之，李世熊的《寒支集》仍具有一定的文学与历史价值，值得进一步的深入研究。张凤英《李世熊：一个明遗民的世界》[1]以福建遗民李世熊为个案，通过文集、族谱、方志、年谱等资料，重点关注李世熊在明末清初这一特殊阶段的生活，探讨李世熊的交游圈及其变化，考察他与地方社会之间的关系。孙琪《明末遗民李世熊及西学之关联研究》[2]通过分析遗民李世熊的气节观，主要是夷夏之辨的思想对他接受异族文化即西学的影响，来探讨他是如何理解《况义》，接受西学，并创作《物感》的。森正夫《〈寇变纪〉的世界——李世熊与明末清初福建省宁化县的地域社会》[3]一文通过李世熊对发生在明末清初激烈动荡的宁化县的"寇""贼"活动的描述，分析士绅在地域的秩序重构中所起的作用，侧重于探讨镇压黄通抗租的人们的活动。南炳文《明朝遗民李世熊生平事迹五考》[4]，李茜茜《李世熊家世研究初探》[5]，则是对李世熊生平事迹、家世的考辨文章。

由上可见，对李世熊的历史研究比对其的文学研究更充分，尤其是对李世熊散文的研究还不够深入。

(2) 对黎士弘的研究回顾

李国鹏《黎士弘研究》[6]勾勒出黎士弘完整的人生轨迹，分析了其诗歌与散文的内容及其艺术成就。作者认为，黎士弘的散文成就很高，主要得益于其老师和朋友的长期熏陶以及自己丰厚的文学素养。作者主要从内容与艺术两方面来探究黎士弘的散文创作成就，中规中矩，也为我们从不同角度开拓

---

[1] 张凤英：《李世熊：一个明遗民的世界》，硕士学位论文，厦门大学，2008年。
[2] 孙琪：《明末遗民李世熊及西学之关联研究》，硕士学位论文，首都师范大学，2007年。
[3] [日] 森正夫：《〈寇变纪〉的世界——李世熊与明末清初福建省宁化县的地域社会》，《中国文化研究》2005年冬之卷。
[4] 南炳文：《明朝遗民李世熊生平事迹五考》，《明史研究论丛》(第七辑)。
[5] 李茜茜：《李世熊家世研究初探》，《鸡西大学学报》2010年第1期。
[6] 李国鹏：《黎士弘研究》，硕士学位论文，福建师范大学，2010年。

黎士弘散文的文学价值提供了思路。兰寿春《论黎士弘的"用世读书"说》[1]认为黎士弘的"用世读书"的治学观，不仅倡导了向唐宋古文学习的传统，而且对汀州文学的健康发展起到"正"文风的作用。罗勇、张自永《黎士弘〈闽酒曲〉与闽西客家酒俗》[2]一文认为《闽酒曲》是对闽西长汀一带客家酿酒民俗的记述，兼具亦文亦史的双重价值，是研究客家文化的珍贵资料。

（3）对丁炜的研究回顾

葛文娇《清初闽籍回族文人丁炜及其文学创作研究》[3]较全面而深刻地展示了丁炜在诗歌创作及诗论上突出的文学成就，并对其散文创作有所涉及，作者择取较有代表性的篇目进行艺术分析，对于其他篇目或是简略论述或是有所遗漏，似有进一步更全面系统地对丁炜散文进行梳理的必要。朱昌平、吴建伟《中国回族文学史》[4]设有专章论述，提出丁炜散文创作的种类。目前关于丁炜散文的研究，寥寥无几，屈指可数。

（4）对林云铭的研究回顾

王悦《林云铭的时文观》[5]认为林云铭重视时文，其使用时文之法研读《楚辞》，遭到四库馆臣的讥讽，实际上林云铭的时文观并非没有意义，时文评点是理解文意的有效途径。李波《以"法"解〈庄〉：林云铭〈庄子〉散文评点的本质特征》[6]一文认为林云铭较成功地运用"法"的观念来解读《庄子》，不仅总结了《庄子》中的诸多修辞技艺，梳理出《庄子》的复杂文脉，而且发现了《庄子》"文中之理，理中之文"的文学特征。钱奕华《明清庄学中解构、建构与诠释——以林云铭〈庄子因〉为例》[7]以《庄子因》举证，说明诠释内容与方式是以"因"为解构之主轴，还诸庄子一本然之面貌，而建构一以读者为视角的阅读系统，进而形成一兼容文学与哲学特色的诠释理论。

---

[1] 兰寿春：《论黎士弘的"用世读书"说》，《龙岩学院学报》2008年第5期。
[2] 罗勇、张自永：《黎士弘〈闽酒曲〉与闽西客家酒俗》，《农业考古》2013年第3期。
[3] 葛文娇：《清初闽籍回族文人丁炜及其文学创作研究》，硕士学位论文，西北民族大学，2011年。
[4] 朱昌平、吴建伟主编：《中国回族文学史》，宁夏人民出版社2007年版。
[5] 王悦：《林云铭的时文观》，《文学界（理论版）》2010年第6期。
[6] 李波：《以"法"解〈庄〉：林云铭〈庄子〉散文评点的本质特征》，《重庆工商大学学报（社会科学版）》2013年第4期。
[7] 钱奕华：《明清庄学中解构、建构与诠释——以林云铭〈庄子因〉为例》，《宁夏师范学院学报》2011年第1期。

周建忠、孙金凤《论林云铭〈楚辞灯〉对〈离骚〉的解读》①认为林云铭灵活运用知人论世法和以意逆志法挖掘《离骚》悲剧的土壤、解析《离骚》悲剧的核心,凸显其永恒的文学价值。刘文斌《林云铭忧国忧民思想成因初探》②认为林云铭在《楚辞灯》中融汇了浓烈的"忠君爱国"和"忧国忧民"的思想。刘树胜《林云铭的遗民情结与〈楚辞灯〉的创作》③认为林云铭有着浓重的遗民情结。作为明末遗民,其思想经历了两次大的转折,也正因为如此,这也是他热爱《楚辞》、创作《楚辞灯》的主要原因。林家宏《古文评点子学化——林云铭〈古文析义〉评点特色析论》④以古文评点的滥觞——《古文关键》——为始,梳理了这种批评模式的历史与功能,继而勾勒出林云铭著作的动机、目的与特色,以定位《古文析义》一书在古文评点历史脉络中的位置。

(5)对蔡世远的研究回顾

阮莉《蔡世远古文研究》⑤认为《二希堂文集》中,实用性强,用来说明义理的序、书、记、传等文章的大量创作,可以看出蔡世远体道以为文的创作思想及法度谨严、说理详尽、条分缕析而又恳恻谆切、亲切有味的创作风格,顺应并影响了清代前期散文发展的方向。阮莉《蔡世远年表》⑥、赫治清《蔡世远生卒年》⑦是对蔡世远生卒年、行迹的考辨。张则桐《蔡世远与清代文风》⑧指出蔡世远受到清初闽南朱子学、浙东学术和理学名臣的影响,其古文理论以雅正为宗,标举"有识有气"。

(6)对李光地的研究回顾

林静茹《安溪湖头李氏文学研究——以李光地为中心》⑨较全面且系统地

---

① 周建忠、孙金凤:《论林云铭〈楚辞灯〉对〈离骚〉的解读》,《吉林师范大学学报(人文社会科学版)》2016年第1期。
② 刘文斌:《林云铭忧国忧民思想成因初探》,《现代语文》2013年第10期。
③ 刘树胜:《林云铭的遗民情结与〈楚辞灯〉的创作》,《云梦学刊》2015年第3期。
④ 林家宏:《古文评点子学化——林云铭〈古文析义〉评点特色析论》,《台湾台中科技大学通识教育学报》2013年第2期。
⑤ 阮莉:《蔡世远古文研究》,硕士学位论文,漳州师范学院,2010年。
⑥ 阮莉:《蔡世远年表》,《闽台文化交流》2010年第2期。
⑦ 赫治清:《蔡世远生卒年》,《中国史研究》1996年第4期。
⑧ 张则桐:《蔡世远与清代文风》,《闽台文化交流》2009年第4期。
⑨ 林静茹:《安溪湖头李氏文学研究——以李光地为中心》,硕士学位论文,闽南师范大学,2015年。

考察了李光地的文学成就,通过对李光地的文学批评观点和文学创作进行研究,总结并且客观地评价了李光地作为文人学者在文学史上的重要意义。该论文着重李光地的文学理论与理学成就对福建地域文学和学风产生的重要影响,但对李光地的古文创作论述稍显简单,不够深入。叶茂樟《见贤思齐 惺惺相惜——略谈李光地对诸葛亮的评注》[1]通过散见于《榕村全书》中的《榕村语录》和《榕村全集》的语录、诗歌和散文的评注形式,探究了李光地的"诸葛亮情结"和政治理想。同样,邹书《李光地的诸葛亮评价论略》[2]探究了李光地高度赞赏诸葛亮的原因,由此表明李光地作为政治家的理想追求和政治意图。邹书《李光地文学创作观探析》[3]认为李光地的文学创作观主要体现在内容上要求寻根"六经",明实理抒真情,言辞表达上要求含蓄曲折。李光地的文学思想和文学创作实践,对清初闽地文风的转变起了推波助澜的作用。黄建军《李光地与康熙文坛》[4]认为李光地通过直接努力或间接影响,对当时文坛的走向有不可忽视的作用。王寅《论顾炎武与李光地学术交流与传承》[5]以李光地与顾炎武之间的一次论学为中心,考证了他们两人交往的详细情况。陈水云、孙达时《论李光地八股文批评中的理学立场》[6]认为李光地论八股首重经学和理学根底,注重对儒家义理的阐发,将八股文批评与理学研究合二为一,在创作上则以"清醇""本色"为标举,主张以程朱理学的思想作为八股文创作、批评的标准,对形成有清一代以学问、考据见长的八股文特色奠定了基础。叶茂樟《清人李光地的论"学"思想——〈榕村语录〉及其著述特色》[7]指出李光地论"学"内容实质上是对孔孟、朱熹等儒家为学思想的继承与发展,他的论"学"思想处处闪耀着作为教育思想家的真知灼见。

---

[1] 叶茂樟:《见贤思齐 惺惺相惜——略谈李光地对诸葛亮的评注》,《河北科技师范学院学报(社会科学版)》2014年第1期。
[2] 邹书:《李光地的诸葛亮评价论略》,《闽西职业技术学院学报》2013年第2期。
[3] 邹书:《李光地文学创作观探析》,《闽台文化研究》2013年第2期。
[4] 黄建军:《李光地与康熙文坛》,《求索》2014年第11期。
[5] 王寅:《论顾炎武与李光地学术交流与传承》,《兰台世界》2013年第31期。
[6] 陈水云、孙达时:《论李光地八股文批评中的理学立场》,《河南师范大学学报(哲学社会科学版)》2017年第2期。
[7] 叶茂樟:《清人李光地的论"学"思想——〈榕村语录〉及其著述特色》,《北京科技大学学报(社会科学版)》2013年第2期。

从上述论文可知，关于李光地的文学理论和理学思想的研究成果相对比较丰富，而且，李的文学批评观点往往与其理学思想有着紧密的联系。如果说哪方面的研究比较薄弱的话，笔者以为可以从"语录"体散文的创作入手，从散文的艺术创作角度来探讨《榕村语录》在散文史上的地位和价值。

（7）对陈梦雷的研究回顾

石海英《陈梦雷研究》[①]较系统地对陈梦雷进行了研究，详细考证其生平经历，主要探究《周易浅述》的易学思想和《古今图书集成》的文献学成就，肯定了其诗文集的文献学成就。不过，对其诗文的艺术分析较为简略、不够深入，因此，从其散文创作中还可进一步窥视作者一生坎坷经历中形成的复杂的矛盾心态。王雪梅、翟敬源《流人陈梦雷与李光地的"蜡丸案"》[②]，解洪兴《一代学者陈梦雷的沉浮人生》[③]，杨珍《陈梦雷二次被流放及其相关问题》[④]，则是从其诗文创作及相关史料中探究陈梦雷仕途淹蹇的悲剧命运，饱受颠沛流离的苦楚和备尝世态冷暖的心酸。

（8）对蓝鼎元的研究回顾

黄美玲《清初台湾单篇山水游记之讨论——以陈梦林、蓝鼎元为例》[⑤]认为陈梦林、蓝鼎元单篇山水游记的出现，代表文人开始从地方性、个别性、特殊性的角度来描绘山水，并以"风景"作为文章主轴，将焦点集中在自然风光、地理环境与人文情事。凌丽《蓝鼎元文学理论探微》[⑥]指出蓝鼎元的文论主张学习经史和名家，提倡经世致用的思想，强调文道观念，以及文气的作用等。不仅是其文学创作的理论反映，而且对清初闽地文风起到了引领和改善的作用。凌丽《蓝鼎元游记散文探微》[⑦]认为蓝鼎元在散文创作上数量甚

---

① 石海英：《陈梦雷研究》，硕士学位论文，福建师范大学，2007年。
② 王雪梅、翟敬源：《流人陈梦雷与李光地的"蜡丸案"》，《前沿》2011年第22期。
③ 解洪兴：《一代学者陈梦雷的沉浮人生》，《边疆经济与文化》2006年第8期。
④ 杨珍：《陈梦雷二次被流放及其相关问题》，《故宫博物院院刊》2011年第6期。
⑤ 黄美玲：《清初台湾单篇山水游记之讨论——以陈梦林、蓝鼎元为例》，《台北"市立"教育大学学报》2011年第42卷第1期。
⑥ 凌丽：《蓝鼎元文学理论探微》，《河北科技师范学院学报（社会科学版）》2017年第2期。
⑦ 凌丽：《蓝鼎元游记散文探微》，《中北大学学报（社会科学版）》2017年第4期。

丰，并自成一派。他的游记散文内容涵括闽粤形胜以及台海风光，语言雅洁流畅，文风清峻幽峭，在一定程度上吸收了桐城派的某些风格，在清初闽地古文家中别具一格。凌丽《蓝鼎元杂记散文〈鹿洲初集〉研究》[①]指出蓝鼎元的文学性散文大部分收录在《鹿洲初集》当中，他的杂记文简中寓繁，文风清峻，寄寓深远，在他的散文创作中占据着重要地位。姜家君《蓝鼎元实学思想与清初理学转向》[②]认为蓝鼎元是清初道南理学一脉的重要人物，以事功实行而著称。

蓝鼎元散文创作的艺术成就是比较高的，尤其是他的山水游记散文。蓝鼎元的山水游记多书写18世纪的台湾山水与自然风光，因此在台湾游记散文史上呈现的意义和价值，值得我们进一步深入挖掘。

(9)对朱仕琇的研究回顾

陈庆元《论朱仕琇的古文》[③]认为朱氏论古文以韩愈为本，辅以李翱。认为古文之道正大重厚，主张"淡朴淳古"，文章要有阳刚之美。陈志扬《朱仕琇人生价值定位与古文致思方向》[④]指出朱梅崖生平以古文大家自居，论文主张"立诚为本"，他的古文具醇古冲淡之气，经世精神不足。郑顺婷《朱仕琇古文理论渊源探析》[⑤]认为朱仕琇的古文理论具有深厚的学理渊源，它源于儒家经典，传承于韩愈，还深受闽学的影响。

目前，关于朱仕琇的散文研究主要是关注他的古文理论，而对其文集的艺术分析还远远不够。连朱仕琇这样能在闽北开创古文流派的散文家，尚且没有出现其文集的点校本，更何况古文创作不及他的呢。这是清代福建散文研究的一个普遍现状，大多数作家的文集都没有点校本，更别说注释本了。

(10)对陈寿祺的研究回顾

陈寿祺、陈乔枞父子是清代福建学术的领军人物，学界主要关注二陈的

---

① 凌丽：《蓝鼎元杂记散文〈鹿洲初集〉研究》，《三明学院学报》2017年第1期。
② 姜家君：《蓝鼎元实学思想与清初理学转向》，《东南学术》2016年第5期。
③ 陈庆元：《论朱仕琇的古文》，《南平师专学报》1996年第3期。
④ 陈志扬：《朱仕琇人生价值定位与古文致思方向》，《华南师范大学学报（社会科学版）》2009年第2期。
⑤ 郑顺婷：《朱仕琇古文理论渊源探析》，《集美大学学报（哲学社会科学版）》2017年第2期。

《诗》学成就。作为淹贯经史的学者兼诗人，学人之诗的实践和理论对近代同光体闽派的兴起，自是不言而喻的。相较而言，作为散文家身份的陈寿祺研究则备受冷落。刘奕《学文汉宋之间：陈寿祺的文论》[1]敏锐地提出陈寿祺的文论由早期纯粹的汉学之论转变为以"立诚""有用"为宗旨，呈现出调和汉宋的特色，有别于同时代的古文家。史革新《陈寿祺与清嘉道年间闽省学风的演变》[2]也指出陈寿祺长于诗赋、散文创作，是一位古文高手，并对其弟子产生了重要影响，其中尤以张际亮、林昌彝出类拔萃。

相对而言，陈寿祺的古文创作成绩是值得称道的，不过对《左海文集》的研究还很欠缺。其中有较大部分是属于文学性散文，这部分更值得我们深入挖掘其艺术价值。

（11）其他

温祖荫《哀歌声怆大地寒——评刘鳌石〈天潮阁集〉》[3]指出刘坊文章发自肺腑，哀婉激越，有很强的感染力。

韩健《林古度研究》[4]第三章详细分析了林古度文赋的艺术特色、表现手法及突出成就。王超《林古度著作及刻书研究》[5]第四章分析了林古度文赋的艺术成就，指出林古度将丰富的情感与万物融合，创作出感情真挚、特色鲜明、带有个人印记的散文作品。陈庆元《林古度年表》[6]、朱则杰《林古度生卒年佐证与友朋酬赠作品系年》[7]二文均对林古度生平行迹作了考辨。

曾寒冰《龚景瀚诗文研究》[8]认为龚景瀚的古文创作，尤其是政论文，大都结构井然、条理明晰、论证严密，议论纡徐有致，注重内在的逻辑思路。言辞质朴恳切又明白畅达，言事往往切中时弊，可谓笔锐而才健。

---

[1] 刘奕：《学文汉宋之间：陈寿祺的文论》，《闽江学院学报》2009年第6期。
[2] 史革新：《陈寿祺与清嘉道年间闽省学风的演变》，《福建论坛（人文社会科学版）》2002年第6期。
[3] 温祖荫：《哀歌声怆大地寒——评刘鳌石〈天潮阁集〉》，《闽西职业技术学院学报》2009年第1期。
[4] 韩健：《林古度研究》，硕士学位论文，黑龙江大学，2013年。
[5] 王超：《林古度著作及刻书研究》，硕士学位论文，山东师范大学，2018年。
[6] 陈庆元：《林古度年表》，《南京师范大学文学院学报》2010年第4期。
[7] 朱则杰：《林古度生卒年佐证与友朋酬赠作品系年》，《闽江学院学报》2004年第6期。
[8] 曾寒冰：《龚景瀚诗文研究》，硕士学位论文，福建师范大学，2010年。

张小琴《陈轼生平考》①将陈轼一生分为四个时期：读书应试、求取功名时期；朝代鼎革、宦粤交游时期；中年坎坷、颠沛流离时期；隐居道山、酬唱著述时期。

陈友良《清儒雷鋐的理学背景及正学观述略》②指出雷鋐思索正确进入程朱理学的路径，并尝试为诸生建构一套理学学术谱系。

汤儒韬《庄亨阳文学研究》③指出庄亨阳现存散文数量不多，但题材多样，各具特色，具有"雅健清深，不屑屑傍人门户"，重视道德修养、情真意切的特点。

林怡《气与道俱 斯文斐然——林雨化的古文观及其创作成就》④指出林雨化擅长古文创作，其古文观的核心是"真气"论，认为"真气"出于"中心"，唯有"真"的"气脉"流贯全文，文章才能流畅顺达。与出自"中心"的"真气"相一致，文章的语言风格应该恬淡、平和、自然，这样才能文以载道、文以明道。林雨化的古文创作融合了《左传》《国语》《史记》和唐宋八大家等历代名家之长，推陈出新，使文章简洁明达、平和恬淡而又不乏跌宕俊逸、醇雅隽永。江兴祐《用心点校 精心结撰——评〈林雨化诗文集〉点校本》⑤深刻地分析和阐述了林雨化的道德志向渊源、品格行为准则、性情心胸气度，可以说是为读者走进林雨化的内心提供了一把钥匙。

林怡《乾隆福州名士郑光策的理台建言》⑥指出郑光策的理台建言数篇收在《西霞文钞》中，是关于闽台文缘、法缘的重要文献，至今犹有借鉴意义。黄金钟《清代福建教育家郑光策评传》⑦对郑光策的教育事迹作了评传。黄保万《郑光策与清代福州经世致用之学》⑧考察了郑光策对清代福州经世致

---

① 张小琴：《陈轼生平考》，《集美大学学报（哲学社会科学版）》2015年第1期。
② 陈友良：《清儒雷鋐的理学背景及正学观述略》，《孔子研究》2015年第3期。
③ 汤儒韬：《庄亨阳文学研究》，硕士学位论文，闽南师范大学，2015年。
④ 林怡：《气与道俱 斯文斐然——林雨化的古文观及其创作成就》，《闽江学院学报》2011年第1期。
⑤ 江兴祐：《用心点校 精心结撰——评〈林雨化诗文集〉点校本》，《福州大学学报（哲学社会科学版）》2010年第3期。
⑥ 林怡：《乾隆福州名士郑光策的理台建言》，载《五缘文化与两岸关系》，同济大学出版社2010年版，第405页。
⑦ 黄金钟：《清代福建教育家郑光策评传》，《教育评论》1988年第6期。
⑧ 黄保万：《郑光策与清代福州经世致用之学》，《闽都文化研究——"闽都文化研究"学术会议论文集（上）》，2003年11月。

用之学兴起的特殊价值。

综上所述，如李兆洛《〈抑快轩文钞〉原序》所云："福建有清一代以文学名海内者，最著者二家，曰朱梅崖，曰陈恭甫。"这里所说的"文学"，指古文。朱仕琇的古文虽然不能在中国散文史上形成一个有影响力的流派，但是朱氏及其再传弟子，都全心致力于古文创作，成为清代福建影响卓著的古文学派。可以说，朱仕琇及再传弟子张绅、高澍然，他们是以古文家自期来进行有意识的古文创作的。囿于时间与精力，加之本人学力有限，以及就上述散文家的影响力和散文创作的艺术成就而言，个人以为值得重点研究的有朱仕琇、张绅、高澍然、陈寿祺，一般研究的有李世熊、蓝鼎元、黎士弘、龚景瀚等。而且我们研究重心将放在那些艺术性比较强的文学散文方面。

（二）嘉庆至光绪朝

鸦片战争之后，1844年英军进入福州。社会现实的巨变对福建文人产生了深刻影响，一时涌现了不少杰出人物，其中，就有不少作家在全国享有盛誉，如爱国诗人张际亮、笔记大家梁章钜、"同光体"闽派诗人领袖陈衍等。还有不少杰出人物虽然不因文学创作而出名，但是他们的文学成就在中国近代文学史上却占有重要地位，如著名民族英雄林则徐、著名思想家严复、著名翻译家林纾、一代"帝师"陈宝琛等。由于他们的身份太过于耀眼，以致人们在关于他们的研究中往往只注重其最辉煌的一面，而忽略了相对平淡的一面。

郭预衡著《中国散文史》[①]（第七编：清代）中所论清代后期，即近代散文有11家，其中福建籍占了2人，他们是林纾、严复。杨联芬主编《中国散文通史》(近代卷)[②]所论近代散文，福建籍作家有3人，分别是林纾、严复和陈衍。该书将林纾文定位为"古文的末路"，而将严复文确立是"逻辑文的先导"，设了一节论述林纾与严复的散文创作，这说明他们的散文在近代散文史

[①] 郭预衡：《中国散文史》，上海古籍出版社2000年版。
[②] 杨联芬主编：《中国散文通史》(近代卷)，安徽教育出版社2013年版。

上是有一席之地的。另外，认为陈衍散文创作的特色是"纡徐平淡"，在陈氏散文中，以人物传记类和记游写景类的文章成就最高。而漆绪邦主编《中国散文通史》①（第九卷：近代散文）所论近代散文有28家，其中福建籍有4人，他们是林则徐、严复、方声洞、林觉民。由此可见，近代福建散文在近代散文史上是有一定地位和贡献的，尤其是林纾、严复、林则徐在中国近代史上都是非常著名的人物。不过，从整体而言，对近代福建散文的研究还都只是处于个案研究阶段，还没有系统地梳理出近代福建散文的发展脉络，对他们的古文理论及散文创作的梳理和发掘，广度上还不充分，深度上有待加强。下面试就这一时期福建散文的研究做一回顾。

（1）对梁章钜的研究回顾

梁章钜的笔记散文创作在中国笔记发展史上具有特殊意义，开创笔记由记录琐事闲谈转为记录时事之风气。蔡莹涓《梁章钜研究》②设专章论述梁章钜的笔记著作，认为梁章钜在清代笔记作家中占有重要的一席之地，堪称清代史料笔记大家。其中，《退庵随笔》《归田琐记》《浪迹丛谈》《浪迹续谈》《浪迹三谈》等，在清代笔记中属佼佼者。蔡莹涓《梁章钜笔记小说浅探——以〈浪迹丛谈 续谈 三谈〉为例》③认为《浪迹丛谈》《浪迹续谈》《浪迹三谈》的价值不仅体现在作为史料笔记的叙述时事之特点上，而且更进一步体现在对我国弈棋史、清代典章制度、清代经济史、清代民俗文化，以及清代诗话学等诸多研究领域的帮助上。欧阳少鸣《从归田到浪迹——梁章钜笔记〈归田琐记〉与〈浪迹丛谈〉评述》④认为梁章钜的笔记创作在清代占有重要的地位。两书内容丰富而驳杂，兼具时代烙印和自身特色。欧阳少鸣《简约平实雅致博奥——梁章钜笔记的记叙风格与特点》⑤指出梁章钜的记叙特点是简约信实、章法自然、博识雅驯、叙写从容，折射出时代学术潮流与笔记创作的

---

① 漆绪邦主编：《中国散文通史》（增订本），首都师范大学出版社2014年版。
② 蔡莹涓：《梁章钜研究》，博士学位论文，福建师范大学，2009年。
③ 蔡莹涓：《梁章钜笔记小说浅探——以〈浪迹丛谈 续谈 三谈〉为例》，《厦门教育学院学报》2007年第3期。
④ 欧阳少鸣：《从归田到浪迹——梁章钜笔记〈归田琐记〉与〈浪迹丛谈〉评述》，《名作欣赏》2010年第27期。
⑤ 欧阳少鸣：《简约平实 雅致博奥——梁章钜笔记的记叙风格与特点》，《文化学刊》2015年第5期。

审美标准和审美价值。欧阳少鸣《梁章钜探论》[①]指出梁章钜所著笔记，博识庞杂，在笔记创作集大成的清代，占有一席重要地位，并多有创制，影响深远。来新夏《清代笔记作家梁章钜》[②]充分肯定了梁章钜笔记著述的成就，给予其在文化史上相应的地位。

梁章钜散文创作的最主要贡献和成就在他的笔记散文，这方面的研究也比较丰富和充分。不过多数研究关注其笔记散文的史料价值，可以更多地挖掘其文学价值，更合理地评价其在笔记创作上的地位。

（2）对林则徐的研究回顾

虎门销烟，成就了林则徐民族英雄的声名，也埋伏了其谪戍新疆的命运引线。这样的人生经历对他的诗文创作产生很大的影响。从循吏到英雄到罪臣，从公文写作到文学性创作，都与其心路历程息息相关。

林则徐手札、佚文研究。杨国桢《〈林则徐手札十则〉补注》[③]，张守常《〈林则徐信札浅释〉补正》[④]，胡思庸《林则徐手札十则辑注补证》[⑤]，孙俊、张燕婴《林则徐未刊书札辑证》[⑥]，周铮《林则徐未著年份信稿考辨》[⑦]，王启初《林则徐信札浅释》[⑧]，这些文章是对林则徐书信的考辨。吴义雄《林则徐鸦片战争时期佚文评介》[⑨]认为《中国近事公牍》中保存的《钦差大人奏准议禁鸦片章程》是一篇极重要的林氏佚文。鲁小俊《林则徐佚文一则》[⑩]，陈开林《林则徐佚文三篇辑释》[⑪]，郭义山《在闽西新发现的林则徐佚文、遗墨及其他》[⑫]，

[①] 欧阳少鸣：《梁章钜探论》，《东南学术》2010年第5期。
[②] 来新夏：《清代笔记作家梁章钜》，《福建论坛（人文社会科学版）》2004年第9期。
[③] 杨国桢：《〈林则徐手札十则〉补注》，《故宫博物院院刊》1980年第3期。
[④] 张守常：《〈林则徐信札浅释〉补正》，《文物》1983年第6期。
[⑤] 胡思庸：《林则徐手札十则辑注补证》，《近代史研究》1980年第4期。
[⑥] 孙俊、张燕婴：《林则徐未刊书札辑证》，《文献》2011年第4期。
[⑦] 周铮：《林则徐未著年份信稿考辨》，《中国历史博物馆刊》1993年第2期。
[⑧] 王启初：《林则徐信札浅释》，《文物》1981年第10期。
[⑨] 吴义雄：《林则徐鸦片战争时期佚文评介》，《广东社会科学》2011年第1期。
[⑩] 鲁小俊：《林则徐佚文一则》，《江海学刊》2014年第5期。
[⑪] 陈开林：《林则徐佚文三篇辑释》，《闽江学院学报》2016年第1期。
[⑫] 郭义山：《在闽西新发现的林则徐佚文、遗墨及其他》，《龙岩学院学报》2007年第1期。

杨光辉《林则徐佚文考述》[1]，郑国辑注《林则徐致福珠洪阿书札》[2]，骆伟、徐瑛辑注《林则徐致杨以增书札》（上、下）[3]，周晟、王云路《林则徐致郑瑞麒手札五通释读》[4]，是对林则徐佚文或书信的考辨。

林则徐实用性散文研究。林峰《从几份奏折看林则徐的货币思想》[5]。韩宁宁《从林则徐的奏折看林则徐的早期现代化思想》[6]。陈支平《从林则徐奏折看清代地方督抚与漕运的关系》[7]从林则徐奏折中，来探讨清代地方督抚在漕运中所发挥的职能作用。陈妙闽《林则徐禁烟公文研究》[8]认为林则徐的禁烟公文不仅是时代的产物，而且具有极强的现实意义。罗福惠《停滞社会的重重危机——主要从林则徐奏稿中发现前近代湖北的社会问题》[9]通过对林则徐奏稿的分析，发现了近代前夕湖北社会的贫穷、停滞、百病丛生等状况。

林则徐文学性散文研究。杨娟《林则徐遣戍新疆的心路历程与诗文创作研究》[10]具体而详细地阐述了林则徐通过诗文创作反映谪戍新疆的心路历程。袁梅《林则徐诗文中的南疆维吾尔族的社会制度》[11]《林则徐诗文中的南疆维吾尔族社会生活》[12]就林则徐在诗文中对南疆维吾尔族的生活描述，来展示当时人们的社会生活的真实面貌。魏云芳《浅议林则徐遣疆后诗文创作艺术特色》[13]探讨了林则徐遣疆之后诗文创作的艺术特色，不过对林则徐的创作心态缺乏深入分析。游小倩《从林则徐诗文看其水利思想和功绩》[14]从林则徐两篇与水利有关的诗文入手，对其水利思想和功绩进行延伸研究。

---

[1] 杨光辉：《林则徐佚文考述》，《宁波大学学报（人文科学版）》2007年第2期。
[2] 郑国辑注：《林则徐致福珠洪阿书札》，《厦门大学学报（哲学社会科学版）》1981年第3期。
[3] 骆伟、徐瑛辑注：《林则徐致杨以增书札》（上、下），《文献》1981年第1、2期。
[4] 周晟、王云路：《林则徐致郑瑞麒手札五通释读》，《文献》2013年第6期。
[5] 林峰：《从几份奏折看林则徐的货币思想》，《福建文博》2011年第2期。
[6] 韩宁宁：《从林则徐的奏折看林则徐的早期现代化思想》，《文学界（理论版）》2011年第6期。
[7] 陈支平：《从林则徐奏折看清代地方督抚与漕运的关系》，《闽南师范大学学报（哲学社会科学版）》2014年第3期。
[8] 陈妙闽：《林则徐禁烟公文研究》，硕士学位论文，南京师范大学，2011年。
[9] 罗福惠：《停滞社会的重重危机——主要从林则徐奏稿中发现前近代湖北的社会问题》，《江汉论坛》2001年第2期。
[10] 杨娟：《林则徐遣戍新疆的心路历程与诗文创作研究》，硕士学位论文，陕西师范大学，2011年。
[11] 袁梅：《林则徐诗文中的南疆维吾尔族的社会制度》，《佳木斯教育学院学报》2013年第5期。
[12] 袁梅：《林则徐诗文中的南疆维吾尔族社会生活》，硕士学位论文，新疆大学，2007年。
[13] 魏云芳：《浅议林则徐遣疆后诗文创作艺术特色》，《现代妇女（下旬）》2014年第10期。
[14] 游小倩：《从林则徐诗文看其水利思想和功绩》，《福建文博》2015年第2期。

林则徐文主要分为实用公文写作和文学性散文创作,显然,前者的分量和比重多于后者。而林则徐文学性散文中,以序跋和记传这两部分的文学成就较高,祭文和碑铭次之。目前对林则徐的序跋文和记传文的研究还比较欠缺,还有很大空间可以拓展和挖掘。

(3)对严复的研究回顾

严复笔记、信函、佚文、墓志铭的研究。官桂铨《〈严复集〉外佚文二篇》[①]从《近人笔记大观》卷四《杂闻录》中辑得严复笔记两则。徐中玉《读严复梁启超论文札记》[②]指出严复认为变法应先废八股,改变国家取才用才制度,但其政治见解与文学观念并不同步。耿春亮《新发现严复致朱启钤信函一通》[③]认为该信函的发现,对于科学评析严复晚年学术思想具有重要价值。孙应祥《严复致梁启超等书考辨》[④],陈伟欢、谢作拳《严复致孙宣信札考释》[⑤],程道德、佟鸿举《严复致吴彦复书札》[⑥],卢为峰《严复致张元济信札》[⑦],这类文章皆是对严复书信的考辨。肖伊绯《严复的佚文与墓志铭》[⑧]是对严复佚文与墓志铭的新发现。王宪明《严复佚文十五篇考释》[⑨]指出这组佚文的发现具有重要价值,不仅说明晚年的严复仍关怀时局,而且从更深的层次上反映出近代中国人对世界的认识的变化及外交思想的成熟。

严复的古文观及其散文创作研究。董根明《进化史观与古文道统的同一——吴汝纶与严复思想考索》[⑩]认为严复留学英伦,接受西式教育,但擅长以桐城古文译介西学,是中国近代最具影响力的启蒙思想家。谢飘云《林纾

---

① 官桂铨:《〈严复集〉外佚文二篇》,《学术研究》1988年第1期。
② 徐中玉:《读严复梁启超论文札记》,《阴山学刊》1991年第1期。
③ 耿春亮:《新发现严复致朱启钤信函一通》,《兰台世界》2014年第13期。
④ 孙应祥:《严复致梁启超等书考辨》,《学海》2004年第5期。
⑤ 陈伟欢、谢作拳:《严复致孙宣信札考释》,《收藏家》2017年第8期。
⑥ 程道德、佟鸿举:《严复致吴彦复书札》,《收藏》2011年第10期。
⑦ 卢为峰:《严复致张元济信札》,《中国书画》2004年第12期。
⑧ 肖伊绯:《严复的佚文与墓志铭》,《寻根》2015年第6期。
⑨ 王宪明:《严复佚文十五篇考释》,《清华大学学报(哲学社会科学版)》2001年第2期。
⑩ 董根明:《进化史观与古文道统的同一——吴汝纶与严复思想考索》,《中国社会科学院研究生院学报》2008年第1期。

与严复散文、译述之比较》①就他们在近代散文史上的地位,散文创作和译述作品的特色,作了较为深入的分析与比较。黄树红《论严复对文学与翻译的贡献》②认为严复对中国文学的突出贡献:一是散文创作,二是翻译。他的散文,多是政论散文,既有社会性,又有文学性,开了"社会论文"的先河。张啸虎《评政论家严复的器识与文艺》③指出严复在政论文学上的贡献,是近代史上重要的里程碑。文贵良《严复的古文书写与语言伦理》④认为从严复的古文书写与语言伦理中,可以概括从晚清至五四时期严复的"文"与"言"的基本面貌和价值取向。陈永标《严复的文化观和文学批评论》⑤认为严复的文学批评理论,注重创作的真情实感,强调创作的理想和情感的统一,对艺术的愉悦性和移情作用也有所论述。白光俊《严复的文言书写观点》⑥认为严复的文言书写,不但注意调整内容上的安排,而且采取了合适的书写方式。石文英《严复论诗文》指出《严复集》中的时论、政论、讲义、杂感、序跋、按语、书信,不仅思想内容丰富、深刻,而且意气风发、词采斐然。卢善庆《严复文艺美学思想述评》⑦指出严复的文艺美学观,散见于政治、伦理、逻辑、文学艺术评论和诗文中,与康有为和梁启超的美学思想取同一步调,发挥一定的积极的历史作用。姜东赋《严复文艺观散论——兼与周振甫先生商兑》⑧指出严复承认文艺具有巨大的社会作用,并可借此为政治理想服务。

严复对文学革新的贡献。姜荣刚《严复与梁启超:不同的文学革新范式——兼论"五四"文、白之争的历史渊源》⑨梳理了由严复与梁启超开创的

---

① 谢飘云:《林纾与严复散文、译述之比较》,《华南师范大学学报(社会科学版)》2002年第2期。
② 黄树红:《论严复对文学与翻译的贡献》,《广东教育学院学报》1996年第4期。
③ 张啸虎:《评政论家严复的器识与文艺》,《上海社会科学院学术季刊》1988年第3期。
④ 文贵良:《严复的古文书写与语言伦理》,《南京师大学报(社会科学版)》2011年第1期。
⑤ 陈永标:《严复的文化观和文学批评论》,《广东社会科学》1993年第5期。
⑥ [韩]白光俊:《严复的文言书写观点》,《徐州师范大学学报》2004年第1期。
⑦ 卢善庆:《严复文艺美学思想述评》,《理论学习月刊》1989年第2期。
⑧ 姜东赋:《严复文艺观散论——兼与周振甫先生商兑》,《古代文学理论研究》第三辑。
⑨ 姜荣刚:《严复与梁启超:不同的文学革新范式——兼论"五四"文、白之争的历史渊源》,《学术论坛》2016年第1期。

两种文学革新范式的产生、碰撞及其融合。惠萍《严复与"人的文学"观念的诞生》[①]认为在"人的文学"这一观念的确立过程中，严复传播的进化思想和"三民"思想是无法忽视的里程碑。惠萍《严复与中国近代文学变革》[②]探讨了严复的文学理念，梳理了严复与近代文学变革之间的关系，厘清了严复在文学史上的地位和影响。张宜雷《严复与中国文学的现代化变革》[③]指出严复的散文吸收了西方论说文体注重逻辑论证的特点，被称为"逻辑文学"，在散文文体演变中起了重要过渡作用。关爱和《中国文学的"世纪之变"——以严复、梁启超、王国维为中心》[④]认为严复、梁启超、王国维以各自的努力和贡献，促进了中国具有现代意义的文学体系的建立。

有关严复散文的研究主要集中在其古文观和散文创作上，以及对文学革新的贡献上，对严复文学思想和对近代文学的贡献的研究较为充分和成熟。笔者以为有所欠缺的是应在文本细读的基础之上，把严复的散文创作放在中国散文史的背景下进行考察，探讨其散文写作范式在散文文体演变的进程中所起到的作用。

（4）对陈宝琛的研究回顾

陈宝琛为宣统帝老师，也是同光体成员，其诗在当时影响很大，研究者亦多围绕其"帝师"或"诗人"身份展开论述，对于其古文创作的研究还不充分。论述陈宝琛文学性散文创作的有：刘永翔《悲剧性性格与生命历程的艺术体现——"前清遗老"陈宝琛诗文略论》[⑤]认为陈宝琛古文创作不甚经意，信笔写来，不加修饰，晚年思绪略显跳跃，叙述稍形枝蔓，而语气平和，其言蔼然。文之最佳者当推早年所上之奏议，具见其英发之气、廉悍之气，忧国之心溢于言表。何叶芳《陈宝琛及其螺洲陈氏藏书研究》[⑥]设一小节简略提

---

① 惠萍：《严复与"人的文学"观念的诞生》，《台州学院学报》2012年第5期。
② 惠萍：《严复与中国近代文学变革》，博士学位论文，河南大学，2011年。
③ 张宜雷：《严复与中国文学的现代化变革》，《理论与现代化》2004年第5期。
④ 关爱和：《中国文学的"世纪之变"——以严复、梁启超、王国维为中心》，《文学评论》2016年第4期。
⑤ 刘永翔：《悲剧性性格与生命历程的艺术体现——"前清遗老"陈宝琛诗文略论》，《华东师范大学学报（哲学社会科学版）》2012年第6期。
⑥ 何叶芳：《陈宝琛及其螺洲陈氏藏书研究》，硕士学位论文，福建师范大学，2008年。

及陈宝琛散文风格温婉，多为融记事、议论、抒情为一体的散文作品。

陈宝琛实用性散文研究。这方面通常以《陈文忠公奏议》为材料来阐述陈宝琛的政见、政绩及民族立场等政治问题。林容、戴文君《陈宝琛在江西》[①]通过分析《陈文忠公奏议》来阐述陈宝琛任江西提督学政时，在江西的政治作为。周育民《从陈宝琛论清流党》[②]认为陈宝琛的政见，在一定程度上反映了清流党人的基本政治倾向。陈贞寿《关于陈宝琛的几个问题》[③]以《陈文忠公奏议》为主要材料，从力主抗战、曾陈矛盾及晚节立场三个方面对陈宝琛作出评价。丁凤麟《论陈宝琛的忠君与爱国》[④]也以《陈文忠公奏议》为主要材料来论述陈宝琛的忠君观念和爱国思想。沈渭滨《论陈宝琛与"前清流"》[⑤]认为陈宝琛作为清流健将，与张之洞、张佩纶关系最为密切。他既有不媚时俗、不畏权贵、敢于直谏等清流人物共有的风骨，更有学西学、新内政的鲜明个性。陈勇勤《试论陈宝琛的儒学思想》[⑥]以陈宝琛的奏折为主要材料来阐述其儒学思想。王庆祥《陈宝琛与伪满洲国——兼论陈宝琛的民族立场问题》[⑦]，陈孝华《试论陈宝琛晚年的民族气节》[⑧]，则是以陈宝琛著述及相关史料分析其晚年的民族立场及心态问题。张帆《陈宝琛台湾问题论析》[⑨]通过分析《沧趣楼奏疏》来阐述陈宝琛对台湾问题的见解，陈先后提出了巩固台湾海防和开发建设台湾的一系列主张，甲午战败，陈宝琛创巨痛深，足见其民族气节和爱国情操。

陈宝琛文献考辨的研究。李浩《陈宝琛"密札"探秘》[⑩]认为《溥仪私藏伪满秘档》中所编入的"陈宝琛密札"对于确认陈宝琛晚年是否保持民族气

[①] 林容、戴文君：《陈宝琛在江西》，《江西教育学院学报（综合）》2003年第6期。
[②] 周育民：《从陈宝琛论清流党》，《上海师范大学学报（哲学社会科学版）》1998年第1期。
[③] 陈贞寿：《关于陈宝琛的几个问题》，《社会科学战线》1983年第4期。
[④] 丁凤麟：《论陈宝琛的忠君与爱国》，《史林》1996年第1期。
[⑤] 沈渭滨：《论陈宝琛与"前清流"》，《复旦学报（社会科学版）》1995年第1期。
[⑥] 陈勇勤：《试论陈宝琛的儒学思想》，《齐鲁学刊》1996年第1期。
[⑦] 王庆祥：《陈宝琛与伪满洲国——兼论陈宝琛的民族立场问题》，《社会科学战线》1996年第2期。
[⑧] 陈孝华：《试论陈宝琛晚年的民族气节》，《福建论坛（文史哲版）》1998年第6期。
[⑨] 张帆：《陈宝琛台湾问题论析》，《福建论坛（人文社会科学版）》2001年第6期。
[⑩] 李浩：《陈宝琛"密札"探秘》，《南方文物》2001年第3期。

节这一问题具有重要的参考价值。林子年《陈宝琛行实述评二题》①探讨了陈宝琛《在资政院请昭雪杨锐等提案文》的撰作心态。

陈宝琛文中奏议占了很大比重，而文学性散文中，主要有序跋、墓志、律赋、制艺，而对这部分的研究还很欠缺，需要我们在文本细读的基础上，对其中比较有文学价值的文章进行艺术分析。

（5）对林纾的研究回顾

林纾的声誉来自"林译小说"，但在林纾的心目中，小说与古文始终有着价值的高下之别，小说是"小道"，古文才是"大道"。关于林纾散文研究的成果较为丰富，不过以研究林纾古文理论最为密集，也最为成熟，而对林纾散文创作的研究还不够充分不够深入。

林纾佚文的研究。江中柱《〈大公报〉中林纾集外文三篇》②辑得林纾文三篇，分别是：《论古文之不宜废》《林琴南再答蔡鹤卿书》《为闽事覆诸同志书》。景献慧《林纾致陈宝琛手札考略》③就林纾致陈宝琛的一封行书手札，论述各自的学术活动及对时局的看法。

林纾古文理论的研究。高兴《"为斯文一线之延"的"风雅"之争——论林纾的古文观及其历史际会》④认为林纾的古文观别具一格，提倡"正言"与"提要"的统一，重视"意境"的营构，在价值取向上既强调"政教"效果又不忽略"娱悦"作用。张桂红《继承·改造·发展——论林纾文论在桐城派中的地位和作用》⑤指出林纾的文论思想不仅对桐城派文学理论有着继承、改造和发展之功，而且对之后文学革新有着启发和诱惑之力。安安《林纾〈春觉斋论文〉古文理论探要》⑥认为《春觉斋论文》是林纾古文理论的集大成之作，涉及了古文创作的诸多重要观点，如"为文大要""制局法则""行文贵

---

① 林子年：《陈宝琛行实述评二题》，《宁德师专学报（哲学社会科学版）》1995年第2期。
② 江中柱：《〈大公报〉中林纾集外文三篇》，《文献》2006年第4期。
③ 景献慧：《林纾致陈宝琛手札考略》，《群文天地》2012年第2期。
④ 高兴：《"为斯文一线之延"的"风雅"之争——论林纾的古文观及其历史际会》，《北京理工大学学报（社会科学版）》2010年第6期。
⑤ 张桂红：《继承·改造·发展——论林纾文论在桐城派中的地位和作用》，硕士学位论文，湖北师范学院，2014年。
⑥ 安安：《林纾〈春觉斋论文〉古文理论探要》，硕士学位论文，内蒙古师范大学，2007年。

忌"。杨新平《林纾〈古文辞类纂选本〉及其文章学思想》[1]认为林纾约选姚鼐《古文辞类纂》而成《古文辞类纂选本》,力延古文一线之传,对桐城派文章学理论进行了深入总结和提升。刘城、马丽君《林纾〈韩柳文研究法〉的学术史意义》[2]认为该书是第一部以韩柳文为整体加以研究的理论著作,其研究视角与命名方式的独创,在韩柳文研究史上具有导夫先路的学术史意义。安安《林纾"文境论"探析》[3]将林纾的"文境论"与王国维所论"意境"相比较,更强调"意中之境",观照到了为文者的修养对意境形成的作用。朱丽芳《林纾〈文境〉之"真情实迹"论》[4]对《文微》中的"作文之道"进行梳理,探求其理论价值。朱丽芳《林纾〈文微〉探要》[5]从《文微》入手来探讨林纾古文的原理与本质,阐明林纾独特的文体观,梳理不同文体的风格基调,以及林纾对自秦汉至清代古文的点评所总结出的赏评理论。卓莉《林纾的〈左传〉选评本及其古文理论研究》[6]认为林纾的《左传》选本奉《左传》的创作技巧为圭臬,认为《左传》是古文写作的领军者和写作范本。张俊才《林纾古文理论述评》[7]围绕林纾古文理论在桐城派文论发展中的地位和意义,对林纾的古文理论作了评述。王杨《林纾古文的"承"与"变"》[8]以《春觉斋论文》为主要探究对象,分析林纾古文理论的传承与变革之处。张胜璋《林纾古文论研究评议》[9]认为林纾古文论研究在内容的扩展、方法的提升、角度的丰富都有不俗的表现,但也存在一些亟待解决的问题。张胜璋《林纾古文论综论》[10]对林纾古文理论的内容、特色、价值和意义作了全面而系统的评议。张胜璋《论林纾的文体观》[11]认为林纾的文体论是其古文论的重

---

[1] 杨新平:《林纾〈古文辞类纂选本〉及其文章学思想》,《安庆师范学院学报(社会科学版)》2015年第6期。
[2] 刘城、马丽君:《林纾〈韩柳文研究法〉的学术史意义》,《中国石油大学学报(社会科学版)》2016年第3期。
[3] 安安:《林纾"文境论"探析》,《语文学刊》2006年第S2期。
[4] 朱丽芳:《林纾〈文境〉之"真情实迹"论》,《广播电视大学学报(哲学社会科学版)》2013年第3期。
[5] 朱丽芳:《林纾〈文微〉探要》,硕士学位论文,内蒙古师范大学,2013年。
[6] 卓莉:《林纾的〈左传〉选评本及其古文理论研究》,硕士学位论文,福建师范大学,2014年。
[7] 张俊才:《林纾古文理论述评》,《江淮论坛》1984年第3期。
[8] 王杨:《林纾古文的"承"与"变"》,《滁州职业技术学院学报》2011年第2期。
[9] 张胜璋:《林纾古文论研究评议》,《闽江学院学报》2008年第4期。
[10] 张胜璋:《林纾古文论综论》,博士学位论文,福建师范大学,2009年。
[11] 张胜璋:《论林纾的文体观》,《中南大学学报(社会科学版)》2008年第2期。

要部分，在某种意义上超越了之前及同时代的文体研究，直接继承《文心雕龙》的文体论传统。张胜璋《林纾论古文的审美欣赏理论》①指出林纾论古文的审美艺术，以意境为核心，以风趣、神韵、神味助意境之说。张胜璋《林纾论古文的审美形态》②认为在林纾的古文艺术论体系中，作品的形式因素非但必不可少，甚至具有独立的审美价值。张胜璋《林纾论古文意境》③认为林纾的意境论既有对传统意境论的继承与扩展，又有长期以来对古文创作与艺术审美经验的总结。张胜璋《意境："文之母也"——林纾古文艺术论》④认为林纾是将意境论移至古文并进行具体阐述的第一人，其理论是对中国古典意境论的一个极其重要的深化与扩展。

曾宪辉《林纾论文的"取法乎上"——畏庐文论摭议》⑤探讨了林纾论古文"取法乎上"的深层含义。曾宪辉《林纾文论浅说》⑥对林纾古文论与桐城派文论的联系与差别作了评说。张驰《林纾语体观念研究》⑦从语体观念研究的角度，使用语体学理论，分析林纾充满矛盾的白话与文言文学活动。沈文凡、李佳《论林纾的"韩柳"观》⑧认为林纾古文创作多取法唐宋，于唐人之中尤其推崇韩愈和柳宗元。刘城《论林纾的韩柳文批评——以林纾三部理论著作为中心》⑨指出《韩柳文研究法》是较早罕见独以韩柳文作为整体以研究的论著，其研究方法在学术史上可谓导夫先路。芮文浩《宗经典为古 师〈史〉〈汉〉为文——林纾〈春觉斋论文〉古文用字论》⑩认为林纾古文用字理论的重要特征是尊奉经典的同时又注重师法《史》《汉》。

林纾古文创作的研究。张胜璋《林纾的古文因缘》⑪认为林纾终其一生

---

① 张胜璋：《林纾论古文的审美欣赏理论》，《闽江学院学报》2015年第4期。
② 张胜璋：《林纾论古文的审美形态》，《福建工程学院学报》2012年第5期。
③ 张胜璋：《林纾论古文意境》，《福建论坛（人文社会科学版）》2011年第9期。
④ 张胜璋：《意境："文之母也"——林纾古文艺术论》，《中国石油大学学报（社会科学版）》2008年第6期。
⑤ 曾宪辉：《林纾论文的"取法乎上"——畏庐文论摭议》，《福建师范大学学报（哲学社会科学版）》1992年第2期。
⑥ 曾宪辉：《林纾文论浅说》，《福建师范大学学报（哲学社会科学版）》1985年第3期。
⑦ 张驰：《林纾语体观念研究》，硕士学位论文，华东师范大学，2009年。
⑧ 沈文凡、李佳：《论林纾的"韩柳"观》，《古籍整理研究学刊》2017年第2期。
⑨ 刘城：《论林纾的韩柳文批评——以林纾三部理论著作为中心》，《福建工程学院学报》2012年第5期。
⑩ 芮文浩：《宗经典为古 师〈史〉〈汉〉为文——林纾〈春觉斋论文〉古文用字论》，《渭南师范学院学报》2015年第7期。
⑪ 张胜璋：《林纾的古文因缘》，《闽江学院学报》2009年第4期。

与古文有着牵扯不尽的因缘，自小习古文，成年授古文，入京与桐城文派之交游，"五四"为古文抗争。刘素萍《林纾古文研究》①主要论述了林纾古文创作的风格。田若虹《林纾〈评选船山史论〉考述》②认为林纾《评选船山史论》堪为文史评论之范典。林纾不仅深得船山之学，善于阐精补义，开掘船山之微言大义，亦自成一家之言。吕甜《林纾论韩愈散文》③重点梳理了林纾对韩愈散文的论述情况。陈丽静《林纾论欧阳修散文》④认为林纾以韩愈散文为评判欧阳修散文的参照系，认为欧阳修散文是"大家"之文，领衔宋代六大家，能与韩愈并称唐宋文正宗，但总体上不如韩愈。谢飘云《林纾与严复散文、译述之比较》⑤就他们在近代散文史上的地位，散文创作和译述作品的特色，以及与这些特色相联系的家世、生平、思想、性格等方面，作了分析和比较。何素雯《浅议林纾议论文的艺术特色》⑥从形象、感情、结构来谈林纾议论文的艺术特色。陈安民《试论林纾和嵇文甫的船山史论选评——兼谈时代与史学批评之关系》⑦就二者的撰述旨趣、内容、批评视角和各自所反映的时代特征之异作了初步的梳理。罗书华《意境、情韵与神味：林纾散文学的新色彩》⑧指出林纾散文学的诗性特质以"意境""情韵"与"神韵"三说最具代表性。罗书华《在道理与性情之间：林纾散文学的突围与徘徊》⑨指出林纾特别强调散文的无用性和审美性，是中国散文学文道范式的一次重要转变。夏晓虹《一场未曾发生的文白论争——林纾一则晚年佚文的发现与释读》⑩对芸渠的《偶谈》与林纾的回应做了互文释读，以贴近与揭示林纾的晚

---

① 刘素萍：《林纾古文研究》，硕士学位论文，郑州大学，2012年。
② 田若虹：《林纾〈评选船山史论〉考述》，《中国文学研究》2007年第1期。
③ 吕甜：《林纾论韩愈散文》，硕士学位论文，福建师范大学，2016年。
④ 陈丽静：《林纾论欧阳修散文》，硕士学位论文，福建师范大学，2011年。
⑤ 谢飘云：《林纾与严复散文、译述之比较》，《华南师范大学学报（社会科学版）》2002年第2期。
⑥ 何素雯：《浅议林纾议论文的艺术特色》，《剑南文学（经典教苑）》2012年第12期。
⑦ 陈安民：《试论林纾和嵇文甫的船山史论选评——兼谈时代与史学批评之关系》，《西南大学学报（社会科学版）》2015年第1期。
⑧ 罗书华：《意境、情韵与神味：林纾散文学的新色彩》，《社会科学》2012年第3期。
⑨ 罗书华：《在道理与性情之间：林纾散文学的突围与徘徊》，《长春大学学报》2013年第7期。
⑩ 夏晓虹：《一场未曾发生的文白论争——林纾一则晚年佚文的发现与释读》，《中山大学学报（社会科学版）》2015年第1期。

年心态。林薇《"文生于情 情生于文"——林纾〈苍霞精舍后轩记〉赏析》[1]认为这篇散文是通过记轩以表现伤往怀旧之情。郭丹《外质而中膏,声希而味永——林纾〈苍霞精舍后轩记〉细读》[2]就《苍霞精舍后轩记》一文作了精彩的艺术赏鉴。卓希惠《林纾〈徐景颜传〉古文艺术美赏读》[3]从语言、结构、节奏、细节、感情等方面对《徐景颜传》进行了深入的赏读。卓希惠《林纾传记文史传艺术探析》[4]认为林纾的古文创作深受传统史传文学影响。韩立平、吴伯雄《文言文的语感晕眩——从林纾的不通到钱穆的病句》[5]认为中国文言的"可爱"之处,在规则与自由之间,在魅力与晕眩之间。

　　林纾古文与"小说笔法"的研究。吴微《"小说笔法":林纾古文与"林译小说"的共振与转换》[6]指出林纾对"小说笔法"进行了理论认同与实践操练,使其古文与小说独具风味与魅力,具有深刻的文化意义,体现了雅俗文学的共容与交融。祁开龙、庄林丽《从林译序跋看林纾的爱国情怀》[7]指出在林译序跋中,林纾提出了"变法救国""实业救国""教育救国"等一系列重要的理念,是林纾渴望民族自立、自强的真实反映。周小玲《林纾副文本的文学思想》[8]以林译小说的序、跋、识语、小引、译余剩言等副文本为研究对象,借此来还原其译书的初衷和文学思想。吴俊《林纾散论》[9]讨论了林纾的"古文"观及与桐城派和林译小说问题的关系,辨正所谓古文与西洋小说之间"义法""语言"的相合。王雅勤《桐城古文与小说笔法——以戴名世、梅曾亮、林纾为例》[10]设专章探讨了林纾古文创作与小说笔法的交融研究。

　　林纾古文与桐城派、新文学的关系研究。毕耕《古文万无灭亡之理——

---

[1] 林薇:《"文生于情 情生于文"——林纾〈苍霞精舍后轩记〉赏析》,《名作欣赏》1983年第4期。
[2] 郭丹:《外质而中膏,声希而味永——林纾〈苍霞精舍后轩记〉细读》,《文史知识》2016年第3期。
[3] 卓希惠:《林纾〈徐景颜传〉古文艺术美赏读》,《文史知识》2015年第9期。
[4] 卓希惠:《林纾传记文史传艺术探析》,《集美大学学报(哲学社会科学版)》2010年第3期。
[5] 韩立平、吴伯雄:《文言文的语感晕眩——从林纾的不通到钱穆的病句》,《书屋》2012年第3期。
[6] 吴微:《"小说笔法":林纾古文与"林译小说"的共振与转换》,《明清小说研究》2002年第3期。
[7] 祁开龙、庄林丽:《从林译序跋看林纾的爱国情怀》,《福建工程学院学报》2015年第2期。
[8] 周小玲:《林纾副文本的文学思想》,《求索》2010年第5期。
[9] 吴俊:《林纾散论》,《华东师范大学学报(哲学社会科学版)》1998年第5期。
[10] 王雅勤:《桐城古文与小说笔法——以戴名世、梅曾亮、林纾为例》,硕士学位论文,安徽师范大学,2016年。

重评林纾与新文学倡导者的论战》①认为古文是林纾生命中的重要组成部分,流进了他的血脉,铸就了他的灵魂。胡全章《林纾"白话道情"考论》②指出《杭州白话报》"白话道情"考论,试图还原林纾作为晚清开风气之先的启蒙白话报和白话文学先驱者的本来面目。马兵《林纾的矛盾——兼谈他与"五四"文学先驱者文学观念的异同》③认为林纾的文学观和维新观与"五四"文化先驱颇为相似。蒋英豪《林纾与桐城派、改良派及新文学的关系》④指出林纾以古文家名,却一生与桐城派保持着若即若离的关系。王济民《林纾与桐城派》⑤,王杨《林纾与桐城派研究》⑥都就林纾与桐城派的关系做了较深入的考察。慈波《误读与重释:作为古文家的林纾》⑦对作为古文家身份的林纾与新文化运动、桐城派及其意境说进行新的解读,令人耳目一新。龚连英《"入世"与"出世"——林纾双重文化心态解读》⑧从林纾文集中解读其双重文化心态——"入世"与"出世",认为其表现为价值观上"隐"与"见"的相互交织,为学上追求自由境界与迁就学术规范的双重意象。

　　林纾与台湾的研究。苏建新《林纾的台湾记忆略述》⑨阐述了林纾的台湾记忆。祁开龙《林纾眼中的近代台湾社会》⑩通过对林纾相关作品的举例取证,了解林纾对闽粤移民赴台谋生之风险的分析,及对疾病、瘟疫侵袭的描述等。江中柱《林纾与台湾》⑪梳理了林纾的寓台经历和其涉及台湾的文献资料,具有不容忽视的文学价值和史料价值。

　　目前学术界关于林纾古文的研究主要集中在其古文理论、古文创作的思想内容与特色、林纾古文与"小说笔法"、林纾古文与桐城派及新文学的关系

---

① 毕耕:《古文万无灭亡之理——重评林纾与新文学倡导者的论战》,《广西社会科学》2005年第7期。
② 胡全章:《林纾"白话道情"考论》,《福建工程学院学报》2012年第5期。
③ 马兵:《林纾的矛盾——兼谈他与"五四"文学先驱者文学观念的异同》,《东岳论丛》2003年第1期。
④ 蒋英豪:《林纾与桐城派、改良派及新文学的关系》,《文史哲》1997年第1期。
⑤ 王济民:《林纾与桐城派》,《华中师范大学学报(人文社会科学版)》2007年第3期。
⑥ 王杨:《林纾与桐城派研究》,硕士学位论文,兰州大学,2012年。
⑦ 慈波:《误读与重释:作为古文家的林纾》,《中山大学学报(社会科学版)》2009年第6期。
⑧ 龚连英:《"入世"与"出世"——林纾双重文化心态解读》,《新余学院学报》2012年第4期。
⑨ 苏建新:《林纾的台湾记忆略述》,《闽台文化交流》2012年第3期。
⑩ 祁开龙:《林纾眼中的近代台湾社会》,《海峡教育研究》2016年第3期。
⑪ 江中柱:《林纾与台湾》,《福州大学学报(哲学社会科学版)》2006年第4期。

等方面,研究成果也较为丰富,相对而言,对林纾古文的研究比较成熟和充分。不过,笔者以为应该更多地关注林纾的古文创作,毕竟林纾终其一生是以古文家为自我期许的,应着重研究林纾古文创作方面的独特价值(罗书华就深刻地指出林纾散文是中国散文学文道范式的一次重要转变),应该沿着这样的思路,深入挖掘林纾散文的艺术价值。

(6)对陈衍的研究回顾

陈衍为"同光体"闽派诗人领袖,其诗歌创作对当时文坛的影响远甚于其散文创作,自然地,学界多注目于其诗学成就而冷落其散文创作的成就。王基伦《陈衍〈石遗室论文〉论宋代古文》[1]归纳了陈衍的古文批评观点,阐述他对宋代古文的具体看法,王基伦《陈衍〈石遗室论文〉论唐代古文》[2]认为陈衍主要是从思想渊源和文体角度评论古文家,对柳宗元、李翱的肯定较多,对于桐城派"扬韩抑柳"的做法表示不满。丁恩全《陈衍的〈史记〉文章学研究》[3]认为陈衍的《史记》研究,"机杼""线索"以及"提振"等概念在《史记》研究中的运用,是引人注目的。总之,陈衍的《史记》文章学研究具有"匡时"的意义。何绵山《试论陈衍的文学成就》[4]认为真正使陈衍在近代文坛享有盛名的,是他的诗学理论。但是,其散文创作也不容忽视,其中最有价值的是写人和纪游这两类。

陈衍政治、经史、学术等思想研究。吴硕《读陈衍的〈戊戌变法榷议〉及其他》[5]论述了一个当时的稳健派或实务派——陈衍的维新变法思想。冯蔚宁《论陈衍的经学思想》[6]认为陈衍在经学上重视求真、考证,质疑宋以后十三经"取舍颇未当",提议定为"十六经";注重考辨,持论有据;对儒家经典以及儒家伦理学进行介绍和考辨,并且力议各地保送精通儒学者上大学。周薇

---

[1] 王基伦:《陈衍〈石遗室论文〉论宋代古文》,《古典文学知识》2012年第4期。
[2] 王基伦:《陈衍〈石遗室论文〉论唐代古文》,台湾《中国学术年刊》第30期(秋季号)。
[3] 丁恩全:《陈衍的〈史记〉文章学研究》,《文学遗产》2014年第3期。
[4] 何绵山:《试论陈衍的文学成就》,《福建论坛(文史哲版)》1991年第2期。
[5] 吴硕:《读陈衍的〈戊戌变法榷议〉及其他》,《学术月刊》1999年第11期。
[6] 冯蔚宁:《论陈衍的经学思想》,《衡水学院学报》2009年第3期。

《略论陈衍的学术思想与特点》[1]认为陈衍除诗学成就外，在经学、史学、儒家伦理学、小学等方面都有独到的见解，也客观反映了近代知识分子的学术态度、文化倾向、政治诉求。吴硕《浅谈陈衍的儒家思想——读陈衍的〈伦理讲义〉》[2]就陈衍编写的《伦理讲义》来阐述他对孔子学说的理解。

从上述论文可知，对陈衍散文的研究主要关注其古文批评观点，而对陈衍散文作品的艺术研究还比较薄弱。对作品的文本细读和艺术分析不够深入和细致，几乎可以说是二三流散文家作品研究中存在着的一个普遍情况，也是笔者力图深入文本研究的一个重要方向。运用中国散文学的理论深入散文文本的艺术深处，以期实现文本的微观透视和理论的宏观彰显的水乳交融，这是目前古代散文研究要解决的一个重要问题。

（7）对高澍然的研究回顾

齐道芬《高澍然古文研究》[3]考订了高澍然的生平、著述和交游情况，分析其古文的思想内容和古文理论主张，展现高澍然其人其文的基本面貌，并对其在清中叶福建文坛的地位作出较为客观的评价。陈庆元《嘉道间古文家高澍然及其〈抑快轩文集〉九种传世钞本》[4]指出高澍然古文以韩愈为主，辅以李翱，重视言与行的结合，重视言之见于行，反对负奇而贵平易。不足之处是取资未甚广，未足以惊人魂魄。丁俊丽《宋儒之学视域下的高澍然〈韩文故〉与韩文批评》[5]指出高澍然重韩文文气评析，认为韩文气由"直养"心志而成，品评韩文平易渊雅之风。

（8）其他

崔成宗《渡台书家郭尚先评传》[6]、蔡清德《郭尚先在闽行迹、书法交游

---

[1] 周薇：《略论陈衍的学术思想与特点》，《理论界》2011年第10期。
[2] 吴硕：《浅谈陈衍的儒家思想——读陈衍的〈伦理讲义〉》，《中国近代》第17辑。
[3] 齐道芬：《高澍然古文研究》，硕士学位论文，福建师范大学，2017年。
[4] 陈庆元：《嘉道间古文家高澍然及其〈抑快轩文集〉九种传世钞本》，《福州师专学报》1998年第4期。
[5] 丁俊丽：《宋儒之学视域下的高澍然〈韩文故〉与韩文批评》，《求索》2015年第9期。
[6] 崔成宗：《渡台书家郭尚先评传》，《中华文化与地域文化研究——福建省炎黄文化研究会20年论文集（第四卷）》，2011年。

及台湾书法之关系述论》①二文均对郭尚先生平事迹作了详细评述。李波《李彦章官宜州著述考略》②对其著述作了考证。

黄霖《略论林昌彝的文学思想》③指出林昌彝是一位勤奋多产而富有特色的近代文学批评家，其在《小石渠阁文集》中有不少论文之作。林昌彝文的数量比较多，但是目前只有一篇论文，显然对其研究还很欠缺。林昌彝的散文创作有赋九篇、文六卷，文又有论有序有传有记，这部分散文的文学性比较强，值得我们通过文本细读发掘其文学创作的意义和价值。

朱小卫《苏廷玉及其著述考论》④对苏廷玉的生平及其藏书、著述、交游作了详细考论。刘繁《杨浚及其著述与交游考论》⑤对杨浚生平及其藏书、著述、交游作了详细考论。

赖礼端《刘存仁文学研究》⑥第二章专门研究刘存仁的文钞，归纳其文钞的主要内容，分析其文钞的艺术特色，重点阐述其代府制文的艺术特色，发掘其文钞的意义和价值。

苏秋红《郭柏苍及其诗文研究》⑦用一小节来论述郭柏苍的散文创作，主要选取了能体现其创作才情的散文游记、传文、祭文、墓志、序跋等进行赏析。

陈炜、陈庆元《谢章铤为台湾府教谕刘家谋所作序跋传记祭文之讨论——兼论谢章铤的古文》⑧认为谢章铤为刘家谋所作之序、跋、传记、古文、祭文多篇，这些古文表达了两人的情谊，以及谢氏对闽海时政的关注。

薛绍徽是近代著名的闽籍才女，关于她的散文创作，除了加强对薛绍徽文的艺术分析和文本解读之外，我想应该关注其女性身份写作的独特之处和

---

① 蔡清德：《郭尚先在闽行迹、书法交游及台湾书法之关系述论》，《东南学术》2013年第5期。
② 李波：《李彦章官宜州著述考略》，《河池学院学报》2018年第1期。
③ 黄霖：《略论林昌彝的文学思想》，《古代文学理论研究》第十一辑。
④ 朱小卫：《苏廷玉及其著述考论》，硕士学位论文，福建师范大学，2012年。
⑤ 刘繁：《杨浚及其著述与交游考论》，硕士学位论文，福建师范大学，2010年。
⑥ 赖礼端：《刘存仁文学研究》，硕士学位论文，福建师范大学，2012年。
⑦ 苏秋红：《郭柏苍及其诗文研究》，硕士学位论文，福建师范大学，2010年。
⑧ 陈炜、陈庆元：《谢章铤为台湾府教谕刘家谋所作序跋传记祭文之讨论——兼论谢章铤的古文》，《福建师范大学学报（哲学社会科学版）》2010年第3期。

特殊价值。苗健青《独写幽香非写色 纤秾圆润自分明——读〈薛绍徽集〉》[①]认为薛绍徽的诗文一洗闺秀创作惯有的脂粉铅华，呈现的是基于传统温柔敦厚风格之上的新风貌。林怡《简论晚清著名闽籍女作家薛绍徽》[②]认为薛绍徽创作题材多样，工于诗词，尤擅做骈文，技巧极为圆熟娴雅。林怡《阑珊春事 花谢水流——简论薛绍徽及其〈秦淮赋〉》[③]对薛绍徽的《秦淮赋》进行了点读介绍。

综上所述，从作家的影响力和作品的艺术价值而言，笔者以为这一时期福建最重要的散文家有林纾、严复、陈衍，他们能被写进近代散文史。除此之外，如果要写福建近代散文史，以下这些作家的名字，也可堪称重要作家。他们是：梁章钜、张际亮、高澍然、陈宝琛、林昌彝、谢章铤、刘存仁、郭柏苍、薛绍徽。总体而言，鸦片战争以来的文学，因其与社会变革的联系太过紧密，从而大大削弱了其文学性。近代散文的"经世致用"之风已经很明显了，福建近代散文的发展也正处于时代潮流的裹挟中，概莫能外。同时，近代散文的观念、语言和形式，也随着社会的巨变发生很大变化，近代散文文体的发展正好处于古代文学向现代文学演进的过渡阶段之中，古文写作逐步走向末路，新兴的白话散文创作应运而生，在这二者的夹缝中间，近代散文的发展与局限，近代散文文体观念的检讨与转变，诸如此类问题，值得思考。

二、研究思路、方法和创新之处

本书的研究思路以文献整理为主，间以文学评价为辅，二者相辅相成、相得益彰。采取的主要研究方法有古籍文献的搜集和整理、古籍版本的比较分析法；史料的辨析考证法；数据统计法；阐释学或文艺学的赏鉴评介法。

[①] 苗健青：《独写幽香非写色 纤秾圆润自分明——读〈薛绍徽集〉》，《福州大学学报（哲学社会科学版）》2003年第S1期。
[②] 林怡：《简论晚清著名闽籍女作家薛绍徽》，《东南学术》2004年第S1期。
[③] 林怡：《阑珊春事 花谢水流——简论薛绍徽及其〈秦淮赋〉》，《中国典籍与文化》2003年第2期。

具体而言，首先，借助文献目录学查找清代闽籍作家的生平及著述等相关资料，主要利用福建师范大学图书馆对清代福建散文集的影印版本，并对不同版本进行比对分析，这一步主要是运用古籍文献的搜集和整理、古籍版本的比较分析法。其次，针对作者的生平简介、别集名称、卷数等，利用相关史料的记载，对作者的生卒年、行迹及别集名称、卷数等信息进行辨析考证。再次，针对别集的篇目，主要运用数据统计法，对每个作家散文集中各种文体进行篇目统计，从而大体上掌握各个作家散文创作的多寡，为进一步对其散文创作的艺术定位作准备。最后，针对散文集中的序跋和重要篇章，主要运用阐释学或文艺学的方法对其进行解读、鉴赏及评价。

本书的主要创新之处有：其一，从著录的别集数量上来说，现有35家是已取得一定研究成果的，而其余59家的研究则近乎空白，说明清代福建散文作为地域文献的组成部分，还有很多研究领域至今无人问津。其二，笔者对散文集中各体文章的篇目进行了认真的统计核算，对于评估该作家的文集分量起到了非常重要的参考价值。其三，对序跋和重要篇章的征引，大部分都是初次引用，这部分"新材料"，虽非全豹，但亦可管窥一二，从而激发读者阅读完整文集的兴趣。其四，对序跋和重要篇章的评鉴，虽略显不够深入，缺乏一定的理论支撑，不过亦可视为独具特色的导读性评介，是对文本细读的努力尝试。其五，公藏信息的著录，为读者提供确切具体的书目线索，不仅必不可少，而且非常实用。

三、研究的价值和意义

对清代福建散文的研究，从本书著录的94家来看，目前学术界已取得一定研究成果的作家有35家，具体是：陈轼、丁炜、黎士弘、李世熊、刘坊、林古度、蔡世远、林云铭、李光地、庄亨阳、陈梦雷、蓝鼎元、雷鋐、龚景瀚、林雨化、郑光策、朱仕琇、陈寿祺、高澍然、郭尚先、李彦章、梁章钜、林则徐、苏廷玉、郭柏苍、林昌彝、刘存仁、杨浚、张际亮、严复、陈宝琛、谢章铤、薛绍徽、陈衍、林纾。除此之外，以下的诸多作家几乎没有任何散文方面的研究成果，计有59家，具体是：陈常夏、高兆、黄晋良、林涵春、林向哲、毛鸣岐、王命岳、王凤九、蔡衍锟、陈万策、林佶、彭圣坛、邱嘉穗、吴士熺、萧正模、郑亦邹、郭起元、李清植、蔡新、官崇、林芳、阴承方、陈池养、高蓝珍、蒋蘅、林春溥、林兆鲲、林轩开、徐经、张绅、赵在田、朱锡谷、陈金城、陈乔枞、陈庆镛、郭柏荫、何秋涛、何则贤、黄宗汉、李彦彬、李枝青、沈葆桢、王景贤、王庆云、魏秀仁、温训、赵新、林贺峒、刘三才、陈成侯、陈翼、郭篯龄、江春霖、林鉴中、刘尚文、王仁堪、萧道管、张亨嘉、王福善。可谓一大片有待开垦的学术荒地。

文集的搜集和整理，是文学研究的题中应有之义。乾嘉时期，有识之士便痛惜闽地文献的严重散失："考唐、宋《艺文志》，慨然于吾闽文献之不足，然窃念零珪断璧，犹可求什一于千百，惜世无有冥搜而博讨之者，故湮沉弥甚。"陈寿祺《〈东南峤外诗文钞〉序》亦云："痛故乡艺文之散弃，远者百年，近者不及数十年，大半烟销露灭，即其子孙莫能守，何况千载以上。呜呼！此诚乡土大夫后起者之责也。"搜集和整理福建作家别集，能扩大福建区域文学的影响，了解福建文学和福建作家的成就，并对此作出客观公正的评价。尤其是对那些至今无人问津的清代福建散文家，搜集和整理他们的文集，更是迫在眉睫。福建的乡邦文献，堪称彬彬其盛，光华璀璨，可以说虽卷帙浩繁而一直零散未理。故今日欲窥清代闽人散文著作者，有无由得其门而入之叹。

本书本质上属于古籍整理工作，对清代福建散文的相关文献进行搜集与点校，以闽籍散文家及著述为纲，历史时代为序，遴选了近百部代表闽人散文创作水平的主要著作，并对其作出较为系统、独具特色的导读性评介。

本书所著录书目，均为清代福建散文集，以福建师范大学图书馆馆藏为主，反映现存清代福建文集之著述、馆藏及作者传记资料，共著录94名作家所撰散文集，旨在为清代福建文献与文学研究提供目录的基本线索。大体原则上以人系书，所著录的别集，皆注明所知的现存各种版本，并尽量保留各馆藏书目。

具体言之，本书以叙录的方式，集版本学著作与人名辞典为一体，各以

"叙录"和"公藏"两种形式著录之。具体言之，叙录主要包含作者生平简介、别集版本样式及各文体篇目数量的统计，以及对文集序跋和重要篇章的评鉴，公藏即标明现存各种版本及其馆藏地，最大限度地提供清代福建文集的有关信息。

  本书立足于清代福建地方历史文化的内涵和特征，充分吸收和借鉴学术界已有的相关研究成果，从而对所选清代闽人散文集，就其书名、卷数、作者、主要内容、历史影响、版本流传、学界评价等方面进行了系统评介。相信整理清代福建散文典籍，必将越发显示出珍贵的历史文献价值，对进一步发掘闽学资源，弘扬闽学传统，起到一定的促进作用，并且发挥其更大的现实参鉴意义。

第一章·顺治朝

起止时间为 1644—1661 年,闽籍散文家有十五家,其中文集被《清代诗文集汇编》收录的有九家,分别是:陈轼、丁炜、黄晋良、黎士弘、李世熊、林古度、林云铭、毛鸣岐、王命岳;而未被收录的则有六家,分别是:陈常夏、高兆、林涵春、林向哲、刘坊、王凤九。

从文集总量来看,毛鸣岐《菜根堂集》二十八卷《续》一卷,王命岳《耻躬堂文集》二十卷,李世熊《寒支初集》十卷、《寒支二集》六卷、《卷首》一卷,黄晋良《和敬堂全集》文部十六卷,陈常夏《江园集》十四卷,林云铭《挹奎楼选稿》十二卷,丁炜《问山文集》八卷,黎士弘《托素斋文集》六卷,林涵春《塔江楼文钞》六卷,陈轼《道山堂前集》文一卷、《道山堂后集》文五卷,王凤九《霞庵文集》四卷,林向哲《瓯离子集》二卷,林古度《林茂之文草》一卷、《林茂之赋草》一卷,高兆《春霭亭杂录文稿》一卷,刘坊《天潮阁集》文一卷。

陈　轼《道山堂集》

叙录

陈轼[①]（1617—1694），字静机，侯官人。明崇祯十三年（1640）进士。入清，官至广西苍梧道。著有《道山堂前集》二卷，《道山堂后集》十卷。陈轼诗文皆清婉和雅，特未深厚。七言古体亦多未谐音节，盖非其所长。

《道山堂前集》二卷，文不分卷，诗不分卷。每半叶九行，行十九字，四周单边，单鱼尾，白口，有栏线。正文首页署名"闽中陈轼静机著"。卷首有黄周星作序。文部不分卷：说五篇，书二篇，论十一篇，文一篇，传一篇，序十一篇，墓志铭一篇，墓表一篇，记四篇，跋一篇。诗部不分卷：古乐府，五言律，五言排律，七言律，诗余。

《道山堂后集》十卷，文五卷，诗五卷。卷首有黎士弘作序。文部：卷一，序二十四篇；卷二，序二十五篇；卷三，疏十篇，启二篇，论五篇，赋五篇，说一篇；卷四，传十八篇，墓志铭三篇，哀辞一篇，小引二篇，题辞三篇，跋二篇，书一篇，题影一篇；卷五（俱代言），序三十五篇。诗部：卷一，五言古，七言古；卷二，五言律，七言律；卷三，五言排律，五言绝句，

[①] 作者生平简介主要参见《清人别集总目》和《福建地方文献及闽人著述综录》的相关记载，以下皆不另注。

七言绝句,四言;卷四,诗余(长调);卷五,诗余(小令、中调)。

黄周星评曰:"盖余之不如静机者,有三:静机家世通显,簪笏蝉联,而余崛起单寒,亲无强近,其不如一;静机精神满腹,弘润通长,而余体羸善病,峭性寡谐,其不如二;静机著述满家,力能寿梓,而余积文成冢,徒饱鼠蟫,其不如三。坐是三者,余固宜瞠乎其后矣,而况其诗文之瑰丽沉雄,词剧之鲜妍香艳,又复劇古轹今,绝无而仅有乎?"① 指出陈轼诗文瑰丽沉雄,词句鲜妍香艳。即其散文辞采瑰丽,气韵沉雄。黎士弘评曰:"淳心道味,抱朴含贞,故其发为文章,大雅春容,言也可思,歌也可咏,有合于古人不怨不伤之旨。"② 指出陈轼文章和雅从容,温柔敦厚,不怨不伤,不失风人之旨。

陈轼论说文见解深刻,逻辑严密,层次清晰,论证有力。《穴虫说》云:"天下之患莫大于有所嗜,有所嗜则敝。敝焉,延颈举踵竭蹙以厌其所求,而有所不给,是故周防其身,惟恐其蟄己也。伺隙而动,闻声而退,利于阴不利于阳,宜于昏不宜于旦,偶有所得则沾沾而自喜,嘹嘹而不息,甚有偷乐不反,而不复周防其身者矣,以溺于所嗜之故也。穴虫之为物也,吾知之也,忽然而出,忽然而没,至疾也;乘于不及觉,动于不及制,至诈也;攫他物以遂己欲,至贪也;抟噬燕鹊而破碎完好,至忍也。疾则恃剽轻之智,诈则多窝卷之形,贪则昧止足之义,忍则肆其戕杀暴殄而莫之恤。夫以养生之故,而延颈举踵以谋其生,始于有所嗜而终于无所畏。"③ 开篇提出论点,"天下之患莫大于有所嗜,有所嗜则敝",然后以穴虫为喻,描写了其"至疾""至诈""至贪""至忍"等几种状态,最后得出结论,养生"始于有所嗜而终于无所畏"。《瓶庵说》云:"天下器之所设,皆道之所寓,非形而上者如此,而形而下者又如彼也。古人立象以尽意,假物以明义,往往罕譬,而得其寄托之所存。"④ 认为天下器物的设定,都是有所寓意的。

---

① 陈轼:《道山堂前集》序,《清代诗文集汇编》第62册,第2页。
② 陈轼:《道山堂后集》序,《清代诗文集汇编》第62册,第105页。
③ 陈轼:《道山堂前集》,《清代诗文集汇编》第62册,第5页。
④ 陈轼:《道山堂后集》卷三,《清代诗文集汇编》第62册,第176页。

《叔孙通论》和《张昭论》是两篇历史人物论。《叔孙通论》云："天下之不变者，道也，而其必变者，时也。人而欲有为于世，不因乎时而相其所必趋，则不能以成功。惟知变之士，能识其所以然，故虽近于盘旋偃仰、智算迎合者之所为，而其议出于正，而不诡天下，后世卒不得而訾之。叔孙通可谓识时变者也，论者以为谀则非也。夫所谓谀者，必其一意将顺，不问其事之是非，而调曲以成其过，甚至祸人国家而有所不顾。通非其人也。"①认为叔孙通善于识时变，故能成功。《张昭论》云："凡有天下之略者，必不屈而下人。屈而下人者，受制于人者也。胜败之数，勇怯之形，存乎我而已矣。盖偷安旦夕，不可以守一隅，而有恃无恐，乃可以决千里。不修其在我，而以彼之强形己之弱，则其谋益短，而其执益蹙。是故朝廷之上，其君臣震动恪恭、教戒明备，士怀陷阵之忠，人有死绥之志，不待白刃相交，知其国可以常胜而不败。"②认为张昭是怀有天下大略之人，故能决胜千里之外。《三案论》云："国家之朋党，酿于人主之一念所积而成。一念稍有过差，举朝因之，以为是非，是非生而好恶起。谋公之人与营私之人杂乱交煽，不幸而有激之者，争之愈甚，救之愈难，而朋党之祸遂至于不可解，则三案是也。"③认为人主的一念能酿成朋党之祸，可谓见微知著。

陈轼论诗颇有所自得，善于体悟诗之妙处。《妙峰灵谷上人诗序》云："昔白香山与普济大德唱酬曰：'先以诗句牵，后令入佛智。'疑者谓诗句与佛智有何交涉，得无香山空中呓语，然而非也。声音一道，淡妙无穷，世尊謦欬弹指地皆六种震动，修多罗中诸佛菩萨作偈唱赞，或四言五言七言，与今人赋诗，体无差别，谁谓诗句非佛智也。"④认为诗亦佛智，并无二致。《不染禅师诗集序》云："儒者之说诗也，以四始六义为诗之宗，如商之起予、赐之知来，皆是悟入处。佛教则诸佛菩萨梵贝赞诵，皆有唱偈，而古德圆通游戏，多有吟咏之什。然其言则救度系缚、发明指要，非若熏习于文字、攀缘

---

① 陈轼：《道山堂前集》，《清代诗文集汇编》第62册，第12页。
② 陈轼：《道山堂前集》，《清代诗文集汇编》第62册，第18页。
③ 陈轼：《道山堂后集》卷三，《清代诗文集汇编》第62册，第168页。
④ 陈轼：《道山堂前集》，《清代诗文集汇编》第62册，第28页。

于名句，至于《国风》之淫靡、《小雅》之怨诽，皆空界所不设也。"①又指出诗与佛既联系，也有区别。

《林平山集鸥草序》云："平山之言鸥，亦犹蒙庄之言鹏也。鸥无心而与水上下，泛然任性而无患，亦犹逍遥而游于无穷也。今观平山之言，皆托之于诗。夫言诗，似乎有心，而所以言诗，则在于无心。倘以有心言，则执为窠臼，据为藩篱，转换推放，俱有不能自由之势。惟感之有心而应之以无心，任东西所届而不得其影响，此鸥之所以名也。"②认为无心为诗，方得自由。

《龚学博诗序》云："古者政出于学，今之学者未必有政，而为政者未必尽出于学。余观唐时文人，流落不偶，往往受节镇之辟，屈首书记，以为进身之阶，如高达夫、李君虞辈是也。要之，经国大业资于技能事功者什之一，资于文章笔札者什之九，论者谓瑰玮博辨之士，非时所贵，而圣人之道无益世用，则过也。况乎弦歌蹈舞之地，德行道艺之职，非华实兼茂以身为教，何以成一时之人材耶？"③指出学与政的联系，诗人需华实兼茂才能成就一时之人材。

《玺庵杂咏序》云："见其词义严正，意气慷壮，洵千秋之信史，风雅之余篇也。昔太史公以屈贾同传，然贾得君逢时，未为不遇。东坡以生不能用汉文为恨，灵均欷歔郁悒，茹蕙掩涕，所发愤者，不过蔽贤嫉妒之人，未若南宋谢皋羽、郑所南诸君子，伤陵谷之变迁，念故国之飘零，呼天怆地，如渐离之击筑，如文姬之悲笳，如秋风之扫叶，如寒鸟之噪林，更如茕茕婺妇，燕钏既拆，凤操无鸣，香沉孤月之魂，泪洒湘江之竹，哀猿断雁，凄然欲绝，故其一吟一啸，皆足以继西山之响，而兴麦秀之歌，此屈贾之所未尝阅历者也。"④指出风雅乃诗之正宗，"词义严正，意气慷壮"，穷困出诗人。

《蓼园诗删序》云："至于忧时爱国，发为吟咏，不减《北征》《陈陶》诸什，及其怀抱雌节，与道为交，则哀而不伤，怨而不怒，中情好修，而无筵

---

① 陈轼：《道山堂后集》卷二，《清代诗文集汇编》第62册，第133页。
② 陈轼：《道山堂后集》卷一，《清代诗文集汇编》第62册，第113页。
③ 陈轼：《道山堂后集》卷一，《清代诗文集汇编》第62册，第118页。
④ 陈轼：《道山堂后集》卷一，《清代诗文集汇编》第62册，第119页。

箅占贞，妄萌希觊之想，则尤靖节之余韵矣。"①称许"哀而不伤，怨而不怒"的中正平和的诗风。

《叶慕庐诗集序》云："夫诗之正变不一，而所就之工拙亦殊。论者以诗本自然，非雕绘刻画所能，就古者途歌巷谔，妇人女子，皆可被之管弦，似已倘抱质遗文，无事淹洽，则是虫吟蚓窍，可比琴筝，卉服绳菲，妄称黼黻，得乎少陵，博极群书，称为诗史。其采摭用事，即老儒博士句钩字索，莫能究其津涯，且其尊崇六朝，谓李白之诗，方之阴铿、庾鲍，又曰颇学阴，何苦用心，是知诗者，天资学力，未有不相须而成者也。"②认为诗人需具备天资和学力，方能有所成就。

陈轼游记散文寓理于景，在自然山水中体悟人世道理，寄寓人生感慨。《翠云峰记》云："姑苏山塘之田间，有一峰，巍然特出。远望之，疑有山，近而至其地，所谓崖麓者，无有也；所谓层冈重阻者，无有也。止孑然一峰，秀而丽，玲珑屈曲，似镌刻而成，下有石盘负之，而立名曰'翠云峰'云……吾慨乎物之饰观于人者，物之下者也。天下至灵之物，不靳胜于耳目，则必立新显异，为事所不恒有，而为人所不可犯。宋自靖康变乱，艮岳之石，一拳无有存者，而此峰尚留于吴郡，虽流落田间，而其嵌崟之质、灵峻之气，终不可得而磨灭也。余之敬而惮之也，岂无谓哉？"③

公藏[④]

《道山堂前集》文不分卷、诗不分卷，《道山堂后集》文二卷、诗五卷：康熙刻本（上海图书馆、复旦大学图书馆、福建师范大学图书馆、日本东京静嘉堂文库、日本尊经阁文库）。

[①] 陈轼：《道山堂后集》卷一，《清代诗文集汇编》第62册，第121页。
[②] 陈轼：《道山堂后集》卷一，《清代诗文集汇编》第62册，第124页。
[③] 陈轼：《道山堂前集》，《清代诗文集汇编》第62册，第45页。
[④] 公藏信息多引自《清人别集总目》，并适当参见《福建地方文献及闽人著述综录》予以考订。以下皆不另注。

丁 炜《问山文集》

叙录

丁炜[①]（1634—1696），字瞻汝，又作澹汝，一字雁水，号问山，晋江诸生，诗人。顺治十二年（1655）授漳州教谕，改鲁山丞，迁献令。历任户部主事、兵部郎中、湖广按察使。为官期间，秉正清明。政事之余，致力于诗词古文之研究与创作。诗文词均宗唐宋大家，又能自出机杼，为当代诸大家所赞赏。王士祯选十子诗，炜居其一。有《问山文集》《问山诗文集》。

《问山文集》八卷，首页题名为"问山文集"，汉阳叶志诜题，咸丰甲寅（1854）重刊。半叶十行，行二十一字，注小字单行，四周单边，单鱼尾，白口，有栏线。正文首页署"雁江景义堂藏板""晋江丁炜澹汝撰""太仓黄与坚庭表、上海叶映榴丙霞选"。卷首有太仓黄与坚、关中周灿、龙眠钱澄之、新定毛际可、宁都魏礼、同里张汝瑚作序。是书分序、记、书、传、文状、志铭、杂著。卷一序，二十七篇；卷二记，六篇；卷三书，三十二篇；

[①] 据丁玲玲《丁炜其人》考证：丁炜生于明天启七年（1627），卒于清康熙三十六年（1697）。此与《清人别集总目》记载有出入。参见丁玲玲《丁炜其人》，《泉州师范学院学报》2000年第5期。关于丁炜的生卒年，一直以来都存有争议，具体详见葛文娇《清初闽籍回族文人丁炜及其文学创作研究》，硕士学位论文，西北民族大学，2011年。

卷四传，二篇；卷五祭文，六篇；卷六行状，三篇；卷七志铭，一篇；卷八杂著，十五篇。

丁炜的散文创作，体裁兼备，风格多样，黄与坚称誉其为"比事属词，不携不迫，始终秩然，中于矩矱皆法也。其标举兴会，无所不具，或泬流而隐秀，或扬波而吐奇，皆有以极才情之所至，此放于法而不为法所役也"①。在序言中，随处可见对丁炜散文创作成绩的誉美。钱澄之云："今读其文，浩如大河奔注之不可御也；肃如礼乐之雍颂锵鸾璆玉之有节也；韵如幽花怪石种种得所位置也；灿如入琼玉之圃耳，目眩易使人应接不暇也。而要皆畅其意中之所欲言，意之所至而文生焉，皆气为之也。"②毛际可云："若夫雁水之文，固卓然源本大家者也，然以理为主而运之以气，驭之以才，并举其数十年问学之所积，酝酿充斥于中，且筮仕燕豫，回翔郎署，按节赣南、郁孤之间，所历名山大泽、废垒荒祠，与其故乡珍禽奇树之观，丹青雕刻之异，皆一一于文发之。故读之如建章宫千门万户，又如张乐洞庭，弦匏羽籥中流变灭，使人心目震骇，固非区区以起伏唱叹为大家者比也。"③张汝瑚云："先生之诗纯乎唐，其文以韩、欧为经，斑（案：当为'班'）马为纬，故时或雄浑丽则，时或淡宕俊逸，不可一辙测。至其蕴藉而含蓄者，又如唐一代诗人，其中无所不有也。甚矣，先生之文有似于诗也。"④魏礼则以"二实"论丁炜的为政与为文，其云："二实者何，实心为政，实学为文，是也。能实则所以谘诹旁求，根心而发外者，皆有本源以为用。故曰：'食其口而百节肥，沃其根而枝叶茂。'……其为文为政，皆得相因而相济。"⑤说明丁炜的为文一如其为政，以其为政发而为文。

丁炜的散文创作主要有序、记、书、传、文状、志铭、杂著等文体。卷一为序，序中较集中而鲜明地体现了丁炜的诗歌创作主张，可称之为诗论。

---

① 丁炜：《问山文集》，《清代诗文集汇编》第132册，上海古籍出版社2011年，第468页。
② 丁炜：《问山文集》，《清代诗文集汇编》第132册，上海古籍出版社2011年，第470页。
③ 丁炜：《问山文集》，《清代诗文集汇编》第132册，上海古籍出版社2011年，第470—471页。
④ 丁炜：《问山文集》，《清代诗文集汇编》第132册，上海古籍出版社2011年，第473页。
⑤ 丁炜：《问山文集》，《清代诗文集汇编》第132册，上海古籍出版社2011年，第471—472页。

概括言之有四：其一，诗歌以汉魏三唐为宗。丁炜在《林穆之秋楼遗集序》中开宗明义地宣称："余亦意在汉魏，余于近律力守三唐。"①在《于畏之江西草诗序》中再次强调了同样观点，并明确表示对当朝诗人吴伟业、曹溶二位先生的备加推崇。他说："诗当取材汉魏而以三唐为宗。其体宜厚而不纤，其气宜振而不靡，法严而调谐，意贯而语秀，古近异制，比类同工。此声律之极则而三百之遗轨也。往者诗教式微，云间大樽先生，握三寸不律，与楚风竞，以力矫其弊。迨我皇朝则有梅村、秋岳两先生，振堕绪而光大之，卓然大家，为海内诗宗。"②

其二，诗歌创作古近体并重。丁炜在《林穆之秋楼遗集序》中云："秦汉六朝八家文体不妨兼综。"③《罗珂雪耐耕堂诗文集序》又云："余谓此道相沿已久，人智日开，宜稍变而通，古体宜祖汉魏，而善通汉魏者，有宋齐颜、谢诸公。近体宜宗初盛，而善通初盛者，惟大历钱郎诸公，彼其用意设辞，率从新巧，特于本体无伤，为可贵耳。文推昌黎，振起八代，六朝排偶，固其衰也。今则于诗多取开成以后，于文多效大历以前。呜呼！断在沟中，壹比牺尊美丑有间，尝欲天下之折衷于此也。兹论罗子之诗，五古即不尽本汉魏，顾以宋齐颜、谢通之；近律稍离初盛，顾以大历钱郎通之。文之属对去也，取裁韩柳，其朴茂亦有类东西京者。"④

其三，诗歌贵创新而反摹仿。丁炜在《于畏之西江草诗序》明确提出"诗固贵新而不贵袭，贵独造而不贵依傍"⑤的诗学观点。在《亭皋集序》中具体解释道："诗以达志，惟尽态而益妍；意以传文，必兼材而始善。"⑥在《罗珂雪耐耕堂诗文集序》中则对摹仿因袭的诗学态度提出尖锐的批评，强调创新之可贵。他说："余已乐为之说矣，声诗之病也，无才者知守成法，乃多至于摹仿规袭，陈陈生厌；有才者类思标新领异，或不尽安轨途，尝至坏决

---

①③ 丁炜：《问山文集》，《清代诗文集汇编》第132册，第485页。
②⑤ 丁炜：《问山文集》，《清代诗文集汇编》第132册，第489页。
④ 丁炜：《问山文集》，《清代诗文集汇编》第132册，第480页。
⑥ 丁炜：《问山文集》，《清代诗文集汇编》第132册，第487页。

气体。"①《题王四及游西山诗草卷》再次称誉不袭前人旧轨,努力自我创新是一种难能可贵的诗学态度,"是诗不袭唐人牙慧,响高气逸,流连久之"②。

其四,诗歌贵真情而反虚伪。丁炜在《春晖堂诗序》中提出:"今谈诗家,言人人殊矣。揆其大致,岂不欲以三百为则哉。顾性情不真则华言滋伪,指归不定则岐志贸趋……且诗三百而后,由汉魏以迄三唐,作者代兴,美备亦略可睹矣。今谈诗家,不务宗汉魏三唐以渐追夫三百,而顾变而之宋之元争为诡胜,究且失其邯郸之步。"③《问山诗集自序》云:"诗道性情者也,性情之所发,怫者不可使愉,忻者不可使戚。故江潭憔悴,必无广大之音;廊庙清和,自鲜烦嚣之调。情以事迁,其大较矣。曩滞鲁阳,其时身之所履,目之所遇,非麋鹿木石与居,则畸士田夫与处,惟有户外青山差堪共语,因成《问山》一帙,率多幽忧无聊之词。虽稍戾和平,而亦不忍自闭者,盖怨诽言伤,圣人所不禁也。"④由此可见,丁炜认为诗歌是内心情感的真实表达,真诗抒写真性情,反对夸饰作伪。

此外,丁炜的文论观在《问山文集》首篇《明八大家文集选序》中得到了较为充分的体现,他说:"文者,道之显焉者也,古今有必传之道,则有必传之文。顾道无二宗,而文亦无殊致。秦汉尚矣,六朝波靡之后,韩、柳扬其镳,欧、苏、曾、王骋其辔,而唐宋大家之文,遂为后世立言者轨范。夫唐宋大家,虽与秦汉之质奥古茂有别,而莫不原本六经,根极性命。其微者足以阐孔孟之旨,而其显者亦足追马班而无愧。故后之为文者,学秦汉而未至善,学唐宋大家则亦足以传矣。余窃怪夫后之论文者,不惟道之求,而第斤斤焉词之古近是议。宗秦汉者,以唐宋大家为不足法,而矫之者则又以秦汉为必不可学,是二者皆过也。夫使唐宋大家为不足法,则向者八家之文必不能传,即传矣,又必不能使后之学者奉为立言之宗,规模而效法之者,历元明以至今不绝也。且夫唐宋大家之文,精于学秦汉者也,韩、欧撷班、马

---

① 丁炜:《问山文集》,《清代诗文集汇编》第132册,第480页。
② 丁炜:《问山文集》,《清代诗文集汇编》第132册,第571页。
③ 丁炜:《问山文集》,《清代诗文集汇编》第132册,第484页。
④ 丁炜:《问山文集》,《清代诗文集汇编》第132册,第500页。

之英，柳州得左、国之峻，眉山本《孟子》而浸渍于《国策》，曾、王仿东京而则泽以经术。溯厥源流，莫不各登秦汉之堂奥，独其气深养厚服古而化，不类后之剽剥者，滋人遗议耳。彼矫之而谓秦汉必不可学，必有学唐宋大家而忘其源之出于秦汉者，是犹被黼黻之华而昧纂组之成于女手也……是故学秦汉之文而苟得其神，不袭其迹，虽谓韩、欧可也。学韩、欧之文，而苟因其流以溯其源，虽谓之秦汉亦可也。道与文非二物，秦汉与唐宋亦非二途。"①

卷二为记，有《通天岩真武殿记》《鼎建狮子林碑记》《重建滕王阁记》《氆园记》《献陵内署北楼春望记》《思永轩记》。其中最出名的即《氆园记》："盖自亭之事毕，而花事亦遂告毕，则园成矣。既竣役，谋所以命轩与亭者，并园命之'氆'，其园志习劳也。乐闻其轩，希集善也，可其亭双江花果不减东阳也，括以行行有得，玩芝兰，思德行；睹松柏，慕贞良也。余于公余，以时燕息其中，或资于轩堂，可容吾揖客矣，室可还读我书矣；或资于亭，亭宜酒宜诗，鸟可催觞，花能索句矣；宜琴与棋，梅鼓其清，竹谐其韵矣。"②此段衔接上下文，援引典故，夹叙夹议，层次分明，文气连贯，流畅自然。

卷三为书，篇目繁夥，不一一列举。择其佳者如《与叶丙霞少参书》："日者言辞案牍，喜获多闲，披阅简编，与蠹鱼平分晷刻，因叹天下顺逆平陂，境遇无常，生人忻戚，辄由此分……夫仆之文与诗，君尝为我论之矣，今并论其弟诗，得毋曰：'其兄之才不过如是，弟可知矣。'然庸铁之中万一有其狡狡铮铮，倘亦有道，先生所不忍概绝也乎？"③读来情真意切，真性真情，如在眼前。

卷四为传，包括《喻生传》《烈妇张若观传》。丁炜仅有的这两篇传记都得到了极高的评价。《喻生传》后有黄庭表评论道："喻生好为冲冠裂眥之

---

① 丁炜：《问山文集》，《清代诗文集汇编》第132册，第478—479页。
② 丁炜：《问山文集》，《清代诗文集汇编》第132册，第514—515页。
③ 丁炜：《问山文集》，《清代诗文集汇编》第132册，第536页。

态，文中写得英英凛凛，昔太史公传项羽，韩文公传南霁云：'千百年后尚有生气。'以此方之，觉又未易轩轾。"①叶丙霞也说："为僧时，事未能免俗，故篇中重提'吾缁流也'句，虽然，佛子英雄原无分别，毁情灭性亦当非西方家法也，读此正可与内典相参。"②黄庭表《烈妇张若观传》传后评曰："传神写照，能使贞姬凛凛尚有生气，非熟于史汉传纪者无此手笔。篇中叙若观投井及以贞烈事训小姑，皆于若观之死极有关映，读者勿草草看过。"③

卷五为祭文，包括《祭严颢亭少司农文》《祭洪畏轩太常卿文》《祭陈转庵母舅文》《哭河南提学佥事林萤伯文》《哭叶丙霞少参文》《祭秦母吴太君文》。叶丙霞于《祭陈转庵母舅文》文后评曰："骨肉一堂，幽明异路，情挚之文，声泪俱下。叙人太母，尤觉字字含凄。彼无渭阳情者，阅之得无汗颜。"④魏和公文后评曰："至情至文，不能多读，又不能不读也。"⑤黄庭表在《哭叶丙霞少参文》文后评曰："先生与叶先生两人好友，居平遇难，形影相依，一为死社稷臣，一为抗伪弃家。叶先生之忠，先生之节，两人可谓不负心期。呜呼，乱识忠而穷见节，唯先生方可以哭叶先生哉！篇中以忠字为纲，忠而孝，忠甚。忠而烈，皆不离纲以为言也。情惨辞哀，九原可作。"⑥

卷六为行状，包括《刑部尚书祖蓼初公行状》《诰赠朝议大夫兵部武选清吏司郎中加一级先考颙初府君先慈贞懿陈恭人行状》《诰赠恭人先室勤顺蔡氏行状》。叶丙霞在《刑部尚书祖蓼初公行状》文后评曰："谢灵运《述祖德诗》称太传车骑之功，未免过誉。大篇叙事，核而详，典而古，肆而醇。丁公佳传，不必以千斛米倩作也。"⑦张夏钟则评曰："叙次有体，他人不能如此之详且尽。"⑧《诰赠朝议大夫兵部武选清吏司郎中加一级先考颙初府君先慈贞懿陈恭人行状》文后同样有叶丙霞和张夏钟为其作评。叶丙霞评曰："至孝之文，千古同泪，况先生少孤乎，两尊人半生潜德，一片贞心。

---

①② 丁炜：《问山文集》，《清代诗文集汇编》第132册，第546页。
③ 丁炜：《问山文集》，《清代诗文集汇编》第132册，第547页。
④⑤ 丁炜：《问山文集》，《清代诗文集汇编》第132册，第551页。
⑥ 丁炜：《问山文集》，《清代诗文集汇编》第132册，第554页。
⑦⑧ 丁炜：《问山文集》，《清代诗文集汇编》第132册，第558页。

缕缕四千言，摹写殆尽，洒血濡毫，令人悲凄欲绝。"①张夏钟评曰："无一字不从性情中流出，恺至缜密，昔见泷冈阡，得此而两矣。"②《诰赠恭人先室勤顺蔡氏行状》文后分别有叶丙霞和魏和公为其作评。叶丙霞评曰："读先生此文，一字一泪，觉奉倩神伤，安仁悼亡，情犹未挚。"③魏和公评曰："读三行状，公之世德贤才，如此积厚流光，有以也。夫其文或典重以敦体，或怆惋以道情，至性敷注，靡不合度，人足传，事足传，文足传，其传信矣。"④

卷七为志铭，仅有《亡长女报珠墓志铭》一篇。叶丙霞为其作文后评曰："情至，语不斫自工，与昌黎《祭女挐女文》同一凄婉，不堪多读。"⑤评价极高，情真语切。

卷八为杂著，篇目较多，兹举一二。如黄庭表评《黄升衢传题辞》曰："用笔如引徐夫人七首，无不血缕缕出者，文章至此，方推坚严老练。"⑥叶丙霞评《题林公韫赠答诗笺后》曰："文澹如菊。"⑦叶丙霞评《游寀石山诗引》曰："天然佳境，从眼底看来，笔尖写出，谢公伐山开径，颇觉多事。"⑧黄庭表评《杨柳枝词引》曰："梦异矣，文异矣，词又复异，是真谓之记异。"⑨

总之，丁炜的散文创作成绩突出，体裁兼备，风格多样，各体文章特色鲜明，取得了较高的艺术成就。⑩此外，他的文学理论主张对后世文学的发展也起到了颇为积极的影响和意义。由此，我们可以肯定，丁炜在整个清初文坛上还是占据着一定的位置的，他的文学创作为世人留下了一笔丰富的精神财富。

---

①② 丁炜：《问山文集》，《清代诗文集汇编》第132册，第563页。
③④ 丁炜：《问山文集》，《清代诗文集汇编》第132册，第566—567页。
⑤ 丁炜：《问山文集》，《清代诗文集汇编》第132册，第568页。
⑥ 丁炜：《问山文集》，《清代诗文集汇编》第132册，第569页。
⑦ 丁炜：《问山文集》，《清代诗文集汇编》第132册，第570页。
⑧ 丁炜：《问山文集》，《清代诗文集汇编》第132册，第571页。
⑨ 丁炜：《问山文集》，《清代诗文集汇编》第132册，第574页。
⑩ 参见葛文娇《清初闽籍回族文人丁炜及其文学创作研究》，硕士学位论文，西北民族大学，2011年。

公藏

《问山诗集》十卷,《紫云词》一卷,王士禛、施闰章选：康熙希邺堂刻本（南京图书馆、江西省图书馆），咸丰四年（1854）丁拱辰刻，光绪八年（1882）、二十四年（1898）递修本（南京图书馆、福建省图书馆、湖南省图书馆、厦门市图书馆、泉州市图书馆、泉州市文物管理委员会资料室）。

《问山文集》八卷：康熙希邺堂刻本（上海图书馆、清华大学图书馆、中国社会科学院文学研究所、泉州市图书馆），咸丰四年（1854）雁江景义堂刻本（漳州市图书馆），光绪八年（1882）刻本（辽宁省图书馆）。

《问山文集》六卷，黄与坚、叶映榴选：康熙刻本（江西省图书馆、泉州市图书馆、赣州市图书馆）。

《问山文集》二卷：康熙刻本（南京图书馆）。

《问山文集》八卷、《诗集》十卷、附《紫云词》一卷，王士禛、施闰章选：咸丰四年（1854）族孙拱辰雁江景义堂重刻本（国家图书馆、上海图书馆、南京图书馆、南开大学图书馆、台湾"中央研究院"历史语言研究所傅斯年图书馆）。

《问山诗文集》八卷：咸丰四年（1854）重刻本（复旦大学图书馆）。

《问山诗文集》诗三卷、文八卷：咸丰四年（1854）重刻本（首都图书馆）。

《问山集》：清刻本（徐州图书馆）。

《问山全集》：咸丰四年（1854）雁江景义堂刻本（山东省图书馆、江西省图书馆），民国十年（1921）据咸丰四年（1854）刻本重印本（福建师范大学图书馆）。

黄晋良《和敬堂全集》

叙录

黄晋良（1615—1689），字朗伯，号处安，晚号井上老人，侯官人。明崇祯诸生，南明官至工部主事，入清隐居。有《和敬堂文集》。

《和敬堂全集》四十四卷，其中：文部十六卷，诗部二十八卷。每半叶十一行，行二十一字，注小字双行同，左右双边，单鱼尾，黑口，有栏线。正文首页署名"闽中黄晋良处庵著"。卷首有曹溶、陈玉璂作序。文部：卷一至六，序七十六篇；卷七至八，传十七篇；卷九，行状二篇，墓志铭一篇，哀词二篇，祭文四篇；卷十至十一，书二十九篇；卷十二至十五，杂著七十篇；卷十六，附录。

曹溶评曰："是非矫情以镇俗者，闻其殆复治乎吉人先兆之矣……而黄子之文，顾和粹以美，浩浩然无憔悴可感之色。岂出示者，如是他所著书，不尽然与，抑真有有见于气数之表，将预鸣其盛以默挽颓风，而返之泰始与。夫文者感而后动也，自非至人，安能无累于物，黄子诚贞所守而加励焉。无惑于遇之不一，则几于古道也。"[①] 指出黄晋良和粹以美，浩然气象，近于古道。陈玉

[①] 黄晋良：《和敬堂全集》序，《清代诗文集汇编》第54册，第99页。

堪评曰："谈经则一本濂洛诸儒，论史则贯穿百代，而力斥李温陵之尊武曌、丘琼山之称秦桧、钟竟陵之奇曹瞒而快吕雉，此类不可胜数。表扬忠孝节义则如纪李仲达、吴霞舟两先生，师弟徇节本末，及传何孝子、蔡玄真卖菜人，二奇人事使人惊心动魄，有关风化。又慨今世民不聊生，涉靖江则与邑宰郑山公孜孜讲论，以厚风俗、正人心为切务。客长洲则与摄篆林天友别驾对书往复，有云十三年积久。类多困穷，不得已之。夫且新征并行，益深益熟，势必同归乌有，不如榷缓急以甦民力。夫先生以一遨游逆旅人所至，辄皎皎民瘼如此。"①指出黄晋良经术本于濂洛诸儒，史识贯穿百代，以厚风俗、正人心为切务，关心民瘼，关乎世道人心。

黄晋良认为为文章者须识定情达，通古今之识，审人情之变。《郑威如文集序》云："吾闻之：不能通古今之识，无以言；不能审人情之变，无以用。故识定者，理密而义显；情达者，绪错而意简。惟圣人不尽人之情而无不尽，至于左丘明执笔摘文，于人情曲径机兆隐微之故，匪不剖揭，而尤为纡婉顿挫之辞，顽懦对之而起立，木石逢之而森动。后数百载而司马氏继之，周游六宇，采掇风声，有以尽世故人情之深而达其变化之。二公者，身虽不见用于世，而中古以后，言天地、礼乐、田赋、兵农、水土、利用之则，往往通其旨以述先王训典之备。而阴阳兵符至要，则左氏无余蕴焉，文章亦岂徒然哉。"②陈静机评曰："左通阴阳兵符，马作天文礼乐田赋等志，明是经济实用，徒以史家目之，陋矣。得处安拈出，从事左马者，不得草草读过。文特疏畅典雅，非时辈所及。"③

黄晋良认为诸子皆翼六经，诸子文章虽形态万千，要皆以六经为旨归。《王植青翼庄序》云："古书自六经语孟而外，则散而为百氏之言，然其言虽宗旨泛滥，要皆资圣知之，旁论摅事物之变态，以寄其离异不经之思，未有显然为创说。若庄子者，庄子为文无端倪，其所引援非故实，特自造作耳。呜

---

① 黄晋良：《和敬堂全集》序，《清代诗文集汇编》第54册，第100页。
② 黄晋良：《和敬堂全集》卷一，《清代诗文集汇编》第54册，第109—110页。
③ 黄晋良：《和敬堂全集》卷一，《清代诗文集汇编》第54册，第110页。

呼，使庄子为不贤人乎？则不贤者，而能为是书耶？倘贤者耶？则上以诬古人，远则欺来世，信贤者而为是耶？吾意庄子固翼孔子者也，其言治身驭物之术，精矣。正以吾夫子正言之，犹未能无遗憾于顽钝不振之徒。故特为谬悠荒忽之解以震之，使之必疑，疑则必反思其本，终则明告之曰寓言，又曰重言，又曰卮言，岂尝毫发自诬哉？其翼孔也，必矣。"①

黄晋良论诗先学问后理趣，而"趣"得之于性情隐见之间。《毗陵赵去邪诗序》云："严子羽言：'诗不关学。'此先辈最会心语，非谓作诗者可以无学。谓夫学既成，乃得所以为诗之趣。诗之趣，岂有学问之迹哉？性情隐见之间而已。三百篇之立，何尝与人争学，忽彼忽此，欲断欲续，礼乐文章在贞淫美刺之表，使人不能忘，徒咏歌嗟叹之耳。古之达人，初沉酣于六艺之文，豁然知所谓诗者，理趣之微。盖别有一道，而不与文字为伍。故有所为鲍谢徐庾沈宋李杜高岑王孟之名，或龆龀而耽吟，或晚年而始悟。其命笔也，若良乐之骋于康庄之路，不须问途，假息而得之矣。倘穷年白首，句比而字栉之，得之方寸，将失之一隅。吾知其人无能为，其言不足传也，固已久矣。予游毗陵，得交赵子去邪，年二十余，伟貌玉立，叩之，其中无所不有。初读其诗，烟云澹宕，不屑屑于章句之末，苟通其类，宁离毋俗，欲畅厥旨，近浅犹深，性情隐见之际，思过半矣。今人以其所学为诗，及乎学之自信不定，而为诗之怀疑无穷。既以自疑，因而疑人，甚而疑前之人，疑古之人，乃复意见横生，谈论多端，而是非反覆不相率，而归之俗学不止。故予于去邪之诗，一切皆略之，而唯取其豁然，一往而不自疑也。"②陈伯驺评曰："迩来谈诗家，条分支派，反覆于前人之篇，屡有低昂北地，信阳、娄东、历下、公安、竟陵，动辄拟议，几同诟逐，甚至寻章摘句，疑畏终日，诗道不可问矣。自处安此论出，一切扫除，妙悟行空，骚雅之旨显然。其序去邪诗，言无溢辞，犹行古道。去邪更静求之，当如华顶云生，变现无

---

① 黄晋良：《和敬堂全集》卷三，《清代诗文集汇编》第54册，第127页。
② 黄晋良：《和敬堂全集》卷一，《清代诗文集汇编》第54册，第112—113页。

际也。"①

　　黄晋良认为诗乃自重风雅之道。《尘草三集序》云:"尝叹学随世异,浮靡成风,翰墨为巍冠蒿矢,诗赋作词客津梁。于是魏晋三唐之言,谨厚良士所畏谈;金石瓦缶之辨,实学真才所厌讲。此固高明愤激之论,然而弦急则防绝,途秒则思洇。吾党适承其末流,宁得不慎重以将之耶?庄刺史耻五之续刻尘草也,或十而取一焉,或倍而取二三焉,或十纸以易其草,回翔审顾,删之又删焉,堇而得诗若干篇……于诗有如此哉,诚自重其道,不肯挤风雅于流俗,而欲挽其颓波也。"②认为诗歌当比物连类,出风入雅。《何舍人剑客诗序》云:"顾尝万里归来,辄低徊景物,重叠伸咏。其诗愈细,而不闻呷喔之声,即耳热呼鸣,不过曰逢人欲问曩时事,不审何年最右文。其蕴藉静深如此,何尝稍露锋颖耶?然其诗心一注,比物连类,亦足悲矣。至若切理研辞,出风入雅,则全集俱在。飞丸火井之调,礌礚赫曦之词,凡有目者所共翕鞠,而予犹斤斤焉,多其不自愧也。"③

　　黄晋良主张诗写性情,出于自然。《任东顽诗序》云:"故其诗,有排撼者,有蛰击者,其清若鹤唳者,其怒似虎嗥者,其崒然若崩者,其涣然若冰者,为类不一,而一之于其性情。"④《真素堂诗序》云:"老泉曰:'穷于礼而通于诗,故夫诗也者,又大乐之经济也。'六子五行交会掩映,以神明于无质之中者,莫备于诗。然则诗可易言哉?其中玲珑而历落,抗坠而贯珠,流利游衍,可以歌之无尽,味之不穷,大抵其用皆无质。若胸中稍有畛域焉,则优孟衣冠,甚至较长比短,为一切避忌,手足且将束缚,尚能舞之蹈之哉!"⑤

　　同样,诗能不扰于性情,不移于外物,则声韵随之,自然成诗。《澧州鲁恒沙诗序》云:"夫苟可以寓其意,不扰于性情,不移于外物,则声与韵随之,是为自然之节,合于元音。古人尝为求音者,衡之铢锱之间,轻重疾

---

① 黄晋良:《和敬堂全集》卷一,《清代诗文集汇编》第54册,第113页。
② 黄晋良:《和敬堂全集》卷三,《清代诗文集汇编》第54册,第124—125页。
③ 黄晋良:《和敬堂全集》卷三,《清代诗文集汇编》第54册,第127页。
④ 黄晋良:《和敬堂全集》卷三,《清代诗文集汇编》第54册,第126页。
⑤ 黄晋良:《和敬堂全集》卷二,《清代诗文集汇编》第54册,第117页。

徐缓急,各有尺度,似以绳墨困人,实自然者,合绳墨也。古诗自十九首以下,六朝人多用其格;至于近体,唐人制作精微,有必如是则合,少不如是则不合者。亦鲁衡其尺寸,以比于元音,不然,则他文字耳。故体者,其理也,声韵随其理之所处而屈曲变化者也,精无过于唐人,其书具在也。今世骛于诗者,如争耀首纹綦,欲以炫市人之目,甚者由僻径狭邪,抵牾周道,苦不自知耳。"①

黄晋良论诗分"时论之诗""师律之诗""词客之诗",但对这三种倾向皆持否定态度,认为诗道固无所本。《翠岩集序》云:"衷旦蔡子初与予谋诗所启者三疑:曰时论之诗,去朴鄙、专声华,初为排经纂史,有水火质文、恫喝求胜者矣;曰师律之诗,立科条、比音节,初为玉版要章,有寻章摘句、拒人千里者矣;曰词客之诗,便声势、历事情,初为黼黻泰平,有循名失实、滥觞羔雁者矣。古有之乎,抑诗道固自有本与?"②

黄晋良以耕娱与易道之乐,循环推说,跌宕转折,妙理无穷。《吴野翁耕集》云:"吾所乐在易,而所娱在耕。凡人无所事事之谓乐,有所事事之谓娱。吾虽不识不知,固不能无所事事也。事冠盖车马欤?事持梁刺肥欤?事挟策以游于公卿大夫之间欤?事张机决括捷中以厉人欤?事奇技淫巧欤?事贾竖而居积欤?且夫今世之所谓事事,如此则得食,不如此则不得食。吾将从事乎数者以求食欤?夫从事乎数者以求食,不从事乎此而至于冻馁,吾亦恶乎择之。"③陈静机评曰:"短幅之中,无数宕佚,无数转折,始信文章之乐。"郑云子评曰:"以耕娱与易道之乐,循环推说,言如刺蜚,俶诡离奇,妙理无尽。"④

黄晋良论文学与地理的关系,蜀气刚强灏落多词章家,闽地气暖蕴结多经学家。《送王咸中还吴序》云:"天下山水之险异,称蜀与闽。蜀有峨眉、青城、剑阁、瞿塘、滟滪之奇,闽有武夷、太姥、九龙、三溪、大海之阻,然当秦汉之时,蜀已大显,其人则司马相如、王褒、扬雄之徒,为文章各肖其

---

① 黄晋良:《和敬堂全集》卷六,《清代诗文集汇编》第54册,第158页。
② 黄晋良:《和敬堂全集》卷四,《清代诗文集汇编》第54册,第134页。
③④ 黄晋良:《和敬堂全集》卷二,《清代诗文集汇编》第54册,第115页。

山川，贵主宠焉，文学颂焉。此时闽独无有，最后仅有欧阳四门、秦系山人之伦，稍稍闻风兴起。要而论之，蜀气刚强灏落，虽其末犹有眉山父子一辈人，收其波澜。独闽地气暖蕴结，可以受天下之理，而辅以圣贤之学，未几而杨罗李朱，贯络联绵，学术振天下，故来游者接踵交響。"[1]

黄晋良评史注重"天下之理"，认为其乃评价历史是非的标准。《郑定斋史论序》云："顷读郑定斋史论四十余篇，上自春秋，下至宋明，或幽侧未扬，或欺掩终古，皆直探其情而撤其蔽，未尝有一字经前人道说，于是知定斋胸中是非。盖断断然也，天下之理，一而已，两固必归之一也。"[2]

公藏

《和敬堂全集文部》十六卷、《诗部》二十八卷：康熙四十九年（1710）黄觉等刻本（江西省图书馆、北京大学图书馆）。

---

[1] 黄晋良：《和敬堂全集》卷四，《清代诗文集汇编》第54册，第136页。
[2] 黄晋良：《和敬堂全集》卷二，《清代诗文集汇编》第54册，第115页。

黎士弘《托素斋文集》

叙录

黎士弘（1618—1697），字愧曾，长汀人，顺治十一年（1654）举人。服官江西、陕西、江南，政绩卓著，终布政司参政。钱谦益等推为海内名士。著有《托素斋文集》六卷，《诗集》四卷。是集所记为黎士弘十九年中往返三秦，走一万七千里路，与友朋赠答之诗文。除托素斋诗文集外，还著有《仁恕堂笔记》[①]《理信存稿》[②]。

《托素斋文集》六卷，首页题名为"托素斋文集"，署"长汀黎愧曾先生著"，本衙藏板。每半叶九行，行二十一字，四周单边，单鱼尾，黑口，有栏线。卷首有大梁周亮工、吴江潘耒、宁都魏礼作序。是文集凡三刻，盖积数年而汇为一册，故每刻各体皆备。士弘殁后，其子文远复合而刊之。卷一为序，三十三篇；卷二文四篇，记九篇，书十一篇，跋八篇，书后五篇，传

[①] 现存一卷，分散于《昭代丛书》《古学丛刊》。厦门大学图书馆馆藏一部，福建省图书馆藏光绪《托素斋诗文集》附《仁恕堂笔记》一卷。《石遗室书录》云："是编为愧曾先生由甘州量移常州，河东变，复命巡甘州时所作。取晋辛宪英语'军旅之间可以济者，惟仁与恕'以名其堂也，记今昔杂事，颇言休咎，盖在伏中故也。"

[②] 现存六卷，为康熙刻本，藏福建省图书馆。现存六卷分为告示、详文等，有周礼观序、黎元宽序、周亮工序、林毓俊序、自序、贺贻孙跋、贺异生跋。

五篇，墓志铭三篇，杂著三篇；卷三序四十二篇，书后七篇，题跋十三篇，文五篇，说二篇；卷四记七篇，传三篇，墓志铭表十篇，书五十八篇；卷五序五十二篇，题跋二十三篇；卷六祭文五篇，记八篇，缘起三篇，题赞十四篇，墓志十七篇（末附《治命》一篇），末附行述一卷。

　　黎士弘是清初福建文坛的一位重要作家，代表着清初闽西的文学成就。而其文凡六卷，共计351篇，可以说黎士弘散文代表了其文学成就的最高峰。周亮工赞其文："层岩叠壑、异宝瑰奇，从人不意中忽与睫会，而大约苍茫浩汗之观，不留一古人于胸中，而使人读之而慨然以深，读之而奋然以起，则无少壮无前后。"[①]潘耒评其文曰："其风节皦然，有如此者，惟其根深而蓄厚。故作为文章，踔厉清矫，其气充以完，其辞辨以达，诗章一本性情，刊落浮华，始乃刻画，渐近自然。盖先生痛扫时趋，绝不为依仿形似之学，而风格、体裁一一与古大家合辙，以豪杰之士为正始之音，虽欲不传，不可得矣。"[②]魏礼评曰："长汀黎公愧曾以诗、文章名天下，为闽南首出。予读其文光明俊伟，有千里浩瀚之势，而矩度不失古人。尝私拟之子瞻，观其笔记、诸小品亦大相类，诗则有魏晋、四唐之遗，则似又超子瞻而出之。"[③]超越苏轼乃言过其实，不过从这溢美之词中也可以看出黎士弘的散文创作成就是比较突出的。

　　黎士弘散文题材多样、诸体皆备，有序、跋、说、记、书、墓志、题赞、杂著等。

　　其一，序跋类。这是黎士弘文集中最重要的文体之一。黎士弘文中序跋占了大半，可见分量之重，其中有以议论为主的，也有以叙事为主的，更多的是夹叙夹议。以议论为主的序跋如《诗经手抄序》《礼记手抄序》等。在《诗经手抄序》中，作者批评习经之人说："其时，天子公卿皆矜慎儒者，而儒者亦复自爱重，不苟为异同所称，受经之士莫不赍素裹粮，奔走千里，如

[①] 黎士弘：《托素斋文集》，《清代诗文集汇编》第68册，第556页。
[②] 黎士弘：《托素斋文集》，《清代诗文集汇编》第68册，第558页。
[③] 黎士弘：《托素斋文集》，《清代诗文集汇编》第68册，第558—559页。

孝文之时，犹以伏生年老不可召致朝廷，使掌故晁错往受书济南……今则三尺童子，受父兄鞭督，稍能句读，便称经生矣；而里巷学究，能寻章衍句，便称谈经矣。夫自周秦以历汉兴，诸贤其才智非不及今之小生腐儒，自能章训而句读也。何其难易若此，盖昔人之通六义而后可治一经，而今人之治一经，则仅求卒一事，所以然者，途有专家，则多绝技；理惟捷径，则无精才也。"①作者通过比较古今对待经学的不同态度，批判了三尺童子便称经生的社会现象。又如《礼记手抄序》中曰："国家治乱兴亡之故，岂不在礼乐哉？原其所以久安而长治者，则莫不迂阔而多事；其所以速亡而易乱者，则莫不直致而径情。昔者三代之治，惟周为情。文备至情，文者，礼乐事也。故自唐虞以迄二代，惟周之得年最长。秦之兴也，以法吏为师，薄儒者，焚书记，可谓简易无事矣。"②国家兴亡系于礼乐，儒家对国家兴亡背负责任。

夹叙夹议的散文以《徐巨源榆溪集序》为例。在这篇序文中，作者先介绍自己与徐巨源之结交过程，再叙述徐巨源的生平、性格、文章及死因，最后说明徐巨源集的编纂流传情况。逐层写来，层次分明，条理清晰，文笔生动，感情细腻。文末作者感慨："嗟夫，古文之衰久矣，笺疏传序，即古人之时文也。自士攻制举之言，遂有古文、时文之别。仕宦者既忙，不克为鸿才骏生，有志于古者，又不暇为，赖此一二摈落失意之人，以自写其悲往怀来之感而为之，有工有不工焉，又有传有不传焉，自非卓绝一代，安能声施不朽哉？"③

黎士弘的书跋写得清新可喜，具有较强的文学性。如《曾旅庵荔枝谱跋》云："犹忆当壬午、癸未间，有事三山，与一二有心人，解衣就榕阴，剥鲜实，角采赌欢，每人约尽五百颗，命奴子从积叶中觅得一二轻红，犹相争攫为笑。"④人物若活，音容宛在，形象生动，活脱脱一幅赌荔枝图。而像《刘元度诗跋》《杨陶云诗跋》《陈叔举从父入燕帖书后》《吴冠五册子书后》

---

① 黎士弘：《托素斋文集》，《清代诗文集汇编》第68册，第560页。
② 黎士弘：《托素斋文集》，《清代诗文集汇编》第68册，第561页。
③ 黎士弘：《托素斋文集》，《清代诗文集汇编》第68册，第563—564页。
④ 黎士弘：《托素斋文集》，《清代诗文集汇编》第68册，第600页。

等,则多为读后感式,发表感想,进行议论。如评刘元度之诗风:"其为五七言,长短歌诗,古鲍谢流也。"①

其二,赠序文。赠序是专为送别亲友而作的。黎士弘的赠序文数量较多,大多为寿序,不过内容相对单一。如在《周如山先生朱夫人双寿序》中赞美周如山夫人有周亮工这样的贤达之子:"以夫子长兹闽土者五年,人士戴之如父母,值重庆,谊当执爵上阶,北面行家人礼,遥为大父母祝。夫子即不知弘也,犹宜自奋其言,通左右,况平时之所以相期者远且大乎。既受命,发烛陈书,且读且羡,继且读之而愧也。夫为人子者,不当如是哉!"②

其三,传状类。黎士弘传记文的书写对象多为亲朋好友,内容丰富,感情真挚,描写细腻,人物形象生动如活。如《熊先生传》记载:"熊先生,讳超,长汀邑诸生也。不以诸生著,而以酒名。乡曲中举先生氏号,有弗识者,问熊三必则人人能言之。盖先生日必饮,饮必醉,醉必骂也。……又命其徒走石扬沙,浴水弹雀,拳击坐骂,以助其酣。或竟睡芳草中,通夕不返……当天下太平,无忧患攻心,而又以文章名郡国,其才可以自见,而竟以酒死,岂无功?"③作者行文中紧紧抓住熊先生"嗜酒"的特点来进行描述,先是直言先生以嗜酒著名,进而叙述其酒后趣事,可谓淋漓尽致,最后竟因酒而死,充满着悲伤的感情。笔调似是轻松欢快,感情却是心酸苦楚。又如《先叔振三先生传》写其叔黎振三的性格,突出其"跅弛不受限制"的性格,"先王母每相对饮泣,使人诵寡妇之子勿与为友,以风之。先生感恸悲切,意不欲生,以指爪划胸,血淋淋滴襟袖。先王母抱之大哭,遂由此折节读书,祈以显亲扬名,使人谓孤儿终能成立也"④。

其四,碑志类。碑志文,一般分为墓志铭和墓表,前者置于地下,后者置于地上。李国鹏指出,黎士弘所作墓志铭,墓主形象生动,性格鲜明,叙述方式主客观结合,稳中有变,在遵循基本体例基础上有所创新。其所作的

---

① 黎士弘:《托素斋文集》,《清代诗文集汇编》第68册,第602页。
② 黎士弘:《托素斋文集》,《清代诗文集汇编》第68册,第562页。
③ 黎士弘:《托素斋文集》,《清代诗文集汇编》第68册,第607—608页。
④ 黎士弘:《托素斋文集》,《清代诗文集汇编》第68册,第605页。

墓主形象多样，有循吏、亲朋、君子，还有僧人、画家、失意文人。这些墓志铭不仅表现了黎士弘描写人物的笔力，同时也表现出黎士弘对这些人物的深厚情感。[1]如在《光禄大夫提督四川左都督世袭伯赠太子少保谥忠毅王公墓志铭》中突出了王忠毅宁死不屈的严整气节，"公知事不可为，手解印付仆子陈善谓：'若趋走成都，急归印皇上。我死，分也，终为厉鬼杀贼。'拔刀自刎，未殊，贼固欲生致公，遂传送公于贵阳，争继饩馈，百方说公，公瞋目骂曰：'死则死耳，肯向鼠辈乞活耶？'久之，知公志不可夺，遂杀公"[2]。黎士弘的墓志铭还注重表现女性的高尚的道德品质，如《宁化阴母雷孺人墓志铭》云："夫弟玄沙死无子，佥议以直方继嗣，卿月等辞再三。孺人曰：'而父蚤世，而叔视尔犹子，嗣叔非嗣产也。若忍而叔，其将忍而父乎？'诸子乃唯唯，退而受命。"[3]表现了雷孺人的知书达礼。黎士弘在文末评曰："若舍其嗣而嗣人，已纬不恤，而惜国人之共愤，明礼识大体，我于孺人诚未多见也。区区史家所记寡妇清能守其业，用财自卫，不见侵犯者，又何足道哉！"[4]黎士弘的墓表不多，仅有三篇，分别是《前征君泉上李先生墓表》《文学谢怡古先生墓表》《候选训导引之伍君墓表》。如《前征君泉上李先生墓表》表彰李世熊："呜呼，天生才，顾不难哉！世际升平，措置无关轻重。至于流离丧乱，天若一一有以相之，贤者殉社稷，力者角疆场，而必留三数逋民遗老于残山剩水之间。此数人不必尽皆通显，又往往为当世所指目，卒之，刀锯鼎镬无所得加，使其老且寿，徜翔岁月，得正而终，而一代兴亡之局始毕。"[5]

其五，书牍文。书牍文内容宽泛，包括臣下向皇帝陈言进词的公文和亲朋往来的私人书信，后专指亲朋间的私密信件。黎士弘交友甚众，文集中收录的书信多为师友间的倾吐情怀。如《寄周栎园先生书》云："奉去画册，系弘同里吴生凤起所作。吴生，故名家子，少弃诸生为画，有声名郡邑间。弘

---

[1] 参见李国鹏《黎士弘研究》，硕士学位论文，福建师范大学，2010年，第53页。
[2] 黎士弘：《托素斋文集》，《清代诗文集汇编》第68册，第675页。
[3][4] 黎士弘：《托素斋文集》，《清代诗文集汇编》第68册，第678页。
[5] 黎士弘：《托素斋文集》，《清代诗文集汇编》第68册，第673页。

为儿时，亲见其凡得虫蚁之类，皆各穷极根原，睇听终日，又惧失其精神，屏息敛气，潜身草木之下，细察所为动跳搏击之状……因念吴生所为，半生潦倒于此者，岂不欲有旦夕之名哉？今死未三十年，渐有不能举其姓字者。独惜吴生生长僻地，未得见当世之大人巨公，一从订其可否，而里巷间人又无足以传生者。今先生书画之董狐也，特为致此举似先生。"①语言得体，情感真挚，表现了文人之间的惺惺相惜。又如在《候李元仲先生》中，黎士弘与李世熊探讨文学话题："所不能忘者，惟诗文一事。窃见当代作者，各有短长，似向时之病在割裂，近日之病又在粗浅。规步者仅得皮毛，短才者失之单薄。夫折腰龋齿，固足为妖，使徒奉一结领推髻，及单襦绝粒之人，谓足抗彝光而凌郑旦，行道之人皆笑其不若矣。"②作者指出其时文坛诸家各有短长，弊在模拟之风，批评模拟之文的粗浅、单薄的毛病。

其六，杂记文。在古代，以"记"名篇皆可称为杂记文。杂记文内容广泛，记人、记事、记山人，无所不包。黎士弘的杂记内容也十分丰富，有台阁名胜记、人事杂记、山人游记等。台阁名胜记如《春星草堂记》就写得比较有特色，文中用主客问答的形式询问三种情况：一是"使四郊多垒，羽书纷左右，使君能摊书晏坐乎？"③一是"五日不风，十日不雨，珠贱而粟贵，使君能食下咽乎？"④一是"亭午折狱，夜半料粮，鞭挞声相闻，使君能对客分筹、探奇送难乎？"⑤最后作者用韵文来写主客间的相互唱和，"囿有池兮，鱼胥乐以喁喁；池有堂兮，见远景之峰峰；相与披拂乎惠风兮，览德辉其何穷！主人执盏起立，谢不敏，从而和之曰：'秋山纷其延伫兮，若甚爱乎斯堂；竹婵娟而秀上兮，花容与而宛扬；簇春星其霭霭兮，恭得承乎末光。谓令之乐为乐兮，曰荼苦其蔗甘，毋亦乐民之乐兮，共桑者之闲闲。'"⑥这篇文章表现了作者与民同乐的思想。人事杂记如《左所屯粮改抵记》，叙述了作者为左所屯粮改抵的过程。先叙左所屯粮制度的由来及征收方法，以及

---

① 黎士弘：《托素斋文集》，《清代诗文集汇编》第68册，第595页。
② 黎士弘：《托素斋文集》，《清代诗文集汇编》第68册，第596页。
③④⑤⑥ 黎士弘：《托素斋文集》，《清代诗文集汇编》第68册，第594页。

由此引发的一系列问题。作者认为原因是"因叹当时立法不善，田在他州而粮征本卫，官征尚催呼不应，以二三余丁索取千里之外，欲不抗顽逋负，岂得乎？"①字里行间流露出作者忧国忧民，关怀民瘼的思想情怀。山水游记如《茶山寺游记》《游清源山记》《温陵扳辕记》等。

其七，文说类。文说指的是文和说两类，其中最有特点的是祭文。黎士弘写的祭文较少，只有六篇，但这些文章却是感情浓烈，具有很强的感染力。《祭谢怡古文》《祭李元仲先生文》《祭松窦采公文》《祭黄兰岩先生文》《祭伍有仆文》《祭魏和公文》都饱含强烈的感情，表达对友人离世的伤痛之情。其他的文文学性不强，如《永新县驱虎告文》《永新县祈雨文》《宁夏镇驱蝗告文》《拟长桑君弹保母文》《赖氏立继文》。而说这一文体则有《断虎蛇者说》《胡郡公请命名说》两篇。

以上是黎士弘散文中最主要的内容，其中还有一小部分内容值得我们注意，如缘起和题赞之类的。缘起只有三篇，分别是《募修北极楼缘起》《云居寺募建大殿缘起》《浦子口募造渡船缘起》。题赞如《蔡翼皇太守像赞》《许不弃小影赞》《余天赏像赞》等。

总之，黎士弘散文语言文从字顺、自然质朴，在浅显质朴的文字中呈现出一种自然流畅之美。在艺术手法上，叙事、议论、抒情三者融合为一，在叙事、说理中常含浓烈的感情。而这创作成就的取得有赖于作家本人文学素养的根深蓄厚，在创作中有感而发，感情真挚，故情生于文而胜于文。②

公藏

《托素斋文集》六卷：康熙九年（1670）刻本（辽宁省图书馆、江西省图书馆、北京大学图书馆、中国人民大学图书馆），乾隆刻本（北京大学图书馆），清刻本（北京师范大学图书馆）。

---

① 黎士弘：《托素斋文集》，《清代诗文集汇编》第68册，第668页。
② 参见李国鹏《黎士弘研究》，硕士学位论文，福建师范大学，2010年。

《托素斋文集》一刻一卷、二刻一卷，《诗集》一刻一卷，二刻一卷、三刻一卷：康熙九年（1670）至二十八年（1689）黎氏仁恕堂家刻本（安徽师范大学图书馆）。

《托素斋诗文集》十七卷：顺治十五年（1658）刻本（中国社会科学院文学研究所）。

《托素斋文集》六卷《诗集》四卷：康熙刻本（首都图书馆、华东师范大学图书馆、无为县图书馆、泉州市图书馆），雍正二年（1724）子黎致远等合刻本（国家图书馆、浙江省图书馆、广东省立中山图书馆、河南省图书馆、辽宁省图书馆、福建省图书馆、四川省图书馆、中国人民大学图书馆、南开大学图书馆、苏州大学图书馆、吉林大学图书馆、厦门大学图书馆），乾隆三十八年（1773）修补本（上海图书馆、南京图书馆、台湾大学图书馆），道光二十五年（1845）长汀黎氏刻本（国家图书馆、福建省图书馆、广东省立中山图书馆、复旦大学图书馆、台湾师范大学图书馆、台湾"中央研究院"历史语言研究所傅斯年图书馆），光绪二十五年（1899）木活字排印本（国家图书馆、福建省图书馆、江西省图书馆、复旦大学图书馆、镇江市图书馆、台湾"中央研究院"历史语言研究所傅斯年图书馆），清刻本（山东省图书馆、南京大学图书馆、南充师范学院图书馆、台湾师范大学图书馆、日本内阁文库、日本东京静嘉堂文库），按：山东省图书馆藏本缺卷五前59页。

李世熊《寒支集》

叙录

李世熊(1602—1686),字元仲,号愧庵、但月,自号寒支道人,又号檀河先生,宁化人。明季廪生,国变后遁迹空门,游身世外,累征不出。生平尤好管、韩、庄、屈之书,故其文实胜于诗。大抵甲申(1644)以前多激发之响,乙酉(1645)以后多呜咽之音。其一生著述甚富,除《寒支初集》《寒支二集》外,还著有《钱神志》《狗马史记》《史感》《宁化县志》《本行录》《经正录》《奉行录》等书。其中《奉行录》《本行录》《经正录》失传,《狗马史记》仅存序,见于《寒支初集》中。[①]

《寒支集》包括:《寒支初集》十卷、《寒支二集》六卷、卷首一卷。

《寒支初集》半叶九行,行二十字,四周单边,单鱼尾,白口,除前序外有栏线。卷首有同学彭士望、同邑叶颖、平阳释本峣作序。正文首页署"宁化李世熊元仲著、男向旻允怀编次"。卷一至卷二,古今体诗、赋四百七十四首;卷三至卷五,序九十七篇;卷六,书三十四通;卷七,尺牍、论、说、记、纪事等七十通;卷八,墓志、墓表、碑、祭文二十三篇;

[①] 参见何少川主编《闽人要籍评鉴》,海峡文艺出版社2016年版,第433—438页。

卷九，传、杂文十九篇；卷十，奏疏、引、铭、赞、题六十篇。

《寒支二集》版框样式同《初集》，有江左王之绩作序。正文首页署"宁化李世熊元仲著、男子权允怀编次"。卷首，寒支岁纪；卷一，古今体诗一百零二首；卷二，序、记、说、引二十六通；卷三，书十四通；卷四至卷五，简、启、铭一百一十二通；卷六，传、墓表、墓志、祭文十六篇。

《史感》一卷，《物感》一卷。世熊以明末遗民遁迹山林，目击满人入主中夏，乃借史事寓意褒贬，或指斥事实，或隐匿姓名，庄言正论，以声其讨，成《史感》五十九则。虽篇幅不多，而先生之气节孤诣皆寓于是矣。其《物感》一书，共二十则，皆借虫鳞鸟兽隐喻讽刺，义正词严，亦庄亦谐，有如伊索之寓言，其劝惩人心，扶植世教，有足多者。惜以清代文网森严，此书湮没无闻者二百余年，至民国七年（1918），湘阴吴曈知宁化事，始觅得该书，付修志局重为刊刷，以光流传，为世道人心之助，惜尚有《狗马史记》一书终不可得，盖亦清代之禁书也。①

《寒支集》收录了李世熊一生所作的诗、序、书、牍等各体文字，内容十分丰富。不仅可以补订作者生平事迹，同时也较为真实、全面地反映了作者在明末清初这个天崩地坼的大变局时代中的矛盾挣扎与沉痛思考，具有重要的文献史料价值。李世熊一生经历坎坷，其中尤以甲申国变与南明灭亡对其影响至深。以这两个事件为转折点，他无论在思想情趣还是在文字风格上，都发生了很大的变化。

王之绩为《寒支二集》作序云："嗟夫！予何以序先生哉？先生尝自谓文凡三变：少时不蹈绳检，好为驰骋无涯涘之文；已又一变为沉深窅渺之文……后又变为纵横曲折之文，间取唐宋大家叙事议论之法，行其臆见，自谓淋漓适志矣。此虽为应制言，而今古之文皆一理也，即是亦可以知其诗古文辞之大略矣。"②意思是说，李世熊自称其为文凡三变，据李茜茜考证，李世熊在十九岁时，即庚申（1620），文风开始逐渐变为沉深峭刻之文，在此

---

① 参见金云铭著，福建师范大学图书馆编《金云铭文集》，国家图书馆出版社2017年版，第43—44页。
② 李世熊：《寒支二集》，《清代诗文集汇编》第18册，第1页。

之前，他喜好的是驰骋无涯涘之文，而在乙丑（1625）前后，李世熊的散文创作又逐渐变为纵横曲折之文。① 由是可知，李世熊文风转变与其一生命运遭际紧密关联，也与晚明文学思潮的趋向不无关系。潘承玉指出："出于明遗民的使命自觉和当代司马迁的文化选择，李世熊创作了相当一批忠愤之气磅礴四溢而又极富诗意和生气的散文，是一位名烛南天并辉映整个有清一代文坛的清初散文巨子。"②

李世熊少时"不蹈绳检"，好为"驰骋无涯涘之文"，自与其年少自信甚至自负的性格有关。《岁纪》记载："（戊午，十七岁）应省试，时黄石斋先生名噪甚，予往谒之，手录其闱牍以还。先生目予曰：'妙年笃志，下问如此，令人愧畏也。'"③ 李世熊年轻气盛，不拘世俗，虽是晚辈姿态却有勇气拜访声名颇著的前辈学人黄道周，至少说明他对自己的文学才华是自信的。

庚申（1620），李世熊文风渐变"沉深峭刻"。溯其缘由，随着年岁稍长，阅读的书籍对他产生潜移默化的影响，读书涉猎颇广，视野逐渐开阔。据蓝鼎元《寒支先生传》载："少豪宕不羁，视天下人读书无足当意者。自经史子集，以及秦汉唐宋、近代百家，靡所不览。独好韩非、屈原、韩愈之书，故其为文沉深峭刻、雄伟凄丽、奥博离奇，如悲如愤、如哭如笑、如寒泉烈日、如暴风雷雨，虽非盛世和平之音，盖自称其所遇也。"④《岁纪》云："（己未，十八岁）（1619）嗜读韩非子及苏长公、王元美、李卓吾《藏书》诸集。"⑤ "（泰昌元年庚申，十九岁）（1620）始读唐宜之选《钟山集》，及先辈归胡、方孟旋、徐子卿、陈大士、艾千子诸公制义，于是始变为沉深峭刻之文。"⑥ 凡此种种，正所谓"博观而约取"，李世熊对于唐宋古文及秦汉诸子多有涉猎，在广泛阅读基础上吸收各家文体及文风，为庚申的文风之变提供了可能。"（壬戌，二十一岁）（1622）始从友人处借读孙月峰所评《左传》，茅鹿门所评'八大家'，因悟古文之法，又读沈无回《诗经说通》，眼光始溢

---

① 参见李茜茜《李世熊散文研究》，硕士学位论文，福建师范大学，2010年，第43页。
② 潘承玉：《清初散文中枢：从李世熊看明遗民散文创作网络》，《浙江大学学报（人文社会科学版）》2013年第5期。
③⑤⑥ 李世熊：《寒支二集》，《清代诗文集汇编》第18册，第11页。
④ 蓝鼎元：《鹿洲初集》，《清代诗文集汇编》第247册，第118页。

传注之外，更触类旁求于制义，始解汤霍林评选程墨之妙。（癸亥，二十二岁）（1623）九月，游莆田……予时为诸子奥博之言，莆士咸以为怪。先生复介予寓郭朗山家，与郭邦管同业，互有资益。邦管制义专谈法脉，予专出入子史，短长相攻，正得剂平……朗山家多藏书，始肆阅汉魏丛书及经史编年，予时嗜读管子，朗山勉予熟读《史记》，心甚感之。"①此又可佐证李世熊的遍览群书，贯通经史。由于浸淫先秦诸子及汉魏丛书，李世熊的散文创作不觉染上博奥深沉的古文之气，李世熊对此亦有自知之明。他在《答阴元徵书》就说："遂一变为沉深窅渺之文，方是时，世未尝读《繁露》《太玄》《黄管》《王郭》诸书，则莫不以某文为妖妄。"②

乙丑（1625），李世熊之文又变为纵横曲折之文。李世熊对此亦有深切体会，在《答阴元徵书》中说："及乙丑间，经子之言遍天下，而某所为沉深窅渺者，则已臭腐不可再陈矣，则又变为纵横曲折之文。"③对于此次转变，可谓有意为之。黎士弘《前征君泉上李先生墓表》云："先生（李世熊）文奇伟凄丽，长于推测情变，层见叠出。虽百家无不窥，少独好韩非、屈原、韩愈之书，故其造就咸有根柢。"④李世熊学习韩愈的力去陈言、不平则鸣、议论犀利的行文风格，开创了他求新求奇的创作风貌。由时人对其文风的评价中亦可管窥一二，彭士望云："元仲之文，凡其变而若屈，广而若龟，而卒归于若无有穷尽。乃其穷于其才，亘于其情，而不变于其性。"⑤王之绩亦云："先生少独好管韩庄屈书，其文得秦文气多，汉文气少。"⑥要之，李世熊此次文风之变乃是以秦汉之气为主。

李世熊《寒支初集》与《二集》共计十六卷，其中文便占了十三卷，但对作品进行系年的同时，却未能发现李世熊24岁之前的作品。⑦因此，李世熊的大部分作品皆是创作于乙丑（1625）文风转变之后的。大约言之，可以

---

① 李世熊：《寒支二集》，《清代诗文集汇编》第18册，第11—12页。
②③ 李世熊：《寒支二集》，《清代诗文集汇编》第18册，第72页。
④ 黎士弘：《托素斋文集》，《清代诗文集汇编》第68册，第673页。
⑤ 李世熊：《寒支初集》，《清代诗文集汇编》第17册，第444页。
⑥ 李世熊：《寒支二集》，《清代诗文集汇编》第18册，第1页。
⑦ 参见李茜茜《李世熊散文研究》，硕士学位论文，福建师范大学，2010年，第43页。

分为以下三个阶段：①

其一，祝发归山之前所作，时间大抵在明天启至崇祯年间，主要是为他人的作品集所作的序文，内容主要涉及他对科举制义的看法。李世熊虽自小一时目为神童，稍长即遍览群书、博闻强记，尽管学识渊博，然而却是九踬场屋而不举，科举之路走得举步维艰。《赠汀州学博丘先生序》云："士当束发补员，共雄杰逸群、博辨宏肆者，既已忌讳于时间，一竿好未投，履敝而归，即亲戚友朋，羞与为伍。故曰：'诟莫大于卑贱，而悲莫甚于穷困也。'"②字里行间流露出对久困场屋的抑郁和愤懑。除了发泄心中对自身不平遭际的愤怒之外，他还极力抨击时人对程朱理学的追捧，讽刺当时士人对制义的重视乃是空谈高论、华而不实。《抗谈斋制艺自序》云："今予操卷而干当事，刺曰：'某以兵法见，某以数术见。'及所陈，乃当世制举之文。不笑妄人即逐妖人矣，更张其说曰：'即行吾言者，国必富，兵必强，边寇必立扫，真材必立得。'闻者不掩耳走，即怒目叱矣。……夫世士所言文，予弗与闻。予所言文，世士不得闻。"③士人孤陋寡闻，所作之制文皆以程朱为宗，不切实际，于国无补。士人不但不反思，反多沉迷于程朱制文，以此作为进身的敲门砖，讽刺了其时"孔孟程朱之言遍天下，而读孔孟程朱之书者握不盈径"的社会现象。这一时期诸如此类的作品还如《谈长益制义序》《嘐然草序》《春秋存俟序》《丘素夫原射发微序》。此类科举制义之文亦能体现李世熊的为文风格，王之绩在《寒支二集》序言中云："此虽为应制言，而今古之文皆一理也，即是亦可以知其诗古文辞之大略矣。"④

其二，甲申国变时及之后所作（1644—1646），李世熊祝发归山前后，心中充溢着激烈的亡明之痛和强烈的家国情思。囿于现实的残酷，李世熊尽管满腔热忱也无法扭转朝廷的颓势，因此郁积心中的愤激之情喷薄而出。顺治二年（1645），李世熊在给黄道周的信中说："两京连覆，皆以内政乖张，

---

① 参见李茜茜《李世熊散文研究》，硕士学位论文，福建师范大学，2010年。
② 李世熊：《寒支初集》，《清代诗文集汇编》第17册，第547页。
③ 李世熊：《寒支初集》，《清代诗文集汇编》第17册，第531—532页。
④ 李世熊：《寒支二集》，《清代诗文集汇编》第18册，第1页。

绥鼓不灵，□□乘隙坐取鹬蚌之利。"①（《寒支初集》卷六《谢黄石斋老师荐举书》）李世熊沉痛地指出明朝的覆亡，在于制度腐化，人人为私。更激烈的感情还反映在顺治四年（1647），李世熊所作的《狗马史记》。《寒支二集》卷三《答官公璧书》记载了《狗马史记》的创作缘由与背景："河山易位，人物失伦，欲哭则不敢，欲泣则近妇人，欲死则二耋在堂，相依为命。当尔之时，如失路之儿，丧巢之鸟，彷徨怆惴，视昼如昏。忽见狗马与人周旋，如可语者，遂以人道待之，为作史记。马诚不自知，其哀切而痴恸也。"②作者以狗马自喻，指刺时局，抒发亡明之痛，然而，观点之尖锐、感情之愤激，《狗马史记》一文即遭清廷禁毁而无传。现今仅有《狗马史记序》《狗马纪序》收录于《寒支初集二集》。同样，在《名士传序》《忠义传序》《弄臣传序》中，作者严厉鞭挞了当时腐败污浊的政治风气和各种投机谄媚的奸佞小人。明的败亡不单是由"世所指为弄臣者，泣鱼断袂耳，黄头郎，紫宫雄耳，梨园弟子斗鸡小儿耳，侏儒谐笑，北门供奉耳"③诸如此类的人物导致的，还与统治者有不可推卸的责任，作者认为"自吾之意以为，天子而豢畜其臣下，人臣而自治以佣隶，险诐化迁，情类贾贩，何讵非弄臣乎？"④"人主弄臣，又岂知为臣所弄乎！……呜呼，人臣其无以佣隶自治，人主其无豢畜与臣哉。"⑤除了指刺时局之外，李世熊还写了一部分记录明季义士义行的文章。如《初集》卷八《明云南永昌府通判刘公墓表》，卷九《傅相公传略》《巫丞传》《画网巾先生传》，卷十《乞免廷试疏》《褒恤孤忠疏》，《二集》卷六《明兵部职方司主事李公家传》《郑云锦传》《张玄著传》。作者以生动细腻的笔触，详尽描述并表彰明季义士义行，以此抒发愤激之情。李世熊的这类传志文得到了较高评价，《清诗纪事初编》评其文曰："今读其文，奇崛愤抑，善于说理。其传志之文，表彰明季义士，虽不如黄宗羲，而轶事旧闻，多补史

---

① 李世熊：《寒支初集》，《清代诗文集汇编》第17册，第644页。
② 李世熊：《寒支二集》，《清代诗文集汇编》第18册，第79页。
③④ 李世熊：《寒支初集》，《清代诗文集汇编》第17册，第575页。
⑤ 李世熊：《寒支初集》，《清代诗文集汇编》第17册，第576页。

缺。"①因此，从某种程度而言，《寒支集》的传文于史缺有所补益，具有一定的史料参考价值。

其三，南明亡后至清初康熙年间所作，主要是与友人的书信往来，内容多涉对于人生选择的反思，以及对学术思想和文学创作的讨论。风格是于淡然之中见奇特，也于淡然中见黍离之悲。李世熊最终选择了归隐而非以身殉明，原因有二：其一，《答官公璧书》云："河山易位，人物失伦，欲哭则不敢，欲泣则近妇人，欲死则二耋在堂，相依为命。"②父母尚在，岂能一死了之？其二，《答李咸斋书》云："如以捐躯报国，就义成仁，勒鼎标阁，为艰难希有奇特异常之事。黾勉瞻顾而图之，唐家必不再造，宋室必不成，朝廷势必如今人之首尾，衡决色死声嘶，颠蹶不振而后已。"③《再答李咸斋书》云："吾辈区区检拾襟带，苟即苟耳，全何能全？天下事亦何得易谈哉？"④他认为，若是无人忠诚，便无历朝历代的强盛。因此，任何人皆需忠诚，但强烈的亡明之痛，使他不能选择入仕新朝。为人臣不仕新朝，是为维护人格之独立；为人子，选择归隐以便尽孝道。在李世熊生命的最后阶段，苟且偷生于世，痛感复明无望之后，他便将怀念的黍离之悲寄托在学术和著述上。如在《答彭躬庵书》中，他与彭士望讨论理学问题。在《答蔡人镜书》《再答蔡人镜书》《寄杨屯田郎》《答温星郎》等书信中，他又与友人谈论儒释关系。在《与彭躬庵（六）》中谈及《寒支集》的刻印情况。在《答彭躬庵书》《与彭躬庵》中，又主要谈及《宁化县志》的编修。魏礼评李世熊的《答彭躬庵书》："胸中无数郁勃，偶尔拈发，遂若决河，有一泻千里之势。"⑤尽管祝发归山之后的李世熊将精力主要用于学术和乡族事务中，但是反映在文学创作中却是平淡之中不乏黍离之悲。小小的宁化县泉上里成为李世熊眼中明王朝最后的悲情的投影，一切都归于平淡，一切显得有些怅惘。

---

① 邓之诚：《清诗纪事初编》卷二，上海古籍出版社1984年版，第284页。
② 李世熊：《寒支二集》，《清代诗文集汇编》第18册，第79页。
③ 李世熊：《寒支初集》，《清代诗文集汇编》第17册，第665页。
④ 李世熊：《寒支初集》，《清代诗文集汇编》第17册，第666页。
⑤ 李世熊：《寒支初集》，《清代诗文集汇编》第17册，第664页。

简言之，李世熊散文创作文风历经三次转变，由驰骋无涯涘之文而沉深峭刻之文再至纵横曲折之文，然而，贯穿其大半创作生命的仍是纵横曲折之文。可以说，纵横曲折之文风代表了李世熊散文创作的总体风貌，而这种纵横曲折之文具有较为浓厚的秦汉之气。内容上多为指刺时局之作，抒写亡明之痛、黍离之悲，情感上愤激凄怆，风格上平淡中见奇崛。[1]

公藏

《寒支初集》十卷、二集六卷：康熙刻本（上海图书馆、中国科学院图书馆、中国社会科学院文学研究所、北京大学图书馆），道光八年（1828）刻本（首都图书馆、江西省图书馆、中国人民大学图书馆）。

《寒支初集》十卷、二集四卷：原刻本（福建省图书馆），道光二十年（1840）武林徐氏重排印本（台湾"中央研究院"历史语言研究所傅斯年图书馆），同治十三年（1874）刻本（南京图书馆、辽宁省图书馆、河南省图书馆、江西省图书馆、四川省图书馆、福建省图书馆、广东省立中山图书馆、中国科学院图书馆、中国人民大学图书馆、北京师范大学图书馆、南开大学图书馆、天津师范大学图书馆、安徽师范大学图书馆、杭州大学图书馆、福建师范大学图书馆、台湾师范大学图书馆）。

《寒支初集》十卷：康熙福建李氏檀河精舍刻本（四川省图书馆），道光七年（1827）刻本（天津图书馆），同治十三年（1874）活字排印本（复旦大学图书馆、台湾师范大学图书馆、台湾大学图书馆），清刻本（漳州市图书馆）。

《寒支二集》六卷、卷首一卷：道光八年（1828）刻本（天津图书馆）。

《寒支二集》四卷：道光八年（1828）姚江陈氏木活字排印本（四川省图

---

[1] 参见李茜茜《李世熊散文研究》，硕士学位论文，福建师范大学，2010年。

书馆、南京大学图书馆），同治十三年（1874）刻本（台湾师范大学图书馆）。

《寒支文集选本》三卷，真峰和尚辑：光绪四年（1878）刻本（四川省图书馆）。

林古度《林茂之文草》

叙录

林古度（1580—1666），字茂之，号那子，别号乳山道士，福清人。流寓金陵。著有《林茂之诗选》二卷、《林茂之文草》不分卷、《林茂之赋草》不分卷。

《林茂之文草》不分卷，每半叶八行，行十七字，四周单边，白口，有栏线。共计文七十三篇，分别是：序五十三篇，叙十四篇，传四篇，说一篇，记一篇。

《林茂之赋草》不分卷，卷首有陈继儒作序。每半叶八行，行十七字，四周单边，注小字双行同，白口，有栏线。共计赋作五十一篇。

林古度序文具有一定的艺术感染力，论述环环相扣，层层深入，又融入自己真挚的感情，有力地突出文章的主旨。《永言序》云："别，重情也；送，至礼也。自古为然，晚近世渐趋衰薄，往往怠忽。视脂车秣马、折柳歌骊等为故事，几于无情，甚至废礼，亦可慨已。然难以概论，实别者有所不同也，故江文通曰：'行子断肠，百感凄恻。'又曰：'别虽一绪，事有万族。'幼晋宗侯走千里于梁溪，为其尊公孔阳先生，乞铭于邹督学，从其治命其情，事孰首重焉？事缘情起，情出礼随，人莫不有亲，秉彝好德之良，因幼晋以兴感，予一见幼晋，闻其事而礼敬之，周旋良久，益知其人为仁人，为孝子。匪予也，四海仁人孝子，皆同是心，故其赠幼晋言，自家而路，自亲而疏，南州北海，隐士显人，莫不搪辞竞藻，遂至连篇累牍，其情与礼实有所生。友人俞伯彭汇而梓之，题曰《永言》以志厥思，送之者犹或以诗以文，重情重礼。自幼晋视之，直一卷风木哀音耳。若幼晋之自为诗文不少，声应气求。予既序之矣，独喜兹刻，足以挽回薄习，资益情文，于世运人心大有所补，非徒阳开三阕、黯然魂销而已。"①

林古度叙"秋气"，语言色彩鲜明，文笔酣畅淋漓，征引古诗，感情充沛，论证说理精到，不失为精美之作。《秋气草序》云："气在四选，春怜繁艳，夏畏敲蒸，冬苦寒闭，唯秋则快其爽豁，一清如洗，万物毕露，人心灵醒而神思凄切，故《骚》曰：'悲哉！秋之为气。'刘铄诗曰：'秋气发初凉。'谢惠连作《怀秋诗》，潘岳作《秋兴赋》，宋玉悲秋，往古之士，皆于时之气候有所感也。吾友吴振之，为人简肃孤贞，已具缩内之象，又清修茹素，多病寡营，唯有读书赋诗，鸣琴作画，媚悦山水，优游岁时。故其诗清真逼透，警净幽微，其气如秋，然其间四时之气莫不该备，盖一时之中亦有一时之秋气，顾人之所自触者何如耳。振之落落于世，自见无时而非秋气也，故统名其草曰《秋气草》，有深感焉。《淮南子》曰：'春气发而百草生，正得秋而万实成，秋为白藏，主收藏之序也。'振之蕴酿四时之气，而收之以秋，是能□华归朴，务期有成，即如其人，厚气劲骨，非漫然导之以清薄，而尽杀夫繁艳、敲蒸、寒闭之用也，吾闻之，古天子以秋遣䢷轩之使，遍采方言、风雅，藏之秘府。"②

陈继儒为《林茂之赋草》作序云："琅琊王长公尝谓余曰：赋有赋学，六朝人不以学为赋而为文，故其文耨；宋人不以学为赋而为诗，故其诗实。学问用之赋中，较是本色，班孟坚老于掌故，左太冲访岷邛之事于张载，学问之外，更须穷抽极讨，以尽其变，非枵腹嗛腹者可立辨也，卢次楩、王长公特为立传，全载其赋于传中，至谓只国朝无两。夫拟骚易于仿佛，若欲游

---
① 林古度：《林茂之文草》，《清代诗文集汇编》第1册，第41—42页。
② 林古度：《林茂之文草》，《清代诗文集汇编》第1册，第54页。

戏而为小赋，体物传彩，不在钩曲，要须从沈约三易诵之。若出胸臆间而不使人觉然后快，则惟闽中林茂之耳。茂之之赋，酝酿风华，奔应节数，词锋景焕，清绮绝伦，李本宁方之次梗，论者不以为过。昔汉武每奏赋，未尝不称善，至有恨不同时之叹，《长门》千金都下竞写，自天子以至书生，皆有词赋学问。今茂之生非其时，幸有李先生在，正如庾仲初赋，而庾亮为之叙，张登赋而权德舆为之叙，腾声飞实，传不在古人后矣。茂之尊公为初文，名孝廉，在神宗朝，数上书建白时务，上多报可，卒为政府所忌，坐下诏狱，信忠人才士之所不免，人争惜之。董玄宰为采其奏议，纂入史中，他诗乐府大奇，诸体皆善而尤娴于赋，赋有《秋征》、有《伤春》、有《思美人》、有《居幽》四篇，皆脍炙人口，此茂之赋学之所自来也。"①指出林古度赋作，酝酿风华，奔应节数，词锋景焕，清绮绝伦。

　　林古度赋春，语言清绮，音韵铿锵，感情深沉，语精思微。《送春赋》云："岁有时而不可，乃在春其佳甚。迓新气之初回，抚美景而渐进。宜山水以展怀，取风日之无禁，惊四时之易周，聊散郁以恣游。或清霁兮我马，或微雨兮我舟，或月媚兮宵梦，或花艳乎晨眸。盖顺物以寄思，亦舍欢而积愁，胡九十之数尽，驾青帝而弗留。剩佳丽以若委，弃嬉乐以忽休。虽白昼之渐永，听绿阴之自稠。欲挽辔以莫及，恍矢疾而电流。信时移兮物换，伤倏往兮如判。鸟歌啼而失情，花带残而非愿。顾予人之有心，岂默然而无眷。怅临轩以徘徊，对朋从以兴叹。总万感以摛辞，送将归于浩汗。"②

　　林古度赋冬月，简洁明畅，悲情浓烈淳厚。《送冬月赋》云："陋人情之处月，贵上元与中秋。岁讵保其恒有，冬竟略而弗留。况参霜以影寂，复乱雪而光愁。光莫延兮魄竭，影无剩兮痕收。信凄皎兮将毕，我如追兮恐失。年年玩兮何穷，夜夜游兮匪一。类亲恩兮友情，宜眷别兮惜行。花怜落兮鸟叹

---

① 林古度：《林茂之赋草》序，《清代诗文集汇编》第1册，第98页。
② 林古度：《林茂之赋草》，《清代诗文集汇编》第1册，第115页。

逝，春伤暮兮秋感更。忍兹月其遽去，而不为之饯明。"[1]

公藏

《林茂之文草》一卷、《赋草》一卷：明崇祯刻本（无锡市图书馆）。

---

[1] 林古度：《林茂之赋草》，《清代诗文集汇编》第1册，第115页。

林云铭《挹奎楼选稿》

叙录

林云铭(1628—1697)[①],字西仲,号损斋,别号沤浮隐者,闽县人。顺治十五年(1658)进士,官徽州府推官。耿精忠叛清,胁降不遂,囚之三年,及释,移家钱塘。著有《吴山鷇音》八卷,此其寓杭州时所作诗文,故署以吴山。其曰鷇音,则取庄子语也。据自序云,分为四卷,而书实八卷。或刻时每卷分而为二欤。另外,还著有《庄子因》《楚辞灯》《韩文起》《古文析义》《西仲文集》《挹奎楼选稿》《损斋焚余》等。

《挹奎楼选稿》十二卷,扉页署名"晋安林西仲先生著、甬上仇沧柱先生选",一选《损斋焚余》,一选《吴山鷇音》,丙子新镌,有"本衙藏板寓杭城凤山门外炭桥凤凰窠吴宅发兑"字样。卷首有仇兆鳌序及自序。每半叶九行,行二十二字,左右双边,单鱼尾,白口,无栏线。卷一,议八篇;卷二至四,序八十篇;卷五,题跋二十九篇,赞十一篇;卷六,记二十篇,传

---

① 参见[韩]金渊洙《〈楚辞灯〉作者林云铭生卒考及行年疏证》,《苏州大学学报(哲学社会科学版)》1997年第1期;官桂铨《林云铭的生卒年》,《学术研究》1981年第1期;陈燕《〈楚辞灯〉作者林云铭考》,《闽台文化交流》2011年第1期;刘文斌《林云铭生卒年新证》,《现代语文(学术综合版)》2013年第6期。

六篇；卷七至九，书八十四篇；卷十，论二篇，说八篇，杂著六篇，祝文七篇，寿文六篇；卷十一，祭文九篇，墓志铭三篇，行状二篇，赋二篇，乐府新声十四首；卷十二，五古五首，七古二十五首，五律七首，七律六十二首，五绝十九首，七绝六首，诗余二十一首。《四库全书总目》谓其学问颇为弇陋，所评注选刻，大抵用时艺之法，不能得古文之源本，故集中诸文，亦皆不入格云。

仇兆鳌评曰："先生于经史无不淹贯，又探奇于庄、屈，取法于史、汉，摹神于唐宋大家。宜其才雄力厚、品格高古而姿韵悠扬，不愧当代作者。向非数十年间迫之以患难坎坷，炼之以穷愁抑郁。恐有尽年华，销磨于仕宦，经营人情酬酢之内，亦安能激昂感慨一吐胸中之奇，而达观任化超然与造物者游哉。文必穷而后工，正天之笃于造就才人也。"①

清初学界对时文与古文之争十分激烈，林云铭极力倡导古文，旗帜鲜明地反对时文。《古文析义序》云："余自束发受书，即嗜古文词，时塾师亦仅取坊本训诂口授，然余终疑古文必不如是作，在后人亦必不应如是读也。比长，偶取一二篇，逐字逐句，分析揣摩，反覆涵泳，遂觉古人当年落笔神情，呼之欲出，狂喜竟日。"②因此他认为古文的创作章法多样："是故古文篇法不一，皆有神理，有结穴，有关键，有窾郤，或提起，或脱卸，或埋伏，或照应，或收或纵，或散或整，或突然而起，或咄然而止，或拉杂重复，或变换错综，亦莫不有一段脉络贯行其间。学者愦愦于此，只记取数语活套，可以搀入八股制艺者，便自称学古有获。如此虽白首下帷何益，甚而坊本中评注纰谬，以讹传讹，致千古作者苦心埋没尘坌，尤为憾事。"③古文创作自有其规范，林云铭极力反对羼入时文，认为有损古文的纯洁性。在《四书存稿自序》中林云铭对以时文求取功名的做法表达出强烈的不满："余十余龄学为制艺，即嗜先正诸大家传文，时当明季，风气数变，始而骈偶，继而割裂，终而诡异。余虽不能尽屏时趋，然必以讲贯题旨，理会题神，相度题

---

① 林云铭：《挹奎楼选稿》，《清代诗文集汇编》第106册，第414—415页。
②③ 林云铭：《挹奎楼选稿》卷二，《清代诗文集汇编》第106册，第427—428页。

位,阐发题蕴为第一义,但苦无可与语。尝抚几自奋曰:'文章定价寸心千古,若仅粗记二三百篇烂时文,影响剽窃,逐队棘楱中,学做誊录生,走笔写就,纵掇上第通显,亦不过如乞儿弄猢狲,扮鬼脸戏,唱几套烂熟曲子,向市井驵侩手中讨得百十铜钱,途遇群丐,持出相夸,诚可哀也。'"①《天经或问后集序》又云:"嗣余遁迹西湖,浮沉市肆中,碌碌俗缘,所见所闻,大率较论八股,为猎取科第梯航,不则或诵习词章倡和,以博声气。即有力矫其弊者,亦不过屏绝外营,以为天地万物,无与于己,澹然自足而止耳。"②林云铭对时文态度明确,批判可谓犀利。

　　林云铭内心深处有一股深沉的挥之不去的庄子情结与庄子情怀,从《〈庄子因〉序》中可一窥其心理隐蔽:"余支离成性,不为事物所宜,于庄为近,故少而好之,久而弥笃。稍长,涉猎佉门诸书,私念人生地上寓也,其与几何?逍遥寝卧于无何有之乡,一笠一瓢,此生之事业毕矣。戊子以来,历今十有六载,其间天损人益之渚加,俾畏人之鹡鸰,难以自遂,不得不智效一官,舍鹏飞而从鹦笑,自是以后,为樊雉,为庙牺,为雕陵异鹊,求其俯仰而不得罪于人,此其难者。故有甚忧两陷,蜃蜳不得成阴阳之食人,与金木之讯者等。吾友邵是龙善于庄,案牍之余,为余谈及,余聆之若昆弟亲戚謦欬于藜藋鼪鼬之径也。急索书竟读之,则见见闻闻,旧国旧都望之畅然矣。夫虚已游世,人莫能害,而流遁决绝为大道所不出,则今日之余祸福淳淳,相与为风雨寒暑之序,举不足以滑成,斯其所得于庄者,固不在区区筌蹄间也。但大道日漓,去古渐远,谭庄之家自郭子玄以后,言人人殊,究为鲁遽之瑟,无关异同,使人徒受其黮暗,适得怪焉。余考证诸本,参以管见,栉比其词,櫽栝其旨,惟因是因非,因非因是,以治庄之道,读庄之书,求合乎作者之意而止。异日者,骊龙未寤,腐鼠已捐,泛若不系之舟,虚而遨游,将手此一编,以质于大莫之国,若谓漆园功臣,漆园罪人,呼牛为牛,呼马为马,余何蕲乎而人善之,而人不善之邪?亦因之而已矣,遂以因

---

① 林云铭:《挹奎楼选稿》卷三,《清代诗文集汇编》第106册,第458页。
② 林云铭:《挹奎楼选稿》卷二,《清代诗文集汇编》第106册,第435页。

名。"①《贺武平卫邑令左迁序》又云:"余曩理新安,亦常执不材鄙见,与大吏忤,屡陷于厄,因念齐得丧、忘是非之旨,莫过于蒙庄,取而表章之以俟知己……然后扬榷蒙庄,处于材不材之意,相与逍遥于无何有之乡,则梁丽殊器,大用小用,俱可置之勿论。"②表现了林云铭对庄子追求精神自由的高度认同,认为是其精神世界的情感慰藉。

林云铭身上还具有一股浓厚的遗民情结。《荆南墨农全集序》云:"古今文人,其始皆天之弃人。方其弃也,颠踬困厄中无可措意,往往有疑而问天,急而呼天,穷而怨天,甚至无可如何,反强颜自解,以为天之所以与我者非偶然。大约从不堪告人之处,抒其无聊不平之思,为歌为哭,如鬼神变幻,风雨飘忽,莫可端倪。因而揣摩日久,掩抑停蓄,刻划自然,各体无不臻极,其所以荣当身而垂后世者,天即以弃之者收之矣……然鄙性难驯,间有所作,多涉于淋漓恸哭、感愤嫚骂,不堪示人,无论传后。"③可以说,厌世情绪是林云铭对遗民现实的无可奈何的一种隐晦表达。《徐巨翁忠节录序》云:"纲常为世道之柱维,吾儒读圣贤书,知大义在天壤间,本无可逃……元制人为十等,儒列娼丐之间。世道之变已极,人道之灭几尽,道存与存,道亡与亡。故不惜一身一家,为千古纲常之寄,非有迫于势,非有慕于名,非有激于气,成仁取义,其心安焉?"④《人文大观序》又云:"有明三百年中,人材辈出,其为文亦各成一家……其中非理学名儒,则忠节正士;非经济硕辅,则俶傥高人。计三百年中,其为人不数,为文亦不数,惟因其人而登其文,因其文而益著其人,谓之大观,洵大观也。"⑤对死节之士的歌颂,表明的是林云铭自己的价值取向。除了对明代遗民的唱和之外,他还表达了对反清志士的倾慕。《岁寒堂存稿序》云:"尽人为文也,而文之工者,殆有天焉。天不轻畀人以文,尤甚于富贵。既得其人,必使其崎岖颠踬以酿其胸中

---

① 林云铭:《挹奎楼选稿》卷二,《清代诗文集汇编》第106册,第429页。
② 林云铭:《挹奎楼选稿》卷二,《清代诗文集汇编》第106册,第438—439页。
③ 林云铭:《挹奎楼选稿》卷三,《清代诗文集汇编》第106册,第448—449页。
④ 林云铭:《挹奎楼选稿》卷二,《清代诗文集汇编》第106册,第432页。
⑤ 林云铭:《挹奎楼选稿》卷三,《清代诗文集汇编》第106册,第445页。

不可抑塞之气,故发而为文,落落自喜,若笑若哭,若怒若骂。追旷之以岁月,纵之以含咀,闲之以羁绁,然后出之愈约,味之弥永,高者岳峙,深者渊渟,有不期其然而然,此为文之极诣也。钱唐余宗鹿庵,一代高士,好倜傥大节,于学无所不窥。嗣以贫落流离,往往纵酒嫚骂,视世俗龌龊,无一当其意者。坐是得狂名,益踽踽寡合。"①《南窗文略序》又云:"王子丹麓,早岁即谢举子业。数十年中深思苦学,悉发为古文词。凡当代作者,靡不赏识,结纳恐后,所有旁见侧出于名人文者,不一而足……予向有文癖,苦于才之不逮。而少失之帖括,壮失之簿书,复苦于功之不专,四十以后方知决策还山,杜门作书。"②观其心志,心存怨恨,是遗民本色的情绪流露。

　　林云铭传记文深得小说笔法,《林四娘记》颇为人所称道,情节生动、有趣,人物形象呼之欲出。请看:"晋江陈公宝钥,号绿崖。康熙二年,任山东青州道佥事。夜辄闻传桶有敲击声,问之则寂无应者。其仆不胜其扰,持枪往伺,欲刺之。是夜但闻怒骂声,已而推中门突入,则见有鬼,青面獠牙,赤体挺立,头及屋檐。仆震骇,失枪仆地,陈急出诃之曰:'此朝廷公署,汝何方妖魅,敢擅至此。'鬼笑曰:'闻尊仆欲见刺,特来受枪耳。'陈怒,思檄兵格之,甫起念,鬼又笑曰:'檄兵格我,计何疏也。'陈愈怒,迟明,调标兵二十名守门。抵夜,鬼却从墙角出,长仅三尺许,头大如轮,口张如箕,双眸开合有光,蹩躄于地,冷气袭人。兵大呼发炮矢,炮火不燃,检帐中矢,又无一存者。鬼反持弓回射,矢如雨集,俱向众兵头面掠过,亦不之伤。兵惧奔溃,陈又延神巫作法驱遣。夜宿署中,时腊月严寒,陈甫就寝,鬼直诣巫卧所,攫去衾毡衣裤,巫窘急呼救。陈不得已,出为哀祈,鬼笑曰:'闻此神巫乃有法者也,技止此乎?'遂掷还所攫。次日,神巫惭惧辞去,自后署中飞炮掷瓦,晨昏不宁,或见墙覆栋崩,急避之,仍无他故。陈患焉,嗣余有同年友刘望龄赴都,取道青州,询知其故,谓陈曰:'君自取患耳,天下之理,有阳则有阴,若不急于驱遣,亦未必扰扰至此。'语未竟,鬼

---

① 林云铭:《挹奎楼选稿》卷三,《清代诗文集汇编》第106册,第450页。
② 林云铭:《挹奎楼选稿》卷三,《清代诗文集汇编》第106册,第452页。

出谢之，刘视其狞恶可畏，劝令改易颜面，鬼即辞入暗室。少选复出，则一国色丽人，云鬟艳妆，袅袅婷婷而至，其衣皆鲛绡雾縠，亦无缝缀之迹，香气飘扬，莫可名状，自称为林四娘。有一仆名实道，一婢名东姑，皆有影无形，惟四娘则与生人了无异相也。陈日与欢饮赋诗，亲狎备至，惟不及乱而已。凡署中文牒，多出其手，遇久年疑狱，则为廉访始末，陈一讯皆服。观风试士，衡文甲乙悉当，名誉大振。先是陈需次燕邸，贷京商二千缗，商急索不能应，议偿其半不允。四娘出责之曰：'陈公岂负债者，顾一时力不及耳。若必取盈，陷其图利败检，于汝安乎？我鬼也，不从吾言，力能祸汝。'京商素不信鬼，笑曰：'汝乃丽人，以鬼怖我。若果鬼也，当知我在京庐舍职业。'四娘曰：'庐舍职业，何难详道，汝近日于某处行一负心之事，说出恐就死耳。'京商大骇辞去，陈密叩商所为，终不泄，其隐人之恶如此。性耽吟咏，所著诗多感慨凄楚之音，人不忍读。凡吾闽有访陈者，必与狎饮，临别辄赠诗，其中廋词，日后多验。有一士人悦其姿容，偶起淫念，四娘怒曰：'此獠何得无礼？'喝令杖责士人，欻然仆地，号痛求哀，两臀杖痕周匝，举坐为之请，乃呼婢东姑持药饮之，了无痛苦，仍与欢饮如初。"[1]

林四娘之所以更广为人知，是《红楼梦》第七十八回中写到的《姽婳词》，曹雪芹称这位姽婳将军，即林四娘，风流隽逸、忠义慷慨。林四娘颇受清代文人的青睐，以林四娘为题材创作的，还有蒲松龄的短篇文言小说《林四娘》。另外，王士禛《池北偶谈》、陈维崧《妇人集》、卢见曾《国朝山左诗抄》、李澄中《艮斋笔记》、安致远《青社遗闻》、邱琮玉《青社琐记》、王士禄《然脂集》，也收录了关于林四娘事迹的笔记，都可互相参看。

公藏

《吴山㲉音》四卷：康熙损斋刻本（南京图书馆、湖北省图书馆、中国科学

---

[1] 林云铭：《挹奎楼选稿》卷六，《清代诗文集汇编》第106册，第502—503页。

院图书馆、中国社会科学院文学研究所、南开大学图书馆）。

《吴山毂音》八卷：康熙损斋刻本（国家图书馆、日本内阁文库）。

《挹奎楼选稿》十二卷：康熙五年（1666）晋安多文阁刻本（福建省图书馆、福建师范大学图书馆），康熙三十五年（1696）陈一夔刻本（国家图书馆、南京图书馆、首都图书馆、安徽省图书馆、湖南省图书馆、福建省图书馆、四川省图书馆、中国科学院图书馆历史所、清华大学图书馆、苏州大学图书馆、湖南师范大学图书馆、厦门大学图书馆、漳州市图书馆、吴县区图书馆），康熙六十年（1721）书林聚升堂刻本（上海图书馆、南开大学图书馆、厦门市图书馆、漳州市图书馆），康熙刻本（大连市图书馆）。

《林西仲先生文集》一卷：康熙六十一年（1722）倪兆蛟抄本（中国科学院图书馆）。

毛鸣岐《菜根堂集》

叙录

毛鸣岐（生卒年不详），字文山，号蓼庵，侯官人。顺治十一年（1654）举人，官营山知县。晚主鳌峰书院讲席。有《菜根堂集》。

《菜根堂集》二十八卷，《续》一卷，卷首有龚鼎孳、周亮工、康范生、毛奇龄作序，毛际可题词。正文首页署"西河毛奇龄大可父订，闽中毛鸣岐文山父著"。每半叶九行，行二十字，注小字双行同，四周单边，单鱼尾，白口，有栏线。卷一，五言古；卷二至三，七言古；卷四，五言排；卷五，七言排；卷六，五言绝；卷七至八，七言绝；卷九至十，五言律；卷十一至十五，七言律；卷十六至二十二，序二十八篇；卷二十三，记六篇；卷二十四，启四篇；卷二十五，书一篇；卷二十六，传四篇；卷二十七，论二篇；卷二十八，赋五篇。《续》一卷，记一篇，序三篇，跋一篇，启一篇。

毛鸣岐以诗名世，龚鼎孳赞曰："其游草专尚格调，不作细碎繁声，直入唐人之室。"[1] 周亮工评曰："文山诗不事雕凿，居然大雅。闽固诗薮，其浑

---

[1] 毛鸣岐：《菜根堂集》，《清代诗文集汇编》第100册，第163页。

厚鸿明者,文山一人而已"[1],并且赞誉其为"五言长城"[2]。康范生评曰:"夫人非有至性奇情,即强叶声律工,为无当传之久远,识者终有以测之。以今观文山,盖不仅诗人,乃真可为诗人也。"[3]可见毛鸣岐的诗歌艺术成就远在散文之上,而对其古文的评论,毛奇龄仅有一语:"夫文山之文亦豪矣。"[4]文风之"豪"一如其人,如康范生有言:"文山为人,其淹贯书史,尤属余事,而居身朴挚慷慨豪爽,一洗近今浇习,求之古人,何多让焉。"[5]

毛鸣岐擅于作诗,其诗论也较为深刻精深,有自己的创作体验在其中。他主张诗本于性情,《同年何西园滇行集序》云:"诗本人性情者也。昔昌黎云:'和平之音淡泊,而愁思之声要眇;欢愉之词难工,而穷苦之言易好。以所遇之景与所发之情触绪挥毫,故律无不谐而语无不工也。'……其离情恻怛,多旅泊关河之感,潆洄闺闼,其滩声、月色之思,莫不于诗焉寄之。古人操觚染翰,穷年矻矻求一字之安、一句之稳,尤不可得,西园于数千里道途得之。"[6]诗歌乃是情与景的遇合之后自然而然出之的,非刻意雕琢为之,也只有书写真情,才能感动激发人心。《潭阳彭爱琴先生初蓉集序》云:"先辈论唐诗,能感动激发人意,多在征戍、迁谪、行旅、离别诸什,其情真也。张燕公诗律悲壮,为得江山助,其景真也。情与景会而诗出焉。"[7]

毛鸣岐还认为诗不必有古今,因为古今诗体虽格律不一,但其宗旨无非书写性情,而这性情是无分古今的。《响楼集诗序》云:"诗自建安、江左以后,律凡屡变,而沈约、庾信以音调相尚,属词精密;宋之问、沈佺期加以靡丽,当时宗之。至杜工部浑融典雅、千汇万状兼而有之,太白精深浑厚,独擅一家之胜。贺知章极口赞扬曰:'此诗可泣鬼神。'大抵诗不一格,格不一律,总以一时之性情写当前之兴会,不必为古人有诗,而今不逮古也。"[8]也正因此,毛鸣岐反对诗运有升降,而诗人有升降。若云诗运自有其升降,

---

[1] 毛鸣岐:《菜根堂集》,《清代诗文集汇编》第100册,第164页。
[2][4] 毛鸣岐:《菜根堂集》,《清代诗文集汇编》第100册,第168页。
[3][5] 毛鸣岐:《菜根堂集》,《清代诗文集汇编》第100册,第166页。
[6] 毛鸣岐:《菜根堂集》卷十六,《清代诗文集汇编》第100册,第283页。
[7] 毛鸣岐:《菜根堂集》卷二十一,《清代诗文集汇编》第100册,第310页。
[8] 毛鸣岐:《菜根堂集》卷十六,《清代诗文集汇编》第100册,第285页。

根本在于声律格调的不同。可见其持论既公允又深刻。《陈集斯蓼花堂诗序》云："论诗者以运有升降，而诗亦有升降乎？余以非诗有升降，而作诗者之自为升降也。自《三百篇》开风雅之始，由是而晋魏而六朝而三唐，以迄宋元明，莫不有诗。踵《三百篇》之遗者，必首推三唐，非三唐诸公之诗独工，而六朝宋元明诸公之诗独拙，其声律格调自分优劣耳。试取《三百篇》风雅颂诸什、三唐李杜王孟诸诗反覆而吟咏之，直而温，朴而不浇，浑雄旷逸之致，如审音者聆钧天之奏，绝无靡靡繁响；观澜者惊汪洋之势，不作涓涓细流也。先辈徐献忠论诗首重格调，俚而不文非诗，字比句栉为诗乎？空疏俭瘦非诗，风云月露为诗乎？六朝宋元明之不及三唐，三唐之不及晋魏，晋魏之不及《三百篇》，非诗之自有升降，其声律格调有同有不同也。"①因此，毛鸣岐认为评论诗歌的准绳，当首论格调，亦即格调是评判诗歌优劣的准绳。《武昌孝廉詹文夏留古堂文集序》云："今海内翕然谈诗，恐诗益盛而波益靡，不别其指归，辨其体格。有识者，所深忧也。诗与八股不同，八股随时变换，冀入主司之目而止。若诗则有一定准绳，当首论格调，论格调当奉天宝、开元诸公为典型，舍此旁趋，愈趋愈下矣。盖《三百篇》以迄汉魏六朝，代各有诗，必宗天宝、开元者，以其质坚古、其气浑雄，无组织之病，无靡芜之音，无浅率单弱之态，质而不俚、朴而能韵，气雄灏而格超越也。元祐以下，虽标新领异，各成一家，然去天宝、开元远甚……晚唐诸公专尚词华，不论格调，遂使浑厚和平之气绝。"②

毛鸣岐还认为自然与人文关系密切，可以说是互相成就。《清湖心航山诗序》云："天地佳山水，一经文人品题，便成不朽。天地佳山水焉，天地耳目须眉，而搦笔握椠者为山水，画此耳目须眉，天地不可少佳山水，犹天地不可少搦笔握椠之文人也。仙霞高插云表，接壤闽浙。南为闽之锁钥，北为浙之咽喉，江郎诸峰崒崒争奇，直至清湖突起，小峰圆锐如圭，为心航作丘壑巨观。苍松翠柏，蓊蔚如虬，龙岩旁有泉从石罅中流出，泠泠有声，遇

---

① 毛鸣岐：《菜根堂集》卷十七，《清代诗文集汇编》第100册，第288页。
② 毛鸣岐：《菜根堂集》卷二十二，《清代诗文集汇编》第100册，第316页。

凉风飙发，松涛谡谡，绝非凡境，僧结庐其上。"①《蜀中熊子兆伯诗文序》又云："山水为天地特钟之奇，人才为山水独挺之秀。索夜光者，必于冈象之区；求连城者，当于荆湘之野。理固然也。余幼未出户，览舆图，考海内名山水，称奇峭者，无如蜀；人才傀伟、负偶侻者，亦无如蜀。盖山水自星宿曲折而入岷江，山从昆仑迢递而至峨眉。蜀为发源奥区，实天地灵气所橐钥，而人才又为山水所氤氲者也。"②

毛鸣岐论古文推崇秦汉，认为唐宋八大家不足法，气象、格局不如秦汉之雄浑壮阔。《复友人论古文书》云："人人皆韩、柳，人人皆欧、苏、王、曾矣。至鄙，仆以'八大家'为不足法，必鼻祖秦、汉为妄。高明者未寝食古人中滋味，故作汪洋浩淼之语矣。仆不喜读'八大家'，非诋'八大家'也。试取一章一句，岂能道其只字？但以秦、汉教之，其气象之浑雄，词采之壮丽，自与'八大家'有别。今取其明白易见者，再与高明商之。秦汉文如贾谊《过秦论》、李斯《逐客篇》、相如《谕巴蜀父老书》，气魄雄浩，初读之，登其堂；再读之，入其室；久而弗厌，玩而益深也。至'八大家'，'三苏'气局雄迈，而词意浩荡；韩文只有《平淮蔡碑》不落常格，如《进学解》《梓人传》《丰乐》《醉翁》《黄州竹楼》诸篇，虽脍炙词坛，较之《过秦》《逐客》兹篇，如聆希声者奏钧天，挹酒浆者唶大酺，岂不大相径庭耶？仆为秦汉文，大匠造五凤楼，斧凿绳尺，榱甍栋桷，自具台阁规模观者，俯仰其下，茫然无崖际。'八大家'乃丘壑中结构小景，一亭一树，林峦山水之胜，尽堪悦目，登高远望，一览而尽矣。"③

毛鸣岐记文尚有可观，有些篇章写得较有文学性，如《蜀邑朗池翠屏山记》云："岁戊申，余令朗池。城无完堵，邑无庐舍，官署数楹，蓊郁瓦砾中，日与狐兔作缘。编户数家，僻处荒崖，非有比屋可封也。城南有山，罗列几案，与署对峙，曰'翠屏'。虬柏蝘松，阴翳婆娑，巉岩壁立，四时云烟

---

① 毛鸣岐：《菜根堂集》卷十六，《清代诗文集汇编》第100册，第284页。
② 毛鸣岐：《菜根堂集》卷十七，《清代诗文集汇编》第100册，第287页。
③ 毛鸣岐：《菜根堂集》卷二十五，《清代诗文集汇编》第100册，第339页。

变幻，不可名状。稍南，一路如线，可陟越而登焉，顶平如盂，宽广可坐数十人，旧有寺基，犹存铜钟，半湮没蔓草间。"[①]

公藏

《菜根堂集》二十八卷、《续》一卷，毛奇龄订：康熙七年（1668）刻本（《清人诗集叙录》）。

[①] 毛鸣岐：《菜根堂集》卷二十三，《清代诗文集汇编》第100册，第328页。

王命岳《耻躬堂文集》

叙录

王命岳（1610—1668），字伯咨，号耻古，晋江人。清顺治十二年（1655）进士，官至刑部给事中。邃于性命之学，躬身实践，其言论风旨及奏疏条对，多忠君爱国忧时济世之言。康熙初谪官闲住，以圣祖幼冲，宜披览古今以为法戒，乃录夏商至元明故实，名曰《千秋宝鉴》，书未成及上而卒。有《耻躬堂文集》。

《耻躬堂文集》二十卷，卷首有富鸿基、李光地、陈肇昌、陈迁鹤作序。正文首页署"晋江耻古王命岳伯咨著、清溪厚庵李光地晋卿辑定"，其弟"命祐伯履"、其子"锡度""锡卣"等校刊之。每半叶九行，行二十字，四周双边，单鱼尾，白口，有栏线。卷一至五，奏疏四十三篇；卷六，议十篇；卷七，策二篇；卷八，诏谕表七篇；卷九，论说评五篇；卷十至十二，序三十三篇；卷十三，记碑传赞箴疏十六篇；卷十四，志铭墓表八篇；卷十五，祭文行状十一篇；卷十六，尺牍二十篇；卷十七，赋杂著九篇；卷十八，诗七十五首；卷十九，周易杂卦牗中天；卷二十，读诗。

富鸿基评曰："若其序赋铭诔诸作，要皆自鸣己意，能令受者感发而兴起。其旨远，其味长，迁、固之雄健，韩、欧之温醇，无不兼而有之，其言可见，其意亦可见也……先生以其可知者，尽乎人；以其不可知者，听之天。忠厚和平之意，慷慨激烈之情，往往见于文字、语言之表，而卒归于进君子、退小人……盖先生之文，本于道，道本于志，所由异于成一家言，而徒以文文者也。"①李光地评曰："晋江耻古王先生，少负大志，奇杰卓荦。自为诸生时，而文章意气，已不屑于今人，又从乡之先正讲学，闻道要焉。先生虽声华奕然，然苦于终窭，藜蕴不充。鼎革之间，仳离尤甚，人事遭逢之厄，先生更尝为多。故先生之立朝也，进则拊膺时事，退则蒿目民间……被遇先皇，屡蒙褒异，凡论列奏对，多所施行……时先生投闲已久，然伤时论事，感切动人，民生疾苦，有所闻见，虽身无言责，必遍谒卿贰、台谏，激以大义。其自任以天下之重者，虽至死而不忘也……先生有古今渊源之学，而切于救世，诠经论史，多未遑暇。是编尤搜拾散轶先生之仅存者耳。虽然，先生之所建明于朝，拟议于家，酬酢于寮执之间者，其大致如斯。"②陈肇昌评曰："其为文，波澜壮阔、气魄浑态，兼广川、洛阳之长，而必根极理要，无一字一句戾于圣人之旨者已，而翱翔琐闼、屡献谠言，凡吏治、兵刑、财赋、民生，大利大害之所在，罔不抗旨而陈。虽至于攀槛补牍，未肯少自屈抑也。"③陈迁鹤评曰："其所为奏疏，通达似长沙，剀切似敬舆；至于序铭诗赋，凌迫秦汉，俯视魏晋……先生丰骨棱棱，正言侃侃，直节自持，不以患难存亡易操当今……后进之士读是集，想见其为人，懦者思奋，靡者思起，柔曲者思劲直，则先生是编其有益人心者，甚大也。"④

其一，王命岳所作之奏疏等多关君国大计，通达剀切，洞识时务。《论吏治不清皆由举劾不当疏》云："天下之治乱，繇于民生之安否。所与皇上共安百姓者，不过一二有司而已。使郡县皆循良，监司皆廉法，则皇上可以安坐而致太平……法愈严而贪不止，其故何也？臣愚以为皆由举劾不当，所举未必皆贤，故举不足劝；所劾未必皆不肖，故劾不足惧。人人皆思图目前之

---

① 王命岳：《耻躬堂文集》，《清代诗文集汇编》第28册，第430—432页。
② 王命岳：《耻躬堂文集》，《清代诗文集汇编》第28册，第434—435页。
③ 王命岳：《耻躬堂文集》，《清代诗文集汇编》第28册，第437页。
④ 王命岳：《耻躬堂文集》，《清代诗文集汇编》第28册，第439—441页。

利，以为善事上官之资，则虽日悬惩贪之令，而贪必不可止。"①认为吏治在人，贤与不肖，或举或劾，是否得当，关系吏治之根本。《请定京官久任之法疏》先是提出问题："朝廷建立百官，将为诸臣名位显荣计乎？抑为国家料理庶事计乎？如为诸臣名位计，则一岁数迁无所不可；如为国家庶事计，则如前速化，臣诚未见其宜也。"②接着论述京官久任之必要："盖久任则历事久而升迁迟，历事久则职业修，升迁迟则名器重，名器重则朝廷尊，职业修则郅隆奏，而且人绝侥幸之心，仕静凌躐之气，所谓一举而数善备也。"③提出京官久任的出发点是为国家料理庶事，不是为诸臣名位，理由充分有力，让人不得不接受。《惩贪议》云："臣闻致理必在惩贪，惩贪莫先旌廉。今天下吏治方饬，而纠墨之章日满公车。议者谓小吏之不廉，大吏导之也；至大吏之不法，又谁导之？……苟专其委任，待以至诚，以风励庶官，矫易俗尚。即有贪人，能不革面而回心哉？而其大本则在朝廷崇惇大之政，毋使贪人得借以图其奸。盖贪人往往于赇赂不入之时行其刻深，故惜名器似忠，严用法似正，人君不察而信其心，则彼于其受赇者，得以径行其私而人主不之疑。"④从矫励风俗以达到惩贪的目的。《诏群臣言得失》云："朕闻古之治天下者，朝有进善之旌、敢谏之鼓，所以通治道而来直言也……人君不以莫违为乐，而以悔过为美；人臣不以将顺为爱，而以弼违为贤。"⑤要实现政治清明的条件是人臣敢于进谏，人君善于纳谏。

《为君难为臣不易论》云："夫天下以其身托于君，君亦以其身托于天下。天下安而君安，天下危而君危。君以其身托于天下，臣复以其身托于君，君安而臣安，君危而臣危。臣之不臧祸止其身，君之不德祸及天下，故君臣同在，其难之中以其分位之大小而难之，分数亦因之而有异。"⑥君臣本是一体，荣辱与共，若能一心为公，便能实现天下大治。《二十一史得

---

① 王命岳：《耻躬堂文集》卷一，《清代诗文集汇编》第28册，第453页。
② 王命岳：《耻躬堂文集》卷二，《清代诗文集汇编》第28册，第464页。
③ 王命岳：《耻躬堂文集》卷二，《清代诗文集汇编》第28册，第465页。
④ 王命岳：《耻躬堂文集》卷六，《清代诗文集汇编》第28册，第521—522页。
⑤ 王命岳：《耻躬堂文集》卷八，《清代诗文集汇编》第28册，第537页。
⑥ 王命岳：《耻躬堂文集》卷九，《清代诗文集汇编》第28册，第545页。

失评》云:"盖闻史以书法为工,而法以统系为重。古之人不可诬,后之人足以戒。要在裨我彝伦,非徒饰兹藻绩。唐虞三代,义昭《尚书》,统顺而辞显,事简而言约,古也。自周辔失驭,尼山秉翰,《春秋》有作,属旨多微,一字寓褒贬,则荣同锡衮,只言致斥,则戮等膏钺。后之作者,义例相比,刑赏亦章,譬之杲日藏晖,则列星代曜,岂云获麟而下,遂至微言皆绝。然词矜宏富,代不乏才,行悉端诚,人难概见,是非纰缪,抑扬失实,往往而有。史以得失古今,古今亦有得失,史氏之评矣。"①对历史的评价通达深刻。

其二,王命岳所作之序赋铭诔诸作皆鸣己意,能令受者感发而兴起。王命岳"以文名非其好也",他首先是"志于道",《正编手录序》云:"士先器识而后文艺。器识者,立心光明,行己正大。夫其心光明,则其文必光明矣;其行正大,则其文必正大矣。此先后之别也,今吾选先正数篇,皆光明正大之文也。不惟明白易晓、规矩易习,亦愿诸子以道德、功业、气节、文章自命,为天地间光明正大之人也,小小取科第而已哉!"②其人正大光明,其文亦如是。《孙劼初制义序》云:"今之治文章者,吾惑焉。跂然褰裳,召集经子,栖其胸指,与俱寝典,一日登途,辄复弃去,如渡河及岸者之舍其舟筏也。夫文章之力,贯道道立,召才才聚,即弥天事业,胥根柢于是而又何舍之。"③表达的也是同样意思,"立道"是文章的根本。

王命岳的游记文,描写细致,多是个人亲身经历的反映。如《石钟记》云:"余欣然同游,出阃迤西数十步为下钟,建大士阁其上。阁之右,有亭翼然;亭之右,片石奔江。可坐二三人,然俯瞰凛然,若坠,不可迫视。回而东出,石径后有堂巍然。堂中石,叩之,作木声,闻数里。堂之左,峭壁巉岩,古今题咏镂石上者,错错尔。复沿径而登,怪石嵌空,错立道旁,不可殚举,转上乃得平冈,可坐百人。"④

---

① 王命岳:《耻躬堂文集》卷九,《清代诗文集汇编》第28册,第550页。
②③ 王命岳:《耻躬堂文集》卷十,《清代诗文集汇编》第28册,第558页。
④ 王命岳:《耻躬堂文集》卷十三,《清代诗文集汇编》第28册,第599页。

王命岳祭文、行状等作亦能写得情真意切，注重通过细节描写来表现人物的理想志气和精神面貌。如《御史张映湖先生行状》云："先生读书每至夜分，辄泣下，念太夫人画荻授经，倘所业无成，虚慈母之惓惓，即不如无生。迨领乡荐，太夫人喜而后可知也。公车载踬而志益坚，卜馆城下，足不窥园。癸酉冬，邑宰夜巡堞，漏深四鼓矣，闻咿唔声，徐下叩门，见先生拥被读书，嗟叹良久，凌晨使吏致数十金为寿。"① 又如《长安寄示诸子》纯是个人内心感情的真挚表白，可谓直言不讳，其云："我锐意为善，回思往事，未免太露锋芒，殊非保身之道。古人云：'善且不可为，而况恶乎？'细玩此言，大有道理，汝等当以我为戒，勿以我为法。但阴行好事，使天知，勿使人知，足矣。居今之世，以默为主。汝等生士大夫之家，良为不便宜，要惟履谦秉和可以寡罪，察言而观色，虑以下人。此节书不可不理会，亦不必示人以弱。以诗书孝友名于世，即御侮之长城也。"② 谆谆教诲，言辞恳切，可谓用心良苦。

王命岳赋作同样写得感情充沛而深沉，如《慕通赋》云："魂恍惚而摇离，形嗒然而若忘。羌黄粱之未熟，梦飞越于穷荒。发余轫于南浦，顿余辔于东方。旦翠旍而孔盖，翩珊珊而登堂。曰获谖于摇咏，启金縢而后光。苟信修而练要，夫孰两美而不长。余长跪而问道，灵渺渺而云翔。临风恍而永叹，渊婵媛以揖余。曰夫子之嘉惠，涉陈蔡之次且。煤入甑而覆饭，寤先君之纷如。姱未修而弗信，涕雨陨而唏嘘。欲溯洄而欸欸，忽眷顾而空虚……遇伯牙之延颈，望夫子之悠悠。虽不屑之教诲，抱绿绮而泪流。林怒号而不息，禽哀响而未休。忽闻触而警寤，余啼鸟之悲秋。"③ 黄东崖评曰："词旨渊深，音调绵邈，宛然骚体也。"④ 此赋感慨遥深，是其仕途进退的纠结心态的反映。

---

① 王命岳：《耻躬堂文集》卷十五，《清代诗文集汇编》第28册，第635页。
② 王命岳：《耻躬堂文集》卷十六，《清代诗文集汇编》第28册，第651页。
③④ 王命岳：《耻躬堂文集》卷十七，《清代诗文集汇编》第28册，第655页。

公藏

《耻躬堂文集》二十卷，李光地辑：清初抄本（天津图书馆），按：有王命佑等校。康熙二十三年（1684）王吉人刻本（南京图书馆、福建省图书馆、中国科学院图书馆、华东师范大学图书馆、福建师范大学图书馆、中国科学院广州哲学社会科学研究所、泉州市图书馆）。

陈常夏《江园集》

叙录

陈常夏（约1616—？），字长宾，号江园，南靖人，寄籍同安。学者称"铁山先生"。顺治十八年（1661）进士，授米脂知县，辞不赴。有《江园集》。

《江园集》，正文首页署名"闽中陈常夏长宾著"。每半叶九行，行二十字。此集原缺卷一至卷七，存卷八至十四。卷八，序二十九篇。卷九，记九篇。卷十，书二十四篇。卷十一，祭文九篇。卷十二，疏七篇。卷十三，碑记八篇。卷十四，有二册：其一册为课儿杂录十则，及其门人所记有关其人之纪事多则；其二册为记、书、题、赞等杂著三十五篇。

陈常夏认为文以道为主，原于道义，推本"六经"，如此方能有益于世。《明文续古序》云："夫文辞之益于世，至浅鲜也。何古文谓武为救世砭剂，文其膏粱也。余生陬僻，见世之蹴踏河山、争光日月者，旷世殊才，事多瑰异焉。是何用抱质修姱、引物连类以寓其优柔敦厚、风雅侘傺之思也，又况异代之断简残篇，几何不视为筌蹄也。又安能知其标新领异者，之有合于古为可以似续前徽、待后人之继起于无穷也。何博雅之士卒存而不废也，抑儒先有言六经者，治世之文乎？嗣是以降，文质相先，代多斐亹，大都明道术、辟异端、辩奸邪、表风节，曲折稳奥，征诸典则，而原于道义，推本

'六经'之初，茞补百家之后，皆能以文辞表见焉。然则抽其芬芳，振其金石，如英茎咸韶，各有音节，其光气固不可遏灭哉。且其道亦与气运相为消长矣。自'六经'厄于秦火，一线几绝，汉初诸儒补葺断烂，网罗放失，用能折角，解颐脍炙。当世而濂洛关闽之贤，始得寻其源流，阐绎其统绪，使文治熠然复兴者，垂数百载世，谓汉儒之功宏以远也……以余所闻，周有左氏而春秋二百四十余年，列国诸卿之词如出一人之口；汉有班、马两家，而自战国、秦、汉策士之雄词，以及夫天文、五行、阴阳、灾异之说如出一人之手……自元而明菁华迭起，刘宋之才含华吐实，其于六经遗响，真能揣摩而不悖者。至于弘正之间，李献吉秀于北郡，王文成藻乎浙中，而毗陵、晋江联翩唱和，而归安、乌程陆离踵武，而关右之王，济北之李，吴郡之王，新安之汪，一时辉映后先，遂已景烁千古矣。夫新声瑰质，络绎奔会，雄辞逸气，辐辏成章，倘世无畸人，如巨源实经龛之帙，容斋发故籝之藏，则简编沉沦，有不委诸时运、抢痛河海者哉！"①

　　陈常夏的诗学观以性情为主，认为情之所至，自然成诗，反对以工拙论诗。《庄侪鹤诗序》云："文章一道，今日盖难言之矣。况于诗教之事乎？我辈情之所至，不禁成声，如空山木响、深谷泉鸣，偶尔惊号，非事揣合也。而论者欲以工拙绳之，不已过乎？且以唐诗之备而评骘诸家，犹谓盛唐气完而意不尽工，中唐意工而气不甚完，至于郊寒岛瘦、元轻白俗，竟是瑜瑕弗能相掩，而况我辈徒快齿喉，敢谓伧父面目，尽缚置火中哉。"②自然地，陈常夏认为诗出于自然，非刻意经营为之。好诗更不能厌熟取生，不尚奇诡，近于自然，自然即高妙。《谢又实诗序》云："昔李义山诗用事作句多从僻涩，人谓是文章一厄。然则文章从三易，隐侯之言当推为定论乎？白乐天喜和陶诗，为其近自然也。鸡林传白诗伪者，辄能辩之，为其不趋于奇诡也。天下之有南漳，盖亦诗歌薮泽乎？近争为变格，厌熟取生耳。闻昔之苦吟者，或眉毫尽落，或衣袖皆穿，然极力结构，终轨于法，至卢人马异，而

---

①② 陈常夏:《江园集》卷八，抄本(福建师范大学图书馆)。

外复有杜默。不仅为苦海矣,学诗者,当何去何从焉?"①

陈常夏游记散文艺术成就较高,作者以纯粹观赏的心态,在游山玩水中洋溢着一种灵动飘逸的艺术情思。《游支硎山记》云:"……乃先过藕花庵为歇脚地,尚隔深林,而新荷射馥,袭人衣裾。僧以短木桥度客,客行枫树、啼鸟中,荷香层次,追随不倦。女郎环佩之声,锵然佛下,或盥漱水湄,以小荷花相掷怀抱,谓使汝速喜,或谓使汝长相连爱,亦有能赋诗相赠答者。主僧开南轩以贮之,每留数日,采花几尽。主僧日作斋供无倦色,盖妇人专信佛乘,以老衲为导师,相传日久,无所见怪。而山僧为瓶钵之计,称女菩萨视礼佛有加焉。余见主僧得坐法海,为退入深谷也……余转而北行二里许,为大士殿。大士有盛名,女燃香填山塞谷,旁多巨石长松,可不愧雁堂风度。亢尚谓支公好神骏,今日或在红粉丛中乎?余谓我辈以遨游作佛事,支公亦借佳冶万象为他演说,可不堕枯禅也。复行里许,至古报恩,次化城,次法螺,皆相距里许,住僧各导游,山无匿容,寺无匿境,皆煮茶试水,水并清洌,使茶各自致其性。游人题咏亦颇有可采者。大抵报恩以明媚胜,法螺以幽邃胜。若泉石嵌空,窗户爽豁,竹木之若密若疏,僧舍之似断似续。余于化城,殆不忍径去,云化城之外,有池塘两区,中为径路,稍植榆柳。塘上荷叶,细者如钱,杂以藻荇,旁故多怪石,云矗拥道,衣香回绕,而天气骤烈,人多苦暑。余稍憩柳阴,顷之,日影渐移,坐者亦不能守其故处。"②作者以游踪为序,常常娓娓数千言而奇崛不苟,描写各式景点的变化多端,抒发对山水胜景的感慨和热爱。

陈常夏还擅长将自然景观与人文景观融于一体,虽然眼睛面对的是自然山水,心灵却与历史人文交会,是谓"神游",感慨万千,议论风生,把人们带入一个时空流转、情理相兼的境界之中。《登瑞竹崖记》云:"大江东去,与海潮为上下,渔艘客棹出没芦花中,旁多怪石,蹲立俯仰,如猛兽奇鬼。常听江流有声,黄文明先生卜筑焦桐山居,其内焉,今四壁俱废,一趾

---

① 陈常夏:《江园集》卷八,抄本(福建师范大学图书馆)。
② 陈常夏:《江园集》卷九,抄本(福建师范大学图书馆)。

岿然。刺船至者，犹停眸未忍遽下，皆曰：'江水汤汤，文明先生遗泽犹有存者乎？'由焦桐山迤逦数里为岐山，上有巨石如室。五代时，高僧楚熙刳竹引泉，节间生笋砌石，供僧呼'瑞竹崖'云。吾乡林文穆相国葺而新之，延印和尚为国祝佛。余庚子年，读书佛下，长江如带，岚烟满袖，贝叶昙花招人，幽泉涧里，时偕耘虚、十彻二上人深夜和答，泉流淙淙，谓是以声闻得度，因记所作十二章与耘虚。古木怪石，黏在壁间者相左右，忽见林文穆语云：'风根有慧皆森发，上善无声自广长。'则谓吾负愧多矣。越甲辰三月之五日，复以小舟泛江上，从数客前行，梅梢老大，竹影参差，乱石空窍，自为铿锵嚯呓。印和尚迟余岐山之侧，暮云渐稀，皓魄微见，佛火初红，渔灯亦起，木鱼消歇，就寝云窠。知云窠者，别构以祠，文穆相国者也，旧有十筼齐在。祠南数尺，已荡为蔬畦，引水潺湲，闻气香柔。顾谓阿弟，云：'平生夜度，多在黑里，今虽合眼，却见光明拳矣。'"①情景相生，即景明理，自然与人文交相辉映。

公藏

《江园集》□卷：抄本（福建省图书馆），抄本（福建师范大学图书馆），按：存卷八至十四共七卷。

《江园集》十五卷，康熙二十五年（1686）刻本（国家图书馆）。

---

① 陈常夏：《江园集》卷九，抄本（福建师范大学图书馆）。

高 兆《春霭亭杂录文稿》

叙录

高兆（生卒年不详），字云客，号固斋，侯官人，明崇祯间诸生。尝作《高士传》，为魏禧所赏识。明亡后，由江左返乡，布衣未仕。曾充清康熙间许中丞等记室，晚年授馆，郁郁以终。著有《春霭亭杂录文稿》，集中多代笔之文。

《春霭亭杂录文稿》，卷首有永安黄曾樾撰《抄本春霭亭杂录文稿书后》。正文首页署名"闽高兆"。每半叶八行，行二十字。有序、跋、题、记、传、书、启、引、祭文等各种文体。

黄曾樾评曰："二十年前于福州旧书店得《春霭亭杂录文稿》一册，红格纸写，共一百二十五页，文凡一百二十六篇，计书五十九、序十六、跋二十二、启四、疏二、寿序七、记五、碑一、传七、祭文七，另联句四组，不著作者姓氏。惟与人书中屡自称曰兆。《千佛庵记》谓：'岁戊子，先府君既营生圹于凫屿，自题其碑曰高公真隐。'《侯方伯高公》书云：'出见公子，俾讲宗谊。'则此册为高兆之作无疑。按《通志·文苑传》：'兆，字云客，号固斋，侯官人，崇祯诸生。著《六经图考》《观名录》《端溪石考》《遗安草堂集》。'《全闽明诗传》引《闽中录》谓'先生有《续高士传》《校录杜律虞注》等，皆有刊本行世'。均不言有《春霭亭杂文》，此册题下多注年岁，起壬子讫壬戌，盖清康熙十一年至二十一年间所作也。惟从何处抄得，底本存否？常念念不忘，后知省立图书馆藏有此书，亟往观，则有二册，皆竹纸密书，纸色甚旧，字作行草，纯朴有味。有'郑氏注韩居珍藏记''郑杰之印'及'大通楼龚氏藏书'印。"①叙述了《春霭亭杂录文稿》的内容构成，及作者著作考证。

高兆批评词客之诗，认为气浮旨浅，虽不乏赠答怀思，但鲜能跻身正宗。《林小干诗集序》云："予尝以论文当根本于行，天下未有操履有原，而不能发为文章者，使其人跃弛无闲，文采肆好，不过称为聪明之士而已。究所著撰，气浮旨浅，一再读之而意尽。斯义也，不惟文章为然，举三百篇、离骚、汉魏、初盛大家之什以观之，故词客之诗，赠答怀思不乏，而鲜跻于正宗矣。"②同时高兆欣赏方外之诗，认为其真正做到了山水与禅心的融合贯通，真正得游山水和玩文咏之所乐。《跋卓天上人诗》云："群峰叠嶂，牵舟卧看武夷，固周赏之所乐。自神仙之迹，荡世士之心，行李所逐，反疏宿情，盖怀道协灵，移其升眺矣。卓公锡钵孤往，俯仰念一，依云听水，啸歌树下，其徒慕之，抽札相传。予获诵览，匪直玩兹文咏，爱慰吾情，诚郦道元所谓竹石之怀与神心妙达，仁智之性共山水效深者也。彼精庐绮望，缁服西首，讵足以著卓公哉？"③

高兆高度欣赏庾信、杜甫的老成诗风，认为学诗当自小至壮致力于古人，加之取山川之形胜而发为吟咏，方能有所成就。《跋李斯年诗集》云："往予读杜诗，至庾信文章之六章，则引声高诵。若慷慨动中者久之，或闻之，笑曰：'子感杜公寓言自况之旨，何其意气激楚欤？'又曰：'高子也，岂以其论文俯仰，如语后生群儿于目前也乎。'嗟乎，予也回环，不薄今人之语，庶几吾生之会，或且暮遇之矣乎。予尝见学士家往往遭今人之所为作，辄睨视曰：'此何为也？'得一残篇，则肃然曰：'古人古人。'此其心岂所谓爱古人哉？亦自取其薄耳。杜公之自述曰：'读书破万卷，下笔如有神。'其所学如此，而尚为不薄之论。今人之学有如少陵乎？人诚能自小学，以至壮

---

①②③ 高兆：《春霭亭杂录文稿》，抄本（福建师范大学图书馆）。

老,致力于古人,未有不相及者矣。况崎岖游览,取山川之形胜,以发其高深。麻鞋重趼,奔走万里,不乏如少陵者乎。"①

高兆认为士君子要有真性情,否则声气不根于性情,则文章便会气浮而散。《姚子逊诗序》云:"士君子无真性情者,无论其立身不足问。未有其言尚可以兴感人者也,世趋声气甚盛矣。予以四海之大,人物之众,即举贤圣之力以求合,亦未必轨迹所至,姓名通之。而时之号称学士家者,握手把臂,不呼而集,往往甫觌面未终,俨然缔结有生平之素,斯人也,智者视之如寤之见于梦,旅之遇于途焉。庄之子少所睹见,忽一接侍,炙热可亲,未有不倾心摇魄,持肺腑以依之、恃之,饥寒缓急,将父母而慰妻孥。迨其见于行事,什九误负,卒使奔走疲茧,怏怏罢去,甚矣。人亦昧乎声气之说矣。夫声气不根于性情者,皆浮而无实,声浮则息,气浮则散,故其应事物、著文章皆不能久,辄遂忘失,可不慨邪。"②

高兆欣赏不为物累的把玩艺术的态度,不必尽占己有,期于心得即是妙处。《题栎园先生画册》云:"尝观士大夫号称好事家,每见一古人笔墨,耗平生之精神,散清白之所遗,以期必得。究之临摹相乱,只垂狎客之橐,即间有神物相归,而得失之微,不免胸腑,明窗净几间亦何必有此哉?先生以欣赏之情,具书画之识,谓今人皆及古人,以故曹关荆一顾之后,举不累心,惟于幽人词客,故老贫交,断缣破楮。皇皇岁月,若寝食不暇,甘载以来,遂丹盈尺,装潢上手,镇日随身,每对俊流,发示商榷。于是精书名言,散错边腹,寸璧片羽,即使人心死,毋论此中之画矣。"③

高兆骈体文写得颇为清丽工整,往往在物事中寄寓人生道理或感慨情怀。《范中书室铭》云:"时平共乐,乃及游息,逶迤丽馆,文质底则。宥密冈迷,启贯可即,充以诗画,远于声色。致贤常满,玩物不惑,中惜寸阴,外周四国。美矣君王,攸处作德。"④《止酒箴》云:"我有良朋,于饮戒盈。大力坚固,毅然孤行。我亦有戒,败于逢迎。既醉之后,百疾是生。悔既莫追,疾已数婴。吁嗟乎予,伤生可惊。而今而后,敢告明明。涓滴之入,性

①②③④ 高兆:《春髣亭杂录文稿》,抄本(福建师范大学图书馆)。

命殒倾。良朋好我，式愿相成。"①

公藏

《春蔼亭杂录文稿》二卷：稿本（福建省图书馆），清抄本（福建师范大学图书馆），清赌棋山庄抄本（鄂州市博物馆），昭代丛书癸集本，道光二十九年（1849）刻（丛书综录），宣统国学扶轮社排印香艳丛书本（丛书综录）。

---

① 高兆:《春蔼亭杂录文稿》，抄本（福建师范大学图书馆）。

林涵春《塔江楼文钞》

叙录

林涵春（生卒年不详），字奕善，号云林，侯官人。生当明末清初，遭时不遇，屡困场屋。耿变之后，播迁流离，贫不自存。遇人多刺讥谩骂，坐是得颠名。与林西仲相友善。为人自成机杼，不合流俗。有《塔江楼文钞》。

《塔江楼文钞》六卷，每半叶九行，行二十字。正文首页署"甬上洪晖吉先生、遂安毛会侯先生选定"，"闽中林涵春奕善著"。卷首有季麒光、林云铭作序及自序。卷一，传七篇；卷二，传后三篇，述后一篇，述二篇；卷三，记十篇；卷四，序十一篇；卷五，书四篇；卷六，说一篇，引二篇，赞一篇，挽章一篇，墓志一篇，墓表一篇。附录一卷，附录中多季麒光作品。

季麒光评曰："夫士之所谓奇者，上之括囊天地，辅主经邦；次之吞吐山河，驱今役古。言必惊时，事堪励俗，若仅谓拖青紫、罗锦绣，誉延于乡党，此得之于时命者也，乌睹所谓奇士乎？故士不穷不奇，不播迁困屈亦不奇，如灵均之怨，阮籍之悲；士衡之屋三间，伍员之田半亩；少陵去国，皋羽无家；司马亏形，江东恨骨。自古怀才不遇，辄悲愤无聊，唏嘘感叹，不屑依徊俯仰，气愈激而志愈高，唇齿招尤，毁忌随之，士于是乎难，而亦于是乎奇矣……今读其所为文，以左国洁其体，以秦汉厉其气，以韩欧畅其神。其洁也,其厉也,其畅也,益叹奕善之学日益进矣。"①指出林涵春的古文有《左传》《国语》之洁,有秦汉之厉,有韩欧之畅,学问精微深厚。

林云铭评曰:"既而示以所著古文词属序,其一往无前之气,如怒浪奔流不可御阻,而平日困厄无聊,不合流俗之况,亦往往借题抒写,感慨淋漓,非马文渊所云:老益壮而穷益坚乎?惟是文章声价,自有定论,本无借于荒言扬榷。若夫以嵚崎历落之概,高自矜许,滑稽躁率,毕生不易,故吾未免以颠名致掩实行。余独谓非颠必不肯为所不为,而迥然于流俗之表,松节礌砢,栋梁之用自在,是颠名原不足为奇士减价也。不奇不颠,不颠不奇,张苏州、米襄阳皆以是终其身而名后世。如读是集者,知山薮藏疾、瑾瑜匿瑕,勿为世俗之见,则文传而人且与俱传,将目前困厄无聊莫可告语之隐,亦可借以自慰也夫。"②指出林涵春古文有一往无前之气,而又能抒写自身困厄遭际,感慨淋漓,迥异于流俗,是之谓奇。

林涵春自序云:"晋安风雅,名震海内,近代少间矣。振弱起衰,端在今时,遂割俸不辞,愧余枯朽残秒,未必能蒸出灵芝瑞菌于山巅水涯之中。然久经零落委弃,掩抑榛莽荒区,而以芽苗余葩,得供人间耳目,乃遇合显晦之数存焉。诚始愿不及此,兹刻也,或推或挽,二先生知己之感,与龚使君推解之惠,均志不忘。若文之仅堪覆瓿,又何暇再计哉。"③指出自刻文集的一点想法。

林涵春传状文善于设用主客问答的形式,仿汉大赋的问答体铺陈渲染,抒发自己毫无尘垢的豁然胸次。《巫山嘻嘻子述》云:"避暑旌德城西,有蜀客博辩雄谭,述古今异闻奇迹,逸响清声,风生四座,余揖而进曰:'蜀山川崛岪,文豪诗圣,散见于篇什者,已扩耳目大观,独是幽人隐士,史乘无闻,出里巷称述者,愿详一二,佐笔端异趣。'客曰:'夔州之阴,环峰叠嶂,幽绝佳胜,为仙释真宅,即巫山巫峡神女感通处也。有嘻嘻子者,慷慨有大节,落落不与人合,性嗜酒,善属文,遇人辄额蹙,仰天嘻嘻,人问之,不答,但嘻嘻而已,急叩之,愈嘻嘻。'或曰:'戆者也。'或曰:'痴而

---

①②③ 林涵春:《塔江楼文钞》序,抄本(福建师范大学图书馆)。

无能，托是以善身者也。'或曰：'旷瞩宇宙，厌世之狙诈诡猾，特以自解者也。'客曰：'余家夔梁两山间，亦莫测其所以。即与山居穴处，潦倒淋漓，酣醉终日，究莫识所以，记其言曰：今人内行不自省，特诡随徼倖，少不慊则尤人，甚者呼天怨詈，愤懑不已，吾悬吾眸以瞩久矣。嘻，今亦已矣，其得于里巷所传者如此。'余叹末流，一嚬一笑，一嗔一怒，咸不由中而出，孰若嘻嘻子浩落，自寄胸中，绝无尘垢者乎？风波不作，水炭顿销，虽隐处山中，其与蛟螭失势，鸾凤折翼，不为蜩鷃之笑，不为蚯蚓之侮者几何？大乘志寒山拾得有时向人哭，向人歌，向人骂詈，嘻嘻子倘以正言厉俗，其指为蜀日而吠之者，又不知凡几也。嗟乎，作哑作聋，与物无忤，终莫若嘻嘻之豁然胸次也。述竟，索笔以传。时戊辰季夏之七日也。"①

  林涵春记文描写景物细致入微，在写景中抒发感情，寄托幽怀。《醉鱼石记》云："余乡江渚，有石卧沙中如鱼状，春夏霖雨，溪溜江涨，风卷流沙，随波漂没，而石鱼浮水面，若鼓鬣掉尾，偃偃游天池中，及风静浪息，又块然水际不动。或曰：'鱼以醉名，其不与河魴溪鲋随波逐浪于涸辙中，宜其瞑然于天地间。虽不若北海之鲲，朝击三千里，夕隐南溟，而撼波鼓涛、含濡吐沫，随潮汐而上下，曷若潜鳞敛翅，于无何有之天为有得也。'万物盈虚之数，动者推移，惟静能息机。欧阳永叔记零陵三石，其二空凌隽特为人取去，其块然无奇，偃卧溪侧，留荒烟蔓草中，使兹石而嵚崎瑰玮，其不为贵游子弟置沼沚亭榭间者，几何？而尚得隐伏于洲渚乎？乡人传醉鱼为洪江瑞应，前此江流澄碧，鱼起沙中，水光石白，巍科肵士，接踵乡间。今沙压濑浅，鱼伏不见，嗟乎，山川钟灵，虽地与时会，而豪杰挺生，固可转移造化，岂得谓鱼操山川之珍秘耶？吾将见其吞云梦、浮碣石、上龙门，飞沙震浪，辟乾坤大地，岂仅洪江一渚乎？"②

  林涵春论说文善于借物说理，在对事物的阐述中寄寓深刻的人生道理。《铁步说》云："青陵道中，有大冶焉，相传铁步也。水涯可步者曰'步'，

---

① 林涵春：《塔江楼文钞》卷二，抄本（福建师范大学图书馆）。
② 林涵春：《塔江楼文钞》卷三，抄本（福建师范大学图书馆）。

俗呼为'埠'。步旁有观，僧人置铁莲花石几上，团团有叶若球，中空而蒂下垂，不盈一掬，或曰：'花从烈焰中跃冶而出，其质甚坚，叩之铿然有声，不知始自何代，历春秋、阅兴废而独存于此也。'或曰：'钢也，百炼成精，具五兵利器，可以刿犀断蚁。方其初杂矿石，敛锷藏锋，不任割截之用，遇物辄脆，块然与沙土无异，而后知炉锤挫折之后，自不同世间绕指柔也。'噫，人生日享，庸庸之福不经危疑震撼，何以励其志而坚其骨乎？花从火出，焰吐形成，此造物假手于大冶，不可谓非幸也。"[1]

公藏

《塔江楼文钞》六卷、附录一卷：康熙二十七年（1688）刻本（福建省图书馆），抄本（福建师范大学图书馆）。

---

[1] 林涵春：《塔江楼文钞》卷六，抄本（福建师范大学图书馆）。

林向哲《瓯离子集》

叙录

林向哲（生卒年不详），字君十，号瓯离，莆田人，顺治中诸生。县志称其诗为"操笔立就，骨格苍老，学杜得其神似"者。著有《瓯离子集》四卷，原书应为十二卷，此集只存文四卷，其诗未见，殆为未完本。有朱笔校点。

《瓯离子集》上下卷，卷首有容庵作序，卷末有朱维干作跋。每半叶十二行，行三十七字。卷上，序四十九篇，书五篇，传四篇；卷下，传五篇，记七篇，题（后）九篇，赠一篇，启四篇，谢表一篇，铭八篇，问一篇，策文一篇，杂记一篇，行状一篇，赋二十六篇，骚十一章。

容庵作序评曰："余尝观君十之所以论古人之作者而得之，其于李杜曰学士家徒求之体制、格调、淯响，以为若也飘逸，若也沉郁，不知少陵得风人忠厚，不忘君父之旨；太白从《王风·蔓草》之日，思起《大雅》，二公所以独高千古，则君十之自为诗可知矣。其于司马长卿诸人曰纷引错出，繁见杂陈，如丝组五采织为文章，皆由积缕而成，然后服杼轴者之心手为不可及，且于宏丽之中独见其忧愁、寄托风谕之意，则君十之自为骚赋可知矣。其于韩欧曰昌黎、庐陵主于明道，无畔六经之旨，而于周秦以下能文之人皆竭思网罗，鼓铸炉锤，镕冶而出之，又譬之欲兴宫室，当求良工经营，用其规矩准绳，取材于山，运甓于陶，自能与建章争雄丽。良工者，大家也；经营者，匠心也；规矩准绳者，法度也；竹木瓦甓者，经史百家也，则君十之自为文可知矣。故知君十之所以论诗赋古文词，则知君十不为李、杜、韩、欧、司马长卿以下之人，知君十之不在李、杜、韩、欧、司马长卿诸人以下，则知天下后世之所为诗赋古文词者皆当如是也。斯集出，则滥觞者宜，止离畔者宜，剽窃模仿者宜自失而树公安、竟陵之帜，操地之戈者亦无容置喙矣。独惜其负逸群之才，读先代之遗书，受贤母之慈训，感钜公之知己而为交游，风雅之所宗，竟不获一遇于时，至于感时溅泪，一往情深，平生萧瑟，意致苍凉，卒赍志以没，何其不幸也。"①指出林向哲的古文成就不在韩、欧、司马长卿诸大家之下，实为过誉之辞，不足为训。

朱维干作跋云："故其所作《泪赋》《寒食赋》《哀时命赋》有置于无病而呻，为亲朋叙诗文亦多寓故国山河之感，且不惮于干戈衰病，鹑衣尘甑之余，辑佚搜遗，以续修莆阳文献，至用心与力之苦，亦有足多者。惜其书已不可得见，既此集虽曾经梓行，亦仅存钞本，至残缺之处多无从校补矣。"②指出林向哲为亲朋而作的诗文颇有可观，寄寓了故国山河之感。

林向哲论文根于经，为文以经为指归，推崇韩欧诸大家之文。《明六大家集选总序》云："原道者，自唐虞孔孟而下，求性命精微之学必以关闽濂洛为指归矣。使有人焉，舍关闽濂洛以求性命之学，欲直承于唐虞孔孟，是必非道矣，是必非吾唐虞孔孟之道矣。道之显者为文，载道之文莫备于六经。自周秦而下，工文者或于道有合、有不合，要自左丘明、庄周、荀况、董仲舒、司马迁、相如、班固、刘向，逮至六朝之铮铮者精工离奇，穷极天地物象之妙。虽圣取焉，唐韩愈、宋欧阳修氏出其文，主于明道，无畔六经之旨，而于周秦以下能文之人皆思网罗、鼓铸炉锤、镕冶陶范而出之，成其为大家之文。若柳宗元、李翱、曾巩、苏轼诸人，其羽翼也。诗为六经之一，自三百篇下，汉魏以降，苏武、枚乘、曹植、王粲、谢朓、陶潜无虑数十家，至唐杜甫

---

① 林向哲：《瓯离子集》序，抄本（福建师范大学图书馆）。
② 林向哲：《瓯离子集》跋，抄本（福建师范大学图书馆）。

出而大备焉，由其不失风人忠爱之旨，而于汉魏以来能诗之人皆网罗鼓铸，入于镕冶陶范之中，成其为大家之诗。若李白、陈子昂、王维、高适、岑参、孟浩然，其羽翼也。后之欲原诗与文而求其指归者，必舍此莫适矣。今有人焉，舍李杜诸家以求所谓古诗，舍韩欧诸家以求所谓古文，是犹舍关闽濂洛以求所谓道矣。其道先与唐虞孔孟悖，其诗与文有不与周秦诸家之人先自悖乎？后人欲穷才力心思以求胜于古人，不知古人文章数变而其法已悉才大思敏。"①

林向哲论归有光文，深得震川文之三昧，以气胜，以音胜，明于道，义法具，世人不知其味而訾其平淡。《归震川集序》云："明之文若归熙甫，其难学哉！非学熙甫之文之难也，而知熙甫之文之难也。凡天下之工于文者，行以气，宣以音，精于镕局，巧于取势。其搜材征事也，博而核，连引而切当，盖兼而擅者谓之能焉。吾尝以是求先生而不得，而况于世之人乎？先生之气非奔轶纵横之尚，浩浩焉周裹于中而出之浑漠莫窥也，不知者将以虚矫为胜，木鸡之养矣。其音非繁哇嚣嗃之响，朱弦疏越，雅调希淯，察焉如引人于太古，而置身清庙彝鼎之侧也，不知者将听而恐卧矣。动于机而局与势生焉，明于道而材与事无所用于博征广搜也，不知者将訾其平淡而议其寂寥矣。"②

林向哲论茅坤文，称其编选八大家之文以行世，泽被后人，功绩卓著。《茅鹿门集序》云："唐韩退之扫五代繁俪衰靡之习，倡为古文，后人推其有起衰明道之功，至今信之无异词。然当宋天圣间，退之之文犹未显也，穆参军伯长始为表扬之，而苏子美兄弟、欧阳永叔从而和之，自是始渐有传者。盖作者刻意为文，镂精殚思而不厌者，使四海之内百世之下或有振吾之学，明吾之用心者，庶几可以无憾矣。然则后之能鉴别表章以广其传者，其有功于前之作者，岂不钜哉？自唐以来，文人多矣，而吾顺甫先生独取退之、子厚、永叔、子固、介甫、明允父子选评为八大家，集行于世，发明其立文大意，并提挈段落起伏、脱衍承应之法，无不抉而出之，觉古人信笔未必如是，自先生言之，遂断断如是者。更能开数公之精神生面，勃勃欲动，将其结构经营、刻意精思挥洒之状如在目前，可谓至矣。且使异时者，知有大家

---

①② 林向哲：《瓯离子集》卷上，抄本（福建师范大学图书馆）。

古文之道，是先生有功于前与后之著作之人，其力固尤伟也。故先生之文最得力于诸家，镕局取材，譬挽强引，满而出之，无不命中，其雄健犹能龙变虎跃，不可迫视。"①

林向哲论诗主风雅之道，温柔敦厚，不失风人之旨。《许五阶诗序》云："予尝思诗之为道，温柔敦厚，主于和平，以淑人之性情。每谓世之能诗者，意其内必恬淡渊静，其外之与人接物必冲悒可亲，而求之于世往往以诗名者，多表炫自喜交矜诩，反疑风雅一道，适以长其浮华诞慢之习，岂昔之诗教非耶？何今之人不尽然也，然而有志之士不为时趋所移而泊然宁谧大雅，自将与物无所短长，轻此以取竞者，固未尝乏也。"②

林向哲认为宫词的渊源来自《诗经》，皆述人之性情哀乐，观点发人深省。《子卿宫词诗序》云："诗之体虽不同，其原于三百篇，则一也。夫三百篇之诗，圣人著为经，以立教垂益于天下后世，乃后之为诗者与经之旨先悖，虽穷其葩藻、格调之工，亦何益哉？予所以论诗必先求其与经之旨合不合，然后及其文词之工与未工也。即以宫词论词家，往往祖昌龄而祢王建。儒者或薄宫体纤丽，不足为之者，皆未溯于诗之渊源，辨其流失之过也。盖三百篇，首列关雎、葛覃、卷耳、樛木、螽斯数章，皆周之宫词也；召南之鹊巢、采蘩、采蘋亦皆宫词也；列国之绿衣、硕人、终风则宫怨之所托始也。人约述其性情哀乐之发，而废兴得失之故自见，称其盛，自琴瑟、钟鼓，细至于一卉一虫之微，咸足以传幽闲贞一之致，称其衰，虽极其象服、山河之观，而微词已寓，此则宫词之渊源可考者也。"③

公藏

《瓯离子集》四卷：民国三十六年（1947）翁炳星楼抄校本（福建师范大学图书馆），抄本（福建师范大学图书馆）。

---

①②③ 林向哲：《瓯离子集》卷上，抄本（福建师范大学图书馆）。

刘 坊《天潮阁集》

叙录

刘坊（1658—1713），原名琅，字季英，号鳌石，上杭人。祖廷标，字霞起，为明云南永昌通判。父之谦，明户部主事。明末全家殉难者八十余口，事详《明史·忠义传》。坊少经丧乱，胸中抑郁牢愁，常迫发而不能自已，故其发为文章，多自寄其悲愤。痛祖、父二世死忠前代，终身不仕不娶，遨游四方，靡定厥居，卒流落而死。李世熊等为之营葬于宁化泉上里。有《天潮阁集》。

《天潮阁集》六卷，文抄一卷，诗抄五卷。扉页署名"明遗民刘鳌石先生著"，"后学传专书耑"。卷首有重印序，分别为丘复、雷熙春、林翰、柳弃疾所作；又有原序，分别为李世熊、许荣、周维庆所作；有丘复撰《上杭刘鳌石先生传》和《刘鳌石先生年谱》。每半叶十二行，行三十字，四周双边，单鱼尾，黑口，无栏线。卷一为文抄，具体是记五篇，铭一篇，书五篇，序九篇，跋二篇，行状一篇，祭文二篇，吊文一篇，杂文二篇；卷二为三四五言古；卷三为七言古；卷四为五言律；卷五为七言律；卷六为绝句；附诗余十首。集中文字，皆力避禁网，不敢畅所欲言，故多系纪游酬答之作。

丘复评曰："人生不幸，而丁家国之变，求死则无死理，偷生更无生机。

不得已放游四方,徐观剥复,感慨所系,借文字以寓其牢愁。然其时,又文罔烦密,稍摅故国之思,即触新朝之忌,茹恨忍痛,无若吾杭刘鳌石先生之甚者也。先生以古今之奇才,值古今之奇变,而其身遂历古今之奇穷。其生在云南永昌,距甲申之变已十五年,违先永昌公之殉国亦十二年。堕地甫八月,而永历南狩,先户部公又殉国,全家与难者八十余人。逮先生识字能言,明社之屋久矣,而家国之感、种族之悲郁积于中,若鲠在喉而不能去,天荒地老而此恨无穷,期石烂海枯而此情不磨灭,且子遗一身,有鳏终老,匪特反颜事仇,沦衣冠于禽兽者不可同日语,以视攀鳞之先烈、茹蕨之遗民,其痛苦又何如耶?兹钞大率游历酬赠之作,不过先生著述中什伯之一,且为一二朋旧搜辑付刻、删除忌讳,幸不列为禁书,得以流传至今。而字里行间犹可想见先生之隐衷,知先生之身世,读之能无油然生爱国之心乎?"①指出刘坊遭家国巨变,沉痛悲凉郁积于中,读其文可知其心中之隐衷。

雷熙春评曰:"集中感怀、纪事诸作,间或直抒胸臆,其时文网严密,动触禁令,故矜慎若此,而先生诗文乃于是益传。"②林翰评曰:"士生丧乱之世,以诗文辞写其怫郁,此至不获已者也。顾暴君虐吏,绳以忌讳,则传者仅矣。老死岩阿,遗稿散失,即不散失而亦无力梓行,则传者又仅矣。夫丧乱之世,士无事业可言,区区文字之微,亦聊以寄托怀抱耳,岂必求传而后为之。是以诗文辞之传不传,在他人引为幸不幸者,非士之志也,国亡而不能救,家破而不能复,忧愁怨思,郁郁终古,士之不幸,亦已多矣,何惜乎文字?其以文字鸣者,诚士之不获已,传不传非其所预测者也。明清之交,士之忧愁怨思,有诗文辞而不传者何限?吾友丘荷公乃重刻其乡先生刘鳌石之《天潮阁集》,并为之旁搜遗著、汇订年谱。荷公所以传鳌石先生者,亦云至矣。窃考先生当日鼎迁,社屋禾黍兴悲,是无国也;祖父死忠,有鳏终老,是无家也。无国无家,嗒焉无以自遣。夫而后泄之于诗文辞,然且畏避禁网,不敢畅所欲言,故其集中多纪游、酬答之作,在先生当日岂计其必传,又岂计二百余年之后,复有荷公其人为之搜遗著订年谱哉!然阐发幽

---

①② 刘坊:《天潮阁集》序,民国五年(1916)刻本(福建师范大学图书馆)。

潜，责在后起者。"① 指出刘坊文中尽是黍离之悲，忧愁怨思。

柳弃疾评曰："唯以嵚崎磊落之才，遘晦盲否塞之秋，国恨家仇耿耿胸臆间，吐之不能，茹之不忍，于是发为文章，噌吰镗鞳，足以惊天地而泣鬼神，斯其遇弥穷，而其诣乃益工矣。知此意者，可以读上杭刘鳌石先生之《天潮阁集》。"② 指出刘坊文中的国恨家仇，足以惊天地泣鬼神。

刘坊记文善于将写景与抒情融合在一起，寄托幽怀，安顿生命。《天潮阁记》云："有树蓊然，垂天而立，其枚肄蒨然鬖然，四出其林之所给，非一隅一时之所办也。庇其荫者且数亩，聚其下而嬉愉者，则皆是也。至其茏苁偃仰、上干青霄，寒暑所不能移其性，霜露所不能变其操，猛风则怒号，条风而悠扬。月初出，郁郁葱葱；月中天，则凄清而苍凉。是其咳唾之为雨露，呵叱之为雷霆，播之百物为虫鸟之鸣，宣之金石为宫商之奏者，世亦何以测其然哉？嗟乎，夫物之尤者则固若是矣，而于人何独不然。予既归杭之四年，皆馆于伯子家，临宅有榕树一株，盖百岁物矣。予喜其镵谽盘错、崛强自立，若嵇（康）、阮（籍）诸君頠然放于尘埃之外者，又其性与他木异，恒夏萎而冬青，亦后知之胜侣也。每风雨良夜，予周行其下，或攀援而踞其颠，纵观丘原，俯仰八极，悠然深思，窈然遐想，更不知此身之为晋与为秦也。因取而名之曰'天潮阁'，若曰是其噌吰嘲嗒而春秋异候者，乃天地万物之相感于不已者也，而予之心则有不然者。"③

刘坊自序文，多用韵文，工致自然，感情真挚，寄托遥深，读之令人泣下。《诗文自序》云："予恒慨人生天地，眇类微尘，瞬息百龄，奄同物化。既以身谧而俱泯，岂非造化之多事。故立言、立功、立德，古示嘉谟，而事君、事亲、立身，圣有懿训。夫士人学成，草茅遇明君。庸之庙廊，济一世于咸宁，登万灵于各正。醇风广被，俊髦悉升，然后功成身退，优游林泉，德泽著于当时，声名传于奕祀，岂不毅然大丈夫之所为哉！然而，天道邃杳，遇合原非人力可强求；世路艰难，志气易为功名所摧折。窃恐良璞不

---

①② 刘坊：《天潮阁集》序，民国五年（1916）刻本（福建师范大学图书馆）。
③ 刘坊：《天潮阁集》卷一，民国五年（1916）刻本（福建师范大学图书馆）。

售，卞和之足易伤；修眉未匀，班姬之扇早掷。既见弃于当时，复取讥于后世，不亦重可悲哉！予也生丁丧乱之秋，命值屯蒙之会，有穷之徒满国，虽百日而无光；康回之旅盈庭，纵十周之易瘵。呜呼痛哉，呱呱丝息，赖元祐以相存；孑孑孤踪，何堪狂飙之板荡。今劫灰未冷，马齿稍延，又慨永昌，僻居天末，子长之足迹所弗临；壤在荒陬，姒氏之风教所未及。人嗤学古，士重趋时。怅天禄之无传，惜石经之莫觏。若甘醢鸡而永藏，恐同玄驹而俱殁。爰于执徐之春，放游海宇。纵肉飞不起，蓬莱非车马能通；而志薄难偿，星汉自乘槎可到。江山有意，风物多情，每听野店鸣猿，肠九回而未已；或对荒村夜魄，泪实下于何穷。有愁欲诉，不平则鸣；诗魔请战，广布奇兵；词伯输诚，高张赤帜。不能无作，用序诸篇，屈正则之志远游，贾太中之赋惜逝。辞虽异矣，意则同焉。他日青云有待，聊存艺苑之观；白雪无赓，好作名山之秘。陆平原执以糊壁，吾知免矣；李供奉见而作嘲，不亦宜乎？柔兆执徐岁七夕日，题于三峡舟中。"[1]

公藏

《刘鳌石先生诗文集》诗八卷、文三卷、诗余一卷：康熙茹古堂刻本（国家图书馆、上海图书馆、福建省图书馆、中国科学院图书馆），按：中科院藏本有邓之诚题记。

《天潮阁集》六卷：光绪刻本（国家图书馆、福建省图书馆），民国五年（1916）刻本（上海图书馆、南京图书馆、福建省图书馆、湖南省图书馆、广东省立中山图书馆、福建师范大学图书馆）。

---

[1] 刘坊：《天潮阁集》卷一，民国五年（1916）刻本（福建师范大学图书馆）。

王凤九《霞庵文集》

叙录

王凤九（生卒年不详），字而轩，莆田人，以明末诸生举顺治五年（1648）乡试第三人。知河南涉县（今属河北），以忤逆当事落职。康熙间耿精忠以官为饵，不屈就，被囚累月，归后隐读于邑之天马山。著有《霞庵文集》四卷，据嘉庆十六年（1811）刊本抄二册。县志载《霞庵文集》六卷，《诗集》二卷，今只存百十余篇。

《霞庵文集》四卷，卷首有王捷南作序。正文首页署名"仙溪王凤九撰"。每半叶十行，行二十五字，四周双边，单鱼尾，有栏线。卷一，说十一篇，解十四篇；卷二，论十三篇，解一篇，序五篇，记八篇；卷三，读三十一篇；卷四，论三篇，疏一篇，解二篇，纪一篇，评三篇，跋十篇，记一篇，书后一篇，杂录一篇，序一篇，说一篇，考一篇，行状一篇。

王捷南作序云："嘉庆辛未，族人有修谱之举，因为搜罗散佚，而族侄继德从旧簏中检获抄本四卷，蠹残蚁蚀，可得而录者只存百一十篇，而诗集竟付阙如。考四库全书目录提要，内载《汇书》六卷，浙江巡抚采进，谓是书取笠泽丛书之意以命名，而文则多宗程朱。初疑文集、诗集外，别有所谓'汇书'者，及得是本文集，上即题以'汇书'二字，盖公初分诗文集为二，后乃总名之为'汇书'也。恭维我国家文教丕兴，覃及四海，即在吾仙，著述者不下十数家，独公之文由闽入浙，得以备辎轩之采，邀玉案之评，不遇之于生前者，乃传之于身后，不可谓非儒生稽古之荣也。然百余年来，公之文久已湮没，今虽不能尽罗而致之，而吉光片羽、虬龙寸甲，得之实逾珍宝，此盖公以挺然不屈之节，发而为粹然至善之文，真有若丰城龙剑，光射斗牛而不可掩者，岂偶然哉？用是，谋之族侄金镜，收拾散亡，重付剞劂，谨以备一家之用献，且以公诸世之好学者。嘉庆十六年辛未七月族孙捷南敬书。"[1]指出王凤九之文乃粹然至善之文。

王凤九论说文谈性理，至为精微，学理性强。《性说》云："性善之说，自孟子始道之，宋诸儒继明之。孟子之言性善，兼乎情以言性善者也。情主乎动，动则四端见焉，是非、辞让、羞恶、恻隐，情也，而性具矣。情之见乎善者端也。然岂无情之见乎恶者？端乎骄矜暗昧，寡廉鲜耻，残忍暴戾，亦有时发于不及觉，动于不及持，此情之见乎恶者端也。善有端，恶亦有端，即周子之所谓：'几善，恶也。'则孟子之言性善，亦即其动处而偏于善者而言之也。情可以为善，则情可以为不善者，不隐然在言外乎？若宋儒之言性善，则兼乎命以言性善者也。然性本乎命，维皇降鹭之初，于穆无朕，未落气禀，安有善恶之可言。夫人之所谓善者，从乎有恶而后别其称也。受命之始，既不见恶之形，安有所谓善之迹，则宋儒之言性善，亦就其最初之上一截而言之也。是言其先天之性，而不言其后天之性也，则后天气禀之性，不隐然在言外乎？孟子、宋儒概言性善，无非为万世引人入道之教，然求其大中至正无弊之论，则必以夫子相近不移之旨为归，故叔鱼之生而恶也，其母视之，知其必以贿死；文王之生而善也，母不忧，传不勤，师不烦，不可概推而得乎？唐之韩文公、李习之诸儒之论，固为议一端，而未尽厥旨，而荀子性恶之说，则尤为悖理之甚者也。"[2]

王凤九论历史，叙事实事求是，又笔端常带感情，有着深沉的感慨在其中。《王杨卢骆论》云："王、杨、卢、骆，唐之四才子也，以文词齐名

---

[1] 王凤九：《霞庵文集》序，据嘉庆十六年（1811）刻本抄本（福建师范大学图书馆）。
[2] 王凤九：《霞庵文集》卷一，据嘉庆十六年（1811）刻本抄本（福建师范大学图书馆）。

海内,然皆厄于命。勃以父为交趾令,往省,溺海死;照邻以病去官,隐于具茨山下,而手足挛废,诀亲戚,自沉颍水;宾王于武后朝数言事,得罪贬临海,因徐敬业乱,署府属传檄文以斥武后,后败亡,命竟不得所终;炯虽举神童,亦竟终盈川令。嗟乎,天既通其文名,而独困其命,岂丰于彼者啬于此耶?抑才人为造化所忌,而故穷厄其身与?四子之文,虽作碑碣、记序皆用骈俪,然无不精切巧当,亦一时之体格,如是何可议也。杜工部诗称:'王杨卢骆当时体,不废江河万古流。'岂不快哉!滕王阁一序,虽韩文公亦壮其文词,喜载名其上,列于三王之次;而宾王讨武后一檄,亦可谓快天人之愤,何异张子房博浪一击乎?吾故读其文,壮其词,哀其命之穷,而喜其名之不终没于后世也。"①

王凤九读书广泛,经史子集无不涉猎,对诸子亦颇有自己的观点,可别作一解,发人深省。《读诸子》云:"吾读诸子而益叹古圣人之道之大、学之深、文之纯,非诸子所可得而及也。诸子饰词以惑世,圣人达道而成章。圣人之文,如日月经地,江河行地,昭烁而无不明,回环而无不达。六经学庸语孟,何一非圣人学问精一之所至,而有德乎天道、人道之中而为文哉?诸子既饰词以惑世,又多矫意以成词,文虽自一体,而虚无之意则同,义虽倡为元同,而巧智之途各别。故或为极幽甚渺之论,或为恢张夸大之词,或又伪为至诚盛圣之章,至于扬子之作《法言》,而敢于拟《论语》,作《太元》,而敢于拟《易》。试观于《论语》之中有《法言》之词否乎,《易》之中有《太元》之词否乎?此皆为不知而作,而入于无忌惮之尤者也,其得罪于圣人多矣。"②

王凤九对诗歌颇具领悟与鉴赏的功力,对元白诗歌的成就有自己的鉴赏心得。《读白居易、元稹集》云:"白乐天文章精切,《池上篇》并《庐山记》有飘然世外之致。其诗句平易,出于天然,若信手而成者。其自集诗稿分为四类:曰讽论、闲适、感伤、杂律,尽之矣。与刘禹锡游而不陷北司党中,

---

① 王凤九:《霞庵文集》卷四,据嘉庆十六年(1811)刻本抄本(福建师范大学图书馆)。
② 王凤九:《霞庵文集》卷三,据嘉庆十六年(1811)刻本抄本(福建师范大学图书馆)。

与杨虞卿为姻娅,与牛僧孺为师生而不陷牛李党中,风流独高,可谓进退以义矣。诗中言甘露之事,非幸,祸也,盖伤之也。然不能忘情于富贵,当其闲退衰病,不无咏叹,每以公卿投荒不得其终者自解慰,此何异书空咄咄,岂所称得失,不交其心者耶!朱文公谓乐天诗,虽说清高,其实说富贵津津涎出,盖其微矣。乐天诗与微之齐名,文章相上下,乐天虽未能忘情富贵而始终全节,微之晚依奄官得相,卒为小人之归,观其逸诗可慨。然微之之十体与乐天之四类,其相去,当何去耶!"①

王凤九也深爱且谙熟李商隐诗文,对其艺术成就也有自己的鉴赏心得。行文清晰朴实,没有任何华丽辞藻去夸饰溢美,尤为难得。《跋李商隐义山集》云:"文章有从俪偶而变为奇古者,未有以奇古而入于俪偶也。李商隐亦知学为古文,一从令狐楚游,遂变其所学而以繁缛成名,故今甲乙集不传于世,以甲乙集皆四六,此繁缛之过也。其诗则自为精密华丽,好事者集为西昆,盖所谓昆体也,欧阳文忠公力排之,而王荆公尝与蔡天启言:'学诗者,当先学商隐,未可遽学老杜也。'嗟乎,商隐华巧耳,未有学商隐而可以造老杜也,也荆公之言过矣。"②

王凤九游记文取直叙淡写的白描手法,不着艳色,不作夸饰,写景细致,真实如生,令人读来悠悠然有逸世超俗,宛然如入神仙境界之感。《忆游壶山记》云:"吾郡壶山,莆之镇山也。其形高耸千余仞,秀特端重,峰尖如圭,首如展屏,对立郡治,然面实向东南,自列形势,非群山之所能弹压也。其近麓盘曲数十里远者,迂回迤逦至五十六里。山之左腹有白云岩,余戊午尝登其上,信宿徘徊久之,见其怪石、奇峰、古木、嘉草、金柜、宝溪之秀,与他山异。而未能穷山之巅以尽胜,概有余憾焉,乃自下,仰望峰峦层涌,而降山半,只见石尖一线,特耸峙立,状如垂缕。忽而奇峰开展如梅花散片,如莲蕊分丝,灵花异萼参错而竖。面前五侯縠城皆罗列拱护,垣外海上诸山林立,环带远望,大水□□,诚奇观也。上凌紫霄,下盘洪流,千

---

① 王凤九:《霞庵文集》卷三,据嘉庆十六年(1811)刻本抄本(福建师范大学图书馆)。
② 王凤九:《霞庵文集》卷四,据嘉庆十六年(1811)刻本抄本(福建师范大学图书馆)。

岩白云，万壑清风，草木多灵，人民一熙。余虽居仙邑，距壶山八十里而遥然梦怀，未尝不在此山也。余老矣，何日得与此山作缘，卜筑其下，以领清奇严正之气乎？是所愿也。"①

公藏

《汇书》六卷：四库全书总目·存目著录本。

《霞庵文集》四卷：据嘉庆十六年（1811）刻本抄本（福建师范大学图书馆）。

① 王凤九:《霞庵文集》卷二，据嘉庆十六年（1811）刻本抄本（福建师范大学图书馆）。

第二章·康熙朝

起止时间为1662—1722年,闽籍散文家有十二家。其中文集被《清代诗文集汇编》收录的有十家,分别是蔡世远、蔡衍鎤、陈梦雷、陈万策、李光地、林佶、邱嘉穗、吴士熺、萧正模、庄亨阳,只有彭圣坛、郑亦邹两位作家的文集未被收录。

从文集总量来看,李光地《榕村全集》四十卷,萧正模《后知堂文集》四十卷,陈梦雷《松鹤山房文集》二十卷,邱嘉穗《东山草堂文集》二十卷,蔡衍鎤《操斋集》文部十六卷,蔡世远《二希堂文集》十一卷首一卷,陈万策《近道斋文集》六卷,庄亨阳《秋水堂遗集》文部六卷,郑亦邹《白麓文钞》五卷,吴士熺《瀹斋文集》二卷,彭圣坛《水镜新书》一卷。

蔡世远《二希堂文集》

叙录

蔡世远（1681—1734），字闻之，号梁村，世居漳浦之梁山，学者称梁山先生。康熙四十八年（1709）进士，雍正间官至礼部侍郎。卒谥文勤。尝受业于张伯行，崇朱子之学，主讲鳌峰书院。其学说以立志为始，孝悌为基，以读书体察克己躬行为要。有《二希堂文集》。

《二希堂文集》十一卷首一卷，扉页署名"二希堂文集"，有"雍正十年""本衙藏板"字样。每半叶九行，行二十字，注小字双行同，四周双边，单鱼尾，白口，有栏线。卷前有皇四子、皇五子、受业弟子平郡王作序。卷首共六篇，分别是《赋颂序》《圣主躬耕耤田赋》《圣主亲诣太学颂》《青海平定诗序》《日月合璧五星联珠颂》《河清颂》，志荣遇也。卷一至四，序六十二篇；卷五，记十四篇；卷六，传十二篇；卷七，论三篇，说一篇，书十一篇；卷八，书十五篇；卷九，神道碑一篇，墓表四篇，墓志铭六篇，行状三篇；卷十，祝文三篇，祭文十三篇；卷十一，杂著十八篇。

此集共收文一百七十二篇，不以文艺为专门，所言多研究心性之学，吐属渊雅。二希者，其所居之堂名也。二希者何？其自记曰：学问未敢望朱文公，庶几其真希元乎？事业未敢望诸葛武侯，庶几其范希文乎！其务以古贤自期，见于是矣。

雍正皇四子作序云："余披读之余，而叹先生之实为有用之儒也。先生讲学鳌峰，教人以忠信孝悌仁义，发明濂洛关闽，渊源有自也。及立朝，而丰采议论、嘉言谠议，足以为千百世治世之良规，则又国家栋梁之任也。今观其文，则溯源于六经，阐发周程张朱之理，而运之以韩柳欧苏之法度，如金声玉振于有虞之廷也，如卿云丽日昭映霄汉而为中天之瑞也，如江淮河济支流众派之终归于大海也。所谓蕴之为德行，行之为事业，发之为文章者，吾于先生见之。抑又有说焉，先生之文，固足以继昌黎之踪，而抗欧苏矣。然先儒以为昌黎因文以见道，今先生教人必先之以格致诚正之功，天人危微之判，而后继之以文焉。先生自修，固可知矣。吾以为先生体道以为文，并非因文以见道。"①指出蔡世远古文溯源于六经，阐发周程张朱之理，又运之以韩柳欧苏之法度。其文章以德行为内蕴，以事业为运行，是体道以为文，而非因文以见道。说明蔡世远为文多以阐释程朱之理、心性之学为主，道为文之根本。

雍正皇五子作序云："今观二希先生所作文钞，见其文与道并畅，华与实俱修，未尝不反覆沉吟，而不能置也。夫韩柳欧苏四者，古之能文者也。考其词，则有原有委，无虚浮庞杂之言；察其义，则有体有要，无装饰造作之态。虽不足为载道之文，要亦文之可以垂世而行远者矣。先生居闽，以道自重，讲学鳌峰，名利之心未尝不弃之如敝踪，而视之如浮云也……因是以其体道之心，发为觉世之文。高下抑扬之中，有刚强正大之气；议论探讨之际，有雅洁静正之风……然言之有物者，行之自远；积于中者，必见于外，诚之不可掩也。先生平日知道畏义，服行不怠，积于中者，素矣，恶能掩之哉。韩柳欧苏之文，至今读之，犹令人赞慕而不舍，安知异时不更有赞慕不舍于先生之文乎？于是高先生之志，慕先生之文，而序之于后云。"②指出蔡世远古文"文与道并畅，华与实俱修"，语词上，有原有委，不虚浮庞杂；义

---

① 蔡世远：《二希堂文集》序，《清代诗文集汇编》第250册，第3—4页。
② 蔡世远：《二希堂文集》序，《清代诗文集汇编》第250册，第5—6页。

理上，有体有要，无装饰造作，是以体道发而为觉世之文。文章包蕴着一股刚强正大的气度，呈现出一种雅洁静正的风格，可谓言之有物、行之自远。

平郡王作序云："我师蔡闻之先生，弱冠登甲第，经史百家，贯串乎胸中，而大道了然，一本于中正。初居闽，讲学鳌峰，教人以忠孝仁义之本，天地民物之理。古人未发者，先生发之，有缺漏者，补之。著书十七种，皆关乎世道人心之言，诱人迁善改过，以成其德。先生之学，所以关乎天下者，由其忠孝、廉洁、端方、正直之名闻于天下也……然论议则立千百世之良规，儒生奉之为席上之珍，国家倚之为栋梁之任，阐发邹鲁之心传，而合周汉唐宋文人为一手。观其美，则既雕之玉；探其奥，讵非拨云雾而睹青天乎？道学之传赖考亭朱子，以继濂洛之宗……则蔡氏之学直接考亭，溯本穷源，先生因以其家学，蕴为道德发为文章者欤？是为序。"①指出蔡世远学问渊源于朱熹道学，承继濂洛之学，因此其古文大都关乎世道人心，阐发邹鲁之心传，而运之以周秦唐宋散文之法度。

蔡世远秉持着"文以载道"的传统古文观，其所谓的"道"乃是孔孟以至程朱之道，根柢深厚，方是圣贤之文。《薛敬轩先生文集序》云："文以载道也，古之人，文与道合而为一；今之人，文与道离而为二。合而为一者，本之躬，以立言发乎迩，见乎远；离而为二者，驰骋以为工，靡富以为博，觥骸险僻，使人割断难句，以为此真古文也，不知其离乎道也远矣。圣贤之文，如日月经天、江河行地，由其根柢深厚，故其发于言者，不求工而自工。自孔孟以至程朱，无异道也。"②蔡世远又认为学贵有本，有本之学是道学、经济、文章、气节，四者合而为一。《杨龟山先生集序》云："道学、经济、文章、气节，四者合而为一者也。俗儒不讲，以道学之人，论多迂疏而不适于用，词尚质朴而不合于时。其为人大抵简易平淡，未必有一往不可回之气。呜呼，为此言者，犹夏虫不可语于冰，井蛙不可语于海，其无与于道也，审矣。夫学贵有本，无本之学，纵修饰补苴，无用于世；有本之学，

---

① 蔡世远：《二希堂文集》序，《清代诗文集汇编》第250册，第7—9页。
② 蔡世远：《二希堂文集》卷一，《清代诗文集汇编》第250册，第37页。

其根沃者，其叶茂。本，圣贤所以出。治者发而见之事业，是则莫大之经济也；与师友讲明，而论著罔非载道之书，是则莫大之文章也；可死可辱，而浩然之气刚大常伸，是则莫大之气节也。"① 因此，蔡世远提出今之古文之弊在于"气不充"，"学不适于有用"，可谓肯綮中的。《鹿洲初集序》云："余惟今之为古文者，患在气不充，又在学不适于有用。气不充，则虽掇拾妆饰，貌为古质，而薄弱短促，气不能贯三五行，古人所谓言之短长与声之高下皆宜者，安在也？学不适于有用，则虽激昂慷慨、抑扬反复，而中无所有，不能发而有言，即言之亦不能疏畅而洞达，所谓坐而言、起而行者安在也？"②

蔡世远的时文观认为制义是事君交友、治平之道的工具，而非徒以猎取词华、组织文字为事。《九闽课艺序》云："国家以制义取士，非徒使人敝精劳神，猎取词华、组织文字以为工也。盖以从古圣贤之言，无过于四子之书，读者玩心力索于此，则内自家庭之间，以及于事君交友、治国平天下之道毕具于此。而又恐人之目为平淡无奇，而不加意也，于是乎，标以题目，定以科名，不入縠者，虽有高才，无由自见。"③ 自然地，观其文可以知其人，亦可以知其政，由此突出时文的重要性。《钱弱梁时文序》云："观其文，可以知其人焉；观其文，尤可以知其政焉。其文之和雅冲邃者，其人必易直而子谅；其文之雄举杰出者，其人必有特操；其文之切理谐事者，其人必空明而洞达。其人如此，其政亦因之。"④

蔡世远认为时文之弊在于"气多浮华，辞寡体要"，并且将时文之得失与士品之纯疵，乃至国家得人不得人联系起来。《吕涧樵时文序》云："夫时文之不振也久矣。气多浮华，辞寡体要，涂泽其外，不由心得；剿袭其词，不根素学。无心得则察理不明，无素学则致用不裕。时文之得失，即士品之所由纯疵；士品之纯疵，即国家得人不得人所以分记。曰事君者，先资

---

① 蔡世远：《二希堂文集》卷一，《清代诗文集汇编》第250册，第38页。
② 蔡世远：《二希堂文集》卷二，《清代诗文集汇编》第250册，第62页。
③ 蔡世远：《二希堂文集》卷二，《清代诗文集汇编》第250册，第66页。
④ 蔡世远：《二希堂文集》卷二，《清代诗文集汇编》第250册，第70页。

其言，拜献其身，以成其信，时文乃拜献之先资，况代圣贤以立言，士子反躬，能无自恧乎？"①正因为时文的得失与国家得人与否有着密切的关系，因此，蔡世远提出国家缺少可用之才，原因在于士者识趣卑近，志量薄狭浅陋，士人株守时文，以为平生的事业，没有真正的学识，自然不能真正地成材。《黄元杜文集序》云："人材之所以不及古，而国家少可用之才者，由为士者识趣卑近、志量薄狭浅陋，株守时文一册，以为平生之事业在是。遇督学使者按临试，高第则翘然自喜，杂于侪偶则拂郁不悦，久而后忘之。值省试之期，则又取向所株守者，而加温习焉，被放则又拂郁不悦，又久而忘之。如是者，循环以至于终身，老死而后已，即幸而得第，亦不过与时俯仰、随事补塞，无志气以鼓之，无师友以励之，无学识以充之，遂至以得第为成材，居官为事业。自非志尚卓然，不囿于折杨皇荂者，乌足以语经国之大业、不朽之盛事哉？"②

蔡世远还对"诗传"与"人传"的辩证关系提出自己的看法，认为"诗传"重于"人传"。《濂洛风雅序》云："以诗传其人，不若以人传其诗。以诗传其人者，诗不传则人不传，犹茂树之一叶、广厦之片瓦也；以人传其诗者，人传则诗亦传，犹桂林之枝、昆山之玉也。以诗传其人者，幸则为陶五柳、杜少陵，使人读其诗而想慕其人；不幸则为宋延清、刘梦得、温飞卿，使人读其诗，反因以议乎其人。以人传其诗者，虽其遣调属思，不与诗人争一字之奇、一韵之巧，要其流风余韵，使人观感而兴起者。"③蔡世远对王直夫的诗评价颇高，认为其诗"从近体入，沉郁雅健"，气味渊蔚，意理蓄足，努力不懈致力于古，实属难得。《王直夫诗序》云："直夫所为诗，从近体入，沉郁雅健。近所作古风、乐府，气味渊蔚，意理蓄足，其不懈而力于古者耶。余尝谓诗与文难兼，诗中古与律又难兼，古称诗文并擅者，唐昌黎韩公、宋东坡苏公耳，顾二公文胜于诗，古胜于律。"④

---

① 蔡世远：《二希堂文集》卷二，《清代诗文集汇编》第250册，第68页。
② 蔡世远：《二希堂文集》卷二，《清代诗文集汇编》第250册，第58页。
③ 蔡世远：《二希堂文集》卷一，《清代诗文集汇编》第250册，第42页。
④ 蔡世远：《二希堂文集》卷二，《清代诗文集汇编》第250册，第61页。

蔡世远认为人不能无癖，遂以癖名其亭，并作文以记之，由此可见"癖"之于作者生命中的分量。《癖亭记》云："余自少时，即知余有一生之癖，非物所能攻，非药所能救，虽扁鹊、仓公不能治也，恐其久而坚，欲力除而去之，而是物之附于吾身，若有胶漆维系而益固，因伏而思，久而自悔，曰是余之癖也。夫癖之于人，若身之有手足，面之有耳目，所谓与生俱来者，世决无抉耳目而断手足也，审矣。《抱朴子》曰：'操尚不同，犹金沉而羽浮也；志好之乖次，犹火升而水降也。'余见人世间所为之事，或欲耻之、笑之、非之，但不知己之所以耻人、笑人、非人者，即人之所以耻我、笑我、非我者也，己耻人、笑人、非人，而不屑为人之所为，亦犹人之耻我、笑我、非我，而不屑为我之所为而已。扬子云所谓：'君子之所弃，而愚者拾以为己宝。'其余之谓欤？然蔽痼已久，针砭难施，此亦讳疾忌医之意也，遂以癖名吾亭，而为之记。"[1] 表达了作者不管人世间纷纭如何，我自不易其志的癖好，虽云癖好，亦是操守。

公藏

《二希堂文集》十一卷、首一卷：雍正十年（1732）刻本（上海图书馆、湖南省图书馆、南京图书馆、河南省图书馆、山西省图书馆、江西省图书馆、中国科学院图书馆、山东大学图书馆、华东师范大学图书馆、厦门市图书馆、日本东京尊经阁文库、日本京都大学文学部中哲文研究室、韩国汉城大学图书馆），乾隆二十二年（1757）刻本（南京图书馆、湖南省图书馆、复旦大学图书馆），乾隆四十八年（1783）刻本（湖南省图书馆、福建省图书馆、安徽大学图书馆、武汉师范学院图书馆、台湾师范大学图书馆、台湾"中央研究院"历史语言研究所傅斯年图书馆），乾隆六十年（1795）刻本（河南省图书馆、日本大阪府立图书馆），四库全书本，乾隆刻本（安徽省图书馆、南开大学图书馆、南京师范大学图书馆），道光五年（1825）刻本（福建省图书

---

[1] 蔡世远：《二希堂文集》卷五，《清代诗文集汇编》第250册，第106页。

馆），道光十七年（1837）文林堂刻本（南京图书馆、辽宁省图书馆、福建省图书馆、广东省立中山图书馆、杭州大学图书馆），光绪二十五年（1899）闽漳多艺斋刻二希堂缉斋文集合编本（南京图书馆、福建省图书馆、福建师范大学图书馆、徐州市图书馆），清刻本（国家图书馆、山东省图书馆、日本东京静嘉堂文库）。

《二希堂文录》二卷：国朝文录（道光刻、咸丰刻、光绪石印）初编本（丛书综录）。

蔡衍锟《操斋集》

叙录

蔡衍锟（生卒年不详），字宫闻，号操斋，漳浦人。诸生。有《操斋集》。

《操斋集》五十七卷，其中：诗部十三卷、首一卷，文部十六卷、首一卷、末一卷，附《四言诗史》一卷，骈部二十三卷、首一卷。每半叶九行，行二十字，四周双边，单鱼尾，白口，有栏线。

文部：卷首有张伯行、詹明章、李瑞和、张陈见、钱晋锡、宋瑾豫、汤末宽作序。卷一，赋九篇；卷二，疏六篇；卷三，书五篇；卷四，辨六篇；卷五，论八篇；卷六，议十篇；卷七，序二十七篇；卷八，引五篇；卷九，记二十四篇；卷十，跋三十篇；卷十一，传十二篇；卷十二，赞十八篇；卷十三，牍十六篇；卷十四，祭文十三篇；卷十五，杂文七篇；卷十六，骈语十六篇，庸语五篇；附《四言诗史》一卷。

骈部：卷首有张北山作序，郑子明题词。卷一，表六篇；卷二，书五篇，檄四篇，露布一篇；卷三，序九篇；卷四，杂文八篇；卷五，启二十四篇；卷六，祭文六篇。

蔡衍锟的古文创作，赋疏书辨、议论序记、跋引传赞等，无所不有，诸体兼备。张伯行评曰："是集也，识超才大，辞茂学醇。凡所发明无一不原本于六经，而轨则乎洛闽，正而问，世必有叹为特达之珪璋者，从此见道，益深信道，益笃其为学也。"①詹明章评曰："是集也，如仗指南导引迷途，定针定向，使人直达亨衢，可夺娄东之席，坐擅其上。"②李瑞和评曰："辞赋标新，延相如而入室；文言并秀，偕贾谊以登堂。"③张陈见评曰："蔡宫闻自幼属文，博综群书，每下笔洋洒不辍，及反覆于千载得失之林，感慨激昂，烟波无际，神肖龙门。得意处酎浓纤于简古，寄隽旨于遥深，自成家言，甚可喜也……其文得左之老，得庄之恣，得史迁之腴。"④宋瑾豫评曰："通今博古，辞旨晓畅，大非浅近所及……煌煌大议，考订精确，辩晰详明，非徒原委井然，抑且发前人之所未发，而请征全书一疏，条达古茂之中却饶经济之大略，自是千古不磨之论，补天浴日之功，须俟转盼河清之会，声光断不容掩者也。"⑤

　　蔡衍锟赋作的显著特点是以古文入赋，语辞似淡，情感浓郁，《新月赋》读来清新可喜，表现了作者生气淋漓的欢愉之情，新月之"可爱"情状在其笔下摇曳多姿。其云："是夕，凉飙初至，蟋蛄方鸣。余与客闲步荒台之上，见新月出于西山之巅者，隐隐然若熠若耀，淹淹然若没若明。凝虚不露，晖魄轻清，含精隐耀，匿质藏形，何影之孤而光之微耶？……广寒秋兮银汉碧，安得素娥兮与同夕，予有寸心炯炯可明，予有微情晶晶自白，又何必满圆之可爱而纤微之足惜哉？"⑥郑切齐评此文曰："撷翠成光，酿香生色，挹其神韵，恍如新月初横，万籁微嘘，令人飘然而仙也。"⑦《别赋》云："人世何悲，悲惟别；悲人情何苦，苦惟别。苦怨兮，惟别；恨兮，惟别；痛兮，惟别；惜兮，惟别；烦冤兮，惟别；侘傺兮，惟别。其为事也，仓仓而皇皇；其为情也，凄凄而恻恻；其为景也，促促而刺刺；其为状也，萧萧而瑟瑟。其临行也，恋恋而依依；其既去也，寥寥而寂寂。遂使心为别摧，泪

---

① 蔡衍锟：《操斋集》文部序文，《清代诗文集汇编》第208册，第138页。
② 蔡衍锟：《操斋集》文部序文，《清代诗文集汇编》第208册，第140页。
③④ 蔡衍锟：《操斋集》文部序文，《清代诗文集汇编》第208册，第141页。
⑤ 蔡衍锟：《操斋集》文部序文，《清代诗文集汇编》第208册，第142—143页。
⑥⑦ 蔡衍锟：《操斋集》文部卷一，《清代诗文集汇编》第208册，第149页。

为别挥,肠为别断,魂为别飞。哀哉别乎,人生多情,未有若斯之酷也。"①蔡习孚评此赋曰:"写别九种,种种堪怜,情真景现,语艳声长,无衷不传,无臆不出。若使江文通见之,应讶郭弘农之早索去五花笔也。"②《别赋》描写了"别"的九种情景,情真景现,如在眼前,感情浓烈,风格沉郁,读来令人肝肠寸断。

蔡衍锟论辩体散文有经论、经辨、史论等,也都写得较有文学色彩。《理学源流论》云:"道之行于天下也,如水之在地中,水无所不在,则道无乎不行矣。说者以为至颜子而亡、孟子而熄,岂通论哉?孟子之前,道在圣人,本末罔不兼该;孟子而后,道在儒者,精粗未必毕贯。故谓其亡且熄也,虽然,道曷熄哉!南来之后,道集于闽,而闽之诸儒,朱子为盛。然不溯其源所由出,则不知其躬行心得之处,本自何传;不考其学所从来,则不知其求端致力之功,从于何始。"③赵讦公评此文曰:"脉络分明,一丝不走,堪为理学通考,而归重朱夫子处,如月印万川,处处皆圆。"④又《经学论》云:"儒术所以独明于天下者,以经学为之折衷也;经学所以复晦于天下者,以后儒为之臆说也。自秦烟烬典籍,沦经学之传不绝如缕,间有出而推明之者,为传为序为解为笺为注疏为图说,要皆留心经义,有功先圣者也,乃有仅得其粗,而择焉不精者,有仅得其略而语焉不详者,有拘于成文而以辞害意者,有徇乎己见而妄为臆测者,有言之太激而矫枉过正者,有肆其夸诞而浮华失实者,欲经学之明于天下,得乎?故曰:'秦人焚经而经存,汉人穷经而经亡。'"⑤诸如此类的经论散文体现了作者深厚的学问涵养,见解之深刻,不流于俗见,常给人以一种振聋发聩之感。

蔡衍锟潜心学术,他的序文多探讨学术问题,如《经书管窥自序》论何为经,其云:"经者何?常也;何以常?正也。惟正乃行,惟常乃久。是

---

① 蔡衍锟:《操斋集》文部卷一,《清代诗文集汇编》第208册,第157页。
② 蔡衍锟:《操斋集》文部卷一,《清代诗文集汇编》第208册,第158页。
③ 蔡衍锟:《操斋集》文部卷五,《清代诗文集汇编》第208册,第194页。
④⑤ 蔡衍锟:《操斋集》文部卷五,《清代诗文集汇编》第208册,第195页。

故浅之可以应事接物,而精之则为穷化达神。"①一语中的。《诗经尊卜自序》云:"'六经'皆遭秦火,而诗获全,以其得诸讽诵,不在竹帛也。汉兴,有齐鲁韩三家之学,皆立学官,惟大小二毛公独得子夏之传,反未得立。厥后,齐亡于魏,鲁没于晋,韩诗虽存,无有传者,而毛传乃盛行于世。"②汤硕人评此文曰:"尊卜得诗学之源,参以诸儒,质之祖训,其学有本,其言不易矣。"③《诗经》毛传未立于学官而独能流传于后世,可见学不必一定在官。《私淑编序》阐述君子儒的三种形态,种种见作者之学识精深,其云:"圣门言儒者有君子、小人之别,三代以后,所谓君子儒者又分而为三:有词章之儒、有记诵之儒、有理学之儒。为词章之儒者,曰文以载道,言之无文行之不远,然有不问其道与否,而徒欲以文行者矣。为记诵之儒者,曰圣贤之道散见于书,苟不强记,何以知书,又将何以知道,然有但知强记而不知求道,反为玩物丧志者矣。则莫如理学之儒,孳孳焉,矻矻焉,戒慎恐惧而已,格致诚正而已。有一言之未合于道,弗敢言也;有一行之或乖于义,弗敢行也。言无非道,行无非义。故上焉者,为内圣外王之学;下焉者,亦周规折矩之儒。"④张伯行评此文曰:"似道非道之间,辨之不精,则出乎此者,必入乎彼矣。非学到识到者,安能发为此言?"⑤《郑奚仲春秋表微序》论《春秋》之一字寓褒贬,其云:"镕诗书易礼乐而为春秋,褒贬取裁于圣心。凡单辞只字,无非大义微言,是以书成,游夏莫之能赞也。夫以游夏之所不能者,欲令千载以下之儒管窥蠡测,逆得圣人之意于千载以上,其将能之乎?左之失诬,公之失俗,谷之失短,至胡庶几近之,然亦未免有深文锻炼,几于酷吏苛辞者。"⑥蔡衍锟还重视道德实践,《吴朝宗闻过斋集序》云:"夫道德,蕴于躬而恩施及于后世者;大文,夫得志于时者之所为也,若夫有其德

---

① 蔡衍锟:《操斋集》文部卷七,《清代诗文集汇编》第208册,第216页。
② 蔡衍锟:《操斋集》文部卷七,《清代诗文集汇编》第208册,第217页。
③ 蔡衍锟:《操斋集》文部卷七,《清代诗文集汇编》第208册,第219页。
④ 蔡衍锟:《操斋集》文部卷七,《清代诗文集汇编》第208册,第224页。
⑤ 蔡衍锟:《操斋集》文部卷七,《清代诗文集汇编》第208册,第225页。
⑥ 蔡衍锟:《操斋集》文部卷七,《清代诗文集汇编》第208册,第229页。

无其位，而立言足以垂训，学行可为世法，亦卓然千古矣。"①

蔡衍锟"引"体散文有五篇，分别是《艺文志小引》《杂志小引》《鳌峰同学录引》《蔡氏赠言志小引》《募葬家丽生先柩小引》。如《艺文志小引》云："文章关乎气运，当明盛之朝，而无起衰之力，吾儒之耻也。浦自唐宋来，词藻辈出，至明为尤盛。清兴四十余年，名作如林，而轶于盗贼、轶于水火、轶于腐蠹覆瓿者不知凡几也。间或藏诸名山，勒诸螭首，传诸老生、女子之诵言者，犹英华满目，美不胜收。"②

蔡衍锟"记"体散文，文学性较强，作者把个人的情思意蕴自然地隐含于记叙中。《仙妃井记》云："仙妃者谁？池亭之上，有丽人焉，冰肌玉骨，纻衣罗裳，头上桃花数朵，鲜红特甚。每持银瓶汲水于此，余友许壮观及园丁林老辈往往见之。予亦恍惚一遇，盖洛神、汉女俦也。传闻顺治初，有弁家妇居此，妇美姿容，幽闲贞静。家仆欲烝之，不可，遂刺杀之。烈妇精灵不没，或者其人与？又《闽志》载妇人能诗者，在宋则有漳浦李氏，尝作《汲水歌》云：'汲水佳人立晓风，青丝辗尽辘轳空。银瓶触破残妆影，零乱桃花满井红。'按，李家云霄遗迹尚存，意者生于邑，嫔于云，其魂魄尚恋恋于斯与？不然，胡所谓桃花银瓶者，之宛如斯人邪！然不可考，姑纪其事，以续《齐谐》之志。"③郑子明评此文曰："有此仙妃，不可无此名记，当与《洛神赋》并传。"④《仙妃井记》名记"井"，实叙"人"，事奇而幻，情实且真，恍惚迷离中，令人生遐想之思。《小室记》云："古之称名庄者，如兰亭梓泽，皆备极繁华。予谓此甚无谓，夫野酒可酎，奚须玉薤；山妻举案，岂必齐姜。所贵于颜巷、陶径者，巷何尝不陋，径何尝不荒耶！乃当时贤之，后世称之，亦可以知所重矣。夫子曰：'君子居之，何陋之有？'信斯言也，又何小夫吾室。"⑤李宝吊评曰："古气先心。"⑥表现了作者此"小室"来构筑居所以安顿生命、抚慰生命的自适情怀。

---

① 蔡衍锟：《操斋集》文部卷七，《清代诗文集汇编》第208册，第228页。
② 蔡衍锟：《操斋集》文部卷八，《清代诗文集汇编》第208册，第250页。
③④ 蔡衍锟：《操斋集》文部卷九，《清代诗文集汇编》第208册，第266页。
⑤⑥ 蔡衍锟：《操斋集》文部卷九，《清代诗文集汇编》第208册，第273页。

相对于"序"来说,"跋"的文字较为自由,可长可短,发表己见,不受约束。"跋"多是作者本人或他人对作品进行评论或对问题进行阐发的文字。《韩文跋》云:"八大家,惟昌黎宏中肆外,故能起衰八代。学者称韩潮焉,所谓根茂实遂、膏沃光熠者,非身有之,抑何其亲切言之乎?《佛骨》一疏,令人毛骨悚然,《原性》《原道》几乎见道之文矣,但以博爱为仁,三品称性,则未免有殊于孟子处。"①韩愈文起八代之衰,其功至大,然惜乎见道不深,信道不笃,是其不足之处。《柳文跋》云:"柳州精敏绝伦,自少好辞工书,谓是二者无非病癖。欲自砭而不能,后坐叔文党被窜,郁抑,凡有感愤皆发之于文,所仿《离骚》数十篇,能令读者悲恻,其余精裁密致、灿若珠贝,盛名动于时。"②蔡评可谓至慎至精,非妄肆评论者。《苏文跋》云:"坡老天资之敏,学问之富,辞华之美,笔法之工,不惟伟论宏议,可以雄视一世。即诸小品文字,亦多妙入化工,所著前后集及奏议内外制等百余卷,亦既美且多矣。然往往为朱子所不取者,一则曰:'下字不帖实也,议论不正当也。'一则曰:'苏张之绪余也,佛老之糟粕也。'以此责坡,坡有何辞?至谓以雄深敏妙之文煽其倾危变幻之习,使被其毒者沦肌浃髓而不自知,则未免讥之太过。"③张伯行评曰:"全部苏集竟无一篇是载道之文,无怪乎朱子之不取也。"④固然苏集中无一篇是载道之文,然蔡衍锟认为古人评苏文过于苛责,实是公允之论。

蔡衍锟祭文情感真挚而浓烈,极富感染力。《哭妹文》云:"呜呼!生离死别,人生大创。矧妹与余同胞共乳,忽焉桂折兰摧、星沉月掩,有不泪尽湘云,悲深薤露者乎?"⑤刘企云评此文曰:"哀猿夜号,悲鸟月泪。搦管时,当潸然斛余矣。宇内收文者,必垂之天壤,以起伦类遗爱。"⑥陈尚友评曰:"变徵之声,寸胆片肝,俱为摧裂,风雨晦冥,急展宣读,以回未逝之魂。"⑦

---

① 蔡衍锟:《操斋集》文部卷十,《清代诗文集汇编》第208册,第302页。
② 蔡衍锟:《操斋集》文部卷十,《清代诗文集汇编》第208册,第303页。
③④ 蔡衍锟:《操斋集》文部卷十,《清代诗文集汇编》第208册,第304页。
⑤ 蔡衍锟:《操斋集》文部卷十四,《清代诗文集汇编》第208册,第377页。
⑥⑦ 蔡衍锟:《操斋集》文部卷十四,《清代诗文集汇编》第208册,第378页。

郑子明评曰："视大雷岸书，各极其致，彼以奇艳胜，此以淋漓胜，则哀乐之不同也。"①诸如此类哀感顽艳的祭文还有《哭女文》《哭琴文》《哭雀人弟文》《哭黄越甫文》等，作者与亡者之间亲密相知的关系，而关系愈密切，则亡者所带给作者心灵上的伤痛愈深。

蔡衍锟"赞"体散文也写得较有特色，文字简洁，却直指人物的核要本质。如《甬江杨届远影赞》云："不汲汲兮不戚戚，神如秋水骨如石。江头独坐憺忘归，惯与渔人相旦夕。我自天地宽，人自天地窄。我何费心思，人徒劳计画。杨子，杨子，吾愿苏湘兰燃楚竹，烹如松之鲈，而醉舞狂歌于君侧。"②李雍石评此赞为："读兹名赞，知世间受用人无如杨君，予亦穆然神往矣。"③《自题小影》云："是吾非吾，吾不知故吾今吾。吾不如秋风萧萧，吾有赋，秋水悠悠，吾有诗，吾将悬镜以鉴物，藏剑以待时。奈何梧竹之下、倚琴而思者，一肚皮不合时宜，争见笑于蛾眉。"④刘鳌石评曰："彭泽自挽，一味真朴，宫闻自赞，毫无伪文，并堪千古。"⑤

公藏

《操斋集》不分卷：康熙刻本（中国科学院图书馆、复旦大学图书馆）。

《操斋集》文部十六卷、诗史一卷：康熙刻本（复旦大学图书馆）。

《操斋集》五十三卷：康熙刻本（中国科学院图书馆），按：收诗部十四卷、文部十六卷、骈部二十三卷。

---

① 蔡衍锟：《操斋集》文部卷十四，《清代诗文集汇编》第208册，第378页。
②③ 蔡衍锟：《操斋集》文部卷十二，《清代诗文集汇编》第208册，第330页。
④⑤ 蔡衍锟：《操斋集》文部卷十二，《清代诗文集汇编》第208册，第334页。

陈梦雷《松鹤山房文集》

叙录

陈梦雷(1650—1741),字则震,又字省斋,号天一道人,晚号松鹤老人,侯官人。康熙九年(1670)进士。曾编纂《古今图书集成》。因耿精忠叛清事被累,谪黑龙江十余年释出,雍正初复缘事被遣,卒于戍所。著有《松鹤山房诗文集》,《闲止堂集抄》二卷附《日省堂集》。①

《松鹤山房诗文集》,卷首有上清掌箓秀水楚师、九天府掌箓钱塘乔逸人、娄江年弟王掞、长白弟能吉图、南兰同学教弟杨文言、奉天同学弟李炜、同里后学黄鹭来、同学弟林㵺、温陵后学诸葛璐所作的九篇序文。《诗集》九卷,收录了四言古体、五言古体、七言古体、五言律诗、七言律诗、五言排律、七言排律、五言绝句、七言绝句、六言绝句(仅一首),诗余(词)、杂曲等。②

《文集》二十卷,缺卷三卷十二卷十四,实际只有十七卷。每半叶九行,行二十字,四周单边,单鱼尾,白口,无栏线。文集收录了诏、颂、箴、表、疏、启、策、论、说、解、问答、序、题后、跋、引、书、记、碑、

---

①② 参见何少川主编《闽人要籍评鉴》,海峡文艺出版社2016年版。

赞、铭、传、文、祭文、行状、墓志铭、赋、杂著等各体文章。同体文章，基本上按照写作时间先后排序。具体言之：卷一，拟诏一篇，颂三篇，箴一篇，表四篇，疏七篇；卷二，启三篇；卷四，策五篇；卷五，论三篇；卷六，论三篇；卷七，论四篇；卷八，说二篇，解一篇，答一篇；卷九，序一百四十二篇；卷十，序二十六篇；卷十一，题后一篇，跋一篇，引八篇；卷十三，书十七篇；卷十五，记六篇，碑九篇；卷十六，赞十一篇，铭十篇；卷十七，传十篇；卷十八，告文一篇，祭文十六篇，行状三篇，铭二篇；卷十九，行状二篇，铭二篇；卷二十，赋三十一篇。

《松鹤山房文集》记录了陈梦雷的大半人生经历，是研究陈梦雷生平事迹及其相关历史问题的重要史料。王掞评曰："兹《松鹤堂集》若干卷，则先生平居宴游、写怀述事，与夫扬榷古今、衡论人物之作俱在。其辞宏博奥衍、疏畅旁达，而于君臣朋友之际，三致意焉。愤激而不怒，怨诽而不伤，其爱君忠国之思，惓惓乎若有不能一日舍然者。"[1] 能吉图评曰："先生学博而精，事简而当，善体人情，曲尽物理，覃详研思，撰集汇编三千余卷，剖裂三才，囊括万有，自汉唐以来未曾有，而复以忠孝节义之怀，散而见之于篇什。"[2] 杨文言评曰："暇日出别后所为古文辞若干卷见示，疏启策论序记箴铭骚赋，体例该备，而行文如江河浩瀚一碧万顷，何气之雄也；根柢经史、条贯百家，上下四千余年，成毁利钝，如视诸掌，每决一策，皆可起而行，何其识之坚也；综核名理，研穷品汇，细之入无隙，大之弥六合，又何心之精也。"[3] 李炜评曰："此集十二册则皆平昔盱衡今古，与夫往返唱酬之作。其中，筹策陈谟尽发于天时人事之先，立言建议一振以大吕黄钟之节，匡济之具亦时见一斑焉。"[4] 黄鹭来评曰："今观先生诗文，语语性情，根心忠孝，缠绵恺挚，笃于君亲，慷慨激烈之气可以贯金石、动鬼神。"[5] 林㲀评曰："先生

---

[1] 陈梦雷：《松鹤山房诗集》序，《清代诗文集汇编》第179册，第4—5页。
[2] 陈梦雷：《松鹤山房诗集》序，《清代诗文集汇编》第179册，第7页。
[3] 陈梦雷：《松鹤山房诗集》序，《清代诗文集汇编》第179册，第8页。
[4] 陈梦雷：《松鹤山房诗集》序，《清代诗文集汇编》第179册，第9—10页。
[5] 陈梦雷：《松鹤山房诗集》序，《清代诗文集汇编》第179册，第10页。

全集悲歌慷慨,直上追古人,然皆不得志之作。"①诸葛璐评曰:"先生之学也,故能使胸藏万卷,笔绝纤尘。其为文如水立山飞,如天高海阔,如珠联璧合,如雪舞云翔。"②《松鹤山房文集》的主要内容,概括言之,大致如下:

其一,陈李之怨,蜡丸案始末。所谓蜡丸案即陈梦雷与李光地的过节。③《与李厚庵绝交书》记载了蜡丸案的几个细节:"家严乃呼不孝(梦雷)出,与年兄(光地)共议。促膝三日,凡耿逆之狂悖,逆帅之庸暗,与夫虚实之形,间谍之计,聚米画灰,靡不备悉。不孝又谓以皇上聪明神武,天道助顺,诸逆行次第削平,矧小丑(耿精忠)区区,运之掌股者哉?年兄犹以为落落难合,及不孝引杨道声与年兄抵足一夕,年兄既深服其才,且见其胜国衣冠之遗,犹有不屑与贼共事之意,始信前言。不孝于是定计:不孝身在虎穴,当结杨道声以溃其腹心,离耿继美以翦其羽翼,阴合死士以待不时之应。年兄遁迹深山,间道通信,历陈贼势之空虚,与不孝报称之实迹,庶几稍慰至尊南顾之忧。年兄犹虑既行之后,逆贼有意外之诛求,欲受一广文以归。不孝谓不得一洁身事外之人,军前不足以取信,若后有征召,当坚以病辞,万一贼疑怨,至发兵拘捕,吾宁扶病而出,以全家八口为保,年兄始慨任其事。"④由此可见,蜡丸谋略乃由陈梦雷提出,李光地在做内应上始先犹豫后信服而被动接受。陈梦雷在《又与徐健庵书》中明言:"厚庵不救之失小,而下石之恨深。"⑤《与富云麓先生书》具体言李光地不但不救,反而下石,其云:"家人抵泉,厚庵怀疑挟忮巧,留家人数月不遣,而潜遣人抵吴门,作字与同年徐健庵,嘱其勿为不孝先容于抚军;又贻书益都师相,谓不孝潜身入都为耿逆探听消息;又于宁海将军及内阁觉公之前,谓不孝入都望门乞哀彷徨无路,都中师友皆贻书厚庵,令劝不孝南归,盖其用心险幻至此,而不孝懵如也。"⑥后当康熙问起此事,李光地不肯为其仗义一言,态度

---

① 陈梦雷:《松鹤山房诗集》序,《清代诗文集汇编》第179册,第12页。
② 陈梦雷:《松鹤山房诗集》序,《清代诗文集汇编》第179册,第13页。
③ 参见王雪梅、翟敬源《流人陈梦雷与李光地的"蜡丸案"》,《前沿》2011年第22期。
④ 陈梦雷:《松鹤山房文集》卷十三,《清代诗文集汇编》第179册,第382—383页。
⑤ 陈梦雷:《松鹤山房文集》卷十三,《清代诗文集汇编》第179册,第393页。
⑥ 陈梦雷:《松鹤山房文集》卷十三,《清代诗文集汇编》第179册,第392页。

颇耐人寻味。陈梦雷在《与李厚庵绝交书》中所谓的下石之恨:"今岁之春,闻上问者至再矣,诸王大臣未见密疏,何所容议,然奏请者有人,援引释放之例者有人。年兄(光地)此时身近纶扉,缩颈屏息,噤不出一语,遂使圣主高厚之恩,仅就免死减等之例,使不孝身沦斯养,迹远边庭。"[1]对于蜡丸案,陈李各执一词,但李有负于陈,研究者于此多持一致观点。蜡丸案后,陈李二人命运截然不同,李光地仕途顺畅,陈梦雷命途多舛,两次被流放,最终郁郁终生。

其二,经以明道,史备人事。陈梦雷的经史思想的一个重要内容便是对"道"的重视。《经史》云:"诸经皆明道之书也,史则备人事之得失,可因以求大道之所存者也。天下无道外之事,亦无事外之道,舍道以言事,则其事流于刑名杂霸之为,曲学私智争出,而天下无治功。舍事以言道,则其道流于虚无诡诞之言,邪说异端蜂起,而天下无正学。故学经以求道,读史以识其事,在朝廷以善其政教,在草野以淑其身心。经史之有裨,诚非浅鲜也,虽然,经有真伪异同,史尤多是非得失,诚未可一概论矣。"[2]经以言道,指导人事,事道不分,方有治功。陈梦雷在《经史》中还表达了因事见道、事以求道的亦经亦史的思想,其云:"至于史,则资于迁固以取其材,正之紫阳纲目以立其识,由是而《后汉书》《三国》之典茂,《晋书》之绮丽,《南北史》《五代史》之简洁,皆备史家一得之长,而宋辽以后诸史亦备见闻之助,考其治乱得失之机,纲纪法度之大,国计民生典礼告诫之是非得失,即事以求道,则史亦经也。"[3]读史以识其事,即事以求道,如此是史是经,皆为明道,其辙一也。此外,陈梦雷还提出方志具有指导时事的经世思想,《代高京兆盛京通志序》认为地方志的作用是:"郡邑志乘,非徒详其土物,资闻见而已,固将洞形胜要害以固苞桑,揽风谣以征政教,核其草木虫鱼以通货利用,则志也,而治道具焉矣。"[4]又《代董京兆盛京通志序》云:"是志也,列

---

[1] 陈梦雷:《松鹤山房文集》卷十三,《清代诗文集汇编》第179册,第386页。
[2] 陈梦雷:《松鹤山房文集》卷四,《清代诗文集汇编》第179册,第253页。
[3] 陈梦雷:《松鹤山房文集》卷四,《清代诗文集汇编》第179册,第254页。
[4] 陈梦雷:《松鹤山房文集》卷九,《清代诗文集汇编》第179册,第293页。

其山川疆土，则将溯高山荒作之勤，稽其建置经画，则如述考卜燕贻之旨，搜其民风物产，则拟进《豳风·七月》之章，于以仰副皇上觐光扬烈之深心，则志而治道具焉矣。"①

其三，隐逸遁世思想的滋生。谪戍生涯对陈梦雷的理想志气无疑是一个沉重的磨难，但他并未就此消沉下去，而是以孜孜不倦的努力再次赢得出仕的机会。但思想亦随之发生转变，再次出仕后眷恋故土，三番五次告假不成，更让他向往自由的隐逸生活。《答廖尹公书》云："不孝曩日僧帽僧鞋，与先生日放荡山水。此时寄意何在？壁上求画燕台八景，中作陶渊明、杨廉夫像，此等事用心，何所刀锯斧钺之下，一往情深，只博今日边塞一牛马之辱，梦魂不计及此也。"②《木瓜崖石嵩隐先生传赞碑铭序》又云："余深愧乏几先之哲而陷网罗，及心迹湔白，又以桂伐膏焚，困于羁绁。每欲乞归卜居武夷不可得，尝叹谓巢由亦有命焉，不可强也。抑或者宜随地作武夷之想，而任天以游耶？"③隐居遁世的思想更加明显，表达身处仕途却欲归不得的无奈。《送武彝铁铧和尚序》又云："予自仕途以逮颠沛，流离患难，震荡播迁，得见天日。又以受恩深重，思竭尺寸，比老病支离，频启乞归，又不获赐允，梦魂徒绕幔亭玉女左右，思一遂所愿，闭户深山不可得。动极思静，其理固然，而和尚以五十年山中老衲，乃以耄耋之年，飘然杖屦五六千里之外。"④向往和尚遨游千里，超然物外，而自己却身困仕途，欲归不得。

其四，当时社会生活的反映。如《恭拟课余集后序》描写了清代皇室的学习生活情况："皇上每以昧爽视朝毕，入御乾清东宫，殿下暨诸皇子皆环列左右，讲肄经史，论治道，或御试以经义策论诗赋。"⑤"每晨，东宫殿下偕诸皇子入问省视，膳毕，退各就池馆读书，或赋诗，间临池染翰，虽盛暑不辍。"⑥《文卿传诔诗辞序》则表彰了青楼女子的坚贞，陈梦雷能为青楼女写

---

① 陈梦雷:《松鹤山房文集》卷九，《清代诗文集汇编》第179册，第295页。
② 陈梦雷:《松鹤山房文集》卷十三，《清代诗文集汇编》第179册，第395页。
③ 陈梦雷:《松鹤山房文集》卷十，《清代诗文集汇编》第179册，第366页。
④ 陈梦雷:《松鹤山房文集》卷十，《清代诗文集汇编》第179册，第359页。
⑤ 陈梦雷:《松鹤山房文集》卷十，《清代诗文集汇编》第179册，第345页。
⑥ 陈梦雷:《松鹤山房文集》卷十，《清代诗文集汇编》第179册，第345—346页。

序，反映了他不受传统思想束缚的闪光一面。其云："独文卿以一死，而风尘之垢孽荡涤无余。方其受辱鸨母、低眉俗客时，计岂须臾忘死？卒之隐忍不死，及至一遇知己，从容擘画，势穷义见，无复再计而就死，彼盖欲身得死所也。"①篇末得一道人评曰："此等题，讲学诸先生不肯作。"②黄叔威评曰："青楼贞节事亦可风，得此巨丽史笔，当益彰文卿为不死矣。"③还如《代奉天诸孝廉送曾二改序》赞美奉天父母官曾二改的为政清明，《代送张少京兆入都序》记载了张公振翁的教育功绩，《拟陈防海事宜书》则反映了当时海寇横行，海事纷扰，可见其时之边防治安混乱。

其五，反映《古今图书集成》的编纂过程。陈梦雷是清初著名的学者，作为学者的最大功绩是编纂《古今图书集成》。《进汇编启》详细记载了编纂《集成》的起因和过程，开始抄写的时间，材料的来源，组织结构，卷帙规模，编纂的起因和目的。其云："谨于康熙四十年十月为始，领银雇人缮写。蒙我王爷殿下，颁发协一堂所藏鸿编，合之（雷）家经史子集，约计一万五千余卷。至此四十五年（1706）四月内书得告成。分为汇编者六，为志三十有二，为部六千有零。凡在六合之内，巨细毕举，其在'十三经''二十一史'者只字不遗，其在稗史子集者，十亦只删一二。以百篇为一卷，可得三千六百余卷，若以古人卷帙较之，可得万余卷。（雷）三载之内，目营手检，无间晨夕，幸而纲举目张，差有条理。谨先誊目录、凡例为一册上呈。伏惟删定赞修，上圣之事，（雷）何人斯，宁敢轻言著述？不过类聚部分，仰待我王爷裁酌，或上请至尊圣训、东宫殿下睿旨，何者宜存，何者宜去，何者宜分，何者宜合，定其大纲，得以钦遵检校。或赐发秘府之藏，广其所未备，然后择于江南、浙江都会之地，广聚别本书籍，合精力少年，分部雠校，使字画不至舛讹，缮写进呈，恭请御制序文，冠于书首，发付梓人刊刻。较之前代《太平御览》《册府元龟》广大精详何止十倍，从此颁发四方，文治昭垂万世，王爷鸿名卓越，过于东平、河间，而草茅愚贱，效一日

---

①②③ 陈梦雷：《松鹤山房文集》卷九，《清代诗文集汇编》第179册，第292页。

犬马之劳，亦得分光不朽矣。"①

《松鹤山房文集》可谓陈梦雷一生经历、思想的如实记录。陈梦雷一生颠沛流离，屡遭不幸，经历了前期科甲顺遂，而"蜡丸案"后被诬入狱，谪戍东北，后又还京任词臣、侍读，晚年二度被流放，跌宕起伏，郁郁不得志，苦不堪言。在思想上，陈梦雷深受儒家正统思想的影响，"经为明道""因事见道""事以求道"，对"道"的重视是他经史思想的重要内容。除此，文集还反映了陈梦雷由积极入世到消极隐逸的思想转变，描写了清代社会生活状况，以及揭示《古今图书集成》的编纂历程。②

公藏

《闲止书堂集抄》二卷：岜斋抄本（国家图书馆），岜斋抄本（福建省图书馆），康熙刻本（苏州市图书馆），1979年上海古籍出版社影印苏州市图藏康熙刻本。

《松鹤山房文集抄录》：冠悔堂抄本（福建省图书馆）。

《松鹤山房文集》：抄本（福建师范大学图书馆）。

《松鹤山房诗集》九卷、《文集》二十卷：康熙铜活字排印本（国家图书馆、南京图书馆、中国科学院图书馆）。

---

① 陈梦雷：《松鹤山房文集》卷二，《清代诗文集汇编》第179册，第249—250页。
② 参见石海英《陈梦雷研究》，硕士学位论文，福建师范大学，2007年。

陈万策《近道斋文集》

叙录

陈万策（1674—1734），字对初，一字谦季，安溪人，徙于晋江。陈迁鹤子。康熙三十二年（1693）举人，五十七年（1718）进士，官至詹事府詹事，缘事降翰林院检讨，终于侍读学士。万策以康熙癸酉（1693）举于乡，困公车者二十六年。久从李光地游，多得其指授。著有《馆阁丝纶》。有《近道斋文集》。

《近道斋文集》六卷，每半叶九行，行二十字，四周双边，单鱼尾，白口，有栏线。卷首钱陈群序。卷一，疏二篇，札子四篇，表三篇，颂一篇，策问二篇，论二篇；卷二，序三十三篇；卷三，题跋十三篇，记九篇；卷四，传九篇；卷五，状三篇，墓志铭八篇，神道碑一篇；卷六，祭文十九篇，铭一篇，赞十篇。末附三篇：李光地《寿陈子对初》、吴襄《昼锦堂称觥序》、汪由敦《晋江陈公家传》。

钱陈群评曰："文以载道，不名一家。有以台阁传者，有以山林传者。铺扬德业，鸿丽典重，台阁之文也；栖息岩壑，锏铼景光，山林之文也。工台阁者，于唐如苏许公、张燕公、权文公，于宋如晏元献、周益公辈，结体雅健，冠绝一时。工山林者，于唐如孟浩然、张籍、贾岛、卢仝，于宋如林逋、魏野、真山民辈，命意清微，流韵千古。二者各擅其长，非可强而兼，亦非可貌而袭也。以予观前□詹晋江对初陈先生所撰《近道斋》诗文并□□□□□，则又叹兼之者，更为难能而可贵……心志专一，朝夕绩学不懈，而益进于古文……知台阁、山林体撰虽殊，思致则一。"①意为陈万策的古文创作，兼擅台阁与山林之体，实在难得。

陈万策曾向李光地求学问道，多得其指导和教授，对心性之学颇有研究心得。《心性论》云："自心性之说不明于天下，于是学者之私见杂出而不穷，是不可以不论也。《礼记》云：'人生而静，天之性也。'程子谓：'人生而静，以上不容说才说性时，便已不是性也。'则知性不可以义理窥，不可以声臭求，其可见者，心而已。窃闻：'性者，无极也。心者，太极也。情者，阴阳五行也。'……故自古以来，有治心之法，无治性之方。心苟治矣，则方寸湛定而有以涵万理之源，智慧光明而有以照万象之变，而定性养性之道，岂有外于此哉。"②认为心本于性，情源于心，故心可治，性不可治。《孝昌涂先生静用堂书序》云："夫性者，五常具焉，而非知不行，非明不诚。故夫子之诱颜子，先之以博文；其传曾子，先之以致知格物。先儒论为学之要，既曰：'立志以端其本，居敬以持其志。'而必曰：'致知以启其端，而后能力行以践其实。'若是乎，穷理读书之不可以已也。告子曰：'不得于言，勿求于心。'盖以为吾之学求心而已，心有不定，以心定之，而言非心也。凡儒者之孳孳于学问思辨，而不知求心之本体者，皆骛于外也。……六经之言，莫非圣人之至理，知言者，即穷理之谓也。"③即只有致知和立诚，方能求心之本体。

陈万策论诗讲究感情的兴发，情感是诗歌的生命。《文与也诗集序》云："故其为诗，风调高洁，超然尘埃之外，盖山泽之癯之所为，与夫俪华斗叶以干时名者，不同日而语也。"④《学使高公德政诗序》云："夫诗也者，思也。其为道，则兴其美刺，而公论系焉。人情，近则思，远则敫，至于赞美其上

---

① 陈万策：《近道斋文集》序，《清代诗文集汇编》第220册，第1—2页。
② 陈万策：《近道斋文集》卷一，《清代诗文集汇编》第220册，第81页。
③ 陈万策：《近道斋文集》卷二，《清代诗文集汇编》第220册，第87页。
④ 陈万策：《近道斋文集》卷二，《清代诗文集汇编》第220册，第88页。

也，去官则否……是篇之集，殆风人之旨，而有关于公论者。"①

阴骘文是道教劝善书的一种，以通俗的形式劝人行善积阴德，久之必将得福报。陈万策也认为阴骘文大有用处，《阴骘文序》云："阴骘文者，相传为帝君作之，以垂教诫，其说近而易晓，盖经史止明于士大夫，将欲使野叟村媪共通其义，则兹文之用为广。"②

陈万策重视忠义气节，书跋中多褒扬忠义。《北海亭跋》云："《史记》著《游侠传》，艳称其人，而《汉书》传赞讥之。盖其人椎埋之雄者耳，卑不足道，非能有裨于国事，有增于士气者也。定兴鹿太公，当明季奸珰薰赫之时，海内正人胥罗其祸。太公感国事之非，伤士气之丧，藏留其子弟为之奔走营救，所全甚多。北海亭，即其栖宾之所，是真以义侠者，使班氏遇此，则褒扬咏叹之不暇，而何四公子罪人之云哉。亭之名，盖取文举坐上尊中之意，然文举意广才疏，岂若太公者，客不徒留，酒不徒设，有深心厚谊以扶植善类，比诸文举当日为有光矣。太公裔孙庶吉士迈祖以图见示，因题其后云。"③以孔北海比况鹿太公，而义气过之。《书鲁仲连遗燕将书后》云："鲁仲连于战国号为矫矫者，如此书教燕将以降齐，是使人失忠义之守也。其可乎？燕将降齐为悖，反国无君命，尽节于一城，理之正也。仲连二策皆失之，则亦捭阖之习论，而未有以高于世俗。"④认为《鲁仲连遗燕将书》有失忠义之守，对此持批判的态度。

陈万策所作赞铭，文笔简洁，颇具神韵，亦略有可观。《题画》云："《画谱》言：'书画本出一体，虫鱼鸟迹之书，皆画也。'夏鼎商彝尚及见其典型，若王子敬之与陆探微旨作一笔，吴道子之于张长史是即本师，意存笔先，笔周意内，画尽意在，像应神全。滕昌祐为蝉蝶草虫，谓之'点画'。唐希陆学李后主金错刀书，得一笔三过之法，变而为画，颤掣三过处，书法存焉。三过笔与中锋为书法三昧，点画波磔皆用之，此卷用笔无侧，而泯起止

---

① 陈万策：《近道斋文集》卷二，《清代诗文集汇编》第220册，第89页。
② 陈万策：《近道斋文集》卷二，《清代诗文集汇编》第220册，第93页。
③ 陈万策：《近道斋文集》卷三，《清代诗文集汇编》第220册，第112—113页。
④ 陈万策：《近道斋文集》卷三，《清代诗文集汇编》第220册，第114—115页。

之迹，具得书法之妙，是丹青家上品，信可宝也。"①以文人题画，而深得作画之精髓，似乎出自画工手笔。《静镜轩铭》云："君子之学，主敬为基。通贯动静，不失其时。动极而静，静为动本。默而识之，其则不远。镜之为物，喻心虚明。莹然无垢，万象斯呈。惟垢之无，实静之故。亦如止水，照物毕露。古人有言：'静则生明。'心镜洞彻，比铜更精。云何能静，其功在敬。严肃斋庄，收视反听。能敬斯静，心不垢淄。戒尔后生，视我铭辞。"②以敬论镜，通贯动静，喻心虚明，名为赞镜，实为论人，由物及人，落脚点在论君子之修养心性。

公藏

《近道斋文集》六卷、《诗集》四卷：乾隆八年（1743）子冕世辑刻本（国家图书馆、广东省立中山图书馆、清华大学图书馆、厦门市图书馆）。

《馆阁丝纶》：红兰馆小丛书抄本（泉州市图书馆）。

---

① 陈万策：《近道斋文集》卷三，《清代诗文集汇编》第220册，第115页。
② 陈万策：《近道斋文集》卷六，《清代诗文集汇编》第220册，第163—164页。

李光地《榕村全集》

叙录

李光地（1642—1718），字晋卿，号厚庵，又号榕村，安溪人。康熙九年（1670）进士，由庶吉士授编修。乞假在籍，会耿精忠反，置书蜡丸，间道陈破敌策。又言施琅习海上形势，可重任，用其言，遂平台湾。累官直隶巡抚，文渊阁大学士。居相位十三年。在官以清勤自励。其学诚明并进，尤笃信程、朱。卒谥"文贞"。著述甚富。有《榕村全集》。

《榕村全集》四十卷，是集为乾隆丙辰（1736）其孙清植所校刊、其门人李绂为序。每半叶九行，行十九字，四周单边，单鱼尾，白口，除序外有栏线。唯诗下注自选字、则余皆清植排纂也。凡《观澜录》一卷，《经书笔记》《读书笔录》共一卷，《春秋大义》《春秋随笔》共一卷，《尚书句读》一卷，《周官笔记》一卷，《初夏录》二卷，《尊朱要旨》《要旨续记》共一卷，《象数拾遗》《景行摘篇》又《附记》共一卷，文二十五卷，诗五卷，赋一卷。所注诸书及语录刊本别行者不与焉。《榕村别集》五卷则是关于音韵、告谕、公约、星命等。《榕村续集》乃其元孙李维迪整理，内有文六卷，诗一卷。

《四库全书总目》评曰："其不以诗文冠集而冠以札记者，光地所长在于理学、经术，文章非所究心。然即以文章而论，亦大抵宏深肃括，不雕琢而自工。盖有物之言,固与鏗悦悦目者异矣。数十年来,屹然为儒林巨擘,实以学问胜、不以词华胜也。"①李绂在《榕村文集序》中说:"性与天道不可得闻,所得闻者文章而已,文章即道之发见焉耳……顾道足于中,气盛而化神,情深而文明,偶为诗、古文辞,亦遂蔚然奇秀,盎然深醇,夐乎其莫可及。先生之文,固先生之道也。康熙十九年,先生奉敕进所作文字,因进读书笔录及论学之文自为之序,推尊圣祖皇帝继五百年圣人之统,盖隐然以伊莱望散自居,故为文必衷于道,而非末世雕章绘句之文所可及,其又可以文字目之哉……道德之腴充乎其中,经史之华发乎其外,于孟、韩为具体而旁及于欧、曾。"②由此可见,李光地的文学创作主张文以言道,文与道合一,文章呈现出深厚淳良的风貌。

《榕村全集》卷一至卷九,是关于经学、理学方面的文章,《榕村全集》中卷十至卷十三是李光地所作的各类序跋,内包含向皇帝进书之序、集书章句新说之序、会试录序、家谱序、为他人文集所作之序、为他人制义所作之序、为他人所作之寿序。从这些序跋中,我们可以发现李光地在古文创作和时文创作方面的主张。

其一,文与道合,道以文传,文以致用。李光地认为古文创作,根于经典,"未有不精于经术而能文者",因此其文章中常出现理学的辩论,以文言道,《书韩子原道后二首》云:"韩子以博爱言仁,程子非之,谓举用遗体也。愚谓当合《原性》考之,则知其言之精当,不特无可议而已……爱列于情,博爱为仁,以情言也,有情而后有道……韩子继性而原道,则言仁义者,舍爱宜而何以?故曰性者,与生俱生者也。情者,感于物而生者也。感物中节,是谓率性之道。博爱也,行而宜也,皆仁义之发,性之用也……韩子引《大学》止于诚意,朱子亦讥之。愚谓此韩子所以能识《大学》之意者也。"③浓厚的儒家经学思想是李光地文学创作的一个显著特征,其文集中大

---

① 朱维干辑录:《四库全书闽人著作提要》,福建人民出版社2001年版,第384页。
② 李光地:《榕村全集》序,《清代诗文集汇编》第160册,第41—42页。
③ 李光地:《榕村全集》卷二十二,《清代诗文集汇编》第160册,第324页。

部分是以理学札记、理学讲义、经学札记等形式出现的。《书韩子送王含秀才序后》云："韩子识书之真赝，其平日不道，意或如此。又恶伤于厚也，而托醉乡以寓意。"①又《书柳子厚与杨诲之疏解车义第二书后》云："柳子废锢益自奋，故其文日进，识亦日广。其矫然于既踬而思所见竖，永柳诸书牍皆可观也。此书往复数千言，古来辞命之费，未有方之者，然无余言冗字，一意反覆以终竟其说。"②为学须先精熟《易》《诗》《书》等儒家经典，如此为文才能义理昭明，文义醇厚，文学与德行相为表里。诗歌创作同样如此，不离其宗旨，"《书》言志"与"道性情"，李光地主张诗歌意在言外，内含性情，不离儒家的温柔敦厚之旨。《无欲斋诗钞序》言："诗之格历代屡变，然语其至者，则不离乎《虞书》'言志'，《庄子》'道性情'之说。苟其志高矣，性情厚矣，虽不能诗，固所谓风雅之宗也。汉魏以降，陈思、靖节之诗，独邵千古者，所处皆不逢，而二子者，志甚高，性情甚厚，忠孝发于中，节义形于外，慷慨缠绵而不可遏。故其超迈之气，淳古之质，非夫搜华摘卉者所可庶几。在唐则曲江、杜陵，由此其选也。夫声病之说兴，而言志之功隐，律切之体盛，而性情之道微。君子以为删后无诗者，盖有激乎其言之，而岂真谓彝秉生厚，可殄绝于天地之间哉？"③《储广期文集序》又云："盖古人之为文也，沉浸乎经籍，而通知乎世义，树立于志气之高，藩卫于行检之卓。夫然后沛然出之而不疑，夫然后昌然言之而无愧。其波澜曲直，节族高下，工于是者有才存焉，然语夫浚其原，厚其根，则未有易夫前说者已。"④

其二，制义之文，微言深趣，理明而真。李光地主张时文创作须在平实之言中深求旨意，要多读书多积累。《韩慕庐制义序》云："盖古之能者，未有不久于经史子集之道，而凌厉轹踔自为家以名一时者。董、晁、公孙之对，韩、柳以下至于欧、苏制策论议之作，今观之则古，在当日则皆时文也。不离乎待问应举世之所需者，而卓乎跨时耀后，岂数子之才实然哉？观

---

①② 李光地：《榕村全集》卷二十二，《清代诗文集汇编》第160册，第325页。
③ 李光地：《榕村全集》卷十二，《清代诗文集汇编》第160册，第196页。
④ 李光地：《榕村全集》卷十二，《清代诗文集汇编》第160册，第199页。

数子所以自致自名者,史传及彼所叙述可见也,莫不探源以盛澜,搜根而发华……故论古人所以为文之指,必也深求其本,穷极其变,如柳、韩之告翊与中立者,然后可以即时文而进于古。"①又《刘益侯制义序》云:"言制义者先王、钱,非独其体朴茂也,其究心于《或问》《大全》诸书,亦非唐、瞿以下所及,隆、万之际,理益庞,故体益卑。论者不知反本,而寻升降于格律之间,末矣。《学》《语》《孟》《庸》之理,未有精于朱子者也。是故有明三百年,崇而守之则淳,背而去之则嚣。夫当其崇而守之,未必尽得朱子之意也,而犹可以淳,况能得其意者乎?近年学者,盖有句谈字议,俪枝斗叶,以为朱子意在是矣。呜呼,此其所以佐姚江之锋而遗之禽也。朱子之于程子,文义参差者十之五,然不害为传心。后之推渊源者亦曰:'如合符节,无间言焉。'此真所谓能得其意者,必也溯本穷源,求诸经,质诸圣,存之以公心,折之以公道,以朱子之所以师程者,师朱,然后理可明而意可得。"②时文亦当穷究四经,讲究口气与道德的统一。因此,李光地主张时文创作须文贵气清而盛,理明而真,格整而声和,文字严肃,语气收敛,反对辞藻淹茂。《己丑房书逊志集序》云:"为文贵清而贱浊,何则?神气盛则清,衰则浊也。水之源盛,故虽挟潢污、驱涂泥而不浑。及其源塞流断,则与沟渎沼沚同观。苇茂萍青,无益于秽也。人之盛也,耳目言貌,清明盎溢,或衰病则反是。繁词缛饰,无益于昏也。虽然,神气者,物之主,而有所以主乎神气者,则其道大而说长矣。以文章一事论之,词气之清,由于神气之盛;神气之盛,根于义理之明;义理之明,本于学术之端,与人心之正,是亦道大而说长者也。"③又《名文前选序》云:"制举之文可传乎?曰可。其原盖出于义疏之流,而稍叶以俳俪者也。其法虽起于熙宁之新学,然观洛、闽以来,训义讲说,用其体者多矣。盖穷经之学,以剖析为功,故谭经之文,亦不以栉比为病也。由是观之,制举而能有发于圣贤之意,有助于儒先之说,虽与

---

① 李光地:《榕村全集》卷十二,《清代诗文集汇编》第160册,第200页。
② 李光地:《榕村全集》卷十二,《清代诗文集汇编》第160册,第200—201页。
③ 李光地:《榕村全集》卷十二,《清代诗文集汇编》第160册,第202—203页。

义疏注解佐佑六经可也。"①从以上所举多篇制义之序,可见李光地的时文观,是主张时文所发之理须源于六经诸史,时文创作要理足、气盛、辞直、神合,体制朴实,理胜于词,书理纯密,裁对整齐。②

《榕村全集》收录了李光地的讲义,为他人所作之书序、传记、札记等,李光地长于说理,文辞朴实恳切,论点明确而突出,逻辑严密而清晰,详略得当,分析透辟,发挥淋漓尽致。如《书吴伯宗寻弟事》刻画了吴伯宗寻弟之"久而笃,劳而决"的形象,赞其云:"夫农之秀者,则升为士,古之制也。冀缺茅容,路侧耕夫,以内行之敦,为有道者别识,卒于贤臣名士,青史烂焉……则虽未泽于诗书,文以礼乐,而使乡党嘉尚以终始,宅里之表,王政其舍诸。"③《施将军逸事》则突出了施琅的"识天时利害,地理向背,较将之智力,公兼之矣"④的智勇双全的形象。

总之,如林静茹所言,李光地的古文创作主张崇尚"真""厚""本透""理足",崇尚"简净""古雅",要求"寄托深""取类广",要求文章层次分明,结构呼应。⑤"真"是直抒胸臆,自然切合,实事为贵,文道合一。"厚"是平正深厚,要有深意,有所寄托。文字简净古雅,言辞质朴畅达,笔力雄健爽透。议论严密有致,言事切中时弊,结构分明,有起有收,有呼有应。李光地的文学创作理论是清初文论的重要组成部分,主张以学问扎实为基础,注重讲实用、重实证的学风,引导文学创作趋于书写性理和学术,对于扭转闽地的文风与学风具有相当的影响力。⑥

公藏

《榕村藏稿》四卷:清刻本(国家图书馆)。

---

① 李光地:《榕村全集》卷十一,《清代诗文集汇编》第160册,第188页。
② 参见林静茹《安溪湖头李氏文学研究——以李光地为中心》,硕士学位论文,闽南师范大学,2015年,第72页。
③ 李光地:《榕村全集》卷三十三,《清代诗文集汇编》第160册,第459页。
④ 李光地:《榕村全集》卷三十三,《清代诗文集汇编》第160册,第458页。
⑤⑥ 参见林静茹《安溪湖头李氏文学研究——以李光地为中心》,硕士学位论文,闽南师范大学,2015年。

《李厚庵稿》一卷：清抄本（国家图书馆）。

《榕村文集》十八卷：乾隆刻本（太原市图书馆）。

《榕村集》四十卷，四库全书本。

《榕村全集》四十卷：康熙五年（1666）刻本（江西省图书馆），乾隆元年（1736）李清植刻嘉庆六年（1801）补刻李文贞公全集本（丛书综录、河南省图书馆、江西省图书馆、厦门大学图书馆、福建师范大学图书馆、安徽省科学研究所历史研究室、太原市图书馆、泉州市图书馆、诸暨市图书馆），道光九年（1829）李维迪刻榕村全书本（丛书综录、台湾"中央研究院"历史语言研究所傅斯年图书馆、台湾大学图书馆）。

《榕村续集》七卷：榕村全书本，道光七年（1827）刻（丛书综录、台湾"中央研究院"历史语言研究所傅斯年图书馆、台湾大学图书馆）。

《榕村别集》五卷：李文贞公全集本（丛书综录），榕村全书本（丛书综录、台湾"中央研究院"历史语言研究所傅斯年图书馆、台湾大学图书馆）。

《榕村全集》四十卷、《别集》五卷：乾隆元年（1736）刻本（南京图书馆、山西省图书馆、湖南省图书馆、江西省图书馆、福建省图书馆、中国社会科学院文学研究所、新疆大学图书馆、中国人民大学图书馆、山西师范大学图书馆、华东师范大学图书馆、暨南大学图书馆、祁县图书馆、日本国会图书馆、韩国汉城大学图书馆）。

《榕村全集》四十卷、《别集》五卷、《续集》二卷：清刻本（广东省立中山图书馆）。

《榕村制艺初集》一卷、二集一卷、三集一卷、四集一卷：李文贞公全集本（丛书综录），榕村全书本（丛书综录、台湾"中央研究院"历史语言研究所傅斯年图书馆、台湾大学图书馆）。

《榕村全集文录》二卷：国朝文录（道光刻、咸丰刻、光绪石印）初编本（丛书综录）。

《榕村全集》一百二十卷：乾隆八年（1743）刻本（江西省图书馆）。

《榕村全集》一百四十五卷：版本待考（湖南省图书馆）。

《榕村遗稿》：乾隆五十九年（1794）刊本（韩国梨花女子大学图书馆）。

林　佶《朴学斋文稿》

叙录

　　林佶（1660—？），字吉人，号鹿原，又号长林，侯官人。康熙五十一年（1712）进士，官中书舍人。著有《朴学斋诗稿》十卷、《朴学斋文稿》不分卷。

　　《朴学斋文稿》不分卷，每半叶十行，行十九字，左右双边，双鱼尾，黑口，有栏线。共计文二十一篇，分别是：序六篇，记二篇，书三篇，传五篇，墓志铭一篇，铭一篇，箴一篇，书后二篇。

　　林佶热衷搜辑金石，以此为乐，亦以此见道，表现了作者不同流俗的志趣和学术研究的执着精神。《金石录序》云："金石古文之有集录也，自宋欧阳公始也，其裒聚之多，则赵氏明诚称最焉。南渡后，周益公、朱文公皆据其所藏弆汇而叙之，非惟以览观其文字，盖参稽史传、考论文物，皆将有取焉，固通人之所不废也。明代杨东里、王弇州二公题语号详确，然所藏视欧、赵之录不及十一，所谓陵谷变迁，金石磨灭，聚散之数亦其势然尔。予家君向为令于秦，秦多石刻，家君旁搜而广辑之，得若干种，积三十余年，共聚为三百帙，而海内之传遗焉者，寡矣。家君归田来，闭户闲居，指斯帙示子孙曰：'吾宦囊尽在是矣，然聚无不散，不为之记，后之人亦安知吾集录若斯之勤也？'于是家兄同人既成为《汉隶考》《昭陵石刻考》《兰话堂金石考》诸书,而予总录其目为二卷。呜呼!今之人以金帛田宅多者为豪耳,法书古帖视之如长物赘余,而予一门中父子兄弟,彼不之好而此之聚,恐其见嗤于世,而道之将穷也。虽然,家庭聚首谈说诗书,探艺事之精微,考古今之得失,如前宋明诸公所遇,天伦之乐,果能有胜于予之今日者乎?苟未能有胜于予之今日,则虽见嗤于流俗之人,亦安能以彼而易此也。"①

林佶游记文写得较有文学性,将自然景观与人文风情结合起来,二者相得益彰。语言简洁而明快,文笔流畅而潇洒,颇为可观。《游水尾岩记》云:"石牌寺在周山中,盘亘如盎,其沟涂岩壑之水循山南行而入于溪。石岩当泻入之处,悬流数尺,雨后声尤殷动。凡道此者,如雷音之布于足下,而不知夫流之奔腾激宕以出也。予读书寺中,去此一牛鸣地,以浴佛之旦乘兴游焉。童子导于前,纡徐于篁柽丛薄之间,凡数百武,从小松鸟道而入谷中。蒙翳前履后,蹙不得前,因纳屦,从溅沫中飞渡,两石夹立,可容五六人布席。水从石罅崩下,三折而汇为小潭,使剪辟而葺之,亦山中胜概也。噫!吾郡北山琳宫梵刹,亡虑三十余区。其为胜也,多矣,而石牌以宋黄勉斋先生墓道独得名,华峰寺额又朱文公之笔存焉。先辈曹石仓、谢武林诸公数歌咏于此,盖事之可传者,固必藉夫人而复能久也。不然,溪扃涧户险怪崛奇什伯于此者,岂少哉?同游者为予甥治洿,寺主僧则予族叔达明也。"②

林佶铭文论"矩"室的命名意义,说理极尽曲折委婉,主旨明白晓畅,"文不雕饰,而辞切意明"。《矩室铭》云:"方员之用以利天下,顾世人皆好员而恶方。见有矩士怒目怪张,乃至荡其检而丧其良,不知尼父志学之年,止端其矩,积五十余年之久,而始不逾其防。盖秩秩者伦理,灿灿者文章,有翼其轨,有畔其疆,吾能执其一而可以制天下之茫茫,不御于迩与远,不异于变与常,不挠于穷与困,不诱于利与强,端视旁瞩,检束审详,宁从其迂且远,而勿徼倖苟且,以自底于披猖,名一败而不可浣,事一决而不可襄。苟其惩此大用以彰,学圣人之学,心圣人之心,惟此途为康庄。吾兄作

---

① 林佶:《朴学斋文稿》,《清代诗文集汇编》第205册,第606页。
② 林佶:《朴学斋文稿》,《清代诗文集汇编》第205册,第614页。

室,在水之旁,颜之曰矩,而命佶胪其义,而挈其纲,谨敷其所闻于先正之绪语,庶几晨夕共省,从绳墨之所引,而岂与模棱者絜彼短而我长。"①

公藏

《朴学斋稿》十卷:康熙四十四年(1705)刻本(复旦大学图书馆)。

《朴学斋文稿》一卷:道光五年(1825)刻本(福建省图书馆、广东省立中山图书馆)。

《朴学斋小记附遗文》:福建丛书稿本(福建省图书馆)。

《朴学斋文稿》二卷、《诗稿》十卷:道光五年(1825)荔水斋刻本(上海图书馆、华东师范大学图书馆、日本东京静嘉堂文库、日本京都大学文学部中哲文研究室)。

① 林佶:《朴学斋文稿》,《清代诗文集汇编》第205册,第627页。

邱嘉穗《东山草堂文集》

叙录

邱嘉穗（生卒年不详），字秀瑞，号实亭，上杭人。康熙四十一年（1702）举人，官归善知县。著有《东山草堂文集》二十卷，《诗集》八卷，《续集》一卷。其文颇条畅，诗则浅弱。集后旧附《陶诗笺注》五卷，《迩言》六卷，又《考定石经大学经传解》一卷。今已分著于录，俾从其类。

《东山草堂文集》二十卷，署名"上杭邱实亭先生著"，大主考陆徐二先生鉴定，本衙藏板。每半叶十行，行二十二字，四周单边，双对鱼尾，黑口，有栏线。卷首有陈随贞、陈鹏年、黎士弘作序及自序。卷一至二，序四十篇；卷三，碑记十六篇；卷四，传十三篇；卷五，铭表八篇；卷六，书十八篇；卷七，论十二篇；卷八，策十一篇；卷九，议六篇；卷十，辨二篇；卷十一，书后题跋十四篇；卷十二，文十五篇；卷十三，说十二篇；卷十四，疏呈状五篇；卷十五，赞引八篇；卷十六，杂著五篇；卷十七，词赋五篇；卷十八，颂箴四篇；卷十九，图纪十一篇；卷二十，别集《演连珠》四十首。

陈随贞评曰："读彼《东山》一集，轶其北里千群，且夫越铸燕函器原各使陆车川楫，任匪同途，故使钱刘操案牍之烦，则谓余不信。假令卓鲁理简编之赜,则谢尔未能。自非不器之才,难致合揆之用。今君于政事也,若彼于文章也。若斯立说觙觙,岂居七子四家之后;临民卓卓,当诣十奇三善之前。盖机枢自运于一心,固用无不协而仕,学已研夫。百虑故才有兼优,诚可以骋治道之康衢、峙文峰之峻表者也。"[1]陈鹏年评曰:"其为学也,原本儒先,根极理要,搜抉性命之微旨,阐发伦物之大经,旁及释老,庞杂之书,莫不引绳披根,以剖其毫厘、千里之谬。故其著为文章,以理为经,以气为纬,宏其中而肆乎外,光明条达,一以圣人之道为归。虽短章小篇,隐喻讽刺,皆有忧世觉民之心。盖其所择于道者,至精也。且凡吾之论文,以明道为贵者,夫岂以圣贤之名可以屈服当世,而姑以是托焉,以骇耀乎人之耳目为哉!"[2]黎士弘评曰:"丘子秀瑞,年甚少,勇于为文,又持身甚谦。其为文,必根据于仁义道德,其为说,即数变而必归于君臣、父子、人伦、刑政之大。盖斤斤乎欲其至,而又惟恐其不至也。"[3]要之,邱嘉穗的古文创作,"以理为经,以气为纬",以圣人之道为旨归,根极于仁义道德。故文章不以文笔出奇,而以见解取胜,少感性发抒,多哲理思辨,思想深邃,议论精微,章法谨严,文气贯通。

邱嘉穗古文理论的核心是"以理为经,以气为纬",关键是求文之精意之所寄托。《东山草堂古文汇选序》云:"古之所谓立言者,其精意之所寄,类必有卓卓不可磨者,以行其法于文字之间,而后足以垂世而传,远非徒饰体貌、炫声华,苟且迁就一家之言,侈然自命为文士而已。后之学者才识污下,不足窥其精意。于是乎,左马以为体,魏晋六朝以为词,唐宋五六子以为气势,分门别户,胶固不通。高者既佶屈而不可句,而其卑者,益以趋于浮薄而莫之止……故文自周秦以迄唐宋,皆可效而为也,务得其精意之所寄而已矣……今夫尚书左国之古腴也,荀庄战国策之奇而肆也,马迁之疏宕,而班固之严整也,韩柳欧苏王曾之宏畅而精醇也。其为文盖已极千古之变而

---

[1] 邱嘉穗:《东山草堂文集》序,《清代诗文集汇编》第252册,第89页。
[2] 邱嘉穗:《东山草堂文集》序,《清代诗文集汇编》第252册,第90—91页。
[3] 邱嘉穗:《东山草堂文集》序,《清代诗文集汇编》第252册,第91页。

不可同，而好学深思之士，顾不欲分门别户，若视为异世而一辙者，岂非以其精意所寄，才虽分而其法未尝不合故耶？然则其所谓法者，何也？曰天地之间，理与气而已。故文之有法，以理为经，以气为纬，气无理不立，理无气不行。盖理本太极，常不离乎境与情之间，而气之所以变化，则不外乎阴阳相生相制之义也。"① 黎士弘评此文曰："意则十分恰好，篇则一气呵成，其间条分缕析处，皆秀瑞自道其读书得力之分寸也。"②《家松下先生文集序》又云："尝观周秦以来，工于文者，率皆以意为经，以气为纬，而因有章法、股法为之，抑扬顿挫于其间，虽或以叙次、论议分为简古、繁衍两体，而其不能以无法与不可以死于法，则一而已矣。"③ 古文有法，以意为主，虽有简古、繁衍之别，而其法之思致则一。也是以此为评判古文的基准，邱嘉穗对当今文坛上古文创作取法古人的路径不以为然，认为未学到其"精意"之所在，故不能自成一家。《与林立三学博书》云："方今海内，以古文辞自命者，无虑数百家。高之则遁于秦汉，次亦托于唐宋八大家，而其下者，乃或饰以六朝绮靡之习，创为晚宋险僻之体，甚至里语、方言、禅经、坊曲，无不窜入文字，未有陶冶古今，斟酌尽善，不屑分门别户，而自成一家言者也。"④

邱嘉穗论时文亦以理为主，故对时文存在的弊端持批判态度。《东山草堂制义自序》云："今之论时文者有二，曰串插，曰挨截。主串插者，诎挨截为拘方；主挨截者，诎串插为凌乱。二者交讥，迄无定论。余尝就其说而折衷之，以谓好诋串插者，邪说也；好诋挨截者，邪说也；好诋串插、挨截之为邪说者，又邪说也。然则如之何？曰：亦主乎题之神，以求当于理而已矣。"⑤

邱嘉穗诗学理论主张诗以言志，力倡真情，不尚词华。《王姚锡沙河纪年诗序》云："夫诗以言志，古之野人、女人稍知六义者，类皆能率意而为之，而隋唐以降，体法繁密，非出于士大夫之专门名家者，而终有所弗逮。

---

①② 邱嘉穗：《东山草堂文集》卷一，《清代诗文集汇编》第252册，第102页。
③ 邱嘉穗：《东山草堂文集》卷二，《清代诗文集汇编》第252册，第144页。
④ 邱嘉穗：《东山草堂文集》卷六，《清代诗文集汇编》第252册，第189页。
⑤ 邱嘉穗：《东山草堂文集》卷一，《清代诗文集汇编》第252册，第105页。

毋亦天巧全则实自胜，人工尽而华始茂乎。"①诗歌应该率意而为，随性而吟，出乎自然，而不是斤斤于体法繁密。《郑虚舟诗文钞序》云："其诗文大旨不屑规模时贤，而独上追韩欧陶谢诸大家，则又与虚舟之学问、性情为近。世不乏杜少陵，自有能知元道州者。"②《李峻瞻香草集序》云："嗟乎，古今风俗贞淫之变，皆人心为之也。人心之患最不可测者，一切外事犹可以力持，而独不能不溺其情，于闺门衽席之间，离人而立于独，则矫而不可为；将昵而就之，则恐至于启宠而纳侮。吾欲裁之以法，则彼有所怨而不我从，多为之调停以防其后患，则彼骄妒之性，又将有以出于调停之所不能及。"③人心风俗之变皆源于人心之所为，因此人心正则风俗正，则发之诗歌即为正风正雅。邱嘉穗对陶诗极为赞赏，陶诗不仅有寄托，还有助于风教。《补陶靖节先生传》云："有疑陶渊明诗，篇篇有酒。吾观其意，不在酒，亦寄酒为迹者。其文章不群、辞彩精拔、跌宕昭彰、独超众类、抑扬爽朗、莫之与京。横素波而傍流，干青云而直上。语时事则指而可想，论怀抱则旷而且真。加以贞志不休，安道苦节，不以躬耕为耻，不以无财为病。自非大贤，笃志与道污隆，孰能如此乎？尝谓有能观渊明之文者，驰竞之情遣，鄙吝之意祛，贪夫可以廉，懦夫可以立，此亦有助于风教也，君子以为知言。"④陶诗之佳处古人言之甚多，然以"有助风教"评之，较为少见，不过这与邱嘉穗的诗学观是一以贯之的。

  邱嘉穗认为人之快乐出自性情，具乎性情才能识山水之趣。《陪群儿游宴东山序》云："夫人之乐也，必本乎情，而情之生也，必本乎性。不本乎情与性，而徒慕登临之迹以为高，虽有名山水，往往蔽于流俗人之耳目，而莫识其趣，夫何乐之有？"⑤《送张恕庵还吴序》云："吴与闽并在东南数千里外，而闽为最远，隶闽产者他口多彬彬称盛，而汀俗独僻陋不足数。盖闽地

---

① 邱嘉穗：《东山草堂文集》卷一，《清代诗文集汇编》第252册，第114页。
② 邱嘉穗：《东山草堂文集》卷二，《清代诗文集汇编》第252册，第139页。
③ 邱嘉穗：《东山草堂文集》卷二，《清代诗文集汇编》第252册，第141页。
④ 邱嘉穗：《东山草堂文集》卷四，《清代诗文集汇编》第252册，第165页。
⑤ 邱嘉穗：《东山草堂文集》卷二，《清代诗文集汇编》第252册，第127页。

介江广间，据山而负海，冇林泉鱼鸟之乐。前世皆莫之闻，至唐观察使常衮来治兹土，始以其学问文章之盛宣于教化，而闽风翕然为之一变，其后长材秀民出而仕者，稍稍与上国齿矣。"①在邱嘉穗的山水游记中，常常表现了作者这种发自性情的游山玩水之乐，洋溢着一种灵动飘逸的艺术情趣。《游玉笋峰记》云："是峰可望而不可攀。四时落英缤纷，惟猿鸟得而窥之，盖未尝不叹为奇绝也。寺即在石笋下，泉声汩瀒循除，琅琅可听。登其台，倚栏遥瞩，则山之高、溪之流、云之浮、风帆之上下、城郭之参差，举历历如指诸掌焉。更由堂北而上，倚长松、卧怪石。徘徊纵观，忽入桃花林中，仰视阴壑两旁，石壁对峙，有蹊介然，如神工辟痕，天光入隙，广不盈尺，又其上碧树垂芳盖之。几不可以展望攀援而登，只觉阴风灵气袭人衣襟间。"②陈介石评此文曰："柳州云游之适有二：奥如也，旷如也。然二者兼之为难，奥而有旷致，斯记已擅共胜，末段议论亦大似柳州。"③这部分山水游记的篇章如《游鼓山记》《攀辕图记》等，都写得富有理趣，抒发感情，寄托幽怀，更具有文学散文之美。

邱嘉穗论说文有经论、史论等，通常开篇提出观点，然后层层推进，脉络分明，论点新警，议论精微。《权论》云："圣人之道，有经焉，君子守之以为正，小人乃绝之以为迂；君子安之以为诚，小人乃诋之以为伪。如伊川之见嫉于东坡，朱子之见排于胡沈，其是非犹显而易见也。圣人之道，有权焉，小人窃之而得其通，君子反弃之而疑其谲；小人主之而幸其成，君子反执之而受其败。"④此篇论君子与小人如何对待"经"与"权"，君子有所不为，小人无所不为，君子以经为正、以权为谲，小人则主权而迁经，故君子失之通，小人失之正，然小人常得其成，而君子多受其败。《忠恕说上》云："圣人之道，载于六经，著于四书，而阐明于濂洛关闽之传注。其名目虽不可以数计，而综其大旨之所归，无非责天下之学者各尽其仁义礼智之性，以达

---

① 邱嘉穗：《东山草堂文集》卷二，《清代诗文集汇编》第252册，第122页。
② 邱嘉穗：《东山草堂文集》卷三，《清代诗文集汇编》第252册，第153页。
③ 邱嘉穗：《东山草堂文集》卷三，《清代诗文集汇编》第252册，第154页。
④ 邱嘉穗：《东山草堂文集》卷七，《清代诗文集汇编》第252册，第240页。

其情于君臣、父子、夫妇、友昆之间,而使之不悖乎天理而已。"①圣人之道,无非尽其性命之学而已,顺乎人情而不悖乎天理。如其在《与温陵何礼宗年兄书》所云:"夫古人之所谓实学者,以性命行其经济而已矣。性命之说,微而难窥。自孔孟程朱而下,极方阐明,已无余蕴。虽使学者日取遗经,反覆体验,犹恐其察之不精,而守之不固,复何敢轻置一辞于其间。而独至时务之要,措施之方,往往有行于古,而不可行于今。便于此,而反不甚便于彼者。非藉留心经济之士,相与兼综条贯,随其时势之所宜,斟酌而变通之,断不足以适当世之用,而所为性命之真,亦终不得尽见。"②所谓性命之学,当留心经济,随时势之变而变通,以求适当世之用。

史论如《王导论》论王导之为人,认为其乃为"乡愿之尤",知人不易,"乡愿"貌忠实奸,不可不辨之。其云:"自古患乡愿之为人,非之无可非,刺之无可刺,而一旦欲从而非刺之,非,舍其小廉曲谨,厚貌深情,而独观其大节之所在,则其人终不易知。吾观三代而下,以乡愿名者,前莫著于胡广,后莫盛于冯道,史皆明著其大节之不可掩者而重绝之。独有一晋之王导,犹得称为中兴名臣,而不知其心迹之奸巧,实乃乡愿之尤,而胡广、冯道之所不能及也。"③《原党》云:"天下盖有以一时论议之所激,相争相胜而不知自反,其卒至于祸人家国之大而莫可救者。原其始,非必皆出于谗谄。面谀之人,以佞口乱义、以利口乱信也,大率起自为君子者,狃于成说之误,动于意见之偏,以至激羞成怒、牵合附和,不得不迁就而为之辞焉已矣……自古人才之聚散也。始而君子攻小人,其变也,君子攻君子,甚至以君子而力引于小人;始而小人攻君子,其变也,小人攻小人,甚至以小人而阳附于君子。"④伪君子不若真小人,故君子之大为祸多甚于小人。

邱嘉穗有些篇章短小,但写得富有哲理性,充满着思辨的精神。《围棋铭》云:"地广者,敌易入;步狭者,势难联。静则退,而处众着之后;动

---

① 邱嘉穗:《东山草堂文集》卷十三,《清代诗文集汇编》第252册,第307页。
② 邱嘉穗:《东山草堂文集》卷六,《清代诗文集汇编》第252册,第187页。
③ 邱嘉穗:《东山草堂文集》卷七,《清代诗文集汇编》第252册,第232页。
④ 邱嘉穗:《东山草堂文集》卷七,《清代诗文集汇编》第252册,第243页。

则进，而争一子之先。毋贪于苟得，而曰我将图其大乎；毋安于小成，而曰我将保其全乎。不知出此，而趣舍茫然，其攻之也，或以轻为而取败，其守之也，反以重发而自捐，虽有弈秋，终不能为之传也。"①通过弈棋揭示了在生活中人们往往贪于苟得、安于小成而致攻守不定。《夏蛙篇》云："庚午夏夜，东山邱子有事邑中，舍于旧宅之北园。环池四岸，蛙鸣以百数，同舍者或病其嘈杂已甚，而丘子端坐吟啸自如。比就枕，辄复酣寝达旦，若为弗闻也者而忘之。或问之曰：'子岂能矫情镇物欤，何其心之不可乱也？'丘子因指水罐而语之曰：'试置虚器于清池之中，则水汩汩然为之注，而及其满焉则已。是何也？实于中者，外物固不能入也。今吾与子读，且卧，本静也，虽有蛙鸣，亦动而未尝动也。彼动者自动，吾不知其为动也。吾静者自静，彼亦不得以挠吾之静也，吾何容心哉。'时有暗室而怯鬼者，亦闻而悟曰：'嘻，治惧亦以此哉。'丘子曰：'由斯道也，庸独治惧而已耶！'"②家季贞先生评此文曰："已到妙悟境界，解此者可与参禅。"③人心愈实，则外物愈难入；人心愈虚，则愈为外物扰其心志。与其困于外物，不如固守心志。

公藏

《东山草堂文集》二十卷：康熙刻本（四川省图书馆、厦门市图书馆），光绪八年（1882）邱氏汉阳刻本（南京图书馆、湖南省图书馆、中国人民大学图书馆）。

《东山草堂集》诗八卷、续编一卷、文二十卷：光绪八年（1882）刻本（南京图书馆、江西省图书馆、河南省图书馆、北京师范大学图书馆、山东大学图书馆、日本东洋文库）。

---

① 邱嘉穗：《东山草堂文集》卷五，《清代诗文集汇编》第252册，第184页。
②③ 邱嘉穗：《东山草堂文集》卷十六，《清代诗文集汇编》第252册，第337页。

吴士熺《瀹斋文集》

叙录

吴士熺(生卒年不详),字仲初,号瀹斋,莆田人。官国子学正。著有《瀹斋诗集》十二卷,《瀹斋文集》二卷。

《瀹斋文集》二卷,每半叶十行,行二十一字,四周单边,双对鱼尾,黑口,有栏线。无序。正文首页署名"闽中吴士熺仲初"。卷一,序二十一篇,记三篇,疏二篇,祈文二篇,诔词一篇,祭文五篇,墓志铭三篇;卷二,启三十七篇,引四篇,帖三篇,序二篇,解一篇,题辞一篇。

吴士熺的古文创作,序、记的文学性较强。他主张写真情真境的文字,如《寓草后序》云:"夫诗,导乎情,激发乎境,非徒字比句栉、随人步趋已也。"① 诗如此,古文也不例外,唯有抒写真情,才能感动人心。而这"情"首先不能有悖于日常伦理,即不能违背于"性之自然",如《送林怀楼南旋序》云:"儒者之行,惟无愧于伦常而已。所谓伦常者,孝于亲、笃于兄弟、敦于宗族,此其事至庸且易。今之人则反难之,乃有为其所难,本乎性之自然,发乎情之不容已,正以经,裁以义,肩其任之至重而不辞,呜呼,此岂

---

① 吴士熺:《瀹斋文集》卷一,《清代诗文集汇编》第163册,第202页。

概见于今之人哉？"①情出自性之自然，不得已而情之所至，情至则文生，而非为文而造情。

吴士熺在《过岭集自序》中描写粤地的山川风物之美，虽不直接言情，但情溢于文字之外，读者可以想见，其云："美哉！叠岭崇冈，绵亘五莞，地可眺也；异花佳卉，繁郁四时，景可识也；贡艘贾舶，激浪奔涛，可指而数也；蛟室屋楼，烟云杳霭，可瞬而瞩也；弦诵之声时闻，林阜可知，其风移而良也；征战之事久息，僮猺可征，其化渐而远也；其偏据攻守之区，荒屯故垒，可按图而得也；其名贤栖托之地，丛祠遗墓，可酹酒而吊也；其文人词客，彬彬秀出，可交游而同觞咏也；其舟车之辐辏，琛货之充盈，又可想见其当年之生聚而出之于战争也。"②人们对粤地的恐慌想象，让他感到疑惑，他说："粤为荒遐，侧境路逾，炎裔阻绝而难归，行者多以慎往来、谨食饮为戒，故天下之仕宦、商旅往往惮之，不敢轻至于其地，予乃闻而惑焉。"③

吴士熺记文写得清新可喜，先描写再叙事后议论，笔中常含感情。《夹漈草堂记》云："其地山川奇特，崩湍激石，两崖如削，水泊泊循其间，西流而出汇为长溪，居人称为溪西，至今有草堂遗址。堂之前有二井像日月，水甚清碧，榛筱蓊蔚，每烟雨际，犹闻公读书声。公生义孔，后探寻丘索，遇藏书家必借诵，过目不遗。凡天人礼乐及虫鱼草木之类无不精，浩博淹贯，万象森罗。志略成，藏之秘府。虽高丽、百济国千金悬购不可得。古人著述之富，莫有出公右者。夫士君子生当盛世，多因经术策名参列朝省，或不乐仕进则慕肥遁之风，著书乐志、傲地林泉，以为藏息之所。"④此段先描写夹漈草堂的自然环境，再叙述传主的读书生活，环境与人产生联系，最后对士君子的士风提出议论，以此突出夹漈先生的高风逸韵。《留春唱和序》云："春可留乎？岁序迭更，韶华易歇。春方冉冉乎，其欲去也。春不可留也，然世有拓落之士，往往对迟暮而兴嗟，临分阴而自惜。常欲留天地之有余，以

---

① 吴士熺：《渝斋文集》卷一，《清代诗文集汇编》第163册，第200页。
②③ 吴士熺：《渝斋文集》卷一，《清代诗文集汇编》第163册，第201页。
④ 吴士熺：《渝斋文集》卷一，《清代诗文集汇编》第163册，第212页。

摅其情志,而天地亦且以有余无尽之境,迟迟荡荡若以听。夫游者咏者,永朝永夕而不去。春不可留乎?人苟中无所累,冲然颐然以游大顺,日皆春也。若搅扰于尘俗,荒迷于声利,景来时过皆弗之知也,又恶得而留诸。夫以为不可留,微特物不留也,人不留也,即天地亦不得而终留。以为可留,微特瞬息留也,四时留也,即千百世亦无不可留。是故有意于留,而不负此春,无在非春矣。当其在春而惟恐弗留,无在不留矣。"[①] 由岁序更迭联想到人世代谢,最后提出人们应当不为物累,不为尘俗所扰,不为声利所迷,安时而处顺,则春意无所不在。

吴士熿《秋柳题词》是一篇语淡情深的悲秋佳作,景中有情,多用典故,骈偶相间,语辞优美,情感真挚。其云:"盖闻楚泽《幽兰词》为销愁而作,子山《枯树赋》缘托志以成。况逸兴临秋曾悲《九辩》,至深情触物尤感《十围》。凉月残丝,却忆王恭何处;商风落叶,常怀张绪当年。吾家某,才擅清新,誉标俊朗,叹长杨之未奏,对秋柳以自吟。稍寄幽思,仍归丽则。渡无桃叶,系情万缕千条;调本竹枝,托意一弹再唱。问灵和之殿,我自依依;来彭泽之门,君犹濯濯。三眠舒眼,相逢绣陌;何迟十样,伸眉独处。青溪已暮薄,春条之妩媚。檐牙不挂丝尘,怅客路之炎凉;驿角未闻絮语,谢缠绵于弱质。人亦何堪怜,憔悴于清姿。卿还先老,经时夜永银床;露滴章台,何日春生金缕。风回隋苑,唱高楼之曲;望断摇摇,怀极浦之游。愁深袅袅,回思柔飙。灞岸亦自轻盈,即至小雨天街。岂终委弃,随抑扬以托迹,任枯菀而俟时。蜩嘒嘒而昼吟,钿车已去;木离离而朝萎,酒斾空悬。宴罢西园,道上应停翠盖;歌残北里,门前不系青骢。忆樊圃经游,曾从此地;奈长亭赠别,殊异旧时。我本多情,最是晓风残月;妾宁薄命,其如渭北汉南。何艳质而争妍,岂柔怀之易醉。叹池头交让,并处何人;笑台畔效颦,留题有客。嗟乎,寒水清而暮山紫,独此飘零;篱花淡而林叶红,从谁攀折。行以自悼,能不相怜。但物候升沉,苒苒非无他树;纵林园漂泊,亭亭犹说此家。染待衣新,自擅文人绣腕;舞回袖短,莫夸丽女纤腰。知季重

[①] 吴士熿:《瀹斋文集》卷一,《清代诗文集汇编》第163册,第199页。

多才,行采春华以增价;幸惠连有句,应传池草而齐名。"①

《又序》则流露出了作者心中隐藏的一种伤逝情怀,有一种淡而不伤的怅惘情绪,亦不愧是一篇言情佳作。其云:"窃闻:'情以时迁,听商音而自泣;兴缘物感,叹弱质之先零。'吾友笔粲春华,词摘秋柳,抽绪尽成隽调,攀条别寄幽思。媚眼谁开,不似当年狂态;舞腰几折,空留此地柔情。陌上凄凉,世路拊心。有恨楼前憔悴,人生回首奚堪。轻拍风中,还问青青在否;微吟月下,试看濯濯如何。心一折而独摇,尔疑乎怨,眉双颦而十顾,我善为愁。愧矣无文,慨焉有叹,醉记西陵之梦,闲消南浦之魂。羌笛一声,每恨自君之出;旗亭十里,曾思与子同游。何时问太液池边,犹令春住;他日行永丰坊底,尚望人来。用伸张绪之怀,敢序左思之赋。"②

---

① 吴士熺:《渝斋文集》卷二,《清代诗文集汇编》第163册,第235—236页。
② 吴士熺:《渝斋文集》卷二,《清代诗文集汇编》第163册,第236页。

萧正模《后知堂文集》

叙录

萧正模（生卒年不详），字端木，将乐人，康熙间贡生。值耿变入山数年。少从同邑廖腾煃学。巡抚张伯行纂修先儒书，属正模总编。晚选泰宁教谕。正模深于史，有史论暨诗文集行世。有《后知堂文集》。

《后知堂文集》四十四卷，《附录》二卷，扉页署题名为"萧深谷后知堂文集"，康熙丁酉（1717）岁刊。每半叶十行，行二十一字，四周单边，双顺鱼尾，粗黑口，初序外有栏线。卷首有吴日彩、黄天植、冯柱雄、周斯盛作序。卷一至十八，史论；卷十九至二十三，序；卷二十四至二十五，记；卷二十六，传；卷二十七，墓表、事略、墓志铭；卷二十八至二十九，墓志铭；卷三十至三十一，书；卷三十二，文；卷三十三至三十四，杂著；卷三十五至三十八，诗；卷三十九至四十，史咏；卷四十一，填词；卷四十二，古赋；卷四十三，楚辞；卷四十四，读东林传笔记；卷四十五至四十六，附录。

冯柱雄评曰："今读其文，汪洋千顷，而诠理叙事，必中于成法……文以自在为佳，自在者，天然也。深谷气质闲妙，其文若风皱水纹、月翻花影，乃天地间自然景色，非可刻画求之也。"①周斯盛评曰："天之生深谷也，侠之。在天南僻壤，日诵读夫帝王师相心法所垂之经之史，及夫贤人君子、高人才士，发愤以自见于后世之诗之文。其为事至隐约矣，而深谷好斯乐斯，以通其义、以领其神，以手摹而心追，盖将悲古帝王师相、贤人君子、高人才士为终身而或叩之，而为史论，则其天运人事之变，治乱安危之理，直溯其原流于四千年之上下。而当时之忌讳，子孙之请托，闻见之讹谬，举世足碍其笔端。夫是故忠良贤德，无德弗昭，而虽有奸谀，思国一时之观听者，亦靡不探其幽微，而揭之为世戒也。呜呼，伟矣，至其序记之所经表传，墓志铭之所述，古今诗赋之所咏歌，山川不出乎闽中，善类不逾其井里，而举一例，凡由近知远，则荆州人物论，永州之山水记，即一地而已，具天下之观。盖深谷之于文也，宏中而肆外，若贪夫之笼百货，而任其居之行之而无所不得也，而或以其遇之穷为深谷惜。夫深谷幸而穷耳，令其不富，文必不若是工而雅，有燕许之鸿裁巨制，固亦不免于八代之袭，而有待昌黎氏摧陷廓清之力也，深谷其可以自豪矣。"②

萧正模读书广博，尤其好作史论或史评，文集中单史论便有十八卷，从中可见其治学的兴趣所在，其史论探颐掘微，议论深刻。《党锢》篇认为党锢之祸乃源于士之好名，成其名声，败其性命，可不惜哉？其云："好名已甚，四字之祸千秋可鉴。为处士之横议，而其言近正；袭任侠之余习，而其行近公。好名积怨，已甚致乱，则汉之党锢诸公是已。夫诸公固慣，当时之政在阉寺，而汉室将倾也。然而未仕于朝者，隐身遁命，如徐稚、姜肱、申屠蟠之三子，可也。仕于朝者，按其罪，一白之天子，以法争之，可也。而婞直风行，互相题署，不可谓之好名乎？……故尝论之，士之好名者，人必以其名倾之，行之已甚者，人之报之，抑又甚焉。诸阉寺不足责，已而诸君子有匡时忧国之志，而无益于主荒政缪之朝，有杀身覆族之惨，而只以炽金壬乱政之焰，至于海内涂炭二十余年，而汉祚随之。有国家者，其亦正其本，而

---

① 萧正模：《后知堂文集》序，《清代诗文集汇编》第187册，第4页。
② 萧正模：《后知堂文集》序，《清代诗文集汇编》第187册，第5—6页。

无为庶人所议哉。"①

萧正模论历史人物大抵较为公允，往往一语中的，抓住历史人物的核心本质之所在。《贾诩》篇云："春秋恶首恶，口诛笔伐萃于诩矣。董卓之乱，兆于何进。进，实忠也。傕、汜再变，贾诩实首谋。一言误天下苍生，秦赵坑卒坑儒之祸不酷于此，是汉贼也，宜其为贼操用也。"②贾诩之智可及，而其心不可辨，与曹操用心并无二致，视为非常奸险之人，与荀彧之智且忠者不能相提并论。

《司马懿》篇云："乘人族之弱而图之，奸雄千载一律。懿有吞魏之心，久矣。爽之昏弱，懿所乐有之，以立威者也。爽诛而政柄在手，驯至王凌、令狐愚、楚王彪之死，而遂禁锢诸曹于邺，是时有司马氏，无曹氏矣。"③司马懿之能隐忍，早于曹操时便已发觉其鹰视狼顾之相，不可大用；文帝曹丕时能委以重任而信之，是祸根之始；明帝曹叡能用之更能制之，齐王曹芳乃是弱主，便无力可制强臣，加之曹室宗亲不成器者多，故司马篡曹终只需假以时日。

《汉》篇云："取天下之易，古无过此，而以晋之不用其言，迫之使有之，岂非天哉？天下虽极敝之日，未尝无救乱之才。当石晋之一败涂地也，知远以保河东为天下主，取之如其固有，则使其在晋时，得柄而用之，安内攘外，其必不令晋室至此。方晋之以父礼契丹而与之十六州也，知远谏曰：'与以土田，恐异日为患滋大。'其深谋远虑，有君人之略，必有以下契丹，而不为契丹下者。而出帝忌之弗用，乐平之不进，人谓其已有无晋之心。夫其有无晋之心，固也。顾晋之所用者，冯道、李崧，而知远之谋弗用也，则成败不以关心，而郭威得以河东伯王之资为解其忧，而画其创业之策者。夫非以晋之不用知远而资之以代其位，也乎。"④世之有才而不能用，是败乱之由。

萧正模古文理论重视"道"，认为为文须有经世之用，《唐丞相李文饶文

---

① 萧正模：《后知堂文集》卷一，《清代诗文集汇编》第187册，第17页。
② 萧正模：《后知堂文集》卷二，《清代诗文集汇编》第187册，第23页。
③ 萧正模：《后知堂文集》卷二，《清代诗文集汇编》第187册，第24页。
④ 萧正模：《后知堂文集》卷十八，《清代诗文集汇编》第187册，第124页。

集序》云:"夫文以经世,理足事白,而言泽于雅,斯文之至也。"① 在"道"与"文"二者的关系中,萧正模认为天下有道、圣贤在世,则文简,而至文繁则其旨微,是道不明矣。《朱子文集序》云:"先孔子而尧舜禹汤文武,以道相传者,其词简;后孔子而曾思孟周张二程及于朱子,以道相传者,其词繁。夫非以繁不能为简也,又非以简之难知,不若其繁之易也。尧舜之世,君与臣皆圣人,其都俞吁咈于一堂者,以心法相告语,而珥笔以载二帝之功德者,亦圣人之徒也。其文之典质,固宜。汤武改姓易物,所正告天下以应天顺人之举者无多词,而仲虺之言制事制心,与敬直敬义之旨,俱不烦言而合。孔子之告颜子曰'博约'、曰'克复',教曾子曰'一以贯之',至于欲无言而其旨愈微矣。"② 因此,萧正模认为道在文中,文以显道,道以文传,道乃是文之根本。《龟山先生文集序》云:"天下之文之大者,为书四、为经五,而集注章句定于朱者五。书与春秋,定于胡蔡者二,而旁经无及焉。盖五经四书,唐虞三代周孔之心法,而传其书者,必得唐虞三代周孔心法之人,故尊其统曰'道',显其道曰'文',文之不没,道之在兹也。"③ 萧正模强调文人之人品、之气节的重要性,要明道学,须知廉耻。《张王屋先生集序》云:"人品者,节义之所成也;节义者,道学之所鼓也。道学不明而人罔知耻,谄附炎势,始之坏一身之行检,而终以酿国家无穷之祸,非细故也。"④

萧正模诗学观认为诗文乃一事,都原本学问、根柢性情。《浴云楼诗序》云:"诗,心声也;文,亦心声也。二者俱原本学问、根柢性情,而世顾分之,然余观王、唐、归、茅诸大家,以制艺主盟一代,间以其绪余为诗,未尝不极风人之致,以是知诗文一事。"⑤ 他还认同"诗穷而后工"的观点,《翁锄草诗序》云:"天地万物,日以其神理,供诗人之把玩,而非有旷达之胸以穷其致而发其奇,则虽处高席厚,犹困也,而况其穷乎?且穷亦正有功于诗

---

① 萧正模:《后知堂文集》卷十九,《清代诗文集汇编》第187册,第133页。
② 萧正模:《后知堂文集》卷十九,《清代诗文集汇编》第187册,第129—130页。
③ 萧正模:《后知堂文集》卷十九,《清代诗文集汇编》第187册,第131页。
④ 萧正模:《后知堂文集》卷二十,《清代诗文集汇编》第187册,第135页。
⑤ 萧正模:《后知堂文集》卷二十二,《清代诗文集汇编》第187册,第149页。

耳。流离奔窜、迁谪饥寒，天所以困杜子美、苏子瞻于万死一生之日者。杜苏皆取之以昌其诗，盖杜苏不穷，则游必不广；游不广则虽其旷达之胸随在皆得，而必不能纵横沉郁、穷极情事，如今日之所传，无疑也。"①

萧正模认为时文乃"文体之极陋"，是士人追求"荣进之阶"的工具，因此时文对文运之不振难辞其咎，总体而言，其对时文是持批判态度的。《家惕斋先生宦后时文序》云："文如绘事，然绘者于鸟兽之飞伏、草木之翩舞、人之举止指顾，必于其动取之，至其描神于有无之间，而见巧于不可容思之域。所谓虚也，文之得气在动、得意在虚。动者，其机；虚者，其神也。文至今日，非不动也，而凌躐武断，辞弗顾于理，理弗顾于题，先正之步履，荡然不存。其所谓虚者，以其无有之中提题中一二字，翻覆播弄以示新警，而俗姿妩媚，率天下进士为儿女子，此文体之极陋。"②《题门人所读时艺序》云："有司之为朝廷得士，士之修于家而献之廷者，悉以举业为之进退，则其用视古文诸体为尤重。而上之敬求之者，下必以敬应之。若谓其为荣进之阶，而以其轻心出之，以其浮气行之，心轻而所入不深，气浮而所言不当。优孟先民者，蔽于陈言成局，而莫能改观。间有乖俊自喜者，以其俭腹，谬为佻巧，援彼以入此，而意义非真矣。借白以形黄，而书名亦不正矣。若是者，自以为过优孟甚远，而余皆谓其不以敬应之者，谓一则得其似以为真，一则自以为真而更不得其似耳。文运之不振，而天下之所忧乏才者，以此。"③

公藏

《萧深谷文集》（一名《后知堂文集》）四十六卷：康熙五十六年（1717）刻本（南京图书馆、安徽省图书馆、福建省图书馆、复旦大学图书馆、福建师范大学图书馆、厦门市图书馆）。

---

① 萧正模：《后知堂文集》卷二十二，《清代诗文集汇编》第187册，第151页。
② 萧正模：《后知堂文集》卷二十二，《清代诗文集汇编》第187册，第149页。
③ 萧正模：《后知堂文集》卷二十二，《清代诗文集汇编》第187册，第150页。

庄亨阳《秋水堂遗集》

叙录

庄亨阳（1686—1746），字元冲，号复斋，南靖人，康熙五十年（1711）举人，五十七年（1718）进士。初知山东潍县，以迎养其母道亡，乃不复仕，以事其父。乾隆元年（1736）以杨名时之荐，授国子助教，迁吏部主事。寻知徐州府，以治水积劳卒，年六十一。性坦易刚方，而有旷度，素湛心性理书，好奖掖后进。其诗古文词，雅健清刚如其人。尝从李文贞相国学九章算术，著有河防算法诸书。另有《秋水堂遗集》。

《秋水堂遗集》十二卷：文集六卷，诗集六卷。署名为"南靖复斋庄先生著"，有"板在漳州南台庙多艺斋"字样，光绪己丑秋月开雕，龟山藏板。每半叶九行，行二十三字，四周单边，单鱼尾，白口，无栏线。卷首有杨浚、卞宝第、乌拉布、官献瑶作序，有杨浚题《复斋先生像赞》，方苞撰《庄复斋公墓志铭》，袁枚撰《庄复斋先生传》，另附《漳郡志传》，末有李威作跋。文集卷一，颂一篇，赋一篇，表一篇，论一篇，说三篇，书十一篇；卷二，议一篇，序十九篇，寿序四篇；卷三，记六篇；卷四，传七篇；卷五，墓志铭二篇，碑文一篇，行述一篇，祭文十三篇，祈文一篇；卷六，启二篇，小引二篇，赞十篇，题跋三篇。诗集卷一，古今体诗七十四首；卷二,古今体诗五十六首;卷三,古今体诗四十七首;卷四,古今体诗六十七首;卷五,古今体诗四十八首;卷六,古今体诗六十一首,附《诗余》。

《秋水堂余集》二卷:文一卷,诗一卷,为其侄曾孙庄鸿续补刊。文一卷:寿序七篇,寿文九篇,序四篇,祭文一篇,小引一篇,碑文一篇,谢呈一篇,密禀一篇。

卞宝第评曰:"盖安溪之学上绍考亭,文勤、复斋学安溪之学,而皆以考亭为依归,师弟一堂,渊源有自来矣……先生之陶冶于安溪之学而克尊所闻,兴起于考亭之流风余韵而不坠厥绪者,其志趣造诣何如也。"①乌拉布评曰:"先生少时精研理学,负笈李文贞公之门,独窥濂洛心源……又异晁董之笔,能自抒其所见。故凡讨论治要,筹画河防,靡不穷源竟委,明备达用,卓然可见诸施行,非侈谈性理空言无补者所能仿佛也……盖惟洞究夫天人治乱之故,心体力行,既有所主而不惑,而后著之为言论,发之为事业,亲炙百代,经纬万变,无适非有用之学……今披读全集,诗则导源长庆,文则辨香南丰,不事镂刻组紃,而怡然有自得之趣。"②官献瑶评曰:"观其伸纸落笔,雅健清深,不屑屑傍人门户……文所以明道也,不征诸事则其言为无用,不根于心则其言为无本。余感翠庭之言,序先生集,渊源乎文贞相国,极一时师友之盛。"③要之,庄亨阳师承李光地,学问以朱熹为依归,为文以理学为宗旨,事有可征,心有所本,语辞雅健清深,不事镂刻组紃。

庄亨阳精研理学,谈论心性之学无不精微深刻。《圣人以经法天论》云:"孔子有云:'六艺于治,一也。'礼、乐、诗、书、易、春秋,皆其具也。至邵子独以易书诗春秋为尽民之四府,以象四时,谓圣人以经法天。夫上明天道,下察物情,中通时变。凡经类然,故随举一经而四时之气备焉,必析而配之,迹若类于强合,然要非无说也。"④文末有原评曰:"分疏确当,可补

---

① 庄亨阳:《秋水堂遗集》序,《清代诗文集汇编》第258册,第321页。
② 庄亨阳:《秋水堂遗集》序,《清代诗文集汇编》第258册,第322—323页。
③ 庄亨阳:《秋水堂遗集》序,《清代诗文集汇编》第258册,第325—326页。
④ 庄亨阳:《秋水堂遗集》卷一,《清代诗文集汇编》第258册,第338页。

四经笺注，至文气质实邃古，夫惟大雅，卓尔不群，又其余事矣。"①《尘定轩记》云："昔张子以定性未能不动，犹累于外物，此未离释氏之见也。释氏以世界为幻，以事物为尘，必一切脱去，然后可以言定。故程子非之，以为定者，动亦定，静亦定，无将迎，无内外。若恶外物而求照于无物之地，是可静而不可动，内外二本，乌可语定，此儒者之道，学圣之门也。是故释氏离尘以求定，儒者即尘以求定。日用寻常，应事接物，彼之所谓尘，即吾之所谓定。苟规规于外，诱之除将，东灭西生，日亦不足矣。抑人之不能适道者，大率在自私，而用智自私，则私累之，如尘垢之著肤；用智则智蔽之，如尘埃之眯目，非必外物之为患也。君子之学不自私，故廓然而大公，不用智，故物来而顺应，内外两忘、澄然无事、定静安虑、知止能得，尚何应物之累哉？"②庄亨阳认为的君子之学即朱子之学，在日用寻常、应事接物中注重心性修养，知止能得，不为外物所累。

庄亨阳讨论治要，筹划河防，穷原竟委，明备达用，《河防说二》是其学以致用的体现。其云："窃惟徐海之水患在黄，而凤颍泗淮扬之水患在淮。数年以来，耗国殃民、害日益甚。夫昔不患而今患，其故可推而知也。盖黄河之水至豫徐而大聚，但豫境河堤宽三十里，凡水至足以容之。徐境则河身甚窄，宽不及三里，北近运河，南逼民舍，汛发不能容纳，不南溃必北决。故靳文襄开毛城铺以泄黄之有余，济淮之不足，而徐州之水患息也。淮之水自桐柏山合七十二泉注洪泽湖，靳文襄蓄以高家堰，隔以磨盘墩，使七分出清口，三分归运河，故黄水无倒灌之虞。"③

庄亨阳论诗主"性情"，首重品格，次及声调，以情为词，不事雕琢。《王直夫诗序》云："师为风雅宗匠，论诗首品格，次声调，要在根本性情……盖根本乎性情以为诗，而论诗益以见其性情者也……直夫诗灵回朴润，不事雕饰，其虚怀定力，神明师训，殆谭友夏所谓：'法不前定，以笔

---

① 庄亨阳：《秋水堂遗集》卷一，《清代诗文集汇编》第258册，第339页。
② 庄亨阳：《秋水堂遗集》卷三，《清代诗文集汇编》第258册，第377页。
③ 庄亨阳：《秋水堂遗集》卷一，《清代诗文集汇编》第258册，第344页。

所至焉法；词不准古，以情所逼为词者乎。'"①《郑霞田先生西行纪略诗序》云："忠爱之情溢于言表，不以追琢为工，古风人之亚也……先生为人磊落坦易、不自修饰，而慈祥恺恻、可爱可亲，性情所征于诗略见。"②庄亨阳论诗主"温柔敦厚"，要言之有物，重视气骨，即追求一种雅正的诗歌风格。《墙东诗录序》云："余取而读之，大约多和柔啴缓之音，而无猛厉噍杀之响，乃知王氏之学与先生之为人，其得于诗教者，深也。"③《严太乙诗集序》云："(太乙)尤长于诗，浸淫大历间，而言之有物，气骨特雄健。"④《跋郑雪崖诗稿》云："吾同门友雪崖先生，居近陆而学从朱。尝官于蜀，舍而归，十年不出，以究其业，立身操行皎如也。著《怀远堂省身录》，粹乎儒者之言，又善为诗，雅正和平，虽辘轳矢吟，而不与激昂慷慨为类，殆所谓有德必有言者欤？先生尝为苦说，谓心之味苦，其官则思，思曰睿，睿作圣，是固以苦为甘者，非知道而有得，其孰能之哉？"⑤庄亨阳认为郑雪崖立身操行正直，故发为诗则雅正和平。

庄亨阳论文亦重其人之气节品格，认为"人以文传，文实以人重"⑥，"文章砥砺廉隅，紫阳遗教俱在"⑦，即文章当以理为主。《漳江先正遗文序》云："漳江先正遗文，古调新声，繁会竞奏，高者出苍天，深者入黄泉，实为有明一代之胜。至览所为列传，则其人或以文章华国，或以经术匡时，或为直节之孤臣，或为捐躯之烈士，皆足令人慷慨流连，兴起于百世之后，惜乎！"⑧《关帝赞》云："孔孟程朱，不可以喻妇女；尧舜禹汤，不足以服老兵。普天归命，维侯之灵。盖由屈极而伸，亦曰精诚故明。危坐山容，忠诚内发；气塞天地，光争日月。力攘孙曹，心尊汉阙；志在春秋，万年碧血。"⑨

---

① 庄亨阳：《秋水堂遗集》卷二，《清代诗文集汇编》第258册，第365页。
②③ 庄亨阳：《秋水堂遗集》卷二，《清代诗文集汇编》第258册，第364页。
④⑥⑦⑧ 庄亨阳：《秋水堂遗集》卷二，《清代诗文集汇编》第258册，第366页。
⑤ 庄亨阳：《秋水堂遗集》卷六，《清代诗文集汇编》第258册，第408页。
⑨ 庄亨阳：《秋水堂遗集》卷六，《清代诗文集汇编》第258册，第406页。

公藏

《秋水堂遗集》：乾隆四十二年（1777）刻本（台湾"中央研究院"历史语言研究所傅斯年图书馆）。

《秋水堂遗集》六卷：嘉庆二十一年（1816）刻本（福建师范大学图书馆）。

《秋水堂文集》六卷、《余集》二卷、《诗集》六卷：道光二十八年（1848）重刻本（上海图书馆）。

《秋水堂文集》六卷、《余集》一卷、《诗集》六卷：光绪十五年（1889）南靖庄氏刻秋水堂遗集本（丛书综录、台湾大学图书馆、日本大阪府立图书馆）。

彭圣坛《水镜新书》

叙录

彭圣坛(生卒年不详),莆田人,康熙中贡生。有《水镜新书》。

《水镜新书》一卷,每半叶九行,行二十五字。正文首页署名"莆田彭圣坛与坛氏著","林铁山先生评"。其文多属滑稽模拟之作。

彭圣坛文章多属滑稽模拟之作,乃文字游戏,谨录几条,供君莞尔一笑耳。

《西山吊夷齐文》云:"自君之死也,薇亦作止,茫茫宇宙,食肉食谷,食薇其谁耶?"[①]林铁山评曰:"二十二字中曲尽嬉笑怒骂,而食肉食谷者方在醉饱中耳。奈何奈何?西山薇蕨吃精光一阵,夷齐下首阳,恐山灵此时哭不得,笑亦不得。"[②]

《商山逐四皓榜文》云:"告尔四老,尔之登斯山也,本山与尔盟曰:埋尔姓,灭尔名,毋使樵夫牧竖或一识尔。尔乃饰尔之名,钩人之金,辅人之子,挟人之父。斯山既下,不可复登。"[③]林铁山评曰:"终南捷径,四皓早为之先。读'饰尔之名'五句,不惟不得为隐士,亦不得为功臣。千载之声,一朝败之,是儿真狠毒哉!"[④]

《汉郦食其祭韩信文》云:"维汉十一年,淮阴侯韩君,斩于长乐钟室。

---

①②③④ 彭圣坛:《水镜新书》,旧抄本(福建师范大学图书馆)。

陈留狂生郦食其鼎中闻之，祭以文曰：呜呼，君今日之至是耶！方君度平原时，其泣鼎中，而君王齐国，孰意倏而楚，倏而淮阴，又倏而长乐钟室耶。呜呼，陈留狂生，自此鼎中绝泣。"①林铁山评曰："纯以谐语出之，宛似狂生故态。"②

《汉刘伯谢高帝表》云："闻季贵称天子，伯贱宜称臣，臣上言曰表，天子有赐曰谢表。臣伯谨作表谢天子曰：天子赐臣子信为侯，信追侯臣，侯名羹颉，臣少习农，又早卒，未识羹颉为何义。意者天子贵，分臣一杯羹耶！"③林铁山评曰："栈石饭星，嶙峋独出，使人有恨少之叹。"又曰："羹颉二字，以不解解之，可供笑林一则。"④

《汉姜维绝钟会榜文》云："告尔钟会，吾继诸葛为汉相，义不可与贼交。昔在剑阁而交尔者，将效范蠡灭吴之志，权也。今志既不遂，尔亦同死。汉贼之义，毋隔死生，榜示尔知，勿轻见面。"⑤林铁山评曰："首提诸葛七字，如天陨大星，河岳所以先海岱也。文字直而截，简而严，当与上后主书并传不朽。"⑥

公藏

《水镜新书》一卷：旧抄本（福建师范大学图书馆），按：此据彭氏钱塘存版抄，有林铁山评。

①②③④⑤⑥ 彭圣坛：《水镜新书》，旧抄本（福建师范大学图书馆）。

郑亦邹《白麓文钞》

叙录

郑亦邹（生卒年不详），字居仲，号白麓，海澄人。康熙三十二年（1693）举人，四十五年（1706）进士，授内阁中书。旋乞假归里，结庐白云山麓，授徒著书。著有《白麓文钞》五卷，亦名《明季遂志录传论》，盖所录皆明末人之短论也。

《白麓文钞》五卷，正文首页署"闽郑亦邹起草"，"受业门人编"。序卷一为《明季遂志录征信序》与《白麓藏书征信序》。《明季遂志录传论》共计论一百九十六篇，分别是：卷一，论五十四篇；卷二，论五十篇；卷三，论三十一篇；卷四，论二十四篇；卷五，论三十七篇。

郑亦邹是清初"晚明史"的历史学家，其著书之旨在于彰显忠臣名士，批判奸佞邪臣，《明季遂志录征信序》云："自古帝王代兴，莫不显忠遂良以厉世磨钝，故内恕之君德化优裕，至仁大泽，久而弥昌。明社既屋，我世祖皇帝受命穆清，入京之日首定怀宗帝后谥号，卜葬山陵，悉如典礼，其敬礼于明朝甚厚，勋戚文臣咸在班，列亲郡王将军以下皆获保全，不加改削。明之死臣赠谥者二十三人，其推恩于明朝甚溥，及今上龙兴，英武宽仁，表闾封墓所在多有。即位之岁，永历蒙难，吴三桂疏请献俘阙下，候三月有旨云：'彼亦一朝之主，朕甚不忍听其自裁。'宽厚之恩轶于前世。其后二十余年，天子悯明事之废，仗节抗义守死之臣不见于世，诏下郡县凡遗忠逸事皆悉以闻，则微显阐幽，固有待于今日，然而河山事异，图书未出，忠义湮沦，盖五十年于此矣。"①郑亦邹站在清朝的角度对明朝的历史予以点评，对当时的反清言论不置可否，"又甲申之后，事多庞儹，传记小说既失其真，于是乎有假窃之书有护短之论，有扬而失实、讳而不叙之条，其人有主名，其事有缘起，依回藏露，莫可究极。夫所贵乎信史者，不务请寄，不执方隅，明不顾刑辟，幽不见神怪，直书其事，使后人知某人如此，某人如彼，然后为史事之成。且夫有善不录，有美不传，非仁也。处不讳之朝，逢权贵之旨，开朋比之门，非勇也。既已自托于古之史氏矣，而因循岁月，使赝书秽史公行于世，彼将匿其所信，而藏其所疑，为存身之地、辩白之端，彼又将以是为非，以非为是，使天下奸人有所借口而涂饰，忠臣义士亦何便于此，然而残缺疑误亦不可胜纪"②。可见，郑亦邹著书的主要目的在于褒扬清朝的仁政义举，重写当时的历史。

具体来说，郑亦邹大力褒扬在三藩之乱时忠于清政府的官员。《颍州诸忠》云："论曰：当贼之再入楚豫也，按臣余应桂策贼必阑入淮阳，宜及未然以为之备。南兵部尚书吕维祺奏饬江防，尤以守颍固中都为忧，当此之时，贼势张甚，所至横裂，虽有智者无以善后，以病眊无能之张巡抚、吴巡按当之，不待霍邱溃、正阳焚，而早见其败矣。尹赵诸公不幸而当其厄哉。"③

而对于明朝的灭亡，郑亦邹认为主要责任在于阉党之祸。如《周士朴》云："论曰：宦官之流毒也，甚矣。以烈帝之英明亲监，天启之乱曾不旋踵，而刑余腐夫仍执国命，况其他乎？士朴侃侃与中官为敌，及蛾贼肆难，卒正其志。张子曰：'伏节守义之臣，当于犯颜直谏中求之，岂谓士朴哉？'"④东林党则被他视为中流砥柱，《黄道周》云："论曰：黄道周通合天人，自负名世，力学清修，上闻怀庙，徒以风宇过峻取戾君亲，平台之对，几于批逆，君臣道合，亦有命也。留都泄泄，事无可为。逮乎隆武，以区区闽越，欲踵单刘，遭值南安逆节，内萌天人交瘁，孤军独往，一战自决，并命湛身力尽瘁焉已。若洪武戊申迄崇祯甲申二百七十五年，百六阳九，麟之历已于玑象二书，时时言之。"⑤

---

①②③④ 郑亦邹：《白麓文钞》卷一，旧抄本（福建师范大学图书馆）。
⑤ 郑亦邹：《白麓文钞》卷四，旧抄本（福建师范大学图书馆）。

而东林党之后的几社则成为王纲之枢纽,《夏允彝、陈子龙》云:"论曰:东林之支衍为几社,当时如周立勋勒卣、徐闇公孚远、王光承玠石及夏彝仲允彝、陈卧子子龙之流皆风宇孤峻,激扬名誉,慨然有东汉江左之盛,固东林之葵邱哉。自是之后,王纲绝纽,钟虡潜移,自刘念台宗周、黄幼平道周领袖诸贤,舍命不渝,相顾以死,党祸熄而国家亦亡,悲夫。"①从这些评论中,不难发现郑亦邹的矛盾心理,他既有对清政府服从的一面,又有对明朝眷恋与怀念的一面。

然对于直接反抗清政府的明末遗民,郑亦邹又表现出蔑视与不以为然的态度。《郑成功》云:"论曰:自世祖章皇帝王天下,东南夏肆,所在除灭,成功将踵,起自诸生,当日落虞泉而犹屈强海外,佚宕中国,欲遂鲁阳之志,亦迂狂而不知其无补者,然数十年之间,窃号永历,违命假义,旌旃所指,关河响应,喋血边境,人民离落。明室遗人未或非之,夫河东赐姓犹留虚号,天水高庙亦拥空名,成功非踵事增华者耶?子经嗣立,人才在中知之间。方是时,天子神圣,然且屡勤宵旰,军旅数出,天动云临,然后乃服。世传成功词多流溢,然乱不久、难不剧、事不奇,削平者之绩不大,后有君子可以鉴矣。"②

此外,郑亦邹亦是非常欣赏著书立说之人。《曹学佺》云:"论曰:学佺林下十余年,与鼓山永觉和尚为人外之游。尝欲修儒藏一书,撷四库之精华,与二氏鼎立。殉节之日,永觉在山中望见学佺衣冠甚伟,入自方丈诘朝乃闻其死,遂祀学佺于堂,以为中兴祖师。其生平笃好禅悦,至于如此,然其风流文雅,实为此土之望。当闽中立国,文人辐辏,特命史局,但为未及,石斋使之,实录可就与野史、弁言,后先印证,亦一时杰撰哉。学佺子孟善寄示行状,及手录治迹甚具,为撰著如此。"③

公藏

《白麓文钞》五卷,旧抄本(福建师范大学图书馆)。

---

① 郑亦邹:《白麓文钞》卷三,旧抄本(福建师范大学图书馆)。
② 郑亦邹:《白麓文钞》卷五,旧抄本(福建师范大学图书馆)。
③ 郑亦邹:《白麓文钞》卷四,旧抄本(福建师范大学图书馆)。

第三章·雍正、乾隆朝

雍正朝起止时间为1723—1735年,闽籍散文家主要有蓝鼎元、郭起元、雷鋐、李清植四家。他们的文集都被收录进《清代诗文集汇编》中。就文集总量而言,蓝鼎元《鹿洲初集》二十卷、郭起元《介石堂文集》十卷、雷鋐《经笥堂文钞》二卷、李清植《涮嗳存愚》二卷。

乾隆朝起止时间为1736—1795年,闽籍散文家主要有九家,分别是蔡新、龚景瀚、朱仕琇、官崇、林芳、林雨化、阴承方、郑光策、林兆鲲。文集被收录进《清代诗文集汇编》的只有蔡新、龚景瀚、朱仕琇三家。就文集总量而言,朱仕琇《梅崖居士文集》三十卷、蔡新《缉斋文集》八卷、龚景瀚《澹静斋文钞》六卷、林芳《竹佃闲话录》三卷、林雨化《古文初集》二卷、阴承方《阴静夫先生遗文》二卷、郑光策《西霞文钞》二卷、官崇《志斋居士文钞》不分卷、林兆鲲《林太史集》十四卷。

蓝鼎元《鹿洲初集》

叙录

蓝鼎元（1680—1733），字玉霖，又字任庵，号鹿洲，漳浦人。雍正元年（1723）拔贡，官至广州知府。尝佐廷珍赴台镇压朱一贵，著书曰《平台纪略》。任普宁知县时，断狱如神，以忤监司削籍归。著有《鹿洲初集》《女学》《东征集》《平台纪略》《棉阳学准》《鹿洲公案》《修史试笔》等书，可谓博学多才，涉猎甚广，著述宏富。

《鹿洲初集》二十卷，是集为其友旷敏本所编。初定于雍正丙午（1726）。越六年壬子（1732），又合其续稿重汰定之，仍为二十卷。每半叶九行，行二十字，注小字单行，左右双边，单鱼尾，白口，除序外无栏线。卷首有沈涵心、张伯行、汪绅文、旷敏本作序，有朱轼撰行述。正文首页署"漳浦蓝鼎元玉霖著，衡山旷敏本鲁之评"。卷一至三，书二十二篇；卷四至六，序四十篇；卷七至九，传四十六篇；卷十，记十九篇；卷十一，论十九篇；卷十二至十三，说三十四篇；卷十四，考五篇；卷十五，赋一篇，檄一篇，铭四篇，箴三篇，赞三篇，略一篇，事录一篇；卷十六，读传四篇，书后七篇，跋三篇；卷十七，寿文六篇；卷十八，告文三篇，祭文五篇；卷十九，哀辞五篇；卷二十，行状三篇，墓志铭四篇，墓表一篇。鼎元喜讲学，尤喜讲经济，于时事最为留心。集中如论闽、粤、黔诸省形势，及台湾事宜，皆言之凿凿，得诸阅历，非纸上空谈。至于所叙忠孝节烈诸事，亦点染生动、足裨风教。其中如论直隶水利之类，生长南方，不能达北方水性，未免掇拾陈言。与顾太史书之类自雪冤谤，杂以轻薄谑詈，尤所养不纯。然文笔条畅，多切事理，在当时人文集中犹可谓有实际者也。

《东征集》六卷，卷首有王者辅、蓝廷珍作序。每半叶九行，行二十字，左右双边，单鱼尾，白口，除序外无栏线。卷一，书三篇，檄三篇，露布三篇；卷二，檄十篇；卷三至四，书十九篇；卷五，书九篇，札二篇，论一篇；卷六，纪七篇，覆语三篇。是书为蓝鼎元从兄征台时作，记述台湾之山川险要与风土民情。

《平台纪略》一卷，详载清军入台平定朱一贵事变之始末，可与《东征集》相互补充发明。

《鹿洲公准》二卷，记述蓝鼎元任普宁、潮阳知县时审理的二十四个真实案例，谳析疑狱，钩致出奇。

《棉阳学案》五卷，是蓝鼎元讲学棉阳书院的著作，主要论述其理学思想和书院教育思想。

《女学》六卷，是蓝鼎元编纂的女子教育书籍，略仿朱熹《小学》体例，采辑经传格言、史传及《列女传》《女诫》诸书而成。开篇总括其要，后分妇德、妇言、妇容、妇功四编，章区类别，间缀论断。

《修史试笔》二卷，是蓝鼎元欲修《宋史》之前的试笔之作，选取唐至五代忠节、经济突出的名臣三十六人，为之立传，间附评论。

《鹿洲奏疏》一卷，是蓝鼎元向雍正皇帝所上的奏疏辑录。包括"履历奏条""经理台湾""台湾水路兵防""漕粮兼资海运""凤阳民俗土田""黔蜀封疆"六条。①

蓝鼎元的文学创作尤其是散文数量蔚为可观，其散文成就在清初闽地作家中堪称佼佼者。沈涵心评曰："今子之文，鲸呿鳌掷，一如兹山之奇峭；剥蕉抽蛹，一如兹山之幽邃；含英咀华、镂金错彩，一如兹山之芊绵而清丽，

---

① 参见何少川主编《闽人要籍评鉴》，海峡文艺出版社2016年版，第471—472页。

其足以高一乡一国而传当世。"①汪绅文评曰:"蓝子玉霖,奇士也。志高识远,超然尘埃之表;议论风采,悉奉古人为师。作为文章,原原本本,可以坐言起行,功深于镕经铸史之中,而气磅礴于语言文字之外,斯人与文而皆奇……独能于人心风俗之所维系,纲常名教之所昭垂,天经地志之所研究,勤勤恳恳、剖析精详,不啻三致意焉,此岂经生之文乎?"②旷敏本赞曰:"鹿洲,经济之儒,文章之匠也。其志存乎世道人心,其心系乎生民社稷,其为文如万斛之泉随地涌出而无不逢其源。凡以摅其心志之所欲宣也,是故刊有道之碑、殉阵骂贼,必录也;表柏舟之节、投缳刲股,必录也;风俗之贞淫,必纪之;欲跻叔季于淳古也,形势之要害、士马之强弱,必纪之;欲奠封疆于磐石也,海洋之情状、蛮徼之咽喉,必纪之。直欲使禹迹之所未经,庄跷之所不到,尽与享王之列也。于戏,鹿洲一海滨儒者耳,往者台疆之变,倚马传檄,经济之文章,直须寸楮,而千里肃然。"③

其一,蓝鼎元游记散文主要分为闽粤游记和台湾游记两类,前者见于《鹿洲初集》卷十,后者则收录于《东征集》卷六中。他的游记常常有感而发,如《游梦笔山记》云:"其为山也,卑而小,既无巍峨壮伟,俯视八州之概;又无奇峰怪石、幽泉曲径,爽人心目之间。徒以顽然一拳土,久享芳名。余甚惑焉,岂所谓地以人传者非耶!不然,何其负重望而中无实也,将江郎才尽而兹山之胜亦随之?"④旷敏本亦评曰:"时间负重望而无实者,何独此山为然,而藉人以传?附骥乃显,则此山亦其一也。"⑤《游茗川记》则悲士不遇,其云:"单寒卓荦之士类,能为山水增光,而天若独啬其遇,甚至欲求容膝之安,以与古人相晤对,如在三岛十洲,可望不可即。而膏粱贵介,名园深美,不为鹰隼犬马之场,即为呼卢陆博之地。而天每乐畀之而不吝,吾不知其何意也?"⑥郁愤之情可以想见。《游武夷山记》由记武夷风景之胜而思盛世,其云:"出回廊,临清溪,土人编木为桴,畀余乘之。由一

---

① 蓝鼎元:《鹿洲初集》序,《清代诗文集汇编》第247册,第2页。
② 蓝鼎元:《鹿洲初集》序,《清代诗文集汇编》第247册,第4页。
③ 蓝鼎元:《鹿洲初集》序,《清代诗文集汇编》第247册,第5—6页。
④⑤⑥ 蓝鼎元:《鹿洲初集》卷十,《清代诗文集汇编》第247册,第194页。

曲溯流九曲，两岸奇观，目接不暇。大王峰巍然高拱，玉女亭亭，若迎若送。其余群峰罗列拜舞，俯仰进退，皆似有眷恋情绪。大抵海内名山多奇在石，未如此山，浑然石骨，俨似人工削成。"①先记景，后抒情。"余是以知升平之乐，而登临之自适也。假使余生当海宇未靖之日，即有力好游，且无由一至于斯。就令生长斯土，而缘崖遁谷，唯恐见获，何暇寻奇问胜？"②涉台湾游记多是关于台湾风土人情的描写。如《纪十八重溪示诸将弁》写十八重溪地理位置险峻，往往沦为逋兵逃寇的藏匿之地，其云："自诸罗邑治出郭，南行二十五里至枫子林，皆坦道。稍过则为山蹊，十里至番子岭。岭下为一重溪，仄径纡回。连涉十五重溪，则至大埔庄，四面大山环绕，人迹至此止矣。东南有一小路，行二十五里至南寮，可通大武垄，高岭陡绝。由大山峭壁而上，壁间凿小洞可容足，如登梯然。行者以手攀树藤，足踏洞窝，甚险。北路山寇捕急，每从此遁大武垄，通罗汉门、阿猴林，而为南中二路之患。"③王者辅评价说："昌黎、柳州诸记，文虽工，而不适于用，为玩赏游观而已。斯篇笔法近之，而大有关于军国，此《北征》之诗所以胜于《南山》也。留心康义，即偶尔游观，无非军国经济。若徒赏其文字之工，则末矣。"④《纪虎尾溪》《纪水沙连》等其他台湾游记写法亦都一样，融风景、地理与人文于一体，处处蕴含着留心地方、经纶世务之志。

其二，除了游记，蓝鼎元碑记文和杂记文艺术水平也比较高。碑记文有五篇，分别是《棉阳书院碑记》《重修潮邑义学碑记》《文光双忠祠祀田碑记》《惠阳书院碑记》《得平蛮碑石刻记》。如《棉阳书院碑记》云："欲正风俗，必先正人心，息邪说，距诐行。贤才不可多得，当培养而玉成之。然则化民成俗之方，兴贤育才之道，莫先于明正学。"⑤立论鲜明，学理严密。在《重修潮邑义学碑记》中也提出建立义学是为了化民成俗，并强调士的重要性。

---

① 蓝鼎元：《鹿洲初集》卷十，《清代诗文集汇编》第247册，第195页。
② 蓝鼎元：《鹿洲初集》卷十，《清代诗文集汇编》第247册，第196页。
③ 蓝鼎元：《东征集》卷六，《清代诗文集汇编》第247册，第425—426页。
④ 蓝鼎元：《东征集》卷六，《清代诗文集汇编》第247册，第426页。
⑤ 蓝鼎元：《鹿洲初集》卷十，《清代诗文集汇编》第247册，第189页。

其云:"师道立则善人多,濂溪岂欺我哉?化民成俗之原,惟在师严道尊,人知敬学,是以昔贤殷殷立教……四民之首,一举一动,关系民风。士习端,则民生观感兴起,日趋于厚;不端,则乡里效尤放纵,日竞于邪。"① 语言朴实而不单调,雅洁中更见笔力。

蓝鼎元杂记文以记人叙事为主,有《除庭草记》《饿乡记》《怪尹记》《七贤图记》《陈玉山幽画记》《高隐屏身记》。《怪尹记》形象地描绘了一幅宦海沉浮的自画像,其云:"尹去位未几,余以上官侵渔西谷,弗能掊克代偿,平空飞祸,视尹有加。所赖潮普士民,及当途诸君子,好义同声,为余了此重累。余未尝怪也,而祸难则一,然则尹之得罪,亦岂必尽在怪名欤?且两人之祸,譬诸遇贼,尹见贼之将杀己也,先挥一拳击贼首,毙之,从者撼而挤尹于水。余拱手与贼较论,贼剚刃而颠之水,死不死虽皆有天,亦以见余之不如尹,远甚也。"② 比喻巧妙,表现二者性格之差异。旷敏本评道:"大抵报国心太切,凡事过于认真,未及检点细腻,二君皆不能免乎?"③《饿乡记》则有超拔世俗的想象,开篇点明主旨:"醉乡、睡乡之境稍进焉则有饿乡,王、苏二子之所未曾游也。其土、其俗、其人与二乡大同而小异,但其节尚介,行尚高,气尚清。磨砺圣贤,排斥庸俗,则又醉乡、睡乡之所未能逮也。……余初未以为然,年来偕越甫联袂而征,未半途,觉道路险巇,苦不可耐,复勉强前行,忽尔气象顿宽,别有天地。其山茫茫,其水淼淼,其民浑浑噩噩,忘贫富贵贱……盖天将有意于是人,必先使阅历是乡,以增益之。"④ 饿乡本为现实的困境,作者却将其塑造成为致圣求贤的途径,隐约可见作者心气之高傲。故旷敏本赞道:"便觉此饿是造物深意,大不寂寞,即此可见其气之雄、志之壮,不为困穷束缚,学者常存此等胸境,则无入不自得矣。"⑤ 此文想象瑰奇,语言简洁幽峭,用小说笔法来寓事理,结构严谨,故事完整,颇为人称道。

---

① 蓝鼎元:《鹿洲初集》卷十,《清代诗文集汇编》第247册,第191页。
②③ 蓝鼎元:《鹿洲初集》卷十,《清代诗文集汇编》第247册,第204页。
④ 蓝鼎元:《鹿洲初集》卷十,《清代诗文集汇编》第247册,第198—199页。
⑤ 蓝鼎元:《鹿洲初集》卷十,《清代诗文集汇编》第247册,第199页。

公藏

《鹿洲文献三十二篇》：台湾文献丛刊第 17 种治台必告录本。

《鹿洲文录》三卷：道光十九年（1839）瑞州府凤仪书院刻国朝文录初编本（丛书综录、北京大学图书馆），咸丰元年（1851）终南山馆刻国朝文录初编本（丛书综录），光绪二十六年（1900）上海扫叶山房石印国朝文录初编本（丛书综录）。

《鹿洲初集》二十卷：鹿洲全集抄本（南京图书馆），雍正十年（1732）刻鹿州全集本（丛书综录、湖南省图书馆、桂林市图书馆、山西省图书馆、中国科学院图书馆、中国人民大学图书馆、南开大学图书馆、山东大学图书馆、安徽省科学研究所历史研究室、泉州市图书馆、漳州市图书馆、台湾"中央研究院"历史语言研究所傅斯年图书馆、台湾大学图书馆、日本内阁文库、日本京都大学人文科学研究所），四库全书本，同治四年（1865）刻鹿洲全集本，光绪五年（1879）刻鹿洲全集本（丛书综录、湖南省图书馆、中国人民大学图书馆、湖南师范大学图书馆、南通师范高等专科学校图书馆、广州市社会科学院图书馆、香港中文大学图书馆、台湾大学图书馆、台湾"中央研究院"历史语言研究所傅斯年图书馆、台湾东海大学图书馆），民国元年（1912）刊鹿洲全集本（华中师范大学图书馆）。

郭起元《介石堂文集》

叙录

郭起元（生卒年不详），字复斋，闽县人，雍正间廪生。师事漳浦蔡新，讲实用之学。举贤良，乾隆初，荐令盱眙，乾隆九年（1744）署泗州知州。有《介石堂文集》。

《介石堂文集》十卷，每半叶九行，行十九字，左右双边，单鱼尾，白口，有栏线。男鹏举编次，孙端揆、端牧、端岳校字。卷首有郭起元自序。卷一至二，论十篇；卷三至四，策十篇；卷五，考五篇；卷六，议一篇，说六篇，辨二篇；卷七，记十六篇；卷八，序八篇，书四篇；卷九至十，杂著十八篇。

郭起元自序云："盖原古文之由来源远流长，其体不变而其为用则至变，言之诚非易易也。自宋王介甫创为八比格以诂释经书，元代用以设科取士，前明仍之，迄于今不废。驱一世聪明材力之士束缚之于帖括中，不得别殊其体制，于是时文行而古文以废。然溯明初盛时为时文者，本经术、通训故、胎息于史汉、沉浸于八家，时文即具古文之气骨，不以制异而有殊也。逮揣摩之术兴，人思弋获速化，遂置经史子集概弗观。叩以天地古今之事理，茫然一无所知，而其人已用时文掇巍科都通显矣……时文所以日敝，盖由置古文而不讲，理法亡而心精之变化亦以亡也。夫天下事，其不知由于不习，其不能由于习之之人少，而能者无由以出也……先生所录者时文，而去取甲乙一以古文为衡式。余得窥古大家之蹊径门户与凡利病得失之所由，退而三复于史汉八家，积而久之，心痒痒然，手撌撌然，于是中有见即书之，投皮箧中，漫不复省。年来奔走四方，身羁尘鞅，卒卒无间，时有笔墨应酬，牵率而为之，雅不自喜。"[1]郭起元主张"文以载道"，古文为体不变而其为用则至变，因此随着时代的发展，古文废而时文出，古文理法渐亡，而时文成为士人取科第、致通显的工具。明代的时文尚具有古文之气骨，而清代的时文日趋凋敝，乃是由于不讲古文之理法。最后作者介绍了自己学习和创作古文的过程。

郭起元诗论以"情"为核心，诗以言情，但不出温柔敦厚之旨意。《诗小序论》云："夫诗之有序也，所以推明作者之意，使说诗者有所据依，所系甚重。而朱子以小序为不可信，何哉？诗之教本温柔敦厚，而其为道则使人自言其情。凡民间饮食男女、起居往来之间，皆得以言自达。太史采之于编，以觇风俗之盛衰，考政治之得失，非必尽为君上而作也。若必为君上而有诗，岂民间独无情哉？"[2]周力堂评此文曰："剖断处笔力森然。"[3]《姚道充诗集序》云："传曰：'诗本性情。'夫性发为情，情之不得已而诗作焉，凡天地山川、风雨霜露、草木禽鱼之变态，皆缘情以见焉者也。古来文人学士，登临凭吊，感怀时物之作，辄多离奇奔放，块然为大之言，是以情役境，而不能即境以抒情。其辞虽工，返之人生而静之始，其于情之本来，固有间矣。"[4]诗本性情，有性情而后有诗，"以情役境，而不能即境以抒情"便是认为性情先于文字，是因情生文，不能为文而造情，注重抒发真情真境。因此，郭起元崇尚朴实、老成和自然的诗歌风格。《方南堂诗集序》云："诗贵朴贱华，贵老贱嫩，贵自然贱修饰。丈夫落落自写胸臆，何至作庾鲍潘江圈牢中物邪？"[5]《方方斋诗集序》云："示予京华江淮诸集，笼括开宝、元和、

---

[1] 郭起元：《介石堂文集》序，《清代诗文集汇编》第266册，第439—440页。
[2] 郭起元：《介石堂文集》卷一，《清代诗文集汇编》第266册，第446页。
[3] 郭起元：《介石堂文集》卷一，《清代诗文集汇编》第266册，第447页。
[4] 郭起元：《介石堂文集》卷八，《清代诗文集汇编》第266册，第511页。
[5] 郭起元：《介石堂文集》卷八，《清代诗文集汇编》第266册，第512页。

长庆，不至沿流大中、咸通以后，其排奡妥帖，直臻作者之堂而入其阃奥，非所谓沉浸酝酿而波澜老成者哉。"①《蔡岳樵诗集序》云："其诗似高达夫、岑嘉州，格调兼备，如撞万石钟，从容以尽其声。"②《西昆江西诗派说》云："余谓义山诗，溯源离骚，其沉郁凄切处，得古人怨悱讽刺之意，不徒以獭祭见长者也。飞卿清丽芊绵，有六朝韵致，若柯古虽文辞组绣，而格调卑蕳，风斯下矣。杨大年擅名宋初，体尚骈俪，犹仍五季余习，余人工拙不同，亦未见有矫然杰出者。宋之西昆，远不唐若，毋乃去古愈远欤。黄庭坚厌时体之庸熟，创为孤清傲兀，号曰'江西体'……又云山谷诗，如螗蜋、江瑶柱，格韵高绝，盘飧尽废，然不可多食，多食则发风动气。"③陈德泉评此文曰："识解超越，所谓'妙取筌蹄弃'者。"④

郭起元论说文观点明确，逐层论证，气势雄健，自有一股坚定的力量贯注其中。《东汉论》云："国家所恃者，曰人材，曰气节，二者而已矣。人材以拨乱致治，气节以维风矫俗，理乱赖之者也……盖诸人明知狂澜之不可手挽，颓风之难以力支，而甘心重撄死亡而不悔者，良以名教不可灭，是非不容昧，为千万世纲常廉耻计，非仅为一时之成败计也，非世祖、明帝、章帝之崇尚道义，而能百七十年之后，激昂奋起若是欤？"⑤任翼圣评此文为："淋漓感慨中，具有雄刚之气，抉破范蔚宗藩篱。"⑥东汉尚气节，由来有自，浸淫经术，对于东汉士人的明知不可为而为之的精神表示赞赏。《世运变迁》云："古今世运之变，有可知者，有不可知者。宋苏子瞻曰：'嬴秦以暴虐焚诗书而亡，汉兴，鉴其弊，必尚宽德，察经术之士而用之，故其时儒者虽未知圣人，而学宗经师，有识义理者。王莽之乱，多守节之士，世祖继起，不得不崇经术，褒尚气节，故东汉之士多名节，而不知经权常变之道，遂至苦节之士，视死如归。苦节既极，故晋魏之士，变而为旷荡虚浮而无礼法。礼

---

① 郭起元：《介石堂文集》卷八，《清代诗文集汇编》第266册，第513页。
② 郭起元：《介石堂文集》卷八，《清代诗文集汇编》第266册，第515页。
③④ 郭起元：《介石堂文集》卷六，《清代诗文集汇编》第266册，第484页。
⑤ 郭起元：《介石堂文集》卷二，《清代诗文集汇编》第266册，第452页。
⑥ 郭起元：《介石堂文集》卷二，《清代诗文集汇编》第266册，第453页。

法既亡，与戎狄同，故五胡乱华。戎狄之乱已甚，必有英雄出而平之，故隋唐混一天下。'"①郭起元对历代世运变迁的论述可谓一语中的，脉络分明。

郭起元论晋，则以秦为参照系，两相比较，有同有不同，逻辑谨严，观点清晰，且发人深省。《晋论》云："晋自宣景以来，其挟诈逞威以劫制天下者，与秦同；其取天下于强大之国，而丧于匹夫之手者，亦与秦一辙。但秦之势，狭隘酷烈，弦急则绝；晋之势，瞀乱涣散，堤决则溃。秦张而不弛，晋弛而不张，为较异耳。要之，以诈力奸天位者，仅可得志一时，故秦以二世亡，晋亦不再传而及于败，其理有固然者也。"②

郭起元还重视士人的品行操守，"士"的职责乃是讲学明道、淑身善世，以圣贤为榜样，求真理真经真贤才。《敦士习》云："夫士者，讲学明道、淑身善世，以几圣贤之域者也……夫士亦毋务其兼，务其专。理则真理也，经则真经也，才则真才也。取士者，即末以知本，因言以见道。其内行无缺，宏通肆应者，则破格以待之，其一长足录，一善可称者，亦弗遗也。士皆有真无伪，斯治天下者，无乏材之叹也已。"③郭起元在《上大中丞周夫子书》中赞美周夫子端正的品行和务实的理政能力。其云："盖夫子之心，天地生物之心也。夫子之明，日月丽天之明也。以愕怛不忍之衷悉条理始终之道，行之以刚断果毅之勇，适协乎张弛因革之宜，吏肃而民自安，敝除而利自溥。是凤昔所熟思洞鉴于胸中者，举而措之，恢恢乎规模之广大；油油乎，沦洽于肌髓。宜其俗易风移而颂声四讫也。岂尚有刍荛之见，可赞高深于万一哉！"④

郭起元杂记文艺术成就较高，叙事中充满着浓烈的感情。《太湖希欧亭记》云："噫，古今之风气不同如此哉！治事三载，年谷屡登，瞻邑城，负龙山而俯溪流，山文最高，岩下龙潭深黝，入夜则蒸气作雨以润物，称灵境焉……夫湖邑居重山叠水之间，介吴楚、蔽淮泗，所属七乡之民，采山

---

① 郭起元：《介石堂文集》卷十，《清代诗文集汇编》第266册，第544页。
② 郭起元：《介石堂文集》卷二，《清代诗文集汇编》第266册，第453—454页。
③ 郭起元：《介石堂文集》卷三，《清代诗文集汇编》第266册，第465页。
④ 郭起元：《介石堂文集》卷八，《清代诗文集汇编》第266册，第518页。

渔水，贸迁有无，不尽如滁民之力穑，而其衣食礼教、乐生好善之心则同欧公简静之政，可行于滁，亦可行于兹。"①作者将历史与现实结合起来，发出古今风气不同的感慨，通过缅怀历史人物来表达心系现实人生的人间关怀。《草亭月夜记》云："乙丑夏六月十六日夜，追凉亭于此。远望山缺，月出如金盆，渐上中天，皎洁晶莹。村墟白烟徐起，空蒙沉浸山下，若淮水倒入，澄泓一片。凭阑悄然，万籁皆寂，炯月中，库楼岬岘，作埤堄、梁楯形，意以为柳州之小石城山也。既而有啸嗷于山谷间者，音若鹳鸣，徐察之，则居民亡其所放牛马而呼之也。于是，谷风倏起，揭揭然，振帷囚，牧马声，萧萧与嗷者相应和，有西北塞上意。予忽悲，留此已三稔也。"②饶海亭评此文为："郭忠恕之界画，李伯时之白描，同此神隽。"③作者用白描的叙述方法，笔法纡徐疏宕，格调清旷爽朗，在诗情画意的情景刻画中寄寓着光阴荏苒的人生感喟。

郭起元对台湾的自然地理、风土民情、人文社会等方面也有所记述，具有重要的文史价值。《跋台湾诗文后》云："呜呼，台地三千余里，中多高山深涧，平原沃野。自台至泉之厦门、福之港口，水程只五更耳，盖海道难计里数。以昼夜十二时分十更，言五更者，犹此言六时也。密迩于闽而前古不通，宋元世俱未闻名。自明永乐间，太监郑和下西洋，始知有鸡笼山，在澎湖屿东北，涧水流出名淡洋，又名北港，又曰东番。其中聚落星散，无君长，有十五社，社大者千人，小者数百，无赋役，以子女众者为雄长，听其号令。气候温燠，男子椎结裸形，穿耳文身以为饰，女子结草衣裙蔽体，相率力作，暇则习走，践芒棘如平地。土疏，宜谷，无历日，草青为岁首。俗以能杀人者为壮士，谷种落地则止杀，云行善助天公乞饭食。既收获，则标竹于道，逢外人即杀之矣。地滋蔗果竹木，山多大蛇麋鹿野牛，其人居海中而酷畏海，不善操舟，故老死不与邻境往来。"④方方斋评此文为："奇怪如

---

① 郭起元：《介石堂文集》卷七，《清代诗文集汇编》第266册，第495页。
②③ 郭起元：《介石堂文集》卷七，《清代诗文集汇编》第266册，第506页。
④ 郭起元：《介石堂文集》卷九，《清代诗文集汇编》第266册，第529页。

《南州异物志》，风逸如《荆楚岁时记》，篇终指陈方略，尤足靖万里鲸波。"[1]

公藏

《介石堂》诗十卷、文十卷：乾隆十一年（1746）自序刻本（上海图书馆），乾隆十九年（1754）刻本（国家图书馆、南京图书馆、南开大学图书馆），乾隆四十三年（1778）重刻本（安徽省图书馆），乾隆刻本（国家图书馆、天津图书馆、福建省图书馆、广东省立中山图书馆、中国科学院图书馆、复旦大学图书馆、山东师范大学图书馆、日本内阁文库）。

---

[1] 郭起元:《介石堂文集》卷九,《清代诗文集汇编》第266册，第530页。

雷　铉《经笥堂文钞》

叙录

雷铉（1697—1760），字贯一，号翠庭，宁化人。雍正元年（1723）举人，十一年（1733）进士，乾隆十五年（1750）提督江浙学政，官至左副都御史。其学以躬行为本，律己严而待人恕。著有《闻见偶录》《读书偶记》。建宁朱仕琇序其文，推挹备至。另有《经笥堂文钞》。

《经笥堂文钞》二卷，扉页题名为"经笥堂文钞"，有"嘉庆十六年刻于广州""宁化伊氏秋水园藏板"字样。每半叶十行，行二十二字，左右双边，单鱼尾，白口，有栏线。卷首有伊秉绶、朱仕琇作序，有阴承方撰《都察院左副都御史雷公行状》。卷上，书十篇，序二十八篇，记八篇，论五篇，议一篇；卷下，考四篇，说二篇，传十篇，行略一篇，行状一篇，墓碣一篇，墓志铭八篇，墓表二篇，记三篇，示十一篇，答语一篇，书后三篇，题辞一篇，传（补遗）一篇。

伊秉绶评曰："秉绶窃惟有德之言，所以载道。先生践履笃实，言皆躬行心得之余，使人读之，见其肫然而诚也，肃然而敬也，蔼然而好善也。近世高才博学，厌言心性者，病其腐与空耳。夫心，虚灵不昧；性者，仁义礼智信。君臣、父子、夫妇、兄弟、朋友，五常之理，虞廷以之教，三代所共学,存之则人,去之则禽。敢以人为腐乎哉?乃若空,则有之。致良知之说,实本告子'生之谓性',渐入于释氏之冥心。夫陆子义利之辩,朱子所服膺;姚江之事功,真足亘古今而轩天地,是皆百世之师也。而抉其流者,实歧于源,昔孟子已并圣清任和矣,而曰:'隘与不恭,君子不由。'孔子曰'学之不讲',然则讲明正学,由之力行,似必舍冥悟而归实践。初非党同伐异之为也,至于拘守章句,置汉以来典籍于高阁,此则学者之陋。穷究经史子集,乃致知之事,不博何约?不熟于古今之故,将何以淑身而应当世之求?特不溺没于词章考订,而返求诸身心耳。"[1]指出雷铉言以载道,所言皆躬行心得,令人肃然起敬。

朱仕琇评曰:"昔桐城方学士贤江阴杨文定公之为人,尝与蔡文勤公言,叹其后无继者。文勤以今副宪雷公对。公故文勤公弟子,而又尝受文于学士者也。自学士与文勤公薨,而公遂以道德文章为天下所宗。公之学以躬行为主,以仁为归,以敬义为堂户,以人情事势为权衡,以六经为食饵,以文艺为绅佩,以奖引天下之士为藩墙。而于邪正之界,流渐之溃,析之尤精,防之尤豫,大要宗朱文公,而以薛文清、陆清献二公之书为谱牒。公生平出处,按之固已无一不合于道,及其所为文章,则皆本其躬行所得者。而慰唁问答、解惑条指、发德辨奸、析事类情,以综王道之要,以会天命之精,以抒忠爱之忱。故其言深厚而切至,安定而光明,宽而不衰,峻而不迫,淡而弥旨,约而弥余,虽专门名家之士,调合心气,敷陈矩矱,不能以有加也。韩子曰:'君子慎其实。'柳子曰:'文以行为本。'欧阳子曰:'道至者,文不期而自至。'观于公文,而三君子之言,益信矣。文定公道德显闻,而文辞不概见于天下,及公立言以继其后,则教弥著焉。"[2]指出雷铉文章深厚切至,安定光明,宽而不衰,峻而不迫,淡而弥旨,约而弥余,乃有道之文。

雷铉反对空谈心性,教人不外乎明伦敬身而已。《小学纂注序》云:"小学者,大学之基本也,其大纲不外明伦敬身。所谓立教者,教此而已。夫人

---

[1] 雷铉:《经笥堂文钞》序,《清代诗文集汇编》第285册,第1—2页。
[2] 雷铉:《经笥堂文钞》序,《清代诗文集汇编》第285册,第2页。

一身，内而心术之微，外而威仪之著，衣服饮食之节，是即诚正修之地也。五伦之亲义序别信，则齐家治国平天下之道，已在是矣。格，此谓之格物，知，此谓之致知，入大学之门，岂舍此而他求哉？顾空谈心性者，既视为粗迹，猎取才华者，又视为拘迂。朱子尝叹异端虚无寂灭之教，其高过于大学而无实，俗儒记诵词章之学，其功倍于小学而无用，学术之支离决裂，两言则判矣。"①

雷铉推崇朱子之学。《蔡虚斋先生文集序》云："有明开基，尊朱子以定一宗，纲纪聿修，风教懋著，家无异学，士鲜歧趋，百年之间，真儒递出，厥后习尚颓败，正气消磨。挟策吟哦者，驰骛词章；学专训诂者，拘泥章句。姚江王氏起而矫之，倡为心学以号召。后进不返求朱子之正宗，而诋为朱子之流弊，声势气焰，耸动一时，遂至凭臆见作聪明，跌荡绳墨，滔滔如狂澜，不可复挽。当是时，正学不绝如线，而深山穷谷之士熏染未深，犹知有朱子之学，实赖虚斋先生易《四书蒙引》，流播传诵，其辨析之精，捍卫之严，阳儒阴释之说，自不得以汩之。"②

雷铉对黄道周文章给予了高度评价，认为其是经国大猷。《黄石斋先生遗集序》云："明太祖开二百七十年之基，而石斋先生之终也，曰：'此与孝陵近，可死矣。'此则先生为有明结一朝之局者也，其清纯严毅之气与山岳江河同流并峙，故发为文章、措之议论，皆经国大猷，上溯天文理数，下逮草木虫鱼，靡不包罗洞贯，其禀乎天者，异乎中材，而积于学者，莫可涯涘也。"③

雷铉认为朱仕琇的文章淳古冲淡。《朱梅崖文集序》云："梅崖承先世诗书之泽，胸中所浸灌无势利之见，兄弟友朋所切劘，皆超然远于俗，归而有母可事，有兄弟友朋倡和之乐，山林池馆又足以遂游息。梅崖挟其所有，视世之奔走风尘，惴惴恐失意，如桎梏之在身，宁肯以彼易此哉？其文章不为炳炳烺烺，以动人视听，所谓淳古冲淡者，嗜之久而弥笃，其所自得，盖在文字之外，然则世之知梅崖者，毋涉乎浅而不既其深也。"④《答朱梅

---

① 雷铉:《经笥堂文钞》卷上，《清代诗文集汇编》第285册，第16页。
② 雷铉:《经笥堂文钞》卷上，《清代诗文集汇编》第285册，第17页。
③ 雷铉:《经笥堂文钞》卷上，《清代诗文集汇编》第285册，第18页。
④ 雷铉:《经笥堂文钞》卷上，《清代诗文集汇编》第285册，第30页。

崖》云:"处京师久,相识多而相知少,相知而不能量其所至尤少。与足下交近而神亲,别来时时有一梅崖先生在胸臆间。展读手书,自悒损而期勖甚重愧感。愧感人生百年,瞬息间事,不特富贵如烂漫春花随开随落,即诗文传世,亦只好音过耳。唯不怨不尤、不愧不怍,方寸自有乐境,且一息亦足千古矣。"①

雷鋐认为时文陶冶乎学者之心思耳目,不得视之为无用之具。《李雪崖时文序》云:"昔魏冰叔力诋时文为无用之具,邱邦士则谓代圣贤立言,隐以陶冶乎学者之心思耳目,其功用甚大。冰叔素服膺邦士者也,二先生之持论相左,何也?盖冰叔睹乎叔季之流弊,邦士得乎制义之本旨也……雪崖产于四明,以名进士司铎东越,两郡山川之秀发,皆囊括于其文,质而不俚,华而不肤,入之也深,而出之也达,足以印制义之本旨,而遏叔季之流弊。时文若此,其得诋为无用之具哉?抑吾闻耿逸庵先生云:'讲学不必标宗旨、辟门户,只于举业中加一行字,足矣。'至哉,言也。雪崖身为人范,必体此意,以砥多士,则所以陶冶乎学者之心思耳目,更夐乎卓矣。"②

雷鋐指出山人之诗总非凡境,于诗可见其性情洒落。《瘿瓢山人诗集序》云:"余同里有瘿瓢山人,好山水,耽咏,善画,工书。少孤,资画以养母,游广陵,迎母奉晨昏,母思乡井,则侍以归。余素不知画,独爱诵其诗,如巉岩绝巘,烟凝霭积,总非凡境。其字亦如疏影横斜、苍藤盘结,然则谓山人诗中有画也可,字中有画也亦可。山人性脱落、无城府,人多喜从之游,或谓山人画与字,可数百年物,诗且传之不朽。山人来访,余爱书此以序。"③

雷鋐史论文时有奇警之见,善于翻新出奇,观点独到,论证有力,明辨是非,发人深省,表现出很强的思辨性。《王猛论》云:"侯朝宗谓:'三代而下,乱世之臣识大义者,诸葛亮与王猛,亮始终心乎汉,猛始终心乎晋。'呜呼,王猛岂可以比诸葛亮哉?猛心乎晋而事苻坚,是二心也。且猛心乎晋,又知桓温必篡晋,则必思所以除温,乃可以保晋。当是时,晋有谢安,

---

① 雷鋐:《经笥堂文钞》卷上,《清代诗文集汇编》第285册,第13页。
②③ 雷鋐:《经笥堂文钞》卷上,《清代诗文集汇编》第285册,第31页。

心乎晋而力不足以除温，温与猛论三秦豪杰，既而曰江东无君比也，设猛姑从温，委曲以顺其意，而阴结谢安以图之，必可以制温之死命。猛既不仕晋以除温，假令温遂已篡晋，猛又何以心乎晋？即猛能率秦师伸大义以伐温，抑何救于晋亡？然则猛垂殁，而告苻坚曰：'晋正统相承、上下辑睦，非所可图，臣死之后，愿无以晋为念。'非心乎晋而何？非也。猛见事明，逆料苻坚必伐晋以致败，乃心乎坚也。其曰正统相承，见人心所属，不易伐也；上下辑睦，则又无间可伐也。其后苻坚果以伐晋致败，迄不复振，以至于亡。使苻坚能听猛言，不伐晋，所以为苻坚者，不已多乎？侯氏又谓：'天下英雄之杀英雄，与其见杀于英雄，必出于万不获已。'故猛不难于舍温，温亦不难于舍猛。审若是，则温不屈猛，所以全猛；猛不从温，正所以全温矣。安在见猛心乎晋？呜呼，谓猛为天下之异材，则得矣，而岂可以比诸葛亮也哉。"[1]

公藏

《经笥堂文钞》二卷：嘉庆十六年（1811）刻本（国家图书馆、上海图书馆、南京图书馆、江西省图书馆、福建省图书馆、南开大学图书馆、湖南师范大学图书馆、华中师范大学图书馆、日本大阪府立图书馆），道光十四年（1834）宁化县署刻本（福建省图书馆、台湾"中央研究院"历史语言研究所傅斯年图书馆），同治十二年（1873）宁化县雷氏刻本（上海图书馆、南京图书馆、华东师范大学图书馆），光绪二十八年（1902）刻本（福建省图书馆），民国二十五年（1936）雷寿彭排印本（上海图书馆、福建省图书馆、福建师范大学图书馆、厦门市图书馆），刻本（大连市图书馆）。

---

[1] 雷鋐：《经笥堂文钞》卷上，《清代诗文集汇编》第285册，第41页。

李清植《涮哎存愚》

叙录

李清植（1690—1744），字立侯，号穆亭，安溪人。光地孙，钟佐子。雍正二年（1724）进士，官至内阁学士兼礼部右侍郎。著有《仪礼纂辑录》，收录于《榕村全书》。有《涮哎存愚》。

《涮哎存愚》上下卷，光绪壬辰（1892）三月浙江书局刊。每半叶十行，行二十字，四周双边，单鱼尾，白口，有栏线。卷首有门人郑虎文作序，卷末有李宗文、冯浩作跋。《涮哎存愚》二卷是李清植于雍正八年（1730）出督浙江学政时所作，"制军观风命此题，桂生元复、费生元龙、施生敬胜等各以试卷来阅，因为之讲解如此"[1]。由此可知内容主要是记录考学试题，与诸生讨论、解说阐释试题含义的讲稿，其中不乏有许多精辟见解。《涮哎存愚》为李宗文整理刊刻。

郑虎文在序中称李清植《涮哎存愚》中所阐发见解足以补笺疏传注之缺，其云："顾五经四子书之文，既非若诗赋词曲之旖旎绮丽，足以怡怿人之心志，又非若百家杂说之纵横怪伟，足以震耀人之耳目。譬诸古乐，听者思卧，其孰从而传习之？惟是设为制科，衡以经义，利禄所在，人争趋之，于

---

[1] 李清植：《涮哎存愚》卷上，《清代诗文集汇编》第266册，第553页。

是人手一编，家置一册。耳濡目染贯习成性，非真欲求尧舜禹汤义武周公孔子孟子之道也。而犹知有所谓道者存焉，非真能明君臣父子夫妇昆弟朋友之义也。而犹知有所谓义者存焉，故虽狂恣暴悖之人，力足以撤藩溃防，终有所畏忌。顾惜不敢畔而去之，则恃此渐摩之术，阴驱而潜率之也。乃世之好为高论者，往往谓制科中无士，经义中无文……凡所阐发，类是编所载者，皆足以补笺疏传注之阙。于时士品文风，骎骎乎有复古之望焉。洎乎先生以得替去，继先生后者，矜奇吊诡，务为荒唐谬悠之词，以相提唱，一时靡然从之，牛鬼蛇神，文敝道丧，其流毒垂三十年，未之尽变。今日展诵是编，追念畴昔，俯仰盛衰，应若影响，孰得孰失，夫亦可以审所尚矣。即如余者，两使楚粤，经历五载，兢兢然一以先生为法。虽甚材智懦下，犹得黾勉既事，远于谤尤。然则衔天子命，居师儒之职者，诚得是编读之，师先生之意，而不为苟且之求，则所谓笃于学、勤于诲、明圣贤之道，以导之者，庶亦近似而几矣。夫何患经艺之不足以为文，制科之不足以得士。"[1] 受业桐乡冯浩在所作跋中宣称读此编，"仰见于孔孟之心，传程朱之义，蕴洞入深微，水乳融化其中，不敢苟同、不尚立异，惟求适符乎垂教万世之精意，而后惬洊乎文贞公理学之种子，而非仅形气簪绅之代嬗已也"[2]。李清植《湘啜存愚》关于四书五经的见解，是传承孔孟之仁学，继承程朱之理学，意蕴深远，理足意到。

李清植主张为文要有顺序，由浅入深，层层递进，如此语意自足，圆成无漏，最后揭示主题旨意。如《桃之夭夭》篇所云："桃之夭夭，其叶蓁蓁，之子于归，宜其家人。宜其家人，而后可以教国人。诗云：宜兄宜弟。宜兄宜弟而后可以教国人。诗云：其仪不忒，正是四国。其为父子兄弟足法，而后民法之也。语陈生道焕曰：时说以前二引诗，为是教家事，下文方推说出教国家，后一引诗则是教国事，故下文补出父子兄弟足法以足其意。但雍宫肃庙何非不忒之仪，无以见鸤鸠之诗之为偏言教国也。看来首节言夫妇，次

---

[1] 李清植：《湘啜存愚》序，《清代诗文集汇编》第266册，第551—552页。
[2] 李清植：《湘啜存愚》跋，《清代诗文集汇编》第266册，第583页。

节言兄弟，末节乃兼父子兄弟言之，语次正与《中庸》行远自迩章合。盖五伦之中，君臣朋友非家，而具家所具者，此三者而已。三节皆明'不出家而成教于国'之意，特语有浅深，故又结之云'此谓治国在齐其家'。"①要做到理足意到，需立志于学，广泛读书，积累经典，再经由自己的涵泳体悟，知其惑，解其惑，是为踏实之法。如《举善而教不能则劝》篇所云："善者善于其事也，不能者不能善于其事也。如通经能文者，诸生之事也，诸生而通经能文则善矣。于焉举之，至就中有读注未能骤明，习文未能骤成者，则教之诸生，有不踊跃胥劝者乎。善乃其能者，不能则其未善者耳，非如枉直善恶等事，判若水火之大相反也。金华科试童子发，此题既为讲解，颔首者大半。"②理透在于明"惑"之所在，在于悟理，方能解其旨意。

李清植主张简练醇厚，作文须字斟句酌，不可忽略一字，联系上下文语境。如《七十而从心所欲，不逾矩》篇云："此节非谓'心之所欲，不逾矩'，乃谓'百体从令，而不逾矩也'。盖凡人亦有见得理当如此，而心实欲如此者，但到行时却不如此。如欲手足恭重，而手足未必恭重之类，即此便非不逾。纵不逾，亦须用许多检制，究未可云'从心惟圣人'，心即体，体即心神之所至，形斯随之，所谓四体不言而喻者，如此看来，方是安行地位。时下多讲作'任心所欲，不逾矩'，岂知但云'心不逾矩'，尚未有行一层，何以谓安而行之，不勉而中乎，况注云：'从，如字则明是百体从令之从。'若时说，竟作'纵'字去矣，殊失本旨。"③李清植追求简练，追求无一剩字，讲究言之有据，注重考据，用字简练。如《不义而富且贵》篇所云："闻之，师曰：'经书中无一剩字，如骍且角，何故？'著一'且'字，因上文指言犁牛，骍已非犁矣，今则不但骍而且角也。此处上文是'疏水曲肱，皆贫境也'。富即免是矣。今则不但富而且贵，此在常情，宜为所贪，然必义而后可。若以不义得之，则于我如浮云而已。"④

---

① 李清植：《渊啞存愚》卷上，《清代诗文集汇编》第266册，第553—554页。
② 李清植：《渊啞存愚》卷上，《清代诗文集汇编》第266册，第555页。
③ 李清植：《渊啞存愚》卷上，《清代诗文集汇编》第266册，第554—555页。
④ 李清植：《渊啞存愚》卷上，《清代诗文集汇编》第266册，第558页。

李清植主张应遵循应试要求,代圣贤立言,仔细玩味文义,揣摩圣贤之口吻语气,如此方能解得其中"义理"之所在。如《子曰:苟有用我者,期月而已,可也,三年有成》篇云:"时作大抵以期月而可,三年有成作对,于'已'字、'也'字语气全然抛却。此节是夫子冒道大莫殚之疑而聊以自白之语言。人之莫用我者,疑我之道,难于观成耳,不知苟有用我,期月之间,纵未即有成而已,可也。但至三年即有成矣,岂莫殚哉。语气须趋到末句上住,可与成对,则筋节俱缓矣。三命此题,反覆讲玩,竟未得善篇。"[1]李清植主张从字里行间,抓住关键字眼所透露的信息,层层体悟圣贤的语气,以达到行文如圣贤相称,语吻相合。如《如有博施于民,而能济众,何如?可谓仁乎》篇云:"科试金华招复命此题,谓曰:时说以施与济对,以博与众对,故作此题。文者竟似如有博施众,可谓仁乎,于而能字,何如?字一概抹,却不知子贡此问,意中乃是郑重一'仁'字,故言仁之为道大矣。彼啬于施者,流于吝,限于施者,嫌于隘,其不可谓仁,固也。然使所施虽博,而于民不能实有所济,是泽犹未下。究也,即或有济有不济,是泽犹未普被也。'如有博施于民,而能济众,则其德惠普矣',此二句凡作四层,推求至此,犹复作疑词曰:'若此者,何如?可谓之仁矣乎。'总是看得'仁'字太高太难耳,而'能'字须著一折,'何如'正见郑重之意,下文何事必也,其'犹'字语吻与'何如'二字紧紧相对。"[2]

公藏

《安溪李清植先生遗书》:道光刻本(南京图书馆)。

《湖嗳存愚》一卷:光绪木刻本(云南省图书馆)。

---

[1] 李清植:《湖嗳存愚》卷上,《清代诗文集汇编》第266册,第562页。
[2] 李清植:《湖嗳存愚》卷上,《清代诗文集汇编》第266册,第557页。

蔡　新《缉斋文集》

叙录

蔡新（1707—1799），字次明，一字缉斋，号葛山，漳浦人，乾隆元年（1736）进士。官至文华殿大学士兼吏部尚书。卒谥文恭。著有《缉斋文集》八卷，《诗集》八卷。

《缉斋文集》八卷，卷首一卷，附录二卷。每半叶九行，行二十一字，四周双边，单鱼尾，白口，有栏线。正文首页署名"漳浦蔡新葛山"。卷前有乾隆皇十一子（爱新觉罗·永瑆）作序。卷首为《经史讲义》。卷一，奏疏十六篇；卷二，颂五篇，雅一篇；卷三，赋八篇，策一篇，论二篇；卷四，书三篇，序九篇；卷五，序十六篇；卷六，记三篇，墓志铭十篇；卷七，墓表二篇，传五篇，文三篇，行述三篇；卷八，跋九篇，杂著十三篇。附录《读史随笔》一卷，《文献通考随笔》一卷。

永瑆在《缉斋文稿序》中云："吾因以知文之本在质也。昔蔡闻之先生上自周秦、下迄于明，博综载籍、精取严去，成《古文雅正》一书，学者范之。葛山相国师传承家学，特留意古文，将归老也，持其《缉斋文稿》，凡古文若干首，属余序。余则紬绎之、反覆之竟三日，乃得其质而言曰，古文之说始于汉，汉所谓古文，古所传文也，非以名己作也。唐则以名己作以别于科第举试之文，追宋而制义兴，然唐科第之文及宋制义，由今视之，皆古文也。自明以来，制义时文与古文始判然悬殊矣。少成若天性习惯，以为常善时文者，十得七八；善古文者，十不得二三。故论道理有法，叙事情有法，立篇章有法，出辞气有法，其果能判然悬殊于时文者，谓之善古文，然犹外之文也。若夫质则又进乎此，意在于致饰其文，而文美者不可与言质；意不在致饰其文，而文美者乃可与言质。其始也，读六经之书，习圣贤之言，深思眇虑，盖将以正吾心、修吾身也。览往古之史，通治乱之故，博闻强识，盖将以致家国天下之用也。夫岂以市其所学而驰骛乎人世之名哉？积日累久，体践纯熟，欲有言焉，专于谊不专于辞；不得已有言焉，务于实不务于华。故其文成而有自然之美，法备而无外心之弊……今文稿中，若进呈经义家谱序诸篇，皆孝慈忠信之心之所发也；南洋开禁议河防议诸篇，又莫非可行可法之效也。真善古文，非从制义出，又其余也，积力于质，质厚而文从者，虽暗而章矣。"①蔡新古文质厚文从，议论有法，叙事有情，务实不华，风格雅正，有自然之美，有致家国天下之用。

　　蔡新古文理论以理学为旨归，求"道"之所存，穷究德性问学的功夫，亦可见其家学渊源。《陈北溪先生文集叙》云："噫！后之人有造道之资而有志于学，试思朱子之所以深许先生，与先生之所以精知默契于朱子者，何在？则于道也，庶几矣。自伪学之炽也，高者遁于虚无，粗者流于功利，朱子昌言排之。当时湖湘两浙张吕诸先生相与往复辩论、讲是去非皆归纯笃，而永嘉之事功、金溪之性术尚纷然杂出，学者各私所闻而莫能统一。先生独恪守师说，循循于下学上达之功，体备乎德性问学之全，始则玩心高明，继复专事博约，始终、本末、上下、精粗，靡不条贯，至于出入分合之数，疑似毫厘之辨，皆有以精察而力践之。"②

　　那么，蔡新所追求的"道"的具体含义是什么呢？"道"原于天，具于性，有赖圣人之教则明。具体而言，蔡新心中的"道"乃是孔孟之微言奥义，程朱的身心性命之学。《尊闻录序》云："夫道，原于天，具于性，而非

---

① 蔡新：《缉斋文集》序，《清代诗文集汇编》第309册，第233—236页。
② 蔡新：《缉斋文集》卷四，《清代诗文集汇编》第309册，第322页。

赖圣人之教则不明。故有孔子之教而尧舜禹汤文武之道益彰，有周程张朱之学而颜曾思孟之传益著。汉隋唐，穷经立言之儒，衍邹鲁之端绪也，元明以下，讨论讲习之儒，承洛闽之余统也。上下数千余年，非有师儒之传受，后世曷赖焉？顾尝思之，古之学者闻道难而造道为易，今之学者闻道若甚易，而求其几于道者，百不得一，此其故何也？古之学者掇拾于煨烬蠹蚀之余，六经之旨未能大明，百家杂出莫知统一，是必有精苦之思、沉毅之力，远观天地万物之所以著，近求身心性命之所以通。穷年矻矻，若将终身，故曰难也。及其一旦豁然有会，则如贫儿之获重宝，盲于目者之忽睹青天而见日月也，相与安而乐之，不忍舍去，故造道为易，然犹随其心力之所至，而纯驳偏全、深浅高下不能一致。岂若今之学者，生濂洛关闽之后，圣学大明，凡孔孟之微言奥义，诸儒笺注之，是非离合，历历若辨，淄渑而析，毫末占毕。"[1] 蔡新认为古之学者闻道难而造道为易，今之学者闻道甚易而得道甚少，这是很有见地的。

蔡新孜孜以求"道"之所在，他赞同"文以载道"的传统思想，并且认为文需有补于世用，词尚务实雅正，以先儒圣贤为法，以仁义道德为依归。《宛舫居文集序》云："昔唐权文公有言，谓作必有补于时。宋苏文忠公序范文正公文集，谓其于仁义礼乐忠信孝悌，如饥渴之于饮食，欲须臾忘而不可得，其天性有不得不然者。今观公所为文，自写胸臆，无雕镂藻缋之习，所言皆切于用，有关劝惩，自修身教家，以及莅官牧民、理繁御众之道，莫不剀切详明而一归于仁义道德之旨，非所谓出于天性而有补于时者耶？虽其因事立言，若无意于文而其真意之流溢可得而掩耶？"[2]《邱彩倬先生文稿序》云："大抵法本先正，词归大雅，约六经之旨，不悖于圣贤立言之意，至其恢奇恣肆，又非可以常格拘者。"[3]《叶学海文集序》云："夫文章之道与政治通，古之所谓立言者，必有不得已，如粟米布帛陶冶之适于用，一不备则生人之道有所不足。故其为文，为载道之轮辕，济世之舟楫也。舍是无为贵文矣。"[4]

---

[1] 蔡新：《缉斋文集》卷四，《清代诗文集汇编》第309册，第323—324页。
[2] 蔡新：《缉斋文集》卷五，《清代诗文集汇编》第309册，第333—334页。
[3] 蔡新：《缉斋文集》卷五，《清代诗文集汇编》第309册，第338页。
[4] 蔡新：《缉斋文集》卷五，《清代诗文集汇编》第309册，第340页。

蔡新认为时文应以经为源，以子史为流，学习史汉八家等优秀古文的精神，只有如此才能创作出理正思精、疏宕谨严的典正时文。《中州试牍序》云："制义一道，随风会为转移，体格各变，好尚亦殊。然大要传而可久者，必覃思乎传注，浸淫于六经，胎息于史汉八家之文，使其理正、其思精、其气局，疏宕谨严，温然以厚，然后可以任世俗之爱憎毁誉而不敝，非是者不传，即传，亦不可以久。"①蔡新还认为时文的宗旨内容是一定的，但风格气质却是变化多样的。《重刻中州试牍序》云："夫文章之道衷于一，而其变至于不可穷……操觚家共拈一题宗一义，其绳墨轨范无不同者，而耽思傍讯、各肖精神以出，或斑驳陆离，或淳古淡泊，或曲峭幽渺、容衍靖深，或飞腾变化、驰骤而不可抑遏，亦若有化工者，凭于其间而百千万亿之不能相肖，则文章之变，其亦有神矣乎！"②《江西乡试录序》云："虽分途而殊轨，实异流而同源，而承学日众、流弊滋多。或近于禅，或溺于子，或好高而流于险僻，或求深而堕于蒙晦，皆承学者之过而非其本也。盖自鹅湖讲学，主于心得，而庐陵、南丰、临川又以古文词代兴，故其乡之能立言者，薪合经解古文而一之。虽递传递变而归趣不外于以仁义之质标古雅之神。江西宗派之所以可传者，以此。若其余之随声附和者、扣槃扪烛、辗转成歧、毫厘之差、千里之谬，辨之不可以不审明矣。"③尽管时文流弊甚多，但是时文最终以仁义为质，追求古雅的风貌。《湘江黄氏试草序》云："制义取士四百年矣，其间升降消长之机随气运为转移，不能强同士子之心腹肾肠与主司之好尚，亦不能必其皆遇。由是揣摩迎合之术屡变而愈失其真，求其足乎已而无待于外，投诸所向而无不可售者，盖寡焉。"④蔡新认为时文虽然随着气运而转移，但是反对士子揣摩迎合主司之好尚，认为这是一种以失去时文本真面目为代价的投机取巧的行为。

蔡新诗论以"性情"为核心，诗道性情，有性情便有诗，不必谨守声律、格

---

① 蔡新：《缉斋文集》卷四，《清代诗文集汇编》第309册，第325页。
② 蔡新：《缉斋文集》卷四，《清代诗文集汇编》第309册，第326页。
③ 蔡新：《缉斋文集》卷四，《清代诗文集汇编》第309册，第327页。
④ 蔡新：《缉斋文集》卷五，《清代诗文集汇编》第309册，第339页。

调，不尚浮夸绮靡的辞藻。《闽粤唱和诗序》云："诗以道性情也，性情不至，诗不作可也。三百篇中妇人、女子不必知诗而皆能诗，性情至焉故也。后世声律日严、词调日变，不必不能诗而可以无诗，性情不至焉故也。孝子悌弟、良朋益友之啸咏歌吟，试取而与浮夸绮靡者相较，其摛华挦藻或不如远甚，而至于油然蔼然，令人向慕神往不能自已者，则在此不在彼。故曰性情不至，诗不作可也。"[1]

蔡新还在序中描写了台湾的风土人情，对于了解台湾的战略位置、自然物产、民俗人文等方面具有重要的历史价值。《郡侯蒋公调台湾德政诗序》云："台湾自入版图近百年，设官置吏与内地等。盖泉漳之外府，全闽之屏蔽，而沿海七省要害之区也。其地西滨海，东届深山，延袤二千余里；其土沃壤坟衍，五谷不粪自熟；其物产则薯芋、糖蔗、水藤、竹木、硫黄、皮革、角筋之用备；其土著则社番庄客、富商大贾，有家室之聚；其游民则漳泉潮惠，偷惰、博寨、无赖之徒，杂处其间；其俗奢淫，其风沉湎，其弦诵之徒侈，结纳声利相征逐；其汛兵更番迭调，无父母妻子之恋，稍束之则骄以怨；其书吏隶役多奸猾舞弊、剥肤椎髓以渔商民，官斯土者往往称难治。"[2]

公藏

《缉斋文集》八卷、卷首一卷、附录二卷：乾隆五十年（1785）刻本（上海图书馆、厦门市图书馆），1984年复印乾隆本（福建师范大学图书馆）。

《缉斋诗稿》八卷、《文集》八卷、附录二卷：乾隆五十年（1785）刻本（福建省图书馆、广东省立中山图书馆、北京师范大学图书馆、湖南师范大学图书馆），乾隆刻本（国家图书馆、中国科学院图书馆、复旦大学图书馆、台湾大学图书馆），光绪二十五年（1899）闽漳多艺斋刻本（南京图书馆、福建省图书馆、徐州市图书馆），清刻本（山东省图书馆、安徽省图书馆、天津师范大学图书馆）。

---

[1] 蔡新：《缉斋文集》卷五，《清代诗文集汇编》第309册，第337页。
[2] 蔡新：《缉斋文集》卷五，《清代诗文集汇编》第309册，第332—333页。

龚景瀚《澹静斋文钞》

叙录

龚景瀚[①]（1747—1802），字惟广，一字海峰，闽县人。易图高祖。乾隆三十三年（1768）举人，三十六年（1771）进士。四十九年（1784）选甘肃靖远知县，有善政。嘉庆间擢知州，参督府宜绵军事。时教匪蔓延，景瀚从督府连破贼巢，又上坚壁清野之策，数年间川东川北、陕甘湖北各省之匪先后得以荡平。擢升兰州知府，年五十六，卒。文集多军旅之作。论时事，皆实事求是。有《澹静斋全集》。

《澹静斋全集》二十卷十二册，兹集分文抄六卷，皆论说书记传铭题跋之属。外篇二卷，皆疏议说帖告示之属。《诗抄》分《少草》《游草》《双骖亭草》《栖凤草》《小草》《思存草》《庚戌以后草》等。《邶风说》二卷，为主讲永定凤山书院时所说《诗》之作。《离骚笺》二卷，为集王逸、洪兴祖、朱熹三家之注，加以己意，笺其大义。《仪礼考》四卷，为研究禘祫之义，时祭之礼，以礼为纲，而旁引经传以证之。《说祼》二卷，为研究古礼祭神之器也，末附图说。全书由其子式谷校刊于道光六年（1826），陈寿祺为之作传。

[①] 参见林晓玲《龚景瀚生平及著作考述》，《北京化工大学学报（社会科学版）》2015年第1期。

其文集为《澹静斋文钞》六卷，外篇二卷。扉页署题名为"澹静斋全集"，次页署"澹静斋文钞"，"道光六年丙戌季春镌"，"恩锡堂藏板"。每半叶十行，行二十一字，四周双边，单鱼尾，细黑口，有栏线。卷首有陈寿祺作传，末有新安朱文翰跋。正文首页署"男式谷校刊"，"闽中海峰龚景瀚著"。末页署"同里后学林昌彝参校"，"男丰、受、瑞、谷，孙福康校字"。《文钞》卷一计十篇：赋一篇，考四篇，解一篇，说二篇，论二篇；卷二计十六篇：书十二篇，叙四篇；卷三，记九篇；卷四计十一篇：传五篇，墓志铭三篇，墓表二篇，行述一篇；卷五计十三篇：寿叙十篇，祭文三篇；卷六计十五篇：节略一篇，疏二篇，对一篇，书后三篇，铭二篇，跋六篇。外篇卷一计九篇：疏一篇，议四篇，书三篇，祭文一篇；卷二计九篇：请议一篇，说帖一篇，谕札一篇，告示三篇，禀二篇，日记一篇。

龚景瀚作为一位早期的经学派学者[①]，虽说其诗文创作皆有较高成就，但其古文创作高于诗歌创作，都对后世文学产生了相当的影响。朱仕琇在《答龚海峰书》中评价其为"超俊之才，练达之识，而又囊括古今"[②]。陈寿祺在《与陈石士书》中评价："龚海峰之才干、器量则诚足为世用……海峰博通宏达，从梅崖日浅，其学识实在梅崖上，他人莫能望其肩背，岂可以绳尺文词、狃于所习而抑之？"[③]林昌彝在《海天琴思录》卷五中评曰："龚海峰太守景瀚，留心政治，具经世之才，凡古今因革损益，无不穷原竟委。"其选《本朝十二家文钞》黜朱仕琇而取龚景瀚，从其品评文章的倾向亦可窥龚景瀚著文"关切时务"与"有关风化"的特点。陈寿祺在《传》中亦有同样的论述："（乾隆）三十六年成进士，罢归，里居教授十有四年，研究经史时务，凡古今因革，必穷源竟委，求所以通变宜民之道。"[④]龚景瀚在《积石山房四书文自叙》对自家文集的自我评价为："上编于圣贤之语似有会心，未知其

---

① 蔡长林云："龚景瀚于乾隆盛世汉学方兴之际举进士，可谓福建衣被汉学第一人。"参见蔡长林《乾嘉道咸经学采风——读〈经学博采录〉》，《东华人文学报》2009年第14期。
② 朱仕琇：《梅崖居士文集》，《清代诗文集汇编》第336册，第496页。
③ 陈寿祺：《左海文集》，《清代诗文集汇编》第499册，第203页。
④ 龚景瀚：《澹静斋文钞》，《清代诗文集汇编》第417册，第475页。

至焉否也；中编则词费矣，然犹有有得之言也，才力亦以见焉；下编盖不足观，然不诡于时，且多昔日师友所评定也，姑存之，凡八十余篇。"①张舜徽则认为，龚景瀚除了政论文写得较有特色之外，文集中的其他文章，多为寿序、墓表、序跋，可取之处不多。其云："惜其以吏事分夺日力，未克充其所学，以极乎广大精微耳。《文钞》六卷，以应酬之作为多，即书札亦无一篇论学者。外篇二卷，皆案牍文字也。"②实为中肯之论。

其一，"文为经世之用"，强调文章的社会功能。可以说"文为经世之用"的思想贯穿于龚景瀚的文学创作中，因此他着力创作的政论文亦是文集中颇为人称道的。他在《与林春园同年书》中明确表示"行其所学，其有济于生民甚大"③的思想。龚景瀚对"专以词章为事"的文人是不屑的。他在《与洪素人员外书》中便对"无用于世"之文大加挞伐："欧阳公与人言政事而不及文章，谓文章止于润身，政事可以及物。汉杨赐之辞廷尉，后世以为失言，然则攒眉呕血，自命为学士文人，正复于国家何益？不如得一官而效之，尽其心力，犹可与物有济也。方今世益轻儒，诚不足怪。下者耽利禄而高者溺词章。所谓大则无以用天下国家，下则无以为天下国家之用。"④在这样的思想指引下，龚景瀚研究经史时务，凡古今因革，必穷原竟委以求通"致用"之道。因此他创作"有用之文字"，《坚壁清野议》是其中之代表。其云："故杀贼以安民也，今必先安民，然后能杀贼。民志固则贼势衰，使之无所裹胁，多一民即少一贼矣。民居奠则贼仓绝，使之无所掳掠，民存一日之粮，即贼少一日之仓矣。"⑤后文则提出具体的修寨原则，堡塞有攻有防，以防为主，凭险设守、集中居住、坚壁清野，可谓是一个完整的攻防战略思想。又《上福大学士论台湾事宜书》云："台湾本无土著，皆漳、泉、潮三府游民，轻离故土，远处海陬。本非孝子顺孙，而地本膏腴，过海官吏又垂

---

① 龚景瀚：《澹静斋文钞》，《清代诗文集汇编》第417册，第522页。
② 张舜徽：《清人文集别录》，华中师范大学出版社2004年版，第244页。
③ 龚景瀚：《澹静斋文钞》，《清代诗文集汇编》第417册，第515页。
④ 龚景瀚：《澹静斋文钞》，《清代诗文集汇编》第417册，第518页。
⑤ 龚景瀚：《澹静斋文钞外篇》，《清代诗文集汇编》第417册，第580页。

涎以为奇货，出产有数，溪壑无厌。二十年来，渐形拮据，有司岁必取盈无藝，诛求日甚一日，富者皆不聊生，以致激成事变。既非穷民，饥寒所迫，亦非不轨，素蓄异图，不过守令所驱，铤而走险，皆有身家，孰不愿安享太平？"①此文作于林文爽事起，指出官逼民反的事实。其他政论文还如《上蒋布政使论盐法书》，其云："商则挨户轮充，课则按户帮派，奸顽抗欠，官为赔垫，良善拖累，或至重科，其害半在官而半在民。"②可谓善达民隐，洞悉形势，见解深刻。总之，在龚景瀚的政论文中，我们能比较明显地看到文章注重经世致用的社会功能。

其二，言之有物，反对空谈。与龚景瀚注重文章的经世致用功能相适应，他主张文章须言之有物，切合实际，反对空谈。这可以说是龚景瀚古文创作的艺术特色。他在《尹某四书文叙》中论述文与气的关系，开篇鲜明地提出"文以气为主"，接着说"气之足以生乎法也。气之纯杂厚薄，视其所养之深浅，富贵贫贱，毁誉荣辱。凡所谓人之见，悉屏而无存，然后其心能深入乎古"，③再说"其气之刚大者，沛然而有余，而其和平者，挹之而不尽。夫如是，不必有意于为文也，道其胸中之所自得者，而文成而法立焉"④。龚景瀚指出，文不可以学而能，气则可以养而致。而后作者对那些热衷俗尚的伪文士提出了尖锐的批评："今之文反往往不及古者，以其无所心得也。得失之念热于中，成败之论激于外，缀拾绪余、趋赴俗尚，求速售焉耳。其贤者博洽以为名高，涉猎口耳，辞虽工，我心何与焉？"⑤因此，"气"是内容，"文"只是"气"的表现形式。如果言之无物，没有精神内核，于国于社会，无补于世用，那么这样的文章是不值得流传的。因此，为了写出言之有物、有益于世的文章，必须先"修身立德"。《郑在谦四书文叙》指出："古之立言者，非用力于言也。先自治其身心性命，而后及于天下国家之故，本末备具而文立焉。其所得有浅深，则其言有大小厚薄之不同，要皆无意文者

---

① 龚景瀚：《澹静斋文钞》，《清代诗文集汇编》第417册，第505页。
② 龚景瀚：《澹静斋文钞》，《清代诗文集汇编》第417册，第507页。
③④⑤ 龚景瀚：《澹静斋文钞》，《清代诗文集汇编》第417册，第521页。

也。有意于文，文必不传，传亦不重，其中易尽也。"①"自治其身心性命"是"修身立德"，"及于天下国家"则是立功社会，只有先立德立功，而后乃可立言。也只有如此，立言方能言得其要，理足可传。因此，作者在《送朱梅崖师归里叙》中提出"至文"存于"天"的观点："文章之道，见以天者也。赤子之啼笑，草木之荣落，风雷之鼓博，候虫时鸟之变声，天下之至文存焉。无他，其天全也。天者，人之所不能与也，亦人之所不能外也。人所不能与，故爱憎取舍，是非毁誉，爵赏刑辱，无一足以动其中。人所不能外，故虽小夫竖子，其素所不快之人，至久而论定，亦不能昧其心之所同。"②一言以蔽之，为文求真，精诚之至。

  以上两部分主要谈龚景瀚的政论文及其文学思想价值，以下简论龚景瀚其他略有可观的散文。《鲁都考》《阙里考》是关于历史地理方面的考论之作，可见其深受乾嘉朴学风气的影响，作为一个严谨学者所具备的深厚的学术素养。议论文有《灭项说》《春秋大夫赐号说》《齐桓、晋文论》《陈平论》，均考证翔实、理论精严，文理皆有可观。如史论《灭项说》对传统的"鲁国灭项"说提出质疑，其理由是："鲁为今山东兖州府曲阜县，项为今河南陈州府项城县，相去千里，中隔宋国，鲁不能有其地也……"③最后得出结论"是灭项者，春秋大势也"④，可备一说。《齐桓、晋文论》评齐桓、晋文之功时说："自庄、僖以至襄、昭，列国犹知以辞命为功，以礼义为美，以祭祀燕享朝会聘问为事，以威仪揖让周旋进反为能。未尝无篡弑，而有时犹能正其名而问其罪；未尝无吞并，而有时犹能礼其君而还其地；未尝无战争，而不至于杀人数万、流血百里。百余年间，生民得以休息，而士大夫犹明大义者，不可谓非桓文之力。"⑤在一个"惟力是视，惟利是争"的时代，齐桓、晋文对于春秋犹存礼义功不可没。此外，龚景瀚的一些传记文写得感情充沛、形象鲜明。如《林烈女小传》写烈妇林氏的种种贞烈义勇之行。"林烈女，名

---

① 龚景瀚：《澹静斋文钞》，《清代诗文集汇编》第417册，第520页。
② 龚景瀚：《澹静斋文钞》，《清代诗文集汇编》第417册，第519页。
③④ 龚景瀚：《澹静斋文钞》，《清代诗文集汇编》第417册，第498页。
⑤ 龚景瀚：《澹静斋文钞》，《清代诗文集汇编》第417册，第500页。

娃,闽县人。少失父母,抚于叔父,许嫁同里张天章,未婚而天章咯血死。死之数月,媒氏来议姻。其叔父叔母,方密语私室,女行窃听之,得天章死状,惊而失足。叔父出问,笑而谢,众不疑也。次夕,既寝矣,忽起束发作高髻,其妹问故,以他辞对。丁夜视之,则女自经死矣。"[1]叙述细腻,文笔生动,平淡的描写中却依稀流露出丝丝悲凉的感情。龚景瀚的赋体文不多,仅有一篇《王会图赋》。其云:"上下立黄麾之仗,左右交雉尾之扇。勋翊挟于三门,文武列于两观。侍中版奏,中严外办,天子乃服衮冕,御舆出自内宫。伐灵鼓,铿镈钟,群臣毕入,习习雍雍。街南则三师三少,道西则介公鄘公……其为状也,赪面青面,金齿银齿,镮丝牵鼻,角筒檀耳,绣脚雕题,锯牙钩嘴。镂面而黛色斜嵌,飞头而赤痕隐起。臂盘盘以画龙,毛蓬蓬而若豕。"[2]该赋极尽铺陈之能事,以至不避重复,大肆排比,渲染大唐王朝威震四邦的帝国气象。

  曾寒冰指出,龚景瀚的古文创作,尤其是政论文,大都结构井然、条理明晰、论证严密,议论纡徐有致,富有内在的逻辑力量。言辞上质朴恳切又明白畅达,言事往往切中时弊,可谓笔锐而才健。[3]在龚景瀚生活的时代,正是清代乾嘉学派方兴未艾之时。而作为一个实干派官僚和早期用世派的古文家,龚景瀚用自己的古文创作敏感记录了那个时代的精神和气象,他的实用古文对近代散文的发展产生了相当的影响。龚景瀚古文的最大功绩在于逐渐突破了桐城文风的流弊,以切实和致用的政治经济军事见解充实丰富古文的内容,呈现出令人耳目一新的面貌。在龚氏之后的几十年间,龚自珍、魏源、林则徐等人则继踵龚景瀚而发扬光大之。

---

[1] 龚景瀚:《澹静斋文钞》,《清代诗文集汇编》第417册,第537页。
[2] 龚景瀚:《澹静斋文钞》,《清代诗文集汇编》第417册,第489页。
[3] 参见曾寒冰《龚景瀚诗文研究》,硕士学位论文,福建师范大学,2010年。

公藏

《澹静斋文钞》：清刻本（厦门市图书馆）。

《澹静斋文钞》六卷、外篇二卷：道光三年（1823）刻本（福建省图书馆），道光二十年（1840）江苏刻本（四川省图书馆、湖南省图书馆、南开大学图书馆），同治九年（1870）刻本（福建省图书馆）。

《澹静斋遗钞》：稿本（福建省图书馆）。

《澹静斋诗钞》六卷、文抄不分卷：稿本（开封市图书馆）。

《澹静斋集》（无外篇）：同治八年（1869）福建龚氏恩锡堂济南刻本（四川省图书馆）。

《澹静斋诗文钞》八卷：清刻本（泉州市图书馆）。

《澹静斋文钞》六卷、外篇二卷、诗抄六卷：乾隆五十三年（1788）刻本（华东师范大学图书馆），道光三年（1823）刻本（福建省图书馆），道光六年（1826）恩锡堂刻澹静斋全集本（丛书综录、国家图书馆、台湾"中央研究院"历史语言研究所傅斯年图书馆、日本国会图书馆），道光八年（1828）济南刻本（台湾大学图书馆），道光二十年（1840）重刻本（江西省图书馆、首都图书馆、中国人民大学图书馆、南京大学图书馆、杭州大学图书馆、天津师范大学图书馆），同治八年（1869）玄孙龚易图重刻本（国家图书馆、上海图书馆、南京图书馆、山东省图书馆、北京大学图书馆、北京师范大学图书馆、复旦大学图书馆、南京大学图书馆、杭州大学图书馆、湖南师范大学图书馆、台湾"中央研究院"历史语言研究所傅斯年图书馆、日本国会图书馆、日本东洋文库、日本大阪府立图书馆），清刻本（徐州市图书馆、日本京都大学人文科学研究所）。

朱仕琇《梅崖居士文集》

叙录

朱仕琇（1715—1780），字斐瞻，号梅崖，建宁人。年十五补诸生，博通经传，乾隆十三年（1748）进士。官夏津知县，缘足疾改福宁府教授，被延主讲福州鳌峰书院十一年，卒年六十六。工古文，自晚周以讫元明百余家，究悉其利病，其文始学韩昌黎，后更博采秦汉以来诸家之长，醇古冲淡，自成一家，与大兴朱筠、朱珪及桐城姚鼐等相友善，皆推重其文。著有《梅崖居士文集》三十卷，首一卷，《外集》八卷。另著有《溪音全集》十四卷，《筠园集四种》。

《梅崖居士文集》三十卷，《外集》八卷，首页署名为"梅崖居士全集"，乾隆四十七年（1782）镌，松谷藏板。每半叶九行，行二十五字，左右双边，双对鱼尾，黑口，有栏线。卷首有朱珪、雷铉、林明伦、朱雍、朱仕玠作序，陈用光作传，陈寿祺题像赞，末有朱筠撰墓志铭，鲁仕骥撰行状。文集卷一，颂一篇，赋二篇，论四篇；卷二，传十篇；卷三，传六篇，像赞八篇；卷四，哀辞二篇，祭文七篇；卷五，碑三篇，记八篇；卷六，记五篇，行状三篇；卷七至十四，墓志铭六十四篇；卷十五，墓表九篇；卷十六至二十，序七十六篇；卷二十一至三十，书一百三十五篇。外集卷一为论、说、书后、碑记、祭文、墓志铭等十八篇;卷二,序十四篇;卷三至六,寿序四十二篇;卷七,书启十六篇;卷八,杂录十九篇,诗偶存三十三首。

高澍然在《答陈恭甫先生书》中论清代闽省古文云:"大抵昭代古文嫡系在吾闽,前有朱梅崖,今又得先生,充其所至,固齐驱并驾。即友人张怡亭及拙著,亦思如骖之靳,未知先生肯容分一坛坫作滕薛小侯否?"高澍然认为闽省古文有四家:朱仕琇、陈寿祺、张绅和高澍然自己。陈衍则谓"福建人以古文词名家者绝鲜,先生敝精力于为文,在吾乡千百年来当首屈一指,次则高雨农先生,遵岩散体中间以骈语,抑又其次也"。陈衍认为朱仕琇在明代的王慎中之上,其次则为高澍然和张绅。

朱珪评曰:"尝闻其言矣,始力抗周秦两汉,与荀卿、屈平、马迁、扬雄诸子搏,必伏而鼘其脑,然后导而汇之,韩、柳、欧阳、王、曾、姚、虞以下,若首受而委逆也,及其晚而反复于遵岩、震川诸家,心愈降而客气尽,于是奇辞奥旨不合于道者,鲜矣……闽学近实,而梅崖天姿独超、深湛嗜学,故其为文善状物,情必揆于经义,庶几得之心而立其诚者。"[1]雷铉赞其文曰:"其文章不为炳炳烺烺以动人视听,其变化离奇皆以淳古冲淡出之,其所自得盖在文字之外。"[2]林明伦评其文:"恢奇谲诡为深博无涯涘矣,而按其义法,以余所见征之,往往合焉,求其非而杂者,何其少也。其学退之之文,而渐窥其源之一者耶!"[3]朱雍评曰:"其为文,始而果峭,中而优豫和夷,终则变动不极,而仁情义气充乎其里,溢乎其表,先乎人心之同。"[4]朱仕玠评曰:"予弟梅崖少嗜孟、荀、扬、韩之文,博观天地万物一寓文,以发其自得,当其有所见也。"[5]

陈庆元指出:"朱氏论古文以韩愈为本,辅以李翱。认为古文之道正大重厚,学古文者立心必须端正;治古文应善养气,不求速成,宜操节少作。

---

[1] 朱仕琇:《梅崖居士文集》,《清代诗文集汇编》第336册,第179—180页。
[2] 朱仕琇:《梅崖居士文集》,《清代诗文集汇编》第336册,第180页。
[3] 朱仕琇:《梅崖居士文集》,《清代诗文集汇编》第336册,第181页。
[4] 朱仕琇:《梅崖居士文集》,《清代诗文集汇编》第336册,第182页。
[5] 朱仕琇:《梅崖居士文集》,《清代诗文集汇编》第336册,第183页。

他不满桐城派的肤浅，主张'淡朴淳古'，文章有阳刚之美。朱氏古文不足处，一是'实用少'，二是'取资未广'，此外，有时邻于艰涩。"①陈志扬认为："朱梅崖生平以古文大家自期，论文主张'立诚为本'，轩轾文体皆本之于这一主张。他的古文出醇古冲淡之气，不足的是经世精神不足。在乾嘉考证之风盛行、骈文复兴之际，梅崖不仅一枝独秀，而且不懈传授古文，在闽赣一带形成了一股古文风气，其价值、地位不容低估。"②

朱仕琇为文始以韩愈自期，上溯秦汉诸子，下及唐宋大家。《答黄临皋书》云："经浚其源，史核其情，诸子通其指，《文选》辞赋博其趣，《左氏》《太史》劲其体，孟、荀、扬、韩正其义，柳、欧以下诸子参其同异，泛滥元、明、近世以极其变，归诸心得以保其真，要诸久远以俟其化。如此而于学文之道，其庶矣乎？"③后来，由崇尚韩愈、李翱开始转向元明作家，特别是归有光，追求的境界愈降愈低。《与陈绳庵书》云："仕琇受性迂疏，无他技能。少志为文辞，入都来思览天下豪英以相激发，自视不敢望如唐宋诸名贤，亦庶几姚牧庵、虞伯生、王道思、归熙甫之徒。今虽出吏，此至犹跃然胸膈间，未尝衰歇也。"④他在《与余羽皋书》中道出了这种降志以求的痛苦："向时豪气不欲作唐以后语，今阅世久，知难以智力与也。虞邵庵、姚牧庵、方希直、王道思、归熙甫，皆名世伟人，不论欧、王、曾、苏也。自念受才菲弱，加偷惰废日，今年长大，夺吏事，屏诵读磨切，志力颓败，去古人浸远，中夜揣寻往时，彷徨不寐。传曰：'法后王，谓近己，世变相类。'故宋元明作者，吾于其间开辟披攘，得一席地自列足矣。至周秦汉唐，吾所取地之处，浚涤沉浸，无忘本可也。欲不量力，遂与之齐，大不可也。"⑤

朱仕琇主张文章以"立诚为本"。《答王光禄西庄书》云："若文者，古人所以自著也。扬子云曰：'言，心声也。'苏子由曰：'文者，气之所形。'

---

① 陈庆元：《论朱仕琇的古文》，《南平师专学报》1996年第3期。
② 陈志扬：《朱仕琇人生价值定位与古文致思方向》，《华南师范大学学报（社会科学版）》2009年第2期。
③ 朱仕琇：《梅崖居士文集》卷二十九，《清代诗文集汇编》第336册，第480页。
④ 朱仕琇：《梅崖居士文集》卷二十四，《清代诗文集汇编》第336册，第427页。
⑤ 朱仕琇：《梅崖居士外集》卷七，《清代诗文集汇编》第336册，第581页。

太史公曰：'读其书，未尝不想见其人。'孟子曰：'颂其诗，读其书，不知其人可乎？'故韩子曰：'君子慎其实。'柳子曰：'文以行为本。'斯其为文之要耶？诚知二者之为要而力体之，其必有自知者矣。"①鲁九皋撰《梅崖居士行状》谓仕琇教人学文，"其为文章，自始学韩子，其后更博采秦汉以来诸家之长，而独成其体。于韩子之后，其教学者为文，即举韩子。之所以教人者，而综其要，以立诚为本，以文从字顺、各识职为旨归，以中有自得而能自为为究竟"②。而"立诚养气"的养成是一个日积月累的反复读书并内化于文章中的过程。《复黄临皋书》云："大抵知言养气，二者为立言之要。知言在积读书而慎取之，得其正且至者。所以载言者，气也，气宜清明和平，不可过求紧健。既作之，又宜息之，顺乎其理，不以己与其间，斯得之矣。"③《示子文佑书》云："古文虽难，然随人材质习之，即其所得浅深，皆可以正心术，导迎善气。"④

朱仕琇轩轾文体的立场。首先，朱仕琇支持八股取士，认为制义是一种应对科举考试的文体。《谢周南制义序》云："盖人心正则气直，气直则言随其情之所触而不自讳。故发为文章，其阔疏迈往，洁劲淳直，深远缠绵而能自得者，必君子也；卷曲依附，轻纤回护，浮诞刻戾，软妥圆滑而无可非刺者，必小人也……前明制义，若项煜之傿利、周钟之袭取，真小人也，不待其人失节而后知之。至黄道周金声之文，崛强自遂，其忠义之性可以想见。然则知言知人，盖验诸数千载而不爽者也。"⑤《谢宝南制义序》又云："归熙甫谓场屋中式皆为偶然，非有贯虱穿杨之技，其言信矣。传曰：'礼义之不愆，何恤夫人言。'礼义者，质也；人之从违者，射也。立一质于此，而矢不至焉。射者罪也，非质罪也。若射者志正体直，征己而无失，而质或迁徙无常焉，则非射者之罪也。"⑥其次，朱仕琇倡"以古文为时文"。《三郑进

---

① 朱仕琇：《梅崖居士外集》卷七，《清代诗文集汇编》第336册，第576页。
② 朱仕琇：《梅崖居士外集》卷八，《清代诗文集汇编》第336册，第596页。
③ 朱仕琇：《梅崖居士文集》卷二十九，《清代诗文集汇编》第336册，第479页。
④ 朱仕琇：《梅崖居士外集》卷七，《清代诗文集汇编》第336册，第584页。
⑤ 朱仕琇：《梅崖居士外集》卷二，《清代诗文集汇编》第336册，第519页。
⑥ 朱仕琇：《梅崖居士文集》卷十九，《清代诗文集汇编》第336册，第378页。

士文稿序》云:"道之所在,贯六经、折衷百氏,而该后世之治乱。故为是科者,必穿穴四库之书,周匝会通,然后于四子之意庶有明焉,明而言之庶有合焉。盖其为体甚大,而欲充其科,则亦累世半生不能殚究其义者也。"①《就正编序》又云:"况古文自为言,制义代古人之言,体实不同,而代古人之言,其辞必取于三代之书,其所存必圣人之志,与韩子自言所学者尤符合焉。世之学古文者,未必尽能如是也,故充制义之道,未尝不尊,而揣摩者自卑也。"②再次,反对寿序。《与同年林穆庵论作寿文书》云:"夫寿言,古固无有。然后世以义起礼,即不妨创为之,要以伸人子燕誉其亲之情,而接之于道,以是为君子之为,而以义起礼者也。今合众人之辞以祝一人……宜于此者,或戾于彼,而斯言乃被之众人无不合者,此其言为何言乎?"③朱仕琇虽不愿意作此类应酬文章,然而其文集中祭文、墓志、碑文占了相当分量。再者,尊古文而抑诗歌,未免偏激。《示子文佑书》云:"然古文之道正大重厚,非学士大夫立心端悫者莫能习。诗歌之靡,则僸人佻士率往趋之,以故诗人之无行者不可胜数,而古文之传皆正人君子也。今尔不以正人君子自期,而佻僸是尚,故知其大不可也。"④在《答吴督学书》中进一步批评时弊:"近世古文道益芜,作者营一句一调,诳惑聋瞽,绝不问古人所为知言养气者。或掇唐初齐梁之遗为博奥,或附宋人讲学,自诧明道,其荟萃古籍如佣抄,如坊刻集字。下者窜街市言入助语中,庄镂大板自宠,世益迷不知,辕趾所向,各党其好恶为是非。"⑤

朱仕琇古文文风以淳古冲淡为主。朱筠《儒学教授鳌峰书院掌教梅崖朱公墓志铭》云:"其生平以古文词自力,归于自得。要其意,欲追古之立言者,以为清穆者惟天,淡泊者惟水,含之咀之,得其妙以为文者惟人。"⑥龚景瀚《送朱梅崖师归里叙》云:"今读先生之文,其指事敷言,穷极情状,如

---

① 朱仕琇:《梅崖居士文集》卷十九,《清代诗文集汇编》第336册,第365页。
② 朱仕琇:《梅崖居士文集》卷十九,《清代诗文集汇编》第336册,第377页。
③ 朱仕琇:《梅崖居士文集》卷二十三,《清代诗文集汇编》第336册,第417页。
④ 朱仕琇:《梅崖居士外集》卷七,《清代诗文集汇编》第336册,第584页。
⑤ 朱仕琇:《梅崖居士文集》卷二十一,《清代诗文集汇编》第336册,第400页。
⑥ 朱仕琇:《梅崖居士外集》卷八,《清代诗文集汇编》第336册,第593页。

造物赋形，大小高卑，各得其理。其伸缩出没，断续离合，如晦冥百变，顷刻殊状。其气渊然，其味盎然，清微寥渺，醇古淡泊，如四时元气，流行天地间，汤汤穆穆，使人知其然，而不能言其所以然也。"①《答族弟和鸣书》云："震川之业，视诸君子为稍繁，而世乃以太简少之，可笑也。仕琇自视所学不敌震川十一，向时不自量，欲以简自名。"②朱仕琇文风自然简朴，古文追求这种"淡朴淳洁"之趣。试看他的《山池荷花记》："山房旧茂，荷花一池，泉涸淖裂，生气不绝，本朽而沉，临者俯粪壤而已。丁巳春，疏泉，复种白荷数本，久违乍窥，一枝豁眬，一叶欣眄。转忆昔者，颇愁其稀。今年土膏益息，根荄蟠亘。春源既流，翠条始浮，特生刚干，啮波奋舒，田田离离。后先踵菑葊如相逐，钻隙穴蔽，唯恐无地。大叶既披素英，始芽攒攒，而蕊澹澹，而葩掩映。菱茨号舞，蜂蝶，乍开乍堕，老稚稠叠，新旧相距。九年而池清，口不游者不知异焉。喟然有感，诚以昔未冠，今以近壮计，阅世盛衰与池花同。今花复故观，而予未能也，则其临斯池而叹羡，岂有量哉？藻缋景物侈之笔墨以贻来者，山人之事也，又伤予久废，下愧草木。因并著之。"③由一池荷花引发人生感慨，然皆以淳古冲淡之语出之。

朱仕琇一生以古文大家自期，可谓"用志不分，乃凝于神"地孜孜以求。朱筠《梅崖居士墓志铭》评其"斩斩自成，名一家集，代以迩者，未之闻焉"④。其门生龚景瀚在《送朱梅崖师归里叙》中的评价更是充满揄扬之辞："集周秦汉唐宋元明诸家之所长，而卓然自成其言……德隆望崇，大集风行海内，学者望之如泰山北斗，盖几于昌黎之在唐，永叔之在宋矣。"⑤此文虽然言过其实，不过也可见朱仕琇的古文在福建确实享有盛誉。当然，朱仕琇的古文也有其局限性。陈寿祺批评其着意于文而疏于学，并指出其知识性纰漏。《与陈石士书》云："梅崖之古文，娴于周秦、西汉诸子，及唐宋元明诸

---

① 龚景瀚：《澹静斋文钞》卷二，《清代诗文集汇编》第417册，第520页。
② 朱仕琇：《梅崖居士文集》卷二十九，《清代诗文集汇编》第336册，第476页。
③ 朱仕琇：《梅崖居士文集》卷六，《清代诗文集汇编》第336册，第246页。
④ 朱仕琇：《梅崖居士外集》卷八，《清代诗文集汇编》第336册，第593页。
⑤ 龚景瀚：《澹静斋文钞》卷二，《清代诗文集汇编》第417册，第519页。

作家，功候最深，至可以抗古人于千载之上而与之颉颃，惜其于经史均无所得，故虽有杰出数百年之才，而终不能笼罩群雄为一代冠者……梅崖《祭从子文》云：'汝姑垂老，丧其长孙。'自古岂有称太母为姑者哉？盖《说文》：'姑，夫母也。'"①《答高雨农舍人书》又云："朱梅崖之直接震川而微，惜其经术疏而实用少，诚不易之言，非苛深也。"②高雨农在《答陈恭甫先生书》作了如此回应："梅崖上接震川，其昭代一人乎！然亦有歉于人心者，经术疏而实用少，志局于文而性不足于仁也。"张舜徽评曰："顾其文气萎弱，修辞亦间病晦涩。在乾隆时，固未足以主一时之坛坫也。其门人鲁九皋，称其为文始学韩愈，其后更博采秦汉以来诸家之长，而独成其体于韩子之后，扬之逾实，失是非之准矣。仕琇于文章之事，自视弥高。尝谓文衰于六朝，韩愈振之；降而五代，欧阳修振之；及其又衰，姚燧振之；明文何、李、王、李之伪，王慎中、归有光振之。若今之为遵岩、震川者，盖不知何人也。此殆隐然以文统自任矣。极其才力，抑何足以语此？大抵其病在貌为高古，而未能取法乎上。故用字矜奇僻，而出语多钩棘，甚且有文理不通者。"③不过，朱仕琇以韩愈复振的气概从事古文创作，并且不懈地传授古文，在福建形成了一股古文思潮。

公藏

《朱梅崖文抄》不分卷：清蒋氏别下斋抄本（国家图书馆），按：有胡达源跋并圈点。

《梅崖居士文选抄》：抄本（国家图书馆）。

《梅崖居士文集》不分卷：乾隆二十年（1755）松谷刻本（国家图书馆）。

---

① 陈寿祺：《左海文集》卷四下，《清代诗文集汇编》第499册，第203页。
② 陈寿祺：《左海文集》卷四下，《清代诗文集汇编》第499册，第205页。
③ 张舜徽：《清人文集别录》，华中师范大学出版社2004年版，第159页。

《梅崖居士文集》三十八卷、外集二卷：乾隆二十四年（1759）松谷刻本（上海图书馆、南京图书馆、山西省图书馆、福建省图书馆、北京师范大学图书馆、南开大学图书馆、日本内阁文库），乾隆六十年（1795）刻本（安徽师范大学图书馆）。

《梅崖居士文集》三十卷、外集八卷：乾隆四十七年（1782）刻本（国家图书馆、上海图书馆、南京图书馆、首都图书馆、辽宁省图书馆、河南省图书馆、安徽省图书馆、福建省图书馆、湖北省图书馆、湖南省图书馆、江西省图书馆、广东省立中山图书馆、中国科学院图书馆、北京大学图书馆、中国人民大学图书馆、南开大学图书馆、天津师范大学图书馆、复旦大学图书馆、湖南师范大学图书馆、福建师范大学图书馆、哈尔滨师范大学图书馆、沈阳市图书馆、厦门市图书馆、梅州市剑英图书馆、潮安博物馆、台北"故宫"博物院、台湾大学图书馆，日本东京静嘉堂文库、日本东洋文库、日本大阪府立图书馆），按：首都图书馆、安徽省图书馆、北京大学图书馆书目存文集，南开大学图书馆书目存外集。道光刻本（日本东京静嘉堂文库），清刻本（山东省图书馆、中国科学院图书馆）。

《梅崖居士外集》八卷：乾隆四十五年（1780）刻本（湖南省图书馆）。

《梅崖居士集》：乾隆四十九年（1784）刻本（江西省图书馆），按：存二卷。

《梅崖居士续集》二卷：乾隆刻本（江西省图书馆）。

《梅崖居士集文录》二卷：同治七年（1868）敖阳李氏刻国朝文录续编本（丛书综录、日本京都大学人文科学研究所）。

《梅崖居士文集》四卷：民国四年（1915）上海国学维持社排印本（上海图书馆、河南省图书馆、台湾东海大学图书馆）。

《梅崖文》一卷：道光刻七家文抄本（丛书综录补编）。

《梅崖文补遗》一卷：民国二十二年（1933）写本（中国人民大学图书馆）。

官 崇《志斋居士文钞》

叙录

官崇（1748—1796），字述言，号志斋，侯官人。弱冠从朱仕琇学古文。乾隆四十四年（1779）三十二岁举于乡试，累试礼部不第，家已中落，遂讲学于诸邑义学。嘉庆元年（1796）举孝廉方正，以亲意，强就征，北上行至吴中，卒于友家，年四十九。有《志斋居士文钞》。

《志斋居士文钞》，卷首有游光绎、谢金銮作序，有谢金銮撰《官志斋先生行实》。目录首页有"同邑友人谢金銮论次"字样。每半叶九行，行二十五字。共计文二十八篇，分别是：序十篇，书三篇，记四篇，辨一篇，帖一篇，像赞一篇，跋一篇，传一篇，墓志铭一篇，行状一篇，祭文四篇。

游光绎评曰："余惟古今能文之士多矣，或传，或不传，或传然而反不如其不传。原其所以，大抵误在以读书与为人划然判为两事，一似圣贤千言万语啻为文人笔下，推波助澜而发，而于立身行己绝不相关焉者。其识既卑，其守不立，其敝也，出则以一官为性命，而不知有君国；处则违义伤教之事皆驱就之，而不知有廉耻，浮华转盛，实德益衰，此有志之士所为掩卷而三叹也。今志斋虽死，遗文具在，其行谊、性情犹跃然可得之意言，宜乎学博之，惓惓于斯编，而亟刻以传之也。志斋少为富家子，至举孝廉方正时，家已破，卒后益寥落而学博，方抉剔尘箧，写诸木以寿其文，可谓笃于朋友，有终有始者矣。"①指出官崇为文可见其行谊、性情。

谢金銮评曰："士之务读书作文也，亟矣。然于是二者，或夸以为能，而不知其所谓者，众也。夫以圣贤所以教人者，明于心而见诸行事，是之谓读书；了于心、了于口，而能笔之于书，是之谓作文。是故读书者，以谓行也；是故读书欲多，不多则不足以穷事物之理，而其施于所行也，或不给，及其有得而验诸行也，则固不在多，有只求其识数字而已足者，呜呼哉！自吾获交述言，察其事亲之勤，而知天下有父子；察其昆仲之笃，而知天下有兄弟；察其闺门督过，而知天下有夫妇；察其进退有耻，而知天下有君臣；察其孙志亲贤，急人之难，而知天下有朋友。然则论述言于读书，吾不谓多，谓其识此数字也而已矣。述言，初学古文于梅崖先生而得其矜慎，然所志在力行，所为文独本于学术之正。夫文者，性行之著也，而学辅焉，故论其本则性行优者，文从而优；性行绌者，文从以绌。然所见有华实之异，志斋文实多而华少矣，其诸异乎梅崖者欤？顾不欲多作，所自裁择，存者仅二十有八篇。观其文，其人如见，其性情、志趣可识也，故备录之并记其行实，弁诸首以俟士之能读书作文者考焉。"②指出官崇初学古文于朱仕琇，而得其矜慎，然所志在力行，所为文独本于学术之正，故其文实多而华少。

官崇诗论推许风雅源流，以孝思之切论友人诗。《程山三世诗序》云："余惟先生一门之盛，自程山以理学、文章起其家，历二世庞舟、三世宜尔、祖轩，及先生兄弟已五世矣。日振不衰，其诗其文，予既皆得而论次之矣。先生兄弟方将详述祖德，续刊先世之文集著为谢氏世传，彰示天下后世。人人兴起颂，法人方冀幸，列名简末，有求而不可得。先生亦未尝以孝思之亟，轻以属人，予心虽仰止程山一脉渊源之盛，固自惭薄植，而先生乃转以相属，则先生所以相勉之意为何可负也？先生所著诗话，推评风雅源流，末归之始祖鹿峰公父子及程山三世以下，暨先生亲从兄弟，既详著于篇，仿太史公家世自序，而先生父植庵性挚孝，祖轩晚病目，植庵每夜尝以舌舐目，

---

①② 官崇：《志斋居士文钞》序，抄本（福建师范大学图书馆）。

目炯如故。先生诗自谓我亦人间孝子，子是也，而先生推孝思之不匮，必勉勉以相属，余自愧非其人，惟循念先生所以勉之之意，复于先生将终身诵之弗谖云。"① 谢金銮评曰："通篇于孝思之切，不轻属人处再三郑重，而文意极谨严。醒庵品行、学术卓然可观，而隐于游幕以自给。志斋在南安时与交最契，所互相勉之意甚厚。是篇语极谦逊，其措辞、用意正自一字不苟。"②

官崇认为学诗当溯源三百篇，沿流汉魏六朝，及推择唐宋元明清诸作。唯有如此，"好其名之实"，方能见称于后世。《醒庵诗集序》云："三代而上，士唯恐好名；三代而下，士唯恐不好名。知唯恐不好名者之为三代以下之士，言之则士之为三代以上之学者，其唯恐好名也，必矣。庄周曰：'名者，实之宾也，将为其实乎？'孔子曰：'君子疾没世而名不称焉，疾其无可见称之实也。'南丰谢醒庵先生自其弱冠，即浸淫于风雅源流，既入诸生籍，独病世之帖括之弊，因一味沉酣于诗，溯源三百篇，沿流汉魏六朝，以及唐宋元明本朝诸作者，推择利弊，详其流别，既著为《范金诗话》一事，而所自为诗日益富，抄写装潢成帙，其诸三代而下，不愧为好名之士欤。先生盖好其名之实，可以见称于后世者也。先生所为诗日益富，而秘不轻出示人。"③ 谢金銮评曰："通篇极写不好名，仍复极写好名，曲折敦恳，好其名之实，一语恰得归宗。"④

官崇认为习帖括者，当上自浸淫于四子、六经，反复寝馈先儒讲义、语录及大家古文，严厉批评那些以帖括为博弋科名声势的功利之士。《程山文集序》云："自人溺于功利，日惟取帖括，博弋科名声势，其得志，无所谓书也，其未得志，亦惟习于目前弋获浮软圆滥之具，盖不闻帖括之为流，源于四子六经，而惟便。其苟且自私者之所为，其有间涉于大家古文者，亦惟取其声调议论可入帖括而已。而大家古文立言之旨，固不进而求也。风俗靡靡，师所以教，弟子所以学，莫不皆然，其有手先儒讲义、语录及古文大家者，众挪揄去之，斥为不祥。夫先儒讲义、语录、古文皆开发四子、六经，本旨于帖括至亲且切，而众且厌去之，则其所为博取科名，售一日之知者，惟是目前弋获浮软圆滥之具耳。其进身之本已如是，无怪徼幸得志，不知君国斯民为何如事。奔

①②③④ 官崇：《志斋居士文钞》，抄本（福建师范大学图书馆）。

走营竞，奉身肥家，政治日坏，风俗日危，其源由于穷而在下之日，其设心营业者，先失其本也。欲端其本，即自业帖括者，始帖括之业，上自四子、六经，以及先儒讲义、语录、古文，所当寝馈，不可以斯须去。"①谢金銮评曰："志斋所云，仍是教人帖括之学耳。其实四书文之本有大乎是者，志斋为中下人言，未暇及也。然以此论喻世，已无有信而从之者。可胜浩叹。"②

官崇游记散文写得较为圆熟，将写景与抒情结合起来，其认为山川之美不在自然，而在人文。其文结构严谨，层次井然，明白晓畅，颇具艺术特色。《游方广岩记》云："自葛岭舍舟，陆行至山下，约五里许。自下而上，路极幽险，历石磴千有余级，左临深崖，不可俯视，一失足，下坠无极。拟以孝子不登危之道，勿游可焉。既至而后，岩洞豁然，若忘其来所历之险矣。按图经，方广岩为三十六洞天之一，岩之高，丈若干，其深与广，丈凡若干，前人之志盖详，而予独疑造物者磅礴郁积，蔚为绝特，何不处之通都大邑，日与贤士大夫、骚人逸客相游接，而乃摈之荒山穷谷、无人之境，不无陋如之何、之叹为可惜也？入葛岭二里许，路旁有唐常观察墓，观察名衮，实开闽学，为士者率皆敦气谊、隆师友，彬彬然称海滨邹鲁。于斯时也，复何陋之有？而吾又思，夫观察治所会城，当时何以卜葬若斯之远，抑岂其择地故耶？然以今之荒山穷谷，无人之境，木石鹿豕之与处，二三樵夫牧竖，过者无人，诚未见其地之灵也。夫以区区荒山穷谷，造物者磅礴郁积，洞天特奇，而兴文立学之观察墓在焉，吾知钟山川之间气袭前烈风教之遗，四方君子过者，乐与相周旋揖让其间也。"③谢金銮评曰："一抑一转，再抑再转，卒归于名山必待贤人君子相辉映以有传意，而文境特汤穆弥渺。"④

公藏

《志斋居士文钞》一卷：抄本（福建师范大学图书馆），嘉庆十三年（1808）刻本（上海图书馆）。

---

①②③④ 官崇：《志斋居士文钞》，抄本（福建师范大学图书馆）。

林　芳《竹佃闲话录》

叙录

林芳（生卒年不详），号淡茹子，别号竹佃老人，闽县人。乾隆三十五年（1770）举人，官建安教谕。有《竹佃闲话录》。

《竹佃闲话录》三卷，每半叶八行，行十九字，左右双边，单鱼尾，白口，有栏线。卷首有原序，正文首页署名"闽县林芳淡茹子"。

《原序》云："诗非诗，有韵之言，话之尔。话而闲，非立言意，琐碎居多，性情少尔。闲话无体格，率尔也。不讳口过，姑妄言之也。自引自注，言之唯恐不详也。闲话必有其地与其时，一室萧然，孤灯独坐，风雨甚，无人来，以笔砚为喉舌、呻吟为问答，一茶一烟为四座宾，谈锋起则闭门竟日，喃喃絮絮，虽期艾不肯休，间亦寂默，忘言则睡去，但闻梦中呓语，至乐也。不以文话以诗话，不繁不庄，不绳尺于古，不高论中时世事，话至此始闲，是名'竹佃闲话录'。"[①] 作者指出自己写作闲话的缘由，亦是表达自己闲散的心志。

林芳写作闲话录，往往性之所至，自道其读书心得，语语都是经历，皆是性情。《剑南集后》云："凡人到老，才华日退，俗事日芜。看书眼孔，又

---

① 林芳：《竹佃闲话录》序，清刻本（福建师范大学图书馆）。

换一境界。侬早岁谈诗，窃怪二三前辈，何故研摩白陆不去手，瞬息至今，自家意思寥落，以书为寄，翻喜《剑南》一集，能作琐琐近情语。渊明云：'昔闻长者言，掩耳每不喜，奈何五十年，忽已亲此事。'血气衰耗，移人性情，遂至此。继踵三唐后，作者难为工。豪哉苏与陆，无人角两雄。坡仙妙语言，华严法界通。推其排奡力，杜韩同钟镛。放翁颇晚出，突过香山风。所未掣鲸鼍，变化惊鱼龙。衰颓负夙心，万首疑雷同。尚喜琐细中，能写意趣浓。方言风土记，时时佐谈锋。遂令好新客，晚节翻景从。予生向立年，一病增百慵。怡情逐近玩，识字偕儿童。荒芜更一纪，愚蒙甘长终。偶检《剑南集》，入眼徒匆匆。"[1]

公藏

《竹佃闲话录》三卷：清刻本（福建省图书馆、福建师范大学图书馆）。

---

[1] 林芳：《竹佃闲话录》卷上，清刻本（福建师范大学图书馆）。

林雨化《古文初集》

叙录

林雨化（1744—1811），字希五，一字于川，闽县人。乾隆三十三年（1768）举人。大挑补宁德教谕，被诬控，遣戍乌鲁木齐，越三载释归，年已六十。晚年授徒闽中。其人工时文，亦用力古文，文笔颇清矫。有《林希五先生诗文集》《古文初集》等。

《林希五先生诗文集》分为诗和文二部，诗部为《诗集》三卷，分初、中、晚三编，初编得诸北上司铎时，中编得诸狱中、遣次，及轮台，晚编得诸友教登临感喟及与名流相酬答。由其子金緘编次，首有陈烺、林志仁、梁章钜作序，末有受业弟瑞春作题后，道光庚寅（1830）仲冬镌，灯花窗存版。文部为《古文初集》二卷，《时文》一卷分《大学》《中庸》诸讲。《时文外编》一卷，分《大学》《论语》《中庸》《孟子》。《古文初集》二卷，扉页有"道光庚寅仲冬上浣镌""灯花窗藏板"字样。卷首有陈若霖、陈大煜、赵士泉、林芳春、林则徐作序。正文首页署名"螺江林雨化希五著"，"受业从弟瑞春、子婿陈功校刊"，"同门诸子全校对"，"男金緘编次"。每半叶九行，行二十五字，四周双边，无栏线。卷上，诫文一篇，书五篇，序十一篇；卷下，序四篇，墓志铭一篇，书三篇，跋一篇，书后二篇，记六篇，辨一篇，论一篇，说一篇，对一篇，赞一篇，题额一篇，纪略一篇，行述一篇；外编,策一篇,序一篇,辨一篇,记略一篇。

陈若霖评曰:"希五生秉刚严之性,骨格坚苍,音响洪亮,闻其謦欬,能令人久久不忘。门下士熏其德者,多成伟器。"[1]指出林雨化性格刚严,骨格坚苍。陈大煜评曰:"先生之信道笃、秉气刚如此,夫士讲明圣贤之道,详审当世之务,而又辅以刚正之气,倘令得志于时,明体达用,立事立功,将见声名节概,灿乎若星云,川岳系瞻仰,而宏福利如唐宋韩欧诸公,岂不甚盛……前后凡有著作,不苟为,炳炳烺烺,一洗模拟剽窃之陋,而严洁条达,要可垂教传后,如前所称气盛道胜,先生实兼之,不朽之业于是乎著。先生虽处穷,其亦足以自乐矣。而顾以不及韩欧之遇为惜,盖先生蹈道养气,文外尚有事在,而斯世斯民不被其休泽,为可惜也。"[2]指出林雨化为文气盛道胜,严洁条达。

赵士泉评曰:"文章,小技也。然非勤则不能工,非性之所近则不能勤。性之所近者,明窗净几,晨夕呫哔,固不待言。即至颠沛流离,亦未尝一日甘自废业,故其文足以传世而行远。此自关人之根器,非可以勉强袭取而为之也。吾友林君希五,盖以读书为性命者也……观君之志,直以千秋自命,岂与世俗之人较荣辱、争得失哉?兹录其所撰古文数十篇示余,命为序,余受而读之。见其浑灏似韩、峭洁似柳、闲逸似欧,至其悲壮沉雄则直造太史公堂奥,不胜诧异,以为君固健于文者,然何能兼集众长如是……君又有诗数百篇,如其文,亦以难后益工。皆余所服膺,弗失者也。"[3]指出林雨化健于文,以读书为性命,能集韩柳欧史之所长,评价颇高,属溢美之辞。

林芳春评曰:"道与文,二而一者也。古之圣贤有是实,于中则有是文,于外何尝执笔学为文哉?孔孟之后,难言之矣。韩子起衰八代,然只因文见道,故朱子谓:'韩文公见得大意已分明,只是不曾向里面省察,不能就身上细密做工夫。'韩子如是,其余七家益可知矣。明三大家亦步八家之后尘,无有贯道与文为一者。本朝数名家亦然,方望溪所谓'是为好文,非务学也'。

[1][2][3] 林希五:《林希五先生诗文集》序,道光十年(1830)刻本(福建师范大学图书馆)。

家希五先生，自成童以后，举业之外，兼攻古文，其所著作斐然可观，大抵皆规抚八家者也。晚年授徒三山，日与从游诸学相长，信有得矣。"①指出林雨化古文依循八家，道与文一，斐然可观。

林则徐评曰："维先生之文，理足词茂，叙事明洁而达于议论，大体出入唐宋诸家，而得力于柳州集者为多。夫柳州以窜逐，故得自肆力于文章，切劘斫削，戛戛乎言必己出，是以玉佩琼琚，大放厥词，其文与韩相上下。先生梗直独操，出于天性，而道高毁来，身处冷官，触怒权贵，至于文致周内，下狱投荒，垂白在堂，孤身万里。士君子固有遇人不淑，守正被害，如先生者乎，此固见者之所怒目，而闻者之所扼腕也……即先生之文，间有自发悲愤，然皆平心言事，绝未尝以进奸雄、退处士、崇势利、羞贫贱者为过激之论，其余传记诸作，亦皆恬淡有法，不蹈畸异，文之和平，又如此也。"②指出林雨化之文理足词茂，叙事明洁，达于议论，出入唐宋诸家，而又言必己出，恬淡有法。

林怡《气与道俱 斯文斐然——林雨化的古文观及其创作成就》③指出林雨化擅长古文创作，文章的语言风格恬淡、平和、自然，文以载道、文以明道。其古文创作融合《左传》《国语》《史记》和唐宋八大家等历代名家之长，推陈出新，文章简洁明达、平和恬淡，而又不乏跌宕俊逸、淳雅隽永。

林雨化认为文风本于士风，士习出于志向。《拟上学宪中庸文艺书》云："窃以文风本于士习，士习出于志尚。志尚正则士习端，而文风起矣。上之所志，在尚性学，性学精蕴，悉汇五经四子之中，而讲明性学莫过周程张朱之说。多读其书，则心敛理明、识正行方，由是而发为文，自合于道而无浮靡之词。第志尚易偏，守约则陋，务博则荒。今士之患，则在爱博而不专也。以五经四子为习见而好侈搜罗，以心身性命为迂谈而喜矜藻绘，故奇书出而文多荒唐，诗赋工而理或疏谬，浮夸愈胜，实学愈荒，不特文风，缘以

---

①② 林希五：《林希五先生诗文集》序，道光十年（1830）刻本（福建师范大学图书馆）。
③ 林怡：《气与道俱 斯文斐然——林雨化的古文观及其创作成就》，《闽江学院学报》2011年第1期。

日下，亦士习民风之所关匪浅也。"①郑振图评曰："理直气壮，言之侃如。"②陈烺评曰："立言有体。"③

林雨化对龚景瀚的古文评价颇高，认为其文气疏词茂，大旨在扶世立教。《龚海峰古文集序》云："读其文波澜汹涌，天矫若云龙，知其源出古文……今文海峰自定，分为三编，上编为人取去。予特读其二三编，皆气疏词茂，能达所见，而出之无难。文格于国初人为近，至于古文则直抒怀抱，辅以卷轴。其传家事也，朴诚委折，谆恳往复，令人孝悌之意油然以生；其论民事也，利害洞彻，处置得宜，令人动色改容，帖然心服。其余各体，浓淡不一，要其大旨，皆欲扶世立教。公善于人，《易》所谓'修词立其诚者'，其庶几乎！"④赵士泉评曰："前路未悉其深，中间爽然自失，末益知海峰为文之本，三层说来，叙次秩如，所谓有法之文。"⑤昆石弟瑛评曰："绵厚醇实，于曾为近。"⑥郑光策评曰："末一段论文，可谓知本。前半亦顿跌委婉。"⑦受业弟瑞春评曰："先生与龚海峰交情最笃，而品行文章亦两相匹敌，然穷达异致，诚所谓不遇则天也。故序其文集及答其子二作，详而尽，曲而有直体，真挚沉郁，言之亲切乃尔。"⑧

林雨化认为郑在谦行文自然成序，博而能精，有所自立。《郑在谦文集序》云："古之精于艺者必有师，文则艺之精者也。昌黎之文以古圣贤为师，师之最上者，故其文独高百代。当时李翱、张籍、皇甫湜之徒则以昌黎为师，而其文亦显于世。师顾可少哉？建宁朱梅崖先生志昌黎之志者也，其所著古文为世推重久矣。予尝得闻先生绪论，以为行文之法，如天地元气，积渐推移，自然成序。若一迫促，则化机将息，微哉，其论文也。而先生自言其学，则无所苟，无有人之见而已。盖先生之学，博而能精，其所自立，则确乎不拔，而毁誉穷达之不恤，其亦昌黎无望速成，无诱势利之意乎？"⑨赵士泉评曰："曲而有直体，读至后段，俨然见欧阳公矣。"⑩陈颖棠评曰："上半叙渊源，下半叙交情，真挚中饶有骨力。"⑪谢国治评曰："论文而归本于师，已得大主脑。下半篇叙述交情，缠绵真挚，可为亲师取友者法。"⑫

————

①②③④⑤⑥⑦⑧⑨⑩⑪⑫ 林希五：《林希五先生诗文集》卷上，道光十年（1830）刻本（福建师范大学图书馆）。

林雨化记文善于结构全篇，议论惊警，有深沉的感慨在其中，耐人寻味。《入览园记》云："人情习则相忘。杭西湖、苏虎丘，四方称胜，而生其地者，视之若无睹也，以习而忘之故也。螺之为洲，若浮槎然，洲外诸山环拱，若垂幔然。晦明晴雨，四时之景，无不可观，居是洲者，多习而忘之。若使异方之人骤而临此，其必怪诧惊喜，无异吾之望虎丘、西湖，可知也。余尝爱西湖山水，思欲屏居其地，以乐天年，徐而思之，苟以吾洲之胜，结庐江岸，垂钓著书，与鸥凫为侣，亦足乐矣。窃叹洲千余户，名缰利楫，役役终身者皆是，欲求解脱世俗，屏居半亩，以乐江山胜概，殆不数觏也。"① 郑振图评曰："俗手只将螺洲景物尽写入览中，便谓工致极矣。此则词尚体要，不泛作铺排，视镂金剪彩者，自有雅俗之别也。地因人重，亦安在不因斯文而增重哉？"② 陈烺评曰："贵远贱近，即山水亦然，此可砭俗见。"③ 郑光策评曰："通篇以习则相忘为骨，结构亦密，末段归重地以人传为勉勉语，有关系。"④ 赵士泉评曰："精心结撰，匹敌柳州。末幅地以人重一段，柳州诸记中尚少，此特见。"⑤ 瑞春评曰："吾乡山水之胜，余亦习则相忘。移居省会后，忽忽念之，爱不能舍，得斯记，此地可不朽矣。地因人重，信哉！"⑥

公藏

《林希五古文初集》二卷，外编一卷，初集一卷，外编一卷，诗集三卷：道光刻本（南京图书馆）。

《林希五集》不分卷：道光十年（1830）上浣灯花窗刻本（台湾大学图书馆）。

《林希五先生诗文集》：道光十年（1830）刻本（福建省图书馆、福建师范大学图书馆）。

---

①②③④⑤⑥ 林希五：《林希五先生诗文集》卷下，道光十年（1830）刻本（福建师范大学图书馆）。

阴承方《阴静夫先生遗文》

叙录

阴承方（生卒年不详），字静夫，号克斋，宁化人，乾隆间人。少研究心性之学，刻志励行。雷鋐视学浙江，招之入幕，不往。伊秉绶亦出其门，年七十三卒。有《阴静夫先生遗文》。

《阴静夫先生遗文》二卷，扉页题名为"阴静夫先生遗文"，有"嘉庆丁卯年仲春月""扬州郡斋刊板"字样，正文首页署"邑后学雷寿彭校勘""裔侄孙明崧重刊"，卷首有嘉庆十二年（1807）夏六月门人伊秉绶作序，卷末有民国二十四年（1935）九月裔侄孙明崧作跋。故可知其为民国二十四年（1935）据嘉庆十二年（1807）扬州刊本排印。每半叶十二行，行二十五字，四周单边，单鱼尾，白口，无栏线。卷上，说五篇，辨六篇，读二篇，书后一篇，策二篇，对一篇，论三篇，启一篇；卷下，书三篇，序九篇，记一篇，传六篇，行略一篇，行状一篇，改葬志一篇，墓志铭一篇，墓表二篇。

阴承方为人淡泊名利，恬淡寡欲。伊秉绶评曰："吾师阴静夫先生……弱冠，究心性之学，刻志厉行，言动一于礼法，屡应乡试，不售，遂绝意进取，终岁贡生，先富后贫，泊然自得……已亥冬，秉绶将随计偕吏，今孝廉方正吴清夫教授谓曰：'乡有名儒而不列门墙，可乎？'乃与清夫受业于门，萧然一室，恍吾故居，先生教以实学举子，《朱子答林伯和陈师德书》以示之，以为要在慎独。越数日，见秉绶点勘《文选》，先生谓词章与正学岐轨辙，所关非细，正色戒之，而秉绶辄私自畔去，后在都从名公卿游，窃疑学有内外之殊，日侍吾父，恬淡寡欲，益内省而疚，终于无成。"①阴承方学问纯粹，品行敦笃。其裔侄孙明崧曰："上古以传道为文，其次则材艺尚焉，后世以词章取士，学者皆务空谈而实学鲜矣。夫文所以立言也，言者，心之声，非治心穷理之学，不足以世传不朽。族祖静夫公，乾隆岁贡士也，其学问纯粹，品行敦笃。雷翠庭、朱梅崖、伊云林诸贤皆折节友之，伊墨卿、吴清夫先生并列门墙而师事焉。其遗文四卷，嘉庆丁卯仅出版数十篇，皆阐明经义、培植人心之言，迄民国壬戌百有余岁矣，镌版蛀窠残缺，吾父与显光侄倡族众醵赀补刊三十一版、重印五百部，使遗而将失者复不失，其亲亲尊贤之意欤？抑崇实学、正人心之举也。乃不幸共匪祸宁，自壬申迄甲戌三载，城倾地陷，不惟藏版灰烬，即重印者亦靡有孑遗。明崧承祖宗遗泽，体先人遗志，窃欲重印以永流传而未果。乙亥秋，适同里雷肖筬姻伯，乞假返闽，造门商之，极力赞美，并慨任校勘事，明崧乃蠲百金以成斯举。中华民国二十四年九月裔侄孙明崧谨识。"②

　　阴承方曾续韩愈《师说》作《续师说》，认为传道之师难求，而授业解惑之师则有小大之分，小则学习具体知识，大者学习道义礼仪，《续师说》云："昌黎韩子作《师说》，举传道、受业、解惑为言，然师以传道为本，而传道之师往往难之，盖道一而已。业与惑各有大小之分，惟受业、解惑之大者，乃所以传道也。今夫讲授经书、结撰文字，业之小也；穷理修身、型家善俗，业之大也。句读不知，文义不明，惑之小也；营情华朊，驰心空妙，惑之大也。浸假有师于此教其学者，穷理则表里精粗之必到，修身则肃乂哲谋之咸周，型家则亲义序别之克全，善俗则礼义廉耻之悉协。徇爵禄声名之眩，则崇道义以决其取舍；陷虚无寂灭之谜，则本诚敬以峻其防闲。惟虞廷之精一执中，孔门之博约求仁为宗旨焉，其大如是，其小可知也。道岂有所

---

① 阴承方：《阴静夫先生遗文》序，民国二十四年（1935）重刻本（福建师范大学图书馆）。
② 阴承方：《阴静夫先生遗文》跋，民国二十四年（1935）重刻本（福建师范大学图书馆）。

不传者乎？然而斯师也，非旦暮可遇，或数十百年而乃一出。韩子之前，颜曾思孟有闵卜言尚矣，而董管葛王亦庶几焉；韩子之后，周程张朱尚矣……若夫有志于道而不遇斯师，则惟天地古人是师矣，且刿襄苌老之伦，一才一艺冈非道之所散见，亦学吾夫子之克集众益而已矣。至若流俗，举业之师，无时无处不有于受业、解惑之小者，尚戛戛乎难之，其承讹袭舛、苟循故事者，于巫医乐师百工，殆亦无以远过，然亦不可不谓之师也。独其传道之名，则难于忝窃耳。"①

阴承方宗陆象山之旨意，以涵养践履为主体功夫。《读汤潜庵先生集》云："先生之言，详于涵养践履，而略于穷理读书。其宗旨盖于陆象山先生为近焉，《答耿逸庵书》所谓：'穷理是细碎积累工夫，涵养是主宰本原工夫。'无容等待分析者乃因逸庵言不穷理不可涵养，而发非先生本意也。其出于本意者，惟《与鲁敬侯》《答刘叔续》两书及语录，平居穷理明义一条耳。夫先生何尝不读书即先明心体默，识本体亦必穷理而后至，不然将理欲何以判耶？观所答陆稼书，先生书云：'某少无师承，长无所知，泛滥诸家妄有论说，其后学稍进、心稍细，反复审择，知程朱为吾儒正宗，不敢有他途之归，则知先生固初宗象山，后始尊信程朱也。'窃意此数说者，乃其后之定论与，然于涵养践履之功，敷陈而屡道之，至所以读书穷理者，则无及焉。"②他认为心是一切的根本，四端的核心所在。《重刻治心录序》云："人之所以主宰一身、发挥万变者，心而已矣。盖自天降生民，莫不予之以仁义礼智之性，即莫不有虚灵不昧之心以载之。方其静也，寂然不动，浑然在中而万事万物之理莫不森然而毕具，及其感通则平接，构乎伦类，动金石、格鬼神，弥纶天地，贯彻古今而冈有遗焉，此乃人人之所同，神圣无增，庸愚无减，而罕有能充其量者，则不明治心之功故耳。夫有心而不治，则驰骛飞扬，俄顷之间且不觉其身之所在，视不见、听不闻、食不知味矣，况于万变之事乎？甚至不火而热，不冰而寒，动静云为俱成幻妄。所谓不诚，无物也，是

---

①② 阴承方：《阴静夫先生遗文》卷上，民国二十四年（1935）重刻本（福建师范大学图书馆）。

则虽具人形，究与禽兽何异哉。"① 他认为治心的根本首在立志。《送吴子涵碧游浙序》云："吴子方问学于余，遽奉浙江督学窦公幕府之招，因来告别，请余一言。余惟圣贤之学，一而已。若大路然，不难知也，不难行也，尚何藉于余言乎？然余窃观世俗读圣贤之言，往往盈耳充腹而求其见之于行，则如捕风系影，然夫何故乎？良由志不立耳。夫志不立，则虽知理之当循，又以为不循亦无害也；虽知私之当去，又以为不去亦无妨也。因仍苟且之间，流俗得而汨之，纷华得而眩之，比匪得而挠之，而造道之意，于是乎不决矣。子朱子有言：'书不记熟读可记，义不精细思可精。惟志不立，无着力处。'诚哉，笃切之至训也，子惟鉴此而反之果，确以立其志如饥之必食，渴之必饮，火之必热，水之必寒，无推移也，无濡滞也，则主敬以立其本，穷理以致其知，反躬以践其实，克己以灭其私，千古圣贤之学不越此者，为之讵有难哉？"②

公藏

《阴静夫遗文》二卷：嘉庆十二年（1807）扬州郡斋刻本（南京图书馆），民国二十四年（1935）重刻本（湖南省图书馆、福建师范大学图书馆）。

①② 阴承方：《阴静夫先生遗文》卷下，民国二十四年（1935）重刻本（福建师范大学图书馆）。

郑光策《西霞文钞》

叙录

郑光策(1755—1804),初名天策,字宪光、琼河、苏年,闽县人。乾隆四十四年(1779)举人,四十五年(1780)进士。汪志伊抚闽时,延主鳌峰书院。殁于嘉庆九年(1804)。著有《西霞文钞》二卷,清嘉庆十年(1805)门人陈名世刊本二册。自题所作各体曰《西霞丛稿》,授梓时其婿受业梁章钜为之约选,改为今名。福建艺文志列于存目,可见是书早少流传也。

《西霞文钞》二卷,眠雨亭藏板,嘉庆乙丑(1805)镌。每半叶十行,行二十三字,四周双边,单鱼尾,黑口,有栏线。卷首有汪志伊、梁章钜作序。卷上,说一篇,解一篇,拟书一篇,论二篇,表一篇,记六篇,序十三篇,书二篇;卷下,书十一篇,行状一篇。

郑光策崇尚文以载道,文章厚重扎实。汪志伊评曰:"古之为文者,体道于身而宣之于言,故其言足以树训而范俗。苟非有以自得而强言之,则道不著,故志乎文者,非能文者也;志乎道而得其所以为文者,乃能文者也。故文不贵乎能言,而以不能不言之为贵……梁太史,芷邻君之婿也,奉君遗命,编存文钞二卷,不远数千里造吴门署中,请为之序。予夙重君之文,爰取而读之,皆经经纬史,不为无益之空言,理明而法立,识远而意周,粲乎若日月星辰之丽天也,浩乎若山川草木之行地也,庶几体道于身而宣之于言者,是岂勉强为文、剽窃模拟者所可同日道者哉?……今君生于其乡,慕先哲之遗风余韵,而耻为不根之文,宜其言之可以树训范俗,而为后之立言君子所取则也,君其可无憾。"①郑光策文章多为经世之言,以及性情之语。梁章钜曰:"既受而卒读之,则叹先生生平心迹具见于此,此不可任其久遗佚而迄于散弃也。适以语同门沙县上舍生陈君孔扬,陈君慨然遽任开雕之费,因与襄定事例,敬遵先生之言,约择散体文数十篇,先行授梓。上焉者,类多经世有用之言,诲人不倦之旨;次亦性情风格之所见端,而应酬牵率者不与焉。夫文所以载道,顾非有以自得而强言之,则道不著,故曰:'言者,心之声。'观其文,而其人可知焉。"②

郑光策继韩愈《师说》而作《续师说》,认为比"耻相师"更为严重的是"相师"之徒有其名。世人"相师"以邀名求利,而非求道正行。"昌黎韩子作《师说》以为当时之人皆耻相师,而深论师道之不可废。尝伏而读之,而窃叹古今异变,今世之所患又不在于学者之无师矣。夫天下有不知其实,而不存其名者,是之谓名亡;有存其名,而不存其实者,是之谓实亡。然不知而不存,则其名亡在一时,而其实犹存天下,何也?一旦有知之,则其名斯存矣。存其名而不存其实,则其名虚名也。名之传愈久,而其实之亡愈多,何也?天下以为名已存,则将有不求甚解者矣。故与其名存而实亡,毋宁实存而名亡也。夫韩之所患,在于举世讳相师之名,自韩子之后人之相师者,众矣;自朝廷以及闾巷为之立师者,亦众矣。无一人无师,亦无一地无师,师无常尊,自少至壮至老,每屡易而莫识其宗,是师之途甚众,而其名亦至昭昭于宇宙之间。然世之为师者,不以是为传道受业解惑之资也,在朝廷之所立,则以为是特清高之职守耳,不则豢养之间曹耳。在闾里之所延,则以为是舌耕心织之具耳,不则标榜声华之缘,猎取科名之门径已耳。求所为、蹈正道、垂教泽者,固无有也,而世之为弟子者,亦不以是为传道授业解惑之资也。其视朝廷之所立,以为是吾所维系统属之人也,如什伍之

---

①② 郑光策:《西霞文钞》序,嘉庆十年(1805)门人陈名世刻本(福建师范大学图书馆)。

有长，邻里之有保甲已耳，求所为、证难请益者，又无有也。其视闾里之所延，贤有志者，以为此显荣富贵之所假途也；不肖而无知者，以为此人道日用之常，虽不学，不可令终身有未学之名也；其介于贤不肖之间者，以为吾之学成不成者，皆有天焉，非师之所能为也，师特其借焉耳。故其心浮泛而无统，优游而不专，其甚者或阳慕而阴背，或朝东而暮西，或剽窃而裨贩，或入室而操戈，求所为、讲性命、敦道德生死而不贰者，固不得其一二也。盖二者之间，此以名骛，彼以名酬；此以名张，彼亦以名道。辗转冒昧，习而不察，漫而不思，盖师之名存，而师之实亡，亦已久矣。"①

士不可以不弘毅，郑光策认为要想有所成就，就必须有坚韧不拔的意志与持之以恒的信念。《与家咸山（振图）书》云："窃观古之有志于用世者，其成大功、建大名，不独学问过人，即其坚忍强毅之气，亦必十倍庸众，故其才足以宏济艰难，而其力亦足以任重致远。若以弟之材力思之，一官一职犹恐不能自效，而况乎其更有进也，其为樗散无用必矣，近亦颇思习内养之术，然内养总以静功为主，身在世网，职为家督。既无负郭之田，又乏点金之术，嗷嗷待哺，岂能闭户寂坐以习静功，若论谋生，至于处馆授徒，亦为高雅极矣。然讲论书义，删改课文，势不得免，况不学又无以为教，授徒之暇，则已亦依然举业，经生攻苦本色，多思则费心，多视则费神，多言则费气，以是言静养，是所谓南辕而北辙也。若不能静养，以待精力之充，而复思用世，是又何异操舴艋以泛江海之波，驾蹇驴而欲横历九荒之沙碛，此岂待智者而后决，其必不达哉。"②

公藏

《西霞文钞》二卷：嘉庆十年（1805）门人陈名世刻本（国家图书馆、福建省图书馆、中国人民大学图书馆、北京师范大学图书馆、福建师范大学图书馆）。

---

①② 郑光策：《西霞文钞》卷上，嘉庆十年（1805）门人陈名世刻本（福建师范大学图书馆）。

林兆鲲《林太史集》

叙录

　　林兆鲲（生卒年不详），字南池，号崇象，莆田人。乾隆三十一年（1766）进士。任国史馆编修，以亲老假归，卒。有《林太史集》。

　　《林太史集》十四卷，扉页署"嘉庆甲子仲秋新镌""翰香堂藏板"，知为清嘉庆九年（1804）莆田林氏翰香堂刊本。每半叶八行，行二十二字，四周双边，单鱼尾，白口，有栏线。卷首有李殿图、蒋宽作序。正文首页署名"莆田林兆鲲南池著"，"男泰校刊"。是集卷一，赋六首；卷二，五言古体八首；卷三，七言古体；卷四，五言律诗；卷五，七言律诗；卷六，五七言排律；卷七，五七言绝句；卷八，集苏；卷九，诗余；卷十，四六文六篇；卷十一，序九篇；卷十二，记二篇；卷十三，题词五篇，募疏三篇；卷十四，行述一篇，墓志铭三篇，祭文一篇。末附存时人与其酬答之诗三十余首。

　　林兆鲲咏物赋有所成就，在咏物中抒怀，辞采甚丽，多用韵文，句式变化，颇有可读性。《灯花赋》云："阳乌既入，玉兔未升；绮窗人静，曲榭烟凝。爇蚖脂而照朗，焚凤炬以光增。璀璨连枝，倏见虎须之绽；纤秾并蒂，惊看蝶翅之腾。尔其烬长宵永，寒薄光澄。芽抽细细，萼绕层层。丽若楼台之幻，开疑顷刻之能。膏之沃也，如培甘露；根之托也，不外箐灯。何夜非春,讵待二十四番之信;逢人欲笑,居然一百五日之征。则有金张世第,许史大家,屏舒屈膝,障掩轻纱,百枝竞耀,四照争华。银烛高烧,夜静而红妆乍露;湘帘半卷,风微而彩晕偏赊。听断续之漏声,疑催羯鼓;笑园林之剪彩,讵比灯花。复有半篝,静对一室无哗。妙新裁于意蕊,勤结撰于心葩。移近笔床,雅傍枣心栗尾;携来书案,恰宜贉锦签牙。翕艳行间,彩映桃笺。欲润晶莹字里,文成芍药无瑕。饶他谱尽,群芳雕栏遍倚;争似赏余,短檠疏影横斜。至于绣户未明,绿窗乍暮,残妆已薄,对桦烛而新添;瘦影谁怜,背银釭而自顾。玉虫缀碧,拟作钗横;金粟腾辉,思将簪度。心与花兮争发,讵便成灰;身与花兮相依,夫宁有妒。此则金屋之所欣,而蛾眉之所慕也。岂若芸阁雠书,兰台作赋,喜蜡炬之长明,藉筠笼之暗护。挑缘起草,不羡杖藜,剪共论文,宁夸火树。金莲撤处,光生学□之袍;桂炬烧时,香辟羽陵之蠹。恐教花谢,肯将棋子闲敲;最爱花明,欲共笔尖竞吐。夫孰不幸,培植于书林,而发秾华于学圃。"①

林兆鲲欣赏诗抒写性灵,不著脂粉,真骨凌霜,高风跨俗。《鲁志山诗序》云:"三径萧然,门无剥啄。志山鲁世兄来谒,寒暄毕,袖中出诗稿一帙,题曰'雏音',以余非门外汉,谬以士安相属。余受而读之,知志山于此道尝三折肱,非率尔为巴里吟。其视埋头八比,自诩能文者,拔俗何啻千寻哉!志山为敬五先生令嗣,趋庭之际,首诏学诗,其渊源有自,加以赋性耿介,不作龌龊诡随之态。故其诗抒写性灵,不著脂粉。尝随任建安,舟车往复,凡云物之变幻,峰峦之向背,滩石之陡险,花鸟之新奇,无不穷形尽相,奔赴笔端。而五言赠答,瓣香工部,尤稿中之出色者。余笑问志山曰:'晋闵鸿目陆云为凤雏,宋帝谓超宗殊有凤毛,君以雏音名篇,殆谓是欤?'志山曰:'不敢,某盖窃取古乐府山雏黄口未有知之句耳。'余曰:'若是,则又太谦矣。虽然,余因窃有进焉,诗人之病在亟于见好,老杜老去渐于诗律细,扬子云尝悔其少作。'志山其务浸淫于古,以汉魏六朝为法,当有日进而不自知者,真骨凌霜,高风拔俗,又岂鸱鸢腐鼠之所能吓哉?持是质之敬

---

① 林兆鲲:《林太史集》卷一,《清代诗文集汇编》第391册,第236—237页。

五先生，当亦点头称善也。"①

林兆鲲骈体文写得颇为工整，亦有可观。《题翠轩昆仲行乐图》云："跌宕文坛，逍遥艺圃。谈笑风流，须眉自古。促膝者谁？二冯两杜。岂无他人，不如同父。磷磷者石，娟娟者竹。操比石坚，志同竹矗。兄弟二人，相期免俗。感念存殁，实劳心曲。惟我与君，踪迹略同。我有二弟，白杨悲风。池塘春草，有梦谁通。披图怅触，慨叹无穷。"②

公藏

《林太史集》十二卷：乾隆莆田林氏刻本（北京大学图书馆）。

《林太史集》十四卷：乾隆林泰刻本（莆田），嘉庆九年（1804）莆田林氏翰香堂刻本（福建省图书馆、中国人民大学图书馆、福建师范大学图书馆）。

---

① 林兆鲲：《林太史集》卷十一，《清代诗文集汇编》第391册，第281—282页。
② 林兆鲲：《林太史集》卷十三，《清代诗文集汇编》第391册，第293页。

第四章·嘉庆朝

起止时间为1796—1820年,闽籍散文家主要有十六家,分别是陈寿祺、郭尚先、梁章钜、林春溥、林则徐、徐经、陈池养、高蓝珍、高澍然、蒋蘅、李彦章、林轩开、苏廷玉、张绅、赵在田、朱锡谷。他们的文集被收录进《清代诗文集汇编》的有七家,具体是陈寿祺、郭尚先、梁章钜、林春溥、林则徐、徐经。

就文集总量而言,高澍然《抑快轩文钞》三十卷,徐经《雅歌堂文集》二十二卷,张绅《怡亭文集》二十卷,陈寿祺《左海文集》十卷,高蓝珍《桐枝集》十卷,梁章钜《退庵文存》不分卷,郭尚先《增默庵文集》八卷,蒋蘅《云寥山人文钞》八卷,李彦章《榕园文钞》六卷,林则徐《云左山房文钞》五卷,陈池养《慎余书屋文集》五卷,苏廷玉《亦佳室文钞》四卷,林春溥《竹柏山房文集》上下卷,赵在田《琴鹤堂文集》二卷,林轩开《拾穗居士文存》一卷,朱锡谷《怡山馆文稿》不分卷。

陈寿祺《左海文集》

叙录

陈寿祺[①]（1771—1834），字恭甫、苇仁，号左海，又号隐屏山人，侯官人。嘉庆四年（1799）进士。解经得两汉大义，诗文沉博绝丽，有六朝三唐风格。历官翰林院编修，年四十，弃官养母，主讲鳌峰书院。以崇廉耻，践礼法，研经术为教。博学多才，著述宏富，有《五经异义疏证》三卷、《尚书大传辑校》八卷、《礼记郑读考》六卷、《三家诗遗说考》十五卷、《左海经辨》二卷、《左海文集》十卷、《绛跗草堂诗集》六卷、《重纂福建通志》。

《左海文集》十卷，每半叶十行，行二十字，左右双边，单鱼尾，粗黑口，无栏线。卷首有仪征阮元撰《隐屏山人陈编修传》，并附仪征阮元札、德清许宗彦札、宝应朱士彦札、龙岩饶廷襄札、光泽高澍然札。卷一为恭纪、恭跋；卷二为赋；卷三为论说；卷四上为论学书札；卷四下为书札；卷五为书札；卷六为序；卷七为序跋；卷八为记；卷九为传、铭；卷十为铭、行实、呈词、正俗戒、事宜、规约。

陈寿祺是乾、嘉时期闽省经学"巨擘"，其文以考据为主，实为经学学

[①] 参见谷颖《陈寿祺生平及著述考》，《长春师范学院学报》2006年第5期。

术论文。阮元评陈寿祺为"恬然于经史、文艺之中，心安理得，此乃真道学，非末流空讲"[1]。许宗彦评曰："近时兼词章、经术而有之，且各极其精者，惟阁下，深细古茂实逾竹垞、董浦两君不朽之业，断在是矣。"[2]高澍然赞曰："尊著循环讽诵，叹其浩如渊海，纯如金玉，精实如布帛菽粟，盖合德与功见于立言者也。"[3]张舜徽评曰："寿祺之所以自立者，又不徒湛深经学，致详于名物故训已也。即以治经言之，亦能畅通大例，而不狃于细物，宗主汉学，笃信许、郑……寿祺朴学之外，兼擅词章，文藻博丽，有六朝三唐风格。其骈体文为世所重，在当日经师中，可谓博涉多通，文质彬彬者矣。"[4] 陈寿祺擅古文创作，长于诗赋、散文。林昌彝在《陈恭甫师请崇祀鳌峰名师祠事实》中评曰："先师论文，必轨正体。精于文章流别，每与诸生讲业，历举汉、唐以来各家诗文集，明辨体裁，详溯源委，以示学者。使择取精醇，用力研究，以收纯熟之功，而归雅正之体。"[5]可见，陈寿祺于学于文，皆为佼佼者。

史革新指出，陈寿祺坚持兼收并蓄、关注现实的治学原则，不仅兼采汉宋、会通今古文经，广泛吸收各家学术所长，而且究心"经世致用"之学，形成以"兼通"和"致用"为特征的学术风格。[6]刘奕指出，陈寿祺是清代福建第一个汉学大家，颇有一时文名。作为嘉道之间的汉学者，他表现出某种过渡性，一方面坚守汉学方法，另一方面又注意到了时弊，并反思汉学弊端，再次重视理学修身的重要性，表现出很强的经世精神。他的文论也由早期纯粹的汉学之论转变为"立诚""有用"为宗旨，体现出汉宋调和的特色，而区别于同时代的古文家。[7]

陈寿祺在《与陈石士书》中谈到欲创作古文必须先通经。"两汉文人无不通经，故能尔匹深厚为百世宗，后世欲为古文，苟不通经，必不可轻

---

[1][2] 陈寿祺：《左海文集》，《清代诗文集汇编》第499册，第82页。
[3] 陈寿祺：《左海文集》，《清代诗文集汇编》第499册，第83页。
[4] 张舜徽：《清人文集别录》，华中师范大学出版社2004年版，第325页。
[5] 林昌彝：《小石渠阁文集》卷五，《清代诗文集汇编》第614册，第240页。
[6] 参见史革新《陈寿祺与清嘉道年间闽省学风的演变》，《福建论坛》2002年第6期。
[7] 参见刘奕《学文汉宋之间：陈寿祺的文论》，《闽江学院学报》2009年第6期。

下雌黄，援引失义，往往一启吻而已为有识者所嗤。"① 接着以朱仕琇为例子，"梅崖之古文，娴于周秦、西汉诸子，及唐宋元明诸作家，功候最深，至可以抗古人于千载之上而与之颉颃，惜其于经史均无所得，故虽有杰出数百年之才，而终不能笼罩群雄为一代冠者"②。《与张南山书》又云："第有志乎古者，当以经义为根柢，词章为华叶。且通经则立言有物，固本末兼赅之事。群经注疏中《毛诗》《三礼》尤博赡，秦汉诸子及《史记》《两汉书》《三国志》等古经，义往往散见其中，而典章文字亦无不如肉贯弗，此读书精要也。摛文之士患在浮夸，缀学之士患在迂固，惟质有其文者美焉。"③ 以根柢、花叶为喻，本末明确。陈寿祺在《答高雨农舍人书》中论述了以魏禧为代表的文学家古文和以黄宗羲为代表的经学家古文的不同特点。其云："国朝诸公魏冰叔、汪茗文、方望溪、刘海峰、恽子居之各有其偏。侯壮悔、姜湛园、姚姬传之治气格，而非其至。朱梅崖之直接震川而微，惜其经术疏而实用少，诚不易之言，非苛深也。顾不知往者黄梨洲、全谢山先生，近者朱笥河学士、张皋文编修、陈白云同知之文，阁下以为何如耳？梨洲、谢山长于史，其气健；皋文长于经，其韵永；白云长于子，其格高；笥河长于马、班，其神逸，皆可以为大家。阁下或未尽见之耶，寿祺窃以为治文词而不原本经术、通史学而究当世之务，则其言不足以立。虽然，文必本六经，固也。"④ 于此可见，陈寿祺认为的古文是经学家古文，而对文学家古文则怀有轻蔑的态度。《答翁覃溪学士书》又云："治经之道，当实事求是，不可党同妒真，汉儒学近古，其家法出七十子之徒，宋后学者好非古，其臆断在千百载之下，故不能不舍彼而取此，而亦非尽废之也。其有存古可资者，何尝不兼收参订，以为薄宋后之书，辄并其善者而不旁涉，又岂通儒之见哉？夫说经以义理为主，固也。然未有形声训故不明，名物象数不究，而谓能尽通义理者也，何则？义理

---

①② 陈寿祺：《左海文集》卷四，《清代诗文集汇编》第499册，第203页。
③ 陈寿祺：《左海文集》卷四，《清代诗文集汇编》第499册，第214页。
④ 陈寿祺：《左海文集》卷四，《清代诗文集汇编》第499册，第205页。

寓于形声训故与名物象数而不遗者也。言形声训故与名物象数，舍汉学何由？然非心知其意，博综源流，未足以与此。"①因此，陈寿祺的文学观念为以考据为本、文章为末的汉学思想所笼罩，汉学家以学为本，以存古为重。

陈寿祺的文章观，也以本末论为基础。《示鳌峰书院诸生》告诫弟子云："士学古立身，必先重廉耻而敦礼让。廉耻重而后有气节，礼让敦而后有法度。文艺、科名，抑其末也。利欲夺则廉耻丧，傲慢长则礼让亡。不知重廉耻乃所以自贵，敦礼让乃所以自尊。自贵、自尊皆为己之学，非为人也。"②陈寿祺以理学家之立场，重廉耻礼让、气节法度的践行，即是为己之学、立身之道。做人首先要"立本"，而"立本"的前提是"正学"。他在《孟氏八录跋》中说："窃慨乡国百年以来，学者始溺于科举之业，而难与道古，近则俊颖之才知好古矣。然本之不立，学与行乃离而二。其究也学其所学，弊与不学均。甚则以廉孝为奸媒，以朋徒为利饵，以诗礼为发家，以文笔为毒矢，口谈义利，心营悖鄙，形人行鬼，不知羞耻。顷仪征阮抚部夫子、金坛段明府若膺寓书来，亦兢兢患风俗之弊。段君曰：'今日大病在弃洛闽关中之学，谓之庸腐，而立身苟简，气节败，政事芜，天下皆君子而无真君子。故专言汉学，不治宋学，乃真人心世道之忧，而况所谓汉学者，如同画饼乎。'抚部曰：'近之言汉学者知宋人虚妄之病，而于圣贤修身立行之大节略而不谈，以遂其不矜细行，乃害于其心其事。'二公皆当世通儒，上绍许、郑，而其言若是。然则先生是书恶可不流布海内，以为学者针砭也。"③陈寿祺赞同阮元、段玉裁批评学界溺于利禄俗学，而鄙弃道德修身的观点。因此，陈寿祺在《鳌峰崇正讲堂规约八则》中提出做人的要义："读书期于明理，求仁贵其存心。学者修身善道，首在明义利之分，审是非之界，立志不欺，行己有耻，一切秽浊之途，钻营之术，利己害人之谋，枉道徇人之行，皆足败名辱

---

① 陈寿祺：《左海文集》卷四，《清代诗文集汇编》第499册，第171页。
② 陈寿祺：《左海文集》卷三，《清代诗文集汇编》第499册，第121页。
③ 陈寿祺：《左海文集》卷七，《清代诗文集汇编》第499册，第321页。

身，毫发不可生于心而见于事。"①

具体到文论，《答高雨农舍人书》提出文章的根本在于"立诚为本""有用为归"。其云："后世自两汉、魏、晋迄唐、宋、元、明，凡命为作者，虽所得有浅深高下之殊，其无悖于古之立言之旨，一也。大较得于经者上也，得于史者次也，得于子者又次之，徒得于文以为文者下也。要之，以立诚为本，以有用为归，不诚则蔑以征信于天下，无用则蔑以传远于后世。"②"立诚"乃以六经为指归，"有用"则是关注国计民生和历代治乱之源，于经之外诉诸史。因此，在诸经中，陈寿祺最推崇的古文学习范本是《礼记》，在《答高雨农舍人书》中他认为《礼记》气淳、词美，尤为粹美。其云："虽然，文必本六经，固也。诸经之中，《易》道阴阳，卦、象、爻、象，自为一体；《书》绝质奥；《诗》专咏言，皆非可学。独《左氏传》《礼记》于修词宜耳。然人徒知《左氏》为文章鼻祖，不知《左氏》文多叙事，其词多列国聘享会盟修好专对之所施，否则战陈御侮取威定霸之谋。不如《礼记》，书各为篇，篇各为体，微之在仁义性命，质之在服食器用，扩之在天地民物，近之在伦纪纲常，博之在三代之典章，远之在百世治乱。其旨远，其辞文，其声和以平，其气淳以固，其言礼乐丧祭也，使人孝弟之心油然而生，哀乐之感浡然而不能自已，则文词之精也。学者沉浸于是，苟得其一端，则抒而为文，必无枝多游屈之弊。盖《礼记》多孔子及七十子之遗言，故粹美如是。寿祺常劝人熟读《礼记》而玩索其意味，以此也。"③

陈寿祺本着经世致用的精神关怀国事、民事，指陈社会利病得失，这可以说是他以"有用为归"的文章观的具体实践。如《与总督桐城汪尚书书》云："夫闽顽梗之习，莫甚于泉、漳。以泉言之，其土瘠，其人满，其俗强好凌弱，众好暴寡，贫好噬富，顽恶好虐善良。其野人善争斗，其士子善舞文，其吏胥善挟掣官长。晋江、石狮等乡，白昼当路钞掠杀人。五堡、厝上

---

① 陈寿祺：《左海文集》卷十，《清代诗文集汇编》第499册，第444页。
② 陈寿祺：《左海文集》卷四，《清代诗文集汇编》第499册，第206页。
③ 陈寿祺：《左海文集》卷四，《清代诗文集汇编》第499册，第205—206页。

等乡，窝匿奸宄，通济海盗。巨商大贾，自厦门私贩鸦片，获利无算，因致素封，俗之败恶，未有甚于此者。"① 他还批评"福州城中，上户鲜十万之产，而婚姻、宴会、死生、葬埋之事，竞尚奢侈，一女之嫁，辄数千缗；一日之觞，或百缗。闺阁之珠玑溢于簪舃，婴稚之锦绣以藉涕洟，财安得不匮？生安得不穷？纨绔之子，乳臭已狎狭邪；庠序之生，嗜好乃甘鸩毒；庶人亲丧百日之内，乘凶纳妇；宦家亲丧再期之内，徇俗嫁娶。败礼悖教，与于不孝之甚。士安得兴学？俗安得长厚？"② 可谓针砭时弊，入木三分。《与叶健庵巡抚书》对日趋颓堕的士习提出尖锐批评："近岁三山，人心日鄙，士习日偷，火炽波颓，未有止届。毁弃忠信，蔑侮老成，嗜利蒙垢，党邪附枉。其源由于义利不明，廉耻道丧，礼法荡失，是非颠倒。盖十有数年以来，狃于纵弛而莫之儆，以迄于今，积重难返。委蛇则养奸，束缚则府怨，于此而乃以一篑障江河，杯水救车薪，如之何其可也？"③

要之，陈寿祺文多半传经之作，多实用而有文采。高澍然《诰授奉政大夫翰林院编修记名御史陈恭甫先生墓志铭》云："先生故负赡才，初为沉博绝丽之文，骎骎乎轶燕许而上，已而改业古文，则尽刊去枝叶，一返于质。有《左海骈体》《左海文集》并行于世，其文集大半传经之作。谓文者，所以达其实，无实徒文弗贵，徒质亦弗尚，故未尝一规模韩欧而辉丽万有，自成先生一家之文也。"④

公藏

《左海文录》八卷：道光五年（1825）写刻本（上海图书馆）。

《澹静斋文钞》十四卷：道光二十年（1840）刻本（湖南省图书馆）。

①② 陈寿祺：《左海文集》卷五，《清代诗文集汇编》第499册，第222页。
③ 陈寿祺：《左海文集》卷五，《清代诗文集汇编》第499册，第233页。
④ 高澍然：《抑快轩文钞》，民国三十七年（1948）陈氏沧趣楼排印本，福建师范大学图书馆藏。

《陈太史试帖详注》：道光二十六年（1846）刻本（福建省图书馆）。

《左海文录》二卷：道光十九年（1839）瑞州府凤仪书院刻国朝文录续编本（丛书综录），咸丰元年（1851）终南山馆刻国朝文录续编本（丛书综录），光绪二十六年（1900）上海扫叶山房石印国朝文录续编本（丛书综录）。

《左海文集》十卷、乙编二卷、《东观存稿》一卷：道光刻陈绍墉补刻左海全集本（丛书综录、湖南省图书馆、江西省图书馆、中国人民大学图书馆、安徽师范大学图书馆、华南师范大学图书馆、苏州大学图书馆、苏州市图书馆、常州市图书馆、大连市图书馆、台湾"中央研究院"历史语言研究所傅斯年图书馆、台湾大学图书馆、日本东京静嘉堂文库、韩国汉城大学图书馆），道光刻侯官陈氏遗书（日本京都大学人文科学研究所）。

郭尚先《增默庵文集》

叙录

郭尚先（1785—1832），号兰石，字元开，莆田人。嘉庆十四年（1809）进士，选庶吉士，习国书散馆，授编修。历典贵州、云南、广东、山东等试。道光八年（1828），督四川学政，力除积弊。迁赞善、洗马、侍读、庶子侍讲学士、光禄寺卿、大理寺卿等职，署礼部右侍郎。为人工书，善画墨兰，博学能文。与林则徐交莫逆，在翰林时，相与研究舆地、象纬及经世有为之学。尤熟于郑樵《通志》。有《增默庵遗集》。

《增默庵遗集》五卷，兹集为其子筱龄、婿许祖涝所辑。为《增默庵遗集》二卷，多题画题字之作，盖其书画本名于诗文者。诗多七言近体，气韵颇清稳。《芳坚馆题跋》二卷，则为品骘古今以及自书画各帙之作也。又《使蜀日记》一册不分卷，则为道光八年（1828）督学四川时所作，所记皆途中景物，日常生活之语。对于裁使署诸陋规、考场积弊皆略不一语及之，盖以为分内事，视嶢嶢皦皦者不可同日而语也。

《增默庵文集》八卷，扉页有一幅"兰石先生遗像"，自赞云："兰生有芬，石文而丑。我思古人，元有斯守。"卷首有张琴治作序，曾孙嗣蕃纂《兰石公年谱》。正文首页署名"莆田郭尚先兰石著"，"男筱龄辑、婿许祖涝同辑","曾孙嗣蕃编校"。每半叶十二行,行三十二字,四周双边,单鱼尾,白口,无栏线。象鼻有"莆田城内新民印书局印"字样。是集与郭大理遗稿有异。原为抄本,于民国二十年(1931)始印行。编次分骈、散,以类相从。卷一至三为古文,卷四至卷八为骈文。卷一,原一篇,记二篇,传三篇,序八篇;卷二,寿序十四篇,书后五篇,读后一篇,跋一篇;卷三,碑一篇,墓志铭十五篇;卷四,自箴一篇,像赞一篇,记三篇,传一篇,序六篇;卷五至七,寿序四十六篇;卷八,诔一篇,祭文十一篇,书一篇,折一篇,疏一篇,赋一篇。附录与作者相关的各家遗著十五篇。

张琴治评曰:"其(尚先)为文和雅雍容,理充而旨约。虽率然酬应而属辞比事,必有关于世道人心。当时桐城派古文,风靡一世,先生未尝依傍门户,而义例森严,深得唐宋人家范。其骈文沉博渊粹,若殷敦邵鼎,不废雕镂,而古意盎然,非世之杂博者所可拟。特书名藉甚,四方碑板,求先生文者,必欲兼得其书,而文名转为书名所掩耳。尝论清代词科,为预储相才之用,士之与是选者,优以宾礼,不责以吏事,故能相厉以学术,相尚以气节,而无夤缘奔竞之习。"[①]指出郭尚先为文和雅雍容,理充而旨约,皆系世道人心之言,而骈文沉博渊粹,不废雕镂,古意盎然。

郭尚先认为"诗似少陵"是评诗的很高标准,对杜诗中的"惓惓不忘君国之心"给予充分肯定。《郑少谷先生诗序》云:"诗人无不学杜,有似有不似,其似者亦仅词气意格,而不能似其惓惓不忘君国之心,能似者唯吾乡郑少谷先生……今使少陵生正德时,亦必抗疏拜杖,而以抑郁之气,声之于诗,使先生遇宏治之盛,其为诗必且优游平中,而惓惓不忘君国之心,亦无不可见者。若曰必国家之不幸,而后可昌其诗,则岂其然?且当是时,茶陵以平易主坛坫,北地、信阳以复古之说攻之,吾乡十子,亦以唐诗相勖。先生倘意止于似,则可似者众矣。顾矫然自拔,犹且究经济,析理学,窥其意中,固不仅以诗人自待,此其所以似少陵也。"[②]

[①] 郭尚先:《增默庵文集》序,《清代诗文集汇编》第547册,第698页。
[②] 郭尚先:《增默庵文集》卷一,《清代诗文集汇编》第547册,第711页。

郭尚先认为诗人的生平遭际与诗歌造诣并无必然联系，虽然人生经历对诗歌创作有一定的影响，但并不决定诗人的诗歌创作成就。人生经历和山川是诗的外部条件，而诗人本身的素养才华方是根本。《郭韶溪先生诗集序》云："嗟乎，古之诗人，岂愿以诗传，而诗自传。其遇抑塞侘傺，故气郁而奇，又遍览山川险绝之境以益其壮，是造物予之以诗也。今叔遇盛世，早通籍，处境甚适，生平仅一履都下，余足迹不出数百里，然所为诗犹光怪不可遏抑如此，此其词笔于古人奚让焉？夫遭遇夷适，而必饰愁苦之音，唐人所以诮戴叔伦，明人所以訾郑善夫也。叔不出此，且集之富者称香山老学，白集仅讽喻诗、新乐府数十章，陆集抚时感事者，偻指可数，余皆陶写闲适作也，然则陶写闲适，能自立家，亦讵易哉？"①

郭尚先骈文对仗工整，多用典故，古意盎然，但仍免不了存在意少词多的通病。《郑云麓诗序》云："夫荆玉开莹，析翳之光引焉；淮珈腾渊，纤阿之曜让焉。山水高深，琴师不待宣其指；风云寒燠，画圣无以言其繇。蛾眉异态而同妍，芳草殊名而共器。苟知斯义，可与言诗。吾友郑云麓吏部，思极深沉，性简嗜好。心则九宫之赋，旭历锐银；笔则千里之驹，权奇倜傥。瓶盆铃钏，合以就镕；檀槐槃迷，斫之必谛。故其澄神静虑，假墨图心。万象在旁，一篇跳出。陈芳之篆，天贶灵符；输廖之藏，神诠秘简。时而山鸡舞镜，时而香象渡河，时而池塘草生，时而亭皋叶下。当夫吟肩山耸，辩口河悬，盖不知饥寒之切身，纷华之悦目也。或谓昌黎赠别，物以不平而鸣；兰成感时，词以悲哀为主。是以不有屈原，岂见离骚；欲拟少陵，须逢天宝。今云麓家承华胄，职处清通。伦纪之乐多，跋涉之劳少。无乃集专于闲适，言拙于欢愉乎？不知论乐者重疏越之音，称诗者赏许谟之句。文园奏赋，不取山泽之臞；彭国绘图，极意楼台之壮。故知治世之音安以乐，诗人之赋丽以则。观睢涣而悟文章，读华严而知富贵。庸必辍大官之膳，甘嚼空螯，厌广乐之声，别眈挽唱哉。夫主真质者，羌无故实，而有济水之讥；矜妙悟者，尽得风流，而有系风之喻。隶僻事则书簏，抚奇觚则字林。近学献

---

① 郭尚先：《增默庵文集》卷一，《清代诗文集汇编》第547册，第711页。

吉则麒麟楦，远步涪翁则江瑶柱。习钩棘则舌人之译字，竞调谑则佚女之争怜。云麓尽杜旁门，独寻正轨，方之武事，摧陷廓清，如其为人，小心精洁。又且年华方富，祈响甚高，立精进幢，为广大主。划晋安之末派，拓品汇之藩篱，……遂师焚砚之君苗，托交契于怜蚿。示新文而读蜺，学山不至，望洋徒嗟，岂系仙骨之能知，盖著佛头而已妄尔。"①

郭尚先主张科举取士，必先器识而后文章。《丙子科云南乡试录序》云："夫欲求可用之士，必先器识而后文章。考官职在衡文，固无从知士之素，然器识之大小浅深，亦往往于文章得其概。功令以四子书取士，范以宋大儒之训诂，试之诗以取其和，试之经以取其融释，试之策以取其综洽。夫士也由程朱之传说，窥圣贤之绪训，而博之经史子集以畅其发挥，果其人不自菲薄，则必无苟且之学与一切揣摩诡遇之文。"②

郭尚先记文描写景物细致入微，形象生动，托物言志，情感真挚。《斫竹记》云："余以丁卯来都，馆张艺庵家，堂三楹，树槐及桃，窗外竹十数竿，澹碧倚风，森爽宜夏，时命酒其下，甚乐也。辛未再至，无复存者，曰：'斫之矣。'盍为之斫，曰：'自若之归也。竹益密，有藤附焉，竹若引而上之者，藤遂束之，枝叶布濩，竹不得展，皆卷曲作势，浓绿亏蔽，晴窗阴翳，根柢盘亘，恶草旅生，上则鸺鹠啸焉，下则虺蝮聚焉。又明年六月，大风震林，竹既怒张，又以束故，力逾厚，扫墙墙圮，拂檐瓦甸匃铛鞳如雨下，竟日皆尽。余恶焉，以是斫之。'谓盍不剸其藤，删竹之曲而存直者，曰非不念是，顾无可存者。呜呼，藤为竹灾，从自及也，无足惜，独惜乎竹之恃其直也，藤附之而不能却，乃卒失其直，以至于伐也。哀哉，作《斫竹记》。"③

---

① 郭尚先：《增默庵文集》卷四，《清代诗文集汇编》第547册，第732页。
② 郭尚先：《增默庵文集》卷一，《清代诗文集汇编》第547册，第709页。
③ 郭尚先：《增默庵文集》卷一，《清代诗文集汇编》第547册，第707页。

公藏

《郭兰石先生文抄》：清抄本（南京图书馆）。

《郭大理遗稿》八卷：道光二十四年（1844）刻本（国家图书馆、南京图书馆、中国人民大学图书馆、南开大学图书馆、复旦大学图书馆、厦门市图书馆）。

《郭大理遗稿》不分卷、《芳坚馆题跋》不分卷：清抄本（国家图书馆）。

《增默庵文集》八卷、附录一卷：民国二十年（1931）莆田新民印刷局排印本（国家图书馆、上海图书馆、四川省图书馆、福建省图书馆、北京师范大学图书馆、南开大学图书馆、安徽师范大学图书馆、福建师范大学图书馆）。

《芳坚馆题跋三种》七卷：同治十年（1871）刻本（江西省图书馆）。

《芳坚馆题跋》三卷：光绪十六年（1890）刻吉雨山房全集本附（丛书综录、福建师范大学图书馆、厦门市图书馆）。

《芳坚馆题跋》四卷：清藏修室刻本（北京大学图书馆）。

梁章钜《退庵文存》

叙录

梁章钜(1775—1849),字闳中,又字茝林,晚号退庵,长乐人。嘉庆七年(1802)进士,官至江苏巡抚,兼署两江总督。尝五任苏抚,明察地方利弊,用人理财,独持大体。综览群书,熟于掌故,喜作笔记小说,也能诗。著述甚富,有《退庵文存》《文选旁证》《制艺丛话》《楹联丛话》《浪迹丛谈》《称谓录》《金石书画题跋录》《归田琐记》《藤花吟馆诗抄》等七十余种。[1]《石遗室书录》谓其诗风格与吴中七子相伯仲。

《退庵文存》不分卷,卷前有高澍然作序。每半叶九行,行二十二字。共计各体文八十八篇,具体是:书二篇,序四十三篇,记十一篇,碑七篇,启二篇,考二篇,传略七篇,传二篇,墓志铭九篇,行略一篇,经解二篇。

高澍然作序云:"韩子论文曰:'慎其实。'夫其谓实者,岂专于文求之哉?不于文求之而充其实,岂不足于文哉!譬置两人集于此,一无实而求工于文,一有实而不以文自名,如以文论,宜求工者胜,不以自名者绌矣。然彼无实之文于古文冥追而默契之,肖其体格焉,又肖其声情焉,可谓尽其心

---

[1] 参见蔡莹涓《梁章钜研究》,博士学位论文,福建师范大学,2009年。

于文字之间者，要之体格之肖土偶之面目而已，声情之肖优孟之衣冠而已，羊质而虎皮，但见其可狎不见其可畏。君形者亡焉耳，而有实者亦既昭晰无疑，优游有余矣。即不以文自名，其为文者故在也。因综论之，自韩子复古后，同时之柳李，宋之欧阳曾王三苏，元之虞，明之归王，固斯文大宗矣。其外有实，而可贵者区其体有三焉：清明和吉，德人之文也；总揽横贯，学人之文也；坐而言者，可起而行，通人之文也。三者不必求似古人，韩子以为能自树立不因循者是也；不必不似古人，欧阳子以为取其自然者是也。其精气充溢方烜照不泯，岂不可自成一宗哉？长乐梁方伯茝林先生起家词臣，工，今职勋劳内外为国屏翰，其著《紫藤吟馆诗钞》久风行海内，既成，政归，裒其文共四卷为《退庵文存》，属澍然序曰：某生平精力半耗于仕宦，亦半耗于诗，其文但率胸臆言之，未能求工也。澍然谨对曰：文何必求工乃工哉？求工之工是谓有人之见存，未见其能工也。已受而卒业，见有清明和吉者，有总揽横贯者，有坐而言已、起而行者，叹曰兹岂非实遂而光煜者邪？三者得一，已足自名，况兼有之乎？先生之不求工乃先生之深于文也。谨述所见，请质以报，敢云序先生集哉？道光十五年孟春月末学光泽高澍然。"[①]指出梁章钜的古文乃率意为之，不求工而自工。

梁章钜游记文是以纯粹的观赏心态来游山玩水的，洋溢着一种灵动飘逸的艺术情趣。是游非游，非游亦游，没有深切的感慨，没有深刻的寓意，人的自然生命得到舒展，人的艺术生命得到滋养。《武夷游记》云："惟九曲溪流忽近忽远，离合往复，难得其端倪。少焉，暮色四合，星村灯火隐隐一片，而对岸城高岩之钟鼓作矣。静参延作晚供毕，复邀同人坐一览台，本观之钟鼓亦作，四山滩响，悉化天风。遥望御茶园，樵火星星，与列宿相乱，碧霄如水，不月而明，夜气岚烟，悉敛于下，始觉地少天多，不知去尘世几由旬也……复循胡麻涧而东，舆步相间，险者十九而夷者十一，穷探锐蹑，杳邃无际，一拳一勺，具有神理，而峻崖陡落，线路裒出，又如怒貌之抉而渴骥之奔，令人目瞠情骇，日不暇给。所历天心磊石，马头诸峰悉有羽流迎

[①] 梁章钜：《退庵文存》序，《清代诗文集汇编》第515册，第263页。

客,茗果精致,聊可少休。又历火焰峰丹霞嶂,涉溪而北,则水帘洞在焉。石壁横亘,突首而凹腰,略如虎啸崖,而所覆之,广培之。壁色纯赤,下悬屋宇如缀蜂房,从外望之为壁光所夺,但闻潺湲之响,才涉略彴,而飞沫溅身,如山雨之骤至。再转,背壁则日光所衬,碎若编珠,千寻飘荡,随风作态,水帘之名乃称其实。咫尺之地,晴雨平分,镇心静领,声光俱细,非轻躁者所能会矣。"①

梁章钜论"君子",逻辑严密,层次井然,论证有力,充满着学术的思辨性。《君子斋记》云:"斋以'君子'名,尚志也。志于君子则君子之徒也,志于君子而以名其斋,则往来是斋者,皆不敢自外于君子者也。或曰:君子者,成德之名,居之不疑,将毋夸乎?余曰:此所谓志也。天下有志于是而不至者,未有不志于是而至者也。其志立,虽圣人可学而至,况君子乎?其志不立,而猥曰吾不敢骤期君子以为谦也,是何异于自暴弃之尤者乎?或又曰:道以济时为贵,蹈虚名而鲜实用,非君子之所贵也。今之往来是斋者,果有裨乎?余曰:古以君子为在位者之通称,盖未有有其位而无其德者,后世始有隐君子之名,然其学则未尝有异,其隐而端所求者,即其行而不愧所达者也。今往来是斋者,所处不同而所志则合,使人人有君子之见在其意中,以昌正教而导后学,循其名而愈励其实,将用舍行藏、经权常变,殊途而同归,所谓邦家之光,非闾里之荣者,不可于是斋兆之乎?侯官林敬庐先生署所居,属常往来者记之,以次及章钜,不敢辞,谨即庸情之所拟议者,正其义以求合于先生之志,惟先生辱教之焉。"②

梁章钜潜心学术,著书立说,学问渊博厚重,为文法度严谨。《文选旁证自序》云:"文选自唐以降乃有两家,一李注,一五臣注。李固远胜五臣,而在宋代五臣颇盛,抑且并列为六臣,共行于世几将千年。近者何义门、陈玉阳、余萧客辈先后踵出,咸以李为长,各伸厥说,但阅时已久,显庆经进,原书竟坠。淳熙添改重刊,孤传居乎?今日将以寻绎崇贤之绪,不

---

① 梁章钜:《退庵文存》,《清代诗文集汇编》第515册,第272页。
② 梁章钜:《退庵文存》,《清代诗文集汇编》第515册,第274页。

綦难哉！伏念束发受书，即好萧选，仰承庭训，长更明师，南北往来，钻研不废岁月，迄兹遂有所积，最后得鄱阳胡果泉师新翻晋陵尤氏本，乃汲古之祖，其中异同，均属较是，合观诸刻，窃谓李氏斯注引用繁富，为之考订校雠者亦宜博综。详哉言之，爰取群籍，相涉之处悉加荟萃，上罗前古，下搜当今，期于疑惑得此发明，未敢托为抱残守阙自限。至于五臣之注，亦必反复推究，虽似与李无关，然可以观之，益见李注精核，正一助也。勒成三十卷，统名之曰'文选旁证'，愿用区区，就正有道，仍恐见闻非周，遗落岂免，补而正之，实深幸焉。"①

梁章钜论诗主诗之正声，认为林鸣盛之诗清裁远韵，一洗元人纤弱之习，是诗之正声。《鸣盛集序》云："闽中风气晚开，唐以诗取士，士生其时，比诸汉人无不能文者，而闽人则自明月先生欧阳四门外鲜所表见。宋元以来，秀人杰士磊落争出，若杨文公、蔡忠惠、刘后村、严仪卿之伦，遂乃抗衡中州。迄于明初十子而风益盛，十子皆萃居闽中，而林子羽为之冠，所著《鸣盛集》实当时诗派之权舆，惜世少传本。相传闽人不善为名，即其表章前哲亦不力。夫以十子之冠，尚不能使生其乡者家有其书，宜乎郑定、王褒之著作，寥寥于斯世也。岁在嘉庆戊辰，余方搜访闽省遗书，适福宁王生学贞以重梓是集，向余请序。窃考子羽生平论诗大旨，谓汉魏骨气虽雄，而精华不足；晋祖元虚，宋尚条畅，齐梁以下务华少实，惟唐作者可谓大成，然贞观尚习故陋，神龙渐变常调，开元天宝间，声律大备，学者宜宗。今读其集，其清裁远韵一洗元人纤弱之习，不得不谓之正声。虽《怀麓堂诗话》专摘堤柳宫花等句病，其摹拟周栎园书影亦以闽人动为七律，如出一手，归咎于子羽，实皆子羽所不受耳。今王生重梓是书，不特为膳部功臣，且使闽人之留心风雅者，不惑于殊途岐论，良足尚也。余既嘉王生之志，又喜其体例明整，校勘详核，因弁言于首以授之。"②

---

① 梁章钜：《退庵文存》，《清代诗文集汇编》第515册，第321页。
② 梁章钜：《退庵文存》，《清代诗文集汇编》第515册，第333页。

公藏

《退庵文稿》不分卷：稿本（上海图书馆）。

《藤花馆试帖》二卷：清刻本（福建省图书馆）。

林春溥《竹柏山房文集》

叙录

林春溥（1775—1862），字立源，号鉴塘，又号观我道人，闽县人。嘉庆七年（1802）进士，授翰林院编修。主讲福州鳌峰书院，垂十九年。晚老林泉，所居曰"竹柏山房"。著书计十余种百余卷。兹所存为《宜略识字》二卷，《识字续编》一卷，《论世约编》七卷，《闲居杂录》二卷。有《竹柏山房文集》。

《宜略识字》者乃取经史诗文常用之字，学者日习不察者，别其点画音义，以免差之毫厘谬以千里之讥。续编一卷，列举双声叠韵之字，而殿之以今韵补遗。《论世约编》皆史论之属，起自太古迄于明代，择精举要，了如指掌。计分《绎史摘论》《春秋王霸》《列国世纪编录要》《春秋提纲录要》《春秋大事表叙论录要》《春秋大势集论》《鲁政下逮始末》《战国辑略》《读史论略》《路史摘论》《闲居杂录》皆读书札记，多九流杂说，野乘卮言，分部别居，颇便检览。

《竹柏山房文集》上下卷，据三山林氏家藏未刊稿本传抄。每半叶八行，行二十字，注小字双行同。正文首页署名"闽中林春溥鉴塘著"。卷上，序五十二篇，说一篇，解三篇，辨一篇，考一篇，论一篇，题后二篇，小引二篇；卷下，论二篇，恭纪一篇，恭颂一篇，说一篇，记七篇，跋三篇，书十篇，行状一篇，赋一篇，像赞三篇，墓志铭一篇。

林春溥浸淫经史，以学问为根柢，文章质实而厚。文集中以序文数量多且优，可一窥其古文创作风貌。

林春溥论历代经书传注的特点。《四书拾遗序》云："'六经'者，众说之郛，而'四子书'为之馆辖。汉人明训诂、释名物，简质谨严，确守师法。魏晋以后，始破专门之习，各抒己见，而同异得失分焉。于是，何晏参七家为集解，皇侃采十三家为义疏，唐有六家孟子，宋有五臣孟子讲义，邢昺、孙奭纂为正义，亦自谓既竭吾才，集诸儒之大成矣。然其微言奥义尚待引申，而《大学》《中庸》注疏不无漏略。"①《春秋经传提要序》云："韩子有言：'纪事者，必提其要。'汉郑众尝受诏作《春秋》，删十九篇，今不可得而见矣。窃意传可删，经不可删也；传之文可删，传之事不可删也。欧阳《新唐书》自称：'事增于前，文省于旧。'今仿其意，录为提要。经用大书，传用旁注，无经之传用圈别之。大书为纲，旁注为目，并据长历注其甲子，使考事者便于寻览，而事之别见者，异同得失亦览无遗焉。"②

林春溥论古文主张根于经学，发而为冲和深厚、浑厚和平之音。《石溪文集序》云："是集虽其一斑，然读之可以知师友渊源所自、平日致力所由，论心性则剖析精微，阐经义则折衷至当，其行文冲和深厚，经淘汰酝酿而成。韩子所称仁义之人，其言蔼如者，亦可想见其为人矣。"③同时主张为文须自道其心之所得，出于自然，文章自然高妙。《归朴龛丛稿序》云："古之为文者，自道其心之所得而已。故有心作文而文反不工，无心出之而神理俱足，令人叹为莫可易者，真与不真之辨也……君之文自然修洁、浑厚和平，义理则探程朱，训诂则收罗郑马，词章则涵泳邹枚，陶冶百家，自抒心得。洵足缵侍讲尚书之遗绪，立不朽而垂无穷。"④

林春溥主张诗写性情，托物寄兴，出于自然，不求工而自工。《绿天吟

---

① 林春溥：《竹柏山房文集》卷上，《清代诗文集汇编》第515册，第618页。
② 林春溥：《竹柏山房文集》卷上，《清代诗文集汇编》第515册，第633页。
③ 林春溥：《竹柏山房文集》卷上，《清代诗文集汇编》第515册，第656页。
④ 林春溥：《竹柏山房文集》卷上，《清代诗文集汇编》第515册，第657—658页。

榭草序》云："严沧浪云：'诗有别才，非关学也；诗有别趣，非关理也。'盖诗之为道，性情而已。情至自不能已，于言天籁所发，矢口而成，不求工而自工。故《三百篇》之作，不皆学士大夫，半出闾巷闺门，托物寄兴以自写其情，而恺恻缠绵每为学士大夫所不能及，孰谓诗无与帼中事哉？"[1]又主张诗发温柔敦厚之音，不失风人之旨。《听雨楼稿序》云："余受而读之，其文清以腴，其赋朗以畅，其诗温以雅，皆自在流出一种深厚和平之气，洋溢楮墨之表，实有以称其为人者。虽生平所作，当不尽此，然尝其一脔，夫亦可知全味矣。若夫诗赋之作，应制为多；制举之文，试差所尚，正词林之所有事。及出膺守土，则又以民社为重，区区翰墨不足言也。此其所以古体少而今体多与。"[2]

林春溥认可以古文为时文的做法，制艺亦能抒写心得。《雪龛制艺序》云："余受而读之，清真超旷，自抒心得，恺切明赡，无穷出新，诚能撷经史之精而兼古大家之胜者，当不徒以制艺观也。君家多藏书，渊源深远，推其所至，将必有以希乎古之立言者，而乃无穷之业均以疾废。读君自叙，未尝不为之三叹息焉。然使世之读是编者，知君能以古文为时文，则立言即于是乎在焉。可以不传耶？是为叙。"[3]同时，林春溥从"文无时尚"的角度努力抬高时文的地位和价值，时文虽是代圣贤立言，然亦是文辞之精，不可视之为小道。《鳌峰课选序》云："韩子有言：'人心之精者为言，文辞之于言，又其精者也。'自古文辞变为骈体又变为八股，其去古也益远，然其义则代圣贤以立言，而又束之以法度，拘之以神气，使泛滥者无所逞，其浮华粗疏者无所施，其驰骋则谓制义为文辞之精也可。故论策可以剽窃，而能制义必由揣摩而得，孰谓此事为小道哉？……夫文无时尚，以理为尚。墨无窆程，以法为程。毋入于艰深，毋流于浅滑，本之经史以厚其基，规之大家以正其范，参之风气以尽其变，则其得之心而应之手，将必浩乎沛然而有当乎古之

---

[1] 林春溥：《竹柏山房文集》卷上，《清代诗文集汇编》第515册，第659页。
[2] 林春溥：《竹柏山房文集》卷上，《清代诗文集汇编》第515册，第658—659页。
[3] 林春溥：《竹柏山房文集》卷上，《清代诗文集汇编》第515册，第660页。

立言者。"①

　　林春溥对历史地理亦有自己的真知灼见，观点发人深省。《战国地舆序》云："战国之大患在秦，而大势在韩魏。故言纵横者，必由之如苏秦之说肃侯，陈轸之合三晋，信陵之谏安釐，皆指画形势、切中事情。苏颍滨《六国论》，实祖诸此。至若张仪破纵，徒以虚辞，恐喝诸侯，不足道也。惜乎，时君狃目前而无远虑，如连鸡不能共栖，而秦因得行其远交近攻之计。孟子谓：'地利不如人和。'信矣。兹据其可知者为图，附以地志，使览者得以考其疆域、察其风土，且以知列国兴废之所由，亦以为是书之缘起云。"②

　　林春溥论唐初四杰之弊在于不善用其才，见解深刻而独到。《唐四杰论》云："天下之士，不患无才而患不善用其才。盖有才者必恃才，恃才者必傲物，傲物者必取祸。虽聪明智勇反足以杀其躯，而况文辞之才，犹其小焉者乎……古之君子不务乎文采风流之誉，而贵有任重致远之器。故常处之以深沉，出之以宽厚，使天下窥之莫罄其藏，挹之不尽其致，故名不虚立……嗟乎，士君子立身行道，有非常之才者必有非常之识，有非常之识者乃有非常之功。"③

公藏

《竹柏山房遗集》文二卷、诗一卷：据三山林氏家存稿本传抄本（福建师范大学图书馆）。

---

① 林春溥：《竹柏山房文集》卷上，《清代诗文集汇编》第515册，第662页。
② 林春溥：《竹柏山房文集》卷上，《清代诗文集汇编》第515册，第642页。
③ 林春溥：《竹柏山房文集》卷下，《清代诗文集汇编》第515册，第673页。

林则徐《云左山房文钞》

叙录

林则徐(1785—1850),字元抚,一字少穆,号石麟,晚号竢村老人,侯官人。嘉庆十六年(1811)进士。道光时官两广总督,以禁鸦片与英人战,迨和议成,谪戍伊犁,旋起用,官云贵总督,加太子太保。洪、杨事起,召为钦差大臣,赴广西,中途卒,谥文忠。有《云左山房文钞》。

《云左山房文钞》五卷,原稿目录:卷一,序四篇,记三篇,策问一篇;卷二,序四篇,叙一篇,记二篇,墓志铭一篇;卷三,记一篇,序五篇,祝文一篇,墓表一篇;卷四,序三篇,祝文二篇,墓志铭一篇,跋一篇;卷五,赞一篇,记二篇,序四篇;附存疏一篇,上谕一篇。

林则徐主张骈文与散文殊途同归,不能仅以文体论文章之优劣,而应从其中的内在精微之处入手。《张孟平骈体文序》云:"文章之有骈格,犹诗之有今体也,貌不同而源则一。周秦两汉以来,若屈平、宋玉、李斯、邹阳、枚乘、司马相如、王褒之属,瑰采奇藻,固已由质而趋于华。嗣是而体成于东京,泛流于魏晋,极盛于六朝三唐,至宋乃一变而格稍卑矣。偏解之士,高语起衰,往往薄骈文为应俗,不知少陵不废江河之说。盖指四杰文言之,而昌黎作《滕王阁记》,亦谓名列三王之次,有荣耀焉。此杜韩于文章流别所得者深，故其诗论宏通若此，非若后之人斤斤于骈散体貌间也。夫骈散者，文之外焉者耳。语其精微，则必本之以心灵，运之以真气，干之以风骨，而后修之以雅词，用能沉博绝丽，渊懿茂美，斥远凡近，与古文殊途同归，而区区抽黄媲白，悦时人耳目者，固未足多也。永嘉张孟平同年，嗜古饕奇，出其素蕴，发为词章，骈四俪六，穷妍极妙，于排比襞绩之中，能间以疏荡之气，望之锦粲霞烂，而其致渊然以清，意不为辞掩。盖非仅以抽黄媲白为能事者，乃复欿然不自足，而以所业见质，且属为序。序何足以益孟平哉？顾闻先辈之健于此事者，其持论皆谓与古文相表里。孟平深造不息，底于大成，将合东京魏晋六朝三唐为一炉之冶，渊色古音，高格宏旨，上可以润色鸿业，铭介邱而勒燕然，下亦可吐纳英华，发挥情性，如诗之有古今体，皆出于心声。要为可传而已，此一编也，非即大辂之椎轮，增冰之积水乎？"[1]

林则徐认为江苏自古人文荟萃，唐宋以来更是以名宦群集而著称。《三吴同官录序》云："江苏为东南大邦，山川秀良，风俗如美，其士民多文而少质，亦皆能读诗书、识俎豆，服田力穑，束身以听长吏之教。而长吏之官于是者，苟其政无苛暴事，体民情而出之，则民之爱长吏也如父兄。虽江之南北，或因地气别强弱，而独其固结不可以自解之情，专有以窥长吏痌瘝之微，而成其向背，盖善为感者莫吴之民若也。凡郡县以士亲民之官，尤无不旦暮与民相见，诚得一二贤有才者，知民情所以向背之自，而顺以导之于所安，则有以平阴阳之疵，而为化民成俗之由。唐宋以来，多以名宦称者，职是故也。"[2]

林则徐认为文运与世运相辅相成，制义本于六经之旨，于斯可见国家教化之功。《曹太傅师制义序》云："文章经国之大业，世盛则文运操之自上，而教化行。经义造士以来，公辅宰执出其中，明三百年，独推王文恪，而李文正、邱文庄、王文成诸公辅之。迨其季世，社稿盛行，文柄移之于下，则气运系之耳。我朝二百年来，最推李文贞，而张文贞、韩文懿、方侍郎

---

[1] 林则徐：《云左山房文钞》卷一，《清代诗文集汇编》第548册，第738页。
[2] 林则徐：《云左山房文钞》卷一，《清代诗文集汇编》第548册，第739页。

诸公辅之。今读其制义，莫不约六经之旨以成文，洋洋乎盛世之音也。郅治日隆，制作大备，吾闻歙县太傅曹公历相两朝，以经术为治术，都俞咨命，雍容揄扬。既与文贞诸公相先后，其文以理为主，而气辅焉，选言宏富之路，若不仅取材于六经，而约经旨以成文，直与先正如合一辙。盖其闳览博识，于全经背诵尤不遗一字，故为文援笔立就，群书奔赴腕下，用语恒若己出，人巧备而天工错，有出乎诸大家之右者，要以德性淬于内，事功炳于外，明良遇合乎于上而浃于下。惟其有之，是以似之，然则斯文之传，亦岂尽人力之所致哉？国家教化之盛行，与吾师经国之大业，谓即于制义见端焉，可也。某不文，辱命为叙，谨以文章之关于气运者声之，俾读者不徒视制义为弋取科名之具，而知所推本焉，其殆庶几乎！"①

公藏

《云左山房文钞》五卷：清抄本（浙江省图书馆）。

《云左山房文钞》四卷：抄本（福建省图书馆），民国五年（1916）广益书局石印本（辽宁省图书馆、福建省图书馆、江西省图书馆、南开大学图书馆、复旦大学图书馆），复印本（福建师范大学图书馆）。

《云左山房文钞附联语》，沈祖牟选辑：福建沈氏峕斋抄本（福建省图书馆）。

《云左山房佚文》，郑丽生辑：抄本（福建省图书馆），抄本（福建师范大学图书馆）。

《侯官林文忠公遗稿》不分卷：稿本（上海图书馆）。

《林文忠公遗墨》一卷：稿本（中国科学院图书馆）。

《林文忠公遗集》：光绪刻本（日本东洋文库、日本京都人文科学研究所、

---

① 林则徐：《云左山房文钞》卷三，《清代诗文集汇编》第548册，第751—752页。

日本大阪府立图书馆）。

《林文忠公文稿编选》二卷，萨嘉榘辑：1959 年抄本（福建师范大学图书馆）。

《林文忠手改尺牍录存》：道光林直手写本（福建省图书馆），按：残存四卷。

《林文忠尺牍》：福建丛书稿本（福建省图书馆），抄本（福建师范大学图书馆）。

《林文忠公尺牍》：民国北京懿文斋影印本（北京师范大学图书馆）。

《林文忠公书札诗稿》不分卷：稿本（国家图书馆）。

《林则徐书札手稿》：1985 年上海古籍出版社影印本。

《林则徐家书汇抄》：原稿本（福建省博物馆），1956 年龙溪陈之麟抄本（福建师范大学图书馆）。

《林则徐家书》：民国十四年（1925）排印清朝十大名人家书本（南京图书馆、丛书综录），民国二十四年（1935）上海中央书店排印本（福建省图书馆、江西省图书馆），台北文海版近代中国史料丛刊影印本。

《林则徐集·书牍》，中山大学历史系编：1985 年中华书局排印中国近代文物文集丛刊本。

《林则徐信稿》，黄泽德编：1985 年福建人民出版社排印本。

《林则徐书简》，杨国桢编：1985 年福建人民出版社排印本。

《林则徐遗墨》三种：1962 年抄本（福建师范大学图书馆）。

《林则徐诗文选注》，上海师范大学历史系中国近代史组注：1978 年上海古籍出版社排印本。

徐　经《雅歌堂全集》

叙录

徐经（约1750—1835），字芸圃，号鳌坪居士，建阳人。诸生，卒于道光初。著有《雅歌堂全集》四十二卷，其中：文集二十二卷，外集十二卷，诗抄五卷，赋一卷，诗话二卷。

《雅歌堂全集》四十二卷，扉页署名为"雅歌堂全集"，有"光绪丙子镌"及"潭阳徐氏藏板"字样。每半叶十行，行二十一字，注小字双行同，四周双边，单鱼尾，白口，有栏线。正文首页署名"建阳徐经芸圃氏著"。

《雅歌堂文集》二十二卷，卷首有大兴朱珪、平湖陈嗣龙、南昌衷以埙、侯官林鸿年、侯官沈葆桢作序及徐经自序，卷末有杨春蕃后序、汪焕后跋。卷一，读、书后二十篇；卷二，读、书后二十九篇；卷三，读、考十篇；卷四，读、书二十二篇；卷五，序、书二十三篇；卷六，碑后、文后、墓志铭、书四十四篇；卷七，论、辩八篇；卷八，说、议、纪、疏、杂著十五篇；卷九，启九篇；卷十至十一，书三十七篇；卷十二至十四，序四十三篇；卷十五至十七，记四十篇；卷十八，跋、题词九篇；卷十九，碑、传、状略十二篇；卷二十，行状、墓表、记后六篇；卷二十一，墓志铭、题后七篇；卷二十二，哀文、哀辞、祭文十篇。

《雅歌堂外集》十二卷：卷一，左传兵法、左传兵诀；卷二，孙吴兵诀；

卷三，春秋礼经、春秋书法凡例、附胡氏释例；卷四，左传歌谣；卷五，左传精语；卷六，外传精语；卷七，公谷精语；卷八，国策精语；卷九，读左存愚；卷十，说诗汇订；卷十一，朱子事汇纂言；卷十二，朱梅崖文谱。

《雅歌堂慎陟集诗抄》五卷：卷一，五言古六十首；卷二，七言古四十八首；卷三，五言绝三十四首；卷四，七言绝二百二十四首，五言律一百八十八首；卷五，七言律一百七十四首。

《雅歌堂赋》一卷：共有五篇，分别是：《感知赋》《玉华洞赋》《武夷山赋》《虹桥板赋》《瀑布赋》。

《雅歌堂氅坪诗话》二卷。

徐经古文以唐宋八大家为宗，文成法立，体备义富；求实学、讲经济，关心时事；考据精核，文采渊懿，性情精熟，温柔敦厚。

朱珪评曰："今芸圃文成法立，能以唐宋大家为宗，盖自崇其知，非有受于人也。"① 陈嗣龙评曰："士之有志经世者，不惑于流俗而毅然尚法乎古人，则发为文章，即可以知其怀抱……生果能求实学，不为时好所汩没，诚可贵也。生讲经济、关心时事并能申雪古人诟诬，如集首书后等篇，发前人所未发，诚可质鬼神而无疑，俟圣人而不惑……生真可与立事，不独文章可传也。集中更有论兵诸作，盖生随其尊武功，熟于守御事宜，故读古人书能综其要而约其精，是役也。"② 林鸿年评曰："先生幼克树立关山戎马，久而练习其才，读《氅坪》自传一篇，即于襟期淡远，愈见抱负非常。其游记诸篇，半予足迹所及，把卷俯仰，不禁喜洋洋也。"③

沈葆桢评曰："陶径杨叟游建阳归，示余以徐芸圃先生遗集，受而诵之，其体备，其义富，其大旨则为古圣贤、豪杰辨诬，使天下后世学古人者，粹然一出于正。虽世所诟病，如司马长卿、扬子云者，亦斤斤湔雪之不少靳，恍然见循吏夜烛治官书，凝神一志，再三反覆，求其生于寸牍之中。其考据

---

① 徐经：《雅歌堂全集》序，《清代诗文集汇编》第433册，第63页。
② 徐经：《雅歌堂全集》序，《清代诗文集汇编》第433册，第64页。
③ 徐经：《雅歌堂全集》序，《清代诗文集汇编》第433册，第65页。

精核，足符合古人否，其文采渊懿，足颉颃古人否，非固陋者所敢知，而温柔敦厚，直道而行之，意必不谬于古人。知其泽于诗书者深，而内治其性情者精且熟也，其大异于世之以著述争名者欤，庶几哉，足以垂教矣。"①

徐经自序云："余尝汇唐宋大家之论文，曰慎其实，曰诚其中，曰取道之内，曰道胜者不难自至，然则虚伪者无功，而务外者鲜得耳。余自少喜古文词，苦无师授，二十年来困于举场，又不克，一志讲习，今发种种矣，尚能登古人之堂而跻其戳哉？顾自念老苏之文以中年而成，柳子厚亦自贬所而文益进，是不得于此，正所得于彼。庸讵知吾之抑于今者，非欲其伸于古耶，则所谓韩也柳也欧阳也，吾能知之能言之，而顾可不竟其学，以从时之悠悠乎。则是集也，虽仅存三百篇，而亦见志之所在矣。笑之不知，困之不悔。噫，其果何求哉？吾恐迷其途而绝其源，终吾身不得成也，因名集曰'慎道'以自励。"②

杨春蕃评曰："先生读书必求心得，解经论史能决前人所不能决之疑，并敢开后人所不敢开之口……至于论兵法、吏治与一切有关于经世者，皆生平所心得而出之，故笠屐所向，倾倒一时。"③

徐经读书广博，善发前人之所未发，识力不凡，见解取胜。《读国语》云："《国语》文体与《左传》不同，后人遂疑非左氏笔，并别左邱为一人。不知《左氏传春秋》博采列国之史事以排纂而成篇，故成一家之文。既乃择诸史之浑厚雄迈、奇变骏厉诸作录而集之，故其文气仍是各国之体，不能同于一家之文。且周鲁自异于齐楚，而吴越又不同于晋郑。当日各国多有史才，其文章因囿于风气，何以视语与传不同，疑非左氏，并臆为左邱《国语》。信非左氏自作，而经左编辑，即称为左外传亦无不可。司马公谓《国语》不及《左传》之精，盖未细加详审。刘炫、叶少蕴纷纷于姓名而辨别，则岂能知左者乎？"④陈枫阶评此文为："似此见解，则非《国语》非，

---

① 徐经：《雅歌堂全集》序，《清代诗文集汇编》第433册，第65—66页。
② 徐经：《雅歌堂全集》序，《清代诗文集汇编》第433册，第66页。
③ 徐经：《雅歌堂文集》后序，《清代诗文集汇编》第433册，第344页。
④ 徐经：《雅歌堂文集》卷二，《清代诗文集汇编》第433册，第99页。

非《国语》可以不作，惜前儒皆未论及。"①

"赞"是一种体裁，黄侃说："盖义有未明，赖赞以明之。"可见，"赞"本义并不是"赞美"之意。《虞姬戚姬赞》一文，名为"赞"，似更像"论"，徐经的见解新异，议论精警。《虞姬戚姬赞》云："二姬皆丽人。虞从项王殉节垓下，天下壮之。如其不死，必为汉所得，则粪土不若矣。戚姬欲易太子，结怨吕后，能终免其不报复乎？高帝弃群臣，戚能从死，则无人龁之祸矣。周昌既受帝重托，何无识以全戚之义乎？呜呼，恃宠而骄，戚固有以自取。而若虞姬者，葬处生草自舞。人呼为虞美人，信美矣哉！"②陈华簪评曰："二姬相形，便为重瞳公生色，汉高不能庇其伉俪，亦愧项王多多矣。"③陈翠庭评曰："益都王遵坦题项王本纪云，垓下何必更悲歌，虞兮吕兮较若何。'吕'字当是'戚'字之讹。此篇评论二姬，较遵坦诗更见精警。"④

徐经论苏辙，有理有据，正反对比，逐层论证，使人信服。《书苏子由论时事书》云："世尝谓子由忠悃不及其兄，而所遭贬斥亦多因兄之牵累。吾谓子由非不及也，其议论多出以雍容，不求急迫气象，似少逊于兄，而其诚心为国则一耳。新法之行，子瞻争之于前，子由争之于后，力扶国脉，关系安危。仁宗为子孙留二宰相，惜乎神宗不用，以致败坏。吾读此论辄为低徊久之，长公不可及次公又可及哉。"⑤

徐经认为古文当从经学中来，经学与古文并治。《方望溪文题后》云："万季野谓望溪曰：'唐宋八家中，惟韩愈氏于道粗有明，其余则资学者以爱玩而已，于世非果有益也。'望溪于是辍古文不讲，而尽力于经学。夫经学与古文可以并治，不相妨也。八家之文，何尝不从经学中来。韩公约六经之旨而成文，同时柳子亦溉六籍之芳润，至于曾王原本经术，人所共知。而欧苏奏议，言言恳挚，岂不湛深经籍而能忠悃如是。其为人所爱玩者，正为有益于人，可以开拓心胸，增长气识，岂必孜孜心性乃为明道耶？"⑥

---

① 徐经：《雅歌堂文集》卷二，《清代诗文集汇编》第433册，第99页。
②③④ 徐经：《雅歌堂文集》卷四，《清代诗文集汇编》第433册，第129页。
⑤ 徐经：《雅歌堂文集》卷六，《清代诗文集汇编》第433册，第168页。
⑥ 徐经：《雅歌堂文集》卷六，《清代诗文集汇编》第433册，第176页。

徐经欣赏古诗十九首的缠绵忠厚，托兴寄情。《序古诗十九首后》云："诗人以其缠绵忠厚之怀，抒其契阔忧思之雅，而伤知音同调之难，是不得专指何首为事父，何首为事君。盖托兴于草木鸟兽，而寄情于兴观群怨，在读者意之所至，感无不通。彼以为念友，此以为思君；彼以为怀乡，此以为恋阙，俱无不可。盖一篇之中，反覆致意，深长可思，此则余之所以不解。"①

徐经欣赏清俊有新意的诗。《心吾子诗钞后序》云："心吾子性嗜吟，有诗千余首，皆清俊有新意，而乐府尤有神悟。拟古百二十篇，精深奥渺，多发老氏所未发而逸情灵变。识者谓与李供奉为近，心吾子性恬退，怡然旷然不与物相忤。及观其诗，则英锐不敢逼视，殆所谓容貌若愚者乎？"②

徐经主张诗言志，陶冶性情。《臧省庵诗序》云："诗人论诗，各有所主，而门户之见，互相排击，此已失作诗本旨，又何可与论诗。夫诗各言其志耳，依永和声必以其言之长短为节，而言为心声，固发于天籁。然非陶养性情、涵咏古籍以平其心、以和其气，而声律不能自调，此不易之理耳。"③谢竹坡评曰："气格清夷，震川神境。"④

徐经认为诗写性灵，诗之教在温柔敦厚。《丛桂轩诗草序》云："甲申中秋，江子云屿以其《丛桂轩诗草》嘱余点定，计古近体一百三十四篇，其旨温柔敦厚，得诗之教，可谓善写其性灵者矣。按四声八病未兴之前，所有诗歌未尝不叶于音韵而调于律吕。盖人心感发自然天籁、不假模拟、何藉雕饰？惟后世争奇斗巧，则句语愈工而宗旨愈远，非所以为诗也。"⑤郑春潮评曰："读此文，亦觉天香袭人，真是生花之笔。"⑥

徐经善于以小见大，认为天地之大美皆出于自然，非人工雕琢所及。《文石记》云："文莫备于天地风云之缭绕、日月之出没，与乎水流山峙，草木之华，鱼鸟之态，倏忽变化，四时改观，此天地之至文，即造化亦不知其自然而然也。人心之灵，力能夺之，刻镂组织、绘画之事，百肖其形，然皆出

---

① 徐经：《雅歌堂文集》卷十二，《清代诗文集汇编》第433册，第234页。
② 徐经：《雅歌堂文集》卷十三，《清代诗文集汇编》第433册，第247页。
③④ 徐经：《雅歌堂文集》卷十三，《清代诗文集汇编》第433册，第248页。
⑤⑥ 徐经：《雅歌堂文集》卷十三，《清代诗文集汇编》第433册，第250页。

于惨淡经营，而非自然之性。故文虽工，仍不得谓之至。天下有至文，不待人力，而自然具万汇之情状，吾于泸州之石见之。石杂处江滨，顽石之中，上下数十里。大者如掌，小者径寸，金碧灿烂，华采晶莹，凡天地所有之物，无不宛然曲肖。噫，异矣！夫得天地之精华者，不惟石也。"① 陈西仑评此文为："从文字生出波澜，纳须弥于芥子，何等神力。"②

徐经游记文侧重点不在写景，而是寄寓自己的生命经历与体悟，有一种深沉的感慨在其中，在平淡的叙述中却藏有一股隐隐的哀情。《杭苏游记》云："刘晓峰守维扬，余是以有杭苏之行。泛舟严子陵濑下，遍览西子湖、孤山、苏白堤，上至孤胥而晓峰被逮北去矣。留胥门十日，雨甚，即怏怏归，题诗狮子林，别倪高士，遂解缆去。江南，吾故乡也，自吾祖入闽不得归，吾父入蜀又不得归，吾因缘以至，而又以事中阻。故于吴江平望之间，低徊久之，不能遽去。是行也，无所快意，惟时时神游灵隐净慈之地，觉飞来峰、冷泉亭，辄涌现于胸中。闻前人言广陵涛甚伟，即今之钱塘。异日再过曲江，安得枚叔把臂观之。"③ 林淡茹评此文为："芸圃尝言，久历边上至南中，故土恍如隔世。此记深于哀江南，结尾尤有万丈之势。"④

徐经题跋，读来自有一种文士浩然之慨，心胸激荡之感，可见文士笔下之风云万状。《剑阁横云图跋》云："蜀之险，东曰瞿塘，北曰剑阁。瞿塘，余往来数矣，剑阁则未一至。陆放翁细雨骑驴入剑门，尝欲写为图画，今守亭为画中人，不亦快乎。愚以为书生文弱，每为武人所轻，而古来建策筹边往往出于文士之手，则所以决胜于千里外者，又岂可以文弱论哉？守亭经理团练诸务，至今营山人能言之。余于成都数对晨夕，丰颐长髯，居然古伟丈夫，则怒马独出，宜贼望而生畏。余亦书生也，尝窃讲论兵法，恨不早从守亭游，指画于危栈、飞流之间。今对此图，云气蓊勃、决眥荡胸，诚伟矣哉！"⑤ 衷雅堂评此文为："为文士吐气。摹写处，画工所不能传。"⑥

---

① 徐经：《雅歌堂文集》卷十五，《清代诗文集汇编》第433册，第273页。
② 徐经：《雅歌堂文集》卷十五，《清代诗文集汇编》第433册，第274页。
③④ 徐经：《雅歌堂文集》卷十七，《清代诗文集汇编》第433册，第303页。
⑤⑥ 徐经：《雅歌堂文集》卷十八，《清代诗文集汇编》第433册，第306页。

公藏

《雅歌堂文集》二十二卷、《雅歌堂赋》一卷：同治重刻本（国家图书馆），光绪二年（1876）刻雅歌堂全集本（丛书综录、北京师范大学图书馆、台湾大学图书馆）。

陈池养《慎余书屋诗文集》

叙录

陈池养（生卒年不详），号春溟，莆田人。嘉庆十四年（1809）进士。著有《慎余书屋诗文集》，其中：诗抄六卷，文抄五卷。《石遗室书录》谓其诗稳而质。

《慎余书屋文集》五卷，卷首有林庆诒作序。正文首页署名"莆田陈池养著"。每半叶八行，行二十字。卷一，赋一篇，论十五篇，书一篇，考证一篇，议二篇，叹一篇，说十五篇；卷二，公牍十八篇，书启十七篇；卷三，纪事三篇，疏一篇，记十二篇；卷四，引十篇，启一篇，序十五篇、祭文六篇，传十二篇；卷五，墓志铭七篇，述略一篇，家传一篇，圹志一篇，祠堂记一篇，改葬志一篇，事略一篇，师友记一篇，自赞一篇。

林庆诒作序云："余接兴安篆得读莆阳陈春溟大令所辑《水利志》，缕析条分，朗若列眉，自愧不文而徇其家之请僭弁言于简端。窃喜大令之功在桑梓，而作书垂后，其用意为至深也。因就其家，询大令文集，则以奉遗嘱，藏诸家乘不敢问世辞。余强索之，盥诵终卷，蹶然而兴曰：'有是哉，大令之文即大令之行述也。'余虽未窥古大家门径，而即大令之文以眷怀大令之人。其论议则苏文忠公之指陈利弊，悉中机宜也；其讲说则陈北溪之口讲指画，明白如话也；其公牍、书启则分六一、南丰之派也；其传记、铭赞则得龙门、扶风之神也。而余所最服膺者,尤在首重纲常于忠臣、孝子、节妇之事,娓娓不倦,深得三百篇之遗意。至于先世述略、服官事略、师友渊源皆本诸心得之余,以垂为家范。孔子云:'有德者,必有言。'其大令之谓欤!此而不广其传,可乎?爰怂恿付梓,而谨为之序。余之佩服大令,深矣。以云操鉴,则吾岂敢?同治九年二月东莱林庆贻拜撰。"[①]指出陈池养之文即其人之行述,文如其人,议论文指陈利弊,悉中机宜;讲说文口讲指画,明白如话;公牍、书启文得欧阳修、曾巩之韵味,传记、铭赞得司马迁、班固之风神;且为文尤重纲常,得三百篇之遗意。本诸心得,有感而发,以德行为文,足以垂范后世。

陈池养赋作以反映现实为主,表达自己身处穷困的抑郁之情,彰显出强烈的批判现实主义精神。《送穷赋》云:"余转徙于燕赵兮,岁忽届夫戊寅。怅屡更于黔突兮,羌皇皇以勤民。有黎丘之穷鬼兮,随我躬以逡巡。谓相与于无与兮,投所向而遭屯。将日增而弥蹶兮,爰积怒以生嗔。于是,召三尸之神,求五行之蠹。执而数之,并问其故。于人何疏,于余何慕?久而见进,如胶之固。矧菲薄以自持,曾声色之莫肯顾。恒兀兀而孜孜,日黾勉以成务。乃见义而必为,遂与物而多忤。维惠迪之有常兮,讵刻励而愈苦。苟非子之可驱兮,将惟天之是诉。深夜既寂,四座无喧,俯若有听,缩颈而蹲,归咎于穷,穷亦有言。伊吾子之守拙,恨太明夫是非;惜物力之有尽兮,曾不取以自肥。傥友朋而不恤兮,难与谊而相违;嗟性真之所尚,殆自致于调饥。独困顿而不悔兮,穷将舍子而安归。且与古而为役,早自信以不疑。虽报政之莫逮,亦每去而见思。名者,造物所忌,或以抑郁为扶持。既不以彼易此兮,即往诉其将奚为?傥见责而遽去兮,又恐负于子之所期。于是闻声转怜,守正益坚;理无终穷,时至则迁。谨负荷于仔肩,聊体任于自然。"[②]自古悲莫大于贫贱,作者虽然深受穷困之苦,但还是毅然选择"君子固穷"的志向和操守。

[①] 陈池养:《慎余书屋文集》序,1965年抄本(福建师范大学图书馆)。
[②] 陈池养:《慎余书屋文集》卷一,1965年抄本(福建师范大学图书馆)。

《钱法论》可谓一篇关于历代钱法的学术论文,对历代钱法的因革流变和利弊得失的论述条分缕析,层次分明,观点明白,文法谨严,语辞简练。其云:"钱行于世,久矣。夏商以前,其详靡见。可知者,其周太公九府圜法钱,圜函方轻重以铢乎?秦并天下,为半两钱。汉患其重,铸榆荚钱,轻而生弊,文帝铸四铢,除盗铸钱令,贾谊谏之,其时吴邓钱满天下。武帝初,行三铢,后铸五铢,周郭其质,令不得磨取镕焉。王莽更制,大致滋扰。世祖建武中,复行五铢,盖五铢得轻重之中也。三国曹魏罢钱不用,后谷帛滋伪,更用五铢。晋武帝因之,东渡后,钱法淆杂。梁普通铸铁钱,法愈坏矣。北朝元魏宣武铸五铢,鼓铸不如法,民不用。武定时,私铸滥恶,齐文宣欲改未果。隋高祖受周禅,以天下钱货轻重不等,乃铸新钱,背面肉好皆有周郭。文曰:'五铢,重如其文,悉禁旧钱及私钱。'自是钱币始一。唐武德四年,铸开元通宝钱,欧阳询制词及书,字含八分篆隶三体,其词先上后下,次左后右,读之自上及左,回环读之亦可,俗谓之'开元通宝'钱。每十五钱,重一两,计一千重六斤四两,轻重得货之宜,与汉五铢相仿。肃宗铸乾元重宝钱,以一当十;又铸重轮乾元钱,一当五十,盖用兵权宜之计。代宗时,减重宝钱一当二,重轮钱一当三焉。乾德后,则铜钱、铁钱并用,而不胜其弊。宋初,铸钱悉准开元,太宗亲书'淳化元宝'作真行草三体,自后改元更铸以年号元宝为文。神宗时,王安石弛铜禁,奸民销钱为器,边关、海舶复阑出钱币,民患钱荒。南渡后,会子兴焉。金元,古钱及钞并用,不铸钱。明洪武,铸'大中通宝',继铸'洪武通宝'。嘉靖时,患小钱,因颁钱式鼓铸,隆万两朝加重半铢,其初制钱与前代古钱相兼并使。天启后,广置钱局,括古钱以充废铜,上下相蒙,销钱铸钱,弥铸弥恶,小钱充斥不可禁。夫三代以上,钱之用少;自汉迄今,钱之用渐多,亦时势使然。若论钱法之善,则汉之五铢、唐之开元最为得中无弊。隋之五铢,宋之太平、淳化、祥符,明之洪武、永乐、嘉靖、隆万等朝可以匹休。我朝顺治、康熙、雍正、乾隆一百五十余年间,鼓铸精密,极得古人不惜铜、不爱工之意,其时钱贵物贱,家给人足。嘉庆以来,钱质松脆,铸亦稀少,大抵官铸钱恶,则苦盗铸,故有来子、荇叶、鹅眼、綖缳之称,皆言钱之恶劣也。

然官铸钱善，又苦盗销，销之既多，钱不足用，山泽藏奸，市井牟利，盗铸亦因而起。我朝钱法尽善，惜铜禁不申，钱多为民所销，今官铸大不如前，仍以铜少工贵，不能多铸，私铸小钱又所在多有。然货物之贵，由于银之贵，即钱之贱，亦由于银之贵，非钱之多而贱也。议者第欲伸钱抑银，不知近日官铸好钱甚少，私铸小钱甚多，库贮出入，必用官钱。窃恐银乏而绌，未见钱多而充也。况近闻番舶并载好官钱而去，恐不二三年间，钱与银俱绌也。"[1]

公藏

《慎余书屋文集》五卷：同治九年（1870）刻本（福建省图书馆），1965年抄本（福建师范大学图书馆）。

《慎余书屋诗稿》六卷《慎余书屋文稿》一卷：稿本（中国科学院图书馆）。

---

[1] 陈池养：《慎余书屋文集》卷一，1965年抄本（福建师范大学图书馆）。

高蓝珍《桐枝集》

叙录

高蓝珍（生卒年不详），字晋三，侯官人。有《桐枝集》。

《桐枝集》十卷，扉页有"嘉庆十四年己巳镌""本衙藏板"字样。卷首有朱仕琇、庄炘卉、祝曾、岳震川作序。每半叶九行，行二十一字，四周双边，单鱼尾，白口，有栏线。卷一至卷九为诗部，分别是：卷一为《越麓草亭稿》，卷二为《鳌江集》，卷三为《前丹诏集》，卷四为《东山吟草》，卷五为《后丹诏集》，卷六缺，卷七为《适吾斋偶存》，卷八为《秦中吟》，卷九为《排律偶存》，卷十为《附刻杂著》，共计文三十六篇，具体是：记五篇，引一篇，序十一篇，跋六篇，传一篇，赞七篇，祭文二篇，题后一篇，寿文二篇。

朱仕琇评曰："侯官高生晋三，健诗文，工书法。尝举乡试中式，额溢为副，人皆惜之。生为人俶傥，通知世务而律躬甚正，尤笃内行。"[①]指出高蓝珍擅作诗文，并对其为人甚为赞赏。

高蓝珍自述云："予于文，毫无所窥，弱冠读《八家选本》，性颇好之而未知其指趣，矧要眇乎？中岁从梅崖师游，闻其绪论，如梦初觉，顾斯事

[①] 高蓝珍：《桐枝集》序，嘉庆十四年（1809）刻本（福建师范大学图书馆）。

体大，未易以言领略也。而又以违师远宦，无能卒业，深用自惜，因选刻诗集后，汇其稍稍近似者存之，得如干首，此亦班门掉斧之为。求如宋玉之学汨罗，李湜之师吏部，谈何容易。曰杂著者，长短整散兼收，义取揣称，且山鸡自爱其羽，虽以璞示，曷计焉！"[1]叙述了自己问师学古文的过程及心得体会。

高蓝珍记文将物事与人事结合起来，在居室的命名中寓意人生志向。《吏隐堂记》云："吏隐堂之名曷昉乎？昉于宋宣和中宣教郎张公安祖来典是邑，未期月，而邑治，遂移西堂南向，命曰吏隐。盖公之为政，优游有余，定而不扰。虽刬繁拨剧而庭宇寂然，其隐也，其简且静也。政之大体如是，仲弓之居敬临民，犹是意也。名堂之义，岂仅在养志娱神，优闲燕息而已哉？余以闽海拘儒备员关辅，自嘉庆元年，川楚滋事，军书八载，南山北栈，艰险备尝，乃承乏兹土，犹忆有困吏事，思一息肩不得。曾镌一'吏隐老人'小印以寄其志，不图于七百年前有先得我心者，已立此堂以待，岂天心人事之适相合耶？抑倦而求息者之以区区一印为之兆耶？夫隐于官与隐于家，一也。然惟拙者能之，而巧者不能，何则？不简则烦，不静则动，喜动耐烦，其吏乃显巧耶？拙耶？烦耶？简耶？静耶？动耶？隐耶？显耶？亦任人自为而已。余敢谓继志张公哉？履其堂，征其兆，思其人，因为之记。"[2]作者首先从历史角度谈"吏隐堂"名称的由来，有继志先贤之意；其次，以自己从政的亲身经历体验到仕途艰险，引发对"隐"的渴求；最后，谈为政的道理，不过任人自为而已。"隐"之一字乃理解通篇的关钥所在。

高蓝珍认为朱仕琇以古文闻名海内，要之根本在于"自信"。《读梅崖师制义上集题后》云："梅崖师擅海内古文名五十年，知与不知皆信之矣。独制义一道，自少而壮而老，诧于乡，訾于国，终至怪，声遍天下。间有知者，或推其古文，得之无以尽其至也，然则岂其术之诡于正与？抑世之智识短浅，不足语于斯道要渺者之多欤？盖自有明三百年，作者极盛，化治四代，学者奉为准绳，其力不能角，亦不敢与之角。闻有角之者，辄相与讶之，至角之而以为

---

[1][2] 高蓝珍：《桐枝集》卷十，嘉庆十四年（1809）刻本（福建师范大学图书馆）。

胜，则益其眩惑震骇，弱者咋舌，强者怒詈矣。士之不充，所见后古人，而即受制于古人。若此，吁可哀也已。梅崖师之文，非有诡于四代也，而角过之。譬之玉，然四代璞耳，师则璞之精神，见于山川者也。璞之知，鲜矣，而且语精神于无何有之域，又谁信哉？又谁信哉？然则使师无古文，将无以重于天下耶，然则执是例，天下遂有以知其古文耶。夫君子亦为其自信者而已矣。"①

高蓝珍认为人与道合一，文以明道，文传而道传，道立而文立，相辅相成，不可分离。《就正编文集序》云："欧阳子曰：'吾所为文，必与道俱。'集虚斋反其说曰：'吾所为道，必与文俱。'因纵论依古以来载道之文，历叙其次而为之，极曰：'无文者，道之贼。'若是乎，其重文以重道也，持论诚新辟可喜，然实与欧阳子之说二而一之，无异同也。夫文以明道，必文传而道乃传，亦必道立而文乃立，不相离也。安在其能相胜，特人之与于是者，寡矣。友人许君道秉习为制义之文，制义者，代圣贤立言，于道尤粹，大之在平治修齐礼乐之故，精之在天人性命道德学术之微，旁涉于河岳、星辰、鸟兽、草木。凡圣人所为教，学者所为学，道皆有其本原与其条理，必称量而出之，非息心微气、静与之遇，有不能得其要领者，而又非可以臆解合也。涵濡于六籍之旨而取其精，久之以类相从，拟议以成其变化，如是焉而已。"②

高蓝珍高度赞誉朱熹的理学成就，望之如仰日月。《朱夫子画像》云："昔在尼山，大成是集。表章六经，远宗近挹。如饥之餐，如寒之袭。百千万年，愚贤仰给。夫子继之，一灯相缉。阐厥宏深，导以阶级。负荷不遑，孳孳汲汲。训诂笺疏，儒先林立。家自为书，人奚以执。日月有明，萤光是戢。于戏夫子，尼山之堂，则揖以入。"③

公藏

《桐枝集》十卷：嘉庆十四年（1809）刻本（福建师范大学图书馆）。

---

①②③ 高蓝珍：《桐枝集》卷十，嘉庆十四年（1809）刻本（福建师范大学图书馆）。

高澍然《抑快轩文钞》

叙录

高澍然（1774—1841），字时野，号甘谷，晚号雨农，光泽人。与李默（古山）等相友善。嘉庆七年（1802）举人，官内阁中书，旋解职归，闭门读书，喜为古文自娱。长于古文，所纂《光泽县志》为识者所称誉。尝受聘继陈寿祺总纂通志，因故而辞，其"与郑方伯、王观察论通志兼辞总纂书"，论通志体例，明白简要。尤嗜韩昌黎之文，出入必挟以行，有《韩文故》《春秋释经》《诗音》《论语私记》《抑快轩文钞》等。

高澍然一生著述宏富，著有《春秋释经》十二卷，《诗音》十五卷，《韩文故》十三卷，《易述》十二卷，《诗考异》三十卷，《论语私记》二卷，《河防三编》各一卷，《福建历朝宦绩录》四十卷，《闽水纲目》二卷《图》一卷，《李习之文读》十卷，《抑快轩文集》七十四卷，《悬溜山房制艺》十二卷，《（重纂）光泽县志》三十卷，《（重纂）福建通志》二百七十八卷等。[1]

《抑快轩文集》三十卷，清同治间赌棋山庄藏旧抄本四册。兹集三十卷，首有谢章铤手书记一篇，略云："往金门林瘦云从先生学古文，所作多经润

---

[1] 参见何少川主编《闽人要籍评鉴》，海峡文艺出版社2016年版，第519页。

色，予读其集，益思先生之文不置也。闽县何道甫亦从先生游者，传《抑快轩文集》有七十三卷，此尚不及半。同年刘炯甫少与先生习，告余先生晚年区分其文定为甲乙丙丁集，其殆所谓七十三卷者，当尚有精诣之作在其中，属寄书其冢嗣屺民明经问之。未知何日得以快睹。此本旧藏恭甫（陈寿祺）先生，后为雪沧（杨浚）所得，予从之转写。予自三十以后见可写之书不胜写，无力遂辍不写。兹特写先生集，则予之倾倒先生久矣。三十卷中完善可六七，其余虽稍涉应酬，然亦依附义法，无甚芜者。大抵先生之文以养胜，其体洁，其气粹，不必张皇以为工，平淡出之，令人有悠然不已之思。盖积真其内，而宁静淡泊之修，有以固其外。故生平致力韩子，而所得和易乃近欧、曾，于欧去剽，于曾去滞，道气酝酿者深，岂绩章绘句所能袭取哉？"①另有道光建宁张绅序一篇。正文之前有"道光十年福州陈寿祺读""道光壬辰仲春侯官李彦彬、李彦章读""道光十二年秋仁和陈善读""道光十二年冬福州翁吉士读""道光癸巳初夏全椒郭应辰读""同治己巳荷花生日侯官杨浚所得""中元节后装补完善，翻读一过"字样，又有朱书"同治辛未谢章铤从雪沧选写，并校，祀灶前三日记"各字样。全书经谢章铤校点，有赌棋山庄印记，视为难得佳本，与《福建艺文志》所称文集乙篇四十八卷，丙篇十六卷，丁篇九卷者异。②

《李习之先生文读》十卷，澍然既作《韩文故》，又作《习之文读》，盖其文本学习之，以其易良也。故其自序有云："昌黎取源《孟子》，而汇其全，故广博与易良并……《论语》之易良也……昌黎犹为公好，于先生若为私嗜。"故是书与《韩文故》实相表里。每题之后，皆有总评，此外有旁批甚详，皆曲当质雅，足以启悟来学。文凡九十九篇，末卷无评语，盖为拟删者。唯自序乃云亦加评，岂刻时所漏耶。全书刻于同治十年（1871）冬月于福州，版存光泽抑快轩。首有宝庆王凯泰序及自己序，并附校对同人姓氏。末有闽县刘存仁跋一篇。

---

① 高澍然：《抑快轩文钞》，民国三十七年（1948）陈氏沧趣楼排印本（福建师范大学图书馆）。
② 参见金云铭著，福建师范大学图书馆编《金云铭文集》，国家图书馆出版社2017年版，第53—54页。

《抑快轩文集》七十四卷，分为乙、丙、丁三编。乙编四十九卷，丙编十六卷，丁编九卷补录一卷，系高澍然晚年所手订，其子高孝扬补录一卷。卷前有张绅序、陈善序、周凯序三篇。全书共收文五百二十四篇，有赋四篇、论七篇、说六篇、辨六篇、序一百五十篇、记四十四篇、书七十五篇、颂三篇、行状五篇、事略二篇、传五十六篇、墓志铭墓碣墓表五十五篇、碑六篇、书后十四篇、题跋二十六篇、像赞十二篇、诔四篇、哀辞四篇、铭七篇、祭文十八篇、杂著十七篇、议一篇、书事二篇。涵盖了作者古文创作的各种文体类型。

据《抑快轩文集》所收录的文章完成时间考证，此集当编于道光二十年（1840）至二十一年（1841）之间。至于为何只有乙、丙、丁三编而无甲编，作者及家人不见提及，谢章铤对此曾推测道："所著抑快轩文分乙、丙、丁三集而无甲，舍人曾著《春秋释经》《诗音》《论语私记》《韩文故》《李习之文读》诸书，殆欲列为甲集，故文集无甲也。"①（谢章铤《课余续录》）另一说法则认为高澍然编选文集时，自谦地以为自己的古文水平只够乙、丙、丁等，不可入甲等。②

《抑快轩文钞》不分卷，集名系林仲易所题，有"中华民国三十七年用陈氏沧趣楼选本校印"字样。卷首有谢章铤识语三篇，有永春郑玉书、建宁张绅、仁和陈善、富阳周凯、桐城马其昶、侯官陈衍作序。每半叶十二行，行三十二字，四周单边，单鱼尾，白口，有栏线。赋一篇，论五篇，说四篇，辨六篇，序五十六篇，赠序十六篇，寿序十二篇，记二十七篇，书四十三篇，颂一篇，行状四篇，事略二篇，传五十六篇，墓志铭三十一篇，墓碣五篇，墓表十三篇，碑六篇，书后三篇，题二篇，跋四篇，像赞四篇，诔二篇，哀辞三篇，铭三篇，杂著十一篇，书事二篇。

谢章铤识语云："先生虽盛推梅崖，然梅崖以外入，先生以内出，其于本原殆高矣。虽然，犹有憾者，挂名朝籍而家居之日多，凡运会升降之故，

---

① 高澍然：《抑快轩文钞》谢识语，民国三十七年（1948）陈氏沧趣楼排印本（福建师范大学图书馆）。
② 参见何少川主编《闽人要籍评鉴》，海峡文艺出版社2016年版，第520页。

山川伟丽之观，微觉取资之未广，又所纪多乡里善人，无瑰绝奇特之行恣其发挥，足以引情耐思，而未足以惊心动魄。譬之水澄潭清，泚与长江大河、万怪皇惑者稍异矣，盖自归熙甫即有此憾，是则先生之遇为之也，惜哉！"①指出高澍然之文以养胜，体洁气粹，似淡实醲，非徒缋章绘句而已，惜其囿于际遇，取资未广，格局有所限。

又云："舍人论文主质，而无人己之见，谓人见为鄙，己见为倍，无是二者则文皆其质，所存为道心，所发为道气。古称文以载道，贵载以气，不徒载以辞，辞可袭取，而气不可伪为也。此数语甚精，可觇其所心得矣。"②指出高澍然论文主质，所贵为气。

郑玉书作序引李兆洛评曰："李谓：先生志行淳笃，辞气雍和，而又洞明经纶，深识时变，言必有益于物，真不朽之业。"③指出高澍然为文乃有益于物。

张绅作序云："君少时即喜古文，而制义非其所好……君于俗嗜好一不系怀，独时时喜为古文自娱，于古作者尤嗜韩昌黎之文，出入必挟以行，在邵武时，每见君于邸，朝夕案上皆韩文也……因谓人品之邪正，视夫心术之清浊；心术之清浊，视夫名利之忘否。名利不忘，则其所为之善皆不诚，其终不入于小人之徒者，鲜矣。君之论如此，则君之所自立可知也。盖名利之累人也，久矣。自古及今陷溺而不返者，踵迹相望，然方其触机抵险智穷力困之时，亦栗然而自危，而得脱仍进，卒迷不反者，岂其中无所乐，舍是则不堪其寂寞邪。君独振立尘埃之外，有以自得，故欢愉恬适之趣足于中而溢于文。其观理也明，其为气也清，宜然矣。孟子曰：'诵其诗，读其书，不知其人可乎？'读君之文，不可不知君之为人也，故著其详如此。若夫文之美好，则览者可以自见焉。"④指出高澍然为文发于自得，欢愉恬适，理明气清。

陈善作序云："内阁中书高君雨农，余同年也，潜心宋儒之学，将由宋

---

①② 高澍然：《抑快轩文钞》谢识语，民国三十七年（1948）陈氏沧趣楼排印本（福建师范大学图书馆）。
③④ 高澍然：《抑快轩文钞》序，民国三十七年（1948）陈氏沧趣楼排印本（福建师范大学图书馆）。

儒以上达孟子、曾子，故其为文不矜才辨，不尚奇特，所言皆平易近情，而清微淡远之旨、淳茂渊雅之气时流露于吐纳嘘噏之间，则其所以养之者，岂一朝夕之故哉？"①指出高澍然为文不矜才辨，不尚奇特，平易近情，清微淡远，淳茂渊雅。

周凯作序云："顾文之甘苦，或能言之。君之学基于伦常身心之地，通于天地民物之大，经以六经四子之书以直其气，纬以诸子百家之说以疏其流，然后浴乎左史以取洁，入乎韩李以求醇，游乎欧曾以裕度，其光熊然，其色穆然，而其气怡然，适然见之无非道之所发见也，渊然接之无非理之所充积也。无一言一行读者不当体诸身，无一事一语不可以风世。人第见其淡，而淡之中至味存焉；人第见其浅，而浅之中至理实焉。太上三不朽，言未有不根于德而可发为事功者，文言也。故曰君之文，古文正宗也。真气存其中，而养之者，素也。世之缘经术为渊博、饰词华为修洁、矜驰骋为才辨者，视之蔑如矣。"②指出高澍然学问出入经史百家，为文取法左史唐宋大家，似淡而有至味，似浅而有至理，是为古文正宗。

马其昶作序评曰："及偶展读焉，则其味澹如泊如也；久之再读，醰如也。其陈义高，其言不过物，其思穆能使人愉使人憬以栗，如寤而闻寥廓之鸣声；其创意造言逊于朱（梅崖），该洽逊于陈（寿祺），要其天机清妙，高视尘埃之表，卓然能自树立，非二家所可囿也。"③指出高澍然之文澹泊醇醰，清妙窅渺，卓然自立。

陈衍作序引陈宝琛评曰："雨农先生文字酷似归熙甫，才力亦略相等，能于黯淡无色题事，面目不甚相远者，各有以肖其精神……雨农著《韩文故》《李习之文读》，梅崖专学韩，雨农近韩少、近李多，李之冲淡廉悍，固有出韩文外者，学焉不能变化，非学之善……雨农服膺习之，故骎骎与熙甫并欤。"④指出高澍然可与归有光相提并论。

高澍然于唐宋大家中尤嗜韩愈古文，颇有心得，著有《韩文故》，自为序。《韩文故序》云："澍然治韩文三十年，有得于心，就全集删其伪窜者、

---

①②③④ 高澍然：《抑快轩文钞》序，民国三十七年（1948）陈氏沧趣楼排印本（福建师范大学图书馆）。

用时式者、脱误不可读者、未醇者二百九十八首,评注焉,名曰'韩文故',而序其所得,曰:公门人李汉序公集云:'文者,贯道之器。'盖一言以蔽之矣。夫道原于天,效于地,品于庶物,一当然自然之行焉。其贯于人也,为而不倚,故而不随,变而各止其所盈其量,维文亦然。公之言曰文惟其是,曰君子慎其实,是则人已见泯而道之当然者,审实则诚之必形,而道之自然者出,二者其本也,而器之不匮,则依于体与气焉。书曰辞尚体要。曾子曰出辞气,言气体之重也。其本既立,器有其质而体以范之,气以陶镕之,不倚不随,各止其所盈,其量而器以成,夫是之谓贯也。是故本立而气体不修,为敝器,体修而本不立,为虚器。秦汉以来,能匡二失以上规六经语孟,作者公其人也。公笃于伦、达于治,屡斥而不夺所守,其于道,殆躬蹈之,虽省治之功未知其邃密何如,要其本,不可诬也。而发为文章,其体易良,其气浑灏,又足以载焉。故虽寻常赠答之辞,题记、志传之作,按之鲜不器于道,而论者但举原道诸篇,指为贯道,岂得与于知言哉?是编所评,并发明斯旨,其注则有资论世,及考证者特详,而于世所称,无一字无来历者不及,盖辞必己出。公铭樊绍述墓言之而申之曰文从字顺,各识职,奚必问所自哉?易之元亨利贞,书之钦明文思,又谁作之而述之乎?吾惧拘牵比附而器败矣,因并论之。"①

高澍然认为为文当有本,无本不立。《郑六亭先生文集序》云:"古文道衰于八代,至韩柳而复兴。韩论文曰:'君子慎其实。'实者,德与功之谓也。柳曰:'文以行为本,行在己曰德,树于人曰功也。'观韩柳之言,可以得立言之要矣。今夫木之言植也,植其所自生也,生之滋为本,其完归为实,由稚而壮而荣者,本之生不已也。由一而歧可致于无穷者,实之生不绝也。无本则不生,无实则失其所生,何植之望哉?然则言而无本无实,虽工,止于有言而已。有本有实,即不如有言者之工,要期于立,未能以此易彼也。"②

高澍然于元代诗人中,推崇元好问的复古之功。《拾穗山房诗集序》云:"诗至宋季,雕刻尽矣。至元而变为绮丽,元好问遗山起金元末,当宋元之

---

①② 高澍然:《抑快轩文钞》,民国三十七年(1948)陈氏沧趣楼排印本(福建师范大学图书馆)。

交,力期复古,史称其'倔奇而绝雕列,巧缛而口绮丽',其挽宋之颓,遏元之靡者欤。君诗自谓由遗山入,可谓不失所宗矣。顾习倔奇者受以雕列,习巧缛者受以绮丽,又末之,必至者,即遗山亦惟五古上溯唐人,余体犹不免踵宋后尘、作元先河也。遗山不自知,史亦不尽知,读之者其可不知哉?君诗不废倔奇而平出之,不废巧缛而淡出之,则惟见其温文而渊雅焉,斯为善学遗山矣。"①

高澍然游记文描写景物细致入微,善用各种贴切的比喻来形容景物的千姿百态,重在写景,抒情则深沉而含蓄,令人对青云峰的美景心生神往。《游青云峰记》云:"青云峰在治西北五十里,以高可与云齐,故得是名,然名不大显于四邑。余登城南,望西北际,树阴杳霭,隐隐天末,访诸识者,知为青云峰也。元生笙南家峰下之啸溪,数为余言其胜,余于是偕数友往焉。峰多松而少石,松叶长短分二种,高下错列,望之郁然。有古庙已剥落,一老衲居焉。峰所有唯此而已,然视群山帖帖就平地,如虎蹲而羊伏,其蜿蜒连蜷如长蛇下属,出没不常。其来会是峰下,如万马迎风猎猎,立者,奔者,陟且降者,数之不能尽也。而百里村聚数十,近者屋瓦鳞次,远者见树抄及炊烟起,笙南皆能指名之,如按图而索焉。有白气横出东方,漠漠如烟,浮空无际,为县治之西北双溪汇流处。稍循而西,蓊霭靓深,在残霞落照中,则城居也。已而月上,其境益旷,忽有声自远而近,萧萧寥寥,变而溯砰鞺鞳,如雷雨交作。既歇,而流泉声濑濑鸣未已,盖松涛也。余因叹是峰萃众有以成奇如此,由所居高而蔽焉者少也,岂不然乎?然则士之宅心,宜何如哉?"②

《记中洲夜游》云:"宴游望高山后五日,为七月之望,复偕怡亭、信之及伊生、留朴,步月于山阿。伊生谓水月幽胜,北郭外中洲可游也。中洲者,北际大溪,南有支流夹焉,因名。于是,转出水门,度危木桥,徜徉夫洲上。洲故广而袤,沙平草短,被以凉月,四顾皑然,泱溔无际。临溪列坐,唯闻水声泠泠,杂沙虫水鸟,时断时续,其听益静。素影帖波,色如绿玉,圆纹荡白,知有游鱼。北崖树影落水面中,漏疏星近若可扪。是时

---

①② 高澍然:《抑快轩文钞》,民国三十七年(1948)陈氏沧趣楼排印本(福建师范大学图书馆)。

也,泊然廓然,莫名其乐,但觉水月相忘,人亦与之忘焉而已。良久,遵故道归,则月色半墙,清露满衣,盖四鼓也。夫中洲,故非胜游地,即水月,何独中洲为然,然游者适其适也。吾见失之于神皋奥区,而得之于寻常耳目者,往往而是也。"① 这篇游记语言凝练而隽永,结构完整,景与情完全融为一体,重在写意,抒发了一种生命静美的恬适情怀。

公藏

《抑快轩遗文稿》,何嵩祺集:螺江陈氏传抄本(福建省图书馆)。

《抑快轩文集》三十卷:同治赌棋山庄藏旧抄本(福建师范大学图书馆),同治十年(1871)谢章铤抄本(中山大学图书馆),螺江陈氏传抄本(福建省图书馆,缺卷一)。

《抑快轩文集》二卷,黄曾樾辑:民国三十三年(1944)永安黄曾樾排印本(国家图书馆、上海图书馆、南京图书馆、安徽省图书馆、福建省图书馆、安徽省科学研究所历史研究室)。

《抑快轩文钞》不分卷,陈宝琛选:民国三十七年(1948)陈氏沧趣楼排印本(南京图书馆、福建省图书馆、中国科学院图书馆、复旦大学图书馆、福建师范大学图书馆、漳州市图书馆、厦门市图书馆),台北文海版近代中国史料丛刊本。

《抑快轩文钞》乙编四十九卷、丙编十六卷、丁编九卷:光绪冠悔堂精抄本(复旦大学图书馆),螺江陈氏传抄本(福建省图书馆,缺卷九至十二、二十七至三十)。

---

① 高澍然:《抑快轩文钞》,民国三十七年(1948)陈氏沧趣楼排印本(福建师范大学图书馆)。

蒋 蘅《云寥山人文钞》

叙录

蒋蘅（生卒年不详），字拙斋，瓯宁人。嘉庆二十四年（1819）举人。有《云寥山人文钞》。

《云寥山人文钞》八卷，每半叶十行，行二十二字，注小字双行同，左右双边，单鱼尾，白口，有栏线。正文首页署"瓯宁蒋蘅属稿""浦城及门祝广生、朱篪全、杨勋校刊"。卷一，赋四篇，解三篇，说三篇；卷二，考四篇，论二篇，议六篇；卷三，书十一篇，记七篇；卷四，记六篇；卷五，序十七篇，小引一篇；卷六，跋四篇，书后八篇；卷七，传八篇，诔五篇，状二篇；卷八，哀词二篇，墓志一篇，题五篇，杂文五篇。

蒋蘅咏物赋，多用韵文，侧重抒写个人心志，可谓咏物抒情。《短檠灯赋》云："灯檠长短，炎凉异情。百枝九华，铜荷金茎。膏兰蜡桂，蒸霞列星。此长檠之瑰丽而华堂之高擎者也。若夫短檠之灯者，非珠非银，无华无缛。制不求伟，器惟取朴。焰靡外扬，明因近聚。背宜红窗，围称矮屋。只伴青毡，惟亲素竹。则有长头处士，便腹寒儒。论准过秦，赋拟子虚。上林未奏，前席难需。扬子云寂寞草元，门无辙迹；苏季子辛勤发箧，家有素书。莫不燃糠缕麻，历冬易喝，漏尽宵徂，心凝形兀。亦或龙门孤愤，虞卿穷愁。寸心百感，一夕千秋。丹铅在手，欲下还迟；朱灯屡挑，停说忘辞。

又如英雄末路,豪杰收科;繁华春梦,勋业颓波。青灯白发,岁月如何?收拾壮心,向此消磨。于时露下罗屏,风褰布帘;萤火一星,蛩吟四壁。寒蛾扑窗,饥鼠窥窦。昏将结蕊,绿犹荧豆。案冷疑冰,砚枯似铁。肩耸成山,踝趺有穴;煎肠熬肝,铄年销月。短檠滋味,此其仿佛。"①

蒋蘅论说文善于驳斥对方的观点,在驳斥中树立起自己的观点。《周公居东论》云:"周公曷为而居东也?所以安王室也。其安王室,奈何武王崩、成王幼,周公属尊而权重,实有震主之嫌,故管叔流言,成王亦不能无疑焉,居东所以释成王之疑也。或曰应变在于神速,先发可以制人。彼四国者,久怀叛志,徒惮有公耳。周公以叔父之尊,承顾命之重,谓宜躬率六师,剪除凶丑,使王室宴然,无匕鬯之惊,乃引嫌远避,自守硁硁之谅,适坠奸人术中。万一四国煽摇,淮徐并兴,将置成王于何地不知。当流言时,叛形未露,成王方疑周公,而公悍然不顾,兴师动众,不益重成王之疑耶?且公去,而二公固在,猝有四国之变,二公力足办之。盖王室之危,不危于四国之叛,而危于成王之疑周公。周公当日之所急,不急于定四国之难,而急于感悟成王之心。"②

吴讷《文章辨体序说》曰:"昔臣僚敷奏,朋旧往复,皆总曰书。"③蒋蘅的书信文多为论学之书,通过书信,交流学术问题和治学方法,其主要功能在于论证明理。《与吴生(航)书一》云:"士之能有成就者,立志而已。苟立志,圣贤可学。而能不立志,求为庸人而不可得。圣人之有取于狂狷者,取其能立志也。古之人,远矣。狂者矢口曰'古之人,古之人',则固以古人自待者也。世之人,众矣。狷者踽踽凉凉,则不与今人为伍者也。以古人自待,亦古之人矣;不与今人为伍,亦非今之人矣。此其立志卓然不苟,得圣人以裁之,可进于中道;不得圣人以裁之,亦不失为豪杰之士。"④

《与吴生书二》云:"立志既定,然后可以读书。读书之要,不外经史,

---

① 蒋蘅:《云寥山人文钞》卷一,咸丰元年(1851)刻本(福建师范大学图书馆)。
② 蒋蘅:《云寥山人文钞》卷二,咸丰元年(1851)刻本(福建师范大学图书馆)。
③ 吴讷著,于北山校点:《文章辨体序说》,人民文学出版社1998年版,第41页。
④ 蒋蘅:《云寥山人文钞》卷三,咸丰元年(1851)刻本(福建师范大学图书馆)。

绁史犹后，穷经为先。训诂不通，则不能究其义理；义理不明，则无以得其旨趣。南宋诸儒于诸经皆有论述，说理最醇，然训诂之功必以汉儒为归。自前明以八比取士，士之习举子业者，多束书不观。三百年来，汉儒之学不绝如线，赖国初诸老极力表章、搜亡正误，汉学大昌。今其遗书具在，学者或罕闻其绪论矣。治经之法，于五经中随取一经，先通宋儒讲义。若易之程传朱义，书之蔡传，诗之朱传，兼理正文，务使义理融洽于心，然后读注疏，则不为训诂所溺而亦有以别其纯驳。汉人解经，义多迂回；唐人义疏，语过繁复，须耐性寻绎，不可厌烦，其有讹脱，则取先儒考订成说补正之；其有疑难，则询访师友以解析之。古者三年而通一经，但严立课程，不妨宽以岁月也。读书在熟不在多，学问贵精不贵博。一经既毕，再治一经，不出十年而十三经可卒业……经既通，则可以读史。读史之法，先读司马温公《资治通鉴》，次《朱子纲目》，次'二十二史'。本之编年，以考其世运盛衰之故；参之纪传，以究其本末得失之由；合之表志，以综其因革损益之迹。又兼《文献通考》及《历代名臣奏议》，以讲求经世之务，而以其余力治诗古文词，其才之成也，可为通儒矣，然后返之心性之源，以穷一贯之旨，则洛蜀精蕴于是有取焉。"[1]

蒋蘅记文艺术成就较高，可读性较强，抒发感情，寄托幽怀。《醉乡后记》云："入醉乡有二道：一由大食国，其地腥秽，其俗叫呶，渐入为混沌乡，其人不知教诲，不通话言，浑敦氏之所都也。又入为内飈国，有水焉，滥觞壶口，经兴戎关，顺流而注于蓄怒场，名曰'祸泉'，常无风而波，不矶而浪。昔夏臣羲和迷道至此，涉之濡首，遂至沉溺……盖自大食国至醉乡，相去不知几万万里，而自羲和之后入醉乡而不得其道，沉溺于是者，又不知其几万万矣。一由逍遥郡，其地幽静，有佳山水，或奇花怪石、清风朗月，其人都娴善雅歌投壶，或赋诗属文，其途平旷坦夷，无舟车之费、跋涉之劳，可以从容谈笑而竟达醉乡。入醉乡深处，有飞蝶都，即古华胥国。昔黄帝游之，窅然丧其天下者，此也。游醉乡者，必至是而休焉。庄周、陈抟

---

[1] 蒋蘅：《云寥山人文钞》卷三，咸丰元年（1851）刻本（福建师范大学图书馆）。

之徒或乘虚御风而至,外此则假道醉乡为近。予悲夫,世之入醉乡者往往多迷道之患,然自大食国以求醉乡,宜其沉溺也耶。使醉乡而人可至,则亦嘈杂喧嚣,乌在其为醉乡也耶?"①

蒋蘅游记文侧重于游山玩水,以游踪为序,描写景物细致入微,由观览愉悦上升到性灵愉悦的自足情怀。《游浮盖山记》云:"明日晨起,微雨,饭后雨止,乃命肩舆,出资圣不半里至排岭头。入山,越重岗,路小而峻,遇拗折陡绝处,舆不能进,舍之步行。稍夷,上舆,喘息甫定,又下舆,如是者久之,遂逾其脊,俯视大寺,乃在地底,盖拊其背而登也。面皆积石嶙峋,攒簇累积,嵌空架垒,羊肠鸟道,从石缝过,或夹壁如涂巷,大石覆其顶,仅容一人。左顾,一峰刺入云霄,乃聚石所成,有立者、卧者、斜倚者、危欲坠者,如人形颈细而肩削者,盘盛物者,掌歧出者,仍有脊脉蜿蜒,外弸亨而中序者,堵墙植者。土人指一拆裂处,以为龙洞在其中,荆榛蒙翳不能登,乃急趋寺,炊黍作饭。天色忽霁,日射窗棂,已过午矣。舆夫催促,取道寺前下山,石复碍,舆如前,一石槎枒如枯木枝杈廉利状,甚狞恶。及绕出其下,回顾倏又易形,予无以名之。下道五里,至官路宿焉。是游也,予以腰痛甫愈,不能穷探幽险,意甚嗛然。归取《徐霞客游记》,阅之,惝恍自失,愧负山灵,顾有不能已于言者。"②

蒋蘅认为词同样书写人的性情,词亦如其人,不当以小技视之,努力提高词之地位。《萝月词序》云:"词虽小技,宋人理学如朱文公、真西山,名臣如晏元献、欧阳公,忠义如岳忠武、韩蕲王皆尝为之。词亦何负于人,但勿以词人自待足矣。然吾人不为则已,为之则必求工。迨为之既工,而其人之性情、胸次无不备肖者,故即其词亦可见其人。子今日之词与昔年之词,声律犹是也,而气象不侔焉,岂非子胸次有异于昔乎?是则词诚何负于子,亦视子所树立,何如耳?诗、古文亦犹是也,子于此可以自悟也已。"③

---

① 蒋蘅:《云寥山人文钞》卷三,咸丰元年(1851)刻本(福建师范大学图书馆)。
② 蒋蘅:《云寥山人文钞》卷四,咸丰元年(1851)刻本(福建师范大学图书馆)。
③ 蒋蘅:《云寥山人文钞》卷五,咸丰元年(1851)刻本(福建师范大学图书馆)。

公藏

《云寮山人文钞》八卷:咸丰元年(1851)刻本(福建省图书馆、福建师范大学图书馆)。

《云寮山人文钞》八卷、《诗钞》四卷:咸丰元年(1851)刻本(国家图书馆、中国科学院图书馆)。

李彦章《榕园文钞》

叙录

李彦章(1794—1836),字则文,一字兰卿,号榕园,侯官人。年十三乡试第一,嘉庆十六年(1811)进士,授内阁中书。寻入军机参枢密,出守粤西。首辟书院,日与诸生讲明孝悌忠信之义,虽土司亦咸至受学。又有兴农弭盗诸善政,后调山东盐运使,署江苏按察史,以疾卒。平生工书善诗,精于鉴存。有《榕园文钞》。

著有《榕园全集》三十一卷,兹集为《榕园文钞》六卷,《槐忙吟草》一卷,《榕园诗钞》一卷,《归楂杂咏》一卷,《都门旧草》二卷,《薇垣集》三卷,《恋春园诗草》二卷,《出山小草》二卷,《江山文选楼集》一卷,《双石斋诗草》一卷,《载酒堂集》二卷,《润经堂自治官书》六卷,《榕园楹帖》一卷,《榕园识字编》一卷,《江南催耕课稻编》一卷。其文长于考据纪事,征引繁富,规画详明,多官粤西后所作。其治人、兴农、育士、保甲、招徕土司之役施咸于此可考。所谓集文章政事于一处,诚经世之书也。其古今体诗亦穷力追新,雄深雅健。归安叶绍本谓其才调婉丽,出入于中晚诸家,而神韵悠然,若孤桐朗玉,风神四映,又如凤箫独奏,天籁纤徐焉,惜其年不永,未得大用。

《榕园文钞》六卷,每半叶十行,行二十一字,注小字双行同,左右双边，单鱼尾，白口，有栏线。卷首有叶绍本、高澍然作序及李彦章自叙，附录《评词》。卷一，记九篇；卷二，记九篇，题记二篇，石刻四篇；卷三，自序四篇，题后一篇，序五篇；卷四，跋九篇，考二篇；卷五，纪事二篇，说五篇，札一篇，策六篇；卷六，祭文十五篇。

《润经堂自治官书》六卷，卷首为自序。卷一，事宜一篇，禀四篇，札一篇，示四篇；卷二，事宜九篇；卷三，禀二篇，移文一篇，札二篇，咨一篇，示二篇，册一篇；卷四，禀六篇，示二篇，册二篇；卷五，示八篇；卷六，示十五篇。附《江南催耕课稻编》，录《陶宫保序》《林中丞序》。附《榕园识字编》。

叶绍本评曰："文章政事，古无别也。自后人以雕虫篆刻为文章，以刀笔筐箧为政事，于是文章政事遂判然如冰炭之不相入。不知文以阐治道，乃有真文章，不在缔章绘句也；政以行经术，乃有真政事，不在簿书期会也。此惟学识过人而体用赅备者始能兼之，所以文章政事能卓然可传于世者，不多觏也……诗文益闳肆演迤，迨建隼旄、持绣斧，吏事日不暇给，而文字倍富于前，盖陈利弊、记建置、通民隐、培士气，美政既多则纪述之文亦倍夥。所谓文章政事，不分两途也。君天才亮特，而又博学多闻，下笔千言捷于风雨，尤长于考据纪事，征引繁富、规画详明，灏气流行，有汪茫浑涵之概。而古今体诗亦穷力追新，雄深雅健，不堕纤靡啙窳之习，盖近人诗文中可称一家。"①指出李彦章博学多闻，下笔迅捷，长于考据，有汪茫浑涵的气概。

高澍然评曰："《榕园文钞》，侯官李君兰卿自汇官粤西后所作，其治人事神、兴农育士弭盗、招徕土司之设施，咸于此可考，盖君经世之书也。君笃志有用之学……先圣有云：'我欲载之空言，不如见诸行事之深切著明也。'是钞非所谓见诸行事者邪？宜其意恳而思周，辞质而气厚，其治，古之治，其文，亦古之文也。君自言初无意于为文，凡有作求信士民而已，故不名'集'名'文钞'。呜呼，夫惟求信则诚立，惟无意于文，则不为容而器

---

① 李彦章：《榕园文钞》序，《清代诗文集汇编》第584册，第209—210页。

矜远,兹其所以为古之文欤,象冈之智、商邱开之信,盖兼之矣。今之侈大集自宠者,视此果何如也?"①指出李彦章文章意恳思周,辞质气厚,乃经世之文。

李彦章认为建立义学具有必要性与紧迫性。《思恩府新建惠泉义学记》云:"义学最著于范文正公,然立于其乡,非官设也。明初诏天下置社学,每十五家为一区,其法亦行之,不能久且远。殆因设于官者,大率有名无实,徒法不能以自行。今制,官民所营均称义学,不称社学,若因地设教之道,则边郡视中土为尤急焉。思恩开郡三百年,附郭不及四百户,生聚未广,贫寡可忧,其父兄诎于治生,其子弟逗于就傅,美材废学常苦无成。"②

李彦章论古籍异同,观点明确。《洗冤录补注序》云:"法家之书,惟宋惠父所纂《洗冤录》最适于用,今世所行《集证》《全纂》二本互有详略异同,然皆多出汇钞,非由亲历。尝谓宜如桓谭论律之说,令通义理者校定科比,勒成一书。顾精于检覆者既稀,有心人尤不易得也。"③

李彦章论艺术,源流分明,脉络清晰。《兰话堂后金石纪存序》云:"金石有专书,自宋始。欧阳文忠公《集古录》收金石千卷,有跋者四百余篇。赵明诚《金石录》倍之,有跋者五百二篇。所聚既多,跋亦甚富。有明一代,惟都赵郭三家最著。然都南濠《金薤琳琅》,自周至唐只六十三种。郭宗昌《金石史》,自周至宋只五十种。赵子函作《石墨镌华》,有跋者亦只二百五十三种。自云视欧阳才三之一,视赵才十之一,盖既有此好而能聚,聚之又必能得善本,而能考之之为贵,故著录在精不在多也。"④

李彦章为文多具有社会实用性,不发空言之论。《思恩新府开水利册自序》云:"顾炎武曰:'河湖沟涧,天设之水利也;池塘堰坝,人为之水利也。'有能兴举而修浚之,其为利孰大焉?粤西多高山少大泽,水利与东南异。思恩地愈高,水愈少,土松而燥,山陡而巉,水源不长,易泻若脱筹,

---

① 李彦章:《榕园文钞》序,《清代诗文集汇编》第584册,第210—211页。
② 李彦章:《榕园文钞》卷一,《清代诗文集汇编》第584册,第226页。
③ 李彦章:《榕园文钞》卷三,《清代诗文集汇编》第584册,第260页。
④ 李彦章:《榕园文钞》卷三,《清代诗文集汇编》第584册,第258页。

十日不雨，有旱象焉……古人忧民如此，俱非徒计在目前。虽区区一隅，可无谋久远耶？夫知其所当为而不任其事，非仁也；任其所以为而不计其后，非智也；民劳而官不知焉，则久将怠矣；始勤而终无继焉，则利亦仅矣。"①指出水利关系民生，因地制宜，当为之谋长远之策。

《江南劝种再熟稻说》同样体现了李彦章关心民瘼的情怀。其云："今于向来晚种之田，忽而劝人试栽早稻。彼农已以为事非所习而畏其难矣，若更告之曰：'先种早稻者，即为再熟稻计也，毋乃益强人情以尤难者乎？'然而无难也，人情居丰年则晏安，农有余闲，地亦有遗利。今也居业并损，生齿滋繁，一年之计，莫如树谷。当屡歉之后，有作新之机，导民以勤，或易易乎？考《农桑通诀》云：'高田早熟，八月燥耕而暵之，以种二麦。二麦既收，然后平沟畎，蓄水深耕，俗谓之再熟田。'盖言种麦为一熟，种稻为一熟，即江南亦犹是也，然而言再熟之稻者，江南实比他省为尤古。"②

李彦章十分推崇欧阳修文章与事业的功绩。《欧阳文忠公生日祝文》云："于乎我公，庐陵毓秀。斯文有传，马韩之后。学者所宗，太山北斗。八代起衰，其词深厚。历事三朝，正言绳纠。定策论勋，金壬敛手。两载淮南，文章太守。力赈灾荒，为民父母。召埭荷花，平山杨柳。文采风流，一时无偶。所去见思，斯为不朽。既作新祠，永依蜀阜。因公生辰，薄陈牲酒。配以韩苏，声闻同寿。尚飨！"③

公藏

《榕园文钞》无卷数，道光十二年（1832）刻本（国家图书馆、福建省图书馆、中国人民大学图书馆）。

《榕园文钞》一卷、诗钞一卷、附录一卷，道光刻本（南京图书馆），清刻

---

① 李彦章：《榕园文钞》卷三，《清代诗文集汇编》第584册，第255页。
② 李彦章：《榕园文钞》卷五，《清代诗文集汇编》第584册，第281页。
③ 李彦章：《榕园文钞》卷六，《清代诗文集汇编》第584册，第295页。

本（安徽省图书馆）。

《载酒堂集》二卷，清刻本（南京图书馆、广东省立中山图书馆）。

《榕园文钞》六卷、诗钞十六卷，道光二年（1822）刻榕园全集本（丛书综录、湖南省图书馆、湖南师范大学图书馆、日本国会图书馆）。

《榕园文钞》六卷、诗钞十卷、楹联一卷：道光二十七年（1847）刻榕园全集本（福建省图书馆）。

《榕园文钞》一卷、楹帖一卷、灯事附抄一卷、庆江楹帖一卷，道光刻本。（北京大学图书馆）

《江山文选楼集》，道光十三年（1833）刻本（广东省立中山图书馆）。

林轩开《拾穗山房集》

叙录

林轩开（生卒年不详），字文钠，一字蓼怀，闽县人。嘉庆七年（1802）进士。官浙江泰顺知县，以失察被议归。纵情诗酒，工骈体文，高澍然称其诗温文而渊雅。著有《拾穗山房集》，是集计《拾穗居士文存》一卷、《拾穗山房唱和集》一卷、《拾穗山房杂录》一卷。

《拾穗居士文存》一卷，每半叶九行，行二十四字。计文九篇，具体是：序三篇，轶事一篇，系言一篇，书后一篇，书一篇，疏一篇，启一篇。附录林孝颖撰《论乐府非始于汉武帝》《拾穗居士赋抄自序》《西湖夜泛记》《何督储捐置广雅丛书谢启》。

林轩开序文颇有价值，他认为好诗难得，好题尤难得。《红楼诗借序》云："偶欲作诗，苦无好题。既得好题，又无好诗。夫好诗难得，好题尤难得，因无好诗则将并废好题乎？曰不然。诗至今日，盛矣，极矣。所看好题尽被前人一网打尽，今忽从广莫之野、无何有之乡搜得前人漏网，则安得以我辈数人之心思才力，概天下之心思才力，谓此题必无好诗，然我将何策而能尽得此题之好诗而读之乎？曰是有二策。一则以此题悬之国门，大书其下曰有以好诗赐教者，愿奉千金并赠美姬，如此吾知不胫而走，将有不远千里而投之珠玉者,所谓重赏之下必有勇夫,此上策也。然试问我辈有此大力乎?无已则出下策,厚其脸皮,明知其丑,公然自献于五都之市,后必有甚美者出,而应吾之求,何也?文人结习大都有二:曰多情,曰好名。多情则见可欲之物必不肯竟放,好名则见不满意之作,必勃勃欲试而思驾其上。"①

林轩开认为《列女传》中宜增才藻一门,在一个文学才华于女子无足轻重的古代社会中,提出此一振聋发聩的观点实在难能可贵。《古今名媛诗歌选粹序》云:"昔刘子政之传列女,曰母仪、曰贤明、曰仁智、曰贞顺、曰节义、曰辩通、曰孽嬖,惟此卷寓规,上六卷则皆寓劝。予谓尚宜增才藻一门,庶使后之婉娈负雅才者,得附彤史之末。夫词章虽小道,然尼山设科首德行、终文学,岂禀阳者有斐然之观,禀阴者独暗然无见乎?揆之文章公器,造物应无歧视男女之心,且夫持论贵平,谢希孟谓天地英灵之气,不钟男子而钟妇人,语固失之太荒;荀奉倩谓妇人以色为主,语又失之太狭。夫盲者无与于五色,聋者无与于五声,若不盲不聋则同有辨色别声之能,所争惟在能竭其目力耳力与否。而不宜摈之于黼黻笙镛之外,是可一言判定,不栉亦有大雅,故词伯代有其人,才媛亦前后相望。惟综览历朝诗选,宫闺之作类附卷尾,从未有荟萃姬周至本朝巾帼名家,选粹撷精,都为一集者,吾弟剑冶于汲古余闲,与林子平冶商为是选。既成,就质于予,予谓剑冶曰:汝诚有心人,然亦思《列女传》所以不列才藻一门者,更生殆有深意。盖以诗歌苞孕三才,渊源四始,扬子云谓诗人之赋丽以则,则往失之不则;诗缘情而绮靡,情之所至不自觉而流于绮靡,是显与七篇,女诚有乖,岂可为训,脱更张其焰?斯适以内蚀阴教,其为患也无涯,故虽以唐山夫人《房中歌》上媲雅颂,班孟坚不为立传;班婕妤之五言诗,钟嵘谓之思怨而文绮,得匹妇之致,而孟坚亦仅于外戚传中录其一赋。使生后代而为文,夫有才如此,必编入文苑传矣。以知列女传不列才藻一门,明乎才藻第为工容德言之附庸,而不足以树独立也。剑冶曰:'然。'兹选悉准三百无邪之旨,而于钟伯敬之《名媛诗归》严加甄择,庶

---

① 林轩开:《拾穗山房集》,抄本(福建师范大学图书馆)。

不为子政以诃乎？爰本所见，以为之序云。拾穗居士书于福建志局。"①

林轩开认为《世说新语》一书，宜列入史类，见解独到，发人深省，有自己独特的思考。《世说新语集偶序》云："《世说》一书，宜列史类。史裁凡二：纪事、纪言。世说纪言，其有因言以及事者，叙述极简，着墨不多，故其幖题曰新语，昭其实也。书分二十八类，首以孔门四科列目，次则以类相从，上摭汉魏晋人语，而晋语为多。盖清谈始于魏，盛于晋，晋人语妙辄含玄理。其评骘人物，单词片语，隐括一生，非若龙门纪传有长至千百数言者，盖彼以雄宕胜，此以隽永胜，异曲同工，实与蚕室书各成一家言。乃《唐书·艺文志》列之小说家，谓其语非实录，明陆师道尝为之辨矣。后仿其体者，孔平仲《续世说》、王弇州《世说补》以及王丹麓《今世说》、李映碧《女世说》，并忘其撰人姓名之《僧世说》，均极意摹拟，自谓具体而微，然唐临晋帖，要皆未得其真。余少爱是书，行箧必随，几于杜征南左癖。晚年多暇，偶见架上有乡先辈《左传集偶》刊本，戏为效颦，由二字至十字得二百余联，陈弢庵年丈见而称赏。昔渔洋老人谓楚辞世说诗中佳料，用其原料合成两美，不敢谓义庆功臣，倘亦许挂名门下乎？丁卯五月，拾穗居士自序于读我书斋，时年七十有四。"②

公藏

《拾穗山房文稿》不分卷、《唱和集》一卷：稿本（福建省图书馆）。

《拾穗山房集》：抄本（福建师范大学图书馆）。

《拾穗山房文钞》：旧抄本（福建省图书馆）。

---

①② 林轩开：《拾穗山房集》，抄本（福建师范大学图书馆）。

苏廷玉《亦佳室文钞》

叙录

苏廷玉（1783—1852），字韫山，号鳌石，晚号退叟，同安人。嘉庆十九年（1814）进士，官至四川布政使，署总督。后降大理寺少卿，谢政归，卒。著有《亦佳室诗文钞》八卷，是集为诗钞四卷，文钞四卷，多系归田后所作。计骈散文共七十余篇，古今体诗二百数十篇。其文关于时务如练兵、造船、御寇、安边之作尤有卓见。

《亦佳室文钞》四卷，题名为侯官林鸿年所署，扉页有"咸丰丙辰孟春"字样。每半叶十行，行二十一字，左右双边，单鱼尾，黑口，有栏线。卷首有杨庆琛、陈庆镛、徐宗干作序。卷一，奏稿二篇，夹片一篇，示书一篇，说二篇，序五篇；卷二，序六篇，记九篇，论四篇；卷三，神道碑一篇，事略一篇，纪略一篇，传二篇，墓志铭四篇，葬圹志一篇，旅亲文一篇，启一篇；卷四，跋二十九篇，题一篇，书后一篇，墓志铭一篇，圹志一篇，家诫一篇。

杨庆琛评曰："鳌石幼而颖异，长而练达，宦游所至，绰有政声，其遗爱在人心口，固不必以诗文传，而即此诗文中一种不可磨灭之气，流露于楮墨间，滔滔不竭，非胸中确有卓识，直抒所见，下笔乌能若是？"[1]指出苏廷

---

[1] 苏廷玉：《亦佳室文钞》序，咸丰六年（1856）刻本（福建师范大学图书馆）。

玉诗文中正气凛然，确有卓识，直抒胸臆。

陈庆镛评曰："……上以穷兵黩武非善策，降补四川按察，遂入副大理，未抵任，以年老去官。家居时，适海氛告警，复为四品京堂，办理江苏粮台，事竣引疾归。每暇则登山临水，与二三知己联吟赋志，故其诗成于退仕者尤多，然犹汲汲于公事，夙夜未尝忘，如《时务说》《示儿书》尤有关于御寇安边，足为当世采择。"①指出苏廷玉为文多关切世务，经世致用。

徐宗干评曰："师在官所至有惠迹，勤于政事，不屑以文章自显。故诗若文，作于归田后者，居其半，然每一摇笔辄能道其胸中所欲发，如万斛泉源不择地而涌出，无事绵章饰句，而自与古作者相合，又好为有用之言，世所竞风云月露之词皆屏之。韩昌黎所谓闳其中而肆其外者，殆以人传其诗文，非赖诗文以传其人也。道光庚子辛丑间，海氛方炽，时督运军粮。值多艰之会，作不平之鸣，所作尤多，如《时务说》，本忠愤所蓄以发为不易之论，至今读之，尤凛凛有生气。其《示子士准书》，论战阵之法，悉本杨忠武公之言为训。惜乎遽返道山，不能与当世将兵者大声疾呼，以作士气，而张国威。"②指出苏廷玉之文乃有用之言，凛然有生气。

苏廷玉关切世务，心系国家，发而为经世致用之文，拳拳之心令人感怀。《示次儿士准书》云："窃以英夷所恃者，惟船坚炮烈；我兵所以辄溃者，亦因于此。即如七月之厦门，八月之定海，将士何尝不用命，人人殊死战而亦不支者，推言其故，盖亦有因。我军之大炮何尝不烈，若中其船亦无不粉碎，该夷亦畏之，而浙洋之铜瓦门炮台，该夷即先募人乘夜将大炮火门用铁钉钉满，又去大炮两耳。俾不能施放，其明证也。自从住吴半年余，所闻防堵之法，无过铸大炮、筑土城、筑石壁以为兵民护身御夷之法。"③

苏廷玉对时务的判断可谓卓识远见，对当局者具有很强的指导意义和借鉴作用。《时务说》云："夷务自议和后，退出大江，分设五处通商。目前之局虽定，而善后之图万不可缓，夷船虽沿海蹂躏，而我国家依然一统，民

---

①② 苏廷玉：《亦佳室文钞》序，咸丰六年（1856）刻本（福建师范大学图书馆）。
③ 苏廷玉：《亦佳室文钞》卷一，咸丰六年（1856）刻本（福建师范大学图书馆）。

物依然富庶。不急务自强之计,则操纵在彼,受制在我,彼或背盟,他或效尤,皆意中事。而内地奸民目睹该夷滋事,狡焉思逞在所不免,亦宜作思患预防之计,以巩国家万年基业也。预防之法有二:一曰练兵。练闽粤之水师易,练江浙之水师难。闽粤沿海民人多习波涛风泛,其俗与性刚而悍,视夷人之船坚炮猛早已心轻之,因其性其习而肃以纪律,即因势利导也。江浙之沿海民人亦能习水性,其俗与性皆近柔,一闻夷炮早已震惊,故较闽粤为难,然不可以其难而不练也……一曰造船。水师之战与防皆在水,即沿海府县城池,亦必有港汊可通,若寇至必战与防,皆在海口,非船未免临涯而返、望洋而叹耳。况海上之潮汐无定,即寇船同日并发,亦不能同日并至。"①

苏廷玉诗论精辟,妙语迭出,可谓知于诗。《生芝草堂诗存序》云:"嗟乎,表叔之诗于古人堂奥无所不窥,而腾踔变幻不能以一家名之。炉鞴停胸,风云入冶,杼柚在手,花水成文,渊乎浩乎,莫得而窥其涯涘焉。向使联步南宫,翱翔玉署,天假之年,其所成就,上视渔洋、荔裳诸前辈,吾不知其孰为轩轾矣。"②《绛雪山房诗抄序》云:"杨光禄雪菽以名进士观政西曹,与余同司。始识面,其人爽朗明快,目炯声宏,知为伟人。公余谈论,始知其能诗,时同司陆虹江廉使为浙西诗人,屡为余言雪菽诗无体不备,而七律悲壮淋漓,直逼老杜,诗坛畏友也。后官各省,所遇张诗舲中丞、姚石甫廉访、张亨甫孝廉皆以诗豪于时,莫不极口称雪菽诗。"③

苏廷玉游记文表现出强烈的游乐思想,写景细致入微,抒情有感而发,二者融为一体,追求一种生命自适的情怀。《南郊游记》云:"壬午午日,节是天中,人来地僻,偕松轩舍人、木斋、春农、韫山诸孝廉游于南郊。时宿雨初晴,浮岚欲滴,双毂冲泥,飞尘不惊,平畴芳树,浓绿迎人。由瀛台少折而西,夹道芦蒿,微风过处,其声窣窣。有亭翼然,舍车而徒,拾级以上,亭建于江鱼,依水部,名'陶然亭'。广数楹,凭阑眺远,其南则雉堞鳞次,苔纹斑驳;其东北则阛阓万家,苍茫掩映;其西则西山爽气,袭人衣袖,竹篱

---

①② 苏廷玉:《亦佳室文钞》卷一,咸丰六年(1856)刻本(福建师范大学图书馆)。
③ 苏廷玉:《亦佳室文钞》卷二,咸丰六年(1856)刻本(福建师范大学图书馆)。

茅舍，人影天光，自然成画，云林山水未堪落笔耳。亭之中，酒可沽，泉冽而香；蔬可掣，肴精而洁。觥筹既错，夕阳半落，云容变灭，雨意空濛。乃命巾车循故辙。回视高阜平原，暮霭际天，殷雷奋地，既涤烦襟，全消暑气。吾人砥碌长安，正冠束带，既日无山林之趣，则兹游顾可少哉。耳目所得，胸次悠然，俯仰间诗情画景郁勃指下矣。春农工画事，属作此图，不可无诗，余以二律为之，倡一时游兴，千古美谈也，必有琳琅珠玉以无负斯游者。"①

　　苏廷玉论辩文多引古语，学术性强，循循善诱，层层推进，逻辑清晰，文法严密，表现出较强的学者精神。《忘情论》云："昔人有言：'太上忘情，其次不及情，情之所钟，正在我辈。'礼曰：'情者，不可以直行者也。'《中庸注》曰：'喜怒哀乐未发为性，已发为情，故与爱恶欲合为七情。'医书曰：'七情主于五脏，过即伤而人病，是人之有情，有生以来也。'人生最重五伦，而君臣朋友以义合，父子兄弟以天合，夫妇以人合，其用情则一。古今来，子不得于父，妻不得于夫，其情顺，故虽贫贱富贵、困苦艰难，无不可委曲以成全，以统于所尊也。至父不得于子，夫不得于妻，其情逆，而贫贱易、富贵难，事至万难，委而去之，而人不知，故贫贱易；若富贵则牵制者多，而又顾惜颜面，不肯决裂，忍之愈甚，纵之愈深，败坏乃至不可收拾，故富贵难。《论语》曰：'富与贵，人之所欲。'贫与贱，人之所恶，情也，今以处情之难，而所欲者为尤难，则人之所欲者，不几反为所恶耶！窃以富贵贫贱听之天，而存心养性存乎人，人极纷华美丽，每过而辄淡此，如文章绚烂之后必归平澹，故处贫贱、富贵之境悉以平澹视之，则爱恶攻取之念胥泯矣。"②

公藏

《亦佳室文钞》四卷：咸丰六年（1856）刻本（北京师范大学图书馆、南开大学图书馆）。

《亦佳室诗文钞》八卷：咸丰六年（1856）刻本（南京图书馆）。

---

①② 苏廷玉：《亦佳室文钞》卷二，咸丰六年（1856）刻本（福建师范大学图书馆）。

张　绅《怡亭文集》

叙录

张绅（？—1832），字怡亭，建宁人，嘉庆诸生。肆力于诗、古文。惟耽山水，而喜独游，流连光景，日入忘返。尝独浮彭蠡，游汉沔以归，所著益富。与高雨农、李古山、姚石甫、张亨甫等相友善。道光九年（1829），应陈左海聘来修省志。居二年，为忌者中伤，遽谢去。入泰宁天成岩，遁迹无人之境以老。著《怡亭诗文集》二十六卷，道光十三年（1833）留香书屋刻本。是集文二十卷，诗六卷，多纪游之作。

《怡亭诗集》六卷，卷首有高澍然、张际亮、何长载作序。正文首页署名"建宁张绅怡亭著"。卷一，五言古体八十六首；卷二，七言古体四十二首；卷三，五言律诗一百一十一首；卷四，七言律诗九十首；卷五，五言绝句四十二首；卷六，七言绝句一百一十九首。

《怡亭文集》二十卷，卷首有周凯、高澍然作序，高澍然撰《行略》。正文首页署名"建宁张绅怡亭"。每半叶十行，行二十一字，四周双边，单鱼尾，白口，有栏线。卷一，赋三篇；卷二，论二篇，像赞三篇；卷三，杂著四篇；卷四，书后四篇，题二篇，跋二篇；卷五，书十三篇；卷六，书十三篇；卷七，序二十一篇；卷八，序六篇；卷九，记十篇；卷十，记八篇；卷十一，传九篇；卷十二，传七篇；卷十三，碑一篇，祭文四篇；卷十四，行述一篇，行状一篇，哀辞一篇，哀词一篇；卷十五，墓志铭七篇，墓碣一篇；卷十六，墓表六篇；卷十七至二十，为福建通志稿，凡宋代列传二十六篇。

张绅有磊落使气之才，其诗独具一格，高澍然序云："怡亭具敏赡之才，而未尝少见于诗，然世之负才名者每绌焉，盖怡亭静者也。"①今观其诗，多览物兴怀离忧寄慨之作，盖多得于扁舟作客，历豫章、江汉、孤山、鄱湖之时也。智者乐山，仁者乐水，知者动，仁者静，山水之景兴发悠然之静，"其于诗牢笼万状，归于自得，无所迎而悠然与之会，无所拒而泊然与之忘，无所倚著而浩然与之深，杳然其自高也。其或不主故常，或不遗耳目之近，莫非天趣之形焉，真静者之诗也"②。然张绅对其诗并不太满意，认为它们没有什么实际价值，"而于诗尤多激壮俶诡豪宕感切间喜为瑰丽，与夫艳逸之思，然皆以娱其意耳，而实不愿人之称之为诗人。盖其志之慕尚如此，予常伟其志，而亦虑其处命之道，或未详其行止迟速，宜各有时也。时时以为言，亨甫虽不尽以谓然，而于意未尝为迕也。予既能言亨甫之深于其诗集，遂不可不为之序。"③

张绅之文模仿韩愈的风格，《雨农文集序》云："君于俗嗜好一不系怀，独时时喜为古文自娱，于古作者尤嗜韩昌黎之文，出入必挟以行。"④但隐秀之处则学习欧阳修等人，最终自成一格，以浩然纯粹而闻名，周凯云："怡亭吾未之得见也，见其文集如见怡亭，盖束志励行以养其心，有学人也。其文学韩文公，而隐秀沉裕又何似李文公、欧阳文忠公。怡亭，建宁人，其传得于梅崖者多欤，何其文之粹然一出于正，词华才气之尚悉无以扰之也。"⑤纯粹表现为其中正平和、淡泊宁静的文学风格，这与其内心的不求名利息息相关，"与其友高雨农书曰：'行不求胜于人，求其平实不悖理；文不求有名，求其自得用心于内者，不计乎其外，非有道之言欤。'比吾与雨农交，雨农又千

---

①②⑤ 张绅：《怡亭诗集》序，道光十三年（1833）留香书屋刻本（福建师范大学图书馆）。
③④ 张绅：《怡亭文集》卷七，道光十三年（1833）留香书屋刻本（福建师范大学图书馆）。

里见访，以其文相论次，言四十六岁以前文皆得怡亭删定。自交怡亭而学益进，呜呼，吾何不幸而不得见怡亭也。读雨农文有与怡亭并作者，比而读之，其清明纯固之气，渊懿充积之理，皆发于身心，吾无以轩轾于其间也。"①

质胜文则野，文胜质则史，高澍然以为张绅的文章文质彬彬，可谓"达道"："文者，道之华；则道，其文之质也。去质无以为文，犹绚之必依夫素焉，焉有文而可以离道乎哉？然文之于道，苟非其自有之，虽上穷性命，下究事物，中明治法学术，吾见其为陈言矣，未见其为道也。盖其存也，必实诸己；其发也，无求名于人；其辞与气之相丽也，各识其职，中其节焉，然后质立而文从，谓之文道。而稍溢夫质或不足于文，又几得而失之，甚矣，其难也。虽然，非为之难，知之也难，盖文与道之判，久矣。志夫文者，方挟其才智，色取声附以求名于世，世因而名之，缪迹相袭，岂复知反于质哉？其近道之彦，又不知所以文之，而见于辞气者亦不求识其职、中其节，类于孔子之所谓野也，故曰知之也难。吾友建宁张君怡亭，其先余而知者乎？君为人务践实而远名，萧然一室与斯文冥契，顾不常作，作亦鲜以示人，余尝获私其一二，叹其质立而文从，真有道之言也。遂与定交而汇所作，就正于君，恒扩所未闻焉，君亦以其全示余，盖君之文主于立诚，得有余不敢尽之意，故其著者皆充于中而大发于外也，岂非难得而可贵者哉？"②知人而论世，观文而知人，由内心之求是践实扩而充之至文章，方形成这种"有道之言"。

张绅认为文章是个人品行的外在表现，品行高洁，则文章自然秀美。《答高雨农书》云："既有志于行，则文无虑其不高。有道之言，其气自美。若玉然，有其润也；若珠然，有其辉也。碱砆鱼目则否，夫行不求胜人，求其平实不悖情理也；文不求有名，求其自得也。用心于内者，则不计乎其外。足下为文，不求有名；足下之行，不求胜人，此绅所以慕足下之贤也。"③"因谓人品之邪正，视夫心术之清浊；心术之清浊，视夫名利之忘否。名利不忘，则其所为之善皆不诚，其终不入于小人之徒者，鲜矣。君之

---

①② 张绅:《怡亭文集》序，道光十三年(1833)留香书屋刻本(福建师范大学图书馆)。
③ 张绅:《怡亭文集》卷五，道光十三年(1833)留香书屋刻本(福建师范大学图书馆)。

论如此，则君之所自立可知也。盖名利之累人也，久矣。自古及今陷溺而不返者，踵迹相望，然方其触机抵险智穷力困之时，亦栗然而自危，而得脱仍进，卒迷不反者，岂其中无所乐，舍是则不堪其寂寞邪。君独振立尘埃之外，有以自得，故欢愉恬适之趣足于中而溢于文。其观理也明，其为气也清，宜然矣。孟子曰：'诵其诗，读其书，不知其人可乎？'读君之文，不可不知君之为人也，故著其详如此。若夫文之美好，则览者可以自见焉。"①

张绅以为文章之美，在于其所承载的"道"，而非"文辞"。"又谓将取经史诸书，粗复其大义，计五六年可以卒业，足下仅资其义以美吾文词耶！则五六年或可成也，抑学其行以满足吾心乎？则虽终身焉，未有涯也，何可以年限古文道，讲者鲜矣。足下向谓有意为之，甚善，然古人文字悉有意思法度，宜深求之，勿眩于词华才气者之所为，此终身不能到古人。"②可见，"文以载道"是张绅文学创作的理论核心。

张绅游记散文偏于清新俊秀，《严峰记》云："严峰于旁近诸村，于领腰尤近。予为岭腰人，故予常游焉。峰趾有立德寺，今呼严峰寺。康熙间有僧明宗，其徒传其人能驯猛兽毒虫也。寺东有径可登于峰，然仄险难行，细石满中，投足确确有声，烟岚之气凉人肌肤，至峰顶乃已。峰下诸山不可殚述，大约其状如蔓之生瓜，如风之起波，近远之村伏林峦者至是无不出焉。每予之游也以独，视听既静，凝然石立，樵人过者视予微笑而去。夫故里之山，虽无奇焉，犹不忍忘，矧境之佳者乎？此峰近在岭腰，而予为岭腰人，宜予之惓惓也。"③《萧然楼记》云："致也者，动夫内者也；撄也者，动夫外者也。致也动乎内，其致也无端；撄也动乎外，其撄也无端。扰扰者，其有涯乎，其无涯也。致也，曷谓往而致。夫物也，心之作也。撄也，曷谓来而撄。夫心也，物之投也。如是而动也，动且不息焉，其能无累乎？何君焕奎名其楼曰'萧然'，焕奎故饶家而性敏者。今夫贫者之心囿于力矣，虽有欲

---

① 张绅：《怡亭文集》卷七，道光十三年（1833）留香书屋刻本（福建师范大学图书馆）。
② 张绅：《怡亭文集》卷五，道光十三年（1833）留香书屋刻本（福建师范大学图书馆）。
③ 张绅：《怡亭文集》卷十，道光十三年（1833）留香书屋刻本（福建师范大学图书馆）。

焉,而难于取也,致之,念或寡焉。愚者之心塞于知矣,虽有取焉,而浅于欲也,攫之,念或寡焉。是二者,非其能也,其势然也。智之视愚也,智者贤矣;富之视贫也,富者胜矣。然而,愈有致也,愈有攫也。是二者,非其独不能也,亦其势然也。古之君子知物之为累也,于是治其心。淳淳乎,其鲜所欲也;泛泛乎,其莫为取也;渊渊乎,其止静也夫,而后乃其心萧然矣。"①《岁暮赋》云:"四运周之有序兮,暑既往而寒来。及寒来而岁暮兮,迅晷促而弥催。岁复岁而人已老兮,嗟微生之可哀。孰有形之不尽兮,匪恋形之永久。"②

总的来说,张绅是一个非常传统的儒家门徒,他曾在文中反复致敬儒家先贤,《怀古人赋》云:"寂寂之思念兮,怀古人之圣贤。后千载之身兮,不奉几而侍筵。目恍惚而凝想兮,若有睹于吾前。形不接而神晤兮,俨来会之自天。登宾阶之顾顾兮,挺继迹而必肩。进主人而为礼兮,列序次之秩然。羲轩辞以远兮,首尧舜而辟旋。领禹稷之并集兮,又商周之众联。恭再拜而稽首兮,肃待命而退焉。忽玉振而金声兮,奏大成之宫悬。降东鲁之至圣兮,从七十子而后先。问接踵之更孰兮,来孟氏而遂全。各有贶而惠我兮,小子恐而迁延。既少定而愧慕焉,愿承颜而执鞭。"③儒家传说中的"羲、轩""尧、舜""禹、稷",金声玉振之孔子,好学深思的七十子,再传弟子的孟子,都是张绅崇拜仰慕的对象。并著专文来谈"克己之道",其《克己论》云:"甚哉!克己之难也。夫委琐之子,不学无知,意有所爱憎,任其指白为黑,视浊云清,此则妇人孺子之见耳,乌足怪哉!吾观古今贤哲之士,亦有大惑者焉。夫我欲为道德欤,但自修而已,何谪于人耶?人之得也,我有取焉;人之失也,我亦有取焉。得者,吾师之;失者,吾鉴之。吾勤吾修,如是焉已耳,谪人而是己,断断而争,剪剪而辩,叫叫而嚚嚚,乌睹所谓自修耶?无乃为人重而自为者轻欤,然始之为此者,偶失而未之思耳。承流而扬其波,则何其甚欤;阿党相非,附势助击,岂修己之道所不得已耶?将动于

---

① 张绅:《怡亭文集》卷九,道光十三年(1833)留香书屋刻本(福建师范大学图书馆)。
②③ 张绅:《怡亭文集》卷一,道光十三年(1833)留香书屋刻本(福建师范大学图书馆)。

爱憎之气，不能不求胜耶！或非是无以立名耶？其于自修，何益也？且攻人之失，必先喜己之得，其不邻于骄且矜欤。"[1] "克己复礼，可谓仁矣"，张绅在《克己论》中传达的是他自己对儒家经典践行的感悟。

公藏

《怡亭文集》二十卷，道光十三年（1833）留香书屋刻本（山东省图书馆）。

《怡亭文集》二十卷，怡亭诗集六卷：道光十三年（1833）留香书屋刻本（上海图书馆、福建省图书馆、福建师范大学图书馆、韩国汉城大学图书馆）。

---

[1] 张绅:《怡亭文集》卷二，道光十三年（1833）留香书屋刻本（福建师范大学图书馆）。

赵在田《琴鹤堂文集》

叙录

赵在田（生卒年不详），字光中，号谷士，又号研农，闽县人。嘉庆四年（1799）进士。充国史馆纂修，起居注协修，文颖馆纂修，历主道南、擢英、南浦、玉屏、凤池等书院。生平精于三礼、三传、史汉诸书。诗宗韩、苏，工书，好蓄古砚及碑版文字，聚书万余卷。有《琴鹤堂文集》。

《琴鹤堂文集》二卷，每半叶九行，行十八字。卷首有黄赞汤、梁章钜、魏敬中作序。正文首页署"闽县赵在田谷士著"，"男良瑜润川编次"，"孙拟谦、鸣谦仝校字"。卷上，序六篇；卷下，记八篇，墓志铭五篇，铭一篇，治略一篇。

黄赞汤评曰："辛亥秋，赵润川广文出其尊甫谷士先生诗文遗稿，征序于余，余受而读之，见其无体不工，沉博巨丽，足以薄云霞而润金石。窃意先生平生所著，当有不止于是者，及考其行事，乃知先生早上玉堂，值承明著作之庐，卒不尽其用，不数载而超然远引、闭户静居，日以文章撰述为娱，又不自收拾，遗稿多散佚无存。设非令嗣广文君之善承家学，一意搜葺，不几深后学望洋之叹哉。善夫昌黎韩子曰：'莫为之前，虽盛弗彰；莫为之后，虽美弗传。'余于先生信之，且于广文有厚望焉。"①指出赵在田之文沉博巨丽，无体不工。

梁章钜评曰："君平生诗文不轻作，作亦不轻示人。虽余与君数十载交好，亦不获尽读其所作，兹广文所录示者，谅亦多所缺遗，而质文相辅，烂然铿然，已足以觇其所蕴，因亟怂恿编梓，而颣缕我两人数十年踪迹，以示两家后人用识久要之义。抑余又有说焉，君于各体文无不工，而余所服膺于君者，尤在制义，极其力之所至，实足以肩随陈勾山、杭堇浦诸先生。尤望广文广为搜辑，汇梓行世，以为后学津梁，以存君之真诣，庶更可以慰君于九京，广文其留意焉。"②指出赵在田之文意蕴深厚，质文相辅，无体不工，尤擅制义。

魏敬中评曰："今春广文润川世大兄奉先生大著，谋付梓，属序于余，余末学谫识，何足以窥底蕴，而臆诵心仪，恍然遇先生于眉睫间，然后有以见先生之深也。集首冠以芷林开府弁言，于先生文酒之乐，出处之迹，离合之缘，详哉述之矣。顾余所不容已于言者，则以謦欬如闻，而文章未睹。今幸得寻其绪论，窥其扃钥，挹其芳馨，益深神往先生之文，汪涵恣肆，惟意所适，而综事类情，深切曲中。先生之诗，酝酿性真，溢为韵味，发为声光，读者往往口所不能宣者，一如其意之所欲出，至于达古今、周时务，较然可见于设施，而先生抱道养高，不获表见于时，读是编者，亦可以得其经纬本末之大凡矣，爰识其梗概以致景慕之无已云。"③指出赵在田之文汪涵恣肆，深切曲中，达古今、周时务。

赵在田认为诗之功用在观风问俗，知得失，宣教化，非徒搜花摘卉而已。《费给谏奉使琉球诗序》云："非有以极八埏、九垓、十洲、三岛之观者，虽模范山水幣悦求工而国史不题焉，故必周游博涉，审乎王体，国是之巨，然后被以金石，抽其芬芳，使鸡林贾人快睹传诵，则其人与事传，其诗亦依声而赴节也……此使考八方之风雅，通九州之异同，主海内之音韵，使人主居高堂知天下风俗。扬子云师之，因作《方言》，今西墉之诗敷陈典则，

---

①②③ 赵在田：《琴鹤堂文集》序，抄本（福建师范大学图书馆）。

朴茂渊懿,陈皇华之五善,上康乐为一书,所谓俗尚得失、王体国是者,皆于诗寓之,岂直搜花摘卉为纪行之作已乎?余读史传,若张博望、傅介子诸人皆身适绝域、绩纪太常,然间关跋涉,道长为忧,戎马苍黄,揄扬未暇以视梯航四达、车书一统。"①

赵在田认为诗非徒吟咏性情,亦当有益于世用。《费给谏一品集序》云:"士之通达治体者,淹以货财,不更其守,在朝廷之上则为左右献纳之臣,其使于方国也,则砥廉隅、磨顽钝,使国体以尊,而王灵震叠,意兴所寄,不求工于礴悦之间,而作为文章,形诸歌咏,读者称颂不置,此其所抱负者,非偶然也……余受而卒读之,轺车所指,与海内耆宿,纪恩话别,咏史赋怀,揽治河之方略,析防海之机宜,可谓见其大矣。舟底球阳,览其山川景物、岁时俗尚,丽以韵语,醇深渊懿,洵辰告之远猷也。徒以引宫流徵、含英咀华赏之,陋矣。余观古大臣之畏简书也,夙夜盟心,使小邦颂,天子有知人之明,行人有不辱之美,故朝拜命而夕饮冰者,非矫也。甚者指天日以明之曰,使金如粟,不以入府。史以为美谈,非有定力者能之欤?"②

赵在田推崇莲花,认为其是君子品格的象征,继续"香草美人"之传统而后作诗,诗乃情与物合,情动于中,物荡于外,以求侔色揣称、律吕相宣。《瑞莲诗序》云:"扶舆清淑之气,钟于人而散见于物,人戴圆履方、禀五行之秀,舒作国华,固其分矣,而物无知也,无能也,乃协气旁流,下至卉木之微,朝华夕秀,附萼骈枝,不可名状,证之于经,则同颖之禾也;拟之于史,则两歧之麦也。且也应时择地,以发其光华,上规曩事,下启来兹,可以验政治之休嘉、人文之荟萃,其知其能,若洞于几先,而谆谆告语者,则染翰命觚、含宫咀徵,乌容已耶?……夫诗之作比兴恒多,亦情动于中,而物荡于外,于是侔色揣称、律吕相宣。其吟咏花草者,如瓜瓞取绵绵之形,匏叶写番番之状,假物以抒怀也,非即物理以验人事也。能官人者,歌棫朴乐;育材者,托菁莪情,因物以触绪,非物自炫其清华也。洎楚国左徒寄情香草,然秋兰为佩,芙蓉为衣,亦自写其志洁行芳,而非以征化理、

---

①② 赵在田:《琴鹤堂文集》卷上,抄本(福建师范大学图书馆)。

肇英贤也，岂佳祥异瑞，自古所希乎？抑连理之木、合欢之花，不遇雅流韵士，故不传，未可知也。且百昌之受气也，花以色香胜，而莲为君子之花。则以品胜。固非但绿缛红肥取悦游人士女也。"①

赵在田欣赏安处善乐循理之士，"未尝汲汲于济物，而于世必有济"，有益于世用者大抵温雅有蕴藉。《刘司训捐充凤池书院经费记》云："古之所谓安处善乐循理之士，大抵温雅有蕴藉，未尝汲汲于济物，而于世必有济，指困之赠也，解带之赒也。泽或止于一人，利或止于一时，殁则已焉。若笃念斯文，忘其力之不能以独胜，而厚集其力以待用，不期后人食为善之报也，而惟期后人嗣其善于无穷，则刘司训之捐充凤池书院膏油，是也。"②

公藏

《琴鹤堂文集》二卷：抄本（福建师范大学图书馆），咸丰元年（1851）刻本（福建省图书馆）。

---

① 赵在田：《琴鹤堂文集》卷上，抄本（福建师范大学图书馆）。
② 赵在田：《琴鹤堂文集》卷下，抄本（福建师范大学图书馆）。

朱锡谷《怡山馆文稿》

叙录

朱锡谷（生卒年不详），字菽原，侯官人。嘉庆六年（1801）进士，官四川金堂知县。有《怡山馆文稿》。

《怡山馆文稿》不分卷，署名"侯官朱锡谷菽原撰"。传七篇，说九篇，书后一篇，跋二篇，拟五箴，像赞二篇，哀辞一篇，圹志一篇，圹志铭一篇，记四篇，书二篇，序十八篇。

朱锡谷为人正直强硬，其所作《蓝鹿洲先生传》云："先生缚裤从军，磨盾草檄，何其壮也。及为县吏，神明之誉翕然归之，强项伉直横被诬蔑，媚嫉之臣，吁可畏哉。"[①]这种性格让他多次遭到小人的嫉妒与诬告，为此沦落下僚，"观察固不足道，而同时之为大吏者，何心也？卒赖圣明湔雪，异等起复，虽赉志不终，亦可以释然无憾矣。先生之文久登天府无凭，其不传而犹窃为之传者，史公不云乎？虽不至，心向往之，而况乎乡先进哉？"[②]因此，他常有怀才不遇与愤世嫉俗之念，朱锡谷认为人才难尽其才，曾写下一些与韩愈《马说》主题相似之文，表达了"虽有名马，只辱于奴隶人之手，骈死于槽枥之间，不以千里称也"的感情，《杂说四》："齐人有良马者，使

---

①② 朱锡谷：《怡山馆文稿》，传抄本（福建师范大学图书馆）。

服牛车，不习也。纳诸辕而控之，予之秣，不尽其刍，饥而踣于道，重棰之，服三月而马死，市其骨，郭隗闻之曰：'夫昆吾，天下之至利也，以补破履则钝；文绣，天下之至善也，以缀敝襦则陋。利其所利，华其所华，而不利其所不利，不华其所不华，又况摧顿之，黝污之，使利者缺、华者暗，而谓昆吾、文绣不如一锥尺布之用者，慎矣。马不自愿为骨，而主实致之，主亦不愿马之为骨，而所以使者，致之养之，不以其道用之，不尽其材，几何！不胥良马而为骨也，呜呼！'"[①]

朱锡谷对读书方法有过一番探讨，他认为读书的关键在于定心，用诚敬之心，辅之以克己之志，方能有一番成就。《求放心精舍记》云："学有涯乎？曰无涯；心有定乎？曰无定。以无涯之学而持以无定之心，危乎难哉。孔子曰：'操则存，舍则亡，出入无时，莫知其乡。'孟子曰：'学问之道，无他，求放心而已矣。'汪洋恣肆以为学者，荡其心者也，庄周、列御寇之伦是也；虚无寂灭以为学者，槁其心者也，二氏之伦是也，是皆非所以为学。今夫梓匠轮舆，艺之至贱者也，然闭户而造车，出门而合辙，不闭户未有能造车者也。庖丁解牛也，痀偻之承蜩也，技之至小者也，然十九年而刀刃如新，五六月累丸，二三五而不坠，其志专，其思一，运之以神者也。昔陈烈先生苦无记性，一日读孟子至此，憬然有省曰：'我心不曾收得，如何读书？'遂闭户静坐，百日而记诵无遗。先生之读书一也，而记与不记异焉，此其故，大可推也。然则求之如何，曰居敬以主之，穷理以察之，惩忿窒欲以克治之，无所蔽于中则不迷，无所摇于外则不夺，是而无定者可得而定焉，无涯者可循其涯焉。德成而上，艺成而下，其事虽殊，其理一也。朱子尝言：'身如一屋子，心如一家主，有此家主，然后能洒扫整顿，若无主则一荒屋耳，实何用焉？'此言最为亲切有味，今云洋先生之以'求放心'名其精舍也，其期得为学之要乎？抑又闻之管子曰：'定心在中。'耳目聪明，四肢坚固，可以为精舍，自其外言之，屋宇之精舍，所以宅吾身者也；自其内言之，吾身之精舍，又所以宅吾心者也。究其外之精舍，不如完其内之精舍

[①] 朱锡谷：《怡山馆文稿》，传抄本（福建师范大学图书馆）。

也，决矣。'因书以质先生，遂为之记。"①心定则文成，文成则能流传千古。

因为文章乃千古不朽之事，故当慎之又慎，《澄志楼诗序》云："凡物不能以自传，有传之者，斯传矣。云雷之彝也，蟠虬之鼎也，月星之尊罍也，当其始，只以一器之用，后之人摩挲古泽，求什一于千百，辄相与爱惜，珍重而能置。况诗文为人精神之所寄，其力固有足以自传者乎，况子孙承其先人之手泽，尤有不忍秘其传者乎。既得之，则思传之，亦固其所。吾友昆晓溪先生辑其曾大父筠庄先生遗诗，示余，余受而读之，如春云之丽空，如幽泉之鸣壑，如琴瑟之中乎宫商，而机杼之合乎经纬，是足以自传者也。然而，阳侯之厄，平生遗集尽付波臣，其几于无传者一；幸而存者，残编断简，溃烂模糊，不可句读，其几于无传者二。以必传之业，而有不克传之势，是其传不传之故，固不在诗而在传是诗者之人也。呜呼，今而后，先生之诗其传矣。"②

朱锡谷的文章早年学习孟子、荀子、扬雄、韩愈的风格，以峭立为主要特征，中年学习欧阳修、曾巩、苏轼，文风变得平易。《朱梅崖先生外传》："锡谷生晚，不及见先生，然先生在鳌峰日，先子实从受业，遗言绪论，尝窃闻其一二。及长，读梅崖集，而知先生之文，固有其自得者存也。国初以来，作者林立，商邱以豪肆胜，宁都以踔厉胜，长洲以醇雅胜，秀水以澄澹胜，慈溪以遒逸胜，临川以博大胜，桐城以纯厚胜，诸君子者，材力有高下，造诣有深浅，就其所得，未尝不有，其所失者存，而其所得者不可诬也。望溪谓南宋以后，古文义法不讲，失其传者七百年，而薄视震川，以为有序者庶几，而有物者盖寡。又所学专主于为文，故其文亦至是而止。揆其命意，固欲轶归之姚虞，而上之以自附于韩欧之列，而论者卒不之许，何也？先生少嗜孟、荀、扬、韩，不欲作唐以后语，故其文果峭。中岁反覆于欧、王、曾、苏以下诸家之旨，故其文和易，晚年境益熟、气益平，故其文冲夷。尝言于宋元明作者间得一席地自处，而周秦汉唐不敢与之齐大，信乎其为甘苦自道者矣。今世文士敢言大论，于先生为有不屑者，及所成就，不

---

①② 朱锡谷：《怡山馆文稿》，传抄本（福建师范大学图书馆）。

但无以相胜，文人相轻，自古而然，可戒也夫。"①

朱锡谷的文集曾遭散佚，编纂过程历经波折，后按照四库馆录《明季遗集》的体例编纂而成，《壮悔堂文集跋》云："归德侯朝宗先生《壮悔堂文集》，其板久漫泛，曾孙资灿谋重锓，属锡谷佐校雠之役。按宋牧仲先生作先生小传，称文集十卷、遗稿一卷，皆板行。今遗稿已不可见，参之三家文钞所录，有出于本集之外者，取以补之。增入文十篇，汰去文十五篇，凡文百二十有七，卷如原刻之数。不删少作，见先生之文变而益上也；不收俪词谐体者，正文轨也；不收豫省试诸篇及他篇中间有刊削字句者，遵钦定四库馆录《明季遗集》之例也。汰去之文，仍附其目者，使后有所考也。集刻于先生存日，评点皆所自定，悉仍其旧，惟补遗则不复加焉。文以气为主，震荡闳奇，纵横豪肆，足以雄视一代矣。呜呼，先生早负才名，中更丧乱，流离转徙，赍志以没，所遇有足悲者，其人其文日久论定，不可没也。嘉庆壬申冬十月跋。"②

公藏

《怡山馆文稿》：原稿本（福建省图书馆），清抄本（福建省图书馆），据原稿传抄本（福建师范大学图书馆）。

---

①② 朱锡谷：《怡山馆文稿》，传抄本（福建师范大学图书馆）。

第五章·道光朝

起止时间为1821—1850年,闽籍散文家主要有十八家,分别是:陈乔枞、陈庆镛、郭柏苍、郭柏荫、何秋涛、林昌彝、刘存仁、沈葆桢、王景贤、王庆云、魏秀仁、温训、张际亮、陈金城、何则贤、黄宗汉、李彦彬、李枝青。其中,陈乔枞至张际亮的十三家文集被收录进《清代诗文集汇编》中。

就文集总量而言,黄宗汉《晋江黄尚书公全集》三十七卷,陈庆镛《籀经堂类稿》二十四卷,刘存仁《屺云楼文钞》十二卷,林昌彝《小石渠阁文集》六卷,张际亮《张亨甫文集》六卷,何秋涛《一镫精舍甲部稿》五卷,陈金城《怡怡堂文集》四卷,郭柏荫《天开图画楼文稿》四卷,李彦彬《榕亭文钞》四卷、《心太平室诗文钞》不分卷,王景贤《伊园文钞》四卷,温训《登云山房文稿》四卷,陈乔枞《礼堂遗集》三卷,郭柏苍《葭柎草堂集》三卷,李枝青《西云文钞》二卷,何则贤《蓝水书塾文草》不分卷,沈葆桢《夜识斋剩稿》不分卷,王庆云《石延寿馆文集》不分卷,魏秀仁《陔南山馆遗文》不分卷。

陈乔枞《礼堂遗集》

叙录

陈乔枞（1809—1869），字树滋，号朴园，侯官人。寿祺子，道光五年（1825）举人，官至抚州知府。有《礼堂遗集》。

《礼堂遗集》三卷，《补遗》一卷，附诗一卷，扉页有"同治癸酉秋七月镌"字样。每半叶十行，行二十一字，四周单边，单鱼尾，白口，无栏线。卷首有其子陈绍剑作序。正文首页署"侯官陈乔枞朴园撰""男绍剑谨编、侄元禧谨校"。卷一，议二篇，事宜三篇，谕一篇，章程二篇，请示一篇，禀五篇；卷二，墓志铭一篇，序五篇；卷三，记二篇，传二篇，书一篇，序一篇，行实一篇。补遗二篇：《毕九水先生说迪跋》《郑母裴恭人九旬寿序》；附诗：《力疾筹防诗四首》《纪事绝句十五首》《感怀绝句十五首》。

其子陈绍剑作序云："先严凤掇乡科，素耽儒术，学寝馈乎西河，著渊源乎左海，佚说稽乎毛韩，故诗案乎齐、鲁，改字研郑笺之说，疏证汇翼氏之宗。异文既订，夫四家集证，亦通于各纬尚书，兼习及《欧阳礼记》《广征》《为郑》，读书凡十种，说数万言，固已业之有年，行之于世矣。至如群经博览，众美乐成，好与古为徒，信嗜书之有癖，罄囊且诸子网罗，诺金为同人梨枣《古照堂识》六十帙，《瘗本通鉴论刊》廿三卷，古文断简则编次叠山先生，秘书则增定，登坛必究举，皆弗惜乎！重赀广为雅公于同好。而乃一官蹭蹬，万事迕遭，处遭际之乖，时辄恳勤而摅抱。闽局上变通之议官钞，达利弊之源盐余，请画江右，条陈切按，地方忧烽警于袁州，谆示谕乎郡邑，论堵防之要害，立简练之章程，竭助饷略折剀，详乞销粮情形，备告厘卡，量减而尽利仓库，熟筹以便公，诸所缕悉以输者，莫非时宜之务焉。他若所镌各籍，均缀有文别所身亲，亦尝手笔，捐修有碑刻之记，感慨有纪事之诗，嘉铁梅而表其实，美漱园而弁其端，龚征士弟昆并为之传，曾便蕃阎督上论以书遗篇，固属无多立言，亦当可质矣。剑学本荒芜，材同樗栎，趋庭幸承训鲤，祭墓徒恨椎牛，睹手泽之犹存，知心坎之从出。每念抱残之憾，弥深补缺之思，亟搜讨而成编，仅汇纂而付梓，分居子职，何足稍裨白华，读到卒章，倍觉兴怀风木。"①

《上闽中大府变通钱法以平物价议》云："福州迩来银价极贵，票钱极贱，百物价昂至逾十倍，间阎之困苦不堪言状矣。时欲平物价，无从得平，即严谕铺户，禁其高抬，彼方有所藉口，究属无济。救时亟务，惟有筹数十万现银，尽收票钱入官局，然后可另立章程，改用新票，定铜一铁二之钱法，勿使畸轻畸重，则银价既跌，物价亦自平矣……谨拟数条，胪列于左，伏乞裁夺施行，以苏民困，万民幸甚。一、钱票宜先收回而后可重定章程也……一、银番宜先定价而后市侩无所滋弊也……一、铜钱宜铸而后铁钱可并行不悖也……一、物价宜平而后民闲始能存活也……一、囤户宜禁而后百物不至腾贵也……"②

《劝办袁州府乡团练用论》云："方今天下无真兵，惟团练之乡兵乃真兵也。明吕司寇坤著《乡兵救命书》，语语真切，实为今日之急务，其言曰：说练乡兵，人人畏难，不思守土，地方官有时离任，只我居民乡井坟墓房舍田土在此，亲戚聚处，千年不离故里，奈何不为久远之计也？目下盗贼纷起，土匪乘机抢夺，欲求保护身家性命，惟有团练一法。从今大家立誓约，于一二十里内，乡村可联为一团者，结团保守，选出丁壮，日日整顿器械，操

---

① 陈乔枞：《礼堂遗集》序，《清代诗文集汇编》第633册，第1—2页。
② 陈乔枞：《礼堂遗集》卷一，《清代诗文集汇编》第633册，第4—5页。

演刀矛棍钯枪炮,齐心救援。纵有流贼窜扰,不患不能剿灭。何故?听信小人故意摇惑,乱行迁徙,骨肉拆散,亲戚飘零,家业被抢,妻孥遭辱,就中结团自守者反保全无恙,岂非勇敢当先者可护身家性命,而慌怯逃避者反辱身丧家之明验哉?又,明金文毅公声著《友助事宜》,其晓贫愚者曰:今有一种无身家之人谓,贼决不及我,我可苟免,何苦出身,不思贼之掠劫何曾拣择贫富。虽至贫者,一丝一粟,讵肯相饶乎?今时流寇每到一处,所收无业游民及土匪相归附者,势必不能相信,曾不转盼尽死贼刃,又或列前行以抵官兵,惨毒不堪,枉为乱鬼,曾有贼怜贫苦而录其纳欸之功乎?其必不可苟免,明矣。但得寇贼失利,身为良民,虽日啜粥一盂,尽可度日,不然,沸汤釜中,岂有完鱼耶?观二公所言,切中今日事势,此事民间可以自为,况有地方官勤勤恳恳,劝谕催督,尔等团练乡勇,务宜大家齐心协力,认真举行,毋稍观望违延,切切。特谕。"①

《重编宋叠山先生谢文节公集序》云:"予惟公之忠孝大节,昭著史乘,炳如日星,千载下凛凛有生气,岂必以文章传而后为不朽盛业哉?文以公重,非公以文传也,然公非以文传而其生平之硕学清操、孤忠亮节,浩然刚大之气不可以利回,皎然光明之志不可以威屈,未尝不于诗与文见之,则公之诗文即公之志事所由寓也。夫当宋祚既亡之后,公所以栖迟逆旅,不遽效死者,非徒以有老母在,亦将以武王太公兴灭继绝之义望诸元之君。若臣耳,观公思亲之诗曰,楚王肯立韩公子,良也,归韩亦有辞。又对天祐之言曰,程婴、公孙杵臼二人皆忠于赵,一存孤一死节,一死于十五年之前,一死于十五年之后,万世之下皆不失为忠臣,则公之不速死,其志事固大可见。迨天祐逼以北行,事与愿违,而后从容就义、不食而死,此其杀身成仁、舍生取义,与文信国事同一辙,而世之论二公者,顾轻为轩轾其间。呜呼,其亦不读公诗与文之过矣。公之避地建阳也,由唐石山转茶坂,流寓所经,遗文佚事,数百年后父老犹能言其梗概。迄今遇公忌日,邑人必相率衣冠,具牲醴、拜奠祠下。余既莅弋之明年,二弟朝枢从建阳来省母,建阳人

---

① 陈乔枞:《礼堂遗集》卷一,《清代诗文集汇编》第633册,第13—14页。

犹谆谆介余弟以公生日为询,且嘱为访后人,求遗书,其惓惓系人思,不忘如此,则公皭然不滓之志,信乎使人奋乎百世之上、百世之下,闻者莫不兴起也。"①

公藏

《礼部遗集》三卷、补遗一卷、诗一卷:《左海续集》本,同治十二年(1873)刻(丛书综录、苏州大学图书馆、苏州市图书馆、台湾大学图书馆),按:《左海续集》一名《小琅嬛馆丛书》。侯官陈氏遗书本(日本京都大学人文科学研究所)。

① 陈乔枞:《礼堂遗集》卷二,《清代诗文集汇编》第633册,第29—30页。

陈庆镛《籀经堂类稿》

叙录

陈庆镛（1795—1858），字颂南，一字乾翔，晋江人。道光十二年（1832）进士，改翰林庶吉士，历官至御史。时海事方亟，中外嗜嗜议未定，群僚各匮其私意，迭为兴蹶。公于是有申明刑赏之疏，指斥贵近，得旨嘉纳，于是直声震天下。文宗即位，仍以言官召用。寻以闽境起泉漳、兴永之间，乃回籍办理团练，解散群盗有功，清廷以道员候选，而镛竟以病卒，年六十四。其生平精研汉学，而服膺宋儒。精古籀篆文，家富存书，披览不倦。有《籀经堂类稿》。

《籀经堂类稿》二十四卷，附《齐侯罍铭通释》二卷，光绪癸未（1883）秋刊。每半叶十行，行二十二字，注小字双行同，左右双边，双对鱼尾，黑口，有栏线。目录首页署"门人光泽何秋涛原编、门人晋江陈棨仁重编"，正文首页署名"晋江陈庆镛颂南撰"。卷首有门人陈棨仁、何秋涛、龚显曾作序。卷一，御试策论、奏疏十六篇；卷二至三，奏疏三十一篇；卷四至五，经说十八篇；卷六，拟赋、古体赋十九篇；卷七，律体赋十五篇；卷八至十，古今体诗；卷十一，序十六篇；卷十二，序六篇，后序二篇，引四篇，题辞三篇；卷十三，赠序二篇，寿序九篇；卷十四，寿序十二篇；卷十五，跋十九篇，考二篇；卷十六，书五篇；卷十七，赞、铭、说、策问、策对十二篇；卷十八，钟鼎考释二十二篇；卷十九，传十六篇；卷二十，记十一篇；卷二十一，神道碑文、墓表、墓阙铭、墓碣铭九篇；卷二十二至二十三，墓志铭三十一篇；卷二十四，诔一篇，祭文四篇，募启四篇。要之，是集为论策奏疏二卷，经说二卷，赋二卷，古今体诗三卷，序、跋考、铭等七卷，钟鼎、考、释一卷，余均为传记、墓志、祭文等。其文章朴懋渊古，晚而益进，尤长于考证金石声音文字之学。

《齐侯罍铭通释》二卷，兹篇为考证扬州阮相国芸台存器及苏州曹氏存器之铭文，详订其律度、地域、系族、音韵，与文贻朱氏茮堂吴氏苾所考颇异。因庆镛于经谊小学，咸辟奥窔，宜其对此恒精眇独至也。

陈荣仁评曰："公官京朝二十余年，硕学懋行，魁然为儒林之宗，海内人士企下风而觊丰采者，非一日矣。复挟其文章妙天下，忠诚贯日月之概以行之，宜乎。慕其人者，思其文，至于乡陬徽裔，亦渺然有泰山黄河高大之思，而述制之传莫不以先见为幸焉。"[①] 何秋涛评曰："秋涛乃请合而缀之，分别部居，不相杂厕，其旧草多涂乙、颠倒，钞胥不能辨辄澄虑钩核，得其首尾，凡分卷十四。具如右昔桐城姚姬传有言，学问之事有三：义理、考证、文章而已。自汉以来，庞儒硕士间出，三者之美罕克兼尽。盖其才多所偏，信全美之难也。至于本所学以明道于天下，树立节义，磊磊轩天地，此其人独有以尽乎道之当然，而深造乎圣贤学问之大。即不以翰墨著，而其翰墨之传，世争宝之，况又兼向者所谓三者之长而备有之者邪。斯集出，吾知世之为义理、考证、文章之学者得所楷模，殊途同归，各厌其意所欲求以去是丹非素，论甘忌辛之见可以息，而六艺微言乃大炳于天下，所系不綦重欤？……先生精研汉学而服膺宋儒，尝谓汉宋之学，其要皆主于明经致用，其归皆务于希圣希贤。他人视为二，吾直见为一也。"[②] 指出陈庆镛学问具义理、考证、文章三者之美而兼备，合汉宋学为一，皆主于明经致用，皆务于

[①] 陈庆镛：《籀经堂类稿》序，《清代诗文集汇编》第587册，第370页。
[②] 陈庆镛：《籀经堂类稿》序，《清代诗文集汇编》第587册，第370—371页。

希圣希贤。龚显曾评曰:"生平覃心考据于声音、文字之学……尝自题楹语云:'六经宗孔郑,百行学程朱。'呜呼,观于此言,可以知先生自信之素矣。"①指出陈庆镛宗经崇道,明道于天下,树立节义,为士人之楷模。

陈庆镛赋作艺术上较圆熟,《红叶赋》是一篇艺术成就颇高的咏物赋,描写红叶角度多样,异态纷呈,气氛沉郁,情调略显苍凉。《红叶赋》云:"寒光一望色苍苍,野客停骖暮景凉。满屋狂花堆晓砌,半床落叶夹飞霜。时则鸿印泥深,隼盘风猎。青脱木而下垂,紫凝山而低接。梧桐秋色寒,橘柚暮烟叠。满潭明月映芦花,一径西风吹槲叶。有霞皆赤,无树不红。低迷含夕照,掩映落晴红。气迫金商动,光生火色烘。谁将蜀锦分明布,却似唐花酝酿工。一庭霜飐,满树云铺。绾柔情于杜若,牵芳绪于轩于。砂明点绛,露滴团朱。水拍长江枫叶老,寒侵矮岸蓼花扶。雁来弥觉红增胜,一道花名笑矣乎。压筒子于秋红,叠长卿之晚翠。夕阳疏柳路三千,残月晓风关百二。板桥人迹稀,寒草劲风试。低徊孤鹜落霞天,点染锦城春树地。天留桃洞到人间,不待鼓花催腊羯。萧萧驿路亭,瑟瑟关山月。火树列千寻,琪花雕万笏。回看古寺朵云生,钟动丰山鸣未歇。寒吹筚篥,冷迫蒹葭。烟光一抹,岭路三义。落木清霜余老雁,樵云曲径闪寒鸦。天然画作光明锦,胜似洛阳一县花。"②

陈庆镛主张士当先器识而后文艺。《郑云麓先生文集序》云:"甲辰之春,韵齐工部携其尊文《云麓先生文集》来问序,余假读数日,叹其议论宏深,诚所谓温文尔雅发而为词者耶!夫士先器识而后文艺。无其识,其词不足以达,识苟足以达矣,而或谓遇高之论,或限以一丘一壑,拘于墟而不足以观河海之大也,局于量而不足以仰泰山之高也。又何以称于其后,及久而传不衰……今观其论粤政诸篇,则李观安边之策也;其述祖德诸篇,则欧阳泷阡之表也;其训子侄诸书,则马援试子之文也。仁义之人,其言蔼如,读其文,可以知先

---

① 陈庆镛:《籀经堂类稿》序,《清代诗文集汇编》第587册,第371页。
② 陈庆镛:《籀经堂类稿》卷六,《清代诗文集汇编》第587册,第493页。

生之政；读其文，并可以知先生之德。"①《彭中山无近名斋文钞序》再一次强调"士先器识而后文艺"的观点，其云："余读之，议论纵横，其言蔼如，见其文知其人之学，见其学知其人之行。读叙谱状叔寿兄诸文，得其所以立爱之道焉；读赠言劝友慎交诸文，得其所以交游之道焉；读论经论史论子诸文，得其所以为学之道焉；读议兵议律议法议钞弊论海道诸文，得其所以行政之道焉。夫士先器识而后文艺。非其学之大，不能见乎道之源也；非其识之高，不能达乎政之本。有其学、有其识，宜出而膺司牧之职，慰苍生之望矣。而往往寄傲山林，或赋诗以自适，或托文以见志，而后之君子卒服其人，而以其言可庄可诵可坊可表可法可采，而不可使为朽，则托之于言与施之于事。"② 陈庆镛又认为为文要主于自道所得，须源于经义，为有用之言。《薛先生文稿序》云："……其为文悉如其人，理醇而精，气肆而达，要主于自道所得，卓然为有用之言。夫四书之文，原于经义。读其英风飙发之作，知其效忠贞；读其醇正无疵之言，知其传理学。前明如于廷益、邱琼山英风飙发者也，如薛敬轩、陈白沙醇正无疵者也。至如茅鹿门以其名贵，王方麓以其精采，周莱峰以其潇洒，陶朴庵以其遒炼，王荆石以其廓大，许敬庵以其茂畅，皆自成一家，为时文中砥柱。"③

陈庆镛主张诗写性情，诗生于人之性情，而后方论风调、音节。《林梧圃诗钞跋》云："余披览数日，其纪胜诸诗，则风景如画也；其赠友诸诗，则衷情如诉也；至其读史数作，则又议论特识，直抒胸中所见，不肯妄下雌黄。诗可以见性情，于此得其概矣。若夫风调之古，音节之高，于淡荡可以敌玉局，于豪放可以敌青莲，而于奇险峻奥可以敌弥明，知于此道，三折其肱。"④

陈庆镛主张为文当有益于世，学以致用，能洞达古今利弊，有关世务经济、风俗人情等方是有用之文。《林啸云丛记跋》云："读书将以致用，学者

---

① 陈庆镛：《籀经堂类稿》卷十一，《清代诗文集汇编》第587册，第539页。
② 陈庆镛：《籀经堂类稿》卷十二，《清代诗文集汇编》第587册，第548—549页。
③ 陈庆镛：《籀经堂类稿》卷十一，《清代诗文集汇编》第587册，第541—542页。
④ 陈庆镛：《籀经堂类稿》卷十五，《清代诗文集汇编》第587册，第582页。

束发受经，便期于远者大者。自谓能文章、通经世，至问其所学何事，则爽然失矣。及近而叩之以当世之务，风俗之是非，世情之厚薄，则又漠然，若罔闻知。同安啸云林君负奇气，讲究农田、兵礼有用之书，不屑为科举学。向刻文钞初编，所论水利、平谷、浚濠及防御、巡哨、占测诸作，皆洞达古今利弊，大有关于经济。近复自厦来访，谈及海岛情事，缕缕皆能言之。出所著《丛记》一书，大约朴记师友往来事实，而其流览名胜，记载贾舶出入情形、广袤里数，则尤熟焉能详。足衷魏默深近刻《海国图志》所未备，是其志之远且大者，而其言之足以致用也。"①

公藏

《籀经堂类稿》不分卷：稿本（厦门大学图书馆）。

《籀经堂集》十四卷、补遗二卷：同治十三年（1874）晋江龚显曾木活字排印本（国家图书馆、上海图书馆、南京图书馆、福建省图书馆、中国科学院图书馆、武汉师范学院图书馆、日本京都大学人文科学研究所）。

《籀经堂类稿》二十四卷：光绪九年（1883）刻本（国家图书馆、辽宁省图书馆、福建省图书馆、首都图书馆、中国人民大学图书馆、南京大学图书馆、复旦大学图书馆、湖南师范大学图书馆、福建师范大学图书馆、厦门市图书馆、台湾"中央研究院"历史语言研究所傅斯年图书馆，日本东洋文库、日本东京静嘉堂文库、日本京都大学人文科学研究所、日本京都大学文学部中哲文研究室）。

---

① 陈庆镛：《籀经堂类稿》卷十五，《清代诗文集汇编》第587册，第583页。

郭柏苍《葭柎草堂集》

叙录

郭柏苍（1815—1890），字蒹秋，侯官人。道光二十年（1840）举人。由训导晋内阁中书及主事。不慕仕禄，殚心有用之学，旁及堪舆、星卜。事之有益宗族乡党者，皆规划久远，锐意为之；尤习掌故，全闽人物、名胜，言之凿凿。著述甚富，刻书亦多。《石遗室书录》谓其诗中自注，颇多相邦故事。体格皆近白、苏。有《侯官郭氏家集》《葭柎草堂集》等。

《侯官郭氏家集》三十卷，是集为《补蕉山馆诗》二卷，《鄂跗草堂诗》二卷，《三峰草庐诗》二卷，《沁泉山馆诗》二卷，《柳湄小榭诗》一卷，《葭柎草堂集》四卷，《竹间十日话》六卷，《海错百一录》五卷，《闽产录异》六卷，《七月漫录》二卷附《左传臆说》，《闽中郭氏支派大略》一卷附《我私录》。其诗文多咏述闽中景物逸事，皆编年无序跋。《竹间十日话》则为笔记闽中遗闻掌故等。《海错百一录》则记闽中鱼介壳石虫豕盐菜海鸟海兽海草等，盖补王世懋《闽部疏》及屠本畯《海错疏》之不足也。《闽产录异》则分谷属、货属、木属、竹属、藤属、花属、草属、毛属、羽属、鳞属、虫属等，凡闽中物产皆详记之。《七月漫录》则为研究《豳风》之作。《闽中郭氏支派大略》则为家谱。

《葭柎草堂集》三卷，《续》一卷。前三卷文，续一卷为笔记体裁，中多福建掌故。正文首页署"侯官郭柏苍兼秋撰"。每半叶九行，行二十一字，注小字双行同，四周单边，单鱼尾，黑口，有栏线。卷上，序十篇，记十篇，传五篇，论二篇，赋一篇，书一篇，启一篇，铭一篇，事略一篇，墓志一篇；卷中，记十三篇，序四篇，传二篇，书四篇，跋一篇，祭文一篇，墓志一篇；卷下，序十六篇，记九篇，传一篇，书二篇，说一篇，论一篇，跋一篇，铭三篇，祭文一篇，墓志一篇。卷续，记五篇，序一篇，辩一篇。

郭柏苍的散文创作，文体兼备，序、记、传、书、跋、赋、铭、碑记、墓志、祭文等，无一不是其创作才情的体现。[①]

其一，游记散文写得最为生动有趣。如《六游鼓山记》《游永福高盖山记》《游石竹山记》《冒雨游灵石记》《游福庐山记》《福清瑞岩山游记》《游武夷山记》等文，大都运用叙述性的笔法记录郭柏苍与友人们游览名山胜地的乐趣所在。《福清瑞岩山游记》云："游者横行如蟛蟚，稍有妨碍，以颔下为进退，乃不阻矣。浓翠湿衣，香于荷芰。仰视天光如缕绳，直而不倚，非鬼斧神工，果谁削之而使平耶？转身右行，忽入昏黑，导僧戒众客挽其衣带，以臀蛇跗而进，蜿蜒高下，懔懔于绝壑之上，不见天日之苦，乃如此。若遇蛇蝎，即今日已矣，扪捉无奈。忽得一隙之明，此时五人十目皆得所视，快甚，始知身穿石窦，起立则触，蹈虚则坠，喘息定又昏黑如前，众之惶恐甚于初入。盖识其身之危，而不知其所止也。正疑讶间，光如弹丸，又从石背倒射，暗室得灯，不足以喻，如是者三。入蝙蝠洞，石室栉比，若初洒扫者，觉人世无此轩爽，愈知得见天日之乐。僧拾小石投之，铿铿有声，拂拂而起，大者向阳曲出，小者避人去来，旋复寂焉，再投再飞。洞中可爨可汲，若集数家居此，亦今世桃源也。俄至挖指岩，巨石矗起，游屐穷矣。昔人于岩侧凿小孔，仅容一指，题曰：'挖指岩'。导僧不言其故，以无名指挖石，呼曰：'此挖指岩也。'翻身一跃，杳无踪迹。予急效其状，乘势试之，若仆若飞，御风而下，境界豁然，别开生面。回望岩肩，寂寂不知身从何来，但隐隐闻林、叶二子咳唾声。盖手眼

[①] 参见苏秋红《郭柏苍及其诗文研究》，硕士学位论文，福建师范大学，2010年。

不快,足缩缩不能举矣。导僧呼其仍作前状,忽翩然如鸟下集,莫名其妙。予告同游曰:'世途之通塞,有如今日,亦只此或险或夷、忽明忽昧而已。'名胜有兴废,不必刻求。"①文笔细腻,于细节处尽显情致趣味,表达"人意殊快乐也"的闲情逸致。

其二,为他人所作之传亦有可观之处。有些写得生动传神,富有情趣,如《带草先生小传》云:"先生为市,入者厚其值而出之甚廉,禁书秽集悉焚之,劝世文字不取一钱,字画不辨真赝,有得辄售,凡秘本必鬻于藏书之家。先生以至钝之人而为市,乃得至美之法,人咸归之,以此起家。道光甲午,溪涨十昼夜,无楼阁者皆以书籍易米。先生日得千卷,平其出入,家益丰,为市亦作辍矣。时或触口成诗,诗成即示人。雪天寒夜,备酒肴至山房,挟予偕行,抵肆对酌,令予读其诗,予作狂风走石状,鼓掌大笑。先生从旁跳跃,邻右麕至,疑偷儿被获。须臾寂然,予醉而先生卧矣。"②通过叙述带草先生的鬻书聚书和对酌至醉的生活小事,文采并举,声情并茂。其他传文如《高布衣支离传》《丁戍山人补传》《定海县姚公传》《未婚节孝郭母叶孺人传》亦多为叙事与情感兼具的传记文章。

其三,为亲朋故旧所作之祭文、墓志,语辞含悲,情思悱恻。《侯官刘筠川茂才祭文》哀叹刘永松"投壶之艺,世本希有,今其绝矣;驰马之技,文人罕能,谁其继之?作篆寻丈,三尺之砚,将剖而沽矣蔚庐藤花满地,无洒扫者,池栏晨鸦窥鱼,亦任之而已。昔坏居宅为皂枥,今废皂枥为居宅,雄豪之气,成之易亦毁之速。酒伴零落,无能吊君,游踪久停,山僧绝迹,关析小吏,交止于死,赴至而伤君者,独妻子乎?文之存者,仅《乌山》一序,彭石、瀍井二刻,观者不知所谓。吾于续修山志时,当为君表其事,诗多哀怨,壮不如少,杯酒酹西风,杜宇声声血"③。《林处士瀍墓志》哀林瀍"文学水浒传,能于纸上绘影绘声,闭目则恍然如见人物;诗婉而达,然其

---

① 郭柏苍:《葭柎草堂集》卷中,《清代诗文集汇编》第662册,第153页。
② 郭柏苍:《葭柎草堂集》卷上,《清代诗文集汇编》第662册,第129页。
③ 郭柏苍:《葭柎草堂集》卷中,《清代诗文集汇编》第662册,第157页。

声终凄然也"①。《绍眉林先生墓志》叹林熙"于月圆灯灺,矢口成声,纯任天籁,晨鸡乱鸣,茶烟犹袅袅出树罅,治书史外究心医学"②。叹调幽深,情思绵远。

其四,序跋数量较多,虽多溢美之辞亦不容忽视。《重刻闽中十子诗序》《全闽明诗传序》《榕阴吟社序》《重刻周太朴诗序》《刊黄陶庵诗选序》《重刻蓝涧集后序》《重刻蓝山集后序》等序文体现了郭柏苍的诗学观念。如《榕阴吟社序》云:"闻之:'歌者合众器以成声,绘者集群采以耀目。'物以聚而增美也,珠玉之圆润缜密,彝鼎之光怪陆离,一一玩之,非不各具奇绝,必杂然前陈而始快者,爱其罕而夸其多耳。自古文士各有所长,一物也,以百人赋之,心思将百出焉。心思同词翰,复百出焉。此试士者,所以必命题以衡才;会友者,所以必命题以观艺。"③《山坪蔡氏重修族谱序》《第六次修支谱序》《第七次修支谱序》《闽中郭氏支派大略序》等谱序则表达对修纂谱牒的看法。《竹间十日话序》《乌石山志自序》《续修乌石山志序》《闽产录异序》《海错百一录序》《福州历代浚湖事略序》《汇释福州沙合新港历代开塞议论序》《三元沟始末序》等序文反映了郭柏苍整理福建乡邦掌故、物产海错、水利地理等方面的努力。如《闽产录异序》云:"飞潜动植盈天地间,不养人即害人。吾人多识其名则一也,凡日用养生所需,上古帝王天生明圣,尽性穷理,为生民立命,早已取义命名,如粟菽布帛六畜百草,以至虫鱼之细,见于岐黄、述于孔孟者,其名千古从同,义亦如一,后人宁有呼粟菽为糠秕、金银为铅汞者乎?诸子百家出而疏证焉,其名始别,又从而辩驳焉;其义始繁,山陬海澨续入版图所产,非人世所急,或仍外国之名目,或以方言为记载。"④

此外,有些铭文写得颇有哲理,清新可读。《尺铭》云:"累分累黍,积

---

① 郭柏苍:《葭柎草堂集》卷中,《清代诗文集汇编》第662册,第158页。
② 郭柏苍:《葭柎草堂集》卷下,《清代诗文集汇编》第662册,第177页。
③ 郭柏苍:《葭柎草堂集》卷上,《清代诗文集汇编》第662册,第138页。
④ 郭柏苍:《葭柎草堂集》卷下,《清代诗文集汇编》第662册,第206页。

善则庆。休律人而见短,休取物而思长,果操之不爽乎?庸何伤。"①《浮蘋菱花镜铭》云:"万象皆收,美丑不留。呜呼,真面目此中求。"②《长剑铭》云:"五尺陆离,书生负之。丰城气接,瓯冶光驰。羁滞作伴,琴樽相随。暴客咋舌,厉鬼愁眉。累累近岛,眈眈诸夷。货利是竞,信义不知。谁其负之,以从王师。"③论辩文亦有可取之处,《畜鸟论》反对养鸟,其云:"鸟以山林为乐,其性不依人,乃困于网罗。弹射小者笼大者,縶饲以果蔌,养以鱼肉,非以羽毛声音为世所好,即攫啄善斗为世所弄耳。然得以好之弄之,类皆凡鸟,凤凰鸣矣,于彼高冈,网罗弹射弗能及也。大鹏其翼,若垂天之云,不见有笼縶之祸。人之所畜,曾有此乎?夫鸟以网罗弹射得之,鸟不愿也。笼之縶之,畜鸟者,何乐也。羽翼丰而不求去者,独鸡鹜耳,故家可畜而终杀其躯云。"④《辩养尸》则谈论养尸,亦即木乃伊。

公藏

《葭柎草堂集》三卷:郭氏丛刻本,光绪十二年(1886)刻(丛书综录、厦门大学图书馆)。

《郭柏苍集》二十四卷:光绪刻本(日本京文)。

---

①② 郭柏苍:《葭柎草堂集》卷上,《清代诗文集汇编》第662册,第147页。
③ 郭柏苍:《葭柎草堂集》卷上,《清代诗文集汇编》第662册,第148页。
④ 郭柏苍:《葭柎草堂集》卷上,《清代诗文集汇编》第662册,第126页。

郭柏荫《天开图画楼文稿》

叙录

郭柏荫（？—1884），字弥广，号远堂，别号古伤心人，侯官人。道光十二年（1832）进士，历主清源、玉屏、紫阳、鳌峰各书院，同治间累官至湖北巡抚，署湖广总督。有《天开图画楼文稿》。

著有《天开图画楼全集》二十七卷，每半叶九行，行二十一字，左右双边，单鱼尾，白口，无栏线。具体如下：

《天开图画楼文稿》四卷，卷首有郭柏荫自序。卷一，说一篇，论一篇，书二篇，序一篇；卷二，传一篇，诔一篇，书后一篇，记三篇，序六篇，墓志铭二篇；卷三，文一篇，记二篇，序五篇，题后二篇，论一篇；卷四，榜文一篇，挽文一篇，记二篇，论一篇，序三篇，说五篇，书后一篇，杂著三篇。

《石泉集》四卷，是集为古今体诗，卷首有李联琇、林鸿年《题石泉集》各一首。李联琇题曰："百卉忽无色，梅颜笑冬阳。坐披石泉集，冰雪融我肠。公才命世者，宣勚驰星霜。归来梦戈壁，绝塞天日黄。荷戟从乡人，乱定开讲堂。生徒式风雅，贞抱倾吟囊。论诗有宗旨，生憎黄豫章。江珧本忌食，任渊注空详。独持混沌镜，焰朗非幽光。匠巧不徒运，真气惊中唐。嘉禾芟蓛蔆，芳草镌蕙纕。中蕴味醰醰，旁溢香扬扬。循诵往复回，掩卷铿绕梁。我诗不敢哦，牛铎惭郎当。"①林鸿年题曰："卅年北燕倏南鸿，回首名场各梦中。眼尚能青惟望子，头虽未白已成翁。乡山独自归鞭早，宦海谁人舞彩同。却为彗星伫云际，浩歌我亦恍临风。"②

《嘐嘐言》六卷，卷首有郭柏荫自序，卷末有丁汝书后。《嘐嘐言序》云："言者，行之符也。行不逮言，不如无言。然苟有人于此，于所当行者，举莫之行而曰：'吾固未尝有言也，将藉是以告无罪，识者其许之耶？'蒙以为学者之上达与否，但验其行与不行，不必问其言与不言。建一言于此，而自揣其足以行之也，或者其有奋心焉，自揣其足以行，而几几乎不能行。又虑夫人之执所言而督之也，或者其有愧心焉，愧也，奋也，是即进取机也。孰励之？言励之。孰言之？自言之也。然则言固不足以信其行，而亦何必禁使不言也，验其行与不行而已。故不揣固陋，辄就千虑所得，笔之简牍，因时自课，冀收困勉之功。若以为不朽，立言则适滋余罪云尔。"③丁汝恭《嘐嘐言书后》云："远堂观察负绝世聪明之资，抑以随时好为湛深之思，能洞达人心之出入，发为《嘐嘐言》，皆古人所未道及。盖人心之病与世为转移，世愈积而病愈深，善医者，察其受病之原，使无遁情，则药力所及，必能起废疾而回天。和《嘐嘐言》，今世之医方也。余欲使人录一通，朝夕省视，择其对证者而服之。凡有宿疾皆可以兴，而人心太和、灾沴不作，则又布帛菽粟之用也，《呻吟语》不得专功于前矣。"④

《续嘐嘐言》四卷，卷首有郭柏荫自序，张光藻作跋。《自序》云："曩刻《嘐嘐言》，谬为同辈许可。光阴荏苒，倏忽三十余年，故我依然，良用自愧。惟自入官，以及投老，未敢一日舍墁而嬉，中间人事梦如，时有感发，辄复笔之案头，以备思齐内省之资，犹初志也。甲戌岁，引疾谢事，就养吴兴郡署，检点故箧，因付炘孙缮录，邮呈张翰泉观察，乞为是正，承加评骘，并系劝勉之词于后而归之。自维老拙无似，本不欲更效谂痴，第念良朋期望之殷，不敢

---

①② 郭柏荫:《石泉集》,《清代诗文集汇编》第609册，第550页。
③ 郭柏荫:《嘐嘐言》序,《清代诗文集汇编》第609册，第586页。
④ 郭柏荫:《嘐嘐言》书后,《清代诗文集汇编》第609册，第613页。

以己不才,概从埋没,乃复付刻并逐条附登翰翁评语,以志交情,或者炳烛余明,藉此稍开愚昧,亦可追溯其得力之所由来云尔。"①《续嘐嘐言跋》云:"先生前刻《嘐嘐言》六卷,光藻受而读之,既已日置座右,奉若严师矣。兹复自闽寄来《续嘐嘐言》四卷,嘱为校雠,光藻质性下愚,于圣贤克己工夫毫未用力,曷敢与先生妄论道学。虽然,人同此心,心同此理,先生所言实皆光藻所欲言而不能言不敢言者,故一旦诵先生之言,亲切有味,不禁感发兴起,而叹其言之先得我心也。子曰:'有德者,必有言。'又曰:'君子先行其言,而后从之。'读先生前后所著《嘐嘐言》,益信圣人之言为至言矣。"②

《天开图画楼试帖》四卷,卷首有褚维垲作序及郭柏荫自序。褚维垲评曰:"受而读之,其超心炼冶,如矿在镕;其浩气流行,如水赴壑。红炉点雪,融迹象以无痕;彩管生花,选色香而俱古。洵作家之宝筏,亦后学之金针。"③郭柏荫自序云:"少学帖体诗,颇苦纤仄,洎入词林,日课一篇,限于格式,仅取圆熟而已。本不欲存,亦本无足存者。身世纷纭,盛衰多感,巢痕已埽,旧雨谁来?天上玉堂,空疑梦到。姑从旧稿中,掇其什之三四,录置案头,谓尝从事于斯,以塞荒嬉之谤,编成展视,犹仿佛白纸。坊南雪花掌大,拥炉呵指,伊吾向壁时也。"④

《变雅断章衍义》一卷,卷首有古伤心人自序。云:"儿时,读大小雅诸篇,但觉其性情悱恻、辞致缠绵。初未悟古人之言皆有物也。中年以往,阅历渐多,身世所经千态万状,一腔烦懑,辄欲寄诸咏歌,而古人已有先我而言之者。其于事局之纷纭,人情之深阻,盖不啻书符契而决蓍龟也。酒后灯前烀温及之时,赘谬论于其简端,间有与本经之旨不尽相符者,亦赋诗断章之义也。狂草纵横,加以涂窜,纸痕之鳞次,字墨之模糊,几于不可辨识,乃手自钞辑,都为一编,名之曰'变雅断章衍义',语多激切,良非温柔敦厚

---

① 郭柏荫:《续嘐嘐言》序,《清代诗文集汇编》第609册,第614页。
② 郭柏荫:《续嘐嘐言》跋,《清代诗文集汇编》第609册,第615页。
③ 郭柏荫:《天开图画楼试帖》序,《清代诗文集汇编》第609册,第636页。
④ 郭柏荫:《天开图画楼试帖》序,《清代诗文集汇编》第609册,第637页。

之遗，而大声疾呼，冀挽狂澜于既倒，当世之士，傥亦有谅其区区者乎？"①

《击钵吟存稿》四卷，卷末有书后，附《击钵吟条规》。《书〈击钵吟存稿〉后》云："击钵吟之局，一题到手，初无定见，且限片刻立成，成必数首，又无故实可搜。故同一咏古也，而褒贬异论；同一言情也，而哀乐异趣；同一赋物也，而华朴异辞。在当时止求入彀，故不得不多立歧途，如近世医家用药，补泻兼施以侥幸一当。司衡者，或甲或乙，或弃或取，或此然而彼否，或博采而兼收，是是非非，惟变所适，亦未尝以一格相绳。由后而观，鲜不悔其杂沓，然而月地飞觥、霜天面壁，炉熏欲烬、笔捶方停，据几疾书，骤如风雨，争先贾勇，制胜出奇，诡遇之贱工，辄有十禽之获焉。虽明知不可为训，又不能不以之自豪也。"②

郭柏荫《天开图画楼文稿自序》云："出之甚易，使人一目了然，以言古文，则犹门外汉也。是可以不存，虽然，吾尝闻之矣。言以足志，文以足言，志也者，心之所欲言，而文则以抒其所欲言之志。半亩之波，非江海也，而自蓄其波澜；一蚕之茧，非绮纨也，而亦自成其端绪。吾为其小者，所以易也；吾为其小且易者，故第如其所欲言之志。而人之见之者，亦遂了然于其志之所欲言也。是则区区之文也，是则区区之能事也，是亦何必不存？"③郭柏荫谦虚地指出自己为文只是抒发所欲言之志而已，其小且易，使人一目了然。

郭柏荫骈体文写得颇为工整，词采华赡，感情真挚，富有人情味。《悼亡集序》云："夫樗枝丽彩，雊礼掩其光华；桂窟腾精，詹诸蚀其轮廓。盖鸾皇仙翮，非尘网所能鞿；姚魏天香，岂山樊所得苻。亶盈虚之有数，纵摇落以何悲？然而洛浦丽人，偶觌鸿惊之状。汉皋神女尚多，犹豫之疑，方且揽骍辔而怅盘桓。探佩珠而追邂逅，而况涧蘩潦藻。久聆徽音，沉芷澧兰，凤推情种，忽华年兮似水，嗟浩劫兮成灰。能不夜眼长开，秋心独抒，寄深情于炜管，慰遗憾于幽房也哉。"④

---

① 郭柏荫：《变雅断章衍义》序，《清代诗文集汇编》第609册，第709页。
② 郭柏荫：《击钵吟存稿》，《清代诗文集汇编》第609册，第762页。
③ 郭柏荫：《天开图画楼文稿》序，《清代诗文集汇编》第609册，第503页。
④ 郭柏荫：《天开图画楼文稿》卷一，《清代诗文集汇编》第609册，第506页。

郭柏荫认为修行乃学文之本,批评浮薄的士风。《施霄上茂才诗文集序》云:"士君子所以异于齐民者,以其学文修行,而修行又为学文之本。近世浮薄之士,词采烂如,而迹同驵侩。文之美也,适彰其行之疵,又况其所谓文者,不过雕虫篆刻,否则捃拾经传中诡文僻字,以佐艰深,而文固已陋矣。"① 《鳌峰课艺三刻序》云:"人之才力聪明,日趋于薄,则有谓便儇可以捷获,谲诡可以见长者。文风之颓,士习之靡也;士习之靡,世道之忧也,多士其知之矣。纵不能障川回澜,亦当卓然求所以自立者。不独文艺宜然也,即文艺亦何可以不然。"② 于此可见,士习与文艺之间存在着密切的关系。

自然地,郭柏荫赞许切于当世之务的平实文风,认为为文须有益于世,立言大旨以道理为宗。《书方存之〈柏堂文集〉后》云:"读方子存之《柏堂文集》,所言皆切于当世之务,而可见诸施行。其论事也,常有以察其受病之故,筹其所以施治之方;其称人也,不为溢美之词;其督人也,亦不为刻深之论。要其立言大旨,则一以理道为宗。"③ 同样,郭柏荫对马慎甫之文评价颇高,认为其说理明白,运辞畅达,气度从容。《马慎甫趣园文稿序》云:"虽属辞雄丽,考据精详,犹吾道中之骈拇枝指也。今观慎甫之文,其说理甚明,其运辞甚达,其气则又从容以和,不求胜于人,而实已造人之所不能造,知其学道而有得于心也。"④

郭柏荫认为诗乃余事,认为只有才大、识充、学富者方能为诗。诗之地位虽低,而对作诗的要求却高。《春溟诗集序》云:"士之不朽于时者,首立德,次立功,立言则其余事。言中之诗尤其余事也。顾言为心声,而诗以言志。才不大者,其志庸;识不充者,其志馁;学不富者,其志鄙。其于诗也,靡而不振,陋而不达,驳而不纯,使人一望而知其中之所有,又安问其德,若功,然则诗固余事乎?所系轻重于其人者,亦不少也。"⑤ 郭柏荫还认为诗能肖心而发为言,故诗写心而已。《张炼渠观察镜真山房诗稿序》云:

---

① 郭柏荫:《天开图画楼文稿》卷二,《清代诗文集汇编》第609册,第523页。
② 郭柏荫:《天开图画楼文稿》卷三,《清代诗文集汇编》第609册,第535页。
③④ 郭柏荫:《天开图画楼文稿》卷四,《清代诗文集汇编》第609册,第548页。
⑤ 郭柏荫:《天开图画楼文稿》卷三,《清代诗文集汇编》第609册,第529页。

"言者，心之声，诗则言之一端，而肖心以出者也。人生出处之途，如浮云在天，变化往来，不可思议，所得以自主者，惟此心而已。心之所蕴不必尽举以示人，而诗能肖之以出。"①

郭柏荫论说文善用寓言，以拟人化的动植物作譬喻，言简意赅，结构简单，却极富表现力。《杂说二》云："汀州人椎狗以食，而使鹅守门，闻者甚异之。余曰是殆有说鹅畏生人，见则其鸣，戛戛然。虽不必如狗之猛狮，其犹将闻警而报主人也，使更易以鸡，若鹜焉，则真聩聩耳。虽然，吾又乌知？夫使鹅者之不将转而使鸡转、而使鹜也，鸡鹜之以守门也，自使鹅者始也。"②

"诔"，本义乃叙述死者生前事迹，表示哀悼。郭柏荫《诔倪颖翁》一文，善于选择一个典型的细节，而人物的个性气质昭然若揭，非常生动形象，意趣横生。《处士倪颖翁诔》云："清源书院之左，有老翁焉，曰倪颖。官年七十矣，子孙能善其业，颖翁日安饱，无所事事，左一席，右一扇，就池亭消暑。招而与之言，则为道所见，善恶因果，津津然也。余亦举书史所载感应事以答之，知其有纯德而隐于市尘者也。今岁复至清源，则颖翁已物故，为之恻然者累日。昔孔子遇馆人之丧，一哀出涕，念旧情也。况颖翁之老成肫笃，尤余所不能忘者乎，故诔之，以示其子，俾勿忘先人忠厚传家之意，勤业修善，以俟后之兴者。"③

公藏

《石泉集》四卷：清刻本（南京图书馆、福建省图书馆），民国十八年（1929）刻本（上海图书馆、首都图书馆、福建省图书馆），民国二十三年（1934）侯官郭氏家集汇刊本（丛书综录），刻本（厦门市图书馆）。

---

① 郭柏荫：《天开图画楼文稿》卷四，《清代诗文集汇编》第609册，第547页。
② 郭柏荫：《天开图画楼文稿》卷四，《清代诗文集汇编》第609册，第544页。
③ 郭柏荫：《天开图画楼文稿》卷二，《清代诗文集汇编》第609册，第516页。

《天开图画楼文稿》二卷：同治刻本（南京图书馆、厦门市图书馆），排印本（中国科学院图书馆）。

《天开图画楼文稿》四卷：同治二年（1863）刻本（湖南省图书馆），光绪刻本（福建省图书馆），旧抄本（福建省图书馆），民国十五年（1926）刻本（上海图书馆），民国十八年（1929）刻本（首都图书馆、福建省图书馆、中国人民大学图书馆），民国二十三年（1934）刻侯官郭氏家集汇刊本（丛书综录）。

《天开图画楼试帖》二卷：同治刻本（复旦大学图书馆）。

《天开图画楼文稿》四卷、试帖四卷、《石泉集》四卷、《击钵吟存稿》四卷、《变雅断章衍义》一卷：家刻本（华东师范大学图书馆）。

《天开图画楼文稿》四卷、试帖四卷、《嘐嘐言》六卷、《嘐嘐续言》四卷、《击钵吟存稿》四卷、《石泉集》四卷：同治刻本（上海图书馆）。

《天开图画楼全集》二十六卷：光绪九年（1883）刻本（中国人民大学图书馆）。

《击钵吟存稿》四卷：清刻本（湖南省图书馆）。

《嘐嘐言》六卷：道光三十年（1850）丁汝慕刻本（上海图书馆），光绪九年（1883）刻本（湖南省图书馆），石印本（上海图书馆）。

《续嘐嘐言》四卷：光绪九年（1883）刻本（湖南省图书馆），石印本（上海图书馆）。

《郭远堂所著书六种》二十三卷：同治刻本（南京图书馆）。

何秋涛《一镫精舍甲部稿》

叙录

何秋涛（1824—1862），字愿船，光泽人。道光二十四年（1844）进士，授刑部主事。博览群书，精汉学，于经史百家之词，事物之理，考证钩析，务穷其源委。尝研究俄罗斯，以其未有专集也，乃采官私载籍，为《北徼汇编》六卷，复增《衍图说》为八十五卷，缮以进，赐名《朔方备乘》，惜毁于火，旋为莲池书院院长，卒穷困以终，年三十九。有《一镫精舍甲部稿》。

《一镫精舍甲部稿》五卷，有"光绪五年八月淮南书局刊成"字样。每半叶十一行，行二十一字，注小字双行同，左右双边，单鱼尾，白口，有栏线。卷首有黄彭年作《墓表》一通。是书皆为经部论文，计二十五题，缺者凡七题，其文皆旁征博引，对于小学字说诸篇，尤为精当，惜其稿多散失，百不存一也。卷一，《孟子编年考》；卷二，《周易爻辰申郑义》《爻辰图说》；卷三，《禹贡郑氏略例》；卷四，《考夕体若夤》、《君子机义》、《象敖克谐解》、《禹贡锥指订误》（缺）、《扬梁二州南界考》（缺）、《三江古义》（缺）、《黑水考》（缺）、《周礼故书考》、《尔雅分节断句考》（缺）、《霆辨》；卷五，《祁大夫字说》、《明数篇》、《释算》、《释三》、《释八》、《释鳌》（缺）、《说文谐声考》（缺）、《书李松石音鉴后》、《又书后》、《释惑》、《书钞本韵目后》。

黄彭年在《清故莲池书院院长刑部员外郎何君墓表》中评曰："呜呼！此吾故人何君愿船墓也。同治元年，彭年自燕之蜀，君代为莲池书院院长。比入蜀，闻君丧逾十年，重来莲池，始知君之旅葬于此。悲夫，君讳秋涛，愿船其字，世居福建光泽福民坊。祖长敦直隶博野县知县，考高华国子监生。君少负异禀，过目成诵，自为儿时能举天下府厅州县名数，其四境所至。年二十，举于乡。逾年，试礼部为贡士。又逾年殿试，授刑部主事。益广交游，博览传记，学乃大进。道光中，京师言宋学者则有倭文端公、曾文正公、何文贞公、吴侍郎廷栋、邵员外懿辰、丁郎中彦俦，言汉学者则有何编修绍基、张州判穆、苗贡生夔及君乡人陈御史庆镛，言古文词者则有梅郎中曾亮、朱御史琦、王都御史拯、冯按察志沂。君专精汉学而从诸公游处，未尝以门户标异，其于经史百家之词、事物之理，考证钩析，务穷其源委，较其异同，而要归诸实用。刑部奉敕撰律例根源，多君手定。陈御史坛尝得匿名书，例当毁，疑以质君，君言军国重计，宜上闻，援引故事，御史据以入告，其通识类此。咸丰三年，李侍郎嘉端巡抚安徽，奏辟。君自随，侍郎罢，君还京师，益究心经世之务。尝谓俄罗斯地居北徼，与我朝边卡相近，而诸家论述未有专书，乃采官私载籍为《北徼汇编》六卷，复增衍《图说》为八十五卷。陈尚书孚恩言于上，命以草稿进，懿览而称善，更命缮进，赐名《朔方备乘》，召见，晋君官员外，懋勤殿行走。庚申之变，书亡，上询副本，黄侍郎宗汉尽取君所藏稿，将缮写重进，而侍郎居焚是书，遂不复存。君亦以忧去。君故贫，至是饔飧或不继，而讲诵不倦。彭年去莲池，荐君自代，不虞君之奄逝也。君卒以同治元年六月四日，年三十有九。"①

何秋涛专精汉学，于经史百家之词，事物之理，考证钩析，推源溯流，识见精当，具有很高的学术水平。亦可知其学养之深厚、思想之深邃。《释惑》云："或问于予曰：吾闻字有四声，今曰七声，或又曰八声，何也？予曰：声有舒促起伏则为四声，四声各有清浊则为八声，平去入分清浊而上声

---

① 何秋涛：《一镫精舍甲部稿》，《清代诗文集汇编》第698册，第443—444页。

不分则为七声。夫声一也，引之为四不足尽声之变，引之为七八而后无所遗焉。盖即由四声而广之，非悖于沈氏也。或曰：七声之说起于章黼《韵学集成》，后人以其晚出，无遵用者。马礜什氏谓仄无阴阳，止为五声。近世李松石辈咸用五声之说，然则安见七声之必是，而五声之必非也。曰：子误矣。夫七声之说，非晚出也，古也未明七声，先明八声，未明八声，先明清浊。昔李安溪相国尝谓字母之音有清浊，今第即刘鉴《切韵指南》之字论之，如通摄之通同，二字一音，而分清浊者也。子不知清浊，独不辨通同之音二而一、一而二乎？通同二字，各具四声，此所谓八声者也。子不知八声，独不辨通同之各有四声乎？守温字母清浊，或分或否，体例未能尽一，至邵子《经世声音图》始清浊尽分，列为四十八母。然李文贞犹议其遗曰：纽之清音，至戴东原之转语二十章，而清浊音始备，特彼皆未明言为八声尔。子得吾言而绎之，则知诸家之说皆可贯通矣。然今言七声，而不言八声者，非阙佚也，以古书论则当区别八声，而以百治则惟七声尤著。盖上声短促，难分清浊，即如通同二字，虽韵书各具上声，而音实不异，徒以反切不同为别耳，非若平去入之分，理迥殊也。是故四声之为八，八声之为七，其义一而已矣。若夫仄无清浊之论，殆不足辨，但即通同二字之去入，读之果有以异乎？无以异乎？声别心通，可无烦笔舌争也。或唯唯而退，因记之论切韵。"①

公藏

《一镫精舍未定稿》一卷：稿本（复旦大学图书馆）。

《一镫精舍甲部稿》：清李肇偁半亩园抄本（复旦大学图书馆）。

《一镫精舍甲部稿》五卷：光绪五年（1879）淮南书局刻本（上海图书馆、河南省图书馆、辽宁省图书馆、南京图书馆、中国科学院图书馆、北京大学图书馆、中国人民大学图书馆、北京师范大学图书馆、南开大学图书馆、

① 何秋涛：《一镫精舍甲部稿》，《清代诗文集汇编》第698册，第490页。

湖南师范大学图书馆、大连市图书馆、台湾"中央研究院"历史语言研究所傅斯年图书馆、日本京都大学人文科学研究所、日本京都大学文学部中哲文研究室、日本大阪府立图书馆、日本东京大学中哲文研究室）。

林昌彝《小石渠阁文集》

叙录

林昌彝（1803—1876），字惠常，一字蕙裳，又字芗溪，号茶叟、五虎山人，侯官人。道光十九年（1839）举人。喜考据之学，著作不倦。咸丰元年（1851）献所著《三礼通释》二百八十卷，由礼部具奏进呈，赏官教授，司教建宁、邵武两郡，以敦品植学训士。尝游粤，掌教海门书院。尚有《海天琴思录》前后集、《小石渠阁文集》《衣讔山房诗抄》《鸿雪联吟》《砚桂绪录》，皆付梓。又有《温经日记》《说文二徐校本》《燕翼日钞》，均已成帙。又采海内诗人及师友交游之诗为《敦旧集》八十卷，其《射鹰楼诗话》二十四卷，首二卷言时务，末卷附载桂林朱琦《新铙歌》四十九章，用意甚深。

《小石渠阁文集》六卷，扉页题名为"小石渠阁文集"，同治丙寅（1866）孟冬刊于福州。正文首页署"侯官林昌彝惠常"，无序。每半叶十一行，行二十三字，四周双边，黑口，有栏线。卷一，论八篇，传一篇，议三篇，说三篇，序一篇，《礼意》一篇，《医喻》一篇；卷二，书后二篇，序十八篇，跋二篇，弁语五篇；卷三，序言一篇，书后一篇，记二篇，书五篇；卷四，传八篇，行略一篇；卷五，启一篇，序二篇，文三篇，问答一篇；卷六，策四篇，表一篇。

刘存仁在《小石渠阁文钞序》中评林昌彝说："学博而才雄，合经学词章为一家"①，"今读遗文，多考证经史，发前人所未发；其序记赠答，亦自摅性情，不为依傍，可谓得立诚之旨矣"②。可谓一语中的，林昌彝一生创作了不少散文，主张经世致用，认为经典乃治学之本。其文除时务之文外，唯序记赠答，抒发性情，颇为可观。

其一，林昌彝的散文创作，经世致用是其显著特点。林昌彝虽仕途不畅，但对国家和政治的热情如一，文集中有不少切合时事的议论，切中时弊。《拟平逆策》（内含《靖内四策》《制胜四策》《守御四策》）《拟海防十二策》《四臣表》《请毁福州淫祠议》《辟邪教议》等文可为代表，这类散文抨击时弊，意在救世。《清史列传·林昌彝传》评曰："因著《平夷十六策》《破逆志》四卷，源见之决为可行，林则徐亦称其为'规划周详，真百战百胜之长策'。"③如《靖内四策》其一云："延揽策士以资谋猷也。海滨吏卒士民，有熟识贼中利害情形并奸宄，通贼出没踪迹，豫筹有平定方略者，当不乏人。但恐不密害成，丛怨于贼，每欲言而不敢言……今宜密饬营县于所属吏士军民，遍加延访，俾各抒陈所见，专差汇送行营，藉资采择。此内果有知兵习海之人，分别收录，奖拔赏衔，随营效力，有功一例保荐。愈当知无不言，乐为我用，使官多耳目，贼无遁形，则致人而不致于人矣。"④《四臣表》中将治国之臣分为四类：社稷之臣、腹心之臣、谏诤之臣、执法之臣，社稷之臣以诸葛亮、郭子仪、韩琦、李纲为代表，其云："忠荩孚于上下，威望加于内外，可与托孤，可与寄命。临大节而不可夺，敌国闻之而不敢谋，奸宄畏之而不敢发。正色当朝，招之不来，而麾之不去，是谓社稷之臣。"⑤引经溯典，有理有据，议论精实，措辞得当。又如《请毁福州淫祠议》《辟邪教议》也都是有感于时事而发的篇章，《请毁福州淫祠议》云："福州山水奥区，凡名山

---

① 刘存仁：《屺云楼文钞》卷八，《清代诗文集汇编》第619册，第512页。
② 刘存仁：《屺云楼文钞》卷八，《清代诗文集汇编》第619册，第513页。
③ 转引（清）林昌彝著，王镇远、林虞生校点《林昌彝诗文集》，上海古籍出版社2012年版，第436页。
④ 林昌彝：《小石渠阁文集》卷六，《清代诗文集汇编》第614册，第254页。
⑤ 林昌彝：《小石渠阁文集》卷六，《清代诗文集汇编》第614册，第261页。

胜地，皆有神祠禅室，犹曰与民远也。若一境之内，必有一祠，竟附于陲表畷之义……若夫所学者圣贤，所守者法度，所安者义命，处则敬其身以及其先，仕则敬其君以及其民，安用是淫祀而敬之？"[1]《辟邪教议》云："邪教蔓延，勾结煽惑，诱及妇孺，受洗吞丸，习为不善。"[2]

另外，林昌彝贯通经史，其论说文惯于引经述典，旁征博引，纵横雄辩，极富感染力和说服力。如《汉宋学术论》可以说是对乾嘉学风的矫正，其云："然而天人性命之旨，躬行实践之功。贯道艺，兼本末，至宋周、程、张、朱出而益明，使学者识学之本源，毅然以圣人为可学而至。是两汉名教，得儒经之功；宋、明讲学，得师道之益，皆于周、孔之道，如日之中天，未可偏讥而互诮也。学者得其分合之道，则汉学、宋学，一以贯之，而何门户之别哉！……且汉、宋儒同祖六经，同宗孔、孟，宋儒何病于汉儒，而乃为同室之斗乎？世谓汉儒得其制数，失其义理；宋儒得其义理，失其制数，皆非通论也。为学者致知格物，存心养性，皆日用伦常之事，而各据门户之见者，同室操戈，以废众说。言汉学者，比许、郑而同之，附宋学者，比程、朱而同之，皆君子之所深恶也。惟三复孔子'和而不同'之语，毋蹈于争，亦毋以愤激之论，断断而效报复之偏见，斯可矣。"[3]张舜徽评曰："故是集录文七十五篇，大抵皆杂文。惟卷一有《汉宋学术论》，调停两造之争，深具持平之识。盖自嘉道以还，为此论者，已不乏人，殆非昌彝一人之私言矣。"[4]《与温伊初论转移风俗书》指出"俗美则世治且安，俗颓则世危且乱"[5]，并力图挽回当日士风的颓败，其云："窃观近年，大臣无权，而率于畏偄；台谏不争，而习为缄默；门户之祸，不作于时，而天下遂不言学问；清议之持，无闻于下，而务料策营货财，节义经纶之事，无与于其身。盖秦人、魏、晋诸君，皆坐不知矫前敝。国家之以明鉴其末流，而矫之稍过正矣，是以成为今之风俗也……风

---

[1] 林昌彝：《小石渠阁文集》卷一，《清代诗文集汇编》第614册，第188页。
[2] 林昌彝：《小石渠阁文集》卷一，《清代诗文集汇编》第614册，第190页。
[3] 林昌彝：《小石渠阁文集》卷一，《清代诗文集汇编》第614册，第180—181页。
[4] 张舜徽：《清人文集别录》，华中师范大学出版社2004年版，第417页。
[5] 林昌彝：《小石渠阁文集》卷三，《清代诗文集汇编》第614册，第223页。

俗正然后伦理明，伦理明然后忠义作，平居则皆知亲其上，而不相欺负；临难则皆知死其长，而无敢逃避。相系相维，是以久而益固，永而弥昌也。"①

其二，序跋多是其文学创作思想的体现。林昌彝散文力追两汉，与当时充斥于文坛的桐城派大异其趣，他在《刘炯甫屺云楼文集序》公然宣称"学文莫学桐城派"，其云："夫文与世运为盛衰，而体亦屡变，然有不可变者，惟理与气二者而已……文至雅洁，品莫贵焉，然非徒汰除俗调以为雅，刊落枝叶以为洁也，蕴蓄闳深，详明确当，天然高迈，削肤见根，辞约义丰，外淡中腴，是以能得理与气之精，而具真雅真洁者也。"②言外之意，依稀可见其对桐城派强调的文简辞约有所针砭。《诵清阁文集序》强调为文须"师古"，其云："文必师古，非摹古也。异乎古者，则必偭规裂矩，其失也放。循乎古者，则必逐影寻声，其失也局。去乎放与局之失，则于为文之道，思过半矣。夫师古之文，与学问互相为用者也，不学则文无本，不文则学不宣……摹古者，惟讲求乎关键之法，侈口于起伏钩勒字句之间，以公家泛应之言，自诩以为循古。"③一方面主张"文必师古"，"不学则文无本"而"失也放"；另一方面，也反对"循乎古"的"逐影寻声"。

林昌彝主张诗写"性情"，"风格一本于性情"，《二知轩诗钞序》云："诗之作也，有性情焉，有风格焉，性情挚而风格高者有之矣，未有性情不挚而风格能高者也。若不本于性情，虽徒言风格，模范山水，觞咏花月，刻画虫鸟，陶写丝竹，其辞文，而其旨未必深也；其意豪，而其心未必广也；其性往复，而其情未必厚也。即若其旨远于鄙俗，而其辞未必尽文也；其心归于和平，而其意未必尽豪也；其性笃于忠爱，而其情未必尽能往复也。夫古诗人之咏歌也，廓乎广大，靡所不备；美乎精微，靡所不贯。"④诗以达情，故"近于情"乃人之本性。《林子莱浣纱石传奇序》云："嗟乎！人之讳言情者，皆趋而言道，余谓伪托于道者，恐并不可与言情。未闻有道之士而

---

① 林昌彝：《小石渠阁文集》卷三，《清代诗文集汇编》第614册，第223页。
② 林昌彝：《小石渠阁文集》卷二，《清代诗文集汇编》第614册，第210页。
③ 林昌彝：《小石渠阁文集》卷二，《清代诗文集汇编》第614册，第205页。
④ 林昌彝：《小石渠阁文集》卷二，《清代诗文集汇编》第614册，第208页。

不近于情者。"① 林昌彝还认为诗若不得六义之旨，则诗不如文。《养知书屋诗集序》云："诗文同出六籍。文流为纂组之艺，诗流为声律之工，非诗文矣，而不知者犹以工艺自喜也。文须依附名义，而诗无达旨，多托比兴，中人以下，得以窜窃形似，故诗人之滥，或甚于文……故文集之于六经，仅一失传；而诗赋之于六义，已再失传，诗家猥滥，甚于文也。"② "诗无达旨"之"旨"乃三百篇温柔敦厚之旨。

其三，传记、祭文等虽为应酬之作，但往往写得真切动人。传记文颇得小说笔法之妙，可读性较强。如《陈钦若家传》载："君天姿踔发，而遇事审定。宰大宁时，有关吏得帛书于城闉，若为变者然，首从数十人，里名皆具，既盟会期，发在旦夕，夜漏既下，趋白君，请急掩捕。君徐阅其书竟，曰：'以吾习此土为令，乃有民为变不知者，且中数人素良懦，亦安有此，然事特须质耳。'吏请捕益力，君阖户寝。质明，下尺一，遍召之曰：'不为变，第听质，无恐。如隶有敢索一钱者，立杖毙。'则悉至，鞫之虚，知仇家所为，遂焚其书。"③ 以骚体写祭文，极力渲染悲伤哀恸之情，如《吊博罗韩烈女文》云："嗟嗟烈女兮，亦孔之哀。月不可掇兮，犹余光辉。白刃可蹈兮，幽光难埋；中裙袒衣兮，魂所冯依。越有周生兮，就市得之；舟毂血渍兮，彩绣陆离；皓雪寒冰兮，神与偕来。悠悠黄昏兮，寂静缁帷；倏忽而见兮，天人之姿；窈窕艳逸兮，盛鬋蛾眉；颊首嗟吁兮，抑郁抒词。重闱乍破兮，骑来如飞。圆穹浩浩兮，疑无闻知。有若虩虎兮，挤我涂泥；涂泥不从兮，刀锯如饴。白日惨淡兮，骨肉怆悲；如风殒叶兮，如刀断丝。阵云倾颓兮，甲光陡开；魂魄何归兮，闾里尘埃。眷生平之服御兮，宁弃予而如遗。如泣如诉兮，其声在闺；若远若近兮，姗姗来迟。愿蝉蜕于幽途兮，望金天而遐思；贞姜坐台兮，毕命渊池。共姬待姆兮，赴火躯縻；贞信不渝兮，水火如归。猗嗟烈女兮，轨辙相追；灵爽有知兮，泐石宗祠。生贱死贵兮，夜台如春；

---

① 林昌彝：《小石渠阁文集》卷二，《清代诗文集汇编》第614册，第204页。
② 林昌彝：《小石渠阁文集》卷二，《清代诗文集汇编》第614册，第206页。
③ 林昌彝：《小石渠阁文集》卷四，《清代诗文集汇编》第614册，第227—228页。

世有须眉兮，委蛇簪绅；若陈死人兮，生气勿振；烈不为厉兮，在天如神。景耀光起兮，俾知贞魂；乘云往来兮，浩然长存。"①善用排比、对偶，此类文章文辞或有可观者，然隐于性灵，终非佳作。

其四，林昌彝有些游记文写得自然清新，颇具文学性。如《游武彝岩九曲记》其云："玉女峰，鹄立二曲溪畔，高数十丈，娉婷夭矫，绝世佳人从天半立，远而望之，野花簇髻，松钗压鬟，娇羞澹冶，不可迫视……金井坑在三曲，峻峰环立，丛薄鸣泉，窈然出于尘埃，涧水沸沸落，从会仙、升真两麓来，亦曰'金井涧'。地生鬼叉草，杈丫迷路不可行。行不一里，恍闻歌弦金管声从云间出，篙工曰：'此幔亭峰也。'"②此外，林昌彝还在文集中谈论他的治学心得，如《答何愿船比部问古韵书》《答魏默深舍人问江沱潜汉书》《同舟问答》等，由此可见其学问之精深。

公藏

《龙鸿阁文抄》：旧抄本（福建师范大学图书馆）。

《小石渠阁文集》六卷：光绪四年（1878）刻本（国家图书馆、福建省图书馆、南开大学图书馆），传抄本（福建师范大学图书馆），排印本（国家图书馆）。

《林昌彝诗文集》，王镇远标点：1989年上海古籍出版社排印本。

---

① 林昌彝：《小石渠阁文集》卷五，《清代诗文集汇编》第614册，第244页。
② 林昌彝：《小石渠阁文集》卷三，《清代诗文集汇编》第614册，第217页。

刘存仁《屺云楼文钞》

叙录

刘存仁（1802—1877），字炯甫，又字念莪，晚号蘧园，闽县人。道光二十六年（1846）优贡生，二十九年（1849）举人，年已宿矣。笃于程、朱之学。与张际亮、林昌彝等十数人为莫逆交，曾出任甘肃令，时回乱方殷，急军饷，不急吏治，其求归不得之情历见于诗。后调署秦州，以病告归，因贼乱，道弗得通。及以病告归，被聘为延平道南、印山两书院院长。卒年七十有六。著有《屺云楼全集》四十三卷。

《屺云楼全集》四十三卷，是集为《屺云楼文钞》十二卷，《屺云楼集》三十一卷。而《屺云楼集》内含《屺云楼诗选》八卷，《二集》诗四卷，《三集》诗十二卷，《影春园词》一卷，《诗经口义》二卷，《劝学刍言》四卷。其文钞所录多为记序书札等言事之作，大都自道甘苦、凄婉、沉痛之情。盖由其自少至老，备尝艰苦，郁勃之气藉此宣泄也。其诗皆以年代排比，吐属尤温雅和平，合于诗人忠厚之旨。其《三集》归田诸草，多感慨身世之作，盖当其仕宦边疆，沉浮于盗贼戎马之中，两子皆殁，屋亦易主，老妻与稚孙困于饥寒，特借诗以浇胸中垒块耳。其《诗经口义》《劝学刍言》皆为晚年讲学之作，盖亦有慨于身世之故，贯穿经史，写其伤心，所谓引而进之于道也。①

《屺云楼文钞》十二卷，每半叶十行，行二十一字，四周双边，单鱼尾，黑口，有栏线。扉页题名为"屺云楼文钞"，光绪四年（1878）戊寅秋月刻于福州。次页有一幅炯甫七十六岁小像，有一首署名"蘧叟自题"诗云："晚岁未闻道，吾生亦有涯。流年竟虚度，不朽果何为。德性惭无补，行藏默自疑。区区供覆讯，后世孰相知。"卷前有长乐谢章铤撰《孝廉方正刘征君别传》。卷首有林鸿年、林昌彝作序，有陈国玙、孙衣言题词。正文首页署"孙男孝祐、孝祚校字，闽县刘存仁炯甫著"。卷一，记、序、书、跋共十五篇；卷二，序、书、文、论、记共十一篇；卷三，书、记、跋、序共十一篇；卷四，议、书共九篇；卷五，说、书、序、记共六篇；卷六，书、序、跋共十二篇；卷七，书、序、书后共七篇；卷八，书、跋、序、文、杂记共十一篇；卷九，谕、书、引共六篇；卷十，陈稿一篇；卷十一，书、序、行述、墓志共五篇；卷十二，赋八篇。

《福建艺文志·别集·清三》录"《石遗室书录》云：'此集诸体文阙、碑志、传状、书札居十五六，多言事之作。其《上李铁梅督学署》辩陈恭甫先生修志五事，条达允当，补高雨农《与郑方伯王观察书》所未尽。与王雁汀侍郎、林颖叔方伯诸书，真情迸溢，苦雨凄恻。又先生自谓生平诗古文喜往复自道，沉痛入情，亦由少至老备尝艰苦，勃郁之气藉此宣泄者矣。'"这里"此集"指《屺云楼文钞》，可以说刘存仁散文中多碑志、传状、记序、书札等言事之作，感情凄婉、沉痛。林鸿年评曰："即其文章，可觇梗概，穷益坚、老益壮，近出所著，就商去留，年受而卒。读且置案头，静对之恍兮惚然，声情俱远，不啻徘徊于天光云影中。"②若林鸿年评是缥缈式的读后感，那么林昌彝的评论则有的放矢。林昌彝云："其于古文词，能得韩文之理与气，而不为时代所汩没者……蕴蓄闳深，详明确当，天然高迈，削肤见根，

---

① 参见赖礼端《刘存仁文学研究》，硕士学位论文，福建师范大学，2012年。
② 刘存仁：《屺云楼文钞》序，《清代诗文集汇编》第619册，第402页。

辞约义丰，外淡中腴，是能得理与气之精，而具真雅真洁者也。"①陈国玙赞曰："大作深沉之思、抑塞之气，非抗心希古、遗世离俗者不能有，说经讲学诸篇，尤为所托高远。其笔情绵密而纡徐，大抵近于南丰者多，书体中往往于卑抑中见兀傲……有真性情，然后有真文字。大著自道甘苦、凄婉肫挚均从肺腑中流出。读之激人心脾，论事洞达明快，言必由中，非有真性情者，不能为也。"②孙衣言则曰："今读全集，平实切至、恳恳动人，真有道之言，不与文士争狡狯也。"③概括归纳《屺云楼文钞》的主要内容，大致有如下几个方面：④

其一，关注民生疾苦，提倡经世致用。1840年鸦片战争之后，人民生活艰难，而后义和团起义爆发，时势更加艰难，有感于此，刘存仁作《编甲团乡议》。他说："盖欲固内必先固民，欲固民必先固心，欲固心必先守御，欲守御必先在城保城，在乡保乡，而后民有固志……特严令立约予民以可安，激民以自奋。其权则操自上耳，必也。官与绅合，绅与士合，士与民合，民与兵合，唇齿相依，臂指相使，联络一气，操纵随时，此固人心以培根本之大要也。否则，上下之情不通，未事则易杂，临事则易溃。"⑤又如刘存仁在《上宁夏道》中指陈税赋重而请求减轻税负："先将地方下情为宪台密陈之。卑县兵燹之余，十室九空。招集流亡，汉少回多。渠工少修，田亩难以满灌，逃亡不肯复业。所辖六十四堡，有人种地者不过十余堡，每堡十分之三四，其余尽是荒芜以外。每堡十余家三五家不等，烟户寥寥，连年捐办渠工四千余串。现又奉札捐办渠工埧料，捐办车辆，捐办城防，无一不资于民力。哀此残黎，竭泽而渔，民力竭矣，非尽民之无良也。"⑥表现了刘存仁关注底层人民生活的民本思想。

其二，上书言事，代府制文。赖礼端认为，代府制文是刘存仁文章中重

---

① 刘存仁：《屺云楼文钞》，《清代诗文集汇编》第619册，第402页。
②③ 刘存仁：《屺云楼文钞》序，《清代诗文集汇编》第619册，第403页。
④ 参见赖礼端《刘存仁文学研究》，硕士学位论文，福建师范大学，2012年。
⑤ 刘存仁：《屺云楼文钞》，《清代诗文集汇编》第619册，第448—450页。
⑥ 刘存仁：《屺云楼文钞》，《清代诗文集汇编》第619册，第502页。

要的组成部分,这类文章的写作不仅与其家风影响有关,也与自身的性格息息相关。①刘存仁的代府制文著有涉及谕令、军事、时局等相关问题的探讨,主要文章有《谕回民》《白骨塔小引》《宁夏善后条陈稿》《代穆春岩大帅复杨厚庵制府书》《代穆春岩大帅复陕抚刘霞仙中丞书》《再致刘霞仙中丞书》《代穆帅复雷纬堂军门书》等。《谕回民》《宁夏善后条陈稿》的写作背景是为平定叛乱。如《谕回民》云:"谕回民知悉,阅禀,情词恳切,真心投诚,具见悔罪苦衷,殊堪悯恻。我国家深仁厚泽二百余年,尔回民自祖父以来,并生并育于覆载之间,或世受簪缨,或身膺仕版,或啸歌学校,或效力疆场,罔不涵泳圣涯,共享升平之乐。"②代府制文中文学性比较强的如《白骨塔小引》,可说是一篇纪实性散文。其曰:"今顿兵城下,久攻不克,野无青草,室鲜盖藏,转徙流离,饿殍载道。宁之民何不幸,不死于兵,不死于疫,不死于岁,而死于饥寒者,亦复何限。每当烟月窈深,风日惨淡,间关匹马,歧路裹哀。而见夫黄沙蔓草、青磷白骨狼藉于猩鼯跳踉之乡、狐兔纵横之窟,伤心触目,尤往来之仁人君子所恻然而动心者也。"③作者以沉痛的笔触哀叹黎民在战乱、瘟疫中顽强地生存下来,却最终难逃被饿死的厄运。

其三,砥砺程朱,劝勉科考。刘存仁笃志于程朱之学,著书立言以程朱为指归。《上史穆堂夫子书》云:"曩者道力不坚,名心太重。今邹枚不成,鲁卓又不就,即向之有志,未逮如左、国、马、班、庄、骚、韩、欧、李、杜。既懵然无见,尚不敢窥其藩篱。况敢上而叩程朱之门户,求测其一二乎?"④刘存仁视程朱为值得赍志以求的最高目标。因此,刘存仁并不反对科举,只是反对科举只习时文,而不习经史。《文会规约序》云:"今世之师不可为也,虽然诸生礼恭言重,勤勤恳恳,志在科举而已。沿流以溯源,执末以见本。晞其膏而发其光,养其根而俟其实。求科举亦不可不治经。"⑤又《刘

---

① 参见赖礼端《刘存仁文学研究》,硕士学位论文,福建师范大学,2012年,第23页。
② 刘存仁:《屺云楼文钞》,《清代诗文集汇编》第619册,第514页。
③ 刘存仁:《屺云楼文钞》,《清代诗文集汇编》第619册,第520页。
④ 刘存仁:《屺云楼文钞》,《清代诗文集汇编》第619册,第495页。
⑤ 刘存仁:《屺云楼文钞》,《清代诗文集汇编》第619册,第431—432页。

石湖制义跋》云:"夫道寄诸文,文者,贯道之器,道与器二而一者也。制义代圣贤立言,必词依乎质、义当乎理,充实完满而无一毫之亏阙。怡然涣然相说以解,不务外以悦人,期于深造而自得。此岂苟为炳炳烺烺饰鞶帨以弋猎科名云尔哉?"[1]

其四,凄风苦雨,悼亡伤逝。刘存仁一生困窘,仕途淹蹇,孤寂抑郁,反映在文学创作上表现出颇多凄风苦雨之调。《赠王少鹤枢部序》感慨人生无常,功名蹭蹬,语言甚苦。其云:"余之穷愁潦倒,闻道苦晚,才分逊少鹤远甚,岂大君子自厌其乐善,无厌之量,遂不择人而施欤。敦古谊者,必深于情,斯言为不谬也。今虽小住,幸与良友相印证。循念蒲柳已衰,进取无路,终无以利济于人世……从相与道京华故事,而少鹤远隔粤峤,天各一方,当不忘煮酒论文、围炉讲艺时也。人生聚散靡常,他日之散可念,则今日之聚尤可思也。"[2]《答宗涤甫侍御书》则感慨生活困顿和哀叹亲人离世,"始来京师,思从贤豪长者游,而卒无所遇。自是奔驰南北,展转十年,业不加修,而境日以困,舟车、婚嫁、劳费、纠纷,大为心德之累。中更忧患,仲弟始而丧俪,继而失明。季弟先殒,家妇夭,伤骨肉变故,百事灰槁。譬如驾小舟涉长江,遇疾风怒涛簸摇震撼。长年大老把舵,一不牢即遭漂溺,幸而苟活。而惊魂喘息,折伤已多,神力乌得而不惫"[3]。其他如《上史穆堂夫人书》《致林方伯书》《复林方伯书》也都是满纸辛酸泪,读来心有戚戚焉。另外,祭文亦多苦语,刘存仁缅怀祭悼亡友之文亦是难掩悲情,可谓哀情绵远,读之令人扼腕。其悼亡之作如《吊张怡亭先生文》《祭林松门文》《祭王氏妹文》《祭先室张恭人》等。

其五,闲适淡然,交往酬唱。刘存仁之文多悲苦之气,少欢愉之音。《蘧园记》却是《屺云楼文钞》中呈现出的难得的一派闲适淡然。其云:"今以意造之天地一蘧庐耳,名其园曰'蘧园'。园之中,环以松竹梅杏、杂花卉

---

[1] 刘存仁:《屺云楼文钞》,《清代诗文集汇编》第619册,第419页。
[2] 刘存仁:《屺云楼文钞》,《清代诗文集汇编》第619册,第479页。
[3] 刘存仁:《屺云楼文钞》,《清代诗文集汇编》第619册,第473页。

莳焉，旁有小池，游鱼赪尾沉浮其中，致足乐也。其上则余之屺云楼也，登高眺远，睹西山白云明灭，思亲哀慕缠绵而不能去。而世态之万变起灭亦寓焉。其下则余之鹤阴书屋，满列图史，令两儿诸侄课读其中，义取诸中孚之九二矣。堂中悬紫嶷老人《松鹤图》，鹤取其清，松取其寿，左顾孺人，右弄稚子。窃愿樗栎以不材而老其天年，何异餐松脂以益寿哉。"①课子读书，舞文弄墨，摆脱纷争，是作者在凋景残年的美好愿望，"蘧园"亦是其精神的栖身之处。

其六，刘存仁的赋作有八篇，其中，拟作三篇，咏物赋三篇，另外两篇赋则写怀人和送远。如《怀人赋》云："伊余躬之遘疾，实专一之召灾。惧生理之戕贼，咎不慎而自咦。郁炎景以熏蒸，魂莽荡于九垓。微返魂之有丹，吾将返乎蓬莱。谢帝命以修文兮，嗟小人之有母。诚款款以自陈兮，帝许余以寿耉。倾仙露之琼浆兮，酌天瓢以大斗。浣肠胃之嗄呷兮，胡以报夫卬友。搴幽兰以申好，慰悃愫之醰醰。悟元默之道蕴，葆精理之储涵。膏以热而自煎，果以苦而回甘。师灵枢于轩伯，希齐物于彭盽。亮观化而自悦，乐盛年之幽深。抗余袂以怅望，抚桂树而盘桓。惧灵修之不来，采杜若以结欢。胡美人之迟暮，尚悱恻而永叹。进君室而横瑟，聆清调之孤弹。何弦弦之掩抑兮，家莫谋夫一箪。日月忽其代谢兮，吾岂敢乎怀安？繄盛年之迅忽兮，怅行歌之独难。乃为采芝之歌，以招之曰：'山有芝兮石有泉，与子期兮愁婵娟，餐松饵术兮仙乎仙。'重曰：'撷秀兮岩巅，搴芳兮水曲。播芳馨于无涯兮，采采终朝兮不盈掬。'"②高澍然在文末评曰："高情远韵，文洁体清。"③

总之，刘存仁之文注重文以载道的思想，行文以程朱为旨归。虽然刘存仁推崇韩柳欧苏之文，但认为程朱之学高于韩柳欧苏。此外，刘存仁的时政文写得比较有特色，不仅善于谋篇布局，说理性较强，而且为文敢于直言进谏，注重写实的精神，在关怀时局与民瘼中注入自身强烈的思想感情。因

---

① 刘存仁：《屺云楼文钞》，《清代诗文集汇编》第619册，第471页。
②③ 刘存仁：《屺云楼文钞》，《清代诗文集汇编》第619册，第540页。

此，形诸笔端多呈现出一种沉郁之风、悲凉之情。①

公藏

《屺云楼二集》四卷：咸丰刻本（南京图书馆）。

《屺云楼文钞》六卷：光绪四年（1878）刻本（中国人民大学图书馆）。

《屺云楼文钞》十二卷：光绪四年（1878）刻本（国家图书馆、上海图书馆、南开大学图书馆），民国七年（1918）铅印本（福建省图书馆）。

《屺云楼文钞》二十卷：光绪四年（1878）刻本（南开大学图书馆）。

① 参见赖礼端《刘存仁文学研究》，硕士学位论文，福建师范大学，2012年。

沈葆桢《夜识斋剩稿》

叙录

沈葆桢（1820—1879），原名振宗，字翰宇，又字幼丹，侯官人。林则徐婿。道光二十七年（1847）进士，官至两江总督兼南洋通商大臣。谥文肃。著有《夜识斋剩稿》。《石遗室书录》云：公平生不以文字见长，奏议外罕有所作。此卷为公孙翊所掇拾。然其中《与周副贡书》《饶庄勇公遗像题后》，皆有关时事之作。《沈文肃公家书》不分卷，此书收家书百余封，计由同治元年（1862）起至光绪六年（1880）止，多寄其父母兄弟及妻子之信。其中多有关时事。

《夜识斋剩稿》不分卷，每半叶十三行，行二十二字，左右双边，双对鱼尾，黑口，有栏线。序十一篇，书一篇，记一篇，题后一篇，启一篇，墓表一篇，像赞一篇，论一篇，赋一篇，墓志铭二篇，共计二十一篇。

沈葆桢认为天下之乱，始于士大夫之心萌蘖，士风于世情风俗关系为重。《同善录序》云："儒者闻谈因果，动曰：'此有为而为者也，为下等人说法耳。'夫使读圣贤书者，果能为圣贤所为立德立功，因而化民成俗，则斤斤于报施之说者，诚不足与圣经贤传争功。乃士大夫，或博极群书，上下千古，究则以淹雅为名利阶梯，不复知人间有廉耻事。非惟与圣经贤传背道而驰，迹其立心行事，可垂戒者，比比皆是；可劝世者，无闻焉。徒令里巷之子，心艳其目前之声势，以为读书人宜如是也，而靡然从之，患中于人心风俗，而天下之乱作矣。故天下之乱，士大夫之心萌孽之也，然而贩夫、牧竖、妇人、孺子时而窃闻忠孝节义一二轶事无不感而泣，及闻忠孝节义之终而获福也，又无不跃然喜，手舞而足蹈之，往往效其所为，蔚为奇节，岂因果之感人深于圣经贤传哉？士大夫之溺于名利也深，故天性漓；贩夫、牧竖、妇人、孺子之涉世故也浅，故天性存。"①

沈葆桢写人善于选取一个典型的细节，来表现人物的精神品质和气象风貌。《饶庄勇公遗像题后》云："嗟乎！生死，命也；成败，天也；毁誉，人也。烈丈夫藐然一身，御大灾、捍大患。生死听之命，成败听之天，毁誉听之人。惟其心之所安，虽百折而不可易。悠悠者，乌乎知之。辛酉冬，杭城再陷，提督饶公巷战死，脱于难者传述城危状，或以婴城不战疚公某，某曰：'异哉！是犹訾张巡、许远以不弃睢阳避贼也。'当杭州被围时，守兵固万余，然皆金陵溃卒及市井游民，来则招之，或千余人，或数百人，或百余人，各自为军，无所统摄。公自诸暨闻警，仓促赴难，所部三千人，而素所拊循者，仅诏勇数百，余则四方征调，事急方以属公者。江浙纵横数千里皆陷于贼，贼数十万，长驱席卷而来，杭州如处囊中，贼以长围环之数匝。官绅怵公威名，咸请战，公计，战必挫，挫必溃，溃则城必随之，已排众议，誓以死守。"②

沈葆桢批判当今士人好争名的陋习，欣赏徐芸圃的不与古人争名，温柔敦厚，性情精熟。《徐芸圃文集序》云："古之著书，垂教而已；今之著书，争名而已。生古人千数百年后，悍然起而与古人争名，非蕲胜于古人，则名不可得。于是取古人之言，而掊击之，而诋訾之，乃至掊击诋訾之不足以信于天下后世也，则又取诸子百家所寓言者，稗官野史所传疑者，摭拾附会、锻炼周内，如豪家之健讼，明知非理之所有，而其证确乎其不可摇；如猾吏之舞

---

① 沈葆桢：《夜识斋剩稿》，《清代诗文集汇编》第680册，第251页。
② 沈葆桢：《夜识斋剩稿》，《清代诗文集汇编》第680册，第256页。

文,明知非心之所安,而其锋棱凛然不可犯。所谓学非而博,言伪而辨,骎骎然自以为胜古人矣。夫古人何可胜,胜古人,于古人何损?横议极而秦政作,谈天炙輠之徒,但为祖龙分过,而近世士大夫负绝异之材质,蹈其覆辙,竭蹶恐后,何哉?陶迳杨叟游建阳归,示余徐芸圃先生遗集,受而诵之。其体备,其义富,其大旨则为古圣贤豪杰辨诬,使天下后世学古人者,粹然一出于正。虽世所诟病,如司马长卿、扬子云者,亦斤斤湔雪之不少靳,怳然见循史夜烛治官书,凝神一志,再三反覆,求其生于寸牍之中。其考据精核,足符合古人否,其文采渊懿,足頡頏古人否?非固陋者所敢知,而温柔敦厚,直道而行之,意必不谬于古人。知其泽于诗书者深,而内治其性情者精且熟也,其大异于世之以著述自诩者欤,庶几哉,足以垂教矣。"①

沈葆桢议论文观点明确,论据确凿,结构严密,条次井然。《晋杀桓庄之族论》云:"晋桓、庄之族逼,献公患之。用士蒍之谋,使群公子僭富子而去之,遂尽杀群公子。论者曰:'忍则忍矣,抑亦善为谋也。使汉之去贵戚,唐之去宦官,能师其智而用之,何至决裂不可收拾,反受其祸哉?'君子曰:'三卿分晋,兆于此矣,何善之有焉?'夫智者见于未然,愚者防于已然。秦以诸侯并天下,惩封建之失而防之,收列国以为郡县,而陈涉起于闾巷。宋起兵间,受周禅,惩藩镇之失而防之,尽夺守令兵权,而辽夏边防迭起,以迄于亡,何者?防其所已然,矫枉过正,而其失滋甚也。殷受夏,周受殷,皆以诸侯崛起,犹且兴废继绝,分茅胙土已千数百国,何者?汤武之圣,知已然之不足防,而未然之祸有什伯于此者也。夫桓、庄之族,未有叛迹之昭著也,献公患之也,惩于曲沃之已事耳。然自是晋无公族,重耳、夷吾之亡,曰乱故耳。及襄公之卒也,赵盾迎公子雍于秦,贾季召公子乐于陈,灵公之弑也,成公自周入,厉公之弑也,悼公之周入,然则公子逃死四方,其常例耳。夫国家之权不能一无所寄,同姓替则异姓盛,势使然也。至于官、卿之余子,以为公行,晋之大势,可知矣,何待晋阳之甲哉?作法于凉,弊一至此耶,且夫鲁之三桓,郑之七穆,宋之戴桓武宣穆庄,皆同姓世卿也。

---

① 沈葆桢:《夜识斋剩稿》,《清代诗文集汇编》第680册,第257页。

当其凭权藉宠，岂无陵逼之嫌，然皆与国相终始。齐则栾高亡而田氏篡矣，然则封建亲戚以藩屏周武王，周公之用心何其深且远耶！若献公者，防于所已然，而不能见于所未然者也。故曰：'三晋之祸，献公之为之也。'"①该文内容丰富，引用古事颇多，然而条理井然，以"防于已然"为红线贯串全文，首尾呼应，反复点题，重点突出，印象深刻。

沈葆桢论"先入为主"，善用譬喻，形象生动。《童子晓序》云："人心至虚，常以先入者为之主。时过然后学，则事倍而功半，性移于习也。顾执总角之子，负剑辟咡与谭性命，高矣，美矣。其如非所晓，何以共见共闻之事，启良知良能之端，此童子晓之所为作也，慧心仁术于是乎备。"②

沈葆桢骈体文写得对仗工整，声律铿锵。《李延平像赞》云："先生之容，风光月霁；先生之德，山高水深。先生有言，体认天理，默坐澄心。爰开闽学，流衍至今。式瞻厥度，无复圭角，良玉精金。流连慨慕，涤我尘襟。"③

公藏

《夜识斋剩稿》不分卷：光绪排印本（福建省图书馆、湖南省图书馆、广东省立中山图书馆、湖南师范大学图书馆、杭州大学图书馆）。

《沈文肃公遗稿》一卷：光绪刻本（上海图书馆）。

《沈文肃公家书》不分卷：螺江陈氏抄本（福建省图书馆），抄本（福建师范大学图书馆）。

---

① 沈葆桢：《夜识斋剩稿》，《清代诗文集汇编》第680册，第260页。
②③ 沈葆桢：《夜识斋剩稿》，《清代诗文集汇编》第680册，第259页。

王景贤《伊园文钞》

叙录

王景贤(1798—1873),字子希,号希斋,闽县人。道光十九年(1839)举人,咸丰元年(1851)举孝廉方正。生平义举甚多,事载《通志·儒行传》。其讲学宗朱子汉唐诸儒,不屑措意于明儒,主格物在致知之说。其所著甚多,兹已刻者有《周易玩辞》一卷,《论语述注》十六卷,《性学图说》一卷,《困学琐言》一卷,《伊园文钞》四卷,《伊园诗钞》三卷。

王景贤自序《周易玩辞》有云:"今不敢求诸象数之繁迹,论述之异同,惟即其切于身心学问者,为之引而伸之,触类而长之"云云。余潜士序其《论语述要》亦称其不为高远之论,只求为己之学切于身心日用之实者。《性学图说》为图共二十八,以解明天地阴阳理气之学,盖本之于程朱之说也。《困学琐言》则为语录。《石遗室书录》谓文集中时有关相邦旧事。其诗文抄亦多阐明道体,师法朱子,尤多关于乡邦掌故也。

《伊园文钞》四卷,每半叶十一行,行二十三字,左右双边,单鱼尾,黑口,有栏线。扉页有"同治甲戌三山王氏开雕"字样。正文首页署名"闽县王景贤著"。卷首有谢章铤作序。卷一,论十篇,序八篇,记三篇;卷二,记六篇,说三篇,告一篇,跋三篇,题后一篇,题记一篇;卷三,传六篇,墓志铭一篇，墓表一篇，行述二篇，事略二篇；卷四，书五篇，呈文三篇，寿序六篇，诔文五篇。

谢章铤评曰："'文以载道'，尽人而知之矣。然而，有立身之道、有涉世之道、有行文之道。善为文者，以其立身涉世之道为文，文成而道益尊。不善为文者，专精于文，亦未尝不有其道，然文愈工而道或反浅。然则不必文也，亦修道为贵耳。古之为文者，其浅深纯驳，于道时有离合。顾其文出，其道立，其人所以造道之诚，亦见后世袭取焉。文之未成也，不能名其学；文之既成也，不能定其家，守之不固，操之无本也。而吾子希先生之文，则偶乎远矣。先生少志于道，其学以朱子为宗。余窃谓朱子在五子中，学最博于文，事亦最勤，然朱子初未尝以其文鸣也。言其心之所得，其心悠然，有天下百世之思，故其文粹然为名山不朽之业。先生深得此意，不以声色，而语之所及皆轨于正，或以謦欬涂辙求之，则误矣……夫吾闽文章代有传人，近即流风稍替，然谢退谷、郑六亭、陈惕园诸先辈皆师法朱子者。其文若浑金璞玉之可贵，又若布帛菽米之不可缺。盖从来学道之君子，无不足于文者。今先生著述殷富，悉关名教，殆将合文与道而一之，非所谓老成之典刑哉。"[1]指出王景贤合文与道而一，其学以朱子为宗，其文皆轨于正。

王景贤论历史人物，实事求是，条理清晰，层旨明确，中规中矩。《竹林七贤论》云："魏末嵇康、阮籍、阮咸、山涛、向秀、刘伶、王戎，时会饮于竹林，轻蔑礼法，遗落世事，时人谓之'七贤'。史并讥其放达君子，曰：'西晋之崇尚虚无，士大夫好为清谈，究厥弊端，七贤有以作之俑也。'史之并讥也，当矣。其人品本末，诚有不容概者，当别而论之，当司马昭擅权日，久蓄曹瞒故智，嵇康卒以不礼钟会见杀，虽未尽明哲保身之道，然而不阿贼臣，其节亦何可少也。阮籍之辞曹爽之召，却晋武之婚，其不阿权臣也，无异于康，二子殆乱世豪杰之士欤。至咸与向秀、刘伶，虽无所表见，然竟托曲蘖以自全，其身亦不愧见几之士。惟山涛、王戎皆魏室臣子，屈身异姓，真名教罪人。虽涛之好拔人材，廉于官职，有一代良臣之目，而究之出处之义既

---

[1] 王景贤：《伊园文钞》序，《清代诗文集汇编》第599册，第321—322页。

乖，其他即无足录也。况举康而不能救康，于死侵夺稻田，为李熹所劾，其畏祸贪利之迹，更有不能掩者。若戎之吝尤，市井一鄙夫耳，置之不论可也。"①

王景贤序文偏重于论说，是作者对他人作品或对问题进行阐发的文字，探讨诗文理论，时有卓见。《翁惠农舍人遗稿序》云："君著作甚夥，佚于兵燹，其存者，古、近体诗及古文词、骈体文数卷而已。诗词取源骚选，文亦逼真两汉，其根本之厚，识者俱能辨之，然诗文一道，必由性情而出，性情所近，如何而见之。言者往往若合符节，有非可得而强者。君之诗词，一以温厚为宗，即偶然赋物，深情如见，古文亦无非发挥其衷臆，忠君爱国之旨，忧时悯俗之情，令人往复而不能尽。登高作赋，丈夫之能读君之诗文，其何愧古之循吏耶？然君固恂恂然，循儒也，以循儒为循吏，则何止以一官一邑终哉？"②

王景贤序文还对学术问题进行讨论，行文法度严密。《艺荪堂类纂序》云："《艺荪堂类纂》八卷，并自订年谱一卷，婺源乡贤菊农程君所著也。书前数卷为《元本春秋》及《资治通鉴札记》，春秋断简无多，通鉴则浩如烟海。君乃考其异同而校刊之，其学之博而且专也，当与阮文达相颉颃矣。后数卷则采辑前人嘉言善行、桑梓旧闻，与夫徜徉于山水者，一以资畜德，一以征文献，一以写性情。其考证之精确，笔意之清旷，渊渊乎无涯涘也，汨汨乎有本源也。"③

公藏

《伊园文钞》四卷：同治十三年（1874）刻本（福建省图书馆、南开大学图书馆、武汉师范学院图书馆）。

《伊园文钞》四卷、诗抄三卷：同治十三年（1874）刻羲停山馆集本（丛书综录、中国科学院图书馆、台湾"中央研究院"历史语言研究所傅斯年图书馆、台湾大学图书馆）。

---

① 王景贤：《伊园文钞》卷一，《清代诗文集汇编》第599册，第324页。
② 王景贤：《伊园文钞》卷一，《清代诗文集汇编》第599册，第329页。
③ 王景贤：《伊园文钞》卷一，《清代诗文集汇编》第599册，第330页。

王庆云《石延寿馆文集》

叙录

王庆云（1798—1862），字雁汀，又字贤关，闽侯人。道光九年（1829）进士，官至工部尚书，谥文勤。著有《石延寿馆文集》《荆花馆遗诗》。

《石延寿馆文集》不分卷，卷首有王文勤公遗像一幅，有郭则沄作序。卷末有其曾孙孝绮作跋。每半叶十四行，行三十字，四周单边，单鱼尾，黑口，有栏线。论三篇，说一篇，记三篇，序七篇，题传一篇，题词一篇，图赞一篇，传赞一篇，跋三篇，书后二篇，题后一篇，书十五篇，送叙一篇，寿叙十六篇，诔一篇，祭文一篇，疏一篇，奏折一篇，拟议二篇，呈四篇，谕三篇。附金梁《王文勤公奏稿书后》《荆花馆遗诗书后》。

郭则沄评曰："士节者，国之栋也。所以匠成之者，其学也。宋明之亡，有不亡者，在其学为之也。国初崇理学，实启康乾之治，自理学衰，士风积靡，寇盗乃大肆，倭文端曾文正诸老忧之，幡然矫隤俗，以朴学相砥。而咸同中兴之功，以集理学之系于人国也。如此，吾乡王文勤公为艮峰四友之一，其擢官由湘乡论荐，盖有得于主敬存诚之学，与二公相䜣合也。生平忠说具见奏疏，则沄既序之矣，顷者公曾孙彦超复出公文集属定，则沄不学何足僭定公文，然而窃有述焉。夫文者，所以立言也。有道者之言，则性理见焉，故曰载道。今之为文者，务琢饰章句或揣摩古作者，以蕲得其似，言之由衷与否，不问也。夫如是，则剽窃耳，岂其人之文哉？公，名臣也，勋业炳国史，初不必以文传，然读其解经论事，与夫酬赠诸作，咸循循律度而贯以精诚，是固公之文也。其文存则公之性情见，所学亦见，使后之人知主敬存诚之学，虽造次颠沛而不可离，其必有黾勉切劘，力矫隤俗以抗希于倭曾诸老者，则公之有造于世者，大矣。然则天特存公之文，俾其子若孙守焉弗失，以终传于世，岂偶然哉？且夫乱之兴，必有所繇肇；及治也，亦必有所繇启。则沄幼即侍宦京邸，多识其时之士大夫，率明通温雅而厌言性理，有识者私忧之矣。今则伦纪斁、名教沦，圣学几绝，若栋宇之倾，风雨飒至，渺莫知其所届也。虽然，其责固在士大夫，诚得一二有心者，知理学之深系人国，相率而振导之，使末流识所返焉，则剥之为复，一转移间耳。吾于斯集之行，卜之矣。校读竟，乃书鄙见以复于彦超，即以为序。"①指出王庆云之文乃有道者之言，循循律度而贯以精诚。

王庆云论心性之文，可谓道心惟微。《君子慎独论》云："今夫人心由静而动，方其始也，讵不微而隐哉？惟未接于事为，故无迹象之可指，且未交于物感，亦无邪正之可名。所谓几者，动之微，盖未动而将动之顷也。所谓洗心藏于密，盖由动而返静之机也，而究之至微至隐之中，自有非人所及者，则曰独此君子之所以不敢不慎乎？尝试论之，夫天下见者未有不始于隐，显者未有不始于微者也。人心之动，不能无邪正，独者，邪正之分也。人情之用，不能无善恶，独者，善恶之界也。夫邪正善恶之分，即人禽之所以不同，而舜跖之所以各异，又乌可以不慎乎？特是言慎独之功，将慎之此心未动以前乎，而未动似无可慎也，将慎之此心既动以后乎，而既动又恐不及慎也。然则交养之功，其不可以阙矣。交养者，静存动察而已。方其静也，以主敬之，功存之于平日；及其动也，以审几之，哲察之于临时，故其始，瞬有所息有所养，而其究，行不愧影，寝不愧衾，使幽独之中，未尝制之，不使发而不至发，于不及制则慎独之功豫也。且夫独也者，善恶先见之

---

① 王庆云：《石延寿馆文集》序，《清代诗文集汇编》第594册，第576页。

几也,其在天也,为太和之气;其在人也,为赤子之心,以其最初故也。君子慎此,自喜怒哀乐未发之中,积而至于圣神功化之极,孰非慎独中之效验也哉。"①

王庆云记文侧重介绍楼阁命名的意义,表明作者心志之所在,可谓文堂并存,相得益彰。《益堂记》云:"道光庚子,于旧考院之东,益试席八百余区,司事者请颜其堂。余即以益名之,因忆先儒解论语'温故知新'曰:'人必日有所益,而后可以益人。'若舍业以嬉求为掺墁运斤之师且犹不可,况儒者之师耶?吕叔简有言:与人处而不受其益,与人处而无益于人,斯二者,友道之耻也。余视事三年矣,不能自益,且尺寸无益于人,而惟试席之益焉,心滋愧矣,因识以自砭,并以告后之履斯堂者。"②

王庆云认为制艺是典型的载道之文,为文须一循于理法。《广西乡试录序》云:"窃惟制艺代圣贤立言,载道之文莫切于是,心声之发足以觇人底蕴,故学之正者,其言必纯粹而无疵;品之端者,其言必谨严而不肆;才之优、识之练者,其言必通达晓畅而无迂阔拘泥之弊。儒者,志圣贤之志,言圣贤之言,穷理致知以裕其学,修身砥行以植其品,考得失、综古今以充其才识,而后坐言起行,有以备耳目股肱之用。粤西五岭郁盘、三江襟带,山川灵淑之气,蔚为人文,况值国家重熙累洽,所以栽培而陶冶之者二百年于兹矣。士生其间,莫不服习仁义,寝馈诗书,以鸣圣朝之盛,故其为文皆能一循于理法。"③

王庆云关切世务,为文多具实用性,具有很强的现实意义。《拟海防疏》云:"窃惟海防与陆路不同,而闽洋又与各省洋面不同,查英逆船炮坚利,与战则无必胜之方,夷性狡诈贪婪,与和则无能久之策。欲操成算,惟在乎防,而闽洋自南澳与广东接境,至烽火门与浙江接境,中间沿海千有余里,口岸错出,港汊纷歧,无论本省之兵不敷防堵,即调邻省之兵,备多力分,

---

① 王庆云:《石延寿馆文集》,《清代诗文集汇编》第594册,第576页。
② 王庆云:《石延寿馆文集》,《清代诗文集汇编》第594册,第578页。
③ 王庆云:《石延寿馆文集》,《清代诗文集汇编》第594册,第578—579页。

亦有防之而不胜防者。究之，夷匪所以能避我之防，而又乘我于不及防者，皆汉奸为之指引也。查福建十郡滨海者六，居民非业舵水，即业盐渔。自沿海戒严，谋生无策，万一夷人啖之以利，胁之以威，难保不为之用，此汉奸之可虑者。"①

公藏

《石延寿馆文集》：民国三十二年（1943）刊本（国家图书馆、上海图书馆、南京图书馆、福建省图书馆、北京师范大学图书馆、中国人民大学图书馆、南开大学图书馆、福建师范大学图书馆、镇江市图书馆）。

---

① 王庆云：《石延寿馆文集》，《清代诗文集汇编》第594册，第597页。

魏秀仁《陔南山馆遗文》

叙录

魏秀仁（1819—1874），字子安，一字子敦，别号眠鹤主人，侯官人。道光二十六年（1846）举人。屡试进士不第，抑郁之气，无所抒发，因作《花月痕》小说以自况。曾游幕山西、陕西，主讲成都芙蓉书院。逢太平天国起义，愤清廷吏治之坏，乃作《咄咄录》及《陔南山馆诗话》。又著有《碧花凝唾集》二卷，《陔南山馆遗文》不分卷。

《陔南山馆遗文》不分卷，计文二十一篇：序八篇，书后一篇，跋三篇，书一篇，传七篇，行述一篇。

魏秀仁自叙人生经历，感怀世事之多艰，多含辛酸之语。《咄咄录后序》云："往归自蜀，阻于道莽，扁舟洄溯巴泸涪忠间，草木风声，仓皇两载。每值夏涨，数濒于危，漂泊因依。时遇粤人及江南北人避乱者，絮谈贼中事，退而记之，名曰《咄咄录》。今东南底定矣，回首曩时，惊风骇浪，如梦幻如泡影，而边烽未靖，杞人之忧，正复未艾。庚午秋重游小湖，瞬复天寒岁暮，孑然顾影，身世之感，怅触百端，因检旧稿编成四卷。辛未夏遭丧归里，适枚如返自都门，持以相质，枚如移书商改，时秋深矣。苫块余生，犹须远出，冬抵小湖，更撰陕甘回变一篇，寄枚如定之。其明年壬申，枚如赴丹霞之聘，余亦移棹，就道南讲席，人事堙郁，卧病数旬。私念丛残都未就绪，此四卷者不自磨洗,毋乃负良友之拳拳乎?以炳烛力,重订一过,虽搜罗包孕,尚待于将来,而分合轻重,删繁就简。异日再质枚如,或不以为谬欤?"①

魏秀仁提出"天下之利,民艳其利而争之"的观点,很有现实的针对性和可操作性,文贵立意,见解独到。《蚕桑琐录序》云:"天下之利,以官兴之必无功,使民艳其利而争自为之则有效。福州非蚕桑地,官创行焉。余曰:'必设局于四门,局延蚕师五人,募极贫下户十,该户所有男女悉豢养之,俾习蚕事,以三年为期,董以老成绅士一人,如治家然,三年艺成,此极贫者不贫矣。可归教其乡里矣,十年二十年之内,蚕家自遍于远迩州县矣。稍违其节次,后必无功,而当局者不之喻也。'乃以序余之《蚕桑琐录》云。"②

魏秀仁论诗主张气骨、情韵、词采,三者兼具,虽然兼之为难,但也体现了其在诗歌创作上的追求。《陔南山馆诗自序》云:"枚如论诗,意主气骨;秋航论诗,意主情韵;礼堂论诗,意主词采。之三子者,皆尝校定吾诗者也。窃谓兼之为难,天寒岁暮,局踏旅舍中,百无聊赖,因取三子校定者,参互存之。益以近作,起丙申迄戊辰,得诗六百三十首,录成四册,聊志身世之感。若缘情绮靡诸作,勿村中丞,尝切切讽戒,然有本事、有寓言。余虽感其意,卒不删薙,以存真也,失真非故我矣。"③

魏秀仁将个人身世之感与国家命运结合在一起,认为诗之正变在人事,充满着一股苍苍的历史沧桑感。《陔南山馆诗话自序》云:"夫诗有正变,其正而忽变者,泰之无平不陂也;其变而可正者,否之有命无咎也。然则诗之正雅,虽曰天命,岂非人事哉?方今内外臣工,翊赞中兴,厘弊剔奸,尤惓惓然于人才抑塞,欲有以振拔之,可谓知道矣。夫有一分之道心者,固足以就一分之事功,重以国家涵濡之泽,及人者深。故自今上即位以来,直省之地,旋失旋得;流离之民,旋散旋归。而十余年剧贼,卒授首于一旦,继自

---

① 魏秀仁:《陔南山馆遗文》,《清代诗文集汇编》第676册,第250页。
② 魏秀仁:《陔南山馆遗文》,《清代诗文集汇编》第676册,第249页。
③ 魏秀仁:《陔南山馆遗文》,《清代诗文集汇编》第676册,第251页。

今衮衮之诸公，斫雕为璞，荡涤瑕秽，各懋乃功，悉心民瘼。有若魏裔介辨举劾之实者乎？有若王益朋陈五府之盛者乎？有若粘本盛定考绩之法，胡尔恺、雷一龙正漕储之制者乎？有若蔡士英布惠于江右，秦世桢、何可化振声于江左？朱昌祚、王元曦、赵廷臣别蠹于两浙者乎？后先济美，远跂嵩高，草茅下士，虽卑贱不得致，亦无憾焉。第平居深念父师之教泽尤新，朋旧之风流如昨，海氛妖雾，毒螫未销，毅魄贞魂，遗编具在。因就见闻所及，纂为诗话，以识隐痛，后之览者，莫亦有感于斯文。"①

魏秀仁《碧花凝唾集序》运用对话、典故、征引古事等多种艺术手法，使得文章博大高远而不空疏，骈散结合，精美娴熟。其云："无思子入闽，覆舟七里潭，漂泊小湖，不悔道人再生之。俾读诗文集及杂著，卒读作而言曰：'文得雄直气，诗得江山助。'随举一篇，皆可千古。独念圣人包周身之防，明哲实保身之术，以尧舜之世而鲧以婞直亡，以太史之文而书以诽谤黜。道人可不寒心哉？道人曰：'然则东升炎火，可也。'无思子瞿然曰：'乌乎可？子之诗，诗史也；子之文与杂著，至言也。'吾以为当藏名山，勿惊里耳也。夫醇酒妇人，平原之郁勃见焉；美人香草，灵均之忠爱寓焉。子盍以香奁分微罪乎？道人曰：'然则子为我编次，序之。'无思子敬道人、爱道人，不敢辞报，命题曰'碧花凝唾集'。呜呼，干卿何事，一往情深，故态依然，百年殆尽，知我罪我，斯文岂其无灵？故吾今吾贤者，殊不可测。蘧蘧大梦，例从蒙叟寓言；作作有芒，愿敛丰城剑气。笺玉溪诗，鄙人原愧道源；发古井书，后世别存心史。"②

公藏

《陔南山馆遗文》，沈祖牟辑：崶斋辑抄本（福建省图书馆），抄本（福建师范大学图书馆）。

---

① 魏秀仁:《陔南山馆遗文》,《清代诗文集汇编》第676册，第251—252页。
② 魏秀仁:《陔南山馆遗文》,《清代诗文集汇编》第676册，第252页。

温 训《登云山房文稿》

叙录

温训（1787—1857），字伊初，长乐人。道光五年（1825）拔贡生，十二年（1832）举人。著《登云山房文稿》。

《登云山房文稿》四卷，每半叶十行，行二十一字，注小字双行同，四周双边，单鱼尾，白口，有栏线。正文首页署名"长乐温训伊初著""番禺潘正理叔和编"。卷首有吴兰修作序，有张百熙、伊秉绶、费丙章、张岳崧、姚樟、张维屏、曾钊题词，并附《宋芷湾先生札》《陈恭甫先生评》。卷一，正议十篇；卷二，书后一篇，论五篇，说一篇，议一篇，书一篇，序三篇，记七篇，碑二篇，墓表一篇，传六篇；卷三，杂著二篇，传五篇，论二篇，跋一篇，书一篇，记二篇，表一篇，墓表一篇，圹志一篇，像赞一篇，铭一篇；卷四，赋五篇，解一篇，辨二篇，论二篇，碑一篇，书后一篇，序赠一篇，传二篇。

温训学宗程朱，贯穿子史，洞达古今；其文上溯秦汉，规矩唐宋，摹拟韩欧，逼近震川；议论阔大，气势浩瀚，笔力峭拔，皆有根据；叙事简质，清峭曲折，朴茂质直，尤合义法。张百熙评曰："温君训所著诗文全集，贯穿子史，洞达古今，学宗程朱，仍不诋毁高密，文摹韩欧，尤觉逼近震川……崇论宏识，犹非浅人所能及。四书文朴茂渊懿，有正嘉诸老遗轨，其精者可当注疏。"①吴兰修评曰："其为文，清峭曲折，各出生面，境使然也。"②伊秉绶评曰："先生读书贯串，论古有识，其理极正，其气极醇，此大手笔而福泽亦厚。"③费丙章评曰："历观诸作，气势灏瀚，议论阔大，是深入'八家'之堂奥者。昔人谓文章见性情之风标、神明之律吕，阅此可以得其人之梗概矣。"④张岳崧评曰："持议正大，笔亦峭拔，正议及论古诸作，断制皆有根据。其文法深得苏氏策论笔意，未易才也。"⑤

姚樟评曰："甲戌乙亥间，见伊初于临汀，出所作古文辞相质，极叹其笃志于古。今年秋复相见于羊城，读其文，议论皆有根柢，不为向壁虚造之谈。叙事简质，尤合义法。盖其学与年俱深，所造正未可量。"⑥张维屏评曰："伊初之文，有质直之气，进而不已，充其所至，殆欲由昌黎而上溯汉京。"⑦曾钊评曰："伊初之文，初摹秦汉，继学昌黎、学半山，以余所见，已屡变矣。"⑧宋芷湾评第一卷云："读此卷，直如见古大儒，千秋俎豆之盛业也。"⑨又评第二卷云："读此卷，不失为唐宋大家裔派。"⑩陈寿祺评曰："正议诸作，胎息深厚，笔力雄大，议论醇正。西京贾晁诸大篇仿佛似之，至山水记则与柳仪曹抗行矣。"⑪

温训之文属学者之文，立论严谨，引古述今，文风老成，学术性较强。《文运》云："六书者，文字之祖也。凡数变，古文之变为大篆也，大篆之变为小篆也，小篆之变为八分隶也，隶之变为行草也，至于草则无可变矣。散文之变为骈体也，骈体之变为八比也，至于八比则无可变矣。三百篇之变为骚赋也、为五七言古也，五七言古之变为律绝也，至于律绝则无可变矣。其别出而为词曲也，至于词曲而亦无可变矣。呜呼，自书契以还至于今，文字之别，有韵无韵，二者而已。而其变皆至于极，自兹以往，其必无复可知也。知其无可变而倡为复古之说，复古可也，貌古不可也，明之七子是已。魏冰叔曰：'学者当为古人，子孙不可为古人奴仆。'诚哉言也。凡后世之貌

---

① 温训：《登云山房文稿》题词，《清代诗文集汇编》第561册，第59页。
② 温训：《登云山房文稿》序，《清代诗文集汇编》第561册，第59页。
③④⑤⑥⑦⑧ 温训：《登云山房文稿》题词，《清代诗文集汇编》第561册，第60页。
⑨⑩⑪ 温训：《登云山房文稿》序，《清代诗文集汇编》第561册，第60页。

为古者皆优人,而学孙叔者也,君子无取焉。且古者尚质,后世变而益文,文敝当救之以质。今五尺童子略诵诗书,皆学为诗词矣。香奁妖冶之章,淫词小说之编,其害于人心风俗不浅,悉宜举而焚之。夫君子之学,通经以致用,读史以识变,策论以达时,外此皆末也。桐城张文端公教其子弟以词曲断不可学,朱可亭曰:'唐之天下可无李杜,不可无郭李。'言词章之无益也,李杜且然,而况靡靡者哉。"①

温训论汉宋学之异同,议论精微,直击要害,"各有所当",说服力强。《辨惑二》云:"世之议者曰:'宋儒以空言说理,不若汉儒之实事求是。'是不然,夫所谓实事求是者,非谓其依经以晰理耶。若然宋儒初何异于汉,汉宋儒同祖六经、同宗孔孟,引而申、触类而长,择之精、语之详,宋儒者,汉儒之承也,有异焉?有同焉?要归于是而已。今之学者,见宋儒有异于汉,从而诋之,为宋者亦诋汉,岂不闻晏子之论和同乎?是惑也,庄周云:'学者不见天地之大全,犹百家众枝不能相通也。'吾哀之,且宋儒莫大于程朱,朱尤集群儒之大成,其言性命道德,质诸孔孟之言而最合,何谓以空言说经乎?夫《易》繇爻象、《书》陈典谟、《诗》理性情、《礼》详制度、《春秋》记事,而论、孟则六经之权衡也。孔、孟之书皆说理,其于名物象数,未数数然也,可谓之空言乎?彼训诂名物,宋儒未能甚异于汉也。以其少者诋其多者,奚可哉?且言岂一端而已,夫各有所当也。"②

温训评《日知录》,用语精严,恰如其分,深刻谨严,不虚美,不空疏,知其潜心学术之志。《日知录跋》云:"亭林先生留心经世之学,凡所论著皆质之今日可行,而不为泥古之空言。又一禀于王道,不少参以功利之说,比之永嘉、永康之学更为粹然者也,而一生精诣尤在《日知录》一书,自序谓积三十余年,乃成一编。其用力可谓至矣,凡经义史学、官方吏治、财赋典礼、舆地艺文,无不疏通证明。其他则古称先、规切时弊,忧世之念时时流露,信为通儒之学。尝观明人讲学率尚空谈,及先生出而扫除之,其言经学

---

① 温训:《登云山房文稿》卷一,《清代诗文集汇编》第561册,第76页。
② 温训:《登云山房文稿》卷四,《清代诗文集汇编》第561册,第126页。

即理学也。自有舍经学而空言理学者，而邪说以起，不知舍经学则其所谓理学者，禅学也。故先生之学，虽宗朱子，然兼综条贯、实事求是，以视空谈性命为尊朱，而实非朱者，迥不侔矣。"①

温训论国势，引古述今，以见解胜，思周虑深。《国势》云："《书》曰：'克诘戎兵。'又曰：'张皇六师，继体守文之主，曷可一日而忘武备哉？'天下之患，不在内则在外。患在内者，盗贼是也；患在外者，夷狄是也。呜呼，胡可不为之备哉？唐有天下，棋置府兵，可谓强矣。而其后卒困于藩镇，何者，柄移故也。宋兴、划除僭乱，收其柄而握之，制非不善，而国势积弱，子孙卒以是亡。"②

温训论东林党，立意新异，文理清晰，议论深刻而畅达。《书东林传后》云："神宗之季年，党祸始兴，朝廷水火者数十年，其卒也。魏忠贤一网而空之，善类消，国亦亡。君子览其事而哀之，曰：'三代而上，未闻有所谓党也；秦汉以降，道丧俗薄，于是乎有党，党立而后争，争甚而俱亡。'凡党之兴，患生于矜名而成于恶异，不可不戒也。嗟夫，以顾高诸君子之敦敦讲道德、植名节，所以扶纲常于紊乱之秋，岂非天地之正气所激发而不可已者，乌得而訾之哉……君子小人之名，毋过为分别，则小人尚有牵顾，犹可一二救也……是以圣人恶盛名，名者，祸之囮也。名盛而众附，众附则党成，党成而患生。故曰：'毋张之的，众之所射；毋设之质，群之所击。'君子用晦，括囊则吉，诸君子不明易，此其所以戚也。"③

温训游记文将描叙与咏叹相结合，主客映衬，文脉如贯，相得益彰。《游龙涧记》云："云溪口磔砢多大石，水行或伏石下，或被石上。至游龙涧，石益苍以奇，为牛马鹰隼、屋耜剑盾之状，水悬百尺，雷鸣山腹中。游龙涧者，俗所谓游鱼濑也。云溪至此酾为二，中峙石矶，备首尾脊胁鳞甲。余取罗浮游龙涧名之，或曰：名昔所命也，子取而易之，何也？余曰：'望而

---

① 温训：《登云山房文稿》卷三，《清代诗文集汇编》第561册，第110页。
② 温训：《登云山房文稿》卷三，《清代诗文集汇编》第561册，第106页。
③ 温训：《登云山房文稿》卷二，《清代诗文集汇编》第561册，第79—80页。

视其形为龙耶鱼耶，彼昂首突角而欲升者，非龙胡耶，吾以形实也。抑龙，神物也，不此之名，而名鱼耶？'或笑而颔之。"①吴石华评曰："起四十余字，庸手为之，数行不能尽矣。苍峭之笔可注水经。"②

温训铭文大抵文字短小精悍，体裁大多用韵文形式，句式整齐，声韵和谐。《华首台铭》云："凡山之胜，得石而奇，得木而幽，得水而活，得云而变幻。罗浮华首台，盖兼是四者，为之铭曰：'盘盘神峰，元气郁薄。华首出焉，承趺挺萼。邈矣群真，化城攸托。何石之顽，而拱以两握。冥冥雨花，云气参鉴。台之胜甲万壑，铭识之崖可鉴。'"③

公藏

《登云山房文稿》四卷：道光三年（1823）抄本（华南师范大学图书馆），道光三年（1823）刻本（南京图书馆、山东省图书馆、福建省图书馆、中国科学院图书馆、湖南师范大学图书馆）。

《登云山房文稿》四卷、《梧溪石屋诗抄》六卷、《四书文》一卷：道光十二年（1832）刻本（河南省图书馆），道光二十六年（1846）刻本（上海图书馆）。

---

①② 温训：《登云山房文稿》卷二，《清代诗文集汇编》第561册，第88页。
③ 温训：《登云山房文稿》卷三，《清代诗文集汇编》第561册，第119页。

张际亮《张亨甫文集》

叙录

张际亮（1799—1843），字亨甫，建宁人，号松寥山人。尝肄业鳌峰书院。道光十五年（1835）举人。少负气节，有狂名，因之屡困场屋。尝历游天下山川，穷探奇胜。为诗歌沉雄悲壮，负海内重名者将三十年。生平著述甚富，多散佚。有《张亨甫全集》《思伯子堂诗集》等。

《张亨甫全集》三十四卷，是集为诗凡二十七卷，为文凡六卷，卷前附序传各家评语一卷。原本为际亮所自编，名《思伯子堂稿》，为诗凡万余首，已刻者为松寥、娄光、南来、匡庐、金台、翠眉诸集，约千四百余首。查寄吾刻本有二千二百余首，而遗漏尚多。是集所收不过二千六百五十首，文仅九十九篇，骈体词赋仅十七首，亦残失大半。潘世恩评其诗"如天马行空，瞬息千里，又如神龙变化，不可捉摸，殆得力于李青莲；而激昂慷慨，可歌可泣，忠孝之忱流露于楮墨间，则少陵之嗣响也"云云。

《思伯子堂诗集》三十二卷，是集与张亨甫全诗集名虽异而内容则大致相同，特此集繁简有异耳。收诗三千五十一首，为亨甫临终时所手定，诗稿原本初存于其友姚石甫（莹）处，至同治己巳（1869），石甫子浚昌乃为之刊刻。集以《思伯子》名者，以际亮幼孤，赖伯兄资之，得力学有成，故名以志不忘也。其稿自嘉庆乙亥（1815）至道光甲申（1824）曰《松寥山人初集》，乙酉（1825）至戊子（1828）曰《娄光堂稿》，己丑（1829）至壬辰（1832）曰《谷海前编》，癸巳（1833）曰《豫粤游草》，甲午（1834）至乙未（1835）亦曰《谷海前编》，丙申（1836）至庚子（1840）曰《谷海二编》，丁未（1847）至壬寅（1842）曰《谷海后编》。今集每卷前不收标题，唯仍以编年分。其癸卯（1843）岁作诗二十余首原载别本，以兵燹佚去，故今集所编迄于壬寅（1842）。首刊姚石甫所作《张亨甫传》及临桂朱琦志哀诗一篇。版本与孔庆鏞重刊本有异。

《张亨甫文集》六卷，正文首页署"建宁孔庆鏞寄吾校刊"。每半叶十行，行二十一字，左右双边，单鱼尾，白口，有栏线。无序。卷一，墓碣一篇，记一篇，传四篇，论二篇，书后三篇，序三六篇，书五篇，祭文二篇，杂著四篇；卷二，序三十篇；卷三，书十一篇；卷四，记八篇，说一篇，传三篇，墓志铭五篇，杂著一篇；卷五，书四篇，跋一篇，书后二篇，寿序五篇，祭文四篇，杂著二篇；卷六，骈体文四篇，赋十二篇。

张际亮论姚崇，能发前人之所未发，立论精警，见解独到。《姚崇论》云："唐一代称贤相，前曰房杜，后曰姚宋，以四人皆遭遇明主，得尽其用也。然四人惟姚崇为最谲巧，其救时之功，过人之才，实亦不可没。昔张咏以不学无术讽寇准，孔子曰勿欺也，而犯之。子路大贤，孔子戒以勿欺，非虑其奸佞也，以才急功，归己之名，而不能事君以道，是之谓欺也。若崇之事元宗，盖不免欺矣，又岂非不学无术之故哉？世仅讥其贺日不食，颁告符命，庇赵诲、构张说纵子纳贿数事，盖犹未深知其本末也。"①

张际亮认为何鉴亭之文辞奥义充，不失法度，是工于文者。《何鉴亭文集序》云："何先生鉴亭馆于予里，中因相识，出所为古文属序，是予所叹为不易见者，而幸见之也。使其为之而不工，尚宜有以嘉其勤而答其意，况读其文，辞奥义充，不失法度，则固甚工者哉。予尝与人言，凡为文章，宜勉师其至者，多迂妄笑之。先生乃欲得其文之言者，意甚殷，以此知其好恶，

---

① 张际亮：《张亨甫文集》卷一，《清代诗文集汇编》第601册，第404页。

不徇于流俗，信学笃而取于善者，诚也。"①

张际亮以诗名于世，其诗论观点丰富。认为诗之天才者多难，为天所累。《梅月山楼诗序》云："今观其投赠交游诸作，盖未尝一与往来，独学无师友，诗乃斐然可观，如此亦异矣哉。夫天地生才，难矣。既生之，又或艰其成，自暴弃者毋论也。仕宦奔走、疾病、忧患、夭折皆足为才之累。君年未及四十，又屡有饥寒落拓之嗟，盖天所以累之者深矣，是其可为叹惜者也。"②

张际亮认为江南风土多产"声华之彦"，地之"清淑"与文之"绮丽"两相宜，相得益彰。《潘星斋诗序》云："余窃观宋以来文章，声华之彦多在大江南北，而江南风土尤清淑。生其地者，相率尚文而贵名。虽韦布栖迟、仆妾微贱，犹思以文采自见。盖其流风所渐，久矣……余又唯宋以来才人，其诗盛传而得名最早者，无如苏文忠。文忠少时，唯父子兄弟相师友，其后入京师，唯倾倒于欧阳文忠耳。中年宾客虽盛，而相深不厌者，亦唯黄文节数人耳。尝考其诗，其所存少时之作盖寡，其名之盛固由欧阳文忠、黄文节诸人前后掖辅之，然使无诸人者，其诗亦必盛传。"③

张际亮提出了诗衰而后诗话乃作的观点。《养一斋诗话序》云："诗话之作，盖诗之衰也。然因其既衰，而思有以救之，至不能已，于言是固贤者之用心也。自宋以降，作之者盖亦繁矣。其传之久而独盛者，惟严羽《沧浪诗话》。夫沧浪之心，固深闵夫五季至宋诗之衰也。其言之粹然无疵者，后世不得而议之，其得而议之者，其为当世言之者也，此其心犹可共见也。今天下之诗，盖亦稍衰矣。昔者太师陈诗，以观民风、风俗之失也，诗则应之矣。顾忧之者，每无转移之责，其言之殆无补也。虽然，苟存其言矣，将以有待焉。沧浪之言，在宋世未必传之如今日也，今日天下言诗者，殆无不知有沧浪，是其言所及，远矣，岂终于无补者哉？"④

---

① 张际亮：《张亨甫文集》卷一，《清代诗文集汇编》第601册，第406页。
② 张际亮：《张亨甫文集》卷一，《清代诗文集汇编》第601册，第406—407页。
③ 张际亮：《张亨甫文集》卷二，《清代诗文集汇编》第601册，第410页。
④ 张际亮：《张亨甫文集》卷二，《清代诗文集汇编》第601册，第412页。

张际亮认为世运与诗教相辅相成,世运日降,诗教日微,唯能自立者足以复古。《仙屏书屋诗序》云:"三代后,国家初兴,士大夫类以勋绩材武自显。及承平既久,其抱负奇伟、磊落者,或不尽其用,则蔚为文章,绍往圣、诏来学,或纪载咏歌其一时之事功,其才大,故其识洞然而有余;其志正,故其义昭然而不惑。其人足以不朽,故其辞气浩然于天地之间,而能自立。昔欧阳永叔谓,唐宋皆余百年,文章始复于古者,此类是也。此其上焉者也,盖代或数人焉;其次则意在于文章之事,思闻一时名后世。其人,才有高下,志有远近,然求精于识,如饥必得食而后已;审择于义,如驰必赴辙而后安。其修辞养气之力,专矣,美矣,则亦天地间所不废。若此者,盖代或十数人焉;其下则枚皋所耻俳优者,其辞变乱是非、荡溺习俗,不独文章之忧也……世运日降,诗教日微,惟能自立者足以复古,故如韩退之、欧阳永叔,其诗亦皆卓绝者也。夫备极文章之能事,为一代之上焉者,盖有天焉。若专治其一体,求其次者,固人力所能为,患识不足以辅其才,义不足以充其志而已。世之类俳优者,才出于小慧,志在于苟得,其不知所患,久矣,其发于辞气,岂复能善邪?"①

张际亮认为诗教之旨乃温柔敦厚而已,诗言志,言为心声,鄙薄以诗为饰名之艺。《松寥山人诗集自序》云:"人心之动为言,言永之而成声,先王采其声,节之于礼乐,一天下,动于温柔敦厚之正,则诗教彰焉。自闺房里巷,至于宫朝庙学皆用之;自公卿大夫,至于老民童子皆习之;自歌功颂德、陈义类情,至于美贤而刺不肖皆系之,故虞书曰诗言志……王迹既衰,诗因以亡,非无诗也,礼乐不修于上,天下人心之动不于正,于是谤诽匪僻之言兴焉,淫靡噍杀之声作焉,而其教亡矣。夫其教之不成也,非一日之故也,而其亡也,亦非一日之故。观楚屈原因诗之意而作《离骚》,哀感忠直,辞婉而志不怼,殆犹动于先王之遗泽哉。及夫汉唐以降,士乃以诗为饰名之艺,而世益相与目为轻薄。"②

---

① 张际亮:《张亨甫文集》卷二,《清代诗文集汇编》第601册,第414—415页。
② 张际亮:《张亨甫文集》卷二,《清代诗文集汇编》第601册,第417页。

张际亮认为"诗之境曰在天地间",不必求似古人,亦不必求不似古人,心之所得与身之所历发而为诗,是善为诗者。《南来录自序》云:"余年十五六时,学为诗,今且二十年矣。其始,刻意谨严,非汉魏晋唐之源流不敢涉,盖力求与古人似也,而见者亦多以为似焉。其后乃泛滥于晚近诸作,盖不甚求似古人,而见者或以为似,或以为不似。年来困于贫贱,疲于奔走,所作诗日益多,往往自视,辄太息,欲弃去,盖虽自以其诗较古人亦不以为似也。虽然,前之似古人者,抑或其迹也。今之不似古人者,固皆余之诗也。凡余心有所幽忧愤快、劳思慷慨皆于诗发之,身之所历山川风土、人情事物之变皆于诗著之。夫如是,则欲求其似古人也,乌可得哉?以其身之所历拟古人,固未必似也,况心气之微邪。古人往矣,诗之境曰在天地间,其境不外山川风土、人情事物,而古今之为诗者,日言之而不穷,此何故哉?"[①]

张际亮赋作抒写情志,对仗整饬,声韵谐美,感情浓郁,表达了作者内心的郁抑与苦闷。《目成赋》有序云:"十年不遇,如怨女焉,用为斯赋,戊子十月。"正文:"秋风翛翛,夕照迢迢。若有人兮,黯然魂销。怀芳怅独,转睇余骄。将迎若送,伫近怨遥。宝马三春,钿车前度。草踏青长,花攀红暮。蝶乱趁而伤怀,燕交啼而留顾。望盈盈兮欲通,对悯悯兮如慕。夜掩银釭,晨凄珠箔。子老梧桐,香消芍药。久病谁扶,相思自托。适何来而劳盼,同凝视而禁愕。意仿佛兮难持,情隐约兮可索。期余兮西洲,送予兮南浦。水回回兮吹尘,天垂垂兮作雨。悲不可言,恨不忍怒。一注横波,双催柔橹。搓絮付东流,萍踪那日休。团圞三五月,懊恼万千秋。钗影兮鬓影,带头兮心头。自从见后无消息,镜里眉间宛转留。"[②]

[①] 张际亮:《张亨甫文集》卷二,《清代诗文集汇编》第601册,第418页。
[②] 张际亮:《张亨甫文集》卷六,《清代诗文集汇编》第601册,第479页。

公藏

《张亨甫文集》六卷：同治六年（1867）刻本（福建省图书馆）。

《张亨甫全集》十三卷：同治六年（1867）孔庆衢校刻本（台湾大学图书馆）。

《张亨甫全集》二十七卷：同治六年（1867）刻本（华东师范大学图书馆、福建师范大学图书馆）。

《张亨甫全集》诗二十七卷、文六卷：同治六年（1867）刻本（国家图书馆、上海图书馆、南京图书馆、江西省图书馆、安徽省图书馆、福建省图书馆、湖南省图书馆、河南省图书馆、中国科学院图书馆、北京大学图书馆、复旦大学图书馆、南开大学图书馆、天津师范大学图书馆、华南师范大学图书馆、无锡市图书馆，日本国会图书馆）。

陈金城《怡怡堂文集》

叙录

陈金城（1802—1852），字殿臣，号念庭，惠安人。道光二年（1822）举人。以屡试不售，授为古田教谕，旋授连城训导。十上公车不第，援例由中书改官刑部主事。道光三十年（1850）给假归里，道过上海，英人夺民田辟为跑马场，乃约诸闽人立禁拒之。鸦片战争时，作筹守福州、泉州二议及《平夷论》等，爱国之忱，溢于行间。著有《易义通例》《五礼通考图》《尔雅小学通假》诸书，均未刊。有《怡怡堂文集》。

《怡怡堂文集》四卷，每半叶八行，行二十五字。卷首有陈学棻、乌拉布、黄谋烈作序，另有杜彦士、宋芑培、叶珪与陈金城的往来诗信。卷一，记十篇，序八篇；卷二，序七篇，跋一篇，寿序八篇，祭文四篇；卷三，神道碑一篇，墓志铭七篇，行略二篇，传五篇；卷四，传一篇，书后一篇，家规一篇，示一篇，解二篇，辨误二篇，筹议二篇，论一篇，募启一篇，题赞十一篇，挽词一篇，诗八首。附录《庄给谏牧亭先生撰墓志》。

陈学棻评曰："念庭先生《怡怡堂文集》数卷，披读再四，知先生酝酿本济世之苦衷，郁而为经世之名言，固不欲以文见者也，不欲以文见而见，先生者，文是先生之不幸也。然即先生之文可见先生之心，何尝不为先生之幸也……先生渊源之学，其为文有根柢，转瞬蜚声腾，实本家学以经世，则今日之什袭家乘者，即异日之楷模治谱者也，茂才勖之使者有厚望焉。"①指出陈金城为文有根柢，以济世之苦衷为经世之名言，故文名蜚声腾。乌拉布评曰："集四卷，惠安陈念庭刑部著也。刑部之学出于同邑孙惕斋明经，明经之学为王伯申、陈石士两宗伯所亟许，以为申先儒之遗义，辟晚近之臆说，当与江慎修、戴东原、段懋堂相伯仲也……集中经说仅易解二条，非其至者。至筹防福州金牌、泉州大队议、平夷论，知务之急，究极时要，其议论识力，当与建宁朱梅崖如骖靳，以视蠹鱼章句之学，偭乎远矣。"②指出陈金城论文穷极时要，议论识力媲美朱梅崖，评价颇高。黄谋烈评曰："予自束发以来，即闻先生名，高山仰止，景行行止，非一日矣。追维省会筹防金牌为扼要之区，此论实创于先生，至今奉以为法，先见之明于四十年前擘画无遗，然则捍患御灾、有功桑梓，何可没也。"③指出陈金城为文实用，有功于桑梓，可谓功不可没。

陈金城认为作时文须深于易，指出童一斋学问渊源于李光地，而李光地之文洁静精微，是为易教，故为文须通于易。《童一斋先生时文序》云："先生著书十二种，尤深于易，时文其绪余也。余谓先生于易则由安溪而上溯紫阳，于时文则由东皋而私淑安溪，故其作易通也……以观其会通，则上溯紫阳本义之传，即称为羽翼功臣，庶几无愧焉。至以绪余发为文章，则规模化治嘉隆风格，即窦东皋所自许为擅场者，偏与先生为近，而其实，先生之学则安溪之学也。学安溪之学即能为安溪之文，洁净精微，易教也。安溪之所以为文，即先生之所以为文也。向使先生能所遇如安溪，凡自汉魏唐宋诸易说，皆能淹贯而折中之，则安溪之传即在文溪矣，岂独以其文鸣一时哉？"④

陈金城认为作诗难，说诗难，注诗更难，观点颇新颖，有理有据。《秋江集注序》云："作诗难，说诗难，注诗更难。三百篇后有作者，因寄所托，各自名家，然括其要旨，不外《虞书》'诗言志'，四言说诗之法则孟子'以

---

①②③ 陈金城：《怡怡堂文集》序，抄本（福建师范大学图书馆）。
④ 陈金城：《怡怡堂文集》卷一，抄本（福建师范大学图书馆）。

意逆志'，一语尽之矣。唯注诗者必能读尽作者所读之书，能知尽作者所读而用之之书。至于作者能无书不读，而其所作者如无读一书，则又必能深得说诗之旨而以意逆之，此注诗之所以难也。毛传郑笺尚矣，至李善注《文选》犹不能无释事忘意之议，其他又何论焉。吾闽莘田翁黄先生诗集雄视一代，旧有《戆窝》为之注，学者苦不得其详，近复得芝田王君为注数百万言，既博且精，搜括殆尽，于乎详矣。芝田王君无书不读者也，能读莘翁所读之书，能知莘翁所用之书，以意逆至一一为之，诠释如毛郑诂训，俾学者一目了然，毫无疑义。倘莘翁见之，且以为取怀，而予亦不是过也。吾知莘田之诗、芝田之注，且共千古不朽矣，抑余尤爱莘翁集中筑基、赈粥、弃妇词有三百篇之遗，其越王台吊虞卿、过乐毅墓、夷门怀古、李阳冰般若台篆书及三君咏诸篇，屡为传，会稽陈句山众君子所击节，令人兴上下数千年、纵横一万里之思焉。今得芝田注，如披廿三史图编，知人论世若河决下流而东注也。昔杜工部以诗为史，十研翁以史为诗，芝田则注诗如注史，后学则读诗如读史，岂非嘉惠艺林、一大盛事哉？《〈戆窝〉诗注》本名《香草斋》，今芝田详注改曰《秋江集》，仍旧称也。"①

陈金城为文多具实用性，议论精当，识力卓绝，对当时社会和现实具有指导意义。《平夷论》云："窃惟御寇之策，未至则防守为先，将至则瞭望为要，既至则策应为重。我国家地广治醇，海不扬波，岛屿之民久未亲兵，忽有逆夷，于六月初七日从定海上岸滋事，望风奔溃，莫之谁何，皆由防守之不备，瞭望之不先，策应之无方也。昨闻夷船于六月初五日驶近厦港，直扑炮台，夷船之入厦门，必由金门澳入大担、小担港，然后可抵厦门、金门，各处皆设有会哨、兵船，若能预先瞭望传报官兵，合舻截击于港外，何至深入腹里，贻害地方，致官兵交伤、居民逃窜，无所依归……愚以为防守之道有二：一在固之于海岸，一在御之于洋面。海岸之守可令兵民互相为守，凡夷艘可以停泊之处，其岸上皆宜设炮台，炮台内外皆宜置守兵。如兵宜再添，即登时募土民之知兵者守之，至居民殷实之户亦可出示晓谕，令其雇募自守，彼此

---

① 陈金城：《怡怡堂文集》卷二，抄本（福建师范大学图书馆）。

联络,兵以卫民,民以卫兵。庶居民不至空虚,而洋面亦得援应,方可壮其胆而作其气。至于洋面之御,则惟专责在兵,备战舰,谨斥候,夷船未进港则当夹水而阵以遮击之,夷船既进港则当就所泊之处而直捣之,海岸援应之兵亦即闻报合攻,庶退可守而进可战矣。瞭望之谨则在会哨之勤,会哨之船须远出外洋,分班哨探,如有夷船声息,先来传报,其附近各港官兵一闻警报,随即合艅约令击之于外洋,庶先事有备,可获制胜之功。不至迫近海岸,仓皇失措矣。若夫策应之急,则洋面之御以防守为策应,守兵之行以居民为策应,坏地之接以邻援为策应。会哨报至,非其守地而兵先至者,定有异赏。坐视胜负致夷船长驱深入者,定有严罚。且所谓策应者,非必尽撤居守之兵以救之也,须择其精者以救之,合少成多,绕击不意,使夷船腹背受攻,自惊溃而莫支矣。"①

公藏

《怡怡堂文稿》:稿本(福建省图书馆)。

《怡怡堂文集》四卷:抄本(福建师范大学图书馆)。

《陈念庭文稿》:稿本(福建省图书馆)。

《福州团练纪事》:道光本(福建省图书馆)。

《杞忧私记》:抄本(福建师范大学图书馆)。

---

① 陈金城:《怡怡堂文集》卷四,抄本(福建师范大学图书馆)。

何则贤《蓝水书塾文草》

叙录

何则贤（1801—1852），字道甫，闽县人。道光十五年（1835）举人。《耕村姑留稿》云：道甫受业于陈惕园先生之门，道光癸未（1823）在鳌峰随陈恭甫先生，继从高雨农舍人揣摩古文，而得其绳墨。文品雅驯，丛笔则荟萃群言，采撼异闻轶事。有《蓝水书塾文草》。

《蓝水书塾文草》，扉页署名"三山何则贤道甫著"，"谢章铤、侄嵩祺选定"，"孙子恪校印"。卷首有何振岱作序。每半叶十行，行二十四字，四周单边，单鱼尾，白口，无栏线。共计文四十篇，分别是：解三篇，论九篇，说二篇，辨三篇，问五篇，序五篇，记二篇，跋二篇，赘语一篇，书后二篇，事实一篇，记略一篇，挽文一篇，墓志铭三篇。

何振岱作序云："子恪宗兄，出其令祖道甫先生文草见示曰：先祖生平学行，乡之人有知之者矣。顾所著述，经兵燹多散失，兹存文草上下二卷，经长乐谢（章铤）枚如先生，及先从伯伯希公选定，无力锓版，是可憾也。予谓锓版即未能，盍多置副本，分弃戚友之知书者家。昔白香山既以集本付从子外孙，又分贮于东林、南禅、圣善、香山诸寺，其时镌本之风尚未盛行，钞胥传写势不能多存数本，而付得其人，已可以免沦佚之患。今有新法油版印字术者，一纸可拓百十张，虽不及镌本良，然大省传写之力，得百十本而分储之，必有善保而传之者矣。矧有心如君，未必其终无锓刻力也。子恪以为然，付印既成，属予书数行卷端以识其事。时丁巳仲夏，宗后学振岱敬识。"① 指出《文草》油印本的出版过程。

何则贤史论文善于驳斥前人的观点，并在驳斥中树立起自己的观点。《春秋褒贬论》是一篇驳论型的议论文，其云："古今言《春秋》者，莫善于孟子，其曰：'王迹熄而诗亡，诗亡然后春秋作，其事则齐桓晋文，其文则史，其义则孔子窃取之。'又曰：'世衰道微，孔子惧，作《春秋》。'《春秋》，天子之事，复引孔子'知我罪我'之训，又曰：'春秋无义战。'彼善于此，则有之煌煌数语。盖不啻孔子之自言，而于志在《春秋》之旨，属辞比事之教深有合焉。审是而《春秋》所由作与褒贬之大，凡不瞭如日星也哉。春秋之为尊王室、正名分、存旧典、昭法戒，夫人而知之，第以意为说者，约有数失。一则以一字定褒贬之衡也……一则以为有贬而无褒也……惟是综核三传，研究遗经，阙其所疑，以无达例之训，收属辞比事之益，庶于'窃取'之义，少窥其万一也与。"②

《驳苏明允广士论》的风格同样亦是如此，其云："贤才之生，不必择地，然未有不自爱重、卑躬处休，甘即于杂流者。选举之法，不惟汉与古异，即宋亦与汉异。汉世博士弟子明经者，多补太守卒吏，非若后代公人，仅游文于牒牍而已。宋承唐制，贡举之途虽广，莫重于进士制科，次则三学、选补，又虞登进之隘也，复设以特奏名，三百余年，元臣硕辅、名儒俊乂多自此出，号为极盛。盖科条既设，众争趋之，即轶伦超群之士未始不俯心帖耳，冀得当于其间，而如苏明允之《衡论》，则谓进士制策未足以尽人才，而必求诸胥史贱吏，庶有卓绝隽伟、震耀四海者出焉。彼大有激于绳趋尺步、华言华服者之为，而不自觉其说之毗也。夫贤之所在，贵而贵取，贱而贱取，似矣。奴隶之所耻，而登之朝廷郡国，名器不可不慎，而谓弗以为

---

① 何则贤：《蓝水书塾文草》序，民国六年（1917）其孙何子恪油印本（福建师范大学图书馆）。
② 何则贤：《蓝水书塾文草》，民国六年（1917）其孙何子恪油印本（福建师范大学图书馆）。

诈乎？纵上之人忍之，而束修自好、高立崖岸者，其弗羞与同列也者，几希。且吏不患其无才，而患其不学，少习法律，长习狱讼，凡吏之情状，变化出入，无不谙究，举之而彼之才智不为吾用，适足以文其奸，将奈何？民之弊窦，表里毫末，毕照莫遁，官之，而彼之才智不为民治，徒思厌属其欲，将奈何？即遇之以礼，诱之以自奋，而委琐龌龊锢习已深，未易感以诚，而不纵于大恶者也。进士制策无所短长者固多，而事功显著者正自不少，起自吏胥而勋猷卓卓，终宋之世，陈恕一人耳。赵尹张王，岂易于后世卒史求之，然则进士制策既足以网罗豪杰，外此独无遗才乎？曰荐辟者，所以济科举之穷也。知之深，求之切，致之诚，斯非常之士至矣。脱如明允之说，彼奇才绝智不为章句、名数、声律之学者，顾屑胥史贱吏乎哉？"[1] 何则贤以"贤才之生，不必择地"的取材原则驳斥苏洵的"贵而贵取，贱而贱取"的观点，有理有据，说服力较强。

何则贤认为礼义廉耻，成难毁易，以此论述风俗关乎政治盛衰的观点，说理透彻，发人深省。《魏晋风俗论》云："礼义廉耻，国之四维，成之甚难，丧之甚易。西汉经术，东京风节，盖百数十年培植，渐臻于盛，而末造凌夷，卒受其福。洎魏武盗柄，网罗跅弛之士，下令再三，至于求负污辱之名、见笑之行，不仁不孝而有治国用兵之术者，于是权诈迭进、奸逆萌生。丕睿继起，因仍相承，观董昭《太和之疏》已谓：'当今年少不复以学问为本，专更以交游为业；国士不以孝悌清修为首，乃以趋势求利为先。'晋泰始傅元上疏亦曰：'近者魏武好法术，而天下贵刑名；魏文慕通达，而天下贱守节。其后网维不摄，放诞盈朝，遂使天下无复清议。'盖靡习实滥觞于此，降及典午清谈，元虚竞相祖述，学者以老庄为宗而黜六经；谈者以虚荡为辨而贱名检，行身者以放浊为通而狭节信，仕进者以苟得为贵而鄙居正，当官者以望空为高而笑勤恪，滔滔者天下皆是，视世之礼法君子如虱处裈，载胥及溺，以即于亡。回忆两汉敦厉名实、蹈义依仁，若溯皇古，高不可攀，其间如刘颂屡言：'治道传威，每纠邪正，卞壸深斥王谢，应詹追论元康，熊远、

---

[1] 何则贤：《蓝水书塾文草》，民国六年（1917）其孙何子恪油印本（福建师范大学图书馆）。

陈颐各有疏论，未尝不大声疾呼，冀回颓俗，而习尚已成，积重难返，江河日下，孰能御之。'永嘉之末，生民涂炭，极矣。识者观人论世未始不痛恨乎魏武，而叹息于戎、衍、籍、咸也。夫魏移汉祚，乃并其流风善政而移之；晋袭魏宗，且即毁方败常而蹈之，其亦不善变矣乎。凡人之情未有不恶检束而乐放纵，好燕佚而厌勤劬，道之礼教、树之风声犹迟，久而后应乃浮竞驰驱，互相波扇不遗余力，其化之速有不俟终日耳。去其大防而谓川之溃也无伤；焚其深林而谓原之燎也不害，未之前闻也。天之爱民，甚矣。曹氏攘汉，司马吞曹，诸生操戈于内，群雄蜂起于外，神州陆沉，百年为虚驯。至南北，享国日促，祸败相寻，民不知有生之乐，非苍苍之不厌乱也，污俗、腥闻、戾气足以召之耳。嗟乎，谁为祸始？其罪亦浮于桀纣哉。"①

何则贤论归有光文颇中肯綮，指陈优劣，见解独到而深刻，却不偏颇，总体上推崇归有光文的艺术成就，个别地方仍略有微词，但瑕不掩瑜。《读震川文集跋》云："《明史·艺文志》归有光震川集三十卷，外集十卷，四库全书目录亦同，今所见本则海虞蒋以忠校编者仅二十卷。嘉靖时，王李辈为文坛主盟，规模秦汉，不读唐大历以后书，操觚谈艺之士翕然宗之。震川颇后出，为文独原本经术，好太史公书，得其神理，盖与王道思、唐应德二君子同为不汩没于七子之流派者，项思尧文集序，至隐斥弇州、于鳞为妄庸巨子，则其自信也笃矣。窃谓归唐并称，而唐非归匹也。荆川以气胜，震川以法胜；荆川熟于史，震川谙于经；荆川好言兵事，震川好谈水利。三复遗文，矩矱森严，根柢深厚，其中如《易图论》《洪范传论》《尚书叙录》诸篇皆具特识，至于《水利论》及《论水灾事宜书》悉于治道有关。要为不苟作者，特微嫌其寿序编录太多，至盈三卷，唐宋大家之文无是也。弇州始与抵排，继亦心折，为之赞曰：'千载有公，继韩、欧阳。'余岂异趋，久而自伤，是则震川之文为胜国一大宗，上视欧曾，其庶具体而微乎？"②

---

①② 何则贤：《蓝水书塾文草》，民国六年（1917）其孙何子恪油印本（福建师范大学图书馆）。

公藏

《蓝水书塾诗文草》一卷、《丛笔》一卷：民国六年（1917）其孙何子恪油印本（福建省图书馆、福建师范大学图书馆）。

黄宗汉《晋江黄尚书公全集》

叙录

黄宗汉（1803—1864），字季云，号寿臣，晋江人。道光十五年（1835）进士，累迁浙江巡抚。咸丰间以防太平军入浙有功，官至两广总督，寻授吏部右侍郎。同治初以迎合载垣革职。脱离政坛后，闭门谢客，日搜秘籍，藏书数万卷，潜心究学，著文以自娱。有《海运全书》《筹防筹海纪略》《晋江黄尚书公全集》等。

《晋江黄尚书公全集》，据原稿抄校本十二册（厦大），1994年据厦门大学图书馆藏抄本传抄本十七册（省图、福建师大）。是集分奏疏二十七卷，以下为告示、谕饬、禁、舆颂、赠言、中外章论、诗文抄等。卷次未定，盖其子所辑之稿，未行刊刻也。子黄贻楫，字远伯，号霁川。同治十三年（1874）探花，官至刑部主事。曾著《李石渠先生治闽攻略》，光绪刊本（泉文）（省图）。李石渠，名殿图，高阳人，清代福建巡抚。又著有《甲戌对策》石印本（泉州），《招鸥别馆杂记》抄本（泉州）。此外，还有《黄霁川先生遗集》及《植玉根室吟草》一册。

《晋江黄尚书公全集》，正文首页署名"男贻楫谨辑"，"侄贻杼恭校"。每半叶九行，行二十字。卷一，谢折二十四篇；卷二，谢折、慰疏三十篇；卷三，任科道封事、任阁学侍郎奏议十六篇；卷四，署顺天府尹奏议十九篇；卷五，任浙江巡抚奏议三十篇；卷六，任浙江巡抚奏议二十五篇；卷七，任浙江巡抚奏议二十二篇；卷八，任浙江巡抚奏议三十一篇；卷九，任浙江巡抚奏议二十四篇；卷十，任浙江巡抚奏议十七篇；卷十一，任浙江巡抚奏议十九篇；卷十二，任浙江巡抚奏议十三篇；卷十三，任浙江巡抚奏议十二篇；卷十四，任浙江巡抚奏议十篇；卷十五，任浙江巡抚奏议十八篇；卷十六，任浙江巡抚奏议二十二篇；卷十七，任浙江巡抚奏议二十五篇；卷十八，任浙江巡抚奏议十六篇；卷十九，任浙江巡抚奏议二十篇；卷二十，任浙江巡抚奏议十四篇；卷二十一，任四川总督奏议十九篇；卷二十二，任四川总督奏议二十六篇；卷二十三，任四川总督奏议二十九篇；卷二十四，任四川总督奏议十二篇；卷二十五，任两广总督奏议二十一篇；卷二十六，任两广总督奏议二十一篇；卷二十七，任两广总督奏议十六篇；奏疏补编七篇；中外章论十二篇；文抄共计文十八篇，其中：序八篇，跋二篇，记三篇，祈文一篇，祭文二篇，墓志铭二篇。诗抄有诗八首；赋抄有赋十篇。

黄宗汉的文集中奏议占了九成，具有文学性的文章为数极少。黄宗汉认为科举制度是取材的重要途径，而时文是衡量士人才能优劣的评判标准。《兰山书院课艺序》云："萃列郡尤异俊妙之士于行省，延硕师、开精舍，而惟程以排偶襞积、应举之文日课而月试之，末矣。然国家方以此取士，不由其途，虽有巨材殊能，磊磊然足备世用者，奚自而进？且八比文体虽近，而所规摹者孔曾思孟之言，旨奥而理邃，自非贯穿群经，熟精儒先传故，卒不能以为工。故其制阅数百年不变，而卓荦非常之人亦往往出其中也。"[1]

黄宗汉赋作拟傅毅《舞赋》而作，仿原作虚设楚襄王游云梦，置酒宴饮之间，使宋玉即舞作赋的情节，展开对宴会上欢歌曼舞场景的描写，生动地再现了千姿百态的舞蹈动作和舞女们高超绝伦的表演艺术。同时也以淋漓尽致的描绘和入情入理的阐发，渲染了古代歌舞，特别是舞蹈的感染力量和社会作用。要之，以描述丰富多彩的舞姿为主，遣词优美，善用比喻，尽态极妍，节奏铿锵有力。

《拟傅武仲〈舞赋〉（有序）》云："楚襄王返自高唐，心惓惓而不释

---

[1] 黄宗汉：《晋江黄尚书公全集》文抄，1994年据厦门大学图书馆藏本抄本（福建师范大学图书馆）。

也。于是，征清歌，选妙舞，为长夜之饮。既乃进大夫宋玉，而谓之曰：'寡人闻之，阴气既伏，阳气弗宣，怫郁莫达，偕舞以传。寡人既简嫽妙，集婵娟，阳阿竞奏，侑我华筵，而心中犹郁郁然，何也？'玉曰：'善哉问乎，夫大王之所好乃郑卫之乐也，抑思所以进此者乎？'王曰：'然则，何如？盍为寡人赋之。'玉曰：'唯唯。延嘉宾兮敞华堂，肆琼筵兮酬玉觞。旨酒陈兮丰肴荐，鸾歌奏兮凤舞张。将醉未醉兮停桂席，欲来不来兮出兰房。于是丝管作，氍毹荐，金翠耀首，芙蓉妒面，践文履以踟躅，曳轻裾而蒨绚，回秀项以俄延，睇明眸而婉恋。顷焉，分行鹄峙，蹑节蝉联，应角徵以徐疾，循规矩而翩跹。体欲迅兮弥缓，势欲断兮而还连。既俯仰兮合度，亦顾盼以自怜。继焉，逸态鸿骞，轻身燕接。灿绛树以齐芳，貌琼华之重叠。搦纤腰以连蜷，抗修袖而蹙折。羌回雪以翩翩，倏因风而踮踮，固千态与万状。不暇赏与双睐，忽而若往若复，若纵若横；若离若合，若拒若迎；止有余态，动无遗情；乃合体以骈奏，又同股而齐声；俄伶节而回步，羌与余兮目成。岂不足使耳目悦，心志平，畅幽怀于粉黛，抒积愫于竽笙。然而日接娟嫫之容，转若昧妁媹之所以惬目也；日聒弦管之音，转若忘丝桐之所以快耳也。盖神阻于所厌，志荒于所靡。心以荡而思返，乐以泆而渐弛。凡滞伏而不信，实慆淫之所始。今试却郑媛退巴姬，栖神于广大之域，驰心于圣哲之规。考韶濩之遗轨，酌雅郑之异宜。鉴般乐之无度，沛汪濊之隆施。于以制怡荡、祛滞思，屏妖蛊之容，蠲纷拿之志。步干戚之休风，企武韶之故事。陈清庙以竭欢，协神人之一致。彼俗乐之日陈，徒有怀而未遂也。得与失为何如乎？'王曰：'旨哉言乎！寡人未之前闻也。'举而行之，楚国大治。"①

公藏

《晋江黄尚书公全集》：据原稿抄校本（厦门大学图书馆），1994年据厦门大学图书馆藏本抄本（福建省图书馆、福建师范大学图书馆）。

---

① 黄宗汉:《晋江黄尚书公全集》文抄，1994年据厦门大学图书馆藏本抄本（福建师范大学图书馆）。

李彦彬《榕亭文钞》《心太平室诗文钞》

叙录

李彦彬（1792—1837），字则雅，侯官人。道光三年（1823）进士。充武英殿纂修，改官刑部，丁忧后补山东、四川清吏司主事，总办秋审处。精通例案，部中章奏多出其手。好金石书画。著有《榕亭诗文集》及《兰亭年谱》等。《心太平室诗文抄》三卷，传抄本三册。《榕亭诗文抄》十五卷，据稿本传抄十三册。榕亭文集四卷，荔庄吟草一卷，行云杂咏一卷，吴门吟草一卷，燕游吟草一卷，归燕吟草一卷，虹月船吟草一卷，窥杜窗诗草一卷，永慕轩诗草一卷，还朝集一卷。

《榕亭文钞》四卷，正文首页署名"侯官李彦彬兰屏"。每半叶九行，行十八字。卷一，寿文六篇；卷二，寿文十二篇；卷三，祭文六篇；卷四，考五篇，记四篇，序四篇，跋一篇。

《心太平室诗文钞》，每半叶十行，行二十二字。分诗存与文存，其中文存共计文二十七篇，具体是：赋三篇，纪事一篇，赞八篇，记三篇，书一篇，考一篇，寿文一篇，上梁文一篇，杂文七篇，告示一篇。

李彦彬游记文打通山水与自我之趣，一切物境都是情境，描写景物细致，抒发游山之乐。《桑溪禊游记》云："道光壬辰（1832）三月，余将还朝，行别故山，载怀令序。与兰卿约，以上巳前一日游小兰亭。出郭，问长乐山，无知者，以意觅径，自造东禅，平冈茂林，列岫如嶂，奇石出榕际，厥址可亭而邱垄弥望，欲求宋郡守修禊处，度不仅在榛芜间也，下山循阡陌，望见颓垣废刹，遂不暇访野意。亭肩舆，逾东岳岭，后渡石梁，问归樵，知桑溪在苔井旁，行数里乃至。小径确荦，石气画青，摄衣下碛，间俯清沚，则闽越王曲水在焉。波翠拂衣，春渌如画，鸣玉弄响，飞英忽浮，回涡漩石，时复圆折，使携羽觞载，宜泛浮，惜无小亭可蔽风日，舒茵崖际，平畴春浦，映带左右。虽无茂林修竹，亦足以娱。旁有磐石，镌万历间赵仁仲诸公题名，日昳归，憩双溪庵，经宝鸡亭入城。登冶山，旷览云水，寻禊游堂遗址，不可得。暮山紫翠，曜烛岩磴，俯视九曲池，湮废已久，歌咏而归。夫山水之胜，终古无改，而游涉之兴，今昔代殊。方无诸既王百越，雄长南服，乐以岁时湔袚水上，意气亦云壮哉。日月不居，忽然千古，流觞故区，委诸蔓草，盖其歌舞饮禊之乐，吾不得而知也。"①该文与王思任用"性情"来表述山水观颇为一致："盖境物所遇，皆吾性情……夫游之情在高旷，而游之理在自然，山川与性情一见而洽，斯彼我之趣通。"（《王季重十种·游唤·石门》）

李彦彬诗论用骈体文写成，对仗工整，节奏感强，词采绮丽，音韵铿锵。《云山入望楼诗叙》云："夫风雅之作，体制代殊。永明之后，声韵既调，沈宋以还，律诗乃作，一时佳句，赋湘瑟以知名；五字英才，选夜珠而被赏。人皆抱玉，韵必锵金，若律吕之调，均有芳腴之沾溉。国朝雅才踵起，诗格尤精，溯试帖之抽抡，备贡闱之典制。西清引对，御屏题侍从之诗；天禄储才，仙翰写朝英之集。固已骊珠争握，鸿笔交晖，夸一字之师资，备五言之冠冕……盖其为诗也，讽咏三唐，摩铜群雅，采隐耀以深华，语朗丽而图稳。瑶琴宝瑟，谱此宫商。碧水丹山，养其明秀，兼学乡喆，自成体裁。虑周藻密，若杨文公之高华；意远态浓，如真山民之清逸。可摘句以为图，足和声而鸣盛，此则少陵作则，信麟篆之手，扪居易多才，知鸡林

---

① 李彦彬：《榕亭诗文钞》卷四，据稿本传抄本（福建师范大学图书馆）。

之价贵矣。夫诗之弊也，厥有数端。骨萎者气衰，格卑者响滞，藻缛者华胜，词艳者语纤。刻画比之文妖，奇诡仿之涩体。伊习尚之递变，盖大雅之就湮。不学古人，何云格律，未审流别，奚贵推敲。"①

李彦彬体物赋文辞富丽，形象缤纷绚丽，直接进行铺叙描写，在体物中言心中之志。《兰赋》云："落木兮萧萧，微波兮弥弥。睇崇兰兮山阿，芳菲菲兮予美。素花兮紫茎，被蘼芜兮带衡芷。余既采此琼兮，怨秋风之落蕊。岁华忽其迟暮兮，思美人千里。抱芳馨而无言，我所思湘之水。朝余总辔于兰皋兮，夕余抽琴乎兰房。寄兰华兮意长，采兰膏兮露凉。香之来兮如云，泛东风而流光，素心美此闽产兮，来万里登君堂。灵修眷兮，羌独爱此国香。台将缉其芳佩兮，既绸之以为缥。树九畹兮愁路遥，羌又植之中唐。椒为堂兮荔为帷，蕙榜擗而既张。红碧沙板兮华芝为扬，芷若夹除兮桂树两厢。登瑶席兮背广庭，君恩重兮清芬扬。游兰台兮披襟，御兰英兮举觞。荷衣蓉裳，蔼以芬兮，羌对此而不芳。纷旖旎兮倚灵琐，思江南兮不能忘。青林凄其摇落兮，忽白露之已霜。洞庭兮极浦，沅江兮欲雨。幽篁萋萋兮被女萝，蟋蟀吟兮猿狖为语。凉风猎兮江篱，远渚寒兮芳杜。清商忽其戒节兮，嗟万卉之同腐。余悲夫兰之不可恃兮，芳华盛而心苦。轩墀怅其已阻兮，怀故恩之所树。羌移根于兰省兮，室云远而芗聚。申椒菌桂蔼交薰兮，余盟香而为谱。芳葳蕤于君之兰池兮，揽茹蕙以为伍。为君指佞清君门兮，余扇馨于下土。虽憔悴其终无尤兮，抱芳心而千古。彼揭车之与辛夷兮，糅芎泽以予蛊。伊贞蕤之无改兮，华胡而媚妩。众卉畏其馨烈兮，远都房而阻庭宇。荃是鉴是孤芳兮，洁佩帏兮为余主。卒曰：蕙有干兮兰有枝，白露下兮秋风吹。涉江波兮欲采之，楚山连绵兮间九嶷。撷芬华兮将遗谁，心悦君兮君不知。君不知兮心不移，佩夕秀兮扬朝蕤，引凤兰林兮终有时。"②

---

① 李彦彬：《榕亭诗文钞》卷四，据稿本传抄本（福建师范大学图书馆）。
② 李彦彬：《心太平室诗文钞》，传抄本（福建师范大学图书馆）。

公藏

《榕亭文钞》四卷：抄本（福建省图书馆）。

《榕亭诗文钞》十五卷：据稿本传抄本（福建省图书馆、福建师范大学图书馆），按：本书收榕亭文集四卷、收荔庄吟草一卷、行云杂吟一卷、吴门吟草一卷、燕游吟草一卷、归燕吟草一卷、虹月船吟草一卷、窥杜窗诗草一卷、永慕轩诗草一卷、还朝集一卷。

《榕亭诗词文钞》十七卷：清抄本（福建省图书馆）。

《心太平室文存》：原抄本（福建省图书馆）。

《心太平室诗文钞》三卷：传抄本（福建师范大学图书馆）。

李枝青《西云诗文钞》

叙录

李枝青（1799—1858），字兰九，号芗园，别字西云，福安人。道光二年（1822）举人。官余杭、新昌知县，海防同知。后任西安知县，改督粮务，卒于官。其诗文博赡明达，直抒己意，不屑规仿古人，札记言必据典，不为空谈，每多创获。有《西云诗文钞》《西云札记》。

《西云诗文钞》六卷，诗集四卷，文集二卷。每半叶十一行，行二十三字，注小字双行同，左右双边，单鱼尾，黑口，有栏线。是集为门人谭廷献、张鸣珂，子世綎所校刊。有杨裕深撰《墓志铭》，戴望撰《事状》。文集卷一：原一篇，论一篇，辨二篇，叙二篇，序五篇；卷二，记二篇，跋三篇，书后一篇，呈折一篇，禀三篇，疏一篇，墓志铭二篇。

《西云札记》四卷，每半叶十一行，行二十三字，注小字双行同，左右双边，单鱼尾，黑口，有栏线。卷首有谭廷献、薛时雨、郭柏荫、谢章铤作序，卷末有汪曰桢、张鸣珂作跋。

谭廷献评曰："夫藻缋为文章者，世多有，曰体势，曰声病，辟彼卉木，华而不实,又或张皇幽眇,托于性道之空言,皆未奉教于先生者矣。"①批评了以藻缋为能事的写作倾向,华而不实,张皇幽眇,多依托于性道之空言。薛时雨评曰:"盖学之冲气以为和者也,其为学也,先治经,其治经也,通小学而不为群碎凿空之说。"②指出李枝青的学问基础扎实。

郭柏荫评曰:"先生竭蹷搘拄首尾十余载,再去官而非其罪,卒积劳成疾以死。求其从事于披览吟诵之功,卒无须臾间,而其文乃援据赅洽、剖判同异若烛照,筹计虽老生往往目瞠口噤,自以为不及。又以其余作咏歌以自喜,抚事太息辄发其胸中不平之奇,而其大旨归于温柔敦厚,不失风人遗旨。"③指出李枝青诗歌抒写性情,诗风温柔敦厚,不失风人遗旨。谢章铤评曰:"既而大令复出先生所为札记,请为序,将付之梓,大抵上稽经典,下考子史,而尤注意于小学,盖实事求是之家法也。"④指出李枝青做学问实事求是。

汪曰桢《李西云先生遗书跋》评曰:"俗儒拘守一隅,读书外不知世务,有试之一官一邑而窒者,非通儒也。俗吏与时俯仰,徒习于簿书、钱谷而不知读书之益,非良吏也。先生方读书于家,即讲求经世之学,贯穿经史百家,旁及金石文字并天算、医术,靡不精究。在官,政事之暇,不废著述,宦辙所至,辄有循声,盖通儒、良吏以一身兼之,诗文博赡明达、直抒己意,不屑屑规仿古人,札记言必据典,不为空谈,实事求是,每多创获。读先生遗书,先生之学问见焉,先生之经济亦见焉。后有续编名儒、循吏二传者,当必有取于是与时。"⑤指出李枝青身兼通儒与良吏于一身,诗文博赡明达,直抒胸臆;札记言必据典,实事求是,多有创获。

李枝青论艺文与地志的关系。《沧海珠编序》云:"采诗观风,厥义甚古,十五国风诗,固十五国之志也。史迁书不志艺文,后世别集、总集以人存诗或以诗存人,例虽不同,其旨归于传艺文。故班氏因刘歆《七略》之例,于地理外作艺文志,厥后作者皆判艺文、地志而二,之与古义殊焉。然唐李吉甫《元和郡县志》于长安县引《西京赋》、醴泉县引《白渠歌》,宋人

①②③④⑤ 李枝青:《西云札记》序,光绪六年(1880)福安李氏刻本(福建师范大学图书馆)。

《寰宇志》、明人《武功志》皆因之,不别志艺文,以地志赅艺文也。唐段成式《汉上题襟》,宋孔延之《会稽掇英》、董棻严陵诸集,以艺文当地志也,其义皆不谬于古。"①

李枝青谈唱和诗的用韵问题。《观水唱和续集序》云:"平湖郁荻桥与高藏庵于道光己酉秋赋《观水唱和五古诗十韵》,始次韵,继叠韵,积廿余首,邑能诗者,多起兴与角,得百首。朱小云观察序以付梓,自庚戌迄今,又得若干首,为续刻。荻桥介其友沈浪仙属余制序,尝读初刻原唱,以积雨二句,湖水泛溢为题,余或和原题,或兼他事,大旨归于纪灾,故题曰'观水唱和诗'。今续刻犹此志也,次韵始于唐卢纶和李端《野寺病居》,而盛于元白皮陆,胡震亨《癸签觇缕》及之云汉繁霜,雨无其极,纪灾权舆也,其义古矣。"②

李枝青记文将物事与人事结合起来,通过历史记载与现实考察得出"瑞在人不在物"的结论。《瑞竹记》云:"河间秘轩卿以道光丙午,尉浙之长兴,又明年,将调任仁和,台檄犹未至也。四月十日衙斋书案旁,土忽坟起,视之,竹萌也。越宿逾尺,又越宿倍之,三日而解箨,五日而放梢,森然蹴屋梁而上,遂锲椽穴瓦以出之,高五寻,围逾尺,枝干离离,倍于墙外凡竹。倾城就观,诧以为瑞,邑士长歌短篇题满署壁。竹生未旬日也,而轩卿已捧檄行矣。濒行,被以锦绣,既又绘图征诗,索余为句。尝阅《北梦琐言》,李全忠为棣州司马,忽有芦一枝,生于所居之室,盈尺三节,张建章卜其有分茅之贵,果如其言。《稽神录》亦记婺源尉朱庆源庭中地忽生莲,其年擢选南丰令,三岁入为大理评事。盖人身虽眇,其气与天地万物息息相通,气有所至,人不自觉,物已先知。洪范五行,汉儒备征其事,非徒小说家言。竹行鞭入室,容或有之,未有如此之速且大者,物异于常,又际其会,他日剖竹分符之兆,可为轩卿卜无疑也。然吾又谓,瑞在人不在物。余令长兴及仁和,与轩卿共事三载,其为人无琐靡委曲态,遇事必咨度而后行,盖如竹之虚中而径直,萧爽之致,亦复近之,虽无是物,吾犹瑞之。我见今之

---

①② 李枝青:《西云文钞》卷一,光绪六年(1880)福安李氏刻本(福建师范大学图书馆)。

为吏者矣,或貌劲如松柏,而志餒如蒲柳,或外矜芳洁如楠如蕙,而中喜秽浊如马勃如牛藻,或辞甘如枳枸黄精,而心毒如乌头钩吻,位望非不通显,人睨之草芥不若也,其人当道必有草木之妖应之。虽贵曷瑞,轩卿勉乎哉,毋钩纠如荆棘,毋臃肿拳曲如樗栎,毋蔓其志,毋蓬其心,毋离披去枝叶而摇拨其根本,为人瑞于家,为吏瑞于国,瑞何必在竹哉?诚如是而竹乃真瑞矣。"①

李枝青的文章具有深厚的学术性,可见其扎实的学问功底。《西书字母叙》云:"六书备于中华,而西域文字专尚谐声,有语言即有声音,有声音即成文字,非如中华之语言因乎方俗,文字归于雅驯,画而为二者也。故西域梵书以字母反切为宗,而泰西之欧罗巴统以二十四字母尤为简要。盖欧罗巴北达英吉利,南达吕宋,方言不无少殊,文字统归一致,举一字以为母而合他字以成声,如反切之例而不以二字为限,自一字至十数字,旋相为子母,孳生而弗穷。举天下之有声者,莫不有字,虽虫鸟之声,皆可以文字写之而无不吻合,此因得谐声之法而尽其变者也。一音止一字,凡异物而同名者,字皆从同,盖兼得假借之法而无指事、象形、会意之别。"②

同样,李枝青札记言必据典,善于在辩驳前人的基础上树立自己的创见。《嫂叔有服》云:"语朱子亦谓嫂叔无类,不当制服,吴草庐澄。国朝顾氏炎武皆执礼经为说,唯王廷相推程子之意,以为妇人从夫而有从服,兄与弟相服矣。从夫而为昆弟之服,昆弟亦报之,其大义自正。然愚谓男女避嫌,本礼之大节,而不知有服,正所以避嫌也。今律凡犯奸者,服重罪重,服轻罪轻,律文即礼意也。曲礼曰:姑姊妹女子已嫁而反,兄弟弗与同席而坐,弗与同器而食,亦避嫌也。而姑姊妹女子,子皆有服,何欤?愚为大传下一转语曰,其夫属乎兄弟道者,其妻皆女兄弟道也,以此制服可以息诸家之讼矣。"③

---

① 李枝青:《西云文钞》卷二,光绪六年(1880)福安李氏刻本(福建师范大学图书馆)。
② 李枝青:《西云文钞》卷一,光绪六年(1880)福安李氏刻本(福建师范大学图书馆)。
③ 李枝青:《西云札记》卷一,光绪六年(1880)福安李氏刻本(福建师范大学图书馆)。

公藏

《西云文钞》二卷：同治光绪刊本（南开大学图书馆），清刻本（福建省图书馆、北京师范大学图书馆）。

《西云诗钞》四卷、文钞二卷：咸丰元年（1851）刻本（复旦大学图书馆）。

《西云诗钞》四卷、札记二卷：同治十一年（1872）刻本（江西省图书馆）。

《西云文钞》六卷、札记四卷：光绪六年（1880）福安李氏刻本（福建省图书馆、福建师范大学图书馆）。

《西云文钞》二卷、诗钞四卷、札记四卷：光绪十年（1884）刻本（中国科学院图书馆）。

第六章 · 咸丰、同治朝

咸丰期起止时间为1851—1861年,闽籍散文家主要有三家,分别是:严复、杨浚、赵新,他们三人的文集都被收录进《清代诗文集汇编》中。就文集总量而言,严复《严几道全集》十四卷,杨浚《冠悔堂骈体文钞》六卷,赵新《还砚斋杂著》四卷。

同治朝起止时间为1862—1874年,闽籍散文家主要有五家,分别是:陈宝琛、谢章铤、薛绍徽、林贺峒、刘三才,前三者的文集都被收录进《清代诗文集汇编》中。就文集总量而言,谢章铤《赌棋山庄文集》七卷,陈宝琛《沧趣楼文存》二卷,薛绍徽《黛韵楼遗集》二卷,林贺峒《味雪堂遗草》一卷,刘三才《随庵遗稿》不分卷。

严 复《严几道全集》

叙录

严复（1854—1921），原名传初、体乾，易名宗光，字又陵，侯官人。福建船政学堂首届毕业，光绪三年（1877）入英国格林威治海军大学，归国官北洋水师学堂总教习，旋任总办。三十二年（1906）任复旦大学校长，宣统二年（1910）充资政院议员。有《严几道全集》。

《严几道全集》十四卷，扉页有题名为"开通中国第一哲学大家严侯官先生全集"，乃后学陈度所署。每半叶二十行，行四十八字，四周双边，单鱼尾，白口，无栏线。卷一，文诗集；卷二，教案论、天演论；卷三，原富甲上；卷四，原富甲下；卷五，原富乙丙；卷六，原富丁上；卷七，原富丁下；卷八，原富戊上；卷九，原富丁下；卷十，名学；卷十一，群学肄言上；卷十二，群学肄言下；卷十三上，续一上；卷十三下，续一下；卷十四上，续二上；卷十四下，续二下。

黄树红指出，严复的散文，多是政论散文，既具有社会性，又具有文学性，开了"社会论文"的先河，可以说是"战斗的'阜利通'（feuilleton）"

的雏形。① 严复的政论文章虽然没有人物形象，却总有作者的精神面貌。

文贵良指出，严复的古文书写与语言伦理可以从三个方面来观照：一是其"声与神会"与"讲求事理"的文章观，因其"事理"内涵的变化突破了八股文书写的某些边界；二是严复古文书写中蕴含的新机与压制性因素；三是其古文书写中的语言伦理观念。借此可以概括从晚清到五四时期严复的"文"与"言"的基本面貌和价值取向。②

张宜雷指出，严复的散文吸收了西方论说文体注重逻辑论证的特点，被称为"逻辑文学"，在散文文体演变中起了重要的过渡作用。③

张静指出，严复的词语大都来自古雅的汉语，在语法、句法结构上模仿先秦，文风上继承桐城古文"雅洁"的特点。④

谢飘云指出，严复的散文，回荡着先秦文古朴渊雅的情韵。在散文体式、语言上过分注重辞章，追求文采，就容易产生深奥难解、因辞害意等毛病，势必削弱文章在现实生活中的作用和影响。用古雅的文笔和驯雅的语调来作文，的确是严复的缺点。严复散文中那反复申述、欠含蓄、不简洁、多感叹等表达方式，正是作者不自觉地向桐城古文的某些框框挑战的表现，因为那种古文程式已不适于用来发挥丰富的新思想和爱国激情了，这也许是严复始料不及的。⑤

从严复的政论文中，我们总能触摸到他那激动的情思。作者论世变，行文情绪是"心摇意郁"，充满着痛苦的忧急心情。文中语言抑扬往返，反复申说，情绪时而忧惧，时而愤慨。《论世变之亟》云："於乎，观今日之世变，盖自秦以来，未有若斯之亟也。夫世之变也，莫知其所由然，强而名之曰运会。运会既成，虽圣人无所为力，盖圣人亦运会中之一物。谓为其中之一物，谓能取运会而转移之，无是理也。彼圣人者，特知运会之所由趋而逆

---

① 黄树红：《论严复对文学与翻译的贡献》，《广东教育学院学报》1996年第4期。
② 文贵良：《严复的古文书写与语言伦理》，《南京师大学报（社会科学版）》2011年第1期。
③ 张宜雷：《严复与中国文学的现代化变革》，《理论与现代化》2004年第5期。
④ 张静、解庆宾：《论民初严复话语体系的衰落》，《天津师范大学学报（社会科学版）》2012年第5期。
⑤ 谢飘云：《林纾与严复散文、译述之比较》，《华南师范大学学报（社会科学版）》2002年第2期。

睹其流极。唯知其所由趋，故后天而奉天时；唯逆睹其流极，故先天而天不违。于是裁成辅相而置天下于至安，后之人从而观其成功，遂若圣人真能转移运会也者，而不知圣人之初无有事也。"①

严复认为变法应先废八股，改变国家取才用才制度。《救亡决论》云："天下理之最明，而势所必至者，如今日中国不变法则必亡是已。然则变将何先，曰莫亟于废八股。夫八股非自能害国也，害在使天下无人才。其使天下无人才奈何，曰有三大害。其一害曰锢智慧……其二害曰坏心术……其三害曰滋游手……夫八股锢智慧、坏心术、滋游手，积将千年之弊，流失败坏，一旦外患凭陵，使国家一无可恃，欲战则忧速亡，忍耻求和则恐寖恃寖灭。当是之时，其宜改弦更张，不待言矣。"②

严复论中国之所以陷入积弱不振而蒙深耻大辱的境地，思考富强之道，伤时忧世，情感真挚。《原强》云："虽然，论国土，盛衰强弱之间，亦仅畴，其差，数而已。夫自今日中国而视西洋，则西洋诚为强且富。顾谓其至治极盛，则又大谬不然之说也。夫古之所谓至治极盛者，曰家给人足，曰比户可对，曰刑措不用，之数者皆西洋各国之所不能也。且岂仅不能而已，自彼群学之家言之，且恐相背而驰，去之滋远焉。盖世之所以得致太平者，必其民之无甚富，亦无甚贫；无甚贵，亦无甚贱。假使贫富贵贱过于相悬，则不平之鸣，争心将作，大乱之故，常由此生……夫贫富不均如此，是国财虽雄，而民风不竞，作奸犯科，流离颠沛之民，乃与贫国相若，而于是均贫富之党兴，毁君臣之议起矣。且也奢侈过深，人心有发狂之患，孽乱甚速；户口有过庶之忧，故深湛之士，谓西洋教化，不异唐花，语虽微偏，不为无见。至盛极治，固如此哉。"③

严复用朴素的唯物主义观点驳斥韩愈所宣扬的"君权神授"和"圣人创造历史"的谬论。《辟韩》云："往者吾读韩子《原道》之篇，未尝不恨其于

---

① 严复：《严几道全集》卷一，《清代诗文集汇编》第779册，第16—17页。
② 严复：《严几道全集》卷一，《清代诗文集汇编》第779册，第20—22页。
③ 严复：《严几道全集》卷一，《清代诗文集汇编》第779册，第33页。

道于治浅也。其言曰：古之时，人之害多矣，有圣人者立，然后教之以相生相养之道，为之君，为之师，驱其虫蛇禽兽而处之中土。寒然后为之衣，饥然后为之食，木处而颠，土处而病也，然后为之宫室，为之工以赡其器，为之贾以通其有无，为之医药以济其夭亡，为之葬埋祭祀以长其恩爱，为之礼以次其先后，为之乐以宣其湮郁，为之政以率其怠倦，为之刑以锄其强梗。相欺也，为之符玺、斗斛、权衡以信之，相夺也，为之城郭、甲兵以守之。害至而为之备，患生而为之防……愿学曰此篇力辟君臣一伦，几令小儒咋舌，然以《明夷待访录·原君》诸篇推之，则唐虞吁咈之朝，具兢兢耄期，具有不敢自私气象，而泰西哲学家之以租税为保险费者，又无论也。然此必王侯将相，自知其为公仆隶则可，自士民言之则不可。朱子所谓古者父与父言慈，子与子言孝，今者父与父言孝，子与子言慈，之别也。凡抚开化之民，居专制之国者，其两识此意，以免成反对，自相草芥寇仇也可。"①

公藏

《严几道文钞》：宣统元年（1909）国学扶轮社排印林严合抄本（福建省图书馆）。

《严几道文钞》二卷：民国十五年（1926）上海商务印书馆排印胡君复辑当代八家文抄本（丛书综录、中国人民大学图书馆、南京师范大学图书馆、安庆市图书馆、厦门市图书馆）。

《严几道书牍》五卷、附一卷：手稿本（江西师范大学图书馆）。

《严几道诗文钞》六卷、附录一卷：民国十一年（1922）上海国华书局排印本（南京图书馆、首都图书馆、辽宁省图书馆、河南省图书馆、四川省图书馆、福建省图书馆、广东省立中山图书馆、中国人民大学图书馆、南

---

① 严复：《严几道全集》卷一，《清代诗文集汇编》第779册，第39—42页。

京师范大学图书馆、杭州大学图书馆），台北文海版近代中国史料丛刊第 42 辑。

《严几道全集》十二卷、续集二卷：光绪石印本（南京图书馆、山西省图书馆）。

《严侯官文集》不分卷：光绪二十九年（1903）作新书局排印本（南京图书馆、广东省立中山图书馆、云南省图书馆、北京师范大学图书馆、日本京都大学人文科学研究所）。

《严侯官先生全集》十二卷：光绪二十九年（1903）石印本（国家图书馆、日本广岛大学图书馆）。

《严复诗文选注》：南京大学历史系、国营红卫机械厂选注，1975 年江苏人民出版社排印本。

《严复集》：1986 年中华书局排印本。

杨　浚《冠悔堂骈体文钞》

叙录

杨浚（1830—1890），字雪沧，一字昭铭，又号观颓道人、冠悔道人，侯官人，原籍晋江。咸丰二年（1852）举人，官至内阁中书，曾入左宗棠幕。据《福建通志·清文苑·杨浚传》载，他中举之后，"援例为内阁中书。寻告归……历主漳州丹霞、同安紫阳、金门语江书院。喜金石，设书肆于省城，聚书七万卷。中岁尝遍历吴、楚、兖、豫、幽、并诸州"。其诗文皆高迈工整。有《岛居随录》十卷、《岛居续录》十卷、《岛居三录》十卷、《岛居四录》、《冠悔堂文钞》、《冠悔堂诗钞》、《冠悔堂词钞》、《冠悔堂赋钞》、《冠悔堂金石题跋》、《冠悔堂杂录》、《冠悔堂联语》、《世德录》、《示儿录》、《易义针度》、《补金笑飏言》、《小演雅》、《闽南唐赋》、《淡水厅志》等。[①]

《冠悔堂骈体文钞》六卷，每半叶十行，行二十二字，注小字双行同，左右双边，单鱼尾，黑口，有栏线。正文首页署名"侯官、晋江杨浚雪沧著"。该文钞首刊于光绪十九年（1893），首有光绪二十二年（1896）钱塘

[①] 参见刘繁《杨浚及其著述与交游考论》，硕士学位论文，福建师范大学，2010年。

张景祁序、光绪二十一年（1895）侯官张亨嘉序、大兴傅以礼跋各一篇。卷一，谢折一篇，书序二十篇，小引一篇；卷二，论一篇，传一篇，文一篇，表一篇，书三篇，启六篇，颂四篇，赞二十篇，铭十篇；卷三至四，寿序三十四篇；卷五，寿序八篇，弁言一篇，墓志铭二篇，诔文四篇；卷六，祝文三篇，祭文十八篇，呈文四篇，榜文一篇，疏文七篇，启文二篇。共计一百五十三篇。陈衍《石遗室书录》评曰："浚颇能记诵，而骈文多用习见故实，且极少虚字，体格亦近律赋，然视古近体诗则胜矣。"

《冠悔堂赋钞》四卷，扉页有"光绪壬辰季秋开雕"，可知该赋抄首次刊刻于光绪十八年（1892）。首有陈棨仁、叶大焯序各一篇。卷一，拟古赋十七篇；卷二至四，均为典赋；共收赋一百四十二篇。陈棨仁评曰："雪沧先生，生于闽而工于赋者也。逸气云上，隽才飙驰。"叶大焯则称其："沉浸酴郁，各体皆备，洵能取材两汉，追轨六朝，而源入唐贤之室者也。"

《冠悔堂楹语》三卷，扉页有"光绪甲午孟冬开雕"字样，可知该楹语首刊于清光绪二十年（1894）。卷一，集句（附集字）、祠庙（附斋坛）；卷二，公廨（附书院会馆）、第宅（附市廛岁时）、酬赠、祝嘏、喜庆；卷三，哀挽（附坟茔）。后附录了杨浚去世之后，其师友、门人的挽联。杨浚《冠悔堂楹语自序》辑其成书缘由云："楹语，小道也，奚足述？述之以志，一时交游且有轶事，藉可钩稽。惟纪事非隶典则不文，生平鸿爪雪泥，记忆所及，略为之注。素所代拟，抛弃不少，间有语属平庸，姑存其事。亦有撰而未用，或经友人涂乙者，统录三卷，分为八门，以备去取云。"①

此外，还值得一提的是，杨浚还编辑有《岛居随录》十卷、《续录》十卷、《三录》十卷，清光绪十三年（1887）至十四年（1888）养云书屋刻本。②

该随录内封镌"光绪丁亥禊日养云书屋开雕"。卷一，典礼一、二；卷二，封阶；卷三，丧服总图、服制；卷四，府君辨；卷五、卷六，称谓一、二；卷七，称谓补；卷八，春秋闰；卷九，伪书目（自姚际恒《古今伪书

---

① 杨浚：《冠悔堂楹语》序，《清代诗文集汇编》第712册，第719页。
② 参见何少川主编《闽人要籍评鉴》，海峡文艺出版社2016年版，第569—574页。

考》);卷十,音辨。

该续录内封镌"光绪丁亥嘉平宝崔姜室刊竣"。卷一,闽儒从祀孔庙;卷二,经目、史目、群经字算、说文纪字、字典纪字、韵府纪字,附刻皇清经解目、皇清续经解目;卷三,石经四书考文;卷四,周礼职官分属歌,附考工;卷五,陈恭甫太史鳌峰崇正讲堂规约等;卷六,论制艺、论经文、论策;卷七,论试帖;卷八,论赋;卷九,论古文骈体文、国朝古文家集目、国朝骈体家集目、论古今体诗;卷十,古今姓氏书辨正。

该三录内封镌"光绪戊子饯春日瑞芝室发刊"。卷一,潮信、风信;卷二至卷四,路程一、二、三,记闽台二地之来往路程及信仰崇拜诸事;卷五,异姓乱宗事;卷六至卷八,岁时纪略、纪诞、纪生;卷九,淡水洋水案前稿[①];卷十,《后汉书·西南夷列传》等。[②]

《冠悔堂骈体文钞》收录的多是杨浚应酬类文章。或应友人之托所作的诗文集序,如《温陵丛话序》《林涵斋集序》;或为乡老耆宿祝寿而写的祝寿文,如《陈弼夫方伯七十寿颂》《林勿村中丞七十寿序》;或为亡人所作的祭文、墓志铭,如《正谊书院祭左文襄公文》等,叹调幽深,备含情深。此外还有表、书、启、颂、赞等,无不体现其文章才情。

张景祁在《冠悔堂骈体文钞颂》中评曰:"(景祁)因得读所为诗文,类皆胎息醇古,吐纳宏深,而于骈体尤擅胜场。由其胸次浩博,综贯源流,属比既精,光焰腾踔,昌黎所谓'沉浸醲郁,含英咀华',庶几近之矣。窃维骈俪之作,滥觞二京、六代,三唐厥体益盛。维时阙廷诏书、台省笺奏,悉以偶句行之,寖至龟淫啴缓、气骨顿衰,为古文家所诟病,不知奇偶相生,天道人文并著,两间平章协和,肇自虞典,觏闵受侮,载于风诗,征文隶事,谁能废之?然非具沉博绝丽之才,超心炼冶之笔,上下驰骋之气,质文酌剂之用,则亦如湿鼓腐木,形干具而神采铄,适成为卑靡之体格而已。今观先

[①] 此余同治庚午(1870)总纂淡水厅志所著,后为杨卧云所删未刊,兹特录出别以前稿二字,盖纪道光庚子(1840)事非光绪甲申(1884)事也。
[②] 参见何少川主编《闽人要籍评鉴》,海峡文艺出版社2016年版,第569—574页。

生所著,窈然而深,颢然而豁,窿然而挺,特以视迦陵、天游、小仓诸家之訏訑曼衍,若渭泾然,是真能独树一帜者。即曰掩班扬、跨徐庾,岂得谓阿私所好乎哉?"①指出杨浚诗文醇古宏深,尤擅骈体,属辞精美,沉博绝丽,独树一帜。

张亨嘉在《冠悔堂骈文序》中评曰:"士之怀裹利器锐,欲有所为于时,而其功有成不成,有传不传,其命也欤哉……若公才足以治三军,而功不著于边;论足以维国是,而位不显于朝,此又何说欤?余以谓公苟大用于时,其纂述必不能如是之富。今虽仕宦连蹇,志不获伸,而文章必得名于世,君子固不以彼易此也。然则功之宜成而不成,与言之卒以有传,渠皆非命耶?"②指出杨浚之才足治三军,论足维国是,却功不著、位不显,尽管志不获伸,但是文章必名于世。

傅以礼在《冠悔堂诗文集跋》中评曰:"君诗才超逸,文笔尤敏捷,工篆书及八分,自少至老,淡亡他嗜好,独矻矻文字间,于书无所不窥,然亦留意当世之务,不欲以文人自囿……举生平阅历之所得,方言俗语之所征,以及山川名胜足迹所经,磅礴郁积于胸中者,悉发之于诗与文。又为一切考据之学,凡朝章国故士习民风,无不采撷綦详,衰然成帙,藉以启迪后学,此其见闻所以日扩,著述所以日富也。"③指出杨浚不以文人自囿,留意当世之务,诗文皆发自心中所得,又擅考据之学,著述丰富。

杨浚骈体文辞采富赡,对仗精细,音节谐美,可谓"丽句与深采并流,偶意共逸韵俱发"(《文心雕龙·丽辞》),具备了情文并茂、疏畅婉谐的特点。《邱吉甫先生钓矶诗集序》云:"所南之兰,已无片土。君直之砚,尚落人间。伤哉驺氏,残山已矣。赵家块肉,人心未死。天醉何哀,如我钓矶先生者,并郑与谢,实鼎峙焉。顾传不传,有幸不幸。十空之经,睎爱之集,碧血化为文章,商声满乎天地。独先生蹈海茫茫,穷居兀兀,迹其维伦,

---

① 杨浚:《冠悔堂骈体文钞》序,《清代诗文集汇编》第712册,第470页。
② 杨浚:《冠悔堂骈体文钞》序,《清代诗文集汇编》第712册,第471页。
③ 杨浚:《冠悔堂骈体文钞》序,《清代诗文集汇编》第712册,第472页。

攸关道统。见于行事，靡托空言。乃辞陋在隅，而史乘或阙。嗟夫，不出户庭通塞，有自甘之节；未灰金石造化，无终闷之音。云烟固长护也，日月可重光也。"①

《邓良甫舍人诗序》云："松风堂下，忧时共话南朝；雪浪盆前，问事每愁北客。六千君子，解甲胥归；重九嘉辰，题糕何福。历历洞庭耆旧，劳劳瘴海余生。虮虱小臣，无补圣朝之闷事；蜻蜓下国，竟宽天挞之常刑。白日正中狂歌，与子青云在上，倦眼为开，此读良甫同官之诗，所不能已于言也。君为药阶名侣，莲幕俊才。生于正则之区，游乎无诸之域。把臂恨晚，积心倾谈。大笑亿千场，酌酒一消块垒。古风五十首，垂衣独扫荆榛。既每饭而思君，更挥戈以驻景。二南具在，驺虞原不虚生；万仞能翔，凤鸟宁争刺促。愿贞金石，森列星辰。是为七子建安，有我辈蓬莱文字；此即一篇梁父，伊人岘屼风云。"②

杨浚颂闽中草木，自然可喜，备觉树木可人。《闽中草木颂·绿荷包》云："惟十八娘，轻着碧衣。肌莹不湿，核小尤肥。生处苦僻，贵时悟稀。绿萼华来，是是非非。"③《闽中草木颂·茉莉》云："清芬郁烈，曰小南强。耶悉异种，末丽互详。蔓生独白，露浥愈香。是众花冠，著绿墨庄。"④

哀祭文即哀悼祭奠死者、以寄托哀伤之文，种类繁多，主要包括祭文、吊文、诔、哀辞、祝文等。刘勰云："原夫哀辞，大体情主于痛伤，而词穷乎爱惜……奢体为辞，则虽丽不哀；必使情往会悲，文来引泣，乃其贵耳。"杨浚的哀祭文虽多程式化写作，但仍有一股哀感悲情贯注其中。《刘济为封翁诔文》云："呜呼哀哉，公胄出龙山，望宏榕峤。降太乙之星精，居孝绰之门地。少文多病，颐志林泉；石奋一家，雅歌佩觿。鲁称导训，不忘故实之咨。夏侯陈编，善读昆弟之诰。其奉亲也，适遭疾疢，不违寝闼。求紫石而悸心，祷瓶花而雨涕。餐寝胥忘，带环自弛。泪骤蛰乎阳晞，独澌声于坏室。宗懔

---

① 杨浚：《冠悔堂骈体文钞》卷一，《清代诗文集汇编》第712册，第482页。
② 杨浚：《冠悔堂骈体文钞》卷一，《清代诗文集汇编》第712册，第484页。
③ 杨浚：《冠悔堂骈体文钞》卷二，《清代诗文集汇编》第712册，第507页。
④ 杨浚：《冠悔堂骈体文钞》卷二，《清代诗文集汇编》第712册，第508页。

踣地，乌欲喑而未甦；崔约吹风，杖甫植而即倒。呜呼孝矣，其事兄也，处陆恭后，为辛攀贤。称三笔之誉，守同被之温。卜式分田，昀昀原上；张宽会饭，肃肃堂前。恸元方之先亡，迸摧桂树；抚杨愔如己子，遍馔铜盘。"①

《正谊书院祭左文襄公文》云："公生于湘，乃薨于闽；吾道在南，来去如神。追维下车，经学恐失；广厦创兴，循名核实。不谋其利，正谊为先。譬诸衡岳，云开见天。既养且教，校刊语录。先圣先贤，高歌远瞩。眼中余子，跂望有成。活我再来，尤笃横经。八百孤寒，欢侍几杖。传宣后堂，斐然吾党。胡骑箕尾，邈隔山河。小子何述，孰琢孰磨。抟土肖像，送迎一曲。千秋瓣香，长奉醹酥。"②

杨浚寿序文喜用典故，则多增一层曲意，使得感情的表达不够细腻。《翁待诏五十寿序》云："夫有颜测得文者，必有颜奂得义；有季方难弟者，必有元方难兄。矧夏侯作诰，如临父师；昙首多才，可寄门户。一家之政，寿本于恭；百里之司，和以致贵。此任官必择其能，让而举善，当录其所亲也。"③

公藏

《冠悔堂文稿》：稿本（福建省图书馆）。

《冠悔堂稿》不分卷、剩稿不分卷：稿本（福建省图书馆）。

《杨雪沧稿本》：光绪元年（1875）晋江杨氏手稿本（台湾"中央图书馆"分馆）。

《冠悔堂诗书评选》不分卷：稿本（福建省图书馆）。

《岛居续录》十卷：光绪十三年（1887）刻本（南京图书馆）。

---

① 杨浚：《冠悔堂骈体文钞》卷五，《清代诗文集汇编》第712册，第582页。
② 杨浚：《冠悔堂骈体文钞》卷六，《清代诗文集汇编》第712册，第588页。
③ 杨浚：《冠悔堂骈体文钞》卷三，《清代诗文集汇编》第712册，第530页。

《金笑呓言》一卷：同治二年（1863）刻本（北京大学图书馆、厦门市图书馆）。

《王签别集》不分卷：稿本（福建省图书馆）。

《冠悔堂骈体文钞》六卷：光绪十九年（1893）刻本（上海图书馆、南京图书馆、福建省图书馆、泉州市图书馆）。

《冠悔堂骈体文钞》六卷、赋钞四卷：光绪十八年（1892）至二十二年（1896）刻本（安徽师范大学图书馆、厦门市图书馆）。

《冠悔堂》文四卷、诗三卷、词三卷：稿本（福建省图书馆）。

《冠悔堂诗钞》八卷、赋钞四卷：光绪十九年（1893）刻本（南京图书馆、辽宁省图书馆）。

《冠悔堂诗钞》八卷、骈体文钞六卷、楹语三卷：光绪二十年（1894）刻本（中国科学院图书馆、日本京都大学图书馆）。

《冠悔堂诗钞》八卷、赋钞四卷、文钞六卷、楹语三卷、附录一卷：光绪刻本（国家图书馆、南京图书馆、福建省图书馆、福建师范大学图书馆）。

《杨雪沧日记》一卷：稿本（福建省图书馆）。

赵　新《还砚斋杂著》

叙录

赵新（生卒年不详），字又铭，号古彝，侯官人。咸丰二年（1852）进士，官至陕西督粮道。著有《还砚斋杂著》四卷附《古近体诗略》一卷，《还砚斋赋稿》十卷，《还砚斋大题文稿》一卷附《补遗》一卷，《还砚斋小题文稿》一卷，《还砚斋试帖》一卷。

《还砚斋杂著》四卷，扉页有"光绪壬午桂炑镌于黄楼"字样。每半叶十行，行二十字，四周双边，单鱼尾，黑口，有栏线。正文首页署名"福州赵新又铭著"。卷首有郭柏荫作序。卷一，讲义五篇，表八篇，叙一篇；卷二，序十五篇；卷三，序十一篇，墓志铭一篇，记二篇，传一篇，跋一篇；卷四，论八篇，说一篇，辨五篇。卷末附《古近体诗略》一卷。

《还砚斋赋稿》十卷，光绪壬午（1882）桂炑镌于黄楼。卷首有郭柏荫、谢质卿作序。卷一，拟赋三十篇；卷二，赋十六篇；卷三，赋二十一首；卷四，赋十七篇；卷五，赋二十一篇；卷六，赋二十篇；卷七，赋二十四篇；卷八，赋二十四篇；卷九，赋二十一篇；卷十，赋二十篇。共计赋作二百一十四篇。

《还砚斋大题文稿》一卷，卷首有郭柏荫、刘瑞祺作序。目录：《学庸》九则，《论语》七十四则，《孟子》十则，附《补遗》八则。郭柏荫《还砚斋文稿序》云:"国家以制义取士,士之疲精竭神以从事于兹者,至数十年不倦,呜呼,亦勤矣哉。然其习之愈专,其去之愈远;其揣之愈力,其即之愈离。此其故,不难知也。夫其为用,主于体味圣贤之微旨大意,襮其未尽,属辞比类,控引颠末归于不背于道而止,而其为理无所不具,为事无所不包。一有不备,则暗汶悄恍,往往失其所凭,其重且难如此。而末学鲜闻之士,乃欲以无本当之,则其日即于不工也固宜。而好奇自喜者,乃复屏为小道,以求所谓近古之学,不又过矣乎。又铭先生健于文者也,自少至老,六经三史之书,未尝一日去诸手,固已沥为膏液,盎为菁英。故其为文停泓泛滥、光怪瑰诡,如深山长林、云雾变化、杳冥不测,如钟鼎彝器、不假修饰、古色炤烂。虽么小题,辄有笼络一切之概,而其贬抑盛气、俯就绳墨尺寸,不敢自逾。晚乃合于自然,冲夷澹宕,独具远致,所谓出之有本者,非耶?"[1]刘瑞祺评曰:"道之显者谓之文,然为古文难,为时文尤难。古文指事类情、自抒心得而已矣。时文代圣贤立言,非见道明信道笃,则或鞶帨为工,俶诡希遘,皆无预于文之数也……公侵馈经史,至老弗倦,斗室一灯,丹黄典籍,汲汲如不及,于世人意想嗜好,泊如也。诗赋靡不工,而尤长制艺。据案疾书,日可七八篇,神明变化,各不相袭,盖非义理烂于胸中不能取诸,左右逢其原若此……而公著述大旨要于见道明而信道笃。"[2]

《还砚斋小题文稿》一卷,无序,目录:《学庸》十六则,《论语》五十二则,《论语》三十八则。

《还砚斋试帖》一卷,卷首有郭柏荫作序。试帖共九十则。《还砚斋试帖序》云:"帖体虽小道,然准绳规矩尺寸惟谨,即高明之士,不能以盛气争也。深体默造,以臻自然,为力博矣。予每读吾友又铭作,甚爱之,惜所存止于如是,岂不自爱。惜随手散失,有以致然耶,抑所删者,俾有足传而不自知也。尚当询诸其家,以广予求焉。"[3]

---

[1] 赵新:《还砚斋大题文稿》序,《清代诗文集汇编》第665册,第439页。
[2] 赵新:《还砚斋大题文稿》序,《清代诗文集汇编》第665册,第440页。
[3] 赵新:《还砚斋试帖》序,《清代诗文集汇编》第665册,第654页。

郭柏荫在《还砚斋杂著序》中评曰："今之议者曰：'更取士之法而天下治。'夫制义之设，主于弘扬道德之旨以适于用，是故使人自言之，不若使其代圣贤言之，以希其肖者，虽去不远也。行之数百年，而莫有废，非不欲废也，不可废也。而谓人才之坏由此起，固知其不尽然也，然极其弊也，人期于速化，力求所谓模拟沿袭之术，至于束书不观。任举一事，终已不能毕。其言谫陋如此，诚有如所讥者。惟夫一二恢诡卓荦之士，而又早得志于有司，舍向之所为，以从事乎古，大肆其力，以期于有成。若夫穷岁兀兀，自诧其业，而世无有过而问之者，间或有之。由前之说出乎天，而不获自由；由后之说远乎人，而徒以自苦。宜乎？自有制科以来，而古文一道，仅属而不绝。欧阳修蕲于道者也，急于声律排偶以希应试，得韩昌黎之书，心异之，屡废而不能学，使其稍久未遇，则亦将遂负此无穷之愿矣。吁其可悲也哉！窃尝论之，文之有古别乎今，以名之者也。文有古有今，而理则一。夫今文欲整，古文欲散，今文欲敛，古文欲骋，此体之不同者也。有古与今者也，澄之欲其清，蓄之欲其宏，研之欲其晰，汇之欲其通，此理之无不同者也。无古与今者也，二者未见，其果相妨也，明其不相妨，然后吾之聪明材力无所施而不可……先生之能时文也，而未知其古文醇古澹泊，具有本原；论古诸作，出乎前人见解之外，其有功世道人心甚大。"[①]指出赵新古文醇古澹泊，有功于世道人心。

赵新论词，主张以乐节之，本于性情，通之伦理，不失温柔敦厚之旨。《黄肖岩婆娑词序》云："夫词者，诗之余，而乐之所以为节也者。诗本性情，而乐通伦理，必性情和而后伦理治。无论其为悱恻缠绵，其为激昂慷慨，词为之，究之皆情为之也。肖岩之词，余莫辨其为秦柳、为辛苏、为晏欧阳，若夫肖岩之情，则余固知之矣。肖岩孝于亲、友于弟，因亦不遗于其友，其本性情、通之伦理者，莫不原本于敦厚温柔之旨。盖前之为词者，皆词人之词，而肖岩则诗人之词也。词与诗界画虽殊，然非通诗人之旨者，无

[①] 赵新：《还砚斋杂著》序，《清代诗文集汇编》第665册，第133—134页。

以达词人之情。"①

赵新史论喜在见解上另辟蹊径，论述简洁有力，论证角度新颖。《管仲论》云："管仲，天下才也。孔子小其器，未尝不称其功。孟子则鄙之而不愿。朱子则谓其不能正心修德，致主于王道。夫仲，非不知王道者也，其井牧之制与王者之制产同，其什伍之制与王者之制兵同，其设轻重之法、普鱼盐之利与王者之阜财厚生同，谓仲不知王道，不足服仲之心也。而卒止于霸者，则所处非其时，所事非其君，势既介于必争，而机又迫于不能待也。"②赵新论范增，亦能设身处地，还原当时之历史场景，两相比较，显得苏轼之论似有书生气之嫌。《范增论》云："苏轼之论范增也，谓增宜诛羽于杀卿子冠军之时。是何其言之易也，夫增顾辨杀羽哉。增与羽虽比肩事怀王，实则项氏之谋主也。项王具盖世之才，喑哑咤叱，千人皆废，以汉高之雄略，佐以韩信良平，且数为所窘。增虽为末将，而兵权不属尺寸，在人掌握中，乃责以诛羽，谬矣。"③

除了陈政辨史之文，赵新还有释经诠文之作，见解深刻，思想深邃，鞭辟入里，是充满着智慧的哲学论文。《朝闻道夕死说》云："人知禅宗，只是理会得生死。窃谓即吾儒，何莫不然？孔子曰：'朝闻道，夕死可矣。'此教人理会生死之说也。道者，何率性而已；闻者，何理会而已。第彼教只一理会便了，若吾儒却不是空空理会过去。盖理会得一分，便有一分的得力；理会得二分，便有二分的得力。自戒欺、求慊驯，至于仰不愧、俯不怍，尽性以至于命，此才算得尽其道而生、尽其道而死。"④《好名之人论》云："孟子于好名之人，直揭其心，所以明诚伪之分，为假仁义，以号召天下者，发也，而后世之奸邪，乃托之以倾陷正人。即儒者，亦以拔去名根为第一义。何其言之夸也？夫名者，实之宾也。好名之心，中人在所不免，是即羞恶是非之心之未尝亡也。为三代以上之士，唯恐好名；为三代以下之士，唯恐不

---

① 赵新：《还砚斋杂著》卷三，《清代诗文集汇编》第665册，第182页。
② 赵新：《还砚斋杂著》卷四，《清代诗文集汇编》第665册，第188页。
③ 赵新：《还砚斋杂著》卷四，《清代诗文集汇编》第665册，第190页。
④ 赵新：《还砚斋杂著》卷四，《清代诗文集汇编》第665册，第196页。

好名。避好名之嫌,则无为善之路矣。"①

赵新赋体文内容丰富充实,艺术成熟圆转,朴而不疏,华而不缛,文质相宜,蔚为可观。郭柏荫在《还砚斋赋稿序》中评曰:"国家重熙累洽,迈迹前古,时则有文章巨丽,蔚为作者,相与覃精竭思,次为歌颂以宣扬盛德休美,垂之后世,永永无极。上以阐明发祥垂庆之旨,荐之郊庙;下以敷藻流曜、风示观听与众咸观,此亦雅颂之亚也。观察赵君又铭以名进士选庶吉士,逾年授检讨,处馆阁十余年,以英才硕学,一时推重。每朝廷有大制作,同列动色,争以相属,后进之士,莫敢望焉。集中所存,应制诸作是也。予与又铭少同笔砚,又铭少于予,又以糠秕先扬循例执谦,每有所作,辄下问,今所存稿为予所尝受读者綦多,故以序属予。予因念古之人,如司马相如,如王褒、扬雄、班固、韩愈之徒,叩其所作,或福不盈眥,功同拉朽,罔不抵掌动色,亹亹不倦。后人徒以文之工,犹且宝而贵之以,又铭之遇如此,虽其所诣自以为不及昔人,而得藉遭逢之盛,以发其无穷之思。是亦足征文福也,虽欲不传,不可得已。"②谢质卿《还砚斋赋稿序》评曰:"不拘拘于馆阁体裁,而庄雅名贵,自是金马玉堂之品。惟其熟精选理,故树骨屈宋,朴而不疏;撷英班扬,华而不缛。彬彬然文质相宜,君子之作也。试院读此,令人从身千佛之上。"③

赵新以归隐为题材的《桃花源赋》,文辞朴质,节奏明快,颇有古风,思致深远。表达了作者希冀摆脱身外之物的桎梏和羁绊,保持人格的独立性。其云:"陶元亮,羲皇上人,巢由伯仲,慨溷迹于一官,感劳生于大梦。颍滨何处,思洗耳以鸣高;彭泽已辞,悔折腰之从众。先生既隐,何妨编柳为门;道士不来,依旧种桃有洞。况夫生涯,则昨日已非,世事则浮云半改。柴桑之我里将荒,匏叶之叩须孰待?滔滔皆是,莫指迷津;怅怅何之,不离尘海。曾传渔者,纵一苇之所如;若有人兮,溯中央而宛在。柳暗花

---

① 赵新:《还砚斋杂著》卷四,《清代诗文集汇编》第665册,第195页。
② 赵新:《还砚斋赋稿》序,《清代诗文集汇编》第665册,第209页。
③ 赵新:《还砚斋赋稿》序,《清代诗文集汇编》第665册,第210页。

明，篱落自成，掩几家之白板，缀满地之红英。曲径斜通，细认莓苔之迹；前村遥指，微闻笑语之声。羡当前壤击衢歌，衣冠俱古；喜一路山重水复，心目顿清。则见芳塍绣错，茅屋鳞齐，舍南舍北，前溪后溪。讶不速兮，何来径缘客扫；信引人兮，入胜路未花迷。正逢横笛归来，村外声闻叱拨。且莫刺船径去，门前水已成蹊。于时语言既接，问讯偏多。乐几生兮修到，询此地兮云何。家本秦人，莫认羲农，民物识茫汉代，乌知魏晋山河。应嗟扰扰尘中，几换沧桑之景，始识熙熙物外，真成安乐之窝。信宿流连，诘朝舍去。本异境之乍逢，何归心之太遽。尘缘难脱，安知后会之期；旧路重寻，且识经行之处。堪笑当年太守，问渡口而终迷；也同前度刘郎，讯洞门而难据。然而高士每多寄托，斯世岂有神仙？景怀葛之风，本抗心而希古；拈维摩之谛，亦适兴而参禅。岂若常依舜日，永戴尧天，琼岛春融，喜晴光之长驻；液池波暖，含淑景而无边。夫何取景纯游仙之赋，士衡招隐之篇也哉！"①

公藏

《还砚斋杂著》四卷、赋稿十卷、大题文稿不分卷、试帖一卷：光绪八年（1882）刻还砚斋全集本（丛书综录、中国人民大学图书馆、洛阳市图书馆、台湾"中央研究院"历史语言研究所傅斯年图书馆、日本国会图书馆、日本京都大学人文科学研究所、日本京都大学图书馆）。

---

① 赵新：《还砚斋赋稿》卷八，《清代诗文集汇编》第665册，第374—375页。

陈宝琛《沧趣楼文存》

叙录

陈宝琛（1848—1935），字伯潜、敬嘉，号弢庵，闽县人。同治七年（1868）进士。著有《沧趣楼诗集》十卷，《沧趣楼文存》二卷，《听水斋词》一卷。

《沧趣楼文存》二卷，扉页署有"海澄陈氏读我书斋印行"。每半叶十行，行二十五字。卷上，有陈培锟、傅增湘序各一篇，议一篇，提案文一篇，序十六篇，跋六篇，寿序三十篇，记四篇，传一篇，行述一篇，行略一篇；卷下，墓志铭二十三篇，墓表四篇，哀诔七篇，哀辞一篇，祭文四篇，有族弟海瀛、宗侄之麟作跋各一篇，门人陈遵统作《读校后记》，附录《弢庵夫子七十寿序》《陈文忠公墓志铭》《沧趣楼诗集序》。

陈培锟作序云："乡先辈陈弢庵先生所著《沧趣楼文存》，吾友陈君芷汀恐其遗稿散佚也，为之印行，属余识数语。先生早岁通籍，即慷慨言事，以风节闻海内，文章其绪余也。家居时，锐意兴学，全闽师范学堂、福建高等学堂皆所手创，并选派优秀学子留学日本。吾闽新学之发轫实自先生开之，又尝奏办全国铁路，乃为清廷执政者所尼，迄未实施，仅成漳厦一段，时论惜之。其早知重视教育与交通，为人民服务之精神，可尚也。至若所为文，多有关掌故，足以型方训俗，阐幽而垂鸿，已详傅沅叔同年序中，不复觍缕云。"① 指出陈宝琛为文多用掌故。

傅增湘作序云:"今春公子几士以公遗稿见示,且丐为序,既卒读,不能无言。当同治之初,朝士方以风节相砥砺,而公与黄斋学士尤称忠鲠,使朝廷用以赞枢幄策新政,辅成中兴之绩不难也。乃公与黄斋俱以直言取忌,先后摈斥,驯至盈廷,伈伣积为风尚,构庚子之奇变,国事遂不可为矣。迨宣统初政,亲贵用事,国论纷嚣,虽起公于启沃论思之地,庸有济乎?公之志节卓荦可传者自在,固不必以文见,第以公身系物望,晚又饱经世变,其为文也,虽一鳞一爪,类有关于掌故,且稿中赠序、墓志诸作于事无曲笔,于人无溢辞,其精审为史稿所不及,是又乌可废哉?祸乱日亟,不特贞元之运,难望干回。即如往者,蓬山宴集,闻公述同光间佚事,相与抵几叹歔,时亦不可得矣。"② 指出陈宝琛之文多掌故,叙事无曲笔,议论无溢辞,用语精审之极。

族弟海瀛作跋云:"《沧趣楼文存》者,族兄太傅公遗稿也。公之谋国经纶,立朝风节,见于奏议者,足以救敝补偏,廉顽立懦。稿中《七省水师议》及《请昭雪杨锐等提案文》亦可作奏议读,它如记事、赠言、铭幽哀逝之作多。于前朝文献、儒先学术有所参证,盖文也而政教系焉。几士大侄既汇辑写白,属为校雠,将印行以永其传,可谓能继志述事者,益叹其习闻庭诰,多识前言往行,有自来矣。"③ 指出陈宝琛为文关系政教,足以救敝补偏、廉顽立懦。

宗侄之麟作跋云:"沧趣先生生平著述已刊行者有奏议、诗集、律赋三种,文存稿本两册,向藏胡君孟玺处,亲友辗转借阅,甚恐日久散失,遂商取先付油印若干帙,分贻爱好者,寿诸枣梨,且期异日。至先生立身大节及其文字之有关人心世道者,已见于傅沅叔之序及陈无竞、陈易园二君跋语,余不敢更赞一辞焉。"④ 指出陈宝琛之文多有关世道人心。

---

① 陈宝琛:《沧趣楼文存》序,《清代诗文集汇编》第770册,第116页。
② 陈宝琛:《沧趣楼文存》序,《清代诗文集汇编》第770册,第117页。
③ 陈宝琛:《沧趣楼文存》跋,《清代诗文集汇编》第770册,第186页。
④ 陈宝琛:《沧趣楼文存》跋,《清代诗文集汇编》第770册,第187页。

陈宝琛认为温柔敦厚，不失风人之旨，乃诗之教。《匏庵诗存序》云："予尝谓君诗婉至类遗山，沉厚类亭林，然亭林老诸生，遗山宦京朝未期月，君则为礼官垂三十年，兼直枢要，举朝章国故与夫人才世运陵替变嬗之所繇，皆所身历手经。道尽文丧，邪诐蜂起，十倍于杨墨，不尽人为禽兽不止，祸且有甚于亭林所云者，则又不仅《黍离》之悲、陆沉之痛已也。君若录所闻见以为史料，翔实岂遗山所及？顾性乐易，不轻臧否人，故非大奸憝，鲜所刺议，盖深于温柔敦厚之教如此。读者以意逆志，固亦一代献征之所寄矣。至其取材隶事，典切工雅，流辈所重者，特筌蹄耳，君然之乎？"[①]

陈宝琛游记文善用新颖贴切的比喻来描摹景物，使读者不仅有如睹其状、如闻其声、如临其境的感觉，而且情不自禁地受到感染，似乎也同作者一样陶醉在山水石涧的奇美景色中。《鼓山灵源洞听水斋记》云："凡物能为声者莫如水。水之在山也，清激剽厉又什倍于常声。世传神晏僧安禅于此，恶水喧，叱使东，至今涧流犹潺潺从东下。然遇冻雨，则灵源洞口，如飙号雷殷、万马之奔腾也。余既爱兹地幽僻、林木之美，因岩为栖，与余弟叔毅读书其中，寒暑昼夜，备诸声闻，洗心涤耳，喧极生寂，水哉水哉！余尝登陇坂，溯赣滩、建溪、七里之泷，纵舟江海，风涛叫啸，千谲百骇，亦自谓穷水之变矣。而在山之声，盖今始得恣吾听也。不知晏僧当时何所恶于水者，夫喧耶，寂耶，岂于水乎系哉！"[②]

陈宝琛诔文重在客观的叙事，但在叙述中能感受到作者的诚挚感情，深切地表达出对亡故友人的悼念。《谢枚如先生哀诔》云："闽自左海先生始合汉宋之学，提倡人士，越五十年，而长乐谢先生复揭许、郑、程、朱宗旨，主致用讲席十有六稔，门下之盛与左海埒，而先生亦于其暇刊所著书，晚更杂录旧闻佚献，岁辄数卷。年八十四，考终讲舍，光绪二十九年正月二十五日也。呜呼哀哉！先生少以用世自命，尚风节，笃气谊。及登第已五十许，乃教授于四方，卒归其乡。独居忧世变，思救以经术，而岁不之，蕲为老伏

---

① 陈宝琛：《沧趣楼文存》卷上，《清代诗文集汇编》第770册，第122页。
② 陈宝琛：《沧趣楼文存》卷上，《清代诗文集汇编》第770册，第149页。

生不可得，不独用世有命，传世亦有命耶？抑知其不可而为之者欤？余初归，尝欲续搜《儒林》《文苑》二传稿，重纂《福州府志》，均非先生莫属。会时多故，议辄中阻，先生亦有志选闽文而不果，今皆已矣。横流何届，耆耈不遗，斯文之悲，正在我辈。"①

公藏

《沧趣楼文存》二卷：民国二十八年（1939）福建省图书馆铅印本（南开大学图书馆），1957年福建省图书馆抄本（福建省图书馆），1958年海澄陈氏读我书斋油印本（国家图书馆、南京图书馆、复旦大学图书馆、厦门市图书馆）。

① 陈宝琛：《沧趣楼文存》卷下，《清代诗文集汇编》第770册，第179页。

谢章铤《赌棋山庄文集》

叙录

谢章铤（1820—1903），初字崇禄，后字枚如，号江田生，又号藤阴客，晚号药阶退叟，长乐人。谢世南之曾孙，同治三年（1864）举人。光绪三年（1877）以内阁中书成进士，年已五十八岁。先后主漳州、龙岩、陕西同州、江西白鹿洞各书院讲席，晚归掌教致用书院，凡十六年而卒。章铤长于古文，一时里中碑版之作，多出其手。有《赌棋山庄文集》等。

《赌棋山庄所著书》七十三卷二十册，已刻者为《文集》七卷，《文续》二卷，《文又续》二卷，《余集》五卷，《诗集》十四卷，《酒边词》八卷，《说文闽音通》二卷，《词话》十二卷，《词话续》五卷，《围炉琐忆》一卷，《藤阴客赘》一卷，《稗贩杂录》四卷，《课余偶录》四卷，《课余续录》五卷，附《八十寿言》一卷。未刻者尚多，其文集所收，不分体裁，以先后为序，亦杂有骈俪数篇。其文皆自写胸臆，所谓放笔为直干也。《石遗室书录》则谓其文大旨皆亦宗桐城姚氏说，合性理、考据、词章三者而成，而益以经济。其诗则深于情，喜山水游，尝三登太华，游必有诗，以出游岭南为胜，游秦游赣为更胜，体格在张亨甫、林欧斋之间。江湜尝劝以当学山谷，谢不能从，然其诗实居古文词长短句之右。《围炉琐忆》以下杂记之文，多关于掌故者，盖为晚年回里后所作也。

《赌棋山庄文集》七卷，扉页题名为"赌棋山庄所著书·文集"，光绪十年（1884）弢盦刊于南昌使廨。每半叶十行，行二十四字，注小字双行同，四周双边，双对鱼尾，黑口，有栏线。卷首有上元温葆深作序，附录《吴子俊编修书》，有谢章铤跋。正文首页署名"长乐谢章铤枚如撰"。卷一，序十二篇，叙二篇，记二篇，论一篇，跋一篇，哀辞一篇，祭文一篇；卷二，序五篇，书三篇，策一篇，跋一篇，传二篇；卷三，序八篇，记二篇，书三篇，说一篇，疏一篇，赠一篇，祭文一篇；卷四，书十篇，记二篇，序三篇，碑一篇，题后一篇；卷五，序六篇，书一篇，书后一篇，跋三篇，赞一篇，铭一篇，碑一篇，墓志铭二篇；卷六，序三篇，记四篇，书四篇，书后一篇，跋一篇，赞二篇，疏二篇，祭卷一篇；卷七，书三篇，序六篇，记一篇，跋一篇，碑文一篇，墓志铭一篇。

《赌棋山庄文续集》二卷，扉页题名"赌棋山庄文续"，光绪壬辰（1892）刊于福州，门人黄彦鸿书。卷一，序六篇，书五篇，记二篇，传二篇，墓志铭一篇；卷二，序十篇，书四篇，跋二篇，题一篇，传一篇，诔一篇，墓志铭一篇。

《赌棋山庄文又续集》二卷，扉页题名"赌棋山庄文又续"，光绪戊戌（1898）仲冬刊于福州，门人黄彦鸿敬题。卷一，书二篇，序六篇，跋一篇，记一篇，祭文一篇，墓表一篇，墓志铭五篇；卷二，序八篇，传二篇，跋三篇，书一篇，赞一篇，墓志铭四篇。

温葆深评曰："（章铤）示其所作诗古文，读之，于所删所存，务求之纯之又纯、粹之又粹者，其造境若朱阁半天之莫可望即。噫！此枚如之所以至二十五年乃得意于《秋赋》乎？诗文各如千卷，大抵以五伦为心，以世事为汲汲，其《东南兵事策》曰'减兵'、曰'选将'、曰'严赏罚'、曰'府县宜久任'，皆独得体要，不徒为炳炳麟麟焉。"[①] 谢章铤文集中的主要内容，择其要者有三。

[①] 谢章铤：《赌棋山庄文集》序，《清代诗文集汇编》第680册，第635页。

其一，谢章铤的诗论，认为诗主性情。《炯甫屺云楼诗序》云："夫诗道性情，格调其末也，词华尤其末也。故曰：'诗非穷愁不工。'穷愁，其情至，其人在也，不然三百篇何以为不得已之作哉？……天地之故，身世之感，诗书之味，抱负之志，气郁勃摩荡于胸中，激而发之。诗若庄若谑，若躁若痴，若迂阔，若无病呻吟，读者或解或不解，作者则皆称情而出者也。故能论世然后能诵诗，能立身然后能作诗。"①《林子鱼岭海诗存序》云："夫诗者，性情事也……君今者凭藉英才领郡，于戎马之余，则以教战之法治诗，先培其血性，复整以纪律，非高达夫之于蜀、李德新之于建州时乎？"②《黄鹄山人诗序》云："以文字为文字，性情之用不出焉；于文字求文字，神明之运不入焉。诗有其本，夫人而知之矣。知之而卒难言之，然而有境焉。非苦无以为甘也，非逆无以为顺也，非幽无以为显也，非离无以为合也。性情，神明之发，寄于境。而境非性情，神明之精也。"③《青埵山人诗集序》云："夫诗者，性情事也。百为之根，萌芽天性，不培方寸，而愿以缔章绘句为耶！予观乾嘉之际，诗教杂而多端，或矜格调，或倡性灵，各出智慧，赫然于坛坫之上。一时才俊争瞻赤帜，及未几声响消歇，终归波靡。"④

其二，谢章铤的文论，主张修辞立其诚。《论文上下篇赠李少棠》云："言不诚，其究必坏人；文不诚，其终必丧心。成一文，其情甚挚，其意甚高，其义又甚精。但使稍藻绘焉，诚亡其一二矣；藻绘而逐涂泽，诚亡其四五矣；藻绘涂泽之不足，因而剽窃模拟，诚亡其七八矣。然而藻绘者，或以为典雅；涂泽者，或以为乔皇；剽窃模拟者，或以为包罗百家，能尽文之美而极其变。呜呼，夫所谓载道者而如是耶，是故古文非古其貌也，将返心于古也。"⑤《魏又瓶先生爱卓斋集序》云："近代古文有二弊：一矜考据，一涉小说。考据侈其博，体不洁；小说侈其容，体不尊。矫其弊者，或又貌为

---

① 谢章铤:《赌棋山庄文集》卷一,《清代诗文集汇编》第680册, 第645页。
② 谢章铤:《赌棋山庄文集》卷四,《清代诗文集汇编》第680册, 第693页。
③ 谢章铤:《赌棋山庄文集》卷七,《清代诗文集汇编》第680册, 第739页。
④ 谢章铤:《赌棋山庄文续集》卷一,《清代诗文集汇编》第680册, 第748页。
⑤ 谢章铤:《赌棋山庄文集》卷一,《清代诗文集汇编》第680册, 第652页。

高淡简肃，似老而率、似浑而浅，萃天下卓越才智之士治而成家者，盖不逾十数人，而此十数人之中，尚不能大醇而小疵。呜呼，何其难也……发之于文，博而不见其杂也，容而不见其靡也，气劲而言，遂有物有则。"①

谢章铤论古文章法，《与魏子安书》云："尊甫先生之文，刚健纯粹，泽于古者深，有油然之光，更有毅然不可犯之色。世之貌为八家者，相去不啻倍蓰，铤五体投地……窃以古文一道，结于篇幅者，为气体；见于字句者，为义法。诚能服膺古人而有能好学深思，则气体未有不高，义法未有不精。然亦有时不尽如吾意者，则往往为篇目所窘。赠序盛于唐，字说盛于宋，寿序盛于明，而寿序尤为不尊。何则？赠序、字说尚从我说，寿序多从人说，其体与谀墓相等。"②《答颖叔书》云："窃谓文章一道，须有所挟而传。上者挟道德，下者挟功烈，次者挟气节，然其中亦有天焉……治性情之道，不纳垢于身，不忘情于物。"③谢章铤认为文以载道，并批评今日学文多溺于桐城一派。《记客中所得近人诗文集》云："自明以来，治古文以八家为正宗，近日则多溺于桐城一派。高者娟洁，下者遂入于虚剽。有志之士知其敝也，乃欲变而之秦汉，变而之六朝。如君之所著，其大意可见矣。虽然，古文贵理实而气虚，其功在真积。所谓言中有物者，讲学家之平衍，注疏家之破碎，辞赋家之姣滥，皆无当于载道者矣。"④

谢章铤极力推崇高澍然古文，《书所钞高雨农抑快轩文集》云："余之倾倒先生久矣。三十卷中完善可六七，其余虽稍涉酬应，然亦依附于义法，无甚芜者。大抵先生之文以养胜，其体洁，其气粹，不必张皇以为工，平淡出之，令人有悠然不已之思。盖真积其内，而宁静淡泊之，修有以固其外，故生平致力韩子，而所得和易乃近欧曾，于欧去剽，于曾去滞。道气酝酿者深，岂绨章绘句所能袭取哉？先生虽盛称梅崖，然梅崖以外入，先生以内出，其于本原，殆高矣。虽然，犹有憾者，挂名朝籍而家居之日多，凡运会

---

① 谢章铤：《赌棋山庄文集》卷二，《清代诗文集汇编》第680册，第663页。
② 谢章铤：《赌棋山庄文集》卷二，《清代诗文集汇编》第680册，第665页。
③ 谢章铤：《赌棋山庄文集》卷四，《清代诗文集汇编》第680册，第690—691页。
④ 谢章铤：《赌棋山庄文集》卷四，《清代诗文集汇编》第680册，第696页。

升降之故，山川伟丽之观，微觉取资之未广，又所纪多乡里善人，无瑰特奇绝之行恣其发挥，足以引胜耐思，而未足以惊心动魄。"①谢章铤重视古文的义法，《抑快轩遗文稿跋》云："夫在心为义，出乎为法，义以征其见解之浅深，法以验其笔墨之工拙。义为主，法为副。今则置精义于不讲，而诩诩然曰：'是有法，必如是起、必如是合、必如是提、必如是应。'是若筑室然门庭之不辨，奥窔之不分，而惟间架是问，间架虽工而得为成室乎？是则不知义法而言义法者之过，望溪不任咎也。"②

其三，谢章铤的词论。论词之源流，《叶辰溪我闻室词叙》云："词渊源于三百篇，萌芽于古乐府，成体于唐，盛于宋，衰于元明，复昌于国朝。温、李，正始之音也；晏、秦，当行之技也。稼轩出，始用气；白石出，始立格。呜呼，词虽小道，难言矣。与诗同志而竟诗焉，则亢，与曲同音而竟曲焉，则狎。其文绮靡、其情柔曼，其称物近而托兴远且微。骤聆之，若惝恍缠绵不自持，而敦击不得已之思隐焉，是则所谓意内言外者欤！"③诗庄词靡，柔曼其情，绮靡其文，而言近指远，托兴深微，这都是词的一般特征。谢章铤认为张惠言《词选》是为救弊而选的，具体而言是救浙派末流之弊而选的，因此是"词家正法眼之作"，《张惠言词选跋》云："国朝词家最盛，王兰泉《词综》、姚荦阶《词雅》、蒋子宣《词选》撰录不下数十百人，然自浙派盛行，大抵抱流忘原、弃实佩华，强者踶啮，弱者涂泽，高者单薄，下者淫猥。不攻意，不治气，不立格，而咏物一途，搜索芜杂，漫无寄托，点鬼之簿，令人生厌。呜呼，其盛也，斯其衰也。岂知竹垞、樊榭之所以挺持百辈、掉鞅词坛，在寄意遥深，不在用事生涩，舍其闲情逸韵，而师其襞积。"④寄托之作须寄意深远，而浙派末流不攻意。寄托之作须蕴藉含蓄，而浙派末流不治气。《词后自跋》云："填词宜审音，审音宜认字，先讲反切则字清，遍习乐器则音熟。然其得心应手，出口合耳，神明要妙之致非可以言

---

① 谢章铤：《赌棋山庄文集》卷四，《清代诗文集汇编》第680册，第698页。
② 谢章铤：《赌棋山庄文集》卷七，《清代诗文集汇编》第680册，第745页。
③ 谢章铤：《赌棋山庄文集》卷一，《清代诗文集汇编》第680册，第648页。
④ 谢章铤：《赌棋山庄文集》卷二，《清代诗文集汇编》第680册，第657页。

传,亦非可以人强也……夫词辨四声,韵书俱在,言语虽不同而四声则有一定,且今之传奇往往一人填词,一人正谱,有自填之而不能自度之者,故宋人之词亦不尽可歌。夫声音一道,诗转为乐府,乐府转为唐人绝句,唐绝句转为宋人词,宋词转为元人北曲,元北曲转为明人之南曲。然阳关、清平之调虽亡,后人未尝不为七言绝,歌拍哨、逼哥、指声之法虽亡,后人未尝不为长短句。"[1]

谢章铤认为词须有寄托而清空,则含蓄蕴藉、气机疏宕,词境由是而高。《双邻词钞序》又云:"词也者,意内而言外者也。言胜意,剪彩之花也;意胜言,道情之曲也。顾与其言胜,无宁意胜,意胜则情深……是故词贵清空、嫌质实,然而五石之瓠,非不彭然也。清空则清空矣,一往而尽焉。东坡词诗、稼轩词,论其流弊,又有不厌众口者矣,盖言意之不易称也……夫吾闽,当赵宋之世,词人甲海内,自柳耆卿、王实甫以下,不下数十家。考其遗制,大抵以流宕自喜。"[2]《抱山楼词序》云:"国朝词学,浙最盛。竹垞倡于前,樊榭骋于后,羽翼佐佑,俊才辈出而派别成焉。祖宋窥唐,意内言外,竹垞以情,樊榭以格,作者莫之或先,又揭其涉猎之绪余,搜奇征僻以相夸耀……夫词,欲清空忌填实,清空生于静,静则心妙,其寄意也微,其托兴也孤。"[3]《与黄子寿论词书》云:"窃谓词以声为主,宋词固可歌而亦不尽可歌,至今人不能歌宋词,犹宋人不能歌唐人绝句。既不能歌,则徒文也,亦求尽乎为文之道而已矣。词之兴也,大抵由于尊前惜别、花底谈心,情事率多亵近。数传而后俯仰激昂,时有寄托,然而其量未尽也,故赵宋一代作者,苏辛之派不及姜史,姜史之派不及晏秦,此固正变之推未穷,而亦以填词为小道,若其量之,只宜如此者。国初,诸老奋兴,宗唐祖宋,词学固为最盛,复古不已,继以审音,持论愈精、用功愈密矣。然渐流渐衰,耳食之徒或袭其貌而不究其心,音节虽具而神理全非,题目概无

---

[1] 谢章铤:《赌棋山庄文集》卷三,《清代诗文集汇编》第680册,第674页。
[2] 谢章铤:《赌棋山庄文集》卷二,《清代诗文集汇编》第680册,第654页。
[3] 谢章铤:《赌棋山庄文集》卷五,《清代诗文集汇编》第680册,第705页。

关系，语言绝少性情，未及终篇废然思返，岂按吕协律之作必为是味同嚼蜡而后可乎？甚且冷典卮词、缪辏满幅，专以竹垞、樊榭咏物为宗，则尤为黄茅白苇矣。"① 谢章铤认为词主性格，强调"不得已"，重意内言外，主张寄托遥深，强调蕴藉含蓄，内容与形式的统一。

公藏

《删余剩笔》一卷：稿本（福建省图书馆）。

《删余偶存》不分卷：稿本（福建省图书馆）。

《赌棋山庄遗稿》不分卷：稿本（福建省图书馆）。

《赌棋山庄删余偶存》：谢章铤手写本（福建省图书馆）。

《谢枚如先生文稿》一卷：稿本（福建省图书馆），按：有萨嘉榘跋。

《谢枚如先生未刻文稿残本》：抄本（福建省图书馆）。

《赌棋山庄遗文》二卷：稿本（福建省图书馆）。

《赌棋山庄余集》五卷：稿本（福建省图书馆），民国七年（1918）石印本（安徽省图书馆）。

《赌棋山庄集》文七卷：同治七年（1868）刻本（华东师范大学图书馆），光绪十年（1884）刻本（南京图书馆、江西省图书馆、中国科学院图书馆、中国人民大学图书馆、南京大学图书馆）。

《赌棋山庄文续集》二卷：光绪十八年（1892）刻本（复旦大学图书馆）。

《赌棋山庄文集》四卷、附不列卷一（未刊稿）、诗集十一卷、附不列卷一

---

① 谢章铤:《赌棋山庄文集》卷五,《清代诗文集汇编》第680册, 第708页。

（未刊稿）、词话一卷（内有未刊稿）、附聚红榭雅集诗存稿：抄本（福建师范大学图书馆）。

《赌棋山庄集》文七卷、诗十四卷、酒边词八卷、词话十二卷、续编五卷：光绪刻本（国家图书馆）。

《赌棋山庄集》文七卷、续二卷、又续二卷、诗十四卷：光绪至民国刻赌棋山庄全集本（丛书综录、苏州大学图书馆、台湾大学图书馆，日本东洋文库、日本京都大学人文科学研究所），台北文海版近代中国史料丛刊续编15辑。

薛绍徽《黛韵楼遗集》

叙录

薛绍徽（1866—1911），字秀玉，为侯官陈寿彭妻。博学多才，工诗善画，精通音律，曾随夫游宁波、上海、南京、广州、香港，见闻甚广，作品亦有所记述。著有《黛韵楼遗集》八卷，其中：诗集四卷，词集二卷，文集二卷。陈芸（1885—1911）即其女，字芸仙，号淑宜。有《黛韵楼遗集》,《陈孝女遗集》（原名《小黛轩集》),《小黛轩诗集》二卷,《小黛轩论诗诗》二卷。

《黛韵楼文集》二卷，每半叶十行，行二十二字，四周双边，单鱼尾，白口，有栏线。卷首有怀姊英玉嗣徽作序。卷上，赋二篇，颂一篇，序五篇；卷下，序一篇，叙例一篇，寿序二篇，寿言一篇，启一篇，书二篇，论二篇，记一篇。

薛嗣徽评曰："余思诗词同源，不过音调之变，犹未知其能为文也。间有书札与余，论学洋洋洒洒、气机朴茂，颇似古人，犹未知其能擅于骈体也。丁酉后，妹随逸儒居沪，缄寄书札诗词外，附以新作骈文，刊于报章者，余览而异焉，比及细味，乃知其用古文之法为骨，以诗词之藻彩为饰。盖二十余年所学之精锐，悉发于是，抑亦远涉异地，阅历多、见闻广，有得于山川之助欤？……戊申冬，又以寿序赠余，虽姊妹离合之情，辞意真切，令人读而泣下，第有虚誉过奖之处，转使余心惭怍。"[1]指出薛绍徽为文气机朴茂，辞意真切，尤擅于骈体，以古文之法为骨，以诗词之藻为饰。

薛绍徽《秦淮赋》境界阔大，笔力雄健，以女性柔约含蓄之灵性书写历史的沧桑萧瑟之感，其沉郁厚重，较之庾子山《哀江南赋》，亦毫无愧色。读之顿洗吾辈心中之消极郁闷，心胸豁然开朗，如观沧海淼淼，如遇黄沙莽莽。[2]诵其赋，思见其为人，想来女子而有才，真真足令世间男子为之迷恋、为之沉醉。

薛绍徽骈体文，多用典故，对仗工整，音调铿锵，辞采富赡，情文并茂。《李清照朱淑真论》云："嗟夫！息妫有同穴之称，乃谓桃花不语；辽后著回心之什，竟蒙片月奇冤。谣诼兴则娥眉见嫉，诪张幻而蝇璧易污。长舌厉阶，实文人之好事；圣逸殄行，致淑媛以厚诬。黑白既淆，贞淫莫辨，竟使深闺扼腕。抱读遗编，愿教彤管，扬辉昭为信史。赵宋词女，李朱名家，漱玉则居临柳絮，断肠则家在桃村。市古寺之残碑，品茶对酌；贺东轩之移学，举案同心。椠铅逐逐，随宦青莱；丝管纷纷，胜游吴楚。迨及残山半壁，薄衾五更。阿婆白发，已过大衍之年；怨女归宁，莫寄伤心之泪。奚至桑榆晚景，更易初心，花市元宵，徘徊密约乎。大抵玉壶颂金之案，已肇妒才；花枝连理之诗，难言幽恨。露华桂子，招众口以铄金；细雨斜风，忆前欢而入梦。负盛名以致谤，因清怨而生疑。于是，妄改《基崇礼》之谢启，杂窜《庐陵集》之艳词。李心传要录病在疏讹，杨升庵品词失于稽考。西蜀去浙数千里，传闻不免异辞。有明，后宋三百年，持论未曾检点。且也，张汝舟历官清要，奚言驵侩下才。王唐佐传述，始终误作市井民妇。当君臣播越之时，安事文书催再醮？彼夫妇乖离而后，何心词赋约幽期？实际可征，疑团自破。所惜者，妄增数举，姓氏偶同，为主东君，爵里俱逸。胡元任丛话，变俗谚为丹青；魏仲恭序言，仗耳食为口实。好恶支离，是非颠倒耳，然而原心定论，据事探幽，编集虽零落不完，诗词尚昭彰若揭。赠韩胡二

---

[1] 薛绍徽：《黛韵楼文集》序，《清代诗文集汇编》第791册，第156—157页。
[2] 参见林怡《阑珊春事 花谢水流——简论薛绍徽及其〈秦淮赋〉》，《中国典籍与文化》2003年第2期。

使者，嫠妇犹称；宴谢魏两夫人，贵游可数。寒窗败几，已醒晓梦疏钟；鸥鹭鸳鸯，似叹小星夺月。愿过淮水，犹存爱国之忱；仰望白云，时起思亲之念。忠孝已根其天性，纲常必熟于怀来。安敢别抱琵琶，偷贻芍药，花殊旌节，树异女贞哉！推原其故，或出有因，衣冠王导，斥将杭作汴之非；早晚平津，有称夫为人之异。奸黠者转羞成怒，轻薄者飞短流长。胡惠齐摘文之忌，不知道高毁来；生查子大曲所传，遂致移花接木。硗硗易缺，哆哆能张，毒生虿尾，影射蜮沙。谤霜闺于身后，语涉无根；疑静女于生前，冤几不白。岂弗悖欤？吁可怪已。"①

公藏

《黛韵楼诗集》四卷、词集二卷、文集二卷：民国三年（1914）刻本（国家图书馆、南京图书馆、安徽省图书馆、福建省图书馆、北京师范大学图书馆、中国人民大学图书馆、复旦大学图书馆、福建师范大学图书馆），按：附陈芸撰《陈孝女遗集》。

---

① 薛绍徽：《黛韵楼文集》卷下，《清代诗文集汇编》第791册，第178—179页。

林贺峒《味雪堂遗草》

叙录

林贺峒（？—1907），字访西，侯官人。同治十二年（1873）举人，官至广东雷琼道，兼琼军统领。有《味雪堂遗草》。

《味雪堂遗草》文一卷诗一卷，正文首页署名"侯官林贺峒访西"。每半叶九行，行二十五字，四周双边，单鱼尾，白口，有栏线。文部计文十六篇，具体是：启一篇，条陈一篇，铭一篇，寿序八篇，书一篇，议三篇，纪哀一篇。

林贺峒议论文能洞察时弊，具有强烈的现实意义，可称之为经世之文。《请开铁路捐议》云："中国之要政二：铁路、矿务是已。路为先，矿次之，何以言之？矿以煤铁为大，煤铁必计运费，费省矿可开，费巨矿不可开。费之省否，视运道之便利否。不筹运道，费无由省也；不开铁路，运道无由便也。天下有不成之矿，而无不成之路，路之视矿，关系尤巨，办理较有把握。然则言今日要政，舍路莫属已。难者曰：中国财力有限，津榆铁路外，芦汉资比国之力，粤汉集美国之股，宁沪则英商独力为之，山东之德、东三省之俄，其路工中国未能过问，英且以蜀沪一路要我政府，中国即不自开，洋人必为开之。五六年后，铁轨满行省矣，奚亟亟为？应之曰：洋人争攘铁路之利，铁路所在，洋兵护之，其势力范围即无形之瓜分也。欲救瓜分之祸,其必自营铁路,不假手于外人,彼势力所不及,祸其稍纾乎?然则款将安出?曰请开铁路捐。由铁路大臣审定,某路宜先开,估费若干万奏明,以一百两为一股,入股者给与户部印票,铁路成,使享其利;铁路未成以前,领票一年以后,准照票上银数赴部报捐实官各项花样。户部虽无现银入库,却有铁路股票入库,化商股为官股,与现银同股。商不欲享铁路之利,尚可享实官花样之利。"①

林贺峒铭文善于托物言志,抒写心怀。《介邱铭》云:"中群山而立,曾无翼辅;岿然一邱,雄于兹土。有亭有轩,石耸云吞;有花有竹,天风吹绿。爰有幽人,朝夕往来;朝暾扪崖,夕露践苔。日居月诸,与邱偕老;泊然寡营,不贪为宝。"②

公藏

《味雪堂遗草》文一卷、诗一卷,林玉铭辑:光绪三十三年(1907)排印本(国家图书馆、上海图书馆、南京图书馆、福建省图书馆、广东省立中山图书馆、北京师范大学图书馆、福建师范大学图书馆),宣统元年(1909)林氏梁园刻本(上海图书馆、南京图书馆、福建省图书馆、复旦大学图书馆、青岛市图书馆、日本东洋文库),民国刻本(国家图书馆)。

①② 林贺峒:《味雪堂遗草》,光绪三十三年(1907)排印本(福建师范大学图书馆)。

刘三才《随庵遗稿》

叙录

刘三才（生卒年不详），字寿之，侯官人。同治六年（1867）举人。有《随庵遗稿》。

《随庵遗稿》，共分为诗、词和文三部。文部：卷首有谢章铤作序。每半叶十行，行二十字，无栏线。共计文二十篇，具体是：议二篇，书四篇，说三篇，序三篇，记二篇，行略一篇，祭文三篇，赋一篇，题一篇。

谢章铤评曰："省君遗著，大抵当时唱和之遗。嗟乎，人琴之感，其何极哉！君至性过人，每与予深谈，辄以名父之堂构不易承，节母之劬劳不易报。予三岁失怙，零丁久苦，辄有感于凄厉之音、沉痛之旨，泫然谓君显扬之实，不在贵贱，但得人，称愿为有子焉，或庶几矣。君性又重自爱，议论易忤予，闻而辄右之，故予言辄以为是，且欲退处弟子之列。予大诧，然君与予书虽称弟而必系受业，君之器度见地，岂但加人一等哉？嗟乎，君之童牙孤露、克自树立，无忝于所生。今其子敬，字龙生，亦举于乡，从予游，方为君搜罗丛残，勒为一书，盖亦不可多得之子弟也。嗟乎，君又何憾耶？"[1]指出刘三才的遗著，大抵是当时唱和之遗，文字饱含凄厉沉痛的感情。

---

[1] 刘三才：《随庵遗稿》序，传抄本（福建师范大学图书馆）。

刘三才认为拔贡选择的必是通经之士、瑰奇杰特之才，而不是只会作平稳制艺试帖而已。《赠陈彦士序》云：“国家科目有五贡，拔贡其最重者也。岁十二年一拔，县拔一人，典至重矣。与是选者，向以为必通经之士、瑰奇杰特之才，以今观之，所选不过工楷画，作平稳制艺试帖而已，其余经解及诗古文词又可假手他作，谅前辈所称之为明经者，当不类是也。辛酉，余与长乐陈子彦士与是试焉。陈子每试，文先毕，余则刻意经营，沉吟焉，点缀焉，辄殿诸人而后毕。及罢试，陈子诵其所为《闽中利弊说》，剀切雄伟，声铿铿然，若出金石，即所谓通经之士、瑰奇杰特之才者，陈子亦何愧哉！”[1]

刘三才认为诗人虽不遇于时，然睥睨一切、慷慨激昂的精神亦足以感发人心。《秉雅堂诗集序》云：“呜呼，天之困贫士者，既不畀以功名福泽，而并其平生所呕心血，亦将覆而尽之欤，是亦酷矣。藻庭公，少负偶傥不羁之才……应乡试，累不得志于有司，遂尽敛其睥睨一切之概。若与少时者异，然一介不苟取，当事廉其贫，招之往，不屑也。一布袍几二十年，岁时持廪饩归，暖白酒一壶，薤一盂，卷一册，而吟哦之声不绝口。醉后常召三才与言诗，历数唐宋及元明诸家源流升降，大率以骨格椎炼、神韵隽逸为主，而忌叫嚣堕突之态。”[2]

刘三才议论文切中时弊，洞达世务，具有很强的针对性和可行性。他认为治理台湾，必先从饬官方、修学校开始。《台湾治法议》云：“台湾在闽东南大海中，面向西北，为沿海七省外障，而诸岛往来之要会。昔号东番，不通中国。明嘉靖中，俞大猷逐海寇林道孔，孔遁入台，后为荷兰所据。成功乘而袭之。我朝康熙二十二年始入版图。休哉，声教之暨讫也。顾其地数多反覆。康熙三十五年，吴球谋乱，伏诛。六十年则有南路贼翁飞虎、朱一贵之乱。乾隆三十五年，大穆降庄奸民黄教谋乱，伏诛。五十一年则有北路贼林爽文之乱，南路贼庄大田应之。厥后嘉庆十年，海逆蔡牵入踞鹿耳门道。道光十二年，张丙、陈辨起于嘉义。二百年间，旋起旋灭，均赖天威荡平，何台民之独思乱哉？揆厥祸首，或以邪教惑众，或以土豪跳梁，或因钱粮追

---

[1][2] 刘三才：《随庵遗稿》，传抄本（福建师范大学图书馆）。

呼逼迫，或系县捕遁亡啸聚，或贪污之激变，或庸懦之保奸。古人云为虺弗摧，为蛇奈何；涓涓弗塞，将成江河。斯言可罕譬而喻矣。善治台者，杜渐防微则必自饬官方、修学校始。所谓饬官方者，非谓文职武弁之不多也……所谓修学校者，非谓俎立冠裳之不备也。"[①]

刘三才赋作写得较有特色，描绘镇海楼及其所处的自然景观气势雄阔，辞藻铺排恰如其分，结构层次分明，句式转换灵动多变，读来令人振奋。《镇海楼赋》云："巍巍乎，女牛森布，旗鼓抱环；险争五虎，雄控八蛮；前有千岛万屿，后有重江复关；磅礴郁积，萃于泉山。览形胜者曰：'是全闽之保障也。'宜筑楼镇乎其间，爰名'镇海'，亦曰'样楼'。拓冶城之旧址，据屏麓之孤邱。建瓴高屋，砥柱中流；六鳌远驾，百雉旁周。扶桑射櫓而昳丽，苹末动薨而飔飕。其崇也，可以俯视百郡；其廓也，可以横揽十洲。一层更上，万象全收；则见七门之外，茫茫平原；甘果对案，莲华绕垣。北岭扼其要，西湖疏其源。榕阴遍野，荔实满村；决渠雨集，荷锸云屯；家饶鲑菜，社散鸡豚。沙合路通之径，蚬江螺渚之墩。鸥鹢上下，潮汐吐吞；乍阴乍阳，倏明倏昏。市舶浮云而麇至，尘闹扑地而蝇喧。又见东署西廨，重宇叠屋；七塔峥嵘，三峰斜矗；棘院招贤，牙旌领牧；宣政风清，拱辰景肃。分还珠以逶迤，跨乐土而往复。鼓吹沸腾，冠盖征逐；人不骈肩，车不转毂。庠序之文，济济郁郁；俎豆之典，莘莘穆穆。宝泉铸钱，常丰登谷；曰富曰寿，以教以育。绵绵焉，亘亘焉，歌于斯，哭于斯者，不知其几千百族。若夫齐云落星，高则高矣，而不足以备戎寇也；井干丽谯，华则华矣，而不足以觇烽堠也。孰若兹楼，居然大都，盐铁之利则东南之上腴，襟带之固则天地之隩区。宜其壁立千仞，囊括一隅；风成邹鲁，气夺孙卢；中山贶书，日本归俘。继钓龙之霸业，恢射鳣之雄图。遇兵而钟虞无恙，逢饥而庚癸不呼。无何，时有盛衰，物有泰否；户习弦歌，人忘弓矢；尺籍空存，舟师渐弛。或撤烽火、南日之藩篱；或弃小埕、铜山之唇齿。于是，蜃气嘘青，狼烟凝紫；鼓角声骄，旌旗势靡。前掣肘于五羊，后惊心于东麂。鲸鲵

[①] 刘三才：《随庵遗稿》，传抄本（福建师范大学图书馆）。

跋浪于沧溟，蛟鳄扬波于桑梓。鉴明代二百年，赌倭氛一万里。夫岂无谭，中丞之策可行；夫岂无戚，少保之书堪纪。登斯楼也，其亦有意于沿海之防而蹶然以起也夫。"[1]

公藏

《随庵遗稿》：清抄本（福建省图书馆），传抄本（福建师范大学图书馆）。

---

[1] 刘三才:《随庵遗稿》,传抄本(福建师范大学图书馆)。

第七章·光绪朝

光绪朝起止时间为1875—1908年,闽籍散文家主要有十一家,分别是:林纾、王仁堪、张亨嘉、陈成侯、陈衍、陈翼、郭篯龄、江春霖、林鉴中、刘尚文、萧道管。其中,林纾、王仁堪、张亨嘉三家的文集被收录进《清代诗文集汇编》中。需要说明的是,王福善的生卒年无考,故附于文末。

就文集总量而言,陈衍《石遗室文集》十二卷,王仁堪《王苏州遗书》十二卷,郭篯龄《吉雨山房遗集》十卷,陈翼《待隐堂遗稿》四卷,江春霖《梅阳山人集》文四卷,林鉴中《浊泉二编》四卷,张亨嘉《张文厚公文集》四卷,陈成侯《绳武斋遗稿》不分卷,林纾《畏庐文集》不分卷,刘尚文《刘澹斋诗文集》不分卷,萧道管《道安室杂文》一卷,王福善《受谦诗文集》文一卷。

林　纾《畏庐文集》

叙录

林纾（1852—1924），幼名秉辉，原名群玉，字琴南，号畏庐，别署冷红生，闽县人。晚称蠡叟、践卓翁、六桥补柳翁、春觉斋主人，室名春觉斋、烟云楼等。光绪八年（1882）举人，大挑教职。二十六年（1900），在北京任五城中学国文教员。鼎革后不仕，以授徒、译著、书画为活，专治古文辞。所作古文，为桐城派吴汝纶所推重，名益著。其文多半为思君念亲之作，真情流露，出之血性，故其文能不胫而走也。曾创办"苍霞精舍"——今福建工程学院前身。除工诗古文辞，以意译外国名家小说见称于时。复肆力于画，山水初灵秀似文徵明，继而浓厚近戴熙。偶涉石涛，故其浑厚之中颇有淋漓之趣。其所著古文有《畏庐文集》《畏庐续集》《畏庐三集》各一册。

《畏庐文集》不分卷，卷首由张僖作序，扉页有一幅"畏庐先生五十八象"。每半叶十二行，行三十二字，四周双边，线鱼尾，黑口，有栏线。具体是：杂著三篇，说一篇，序二十三篇，书后三篇，书九篇，传十篇，事略三篇，行状二篇，墓志铭、圹铭、墓表十六篇，记二十五篇，铭二篇，赞一篇，祭文七篇，诔文一篇，哀辞三篇。

《畏庐续集》不分卷,卷首由姚永概作序。具体是:赋一篇,杂著三篇,论二篇,读三篇,序二十二篇,书后二篇,跋三篇,书二篇,墓志铭十二篇,墓碣一篇,箴一篇,传四篇,事略二篇,记二十二篇,释文一篇,哀辞一篇,祭文一篇。

《畏庐三集》不分卷,卷首有高梦旦作序,扉页有一幅"畏庐七十小影",并畏庐老人自题辞一首。具体是:杂著二篇,序十七篇,书后一篇,传十篇,书六篇,记二十篇,墓志铭十四篇,碑一篇,圹铭二篇,墓表七篇,祭文五篇,诔文三篇,告文一篇,哀辞二篇,寿文一篇。

林纾虽然受知于桐城派末代宗师吴汝纶,但是他并不囿于桐城家数。林纾为文,似枯实腴,似疏淡而实稹密,多得力于《左传》《史记》,韩愈、欧阳修,下逮归有光诸大家,于简洁、平淡中蕴含深厚感情,以意境、韵味见长。

罗书华指出,林纾虽然以古文的衣钵继承人自居,但并没有坚守"文道""义法"传统,而是以情性为散文之本,这就使他在散文审美方面取得了前所未有的成就。其中,"意境""情韵"与"神味"三说最具代表性,突出地体现了林纾散文学的诗性特质。它们的出现为散文学增添了一抹新的色彩,也为近代散文学打开了一条新的通道。①

谢飘云指出,林纾的散文以一种古典的形式出现,效法唐宋散文,文笔追踪韩、柳、欧、苏,但他的散文却是变了调的"古典音符"。其在文体上紧闭大门,固守门户家法,为文宗奉桐城古文的"雅洁",《春觉斋论文》就是桐城古文"义法说"的具体化。林纾的古文,是"经过桐城派廓清、变成通顺明白的文体"(胡适《建设理论集·导言》),也是"他心目中认为较通俗、较随便、富于弹性的文言。它虽然保留了若干'古文'的成分,但比'古文'自由得多;在词汇和句法上,规矩不严密,收容量很宽大"(钱锺书《林纾的翻译》),表现力很强。尽管在古文理论上仍始终未能摆脱桐城派的羁绊,但林纾在创作实践上与其理论所产生的不相一致的事实,已暗示着林纾

---

① 参见罗书华《意境、情韵与神味:林纾散文学的新色彩》,《社会科学》2012年第3期。

散文的微妙变化。①

张僖评曰:"畏庐,忠孝人也。为文出之血性。光绪甲申之变,有诗百余首,类少陵天宝乱离之作,逾年则尽焚之。独其所为文,颇秘惜,然时时以为不足藏,摧落如秋叶,余深用为憾。乙未之秋,余守兴化,延畏庐分校试卷,居府治梅花诗,境中经月,且夕论文,稍检其行箧,则所携者诗礼二疏、《春秋左氏传》、《史记》、《汉书》、韩柳文集及《广雅疏证》而已。畏庐无书不读,谓古今文章归宿者止此。余不敢引畏庐之言,断天下文章之奇,果止于此也。然窃观畏庐,每取箧中书,沉酣求索如味醇酒,则知畏庐之枕藉于是深矣。时文稿已有数十篇,日汲汲焉,索其疵谬,时时若就焚者,余夺付吏人,令庄书成帙,为之序,其上曰:畏庐文字强半爱国思亲作也。先辈论文首崇经术,次则文字,务求其关系者,虽以震川之学,钝翁之才,尚有讥诮,其文无大题目。呜呼,语山必责泰岱,语水必言沧海,则武夷、匡庐不当涉足,潇湘、镜湖不容方舟矣。畏庐不仕,笺牒诏令诸门,安能责无而为有;又生平恶考据烦碎,著经说十余篇,自鄙其陈腐,斥去不藏,稿中颇具各体,独经说及官中文字阙焉。余虽宦闽中,多领外郡,弗能督责畏庐,秘惜其稿,今虽为之叙,不审后此能否刊以问世。畏庐果念朋友之请者,当出其忠孝血诚之文字以感动后进,不宜重闭,使此宝光不泄于人间也。"②指出林纾为文出之血性,情感真挚。

姚永概评曰:"文各肖其性情以出而后其言立,古之善为文者,性情不同,故面目万变,而其不变者,法度出于一轨而已。虽有纯杂高下之别,要必无伪存乎其中,而后读者感焉。世士涂饰以为工,征引以炫博,固无性情之真,且不足以自信,又乌足以信千百世谁何之人乎?若畏庐者,殆余所谓可信者也。光绪庚戌,余始识之于京师,及壬子癸丑共事大学堂,既皆不合以去,临别赠余文且縢以画。今年又同应徐君之聘,教授正志中学校。畏庐长余十四年,弟亲余,余亦以兄事之。每有所作,辄出相示,违覆而不厌,

---

① 谢飘云:《林纾与严复散文、译述之比较》,《华南师范大学学报(社会科学版)》2002年第2期。
② 林纾:《畏庐文集》序,《清代诗文集汇编》第775册,第562页。

故余知畏庐深其性情,真古人也。畏庐名重当世,文集已印行者,售至六千部之多。虽取法韩柳,而其真仍不可掩阏,一日手巨帙示余,乃所编续集也。曰吾两人志业颇同,序吾文者必子。余发读竟夕,太息不止,私念畏庐与余,生际今日,五六十年来所闻见多古人所未尝有,区区抱孤诣于京师,尘埃之中,引迹自远,虽颓废而不悔,然则畏庐文集之序不属我而谁属也。乙卯十一月桐城姚永概叙。"[①]指出林纾古文取法韩柳,是唐宋文的变通。

高梦旦评曰:"集之有序,所以助传也。畏庐之文,每一集出,行销以万计,且所著译百五十种,都一千二百余万言,久已风行海内,自不待助而传。余又不治古文辞,更何足以传畏庐,乃畏庐必责序于余者,盖深念吾伯兄愧室先生也,伯兄为畏庐挚友,日以道义相切劘。畏庐每就一文,必商之伯兄,时以一句一字之争,断断无已。方畏庐初集出时,伯兄已前卒,畏庐以不得一序恒引为深恨。今三集告成,畏庐乃以不得于伯兄者转而及余,余何人,斯岂足为畏庐轻重。顾念畏庐行年七十又三,精健如昔,自言少时博览群书;五十以后案头但有诗礼二疏、左、史、南华及汉书、韩欧之文,此外则说文、广雅,无他书矣。其由博反约也,如此而叙悲之作,音吐凄梗,令人不忍卒读,盖以血性为文章,不关学问也。集中叙余家先德甚详,其哀悼吾两兄之文章,语语出于肺腑。余不知文故,但述吾两家之交谊以归之畏庐,畏庐其许我耶!"[②]这段文字记叙林高两家的交谊,并指出林纾为文具有真情实感。

林纾善写小题材的事物,刻画细致,栩栩如生。《湖之鱼》云:"林子啜茗于湖滨之肆,丛柳蔽窗,湖水皆黯碧若染,小鱼百数,来会其下,戏嚼豆脯。唾之,群鱼争喋,然随喋随逝,继而存者三四鱼焉。再唾之,坠蓊草之上,不食矣。始谓鱼之逝者,皆饱也。寻丈之外,水纹攒动,争喋他物如故。余方悟钓者之将下钩,必先投食以引之,鱼图食而并吞钩,久乃知凡下食者,皆将有钩矣。然则名利之薮,独无钩乎?不及其盛下食之时而去之,

---

① 林纾:《畏庐续集》序,《清代诗文集汇编》第775册,第605页。
② 林纾:《畏庐三集》序,《清代诗文集汇编》第775册,第642页。

其能脱钩而逝者,几何也。"①

林纾古文追求"外质而中膏"的品貌。《国朝文序》云:"世之治古文者,初若博通淹贯,即可名为成就。顾本朝考订,诸家林立而咸有文集,陆离光怪炫乎时人之目,而终未有尊之为真能古文者,则挦扯之家,第侈其淫丽,于道,莫适也;质言之,古文,惟其理之获与道无悖者,则味之弥臻于无穷。若分划秦汉、唐宋,加以统系派别,为此为彼,使读者炫惑其目力,莫知其从,则已格其途而左其趣矣。虽然,获理适道,亦不惟多读书、广阅历而然,尤当深究乎古人心身性命之学,言之始衷于理,且与道合。乃经生之文朴,往往流入于枯淡;史家之文则又镵突恣肆,无复规检,二者均不足以明道。惟积理养气,偶成一篇,类若不得已者,不惟唾弃凡近,盖于未言之先,审慎夷犹,内度其言之果足以名世与否,而后始为之辞。而文之经一时,又削其繁而归于简,去其靡而衷之正,凡始著笔而立见为快意者,则久久未有不悔者也。古人之慎重其事,亦以立言之效次于立德,良未可脱手而冒为之,必意在言先,修其辞而峻其防,外质而中膏,声希而趣永,则庶乎其近矣。"②

记体文是林纾古文中作品数量最多的一种文体。林纾的山水游记,景物刻画精细,语言运用灵活多变,轻松自然,欢快有趣,移步换景与移目换景相结合,如同身临其境,其山水游记呈现出了本真的状态,多数具有清新简洁、生动传神的特征。《游栖霞紫云洞记》云:"栖霞凡五洞,而紫云最胜。余以光绪己亥四月,同陈吉士及其二子一弟泛舟至岳坟,下,道山径至栖霞禅院,止焉,出拜宋辅文侯墓,遂至紫云洞。洞居僧寮右偏,因石势为楼,周以缭垣,约以危栏。据栏下瞩,洞然而深,石级濡滑,盘散乃可下。自下仰观,洞壁穿窿斜上,直合石楼,石根下插,幽窈莫竟,投以小石,琅然作声,如坠深穴。数武以外,微光激射,石隙出漏,天小圆明如镜焉。蝙蝠掠人而过,不十步辄中岩滴。东向有小门,绝黑,偻而始入,壁苔阴滑,若被

---

① 林纾:《畏庐文集》,《清代诗文集汇编》第775册,第565页。
② 林纾:《畏庐文集》,《清代诗文集汇编》第775册,第566页。

重锦,渐行渐豁,斗见天光。洞中廓若深堂,宽半亩许,壁势自地拔起,斜出十余丈。石角北向,壁纹丝丝像云缕。有泉穴南壁下,蓄黛积绿,泂然无声。岩顶杂树,附根石窍,微风徐振,掩苒摇飏,爽悦心目。怪石骈列,或升或偃,或倾或跂,或锐或博,奇诡万态,俯仰百状。坐炊许,出洞,饮茶僧寮。余方闭目凝想其胜,将图而藏之,而高啸桐、林子忱突至,相见大欢,命侍者更导二君入洞,遂借笔而为之记。"①林纾的游记文语言雅洁,注重营造优美的意境,将物态进行浓缩,表现景观的奇特。

《记翠微山》云:"翠微,非名胜也,近龙王堂。林木始幽阒,山势下趣,望山上小树皆斜俯如迎人状。肩舆转入林阴,始得一小寺,凭轩下瞰,老柏三数章,碧翳天日,有石级数十,所谓龙王堂即在其下。细泉潆然,循幽窦泻于小池,池鱼迎泉而喋,周以石阑。早月出树间,筛碎影于襟袖之上。余及陈弢庵、陈石遗、高颖生同坐廊隅,石遗诵净名庵诗,凄瑟挟鬼气,群处静境,听之肃然。饭罢,趁月登宝珠寺,林深石黑,突怒梗道,如怪兽、如魈。余及弢庵各以拄杖行,先以杖测石高下,始窥足。寺踞岩顶,丛绿中隐隐出殿檐。近寺稍无树,月光下布石上,寺僧已睡,起而进茗,燃烛入小洞中,坐头陀象,意南中村寺,尚或过之也。明日游秘魔岩,读偶斋师遗诗,索笔和之,以肩舆跨危岭游狮子窝,长廊依山,壁画伧绝,且雨,遂匆匆更历数寺,颓垣断塔,如新被燹。石遗指山下树,言秋来经霜为老红者也。癸丑四月十四日记。"②该文通过作者的移步换景、移目换景来展开,一连串的时间、地点词语将观察者视为描写景物的媒介,景物刻画十分逼真,强化对景物的观照,减少人为的介入。

公藏

《畏庐文集》不分卷:宣统二年(1910)商务印书馆排印本(国家图书馆、

---

① 林纾:《畏庐文集》,《清代诗文集汇编》第775册,第595页。
② 林纾:《畏庐续集》,《清代诗文集汇编》第775册,第635—636页。

河南省图书馆、湖南省图书馆、广东省立中山图书馆、中国人民大学图书馆、华中师范大学图书馆、无锡市图书馆、漳州市图书馆、日本京都大学人文科学研究所），民国三年（1914）上海商务印书馆排印本（南京图书馆、辽宁省图书馆、安徽省图书馆、常州市图书馆），民国五年（1916）上海商务印书馆排印本（首都图书馆、河南省图书馆、山东省图书馆、湖南省图书馆、安徽省科学研究所历史研究室、洛阳市图书馆），民国十六年（1927）上海商务印书馆排印本（湖南省图书馆），民国二十四年（1935）上海商务印书馆排印本（辽宁省图书馆、镇江市图书馆）。

《畏庐续集》：宣统三年（1911）商务印书馆排印本（漳州市图书馆），民国五年（1916）商务印书馆排印本（河南省图书馆、安徽省图书馆、华中师范大学图书馆），民国二十三年（1934）商务印书馆排印本（广东省立中山图书馆、南京师范大学图书馆、厦门市图书馆），民国二十六年（1937）上海商务印书馆排印本（华南师范大学图书馆）。

《畏庐三集》：民国三年（1914）上海商务印书馆排印本（华南师范大学图书馆、厦门市图书馆），民国十三年（1924）商务印书馆排印本（华中师范大学图书馆），民国十七年（1928）商务印书馆排印本（湖南省图书馆），民国二十三年（1934）上海商务印书馆排印本（河南省图书馆）。

《畏庐文集》一卷、续集一卷、三集一卷：民国六年（1917）至十三年（1924）上海商务印书馆排印本（国家图书馆、上海图书馆、南京图书馆、山西省图书馆、山东省图书馆、四川省图书馆、福建省图书馆、南京师范大学图书馆、武汉市师范学院图书馆、湖南师范大学图书馆），民国十五年（1926）至十六年（1927）上海商务印书馆排印本（河南省图书馆）。

《畏庐论文》：民国十年（1921）上海商务印书馆排印本（国家图书馆、南京图书馆、首都图书馆），民国十五年（1926）上海商务印书馆排印本（湖南省图书馆），民国二十三年（1934）上海商务印书馆排印本（河南省图书馆）。

《畏庐论文》一卷、续集一卷、三集一卷：民国十三年（1924）至十六年（1927）上海商务印书馆排印本（河南省图书馆），民国二十二年（1933）至二十五年（1936）上海商务印书馆排印本（国家图书馆、广东省立中山图书馆）。

《畏庐诗文集》：民国十四年（1925）商务印书馆排印本（天津师范大学图书馆、厦门市图书馆）。

《林琴南文钞》二卷：宣统元年（1909）排印本（湖南省图书馆、福建省图书馆），民国十五年（1926）商务印书馆排印当代八家文抄本（丛书综录、南京师范大学图书馆、厦门市图书馆）。

《林琴南文钞》一卷：民国四年（1915）上海进步书局排印现代十大家文抄本（丛书综录补编），民国排印本（杭州大学图书馆）。

《林琴南文集》：1983年中国书店影印本。

《林严文钞》四卷，与严复合撰：宣统元年（1909）国学扶轮社排印本（国家图书馆、南京图书馆、辽宁省图书馆、四川省图书馆、广东省立中山图书馆、中国人民大学图书馆）。

王仁堪《王苏州遗书》

叙录

王仁堪（1849—1893），字可庄，一字忍庵，号公定，闽县人。庆云之孙，光绪三年（1877）状元。任苏州知府，有政声，以积劳卒于任，人称王苏州。有《王苏州遗书》。

《王苏州遗书》十二卷。扉页有"甲戌孟春"字样，知其为民国二十三年（1934）福州王氏石印本。有"先苏州公遗像"一幅。每半叶十二行，行二十字，注小字双行同。卷前有武进门人赵椿年作序，卷末有其子孝绮作跋及校勘记，知是集乃为其子孝绮所汇刻者。卷首，事状（附年谱）；卷一，奏议；卷二，魏公谏录按语；卷三，山西学政任内公牍；卷四，镇江府任内公牍；卷五，保甲章程；卷六，丹阳教案始末；卷七，镇属壬辰赈务；卷八，奉使纪程；卷九，简牍；卷十，文十三篇；卷十一，赋二十七篇；卷十二，诗四十七首，附金缕曲词一首。其中，卷十之文分别是：事略一篇，启一篇，记二篇，祭文一篇，序二篇，传一篇，碑文一篇，跋二篇，寿言一篇，记略一篇。

《王苏州遗书补编》一卷，扉页有"丙子三月"字样。卷首有徐世昌、唐邦治作序。谕旨一篇，章程一篇，告示一篇，题词六篇，集外诗一首，附手札、诗、挽词各一首，跋十二篇，末附校勘记补遗。

赵椿年评曰:"曩时公子司直诚求,志事搜集遗书,都诗赋书说章疏文告之属为十二卷……椿年尝观朱子论治天下之事,惟法汉为近古。盖汉制,太守以上不置官,其掾属多自辟,疏节阔目,亶太守得人而天下治矣。后世州郡之上,命使日增,皆归震川所谓代郡行事者也,乌足以挈治道之纲哉?方吾师之在朝,其所论思与韬传、经行取士之法,有裨于国家大计。百年桢干者,宁有涯量,故群惜其出,及治郡不三载,即以劳勚卒官。凡所设措,具载集内,功施烂然,到今受赐,使仍回翔禁闼三载之内,未必赫赫若此。且使在上者,知得一词臣不如得一循吏,为有惠民之实也。然则公之出处,岂非斯民所托命而有国者之龟鉴欤?"[1]指出王仁堪文章与事业之功绩。

王仁堪游记文描写景物细致入微,笔调通篇流利轻松,表现作者由观览自然山水中上升到较高的性灵愉悦的自足情怀。《游姬岩记》云:"吴子道楼约予为姬岩之游,同出西关,舣舟穆源,易笋舆道,桥头入举口。百十里中,万山注溪,诡状云矗,松杉榕竹、棕榫藤柏之属,绣错绮绾,一目十色。前舆穿林,睎之,若图画,忘己之且至也。过白云乡十里许,山穷路回,一峰崒起,如天半仙人,屹然立云表。舆人指异之,诸客则大喜,舍舆而步,睨若甚近,纡径百折,缥缈转不可即。苍苍暮色,自远而至,少如贾勇亟登,呼从者缚竹为炬。山风横来,意若尼客,蛇行猿引,尻踵相接,比至寺门,钟漏已三下矣。寺僧出前人纪游诗,篝火读之,以为明日导。晨起步天门,坐小普陀岩,登得月台而入梦仙之室。俯视来径,悬瀑界道,断崖千尺,仄者或仅容趾,相顾始色然栗,夜行者不知险也。岩路萦绕,仿佛石鼓,石鼓嘉木丰蔚,绀宇宏丽人境。日近天巧,乃夺姬岩,孤秀高洁,如尊禅、如畸士、如读云林画帧、如诵左徒楚骚,凄神寒骨,几几乎与石鼓争胜。冥坐,食顷,山僧呼观云海,初见白英葳蕤,飞出崖罅,夷犹蓊蔚,若无依着,倏焉大风鼓之,涛涌瀚旋,瞬目千里,埋峰填壑,一白无际。下观村墟,田塍乍离乍合,若海市蜃楼,不可方物,或曰:'此沧桑小影子也。'

---

[1] 王仁堪:《王苏州遗书》序,《清代诗文集汇编》第771册,第113页。

或曰：'此人海真实相也。'"①

王仁堪持"诗以道性情"的传统诗论观，并进一步认为试律诗亦见性情，行文清晰朴实，实以见解取胜，发人深思。《春宇试律诗序》云："诗以道性情，自唐以诗律取士，排比声类，争一字之巧，竞一韵之奇，而诗之意浸失。予髫龄业此，塾师始诏以平头、上尾、蜂腰、鹤膝之说，体例愈严，拘忌愈夥，遂跽跽不能成章。偶见春宇先生所为试律，根情、苗言，以气质为高，冲和夷澹，若诗外自有人者，心焉向往之……窃见先生之措大政、应大事，其言简而明、信而通，和平感人，不有矜躁之色，而众莫能及。及其退处宽闲，几案图书皆精严有法度。虽片楮寸墨，彬彬然必有可观，杯酒光景间与先生晤言，思深语隽，理致清妙，又恍然读先生之诗，然则谓试律不足以见性情者，谬已。"②

王仁堪认为江南人杰地灵，人文荟萃，科举在此发挥了重要作用。《戊子科江南乡试进呈御览册跋后》云："惟江南为古扬州之域，斗宿分野，山川雄深、代产魁杰。顾祖禹有言，以东南之形势，而能与天下相权衡者，江南而已。夫岂惟地之险要然哉？其灵淑所钟，人才蔚兴，抑非他州所得匹亚也。国初文轨大同，化光道洽，自昆山顾炎武、太仓陆世仪、山阳阎若璩、宣城梅文鼎、吴县惠周惕诸大儒躬抱绝业，扇扬宗风，郁勃滂沛，迄于乾隆嘉庆之际，既明且融，大抵论经术则徽州与扬州相倡和，而训诂之说又以王念孙、引之父子为最精，论文章则桐城与阳湖相颉颃，而骈俪之词又以孙星衍、洪亮吉之徒为特出，至若理学之有王懋竑，史学之有钱大昕，小学之有段玉裁，算学之有顾观光，瑰才粹诣，旷世鲜俦，渊源所渐，覃研著述，成一家言者，殆难偻指。异时异地，得其一人，传其一艺，足以彪炳儒林，而百余年来，骈肩接踵于江淮千里之内，盖自汉唐以还，文治之盛无过我朝，而综览南北各行省，亦未有若江南之尤盛者也……有曰得人之道在于知人，知人之法在于责实。又曰自唐迄今，以诗赋为名臣者，不可胜数，今大江滨

---

① 王仁堪：《王苏州遗书》卷十，《清代诗文集汇编》第771册，第294页。
② 王仁堪：《王苏州遗书》卷十，《清代诗文集汇编》第771册，第297页。

海之区，远夷麇集，见闻日广，人人有旁搜博采之思。其于乾嘉以前，老师宿儒之学术皆若不相谋，论者遂疑今日之人才有非科举之文所能尽者。夫学贵致用，是也。顾乌有求有用之才于无学之人者哉？"①

王仁堪认为制艺之体应与时递变，文风与世运相辅相成。《跋严思孙太仆手札》云："幼从国朝三十家选本，得读先生文数十艺。尝叹制艺之体，与时递变，犹唐诗之有初盛晚也。国初诸老之作，博大昌明，一除启祯噍杀哀厉之音，文风极盛，世运亦极盛。迄乎嘉道之间，老成先辈未有不工制艺者也。近日作者往往薄之，以为科举之学，偶然操翰，大都横骋才气，骛为新奇，求一朴茂深醇，谨于矩矱者，百不一觏。安得取先生论文之语，人书一通，以自觅指南耶！然则先生此札，又岂第严氏子孙所宜遵守哉？"②

公藏

《王苏州遗书》十二卷：民国二十三年（1934）仿宋排印本（国家图书馆、上海图书馆、南京图书馆、四川省图书馆、江西省图书馆、湖南省图书馆、首都图书馆、中国人民大学图书馆、南开大学图书馆、天津师范大学图书馆、复旦大学图书馆、南京大学图书馆、福建师范大学图书馆、厦门市图书馆、镇江市图书馆、台湾东海大学、台湾"中央研究院"历史语言研究所傅斯年图书馆），台北文海版近代中国史料丛刊第14辑。

《王苏州遗书补》一卷：民国二十五年（1936）铅印本（上海图书馆、南京图书馆、南开大学图书馆、南京大学图书馆、复旦大学图书馆）。

---

① 王仁堪：《王苏州遗书》卷十，《清代诗文集汇编》第771册，第298—299页。
② 王仁堪：《王苏州遗书》卷十，《清代诗文集汇编》第771册，第299页。

张亨嘉《张文厚公文集》

叙录

张亨嘉(1847—1910),字燮钧,一字铁君、铁军,侯官人。光绪九年(1883)进士,官至礼部左侍郎,谥文厚。有《磐那室诗存》一卷,《张文厚公文集》四卷,《张文厚公赋钞》二卷。石遗室书录云:文厚文章根据经史,尤熟舆地之学。惟散体时参骈语,且间用典,与左海文略相似。

《张文厚公文集》四卷,扉页有"戊午七月门下士郑沅署耑"字样。每半叶十行,行二十二字,注小字双行同,四周双边,单鱼尾,黑口,有栏线。卷首有吴曾祺、江春霖作序,卷末有于君彦跋。卷一,经解三十二篇,对策二篇;卷二,论二十二篇,说二篇,辨一篇,考一篇;卷三,书后二十一篇,题跋九篇;卷四,册文一篇,祭文二篇,折一篇,说帖一篇,议一篇,告示一篇,记二篇,序六篇,纪实一篇,神道碑一篇,墓志铭四篇,墓表一篇,传一篇,书一篇,寿序八篇。

《张文厚公赋钞》二卷,无序。卷一,赋十五篇;卷二,赋十五篇。

张亨嘉为文注重出处,讲究"无一字无来历",吴曾祺曰:"故其发为文章,原原本本,无一字无来历,虽波澜意度,时有不逮古人。其视后生小子，束书不观，游谈无根者，去之远矣。"①且在矫正时文方面用力颇多，他的著作核心便是以"典要""事理"为文，江春霖曰："自有明以制义取士，号称古文名家，率不免有时文习气，而矫其弊者，乃务为高古，令人不可以句读。制义废后，变而益厉，新学摭外国之名辞以矜创获，旧学则一切禁勿得用，截然如铁石、金玉之不容混杂，反唇相稽，迄未有已，春霖则以为文必据典要、切事理，拘拘字句、格式之间，固不足论也……公于数千年朝章国典沿革次第，与夫人心世俗盛衰之故，国家所视为废兴存亡者，原原本本辄数千百言，则公之文必据典要、切事理而作。"②

解经之法，在于通大义，而不是释名词，张亨嘉《策问》曰："说经之弊，不遵传笺无以定经文之义训，不绎经旨无以定传笺之是非。苟说无可通，则宁背传笺、不背经旨，斯说经之法也。《大雅·皇矣》篇，维此二国，维彼四国，侵阮徂共。毛郑异解而皆有可疑，谨依经旨而详释之……窃意'二''四'皆当泛说，不必实指何国。盖古人文字语少则举始数，语众则举中数、终数，六经中，如《左传》'五侯九伯'及此诗'二国四国'，皆当一例，旧说必不可从，先儒有'四侯半'之说，较数烦碎，其实'五侯'者，举中数也。如《左传》不可以'五稔'，'五'大不在边，'五'细不在庭，是也。"③《湖南校士录序》云："先之以训诂，本之以义理，广之以兵谋、舆地、农政、河渠，略仿苏湖成法，以经义治事隐括之，而益以辞章一门。其于时文则以才学识为主，务使圣人之经典、先儒之注疏与前代之史悉镕冶于八比之中，而不为绳尺束缚之陋。或者曰：'载籍，糟粕也，其于时文，唯之与阿也。'曰：'取士之道，如是止矣。'……夫古人立身行己、修齐治平之理具于经，而其迹灿于史，外此无所为学问也，舍此无所为事功也。以空疏为性理者，浮伪之士也；以法律为诗书者，苟且之治也；以鸷猛为方略者，偏裨之才也。"④

---

① 张亨嘉：《张文厚公文集》序，《清代诗文集汇编》第765册，第471页。
② 张亨嘉：《张文厚公文集》序，《清代诗文集汇编》第765册，第472页。
③ 张亨嘉：《张文厚公文集》卷一，《清代诗文集汇编》第765册，第507页。
④ 张亨嘉：《张文厚公文集》卷四，《清代诗文集汇编》第765册，第587页。

关于封建和郡县的优劣，柳宗元曾著《封建论》，张亨嘉继此而言封建与郡县不能一概而论，二者各有优劣，当根据实际现实而来，"三代而上，以封建而长；三代而下，以不封建而促。然则封建可复乎？而不尽然也。三代而上，以封建而治；三代而下，或以封建而乱，然则封建不可复乎？亦不尽然也。道在寓封建于郡县之中而已。夫古之立国也，厚泽深仁之意，既可沦浃乎肌肤，建官立政之规，复足维持乎纲纪，后世则战克而攻取耳，小就而粗安耳。故曰三代以上之永永以仁，非仅封建为之；三代以下之促促以暴，亦非仅不封建为之也"①。

张亨嘉非常重视节义，他在《两汉风俗论》中大力夸赞东汉的风俗状态，"天下之事最不可为者，不在外患而在内忧，不在天时而在人事。治平之世，水旱不作，边圉不惊，可谓盛矣。变自内起，其亡也忽焉，天下大乱，盗贼蜂起，其势若不可终日，然犹迟之，又久而后失之，何难易之悬殊哉？气节之盛衰，风俗之纯浇，为之非一朝夕之故也。盖观两汉之事而益信矣，何则？周秦之际，异端并起，祖龙燔六经，高帝溺儒冠，虽以孝武罢黜百家、敦崇正学，然张汤尚刑名、汲黯习黄老、平津饰诈术，上行下效，耳濡目染。迄汉之世，士大夫争逞游侠、睚眦杀人，起视四境，则锦绣蔽墙，箕帚诨语又比比而是，流极既衰，而美新颂莽之徒，动以千百计，此其风俗尚可问乎？若夫东汉则不然，世祖举遗逸、表行义以磨世厉钝，微特庄光高尚、志节卓然，而一时云台诸臣如邓仲华、祭弟孙、寇子翼辈，皆明经通儒、修举礼法。厥后党锢之兴，与李膺、范滂同逮者百数十人，拼掷头颅，以与妖竖相抗，死节之盛为古今冠，以视西汉之季，岂可同年语哉？"②并对魏徵是否为节义之士做过一番辩解，其《魏徵论》云："古今有节义之士，有功名之士，合则为圣贤，而分之亦不失为豪杰，此其大较也。先儒多以魏徵不死建成之难，为去节义以就功名。窃意以为不然，何也？徵之仕唐，事高祖也，为太子洗马，仍高祖之臣也。高祖尚在，建成虽正嫡，而未成为国之

---

① 张亨嘉：《张文厚公文集》卷二，《清代诗文集汇编》第765册，第509页。
② 张亨嘉：《张文厚公文集》卷二，《清代诗文集汇编》第765册，第532页。

君。太宗虽擅诛，而不可谓国之贼，徵事唐则当为唐之社稷死，不必为唐之太子死矣。徵事高祖，则当留其身以报高祖，不必轻其身以酬建成矣。况建成死而唐始安，太宗死则唐必乱，易储之举，神尧早有意焉。"①

"礼禁于未然之前，法施于已然之后"，治理国家要有宏图远虑。《书贾生论积谷疏后》（上）云："强生于富，兵聚于食，国蹙于贫，寇横于饥，以古准今，百不失一，何则？天下之大患，曰乱曰灾。顾乱之弭也，不弭于有乱之日，而弭于无乱之日；灾之澹也，不澹于已灾之时，而澹于未灾之时。是故上有善政，下无遗力，重农贵粟，家给人足，则国虽蹶不僵。理财得人，飞挽有法，运道无梗，士马饱腾，则军虽蹶不溃。反是者，其弊盖可知矣。"②

张亨嘉以为李斯以权术愚弄天下，最后也死于权术之下。《书李斯论督责书后》云："尝怪从古亡国之君臣，其君未尝必欲自亡其国，而卒不免于亡；其臣亦未尝必欲亡君之国，而卒亡其国以及其身。迹其谬戾恣睢，无复人理，有老奸巨猾所不忍为者，彼独悍然为之。盖始欲以术愚人，不料其终以自愚为天下后世笑也。"③

张亨嘉对书画也有所研究。其《跋云壑画》云："云壑先生，博雅好古，诗与书法并推重一时。画境翛然尘表，盖惟其胸中有洒落之致，腕下自有幽澹之神，此非浅人所能袭取也。此帧平淡天真，时有逸趣。吾友邃斋廉访所藏，邮致京中相赠。余念物聚所好，而忌人之夺其所好。邃斋与余有同好，而割所好以贻余，是余夺邃斋所好也。思之思之，谊有不可，因跋而归之，非敢委大贶于草莽也。"④

诗歌贵在有真情实感。《叶甹恭诗集序》云："古之君子，必有其自得之真，沛然足以涵万汇而有余，然后能自拔流俗，视世之驰骛奔走，鄙夷不屑，泊然声利之外，好学深思，以抉天人古今之赜。即或流连光景，偶耽吟

---

① 张亨嘉：《张文厚公文集》卷二，《清代诗文集汇编》第765册，第533页。
② 张亨嘉：《张文厚公文集》卷三，《清代诗文集汇编》第765册，第550页。
③ 张亨嘉：《张文厚公文集》卷三，《清代诗文集汇编》第765册，第557页。
④ 张亨嘉：《张文厚公文集》卷三，《清代诗文集汇编》第765册，第575页。

咏，则皆其学之所溢情之所寄。韩退之氏云，流俗人间者，泰山一豪芒，此其意量盖远。岂与世儒区区，较一艺之短长尔乎？"①

公藏

《张文厚公文集》四卷、《赋抄》二卷：民国八年（1919）刻本（国家图书馆、上海图书馆、南京图书馆、湖南省图书馆、福建省图书馆、北京师范大学图书馆、南开大学图书馆、湖南师范大学图书馆）。

① 张亨嘉：《张文厚公文集》卷四，《清代诗文集汇编》第765册，第592页。

陈成侯《绳武斋遗稿》

叙录

陈成侯（生卒年不详），字仲奋，闽县人。光绪十五年（1889）举人。有《绳武斋遗稿》。

《绳武斋遗稿》不分卷，每半叶十行，行二十字，四周双边，单鱼尾，白口，无栏线。卷首有侯官吴曾祺作序。共计文三十九篇：考二篇，解九篇，说十一篇，论四篇，策问一篇，述义三篇，恭读一篇，书后六篇，序一篇，启一篇。石遗室书录云：此篇皆其在致用书院课试之作。考证诸篇，时有心得，论说笔意明简。

吴曾祺评曰："余既无用于世，终岁授徒以自给，先后著籍者无虑千余人，陈子仲奋，其一也。仲奋从余游才十三四，颖慧异常童，初学制举文字，时能自出新意。数年举于乡，旅食四方，与余不常相见。间出其所作示余，诸体略备，大都思益深词益隽，骎骎乎能窥古作者之室，使假以岁月，其进未可量也。未几，以病没，遗稿多散失，其兄伯谦搜其残箧中首尾完具者，尚可得数十篇，裒而辑之，都为一集，请序于余。余窃维人生功名福泽类，非吾身所能自主，独于绩学所致，吾身之所得以自为者，而苍苍亦靳之，不使为其至，岂不以古之文人才士极其思力，时能雕镌造化、役使鬼神，往往为天公之所深忌，而促其年以败之。譬如道家者流，丹垂成而魔至,故夫自古不乏聪明瑰异之姿,而身列著作之林,足以信今而传后者,如是其寥寥也。余老矣,曩时睹记荒落殆尽,使仲奋尚在,相与杯酒过从,以收旧学商量之益,而迄不可得,甚矣余之穷也。今序其文,不胜吾道益孤之感矣,为之悯然者久之。"① 此文指出陈成侯古文诸体略备,大都思深词隽,能自出新意,可谓聪明瑰异之姿。

陈成侯认为学词章须先通训诂,《学词章先通训诂说》云:"古之文人,盖未有不精于小学者,屈平之骚、孙卿之赋皆贯穿经训而为之者。词章家之极轨也,汉家最推相如、子云。相如究通古今之训而作《凡将》,故其文极体物之工,《子虚》《上林》《封禅文》诸篇,殆字字如挟生气者。子云《方言训纂》,视《凡将》尤精详矣,尤能覃思诣微,好用奇字,故字多如履危石而下,后之作者莫能逮也。班张也,崔蔡也,踵而肖焉者也,而尤有为其难者,如左思《蜀都赋》之蔚若相如、皭若君平,两句几能以一字尽其人矣。其櫽栝也,所以为微妙也。郭璞之江、木华之海,极璀璨之观矣。而未尝不镕义铸辞,寻而可见,观其奇而不诡,僻而能典,必有以知沉浸古训之深者。六朝之文醲郁渊懿,犹能袭其波者也。吾尤爱作家之深于辞者,每能于经语中易其末一字,不见其强,而转见其安;不疑其杂,而转疑其粹。正如班孟坚所谓解古今语而可知者,而刘彦和富于万篇,贫于一字一言,更为洞见症结。盖用字不可不的,不的则义有所阁,义有所阁则词不惬而气亦伤,如是而求其文之工,庸可得乎?而容有根柢不邃,好为罗罗清疏之文者,则又苦一览易了、无足耐人寻索,有志为古人之徒,必不尔也。"②

陈成侯推崇西汉文章,因其源类出于六经。司马迁出于书家,董仲舒出于春秋家,匡衡、刘向出于诗家,司马相如、扬雄出于小学家。《策问》云:"古无古文之称,凡属辞成篇者,皆谓之文章。班孟坚曰武宣之世,崇礼官、考文章。又曰大汉之文章,炳然与三代同风,故后世言文章者,以西京为极盛。西京之以文章名者,其源类出于六经,故其文为东京所不及。韩愈氏于西

---

① 陈成侯:《绳武斋遗稿》序,民国六年(1917)刻本(福建师范大学图书馆)。
② 陈成侯:《绳武斋遗稿》,民国六年(1917)刻本(福建师范大学图书馆)。

京一代,只数太史、相如、子云三人。窃谓其时近古,步伐胎息多得其真,卓然有家法者,固不止此。史公尝从安国问,故其文得之书尤多,观其文诡理畅,盖尚书家之派也。仲舒沉浸春秋,其对策武帝,尝谓其辞不别白,指不分明,迹其访义多隐,自春秋家之派也。贾生善传会古礼,议论多有根据,而陈政事等疏,辞气尤茂,则派之出礼家者也。匡衡、刘向经术湛深,措辞尔雅,然切事类情,尤长于讽喻,则派之出诗家者也。若相如、子云竞于声、逐于字,虽华赡可观,特沿经之余波,而仅为小学家之流派者矣。"①

陈成侯称许六朝文,因其气体近古。古人之文因其无心而成文,"心得文而章,文得心而传",文与心合一,故古人之文最尊。《〈文心雕龙〉书后》云:"异哉,六朝人之论文而能以心名其书也,六朝人文之有近古者,特其气体耳。彦和乃归之于心,首以明道、宗经,古人之文得是书而尊矣。虽然,窃有说焉,古人之文有无心而成文者焉,物感于心而不觉有文,有不得已而为文者焉,理积于心而不能不文。物感于心者,因其适然而出以自然。心载于文以出,其为文也真,在诗有兴体。理积于心者,明其所以然,以先得人心之所同,然心周乎文以生,其为文也精。在《易》有《文言》《系辞》,心得文而章,文得心而传,此二体者,古人之文之最尊者也,后之作者因文而构心,心常后于文。为之也有入焉,有不入焉,即为之而成也,文又不尽由心言之也,有或然焉,有不必然焉。如是以言行文之心,神乎、味乎,词费耳;风骨乎、魄力乎,貌具耳。然则古人文之自然与言其所以然者,言心者,乌可不表而出之哉?"②

陈成侯论说文说理精微,思想深邃,笔力精劲,才气毕现。《明儒讲学各有宗旨说》一文逻辑严密,论证有序,见解深刻。《明儒讲学各有宗旨说》云:"讲学之有宗旨,不自明始也。主静主敬,宋儒实先之,然静也敬也,皆积其体验,有得者言之为己也,非为人也。至于明而滋,不然矣。明太祖、成祖不以礼治天下,士夫疏于经术而尚谈名理为高,其一二资地过人者,知讲明道学为足收天下之望也,乃自立标准,与宋儒语录之近而异者以为之招,而

---

①② 陈成侯:《绳武斋遗稿》,民国六年(1917)刻本(福建师范大学图书馆)。

当世学者亦耳食之，以为合于圣贤之言也。相与靡然从之而依以为重，及其沿之为风，而师说不足以相信也，继之者不得不别为之名立，说之偏又不足以相服也，而以门户为互诟者，自不能不各张其帜以相胜，言圣贤之言，曾与为我兼爱，各执一说，以蛊惑天下之人心者，无以异。呜呼，名目之繁，亦若事势之相激使然，不足为怪者，其人为之乎，抑其时为之乎。至阳明、白沙混儒于禅，为世诟病，而高顾且以召天下之祸，究与我夫子四教之旨无一合者，宜近儒，或以立宗旨为误人矣。虽然，岂宗旨之过哉？"[①]论司马光脚踏实地一文，正反论证，持论有据，文法严密。《司马温公脚踏实地论》云："天下未有不实事求是，而足以自立者，舍实，无所为性情，无所为学问，无所为经济也。如邵康节所称温公脚踏实地者，以其言行耳，以其事业耳。窃以为皆其学为之也，学者，所以管乎心与事之枢也。无学则动于所激，有轻举妄动者矣；移于所撼，有进退失据者矣。彼其介众小人之间，不为之抗也；与诸君子者同列，亦不随之俱蹶也。更历乎国家之危疑震撼，强固其身以有待也。呜呼，吾读其书，无一放言高论，有以知其立心行事，必与之合也。夫学问，立言也；根之于性情，立德也；推而为经济，立功也。温公之所立者，盖千古矣，独一时乎哉？世之竞于浮且躁者，其视此，何如也。"[②]

公藏

《绳武斋遗稿》：民国六年（1917）刻本（国家图书馆、福建省图书馆、福建师范大学图书馆、台湾"中央研究院"历史语言研究所傅斯年图书馆）。

[①][②] 陈成侯：《绳武斋遗稿》，民国六年（1917）刻本（福建师范大学图书馆）。

陈　衍《石遗室文集》

叙录

陈衍（1856—1937），字叔伊，号石遗，晚称石遗老人。侯官人。龆龀早慧，幼贫力学，乡里推为神童。光绪壬午（1882）举乡试。1886年，入台湾巡抚刘铭传幕。1889年，应湖南学政张亨嘉之聘，赴湘任府试总襄校。1890年，应礼部试未酬，遂留沪上，入江南制造局幕，兼广方言馆教习。1909年，入京任学部主事，兼礼学馆纂修，主持京师大学堂经学讲席，与陈宝琛、陈三立、郑孝胥、夏敬观等俱为一时名流。1916年，应福建省省长许世英之聘，总纂《福建通志》，统理全省各县志事宜。1923年，首聘为厦门大学文科教授。1931年，应唐文治敦请，任无锡国学专修学校讲席。次年，与章太炎、金天翮等在苏州筹组国学会，并主编会刊《国学论衡》。前后讲学南北垂四十年，以弘扬民族文化为己任，声誉卓著，士林争附。1937年夏，病逝于福州，享年82岁。有《石遗室文集》。

《石遗室文集》十二卷，卷首有自叙。卷一，传四篇；卷二，行述一篇，行状二篇；卷三，墓志铭五篇，圹志一篇，塔铭一篇；卷四，事五篇；卷五，记十二篇；卷六，议四篇；卷七，序五篇；卷八，书九篇；卷九，叙

（序）二十篇，书后四篇，题后一篇，跋二篇；卷十，辩六篇，说三篇；卷十一，哀辞四篇；卷十二，赋一篇，赞一篇。

《石遗室文续集》：传四篇，墓表二篇，墓志铭二篇，记二篇，说一篇，序三篇，书六篇，叙十篇，书后一篇，跋二篇，祭文一篇，哀辞一篇。

《石遗室文三集》：传一篇，神道碑一篇，墓志铭八篇，墓表四篇，记十篇，呈一篇，跋三篇，叙十二篇，书一篇，书后一篇。

《石遗室文四集》：传三篇，墓志铭九篇，书事二篇，记六篇，书五篇，叙二十一篇，跋三篇，书后一篇，哀诔一篇，哀辞二篇。

四集共辑录短文二百二十一篇，从多方面反映了作者丰富的社会阅历和个人生活，体现了作者对社会、人生、学问和艺术的观点。四集的文体编次，与历代各家别集、总集之文体编次均不相同。陈衍认为"无韵之文首《尚书》"，《尚书》虞书典、谟最先，故《石遗室文集》先录传、状、碑、志，次则书事；夏书"禹贡"记事，故《文集》第五类为记；周书"洪范"记下告上语，故《文集》第六类为奏议；赠言实仿"君奭"故则，列第七。

《石遗室文集自叙》云："生平无韵之文无虑二三千首。教授京师、武昌各学校，说经之文数百首，论史之文数百首，论文之文百十首。佐幕台北、武昌，草奏书札数百首。卖文上海十年，寿言即数百首，杂报论说又数百首。其少时里居，课经义治事词章于书院者不数焉。今皆弃不取，尚有数百首属于记载告语各类。不于吾身尚存，择其稍雅驯者，都为一集，则前所云二三千首中，流落人间必复不少。异日有捃拓旁逑，谬附知言而代梓之者，则多非吾心所愿存。死者虽未有知，而隐隐不甘之情郁于天壤，亦何惜不预为之所也。故删存如左，其编次体例详于与姚君悫刘洙源书中云。癸丑重阳节石遗老人书。"[①]指出陈衍古文主要有说经、论史、论文、书札、寿言、杂报论说文等。

陈衍游记文用辞朴实，清新隽逸，叙事与写景相结合，以时间和行踪为架构，结构完整，在自然景色中体悟生命的自适情怀。《游君山记》云："自

[①] 陈衍撰，陈步编：《陈石遗集》（上），福建人民出版社2001年版，第426页。

夏口舟行遇南风，十有九日至城陵矶。其夜将半，大风发于水上，舟人竞起峭帆。天向明，见水势呀然作碧玉色，中横玉界尺一方，舟人曰君山也。数须臾，抵岳阳楼下，不得泊而去。曾几阅月于兹耳，涵虚湖水陡落数丈，登岳阳楼，复望君山。沙洲历历，有亘于其际者，楼中道士为言，山方而平，故四面望之如一。问往游水程几何，曰水平时，绝流径渡，十里而强耳。冬际水落，避沙洲，磬折行，当三十里，同人欲游者众。明晨遂往，小舟坐五六人，拗风行，时作欹侧欲覆状，有怖者。抵山足，行泥渚数百武，至洞庭君庙，朴陋无足观。出经虞帝二妃墓，稍上，下坡垄茶园间。西转得朗吟亭，入望空水弥漫，不见涯涘。洞庭以西湖为汧滪，兹亭有楼，则山中最高处也。向读唐人小说，若柳毅、氾人、钱起、郑德璘诸轶事。潇湘洞庭间，一种芳馨萧瑟，夷犹缥缈之意，如或遇之。今僧言山方广七里，并无峰峦，多种茶为业。山中旧有数十胜迹，如橘井、传书亭，存者无几。然朗吟亭揽全湖之景，想烟月靓清，云水荡碧，与雁声摇落而俱远，直使人生冲举遐引之思于无穷也。"[1]

陈衍论诗，主张诗写"自得之境"，抒发自己真实的思想感情。《海藏楼诗叙》云："君每言作诗无深抱远趣，所谓不可适独坐者，固已。若处处不忘是作家，而不敢极其才思，诚作家矣。然终于此而已，安有深造自得之境。其题晚翠集云云，余故以为至言，非君莫能道者。君又言，律诗要能作高调，不常作可也。余曰，高调要不入俗调，要是自家语。元裕之多是高调，却无俗调。高季迪、前后七子喜高调，遂多俗调。东坡律句极少高调，属对每以动宕出之，此秘发于沈佺期、王右丞，极变化于老杜。《吴都赋》云，崟崎乎数州之间，灌注乎天地之半，七律中对，要有此二语体势。"[2]

陈衍还主张诗之工当能不为律所囿，即诗能自道心中所得。《陈仁先诗叙》云："唐宋以还，能持不律属字句者，殆无不为诗。然可称为工者实不多，有工为诗者，非独其诗之不屑乎众人，必其人之不屑乎众人也，其结想

---

[1] 陈衍撰，陈步编：《陈石遗集》（上），福建人民出版社2001年版，第465—466页。
[2] 陈衍撰，陈步编：《陈石遗集》（上），福建人民出版社2001年版，第509页。

欣戚无以稍异于众人。其有所言，谓之能属字句也足矣……独肆力为凄惋雄挚之诗，始为汉魏六朝，笔力瘦远。余虑其矜严而可言者寡也，意有未足。别去三四年，相见京邸，出所作一二百篇，无以识其为仁先之诗。韩之豪、李之婉、王之道、黄之奇，诗中自道所祈向者，皆向所矜慎而不敢遽即者也。余以谓，诗者荒寒之路，羌无当乎利禄。仁先精进之猛，乃不在彼而在此，可不谓嗜好之异于众欤？"①

陈衍赋作善用典故，结构层次分明，辞藻铺排恰如其分，形象描绘富有生气，句式灵活变化，具有一定的艺术性。《小池赋》云："昔唐代文皇，禁苑有小山之作；北周开府，江关有小园之篇。柳河东之记小潭，略同钴鉧；杨弘农之志小沼，匪备瀺灂。斯皆刻画小言，描摹小景。类沾沾之自喜，岂沈沈之夥颐。余有数亩敝庐，介在城市，背倚闽山之麓，面当乌石之峰。萑薍盈庭，幂翠枕烟之莫辨；婆娑嘉木，丰寻盈尺以偕来。然抱汹洄硁砈之怀，乏窊樽杯湖之趣。有激流植援之意，非郊居陆沈之所。此小池之所为凿也。尔乃西轩之偏，南荣之前，两宇对望，四甿垂边。室度五几，瓦翼卅椽。牖甫上以见日，庭坐井以观天。篁塞罅以蔽亏，檐面势以回旋。窗施楅而冰纹，壁安门而月圆。幕翻风以披披，帘隔雨以潺潺。闻承溜之渐渐，思流泉之涓涓。乃命土工，相乎庭中。周堂下为四至，绝瓴甋之交通。如井干之菁积，类方明之中空。阶不留盈尺之地，沼俾成不日之功。乃阙乃铲，为污为汪。非溪辟之成洼，恐渟泞之名潢。泶有无于冬夏，瀸否见于雨旸。"②

---

① 陈衍撰，陈步编：《陈石遗集》（上），福建人民出版社2001年版，第513页。
② 陈衍撰，陈步编：《陈石遗集》（上），福建人民出版社2001年版，第549—550页。

陈　翼《待隐堂遗稿》

叙录

陈翼（生卒年不详），字苢庭，闽县人。有《待隐堂遗稿》等。

《待隐堂遗稿》四卷，扉页有"光绪十九年秋七月校刊"字样。卷首有陈书作序。正文首页署名"闽县陈翼苢庭氏撰"，"男秉中校刊"。每半叶七行，行二十字，四周单边，单鱼尾，黑口，有栏线。卷一，诗五十首；卷二，赋十五篇；卷三，赋十七篇；卷四，杂录五篇若干节。

陈书评曰："余既徇门人陈生执甫之请，校刊其尊人苢庭赞善所著《春秋义》梓以行世矣。执甫间日又裒赞善遗文，并搜辑平时读史评语附缀其间，可谓勤于缵述者矣。赞善归田，与予为文字交，殆将十年。赞善既谢世，执甫仍来问业，学较往年为优，予喜之而悲，赞善之不见也。虽然，能读父书，则所以存赞善者，又不在区区掇拾遗文而已也。光绪十九年建子之月晦日缓庵居士陈书谨叙。"[1] 作者谈及自身与陈翼的文字交往和私交情感。

《小园赋》是南北朝著名诗人庾信晚年羁留北周、思念故国时所作的一首抒情小赋，庾信通过对其所居住的小园景物的描写，抒发了深沉而悲怆的故国之思和身世之悲。而陈翼的《拟庾子山小园赋》是对《小园赋》的拟

---

[1] 陈翼：《待隐堂遗稿》序，光绪十九年（1893）刻本（福建师范大学图书馆）。

作，拟赋同样能做到触景生情，移情入景，情景交融，物我一体；并且用典和白描紧密结合，颇见匠心。《拟庾子山小园赋》云："若夫国依蜗角，庄周则阳之篇；游托蟊髯，唐勒小言之赋。神仙入市，但寄壶中；高士赁春，不妨庑下。岂必乌衣名巷，竞王谢之门楣；绣戟传家，侈金张之阀阅。仆已拙性同鸠，羁居似燕，三弓拓地，十笏量斋。笼中鹦鹉，久已忘飞；枝上鹪鹩，依然恋树。幸一枝之可借，等三径之未荒。聊以拟南阮之仲容，北窗之靖节而已。尔乃斗室纡回，瓮牖封坯；激坳泉引，排闼山来。土累簣而成岫，水浮芥而覆杯。听鹂无馆，支琴非台。三间两间，十步五步。径逼蹴花，檐低碍树。宅割鸥家，梁通燕路。鸡在瓮兮有天，雀处堂兮何惧。草缛青洧，花密红交。半拳选石，一勺藏坳。松萝互荫，鸟鹊通巢。庭树忘忧之草，圃悬不食之匏。拾橡栗兮忘饥，入衡茅兮栖迟。水二分而让竹，屋经岁而移茨。篱围麂眼，山露蛾眉。门不容驷，础无伏龟。荷喧作雨，桐落知时。鸣啁啾之弱羽，袅荡漾之游丝。得安仁闲居之乐，异仲宣望楼之悲。时复活泼，观鱼平，安识竹，先雨植葵，重阳就菊。三秋蓻夜雨之菘，六月食豳风之薁。面蕉开窗，牵萝补屋。岂殊宏景之仙居，何必季伦之金谷。独步平林，晞发抽簪。瓶笙韵美，锻灶烟沉。既澹情于躁竞，遂适兴于幽寻。蛩微吟而倚壁，鸟倦飞而投林。洗筝琶之俗耳，清风泉之道心。进刘伶而命酌，召伯牙而操琴。爰乃抚时顺令，怡情适性。煮白石以为粮，饵紫芝而郤病。求辟谷之灵方，访成丹之药镜。请息交而绝游，希乐天与知命。岁晚闲闱琴，尊双携恒饥。稚子偕隐，莱妻菽薤。千本滋兰，一畦连腮。帐狭屈，膝屏低。鹤在阴兮寡和，蝉警露兮频嘶。况复雪虐风虚，灯昏宵余。闻鸡有警，系雁无书。清砧古戍，冷月烟墟。诛茅岂宋玉之宅，赐田非南阳之庐。啼鹃兮声绝，吟猿兮肠裂。惜日月兮蹉跎，感风云兮起灭。膝等藜床之穿，腰悔柴桑之折。西风起张翰之思，南浦赋江淹之别。关山则异地迷离，骨肉则中年隔绝。几停秦岭之云，空赋梁园之雪。星霜兮倏忽，桑榆兮已晚。风萧萧兮寒催，云漫漫兮路远。身无翼兮焉飞，心匪石兮莫转。徒争谢传之墩，孰叱王尊之阪。念吾生兮悠悠，叩上苍兮浑浑。"①

陈翼的读书笔记，内容丰富，涉猎庞杂，见解深刻。《杂录》之一有云："三代寓兵于农，惟唐府兵得其意，最为良法。然居今日而欲复三代之制则又不可，民出食以饷兵，兵出力以卫民，相沿已久。今反其法，使执耒耜者并执干戈，不特无以卫民，且适以扰民。"②该文谈军事制度因时而变。

《杂录》之一有云："为学之道，首在立志。人生天地间，当思作第一等人物，况天之所以予我者，至全至备，我不克葆其所有，何以对天。夫子曰：'士志于道。'颜子曰：'舜，何人也，予何人也，有为者亦若是。'有志者当以圣贤为法。"③该文谈读书、为学须立志。

《杂录》之一有云："湖南民风刁而健，湖北民风轻而诈，然湖北之山川、人物俱不及湖南。若豫省，则海宁各属多带湖北俗习，大河以北则民风朴厚，而怀庆一府尤勇而好义，其地之险要如洛阳，其膏腴则莫如怀庆。"④该文谈民俗，认为地域决定民风。

《批史记》之一有云："上古非不欲郡县，天下势不能也。禹会涂山，诸侯万国；周会孟津，诸侯八百。盖古时各据一方，代有兼并。武王灭国五十而封同姓者，即此五十国，岂不欲多封同姓，限于地之不足也。春秋时，大并小，强并弱，至战国仅存其七，而秦一旦灭之，历古帝王所欲行而不得者，秦得因利乘便，行之为古今第一良法。柳州谓封建非圣人意，诚哉，是言也。圣祖鉴封建之害，而悉郡县之，版图虽广，驾驭有方；督抚虽制，兼圻地方，千里而诏书一纸易置，若弈棋然，益信封建非圣人意矣。"⑤该文谈封建制度，要以古为鉴，因时损益。

《批史记》之一有云："败兵之将不可以言勇，亡国之大夫不可与图存。况三降将虐用秦民，秦人恨之切齿，项王即使王秦地，以距塞汉王，彼即为项王用，秦民肯为用哉？范增亦未料及，乌得谓智？"⑥该文谈项羽不得不败的道理。

---

① 陈翼：《待隐堂遗稿》卷二，光绪十九年（1893）刻本（福建师范大学图书馆）。
②③④⑤⑥ 陈翼：《待隐堂遗稿》卷四，光绪十九年（1893）刻本（福建师范大学图书馆）。

《批史记》之一有云："戎狄之患，自古已然。周之时，狁狁、犬戎蹂躏中国，汉则有匈奴之备，晋则有五胡之乱，自是鲜氏羌羯种类愈繁，至元魏统一北朝而后已。唐之时，回纥、吐蕃迭相为患，石晋以燕云十六州赂契丹，至能易置中原，天下为祸愈烈。赵宋贤君继作，不能恢复幽燕，其间辽灭金兴，徽、钦二宗反为女真所虏，蛮夷猾夏于斯为极，至元统一中原而后已。我朝发祥盛京，与蒙古世为婚姻，屏翰朔方，必无边警，乃海外岛夷涉万里重洋为患中国，此真生民以来未有之奇闻。唐顺之云：'天下之患，每出于所备之外。'其信然欤。"①该文谈边患之历史，对现实具有警惕作用。

《批战国策》之一有云："韩魏楚赵皆与秦接壤，惟燕之距秦中隔一赵，固恃赵以为固，故连横之说，说燕最难。乃仪即因其所恃者乘间而入，始言可恃者，不足恃且可虑；终言事秦则有可恃者在，而可虑者不足虑矣。况燕常恃赵虑赵，今赵且听命，何况于燕。燕王安得不举国以从耶！太子处亡国之余，权宜而立，故必须藉重于外，且事贵乃安，外与贵，即谓齐赵也。"②该文谈张仪连横说的关键乃在燕国。

公藏

《待隐堂遗稿》四卷：光绪十九年（1893）刻本（福建图书馆、福建师范大学图书馆）。

---

①② 陈翼：《待隐堂遗稿》卷四，光绪十九年（1893）刻本（福建师范大学图书馆）。

郭篯龄《吉雨山房遗集》

叙录

郭篯龄（生卒年不详），字祖武，一字子寿，号山民，莆田人。郭尚先之子。诸生，官浙江府同知。有《吉雨山房遗集》。

《吉雨山房遗集》十卷，其中：文四卷，诗五卷，词一卷。扉页有"光绪庚寅孟夏开雕"字样。正文首页署名"莆田郭篯龄子寿著"。每半叶十行，行二十二字，四周双边，单鱼尾，白口，无栏线。无序。卷一，考十篇；卷二，考据类三篇，记七篇，传三篇；卷三，轶事一篇，传一篇，序十一篇；卷四，书后三篇，跋二篇，墓志铭四篇，说三篇，书一篇，祭文一篇，铭十二篇；卷五至九，古今体诗四百二十六首；卷十，词六十六首。

郭篯龄记文善写山水之趣，静谧清幽，得柳州笔力。《东圃记》云："丙子冬，余始辟东圃。东圃者，村肆也……余笑而颔之弗答，因其旧弗改，仍其敝弗葺，缭之以垣，覆以苫，弗瓦，使广狭容一亩。屋之后，夷庚为圃，引东山之水为池，南逾大溪二里为越王山，沿溪而西十里为西音山，皆多兰。俾渔童求之，樵青树之，于池之侧，大枞高百尺者七，纳其三于门之内，四，垣之外。四时柯叶不改，夏得其荫，冬与之芸，岁寒若良友之晤对也。树宜面宜山，山益其致之高，面则出入与俱，行立坐卧者，皆与相响。去其前，荣以三尺，让地益旷，目益无所蔽，树益亲，树与我皆可无憾。兰宜屋后近水，近水则利于溉，在屋之后，隔以垣，启闭以门，以时，佳客可纳，俗客可谢，嚣尘可祛，垢污可涤。兰以益幽，获完其天。故屋不负田揖麓，无以处兰与树，树名节士，兰同心友，与之晨夕，乐此山水。吾方以天地为庐，日月为牖，而古处之，逊前揖后，与居与游，华屋广厦，加以藻绘，不独病俗，愧此友矣，何怪何陋，吾将以是而终古也。向使贾竖得操奇赢，至于今日则爽鸠。是之乐也，吾弗得过而问之，肆而弗圊，山弗得而静，水弗得而洁，枞弗终其高，兰弗成其幽。司地之祇，其将听乎？微彼离凶，曷遂我吉，此意隐秘，山川不言，青囊天玉，区区末技，固弗得而知也。"[1] 刘国光评此文为："文奇而正，意曲而达，逸情静趣，引人以深，具有柳州笔力。"[2] 柯玉珊评曰："易奇而法，诗正而葩，两者兼核，不当以游戏目之。"[3]

郭篯龄诗论以"情"为旨归，"情之味隽而永，故其诗可咀而饫也"，诗之耐人咀嚼在于情意隽永绵长。《李雪樵诗稿序》云："凡为诗言情者，宜赋；言事者，宜比；言物者，宜兴。则意味深长，情独可赋者，为其所言情也，事物而出以比兴，则无情者，有情且所以言其情也。故诗之为诗，情尽之，所谓发乎情者，倘谓是矣……君之诗，盖深于情者，骎骎乎古人矣。其言事言物，皆所以言乎其情，其声出于情，其色出于情。情之味隽而永，故其诗可咀而饫也……故其为诗，不断断唐宋，一因其情之周之折，而旋之以中规中矩，情不可尽，故其境无尽。情之所至，事物汇焉，如水之于海，然鱼龙曼衍，千态而万状者，皆其情宽深之所涵，湍激之所鼓。以为是境也，乌可限量，其至哉，嗟乎，情未至则境囿之。至于境矣，又患其逐境而迁，二者不同，同乎境，为政非有其至于情者，则情有不至。至于情者，情之所从发也，其所从发者，无所囿无所迁，而后其所发者，不囿不迁，不囿不迁而后至，至在于情之后，所以至者，在情之前；至在于境之内，所由至者，在境之外。情之后，境之内，其有诗乎？情之前，境之外，有诗矣，其可为乎？信在其外与其前，情吾情，境吾境，诗吾诗，有者自有，亦不待于为也。"[4] 林扬祖

---

[1][2][3] 郭篯龄：《吉雨山房遗集》卷二，《清代诗文集汇编》第704册，第23页。
[4] 郭篯龄：《吉雨山房遗集》卷三，《清代诗文集汇编》第704册，第37页。

评此文为："至理名言，借题一挥，程朱之理境，韩苏之文境，合而为一手矣。"①

郭筱龄认为诗缘情，而诗之源由于思，赋比兴皆服务于思，故思在诗之前。《刘澹斋诗序》云："诗，思也。比兴所以寄其思，赋所以敷其思。其歌也有思，其哭也有怀，歌哭不足以尽其思。于是始为之诗，敷以赋，或曲或肆，寄以比兴，或隐或著，随其思之微显浅深往复。因之有高下之音，抑扬之致，抗坠之节，文质之辞，皆所以纬乎其思也，思固在于其诗之前矣……若我刘子，则无是矣。其思在于诗之前矣，其性情学术又在于思之前矣。生于其心，触于其境，蕴于其中，形于其外，盖诗之源由于思，而思之所以无邪者，不止于思也。"②

郭筱龄高度称誉韩愈的功绩，认为其乃"三才之枢"，"本天道而明人伦"。《元宵祭韩昌黎文》云："通天地人，是名为儒。儒者非他，三才之枢。伏羲、神农、黄帝、尧、舜、禹、汤、文、武，饮食、诲训、大极，以立大业，以建神而明之，使民弗倦。至于孔孟，斯道献亩，乃专以教，为儒之祖，作师之道，无异于君，皆本天道而明人伦。"③

郭筱龄铭文不拘骈散，寓理于物事中，情理兼具。《端砚铭》云："砚莫古于帝鸿，夫子皆用以明易也。秦不能焚，故至今而犹存。其籍也，有易有砚，而漠然视之，不惟负易，亦负石也。"④《澄陶砚铭》云："不澄不陶，则泥而已。澄之而精，陶之而熟，斯为美，独砚乎哉，命之矣。"⑤《晋砖水滴铭》云："昔我学易，而玩其词，惟同于人，故称大师。儒昧其义，释售其欺，非我族类。顾亦窃之，今我既得，还归皇羲，乃穷其源，俾注于兹。陷文陷水，当慎所施。置之座右，为铭自规。"⑥

---

① 郭筱龄：《吉雨山房遗集》卷三，《清代诗文集汇编》第704册，第37页。
② 郭筱龄：《吉雨山房遗集》卷三，《清代诗文集汇编》第704册，第38页。
③ 郭筱龄：《吉雨山房遗集》卷四，《清代诗文集汇编》第704册，第63页。
④⑤⑥ 郭筱龄：《吉雨山房遗集》卷四，《清代诗文集汇编》第704册，第65页。

公藏

《吉雨山房诗集》五卷、《文集》四卷：吉雨山房全集本（丛书综录、福建师范大学图书馆、厦门市图书馆）。

江春霖《梅阳山人集》

叙录

江春霖（1855—1918），字仲默，号杏村，莆田人。光绪二十年（1894）进士，历官新疆道、监察御史。有《梅阳山人集》。

《梅阳山人集》文四卷、诗一卷、家书一卷，每半叶十行，行二十四卷。卷首有于右任、丁维汾、林纾作序。卷一，序三十篇；卷二，序十篇，记六篇，书六篇（附来函七篇）；卷三，题跋十四篇，像赞十篇，传四篇，墓志铭十四篇；卷四，杂著二十五篇。

于右任评曰："莆田江先生以所职敢言闻天下，距兹二十年余，音声扬厉，风力岩岩。总理言监察制度深引重之，夫制度系于人，而学养所以重其职。江先生言所当言，而天下以为至言。今其文流传万口，冰霜斧钺无以加威，知有异世所不能改，则知公私之戒慎。即国家之利，人民之福，亦即监察制度之所以谨重也。"[1]指出江春霖敢于仗义执言，有士人风骨。丁维汾评曰："距今二十年前，莆田江先生以敢言闻天下。先生既以言重矣，又安用文。予惟古言官类以史职任之，而文则隶于史者也。不能文，不胜史。即不知所以言，然则言官之文所系不綦重哉！文必有其质，经之以情感、行谊、

---

[1] 江春霖：《梅阳山人集》序，抄本（福建师范大学图书馆）。

学艺,纬之以时代、社会、政教,而各完成其历史之地位。以史为文则其文重,其言重而其人之历史乃弥为不朽。予于江先生此集,信之。"①指出江春霖为文质实,以史为文,经之以情感、行谊、学艺,纬之以时代、社会、政教,是为不朽。林纾评曰:"吾又甚悲江公之不夙遇先皇帝也,先朝重臣处社稷大计,能不动如山岳者惟一刘忠诚公。今忠诚薨数年矣,江公名爵不及忠诚,然百折不挠,其视忠诚亦无甚愧焉。今乃舍责望之重,襆被出都,归省太夫人于梅阳。然太夫人以七十有五之年不敢爱恋其子,听留京师以奉嗣皇帝。盖知公能言必有足为国家一日之益,今得放还山,依依膝下,然则贤母令子许国之心,至此均释然矣。余曾经绵亭山赴莆田,观其山水雄秀,固谓有正人君子产乎其中,不期即应于江公之身。异日者嗣皇帝亲政,宇内承平,度太夫人垂期颐,公亦须发苍然,捧杖躬侍老母,谭国家隆盛之治,宁非幸欤?是则不能无望于江公也。"②指出江春霖乃正人君子,忠于君国,百折不挠,实在是有益于国家社稷的栋梁之材。

江春霖论文以为文必据典要、切事理,批评了古人沾染时文的弊习。《张文厚公文集序》云:"自有明以制艺取士,号称古文名家,率不免有时文习气,而矫其弊者乃务为高古,令人不可以句读。制艺废后,变而益厉,新学摭外国之名辞以矜创获,旧学则一切禁不得用,截然如金玉铁石之不容相杂,反唇相稽,迄未有已。春霖则以为文必据典要、切事理,拘拘字句、格式之间,固不必论也。闽县张文厚公为吾闽名宿,自官翰林即以文章名海内……顾其为文恒深自韬晦,不屑事表暴,仅从酬应得稍窥之……然读翼庭君所撰公墓志,称公于数十年来,朝章国典沿革次第,与夫人心世俗盛衰之故,国家所视为废兴存亡者,原原本本辄千百言,而尤精地理之学,则公之文固皆据典要、切事理之作。而翼庭集公之文,自以存其关系典要切实,而作者必不与当世夸多而斗靡也。"③

江春霖认为诗之可传,视作诗者之人品学问,而不专恃标榜。《偏远堂

---

① ② 江春霖:《梅阳山人集》序,抄本(福建师范大学图书馆)。
③ 江春霖:《梅阳山人集》卷一,抄本(福建师范大学图书馆)。

吟草序》云："昔孔子删诗而不作序，诗之有序昉自子夏。风雅变为离骚，离骚变为今古体，著录名家更仆难数，因序以传者殆鲜。盖诗之可传，视作诗者之人品学问，而所谓一经品题声价十倍者，亦必其人自有不可磨灭之处，乃相得而益彰，固不专恃标榜也。"①

江春霖论说文善用譬喻，形象生动，洞悉利弊，说理性强。《近譬论》云："今天下士大夫守旧者执而不变，而维新者又出口辄言西法。一若举吾中国自古以来，列圣相传之道，无一可以为治者。蒙不敢拘守旧说以陷入顽固党，顾尝取今日时势论之。旧者，固非新者，亦未为是也，请譬诸近，可乎？有一富家于此，祖宗留贻本甚殷实，一旦为奴仆侵蚀、豪强勒诈，内外交窘入不敷出，不得已称贷以益之，典质以继之，虽产业犹属己有，租入已半归他人矣。当此之时，计惟力洗旧时纨绔习气，节俭务本，士农工商各执一业，俾进出先足相抵，稍积盈余以为还赎之用，宿逋既清，或者贫可复富，而席丰履厚之余，不耐作苦，复举巨金而付之豪奴、刁仆之手，以妄冀夫厚利。即有所得，仅足供薪水、抵子息，公家曾无毫厘益，不幸而遇亏损，资本无归，势必尽卖其田园、屋宇，以偿债主而后已。今中国财赋多中饱，则奴仆之侵蚀也；兵费偿外洋，则豪强之勒诈也；借洋债筹押抵，则已称贷而典质也，经常所入不足摊还，各捐是派，此固拮据之至矣。谓亦宜广资生之道，捐不急之费，亟清偿款而后可徐议富强，而司农仰屋，朝不谋夕，倡新政者方且东挪西移，以振兴庶务为说，一事未见成效，而局员莫不美衣而甘食，更何异贷毋求息，徒供豪奴、刁仆之挥霍而得不偿失也哉。"②

江春霖擅于借古讽今，借历史指陈时弊，说服性较强。《陶侃》云："晋陶侃都督荆襄等州，诸参佐有以谈戏废事者，命取其酒器、蒲博，具悉投于江，将吏则加鞭扑，史以聪敏恭勤赞之。不解今日士大夫反以博局为高致，西人赛马、彩票，亦有赌博，然彩票每月一次，赛马则每年一次而已，不如中国之夜以继日、流连忘返也。京员多受其害，直省大吏以此废事者颇不

---

① 江春霖：《梅阳山人集》卷一，抄本（福建师范大学图书馆）。
② 江春霖：《梅阳山人集》卷四，抄本（福建师范大学图书馆）。

少。侃当南北分争，勤事如彼，今五洲各国环伺，无以远胜于东晋。时圣主励精于上，而百僚荒娱于下，每念及此，为之三叹。"①

江春霖记文侧重介绍亭台楼阁的命名意义，由此来构筑所以安顿生命、抚慰生命的自适情怀。《望梅楼记》云："友山贤弟侨寓涵江，居本近市，筑室避嚣，旁建小楼以供远眺。树色山光，苍郁满目，披襟当风，萧然意远，几不知置身尘嚣间也。遥望故园梅花正盛，因颜之曰'望梅'，亦以志不忘故居云尔。"②

公藏

《梅阳山人集》文四卷、诗一卷、家书一卷：抄本（福建师范大学图书馆），1957 年抄本（福建省图书馆）。

《江春霖集》：1990 马来西亚兴安会馆总会文化委员会刊本（南京图书馆）。

---

① 江春霖：《梅阳山人集》卷四，抄本（福建师范大学图书馆）。
② 江春霖：《梅阳山人集》卷二，抄本（福建师范大学图书馆）。

林鉴中《浊泉二编》

叙录

林鉴中(1854—?),字传鉴,号保三,侯官人。光绪十二年(1886)进士,官永兴知县。选广东灵山知县,丁母忧回籍,主讲兴安书院。历官祁阳、桂东、永兴等县。著有《浊泉》初、二、三、四编,皆自述官中事。有《浊泉二编》。

《浊泉二编》四卷,扉页有"光绪庚子刻于安陵官舍"字样。每半叶九行,行二十一字,四周双边,单鱼尾,白口,有栏线。无序,卷末有林鉴中自跋。卷一,论三篇,劝一篇,说三篇,答一篇,序六篇,跋一篇,记一篇,祭文二篇,牒文一篇,祝文一篇;卷二,禀十四篇,书八篇;卷三,谕六篇,示七篇;卷四,案判二十六篇。

林鉴中自跋云:"语有之,学与年俱进,所谓学者非徒章句诵读已也。故学训为效仲氏子之言曰,有民人焉,有社稷焉,何必读书,然后为学。语虽近辩,实有绝大道理。盖古与今,时势不同,苟不通今,必至泥古。况凡事之情形不同,则随事可学也。各处之俗尚互异,则随处可学也。身登仕版,民人社稷皆学中事,学有穷期哉?此编祁阳任内杂稿选钞,课吏馆诸作附录于前,藉以自验年来所学,较初任粤东时阅历识见前后究何如耳?有爱我者,从而教示之,则幸甚。时光绪二十有六年嘉平之月侯官林鉴中识于安陵官舍。"① 作者说明了自己创作的缘由。

　　林鉴中论文根于学问，经学涵养深厚。《行有不得者皆反求诸己论》云："甚矣，己之不可忽也。人各有己，不求诸己，不知有己也。《大学》平天下章言絜矩之道，曰所恶于上，勿以使下；所恶于下，勿以事上。凡以言恕也，恕者，推己之谓。天下虽大，絜是矩以推之，行无不得，况家国乎？即或不得，亦求诸己者，未尽于人乎，何尤？昔孟子于爱人礼人治人，而人不我应者，申之曰行有不得者，皆反求诸己。旨哉，言乎。然人莫患过于自信耳，所责于人者厚，而责于己者薄；所绳于人者密，而绳于己者疏。卒之冰炭不合，枘凿不入，欲其行之而得必无之理也。试思一家之中，内而妻子奴婢，外而亲戚朋友，我不能正己以率之，尽己以待之，而欲其无负于我，亦事之万难者。况乎身居民上，事事不求之于己，事事而求之于人，吾未见其可也。如谓人不己谅不情实，甚则又非矣。何者，事必尽诸己也。果其己有爱人之心，政而在教，劝之以孝弟，晓之以忠信，勤勤然，恳恳然，如父兄之于子弟，无微不至，即使良莠不齐，而或罹于法者，不敢于己矜明断，而必于己切哀矜。如是而人有不知愧励者，未有也。政而在养，旷土则招垦之，游民则严禁之，不以科派累吾民不能安业；不以讼狱累吾民不能归耕。即或水旱不时，议蠲议赈，常有饥由己饥、溺由己溺之心，如是而人有不知感激者，亦未有也。爱人如是，礼人、治人准此，行无不得矣。"②

　　林鉴中论律法，指出廉为吏治之本，层层推理，论证有力。《六计以廉为本论》云："贪墨之罪，律有明条，而罹此者不少，岂其不知自爱耶？抑亦冀其苟免耳？盖若辈巧者多拙者少，华者多朴者少，何以言之？巧者工于迎合，迎合既称则逞其所为；华者工于掩饰，掩饰得过则恣其所欲。且日见夫某也贪而升迁矣；某也贪而信任矣。非无败露之一时，十仅一二，此侥幸之心所由起也。善乎，周官以六计弊吏，曰廉善、廉能、廉敬、廉正、廉法、廉辨，分之为六而准之以廉。廉者，吏治之本也。虽然，吏治之所当讲求者，不

---

① 林鉴中：《浊泉二编》跋，1984年复印光绪二十六年（1900）安陵官舍刻本（福建师范大学图书馆）。
② 林鉴中：《浊泉二编》卷一，1984年复印光绪二十六年（1900）安陵官舍刻本（福建师范大学图书馆）。

一，而必本于廉者，原乎其心也。心有嗜好者不能廉，心有希冀者不能廉，心有机变者不能廉，心非坚定安静者亦不能廉，不能廉则善者有时而忍矣，能者有时而乖矣，敬者有时而弛矣，正者有时而偏矣，法者有时而玩矣，辨者有时而暗矣。何有于善，何有于能，何有于敬，何有于正、法与辨，六计以廉为本，职此之故。且夫廉，美名也，今使居官者一介不取、一毫不苟，遂得以为廉乎而未也，何者？自官以下有幕僚、有仆从、有胥徒、有差役，我以廉名，而幕僚、仆从营其私，胥徒、差役恣其饱，以百姓之脂膏供此辈之吞噬。虽曰不贪，弊与贪等，故必廉而善而念念慈祥，廉而能而事事措理，廉而敬而志无敢懈，廉而正而私不可干，廉而法而威无不行，廉而辨而明无不照。如是乃可以为廉，廉岂易事哉？至察吏以廉，亦非易易也。盖廉者，贪之反。欲察廉，必先惩贪。"①

公藏

《浊泉初编》四卷、《二编》四卷：光绪二十二年（1896）刻本（福建省图书馆）。

《浊泉二编》四卷：1984年复印光绪二十六年（1900）安陵官舍刻本（福建师范大学图书馆）。

---

① 林鉴中：《浊泉二编》卷一，1984年复印光绪二十六年（1900）安陵官舍刻本（福建师范大学图书馆）。

刘尚文《刘澹斋诗文集》

叙录

刘尚文（生卒年不详），字澹斋，莆田人。光绪间国学生。刘克庄后裔。少笃学，恐无以养亲，改营货殖以资兄照黎治举业以成名。暇则仍读书无不闲，专肆力于经史子古大家集。性嗜古字名字画，尤精金石。与谢章铤、杨浚、龚显曾、陈榮仁为文字交。其诗以后村为法。以布衣老卒，年六十有四。有《刘澹斋诗文集》。

《刘澹斋诗文集》不分卷，分诗和文二部。每半叶九行，行二十字，无栏线。文部共计文四十六篇，具体是：墓志铭五篇，跋十三篇，奠文三篇，祭文一篇，圹志一篇，书后三篇，序十一篇，书二篇，传一篇，记三篇，遗事一篇，碑一篇，歌一篇。

刘尚文感慨有才者大多不遇于时，为造物者所弃，令人唏嘘。《杨寿溪集序》云："自古瑰奇磊落之士，莫不欲乘风破浪建不世业，奈造物忌才，将起复蹶至赍志以没，而遗章断简流落人间，读者往往唏嘘流涕而不能自已。余于寿溪杨君重有感焉，君吾郡仙溪人，席膏丰余荫，折节好学，不屑屑举子业，于古今治乱、山川厄要历历于心。尝自沪上至都门，时寇氛未净，浙西一路哀鸿遍野，士无战志，思得一当以自见，当道无有授君以兵者。同治丙寅，发逆猝破漳郡，势正亟亟，乃倾家募勇，自成一旅，分堵江东桥、五里营、小扬州等要害，以遏寇锋，屡有斩获。中丞徐君而下无不知君之能。事平，策勋擢粤东通守，未遽以病卒，春秋三十有二。噫！天之生君，观所设施，其将为世用，仍不为世用，茫茫不得而知之也。"①

刘尚文浩叹文献散佚，不胜咨嗟感慨。《重编方次云先生麟台遗集自序》云："林竹溪序方正字公集，咨嗟感慨，以为自公没后，著作概以不传，所存者惟古律诗二卷。嗟乎，公理学大儒，兼以文章名世。当时评公诗者，至侪之太白、子美之诚画，诗老尤重之。其所著《麟台集》卅卷，去竹溪守莆田日为时未久，即已散佚，今去竹溪又六百余载，欲求为曩日所存课诗更为难觏，其咨嗟感慨之情，当倍甚焉。"②

刘尚文叙绘画艺术史，历历在目。《莆画录自序》云："明兴，吾郡士大夫以及山人墨客多寄情翰墨，兼精绘事，为吴文中、宋比玉、曾波臣、柯无瑕、赵枝斯诸人流风余韵，久为艺苑所称。迄今二百余载，求其零缣断楮，款不可得，爰是采撮群书，自明至国朝，凡能画者，得六十有九人，汇为一书，颜之曰《莆画录》。当是时也，亭皋叶下，陇首云飞，恍见群公经营惨淡，于五日十日间所诏沧洲、石林、黄叶、江村，皆历历在余目内矣。"③

刘尚文善于考证，考辨真相。《跋蔡忠惠书陈伯孙诗》云："诗为忠惠正书，字径寸余，题曰康定二年九月十五日书，宋史并东都事略：康定元年，次年即为庆历元年。按宋朝事实，康定二年十一月南郊，改庆历元年。石刻于九月，未改元，前事略。裹传由漳州判官改校勘，考《忠惠集》陈殿丞诗序，题曰庆历元年。史馆校勘某序文载本集卷二十七，诗刻其在漳判赴京时，集序年月编次，改题也。《莆舆纪胜》云旁一石，亦刻是诗，字细不及原石，后人摹缩迹。"④

公藏

《刘澹斋诗文集》不分卷：抄本（福建师范大学图书馆）。

---

①②③④ 刘尚文：《刘澹斋文集》，抄本（福建师范大学图书馆）。

萧道管《道安室杂文》

叙录

萧道管（1855—1907），女，字君珮，又字道安，侯官人。陈衍妻。有《道安室杂文》。

《道安室杂文》一卷，每半叶十一行，行二十二字，左右双边，单鱼尾，白口，有栏线。扉页的题名为周保珊署，卷首有陈衍撰《道安室事略》。具体篇目是：《种竹小记》《豹脚赋》《汇集易安居士诗文词叙》《为铁路造桥祭艑胂河神文》《双骖园思旧记》《戴花平安室记》《考工记辨证跋》《列女传集解自叙》《木庵先生遗诗叙》《游京口三山记》《言愁》《说乐》，共计十二篇。是书末附《平安室杂记》一卷，《萧间堂遗诗》一卷，《戴花平安室遗词》一卷。

萧道管自叙生平经历，读书创作，性情志向于斯可见。《道安室事略》云："室人姓萧氏，讳道管，字君珮，一字道安，侯官人。幼就傅，读书未成诵，讲解未了然于心，辄废寝食。书法秀劲，学《卫景武碑》及《虞永兴庙堂碑》。生二十年来嫔，长身颀立，闲雅有容止……初嫁时，所居窗前有竹数十竿，衍偶馆于外，室人摊书绿阴中，日阅《通鉴》《唐人说荟》等书，沉思独往，况味颇复清寂。移居西门街，小有池台树石，衍时治《说文》，草创《元诗纪事》，室人则阅《四库全书总目》，读唐宋人文，诸儿子读书写作皆一人督教之，性善钩稽，喜考据之学，成《说文重文管见》《列女传集解》，读书时有札记,不喜为诗,论文极精审,作者罅隙瘢垢所在,指摘无遁形。衍不能文,酬应条陈之作必与商榷利病,多阅近人所译外国小说,辄指摘其罅病。"[1]

萧道管推崇李清照这样"身心自主"的知识才女,认为文章之事于女子较男子并无二致。反之,女子而有才则易招毁谤,为千古来知识女性之遭遇鸣不平,这样的思想在当时那个时代无异于一股清新之风,实在难能可贵。文章内容丰富、充实,层次清晰,"旁征博引",反映了作者具有广博的知识。《汇集易安居士诗文词叙》云:"昔人有云:自逊抗机云之死,天地清灵之气,不钟于男而钟于女,此誓言也。其实,自牝鸡无晨之说起,雄飞雌伏,本有偏重之势。故即文章一事,妇女者流,寥寥天壤,一有其人,誉之者遂为过情之言,诟之者反为负俗之累,誉与诟皆由于少所见而多所诧而已。易安再适之说,根于恃才凌物,忌者造言为之,辨者若卢雅雨之《金石录叙》,俞理初之《癸巳类稿》,吴子律之《莲子居词话》,亦详而尽矣。然实有不烦言解者,世传再适事据所审《上綦崇礼启》耳,而中有'内翰承旨'之称。按沈该《翰苑题名壁》记建炎四年,崇礼除徽猷阁直学士且出知漳州,而《金石录后叙》乃作于绍兴二年,又明年上胡韩二公诗犹称嫠妇,则其他尚何足与辨?夫易安五十三岁以前所作诗文,俱有年月事迹可考,忌之者何不即其后之无可考者而诬之耶?殆所谓天夺之魄耶,易安所作,非寻常妇人女子批风抹月者所能,归来堂之斗茶,建康城上之披蓑戴笠,亦酸寒之乐事也。不幸而寡,又值天下大乱,奔遁靡有宁居,殆为造物所忌使然耶。抑悲与乐之相寻,固消长之理有必然者耶。余向者尝谓,人生子嗣,一身忧乐不系乎是,而怪世之愚妇人,有子则不问贤愚美恶,爱惜有逾身命;无则终身大恨,凡百如意不足以解忧,直若空生一世者。今观易安之被诬,且诗文词零落殆尽,论者以为皆无子嗣之故,然则向之所谓愚妇人者,固不愚耶,抑子嗣之不肖者,亦虽有,不必可恃耶?易安文字虽零落,而散见者犹

---

[1] 萧道管:《道安室杂文》,光绪三十三年(1907)家刻本(福建师范大学图书馆)。

复有此,故都为一集,叙而存之。癸未七月道管书。"①

萧道管记文写法较奇特,有叙事、有写景、有抒情,语淡情深,寄托感情,感慨遥深。《戴花平安室记》云:"吾乡井关外里许,有汤泉焉,高树生凉,流水萦带,风房水榭,纵横其间。往岁七月,石遗出浴,归携玉簪花双朵,余戴其一,以其一遗琬华。秋花香多清冽,色艳而不缛,木兰、素心兰、秋海棠,数者皆逸品,玉簪余尤爱之。其明年四月,余以妙巷屋逼仄,移居水流湾,琬华二月产一女,不举而病,七夕后一日,死矣。余往哭之,恸,夜归,窗前玉簪花数盆正盛开,怅触芳馨,美人焉往,增余酸痛,为不寐者累夕。旬月间,石遗屡同其伯兄出游写忧,一日归,告余曰:'今日复至去年摘花处,戴花人有亡者矣。'得诗一首曰:'又是西风曲水亭,玉簪花发去年馨。戴花人尚平安否?樊榭新词不可听。'第三句樊榭词,用山谷尺牍'花数枝漫送余,春尚可赏否?戴花人平安否?'语。顽钝之躯,至今无恙,因署所居曰'戴花平安室',但使蒲柳未零,亦免贻君之神伤已。"②

萧道管论说文善引古事,逻辑严密,事理虽然抽象,然议论有法,令人不得不信服其中深刻的哲理。《说乐》云:"乐,无涯也,而行乐有涯,于是乎苦与乐息息相关,如环之无端焉。孟子、荣启期皆有三乐:一至难,一至易也,而实无易之。非难,父母安得俱存,兄弟安得无故?不自主也。若何而后不愧不怍,无标准无界限也。舜日为善而不愧怍,跖日杀人亦不愧怍,各适其适也。尧舜不能保丹朱、商均之不肖,何以教育英才,后世有以讲学而门户、植党而水火者矣,曾何乐之足云。荣启期之乐得为人,其不得为人之不乐,吾无从知之,可无辨也。必乐为男子,则妇女将绝迹于天壤乎;必乐乎老寿,则曰幼曰弱曰强曰壮曰艾皆将汲汲顾日影,而戚戚于死期之将至乎?乐之高尚者有二:曰感情,曰名誉。富贵者所以供斯二者之取精用宏而已,无斯二者而徒富贵,不过藏货材之藏,土木偶像之衣冠而已。感情、名誉二而一者也,有名誉未有无感情,有感情亦未有无名誉者。感情易解,名誉难言,

---

①② 萧道管:《道安室杂文》,光绪三十三年(1907)家刻本(福建师范大学图书馆)。

流芳千古，遗臭万年，此所谓臭，彼以为芳，仁者见仁，智者见智也。"①

萧道管骈体文造语精严，声调和谐，读来朗朗上口之余，能感受到一种性灵愉悦的自适情怀。《种竹小记》云："夫渭川千亩，箨龙有聚族之乡；水屋三分，野鹤有营巢之志。数墨君于堂上，访青士于林中。翠袖难逢，贤人已往。乃有铭成陋室，地仅拓夫三弓，赋就小园，阶只留其盈尺。呼绿拗儿而不到，请二三子而未来。占西南之得朋，坐左右以佳士。问世人哪知其故，谓一日可无此君。于是命锄月之长镵，拥拂云之新帚。坐我林下，徐来清风，如彼楼中，最宜急雨。卖珠侍婢，惊日暮而天寒；吃笋抱孙，待添丁而生子。彼夫丈夫，十万多则多矣；童子一窠，美则美矣。然粗才贻笑，日报徒劳，岂若此干青霄直上，是名野人之家；补丹渊集中，自记筼筜之谷。"②

公藏

《道安室杂文》一卷：石遗室丛书本（丛书综录、福建省图书馆、中国人民大学图书馆、镇江市图书馆），光绪三十三年（1907）家刻本（福建省图书馆、福建师范大学图书馆）。

《萧间堂集》五卷：民国刻本（国家图书馆）。

《道安室杂文四种》：光绪至民国刻本（国家图书馆）。

①② 萧道管：《道安室杂文》，光绪三十三年（1907）家刻本（福建师范大学图书馆）。

王福善《受谦诗文集》

叙录

王福善（生卒年不详），字二修，仙游人。有《受谦诗文集》。

《受谦诗文集》二卷，诗一卷，文一卷。每半叶十行，行二十字。文部分：论十篇，记五篇，谱一篇，说五篇，序十四篇，书六篇，启二篇，策一篇，祭文一篇，墓志铭四篇，行状二篇。

王福善论辩文大多章法严谨，文气贯通，论证严密，属思想深邃的学者之论。如以"孝"字论申生，充满着同情之理解。《太子申生论二》云："从来为孝子者，其心惟知有亲，惟恐己之有不孝，至于逆计亲之废己，而规所以脱祸，非孝子之所忍知，即非孝子之所忍出也。尝于申生死孝之事，而有以知其深矣。当其时，艳姬方煽于内，嬖幸又构于外，爱以宠夺，而逸以疏生，太子之必不得立也亦固。其所曲沃甫城，而士苪以为不如去皋落，将战而孤突以为不如行，是二说者，均有先见之明，而太子不能用人，遂惜其厚有余而智不足，卒至自陨其身，且贻亲以杀子名，何其孝之愚而无补也。而吾谓不然，夫都城是处君曰，吾方属之以宗祧也，而奈何草莽委之衣袂，是授君曰，吾方教之以军旅也，而奈何师徒弃之。且舜当日处顽嚚之变，号泣爱慕，犹且完廪，浚井之惟命，不闻以去其亲，求自全也。为吴泰伯，孰若为舜。度太子之意，亦自起敬起孝，以冀亲之一悟而已矣。是故闻里克不恭，是惧不孝，是惧之说而深以为然，闻羊舌违命不孝、弃事不忠之言，而悚然自省。虽知乱本之已成，未尝孝思之或薄，至于无可如何，竟被恶名而不自辨，惟以君老孤幼为心。观其晓重耳辞伯氏之言，不怨不怼，志亦可悲矣。夫其负罪引慝，而死生一听诸命，犹人修身立命而寿殀难必诸天，如是者尚责其不能全身，而贻亲以杀子名，不亦惑乎？张子曰：'无所逃而待烹，申生之恭也。'可谓深知申生者矣，予悲后人不察，至目以匹夫之谅而不知其心之，惟知有孝也，是不可以不论。"①

王福善认为诸葛亮乃千古王佐之才。《孔明自比管乐论》云："千古王佐之才，必不汲汲于名位，而经世之猷、济时之略无不早定于胸中，上观自古治乱之局，下验当今时势之机，外审人事得失之林，内返我躬学问之实，则不待攀鳞附翼，才略乃可自信。当其匡居抱膝，自命固已不凡矣。语曰：隐居以求其志，行义以达其道，非大人天民，其孰能与于斯。昔者东汉之末，群雄并起，凡屈身卓操，思欲见才者何限，而孰知一代伟人方且空山高卧，晏如也，躬耕于野，不求闻达，而志乃常以管、乐自比，此岂时人所能测乎哉？盖尝论士之遭逢不可知，而出处则必要诸正；士于功名不足慕，而经济则必裕于常。如孔明者，夫固知天之生我必将有用，而不容自贬其节，故啸歌寂处以待时；我之于世无不可为而不容自小其才，故揣势揆几以致用。脱令不遇先主，沉晦以终，而其包举宇内、囊括四海之略仍有，信之在我而无疑者。夫岂处士虚声、高自期许云尔哉！且夫难平者，事也；难挽者，天也。"②

王福善论宋仁宗，开门见山提出观点，文章以见解取胜。《宋仁宗论》云："人主致治之要，莫亟于辨君子、小人。宋仁宗恭俭宽恕，惠养群生，始终如一，然不能躬致盛治，追踪三代、唐虞者，非牵于柔道之过，大抵小人误之耳。夫自古朝廷之上，有君子不能无小人，而众君子常不足胜一小人，一小人已足倾众君子，故人君尽用君子为难，而久任君子为尤难。仁宗自夷简罢相、夏竦还敕，台谏则任欧阳修、王素、蔡襄、余靖，政府则用范仲

---

①② 王福善：《受谦诗文集》，抄本（福建师范大学图书馆）。

淹、韩琦、富弼、杜衍，君子道长，莫盛于斯，所谓大奸之去，如距斯脱；众贤之进，如茅斯拔，洵不虚矣。帝方锐意太平，责成宰辅开天章之阁，条时政之务，慨然劝农桑、兴学校、减赋役、修武备、择长官、汰俗吏、抑徼幸、明赏罚、更张宿弊，惟所宜行，其振作奋兴之象为何如哉？向使无小人之间，仲淹得以久任而成功，则隆古之治不日可追，岂令后世以祖宗因循不振为言而启介甫乱宋之祸。"①

王福善论蜀洛党是非，亦不以文笔出奇，而以见解取胜。《蜀洛党是非论》云："君子不见容于小人，君子并不见容于君子，此国事所以终不可为，而学术门户之分所为日杂也。"②

王福善书信文叙述与友人的交情，情感真挚感人。《与董生书》云："宏聚贤弟足下：客春夜话，倏度两秋，今春朝别，又过半载。离长会促，莫罄悃怀，每忆前所惠函，情绪依依，令人于邑，仆冲烟雪、冒风涛航海走数千里，战艺舟北、空手而还。为念及老人眷眷，冀幸儿辈成名，稍娱晚景，竟尔作一浪游，不觉恧然内熟，且仆年亦长矣，学业不进，而俗冗日缠，以此应敌，固知其必无幸也。入闱竟作潦草，出闱又自嗔吒，谁为为之，岂亦有数存耶？咎实在己，夫复何言？虽然，对失意人话失意事，仆既自悲又悲足下不遇也。"③

王福善《防海策》具有鲜明的时代感和现实意义，是经世致用之文的代表。其云："防海之难，莫难于今；防海之急，亦莫急于今。昔之时，海道之险易、海口之要害，虏未悉知，彼自惮于深入；今则门户尽辟，外夷各藉互市之名，以盘踞内地而尽觇防备之虚实，番舶往来重洋，一日棹千里，里履风潮如平地，沿海稍失防备，彼将先得地势，此所以有轻视中国心，而防之愈难，即防之愈不可不急者也。防之之策有二：一曰审势，一曰得人。能审势，则若者为要冲，若者为次冲，置砦逻巡，首尾牵制，使彼进而不得前，退而无所驻。所谓攻者自劳、守者自逸者，此也。能得人，则如身之使臂，如臂之使指，士卒谙练，奸民屏绝，将见山可撼而军不动，志既一而城

①②③ 王福善：《受谦诗文集》，抄本（福建师范大学图书馆）。

以成，所谓以守则固、以战则胜者，此也。沿海形势，台湾为全闽之藩蔽，澎湖为台湾之咽喉，至若浯屿、南日、铜山、小埕等寨，制置驻扎，已略备矣。地险之设，自古已然，而得人尤为当今之急务，无人则金汤且不足恃，有人则乘机制变出奇无穷，客主之势既明，胜负之算早决。彼冒险逐利，徒恃机器以争冲者，不难设奇用间、邀击其懈，使之大有挫衄，而一卒不还，庶几海隅撤警，而我国家亿万年有道之长基于此矣。"[1]

公藏

《受谦诗文集》二卷：抄本（福建师范大学图书馆）。

---

[1] 王福善：《受谦诗文集》，抄本（福建师范大学图书馆）。

结语

本书共著录 94 家清代福建散文集，其中被《清代诗文集汇编》收录的有 57 家，可见清代福建散文是清代诗文集中不可或缺的一个重要组成部分。具体言之：顺治朝有 9 家，分别是：陈轼、丁炜、黄晋良、黎士弘、李世熊、林古度、林云铭、毛鸣岐、王命岳；康熙朝有 10 家，分别是：蔡世远、蔡衍锽、陈梦雷、陈万策、李光地、林佶、邱嘉穗、吴士熻、萧正模、庄亨阳；雍正朝有 4 家，分别是：蓝鼎元、郭起元、雷鋐、李清植；乾隆朝有 4 家，分别是：蔡新、龚景瀚、朱仕琇、林兆鲲；嘉庆朝有 6 家，分别是：陈寿祺、郭尚先、梁章钜、林春溥、林则徐、徐经；道光朝有 13 家，分别是：陈乔枞、陈庆镛、郭柏苍、郭柏荫、何秋涛、林昌彝、刘存仁、沈葆桢、王景贤、王庆云、魏秀仁、温训、张际亮；咸丰朝有 3 家，分别是：严复、杨浚、赵新；同治朝有 5 家，分别是：陈宝琛、谢章铤、薛绍徽、林贺峒、刘三才；光绪朝有 3 家，分别是：林纾、王仁堪、张亨嘉。

从文集总量来看，超过二十卷的共有 13 家，分别是：毛鸣岐《菜根堂集》二十八卷《续》一卷、王命岳《耻躬堂文集》二十卷、李光地《榕村全集》四十卷、萧正模《后知堂文集》四十卷、朱仕琇《梅崖居士文集》三十卷、陈梦雷《松鹤山房文集》二十卷、邱嘉穗《东山草堂文集》二十卷、蓝鼎元《鹿洲初集》二十卷、高澍然《抑快轩文钞》三十卷、徐经《雅歌堂文集》二十二卷、张绅《怡亭文集》二十卷、黄宗汉《晋江黄尚书公全集》二十七卷、陈庆镛《籀经堂类稿》二十四卷。

文集总量十卷至二十卷的共有 15 家，分别是：李世熊《寒支初集》十卷《寒支二集》六卷《卷首》一卷、黄晋良《和敬堂全集》文部十六卷、陈常夏《江园集》十四卷、林云铭《挹奎楼选稿》十二卷、蔡衍锟《操斋集》文部十六卷、蔡世远《二希堂文集》十一卷首一卷、郭起元《介石堂文集》十卷、林兆鲲《林太史集》十四卷、陈寿祺《左海文集》十卷、高蓝珍《桐枝集》十卷、刘存仁《屺云楼文钞》十二卷、严复《严几道全集》十四卷、陈衍《石遗室文集》十二卷、王仁堪《王苏州遗书》十二卷、郭篯龄《吉雨山房遗集》十卷。

文集总量十卷以下的共有 66 家：分别是：丁炜《问山文集》八卷、黎士弘《托素斋文集》六卷、林涵春《塔江楼文钞》六卷、陈轼《道山堂前集》文一卷《道山堂后集》文五卷、王凤九《霞庵文集》四卷、林向哲《瓯离子集》二卷，林古度《林茂之文草》一卷《林茂之赋草》一卷、高兆《春霭亭杂录文稿》一卷、刘坊《天潮阁集》文一卷、陈万策《近道斋文集》六卷、林佶《朴学斋文稿》不分卷、庄亨阳《秋水堂遗集》文部六卷、郑亦邹《白麓文钞》五卷、吴士熺《瀹斋文集》二卷、彭圣坛《水镜新书》一卷、雷铉《经笥堂文钞》二卷、李清植《淛嗳存愚》二卷、蔡新《缉斋文集》八卷、龚景瀚《澹静斋文钞》六卷、林芳《竹佃闲话录》三卷、林雨化《古文初集》二卷、阴承方《阴静夫先生遗文》二卷、郑光策《西霞文钞》二卷、官崇《志斋居士文钞》不分卷、梁章钜《退庵文存》不分卷、郭尚先《增默庵文集》八卷、蒋蘅《云寥山人文钞》八卷、李彦章《榕园文钞》六卷、林则徐《云左山房文钞》五卷、陈池养《慎余书屋文集》五卷、苏廷玉《亦佳室文钞》四卷、林春溥《竹柏山房文集》上下卷、赵在田《琴鹤堂文集》二卷、林轩开《拾穗居士文存》一卷、朱锡谷《怡山馆文稿》不分卷、林昌彝《小石渠阁文集》六卷、张际亮《张亨甫文集》六卷、何秋涛《一镫精舍甲部稿》五卷、陈金城《怡怡堂文集》四卷、郭柏荫《天开图画楼文稿》四卷、李彦彬《榕亭文钞》四卷《心太平室诗文钞》不分卷、王景贤《伊园文钞》四卷、温训《登云山房文稿》四卷、陈乔枞《礼堂遗集》三卷、郭柏苍《葭柎草堂集》三卷、李枝青《西云文钞》二卷、何则贤《蓝水书塾文草》不分卷、沈葆桢《夜识斋剩稿》不分卷、王庆云《石延寿馆文集》不分卷、魏秀仁《陔南山馆遗文》不分卷、杨浚《冠悔堂骈体文钞》六卷、赵新《还砚斋杂著》四卷、谢章铤《赌棋山庄文集》七卷、陈宝琛《沧趣楼文存》二卷、薛绍徽《黛韵楼遗集》二卷、林贺峒《味雪堂遗草》一卷、刘三才《随庵遗稿》不分卷、陈翼《待隐堂遗稿》四卷、江春霖《梅阳山人集》文四卷、林鉴中《浊泉二编》四卷、张亨嘉《张文厚公文集》四卷、陈成侯《绳武斋遗稿》不分卷、林纾《畏庐文集》不分卷、刘尚文《刘澹斋诗文集》不分卷、萧道管《道安室杂文》一卷、王福善《受谦诗文集》文一卷等。

综合以上两方面考量，即从被《清代诗文集汇编》收录和文集总量来看，我以为清代福建散文集中，散文创作取得较高艺术成就的或者影响力较大的作家有：朱仕琇、蓝鼎元、蔡世远、高澍然、张绅、李光地、李世熊、陈寿祺、林则徐、严复、梁章钜、陈衍、林纾、陈宝琛、谢章铤等。

参考文献

学术著作

李灵年、杨忠主编：《清人别集总目》，安徽教育出版社2000年版。

福建师范大学图书馆古籍组编：《福建地方文献及闽人著述综录》，福建师范大学图书馆古籍组1986年版。

朱维干纂辑，李瑞良增辑：《四库全书闽人著作提要》，福建人民出版社2001年版。

永瑢撰：《四库全书总目》，中华书局1965年版。

王云五主持：《续修四库全书提要》，台湾商务印书馆1972年版。

张舜徽：《清人文集别录》，华中师范大学出版社2004年版。

柯愈春：《清人诗文集总目提要》，北京古籍出版社2001年版。

陈寿祺著，吴伯雄编：《道光重纂福建通志》影印本，广陵书社2017年版。

沈瑜庆、陈衍等纂，福建省地方志编纂委员会整理：《福建通志》，方志出版社2016年版。

方品光编纂：《〈福建通志〉传记兼艺文志索引》油印本，福建师范大学图书馆。

陈笃彬、苏黎明：《泉州古代著述》，齐鲁书社2008年版。

包树棠编纂，连天雄点校：《汀州艺文志》，方志出版社2010年版。

何少川主编：《闽人要籍评鉴》，海峡文艺出版社2016年版。

臧励禾等编：《中国人名大辞典》，商务印书馆1927年版。

金云铭著，福建师范大学图书馆编：《金云铭文集》，国家图书馆出版社2017年版。

钱仲联主编：《历代别集序跋综录》，江苏教育出版社2005年版。

方诗铭编著：《中国历史纪年表》，上海书店出版社2013年版。

程千帆、徐有富：《校雠广义·版本编》，齐鲁书社1991年版。

陈庆元：《福建文学发展史》，福建教育出版社1996年版。
陈惠琴、莎日娜、李小龙著，郭预衡、郭英德总主编：《中国散文通史·清代卷》，安徽教育出版社2013年版。
郭预衡：《中国散文史》，上海古籍出版社2002年版。
郭预衡：《中国散文史长编》，山西教育出版社2008年版。
朱世英、方道、刘国华：《中国散文学通论》，安徽教育出版社1995年版。
谭家健：《中国古代散文史稿》，重庆出版社2006年版。
欧明俊：《古代散文史论》，上海三联书店2013年版。
漆绪邦主编：《中国散文通史》（增订本），首都师范大学出版社2014年版。
梁启超：《清代学术概论》，上海古籍出版社1998年版。

学位论文

李茜茜：《李世熊散文研究》，硕士学位论文，福建师范大学，2010年。
张凤英：《李世熊：一个明遗民的世界》，硕士学位论文，厦门大学，2008年。
孙琪：《明末遗民李世熊及西学之关联研究》，硕士学位论文，首都师范大学，2007年。
韩健：《林古度研究》，硕士学位论文，黑龙江大学，2013年。
王超：《林古度著作及刻书研究》，硕士学位论文，山东师范大学，2018年。
阮莉：《蔡世远古文研究》，硕士学位论文，漳州师范学院，2010年。
齐道芬：《高澍然古文研究》，硕士学位论文，福建师范大学，2017年。
朱小卫：《苏廷玉及其著述考论》，硕士学位论文，福建师范大学，2012年。
汤儒韬：《庄亨阳文学研究》，硕士学位论文，闽南师范大学，2015年。
李国鹏：《黎士弘研究》，硕士学位论文，福建师范大学，2010年。
曾寒冰：《龚景瀚诗文研究》，硕士学位论文，福建师范大学，2010年。
葛文娇：《清初闽籍回族文人丁炜及其文学创作研究》，硕士学位论文，西北民族大学，2011年。
林静茹：《安溪湖头李氏文学研究——以李光地为中心》，硕士学位论文，闽南师范大学，2015年。
石海英：《陈梦雷研究》，硕士学位论文，福建师范大学，2007年。
蔡莹涓：《梁章钜研究》，博士学位论文，福建师范大学，2009年。
包凯：《陈寿祺学术思想研究》，硕士学位论文，湖南大学，2011年。
陈妙闻：《林则徐禁烟公文研究》，硕士学位论文，南京师范大学，2011年。
惠萍：《严复与中国近代文学变革》，博士学位论文，河南大学，2011年。
何叶芳：《陈宝琛及其螺洲陈氏藏书研究》，硕士学位论文，福建师范大学，2008年。
杨娟：《林则徐遣戍新疆的心路历程与诗文创作研究》，硕士学位论文，陕西师范大学，2011年。
袁梅：《林则徐诗文中的南疆维吾尔族社会生活》，硕士学位论文，新疆大学，2007年。
张桂红：《继承·改造·发展——论林纾文论在桐城派中的地位和作用》，硕士学位论文，湖北师范学院，2014年。
安安：《林纾〈春觉斋论文〉古文理论探要》，硕士学位论文，内蒙古师范大学，2007年。

卓莉：《林纾的〈左传〉选评本及其古文理论研究》，硕士学位论文，福建师范大学，2014 年。
朱丽芳：《林纾〈文微〉探要》，硕士学位论文，内蒙古师范大学，2013 年。
张胜璋：《林纾古文论综论》，博士学位论文，福建师范大学，2009 年。
刘素萍：《林纾古文研究》，硕士学位论文，郑州大学，2012 年。
张驰：《林纾语体观念研究》，硕士学位论文，华东师范大学，2009 年。
吕甜：《林纾论韩语散文》，硕士学位论文，福建师范大学，2016 年。
陈丽静：《林纾论欧阳修散文》，硕士学位论文，福建师范大学，2011 年。
王雅勤：《桐城古文与小说笔法——以戴名世、梅曾亮、林纾为例》，硕士学位论文，安徽师范大学，2016 年。
王杨：《林纾与桐城派研究》，硕士学位论文，兰州大学，2012 年。
赖礼端：《刘存仁文学研究》，硕士学位论文，福建师范大学，2012 年。
苏秋红：《郭柏苍及其诗文研究》，硕士学位论文，福建师范大学，2010 年。
刘繁：《杨浚及其著述与交游考论》，硕士学位论文，福建师范大学，2010 年。

期刊论文

森正夫：《〈寇变纪〉的世界——李世熊与明末清初福建省宁化县的地域社会》，《中国文化研究》2005 年第 4 期。
南炳文：《明朝遗民李世熊生平事迹五考》，《明史研究论丛》（第七辑）。
李茜茜：《李世熊家世研究初探》，《鸡西大学学报》2010 年第 1 期。
温祖荫：《哀歌声怆大地寒——评刘鳌石〈天潮阁集〉》，《闽西职业技术学院学报》2009 年第 1 期。
阮莉：《蔡世远年表》，《闽台文化交流》，2010 年第 2 期（季刊）总第 22 期。
赫治清：《蔡世远生卒年》，《中国史研究》1996 年第 4 期。
张则桐：《蔡世远与清代文风》，《闽台文化交流》，2009 年第 4 期（季刊）总第 20 期。
张小琴：《陈轼生平考》，《集美大学学报（哲学社会科学版）》2015 年第 1 期。
陈庆元：《林古度年表》，《南京师范大学文学院学报》2010 年第 4 期。
朱则杰：《林古度生卒年佐证与友朋酬赠作品系年》，《闽江学院学报》2004 年第 6 期。
崔成宗：《渡台书家郭尚先评传》，《中华文化与地域文化研究——福建省炎黄文化研究会 20 年论文选集》（第四卷）。
蔡清德：《郭尚先在闽行迹、书法交游及与台湾书法之关系述论》，《东南学术》2013 年第 5 期。
陈庆元：《嘉道间古文家高澍然及其〈抑快轩文集〉九种传世钞本》，《福州师专学报（社会科学版）》1998 年第 4 期。
丁俊丽：《宋儒之学视域下的高澍然〈韩文故〉与韩文批评》，《求索》2015 年第 9 期。
李波：《李彦章官宜州著述考略》，《河池学院学报》2018 年第 1 期。
林怡：《气与道俱 斯文斐然：林雨化的古文观及其创作成就》，《闽江学院学报》2011 年第 1 期。
江兴佑：《用心点校 精心结撰——评〈林雨化诗文集〉点校本》，《福州大学学报》2010 年第 3 期。

林怡:《乾隆福州名士郑光策的理台建言》,《福建省社科界第六届学术年会——新形势下五缘文化与两岸关系论坛》2019年版。

黄金钟:《清代福建教育家郑光策评传》,《教育评论》1988年第6期。

黄保万:《郑光策与清代福州经世致用之学》,《闽都文化研究》2006年第1期。

陈友良:《清儒雷鋐的理学背景及正学观述略》,《孔子研究》2015年第3期。

兰寿春:《论黎士弘的"用世读书"说》,《龙岩学院学报》2008年第5期。

罗勇、张自永:《黎士弘〈闽酒曲〉与闽西客家酒俗》,《农业考古》2013年第3期。

王悦:《林云铭的时文观》,《文学界(理论版)》2010年第6期。

李波:《以"法"解〈庄〉:林云铭〈庄子〉散文评点的本质特征》,《重庆工商大学学报(社会科学版)》2013年第4期。

钱奕华:《明清庄学中解构、建构与诠释:以林云铭〈庄子因〉为例》,《宁夏师范学院学报》2011年第1期。

周建忠、孙金凤:《论林云铭〈楚辞灯〉对〈离骚〉的解读》,《吉林师范大学学报(人文社会科学版)》2016年第1期。

刘文斌:《林云铭忧国忧民思想成因初探》,《文学研究》2013年10月。

刘树胜:《林云铭的遗民情结与〈楚辞灯〉的创作》,《云梦学刊》2015年第3期。

林家宏:《古文评点子学化——林云铭〈古文析义〉评点特色析论》,《台中科技大学通识教育学报》第2期。

叶茂樟:《见贤思齐 惺惺相惜——略谈李光地对诸葛亮的评注》,《河北科技师范学院学报(社会科学版)》2014年第1期。

邹书:《李光地的诸葛亮评价论略》,《闽西职业技术学院学报》2013年第2期。

邹书:《李光地文学创作观探析》,《闽台文化研究》2013年第2期。

黄建军:《李光地与康熙文坛》,《求索》2014年第11期。

王寅:《论顾炎武与李光地学术交流与传承》,《兰台世界》2013年第31期。

陈水云、孙达时:《论李光地八股文批评中的理学立场》,《河南师范大学学报(哲学社会科学版)》,2017年第2期。

叶茂樟:《清人李光地的论"学"思想——〈榕村语录〉及其著述特色》,《北京科技大学学报(社会科学版)》2013年第2期。

王雪梅、翟敬源:《流人陈梦雷与李光地的"蜡丸案"》,《前沿》2011年第22期。

解洪兴:《一代学者陈梦雷的沉浮人生》,《边疆经济与文化》2006年第8期。

杨珍:《陈梦雷二次被流放及其相关问题》,《故宫博物院院刊》2011年第6期。

黄美玲:《清初台湾单篇山水游记之探讨——以陈梦林、蓝鼎元为例》,《台北市立教育大学学报》2011年第1期。

凌丽:《蓝鼎元文学理论探微》,《河北科技师范学院学报(社会科学版)》2017年第2期。

凌丽:《蓝鼎元游记散文探微》,《中北大学学报(社会科学版)》2017年第4期。

凌丽:《蓝鼎元杂记散文〈鹿洲初集〉研究》,《三明学院学报》2017年第1期。

姜家君:《蓝鼎元实学思想与清初理学转向》,《东南学术》2016年第5期。

陈庆元：《论朱仕琇的古文》，《南平师专学报》1996年第3期。
陈志扬：《朱仕琇人生价值定位与古文致思方向》，《华南师范大学学报（社会科学版）》2009年第2期。
郑顺婷：《朱仕琇古文理论渊源探析》，《集美大学学报（哲学社会科学版）》2017年第2期。
刘奕：《学文汉宋之间：陈寿祺的文论》，《闽江学院学报》2009年第6期。
史革新：《陈寿祺与清嘉道年间闽省学风的演变》，《福建论坛（人文社会科学版）》2002年第6期。
蔡莹涓：《梁章钜笔记小说浅探——以〈浪迹丛谈 续谈 三谈〉为例》，《厦门教育学院学报》2007年第3期。
欧阳少鸣：《从归田到浪迹——梁章钜笔记〈归田琐记〉与〈浪迹丛谈〉评述》，《名作欣赏》2010年第9期。
欧阳少鸣：《简约平实 雅致博奥——梁章钜笔记的记叙风格与特点》，《文化学刊》2015年第5期。
欧阳少鸣：《梁章钜探论》，《东南学术》2010年第5期。
来新夏：《清代笔记作家梁章钜》，《福建论坛（人文社会科学版）》2004年第9期。
杨国桢：《〈林则徐手札十则〉补注》，《故宫博物院院刊》1980年第3期。
张守常：《〈林则徐信札浅释〉补正》，《文物》1983年第6期。
胡思庸：《林则徐手札十则辑注补证》，《近代史研究》1980年第4期。
孙俊、张燕婴：《林则徐未刊书札辑证》，《文献》2011年第4期。
周铮：《林则徐未著年份信稿考辨》，《中国历史博物馆馆刊》1993年第2期。
王启初：《林则徐信札浅释》，《文物》1981年第10期。
吴义雄：《林则徐鸦片战争时期佚文评介》，《广东社会科学》2011年第1期。
鲁小俊：《林则徐佚文一则》，《江海学刊》2014年第5期。
陈开林：《林则徐佚文三篇辑释》，《闽江学院学报》2016年第1期。
郭义山：《在闽西新发现的林则徐佚文、遗墨及其他》，《龙岩学院学报》2007年第1期。
杨光辉：《林则徐佚文考述》，《宁波大学学报（人文科学版）》2007年第2期。
郑国辑注：《林则徐致福珠洪阿书札》，《厦门大学学报（哲学社会科学版）》1981年第3期。
骆伟、徐瑛辑注：《林则徐致杨以增书札》（上、下），《文献》1981年第1、2期。
周晟、王云路：《林则徐致郑瑞麒手札五通释读》，《文献》2013年第6期。
来新夏：《读故宫藏林则徐书札手迹》，《故宫博物院院刊》1984年第3期。
林峰：《从几份奏折看林则徐的货币思想》，《福建文博》2011年第2期。
韩宁宁：《从林则徐的奏折看林则徐的早期现代化思想》，《文学界（理论版）》2011年第6期。
陈支平：《从林则徐奏折看清代地方督抚与漕运的关系》，《闽南师范大学学报（哲学社会科学版）》2014年第3期。
陈巧虹：《林则徐公牍文中实践理性精神之体现》，《现代语文（文学研究）》2010年第7期。
罗福惠：《停滞社会的重重危机——主要从林则徐奏稿中发现前近代湖北的社会问题》，《江汉论坛》2001年第2期。
袁梅：《林则徐诗文中的南疆维吾尔族的社会制度》，《佳木斯教育学院学报》2013年第5期。

魏云芳：《浅议林则徐遣疆后诗文创作艺术特色》，《现代妇女（下旬）》2014 年第 10 期。
游小倩：《从林则徐诗文看其水利思想和功绩》，《福建文博》2015 年第 2 期。
官桂铨：《〈严复集〉外佚文二篇》，《学术研究》1988 年第 1 期。
徐中玉：《读严复梁启超论文札记》，《阴山学刊》1991 年第 1 期。
耿春亮：《新发现严复致朱启钤信函一通》，《兰台世界》2014 年第 13 期。
孙应祥：《严复致梁启超等书考辨》，《学海》2004 年第 5 期。
陈伟欢、谢作拳：《严复致孙宣信札考释》，《收藏家》2017 年第 8 期。
程道德、佟鸿举：《严复致吴彦复书札》，《收藏》2011 年第 10 期。
卢为峰：《严复致张元济信札》，《中国书画》2004 年第 12 期。
肖伊绯：《严复的佚文与墓志铭》，《寻根》2015 年第 6 期。
王宪明：《严复佚文十五篇考释》，《清华大学学报（哲学社会科学版）》2001 年第 2 期。
董根明：《进化史观与古文道统的同——吴汝纶与严复思想考索》，《中国社会科学院研究生院学报》2008 年第 1 期。
谢飘云：《林纾与严复散文、译述之比较》，《华南师范大学学报（社会科学版）》2002 年第 2 期。
黄树红：《论严复对文学与翻译的贡献》，《广东教育学院学报》1996 年第 4 期。
张啸虎：《评政论家严复的器识与文艺》，《上海社会科学院学术季刊》1988 年第 3 期。
文贵良：《严复的古文书写与语言伦理》，《南京师大学报（社会科学版）》2011 年第 1 期。
陈永标：《严复的文化观和文学批评论》，《广东社会科学》1993 年第 5 期。
［韩］白光俊：《严复的文言书写观点》，《徐州师范大学学报（哲学社会科学版）》2004 年第 1 期。
卢善庆：《严复文艺美学思想述评》，《理论学习月刊》1989 年第 2 期。
姜东赋：《严复文艺观散论——兼与周振甫先生商兑》，《古代文学理论研究》第三辑，1981 年 2 月 1 日。
姜荣刚：《严复与梁启超：不同的文学革新范式——简论"五四"文、白之争的历史渊源》，《学术论坛》2016 年第 1 期。
惠萍：《严复与"人的文学"观念的诞生》，《台州学院学报》2012 年第 5 期。
张宜雷：《严复与中国文学的现代化变革》，《理论与现代化》2004 年第 5 期。
关爱和：《中国文学的"世纪之变"——以严复、梁启超、王国维为中心》，《文学评论》2016 年第 4 期。
刘永翔：《悲剧性性格与生命历程的艺术体现——"前清遗老"陈宝琛诗文略论》，《华东师范大学学报（哲学社会科学版）》2012 年第 6 期。
林容、戴文君：《陈宝琛在江西》，《江西教育学院学报（综合）》2003 年第 6 期。
周育民：《从陈宝琛论清流党》，《上海师范大学学报（哲学社会科学版）》1998 年第 1 期。
陈贞寿：《关于陈宝琛的几个问题》，《社会科学战线》1983 年第 4 期。
丁凤麟：《论陈宝琛的忠君与爱国》，《史林》1996 年第 1 期。
沈渭滨：《论陈宝琛与"前清流"》，《复旦学报（社会科学版）》1995 年第 1 期。
陈勇勤：《试论陈宝琛的儒学思想》，《齐鲁学刊》1996 年第 1 期。

王庆祥：《陈宝琛与伪满洲国——兼论陈宝琛的民族立场问题》，《社会科学战线》1996年第2期。

陈孝华：《试论陈宝琛晚年的民族气节》，《福建论坛（文史哲版）》1998年第6期。

张帆：《陈宝琛台湾问题论析》，《福建论坛（人文社会科学版）》2001年第6期。

李浩：《陈宝琛"密札"探秘》，《南方文物》2001年第3期。

林子年：《陈宝琛行实述评二题》，《宁德师专学报（哲学社会科学版）》1995年第2期。

《陈宝琛史料四种》，《近代中国》第十九辑，上海社会科学院出版社2009年版。

江中柱：《〈大公报〉中林纾集外文三篇》，《文献》2006年第4期。

景献慧：《林纾致陈宝琛手札考略》，《群文天地》2012年第2期。

高兴：《"为斯文一线之延"的"风雅"之争——论林纾的古文观及其历史际会》，《北京理工大学学报（社会科学版）》2010年第6期。

杨新平：《林纾〈古文辞类纂选本〉及其文章学思想》，《安庆师范学院学报（社会科学版）》2015年第6期。

刘城、马丽君：《林纾〈韩柳文研究法〉的学术史意义》，《中国石油大学学报（社会科学版）》2016年第3期。

安安：《林纾"文境论"探析》，《语文学刊》2006年第S2期。

朱丽芳：《林纾〈文微〉之"真情实迹"论》，《广播电视大学学报（哲学社会科学版）》2013年第3期。

张俊才：《林纾古文理论述评》，《江淮论坛》1984年第3期。

王杨：《林纾古文的"承"与"变"》，《滁州职业技术学院学报》2011年第2期。

张胜璋：《林纾古文论研究评议》，《闽江学院学报》2008年第4期。

张胜璋：《论林纾的文体观》，《中南大学学报（社会科学版）》2008年第2期。

张胜璋：《林纾论古文的审美欣赏理论》，《闽江学院学报》2015年第4期。

张胜璋：《林纾论古文的审美形态》，《福建工程学院学报》2012年第5期。

张胜璋：《林纾论古文意境》，《福建论坛（人文社会科学版）》2011年第9期。

张胜璋：《意境："文之母也"——林纾古文艺术论》，《中国石油大学学报（社会科学版）》2008年第6期。

曾宪辉：《林纾论文的"取法乎上"——畏庐文论摭议》，《福建师范大学学报（哲学社会科学版）》1992年第2期。

曾宪辉：《林纾文论浅说》，《福建师范大学学报（哲学社会科学版）》1985年第3期。

沈文凡、李佳：《论林纾的"韩柳"观》，《古籍整理研究学刊》2017年第2期。

刘城：《论林纾的韩柳文批评——以林纾三部理论著作为中心》，《福建工程学院学报》2012年第5期。

芮文浩：《宗经典为古 师〈史〉〈汉〉为文——林纾〈春觉斋论文〉古文用字论》，《渭南师范学院学报》2015年第7期。

张胜璋：《林纾的古文因缘》，《闽江学院学报》2009年第4期。

田若虹：《林纾〈评选船山史论〉考述》，《中国文学研究》2007年第1期。又见《鹅湖月刊》第32卷第7期总号第379。

谢飘云：《林纾与严复散文、译述之比较》，《华南师范大学学报》（社会科学版）2002 年第 2 期。

何素雯：《浅谈林纾议论文的艺术特色》，《剑南文学》（经典教苑）2012 年第 12 期。

陈安民：《试论林纾和嵇文甫的船山史论选评——兼谈时代与史学批评之关系》，《西南大学学报（社会科学版）》，2015 年第 1 期。

罗书华：《意境、情韵与神味：林纾散文学的新色彩》，《社会科学》2012 年第 3 期。

罗书华：《在道理与性情之间：林纾散文学的突围与徘徊》，《长春大学学报》2013 年第 7 期。

夏晓虹：《一场未曾发生的文白论争——林纾一则晚年佚文的发现与释读》，《中山大学学报（社会科学版）》2015 年第 1 期。

林薇：《"文生于情　情生于文"——林纾〈苍霞精舍后轩记〉赏析》，《名作欣赏》1983 年第 4 期。

郭丹：《外质而中膏，声希而味永——林纾〈苍霞精舍后轩记〉细读》，《文史知识》2016 年第 3 期。

卓希惠：《林纾〈徐景颜传〉古文艺术美赏读》，《文史知识》2015 年第 9 期。

卓希惠：《林纾传记文史传艺术探析》，《集美大学学报（哲学社会科学版）》2010 年第 3 期。

韩立平、吴伯雄：《文言文的语感晕眩——从林纾的不通到钱穆的病句》，《书屋》2012 年第 3 期。

吴微：《"小说笔法"：林纾古文与"林译小说"的共振与转换》，《明清小说研究》2002 年第 3 期。

祁开龙、庄林丽：《从林译序跋看林纾的爱国情怀》，《福建工程学院学报》2015 年第 2 期。

周小玲：《林纾副文本的文学思想》，《求索》2010 年第 5 期。

吴俊：《林纾散论》，《华东师范大学学报（哲学社会科学版）》1998 年第 5 期。

毕耕：《古文万无灭亡之理——重评林纾与新文学倡导者的论战》，《广西社会科学》2005 年第 7 期。

胡全章：《林纾"白话道情"考论》，《福建工程学院学报》2012 年第 5 期。

马兵：《林纾的矛盾——兼谈他与"五四"文学先驱者文学观念的异同》，《东岳论丛》2003 年第 1 期。

蒋英豪：《林纾与桐城派、改良派及新文学的关系》，《文史哲》1997 年第 1 期。

王济民：《林纾与桐城派》，《华中师范大学学报（人文社会科学版）》2007 年第 3 期。

慈波：《误读与重释：作为古文家的林纾》，《中山大学学报（社会科学版）》2009 年第 6 期。

龚连英：《"入世"与"出世"——林纾双重文化心态解读》，《新余学院学报》2012 年第 4 期。

苏建新：《林纾的台湾记忆略述》，《闽台文化交流》2012 年 3 月。

祁开龙：《林纾眼中的近代台湾社会》，《海峡教育研究》2016 年第 3 期。

江中柱：《林纾与台湾》，《福州大学学报（哲学社会科学版）》2006 年第 4 期。

王基伦：《陈衍〈石遗室论文〉论宋代古文》，《古典文学知识》2012 年第 4 期。

王基伦：《陈衍〈石遗室论文〉论唐代古文》，《中国学术年刊》，第 30 期（秋季号）2008 年版。

丁恩全：《陈衍的〈史记〉文章学研究》，《文学遗产》2014 年第 3 期。

何绵山：《试论陈衍的文学成就》，《福建论坛（文史哲版）》1991 年第 2 期。

吴硕：《读陈衍的〈戊戌变法榷议〉及其他》，《学术月刊》1999 年第 11 期。

冯蔚宁：《论陈衍的经学思想》，《衡水学院学报》2009 年第 3 期。

周薇：《略论陈衍的学术思想与特点》，《国学研究》总第 457 期。

吴硕：《浅谈陈衍的儒家思想——读陈衍的〈伦理讲义〉》，《近代中国》第十七辑。

黄霖:《略论林昌彝的文学思想》,《古代文学理论研究》第十一辑。

陈炜、陈庆元:《谢章铤为台湾府教谕刘家谋所作序跋传记祭文之讨论——兼论谢章铤的古文》,《福建师范大学学报(哲学社会科学版)》2010年第3期。

苗健青:《独写幽香非写色 纤秾圆润自分明——读〈薛绍徽集〉》,《福州大学学报(哲学社会科学版)》2003年第4期。

林怡:《简论晚清著名闽籍女作家薛绍徽》,《东南学术》2004年增刊。

林怡:《阑珊春事 花谢水流——简论薛绍徽及其〈秦淮赋〉》,《中国典籍与文化》2003年第2期。

后　记

本书是在我的博士后出站报告的基础上修订而成的。

2017年7月，从中国艺术研究院博士毕业以后，我来到福建师范大学中国语言文学博士后科研流动站继续深造，跟随我的博士后合作导师欧明俊教授从事闽台地域文献及文学研究。福建地方文献及文学的研究多属拓荒性质的研究，因此欧明俊教授特地为我量身定制了这个研究课题："清代福建散文叙录"，指导我做一点有关清代福建散文的文献学整理和研究。如此一来，便解决了课题的可行性问题，又不至于做自己力有未逮的事情，可以说是兼顾课题的研究价值与可行性的最妥帖的选择。

还要特别感谢的是于百忙中拨冗参加我博士后出站答辩的五位老师们，他们分别是：厦门大学钱建状教授，中共福建省委党校林怡教授，福建师范大学的李小荣教授、蔡彦峰教授、涂秀虹教授。他们的评阅意见，深刻而独到，给予我很大的启发，对于论文的后续修改提供了很好的思路。

2019年8月，我入职福州大学人文社会科学学院，成为一名普通的中文系老师。人文学院的学术氛围浓厚且自由，学院领导关心教职工的科研工作，尽力在学术研究上为教职工提供一些实质性的帮助，此书的顺利出版得到了学校和学院的经费支持，感谢院王群书记、吴慧娟院长。此外，还要特别感谢中文系的老师们，梁桂芳老师、宋铁全老师等，和各位老师们共事友好愉快，氛围融洽。福大中文系是我文学梦的起点，也是归宿。

  囿于个人的学术能力，个别纰漏难以避免，所以对于做学问一事，常常备感有心无力，深感有愧于博导孙玉明教授、硕导张靖龙教授的教导与期许。真正的学术，非我辈所能企及，于自己而言，亦是有愧于"学术"的，只不过是在文学的精神世界里"自娱自乐"罢了。

  2023年2月，在校对书稿过程中，家父不幸查出癌症晚期。一个月不到，于3月9日永远离开了这个世界。身为儿子，最愧疚也最感激的是我的父亲，他的一生是平凡的一生，也是我一生的骄傲。他的名字叫上官宝珠，愿他在天堂里无疾无恙、无忧无虑。千言万语，只有一句话：与君今世为父子，更结来生未了因。

上官文坤